SOPHIE KINSELLA
Erobere mich im Sturm

# Sophie Kinsella

# Erobere mich im Sturm

Roman

Aus dem Englischen
von Jörn Ingwersen

**GOLDMANN**

Die englische Originalausgabe erschien 2020 unter dem Titel
»Love Your Life« bei Bantam Press, London

Sollte diese Publikation Links auf Webseiten Dritter enthalten,
so übernehmen wir für deren Inhalte keine Haftung, da wir
uns diese nicht zu eigen machen, sondern lediglich auf deren
Stand zum Zeitpunkt der Erstveröffentlichung verweisen.

Dieses Buch ist auch als E-Book erhältlich.

Penguin Random House Verlagsgruppe FSC® N001967

1. Auflage
Deutsche Erstveröffentlichung September 2021
Copyright © der Originalausgabe 2020 by Sophie Kinsella
Copyright © der deutschsprachigen Ausgabe 2021
by Wilhelm Goldmann Verlag, München,
Penguin Random House Verlagsgruppe GmbH,
Neumarkter Str. 28, 81673 München
Umschlaggestaltung: FAVORITBÜRO, München
Umschlagmotiv: OlhaKvitkovska/shutterstock,
Saulich Elena/shutterstock, Maridav/shutterstock
MR · Herstellung: kw
Satz: Uhl + Massopust, Aalen
Druck und Bindung: GGP Media GmbH, Pößneck
Printed in Germany
ISBN: 978-3-442-48791-2
www.goldmann-verlag.de

Besuchen Sie den Goldmann Verlag im Netz

\* \* \*

*Zum Andenken an
Susan Kamil*

\* \* \*

# EINS

Als ich gerade an der Tür klingeln will, piept mein Telefon mit einer Nachricht, und sofort fällt mir alles Mögliche ein, was passiert sein könnte.

- Jemand, den ich kenne, ist gestorben.
- Jemand, den ich kenne, hat im Lotto gewonnen.
- Ich bin spät dran für eine Verabredung, die ich vergessen habe. Verdammt.
- Ich war Zeugin eines Verbrechens und soll detaillierte Hinweise auf etwas liefern, an das ich mich nicht erinnern kann. *Verdammt.*
- Meine Ärztin hat meine Akte nochmal durchgesehen. (Warum? Unklar.) Und sie hat etwas gefunden. »Ich möchte Sie ja nicht beunruhigen, *aber*...«
- Jemand hat mir Blumen geschickt, und mein Nachbar hat sie entgegengenommen.
- Ein Promi hat gerade was getweetet, das ich unbedingt wissen muss. Ooh... Und was?

Doch als ich mein Telefon nehme, sehe ich, dass die Nachricht von Seth ist, diesem Typen, mit dem ich letzte Woche ein Date hatte. Der nichts gesagt hat, den ganzen Abend lang. *Nichts.*

Die meisten Männer haben das gegenteilige Problem. Sie hören gar nicht auf, von sich und ihren grandiosen Errungenschaften zu reden, und wenn man dann seinen Anteil der Rechnung zahlt, fragen sie: »Und was machst *du* noch gleich?« Seth dagegen hat mich mit seinen eng zusammenstehenden Augen nur schweigend angestarrt, während ich mich nervös plappernd über die Kürbissuppe ausließ.

Was hat er mir zu sagen? Will er sich nochmal mit mir treffen? Urks. Bei der bloßen Vorstellung krampft sich mir der Magen zusammen, was mir etwas sagen soll. Eine meiner wichtigsten Regeln ist: Achte auf deinen Körper! Dein Körper ist klug und weise. Dein Körper *weiß*, was gut für dich ist.

Alles klar. Ich werde es ihm schonend beibringen. Ich bin ziemlich gut darin, Leuten etwas schonend beizubringen.

Hallo Ava. Nach eingehender Überlegung bin ich zu dem Schluss gekommen, dass ich nicht gewillt bin, unsere Beziehung fortzusetzen.

Oh. Hmpf. Verstehe.

Auch gut.

Augenrollend mustere ich mein Telefon. Ich weiß ja, dass er mich nicht sehen kann, aber ich bin überzeugt davon, dass sich Gefühle auch per Telefon vermitteln lassen.

(Ich habe diese Theorie noch niemandem anvertraut, weil ich feststellen musste, dass die meisten Menschen doch ziemlich engstirnig sind, sogar meine besten Freunde.)

Du magst gedacht haben, ich würde dich anschreiben,

weil ich mich nochmal mit dir treffen möchte. Tut mir leid, wenn ich falsche Hoffnungen geweckt haben sollte.

Falsche Hoffnungen? *Hoffnungen?* Das könnte ihm so passen.

Du wirst sicher wissen wollen, warum.

Was? Nein. Will ich nicht, vielen Dank.

Ich meine, ich kann es mir vorstellen.

Nein, streich das. Kann ich nicht.

Warum sollte ich es mir auch vorstellen? Welche Frau möchte sich schon vorstellen, warum irgendwer sich nicht mit ihr treffen will? Sind wir denn hier im Fernsehen? Bei einer Dating-Show, die *Mundgeruch macht einsam* heißt?

(Ich rieche nicht aus dem Mund. Daran liegt es sicher nicht.)

Ich fürchte, ich kann nicht mit jemandem zusammen sein, der glaubt, Kürbissuppe hätte eine Seele.

*Bitte?*

Empört starre ich mein Handy an. Er hat mich *total* missverstanden. Ich habe nie behauptet, Kürbissuppe hätte eine Seele. Ich habe nur gesagt, dass ich finde, wir sollten offenen Geistes sein, was die Verwobenheit von Physischem und Spirituellem angeht. Was ich auch finde. Sollten wir.

Und als könnte er meine Gedanken lesen, winselt Harold mitfühlend und reibt seine Schnauze an meinem Bein. Siehst du? Wenn das kein Beweis dafür ist, dass alles auf der Welt zusammenhängt, weiß ich auch nicht.

Am liebsten möchte ich zurückschreiben: »Tut mir leid, wenn ich für deinen begrenzten Horizont nicht engstirnig genug bin.« Aber das würde ja voraussetzen, dass ich seine Nachrichten gelesen habe, was nicht stimmt.

Na gut, okay, es stimmt zwar, aber entscheidend ist doch, dass ich sie noch in diesem Moment aus meinem Gedächtnis lösche. Alles weg. Welcher Seth? Ein Date? Mit mir?

So nämlich.

Ich drücke auf die Klingel und schließe die Tür mit meinem eigenen Schlüssel auf. Das machen wir alle so, für den Fall, dass Nell einen Anfall hat. Der letzte liegt zwar schon eine Weile zurück, aber es kann jederzeit wieder passieren.

»Nell?«, rufe ich.

»Hi!« Sie erscheint im Flur, breit grinsend, ihre Haare pink und stachlig.

»Du bist wieder bei Pink angekommen!«, rufe ich. »Hübsch.«

Nell hat ihre Haarfarbe bestimmt hundertsechs Mal geändert, seit wir zusammen an der Uni waren, wohingegen ich an meiner nie irgendwas geändert habe. Noch immer habe ich dieselben glatten, dunkelbraunen Zotteln, die mir bis auf die Schultern fallen und sich leicht zum Pferdeschwanz binden lassen.

Nicht, dass Haare gerade mein vordringliches Thema wären. Seths Nachricht hat mich kurz abgelenkt – aber da ich jetzt im Haus bin, schnürt sich mir langsam die Kehle zu. Ich kriege so ein bleiernes Gefühl im Magen. Ich sehe Harold an, und er blickt so liebenswert fragend zu mir auf, dass mir fast die Tränen kommen. O Gott. Kann ich das wirklich tun?

Nell geht in die Hocke und hält Harold ihre Hand hin. »Bereit für deine Ferien?«

Harold betrachtet sie einen Moment lang, dann wendet er sich wieder mir zu, sieht mich mit seinen glänzend braunen Augen flehend an.

Sollte jemand glauben, Hunde könnten nicht alles verstehen, was wir sagen und tun, dann *täuscht* er sich, denn Harold *weiß Bescheid*. Er gibt sich Mühe, tapfer zu sein, aber es fällt ihm genauso schwer wie mir.

»Ich kann dich nicht mit nach Italien nehmen, Harold«, sage ich betreten. »Ich habe es dir doch erzählt. Aber es wird nicht lange dauern. Versprochen. Eine Woche. Länger nicht.«

Sein Gesicht zerknautscht auf herzzerreißende Weise, als wollte er sagen: »Warum tust du mir das an?« Leise klopft sein Schwanz auf den Boden, in hoffnungsvoller Erwartung. Als würde ich es mir plötzlich anders überlegen, meinen Flug canceln und mit ihm zum Spielen rausgehen.

Ich habe mir geschworen, nicht zu weinen, aber mir kommen doch die Tränen, als ich in sein kluges Gesicht blicke. Mein Harold. Bester Beagle der Welt. Bester Hund der Welt. Bester *Mensch* der Welt.

»Harold kann es kaum erwarten, bei mir zu bleiben«, sagt Nell mit fester Stimme und schiebt uns beide ins Wohnzimmer. »Stimmt's nicht, Harold?«

Als Antwort darauf verknautscht Harold sein Gesicht nur noch mehr und gibt ein entsetzliches Jaulen von sich.

»Dieser Hund gehört auf die Bühne«, sagt Sarika,

die amüsiert von ihrem Notebook aufblickt. Sarika ist nicht wirklich ein Hunde-Mensch – sie gibt es selbst zu –, aber sie ist ein Harold-Mensch. Das bleibt nicht aus, wenn man Harold erst einmal kennengelernt hat.

Ich habe ihn vor vier Jahren in einem Tierheim entdeckt, als er noch ein Welpe war. Es war Liebe auf den ersten Blick. Er sah zu mir auf, mit leuchtenden Augen, schnüffelnd und ganz aufgeregt, als wollte er sagen: »Da bist du ja! Ich wusste, dass du kommen würdest!«

Ich kann nicht behaupten, dass es einfach gewesen wäre. Ich hatte vorher nie einen Hund besessen. Als Kind hatte ich mir immer einen gewünscht, aber meine Eltern blieben bei vagen Versprechungen, und dann passierte doch nichts. Daher hatte ich keinerlei Erfahrung darin, wie man sich um einen Hund kümmert. Und Harold hatte keinerlei Erfahrung darin, wie es war, wenn sich jemand um ihn kümmerte. Denn so viel ist mal sicher – die Leute, die ihn auf der A414 am Straßenrand ausgesetzt haben, hatten sich jedenfalls überhaupt nicht um ihn gekümmert. Bei dem bloßen Gedanken daran stellen sich mir die Nackenhaare auf.

Jedenfalls gab es da einiges zu lernen. Als Harold zum ersten Mal in meine Wohnung kam, ist er kurz ausgeflippt. Ganz offensichtlich dachte er: »Wieso habe ich mich nur darauf eingelassen, mit zu dir nach Hause zu gehen?« Und ich hatte ähnliche Bedenken. Es gab einiges Geheul, auf beiden Seiten. Inzwischen kann ich mir ein Leben ohne ihn gar nicht mehr vorstellen. Und doch – hier bin ich und habe vor, ihn eine Woche allein zu lassen.

Vielleicht sollte ich den Urlaub absagen. Ja. Das sollte ich tun.

»Ava, lass dich nicht stressen! Du bist dir doch darüber im Klaren, dass er dir nur ein schlechtes Gewissen machen will, oder?«, fragt Nell. Sie wendet sich Harold zu und mustert ihn streng. »Hör zu, Kleiner! Ich fall auf deine Nummer nicht rein. Ava kann ja wohl mal ohne dich auf Reisen gehen. Das *darf* sie. Also hör auf, ihr ein schlechtes Gewissen zu machen.«

Lange starren Harold und Nell einander in die Augen – zwei starke Charaktere stehen sich gegenüber –, schließlich gibt Harold klein bei. Er wirft mir noch einen vorwurfsvollen Blick zu, doch dann tappt er rüber zum Kaminvorleger bei Nells Stuhl und lässt sich darauf nieder.

Okay, vielleicht sage ich doch nicht alles ab.

»Fang jetzt nicht an, dich bei ihm zu entschuldigen«, erklärt mir Nell. »Und guck dir nicht eine Woche lang Videos von Harold an, statt an deinem Buch zu schreiben.«

»Tu ich nicht!«, entgegne ich trotzig.

»Wir kommen schon zurecht«, wiederholt sie. »Keine Sorge.«

Ich habe nicht sonderlich viele Lebensweisheiten zu verteilen. Aber eine davon lautet: Wenn du dir mal selbst leidtust, geh Nell besuchen. Ihr kann man nichts vormachen. Sie haut einem die eigenen dummen Gedanken um die Ohren. Ihre nüchterne Haltung durchweht einen wie ein frischer Wind.

»Hier sind seine Sachen.« Ich lasse die große Reisetasche auf den Boden fallen. »Bettchen, Wassernapf, Decke, Futter... Ach, seine ätherischen Öle!« Plötzlich fallen sie mir ein, und ich hole das Fläschchen hervor. »Ich habe ihm eine neue Mischung abgefüllt – Lavendel und Zeder. Am besten tröpfelst du ihm das Öl einfach auf sein...«

»Bettchen.« Nell schneidet mir das Wort ab. »Ava, entspann dich. »Du hast mir schon fünf E-Mails zu dem Thema geschickt. Du erinnerst dich?« Sie nimmt mir das Fläschchen aus der Hand und inspiziert es kurz, dann stellt sie es hin. »Da fällt mir ein, was ich dich schon länger fragen wollte. Wie weit bist du eigentlich mit deiner Aromatherapieausbildung?«

»Oh«, sage ich verdutzt. »Ich bin... immer noch dabei. Sozusagen.«

Sofort muss ich an all die Aromatherapie-Bücher und -Fläschchen denken, die bei mir in der Küche stehen. Ich habe einen Online-Kurs belegt und *muss* damit weitermachen, denn ich sehe mich definitiv immer noch als Teilzeit-Aromatherapeutin.

»Sozusagen?«, will Nell wissen.

»Hab ich gerade auf Eis gelegt. Ist im Moment leider... wegen der Arbeit und diesem Buch, an dem ich schreibe... Du weißt schon.« Ich seufze. »Das Leben steht mir im Weg.«

Meine Brötchen verdiene ich damit, Beipackzettel und Online-Texte zu schreiben, was ich inzwischen so ziemlich im Schlaf kann. Ich arbeite für eine Arzneimittelfirma namens Brakesons Inc. in Surrey. Der Job ist ganz okay, und man lässt mich größtenteils von zu

Hause aus arbeiten. Aber ich versuche immer, meinen Horizont zu erweitern. Ich finde, das Leben ist zu kurz, um seinen Horizont *nicht* zu erweitern. Man sollte sich immer wieder sagen: »Das ist ja alles schön und gut... aber was könnte ich sonst noch machen?«

»Ein Grund mehr, dass du nach Italien fliegen und dich auf dein Buch konzentrieren solltest«, sagt Nell entschlossen. »Harold *möchte*, dass du das tust. Stimmt's nicht, Harold?«

Als Antwort stößt Harold ein klägliches »Wahuuu!« aus – manchmal klingt er wie ein Wolf –, und Nell lacht. Sie krault ihm mit ihren kleinen, kräftigen Fingern den Kopf und sagt: »Dummer Hund.«

Wir sind schon seit der Uni in Manchester befreundet. Nell, Sarika, Maud und ich kennen uns aus dem Uni-Chor und sind uns bei einem Ausflug nach Bremen nähergekommen. Bis dahin hatte Sarika kaum ein Wort mit uns gesprochen. Wir wussten von ihr nur, dass sie Jura studierte und das hohe C singen konnte. Aber nach ein paar Drinks verriet sie uns, dass sie heimlich mit dem Dirigenten schlief und ihr Sexualleben langsam etwas »finster« wurde. Jetzt wollte sie ihn loswerden, aber auch im Chor bleiben, und fragte uns um Rat. Die ganze Nacht haben wir die Köpfe zusammengesteckt, deutsches Bier getrunken und darüber geredet, während wir gleichzeitig herauszufinden versuchten, was genau sie mit »finster« meinte.

(Am Ende hat Nell ihr Glas auf den Tisch geknallt und meinte: »Sag es uns endlich, okay?«)

(Es war ein bisschen eklig. Nicht wert, es zu wiederholen oder auch nur einen Gedanken daran zu verschwenden.)

Jedenfalls hat Sarika sich von dem Dirigenten getrennt und blieb trotzdem im Chor. Das ist jetzt vierzehn Jahre her (wo sind die geblieben?), und wir sind immer noch befreundet. Von uns vieren singt nur Sarika noch in einem Chor, aber sie war auch immer schon die Musikalischste. Außerdem ist sie ständig auf der Suche nach einem Mann, dessen Interessen mit ihren übereinstimmen, und sie meint, Londoner Chöre seien ein guter Ausgangspunkt. Neben Fahrradclubs. Jedes Jahr tritt sie einem neuen Chor bei, und alle sechs Monate wechselt sie den Fahrradclub. Bisher war ihre Ausbeute an Männern ganz gut.

Immerhin drei mögliche Kandidaten in zwei Jahren. Nicht schlecht, für London.

Wir wohnen alle nah beieinander im Norden von London, und obwohl wir sehr unterschiedliche Leben führen, stehen wir uns näher als je zuvor. In den letzten Jahren sind wir ein paarmal richtig Achterbahn gefahren. Wir haben geschrien und uns bei den Händen gehalten, sowohl buchstäblich als auch... wie sagt man?

Nicht-buchstäblich.

Metaphorisch? Bildlich gesprochen?

*Na toll.* Morgen fahre ich zu einem einwöchigen Schreibkurs und weiß nicht mal, was das Gegenteil von »buchstäblich« ist.

»Was ist das Gegenteil von ›buchstäblich‹?«, frage ich Sarika, aber die tippt nach wie vor konzentriert auf ihr Notebook ein. Ihr dunkles, seidiges Haar streift über die Tasten. Sarika sitzt eigentlich ständig an ihrem Notebook, selbst wenn wir uns – wie meist – bei Nell treffen.

»Keine Raucher«, murmelt Sarika, drückt eine Taste, mit starrem Blick auf ihren Bildschirm.

»Wie?« Ich ziehe die Augenrauen hoch. »Arbeitest du?«

»Neue Dating-Seite«, sagt sie abwesend.

»Ooooh! Welche denn?«, frage ich interessiert. Sarika verdient als Anwältin wesentlich mehr als wir anderen, und so kann sie sich die teuren Dating-Seiten leisten und uns dann davon berichten.

»Keine Hellseher«, sagt Sarika abwesend und drückt eine Taste, dann blickt sie auf. »Heißt *Du bist es!* Kostet ein kleines Vermögen. Aber dafür kriegt man auch was.«

»Keine Hellseher?«, wiederholt Nell skeptisch. »Mit wie vielen Hellsehern bist du denn in letzter Zeit ausgegangen?«

»Mit einem«, sagt Sarika und wendet sich ihr zu. »Der hat mir schon gereicht. Ich hatte euch doch von ihm erzählt. Der Typ, der meinte, er wüsste, was ich *wirklich* im Bett wollte. Wir kriegten Streit deswegen, und ich habe gesagt: ›Ist es mein Körper oder deiner?‹, und er meinte: ›Wir wollen uns doch beide daran erfreuen.‹«

»Ach, *der*«, sagt Nell, und ihre Augen leuchten auf. »Ich wusste nicht, dass er Hellseher war. Ich dachte, er war ein Arschloch. Kann man irgendwo ›Keine Arschlöcher‹ ankreuzen?«

»Würde nichts nützen«, sagt Sarika bedauernd.

»Niemand hält sich für ein Arschloch.« Sie wendet sich ab und tippt wieder auf ihre Tastatur ein. »Keine Zauberer.« Sie tippt eilig. »Keine Tänzer. Was ist mit Choreographen?«

»Wieso denn keine Tänzer?«, wirft Nell ein. »Die sind doch knackig.«

»Steh ich nicht drauf«, sagt Sarika achselzuckend. »Der würde jeden Abend tanzen gehen. Wir sollten dieselben Arbeitszeiten haben. Keine Schichtarbeiter«, fügt sie noch hinzu und tippt wieder.

»Nach welchen Kriterien funktioniert diese Website?«, frage ich staunend.

»K.-o.-Kriterien«, antwortet Nell. »Die Seite sollte eigentlich nicht *Du bist es!* heißen, sondern *Du bist raus. Und du. Und du. Und du.*«

»Wenn du es so sagst, klingt es irgendwie negativ«, protestiert Sarika. »Es geht nicht darum, irgendwem zu sagen, dass er raus ist, sondern darum, möglichst präzise Angaben zu machen, damit man seine Zeit nicht mit ungeeigneten Kandidaten vergeudet. Man feilt an seiner Wunschliste, bis man die perfekte Auswahl beisammen hat.«

»Lass mich mal sehen.« Ich trete hinter das Sofa, um einen Blick über ihre Schulter zu werfen. Auf dem Bildschirm ihres Notebooks drängen sich männliche Gesichter. Die sehen alle gut aus. Den Typen mit dem Drei-Tage-Bart in der oberen rechten Ecke finde ich besonders süß. Sein Gesichtsausdruck sagt: »Nimm mich! Ich bin nett zu dir!«

»Der da gefällt mir.« Ich deute auf ihn.

»Ja, vielleicht. Okay, was kommt jetzt?« Sarika

wendet sich wieder der Liste auf ihrem Handy zu. »Keine Vegetarier.«

»Was?« Schockiert starre ich sie an. »Keine Vegetarier? Was sagst du da? Sarika, wie kannst du so borniert sein? Deine Schwester ist Vegetarierin! *Ich* bin Vegetarierin!«

»Ich weiß«, sagt sie ausdruckslos. »Aber ich will ja auch keine romantische Beziehung mit meiner Schwester. Oder mit dir. Tut mir leid, Süße. Du weißt, wie sehr ich dein Halloumi-Crumble mag.« Liebevoll drückt sie meinen Arm. »Aber ich suche jemanden, mit dem ich ein Hühnchen grillen kann.«

Sie klickt »Filter« an, und eine Box mit vier Überschriften erscheint: *Ja, bitte!*, *Nichts dagegen*, *Nicht ideal* und *K.-o.-Kriterien*.

»K.-o.-Kriterium«, sagt Sarika mit fester Stimme und fängt an, »Vegetarier« in das Feld einzutragen. Nach zwei Buchstaben bietet die Worterkennung schon *Vegetarier* an, und sie klickt darauf.

»Du kannst doch nicht alle Vegetarier ausschließen«, sage ich zutiefst entsetzt. »Das ist diskriminierend. Ist das ... ist das überhaupt *legal*?«

»Ava, entspann dich!«, erwidert Sarika. »Guck mal hier! Das macht doch Spaß! ›Filter anwenden‹.«

Als sie den Button anklickt, fangen viele Fotos auf dem Bildschirm an zu flimmern, und es erscheinen große, rote Kreuze vor den Gesichtern. Ich sehe mir den süßen Typen an – und wie befürchtet hat auch er ein rotes Kreuz vor dem Gesicht. Als hätte man ihn zum Tode verurteilt.

»Was ist los?«, frage ich ängstlich. »Was ist das?«

»Es nennt sich ›Letzte Chance‹«, erklärt Sarika. »Ich kann jeden zurückholen, indem ich ihn anklicke.«

»Hol ihn zurück!«, sage ich und deute auf meinen Favoriten. »Hol ihn zurück!«

»Ava, du weißt doch gar nichts über ihn«, sagt Sarika und rollt dabei mit den Augen.

»Er sieht nett aus!«

»Aber er ist Vegetarier«, sagt Sarika und drückt auf *Fertig*.

Wieder flimmern die Gesichter, und alle mit roten Kreuzen verschwinden. Die Verbliebenen schwirren über den Bildschirm, um sich dann wieder ordentlich aneinanderzureihen, wobei neue Männer die Plätze der Verschwundenen einnehmen.

»Super«, sagt Sarika zufrieden. »Langsam komme ich voran.«

Ich starre auf den Bildschirm, leicht traumatisiert von diesem mörderischen Auswahlverfahren.

»Das ist doch brutal«, sage ich. »Richtig herzlos.«

»Besser als wischen«, wirft Nell ein.

»Allerdings!« Sarika nickt. »Die gehen hier immerhin wissenschaftlich vor. Diese Website bietet über 800 mögliche Filter. Größe, Beruf, Wohnort, Gewohnheiten, politische Ansichten, Bildungsstand ... Angeblich wurden die Algorithmen von der NASA entwickelt. Auf diese Weise kann man in Nullkommanichts fünfhundert Männer abarbeiten.« Sie widmet sich wieder ihrer Liste. »Okay, zum nächsten Punkt. Nicht über eins neunzig.« Sie fängt an zu tippen. »Übergröße habe ich schon ausprobiert. Das ist nichts für mich.«

Sie drückt auf *Filter anwenden*, drei rote Kreuze erscheinen, und schon Sekunden später blickt mich eine neue Auswahl von Männern auf dem Bildschirm an.

»Eine Frau hat so lange immer neue Filter hinzugefügt, bis nur ein einziger Mann auf dem Bildschirm übrig war. Sie hat Kontakt zu ihm aufgenommen, und die beiden sind heute noch ein Paar«, fügt Sarika hinzu und geht ihre Handy-Liste durch. »So findet man seinen Traummann.«

»Fühlt sich trotzdem irgendwie falsch an«, sage ich bestürzt. »So geht das doch nicht.«

»Nur so geht es«, widerspricht mir Sarika. »Heutzutage sucht die ganze Welt online, oder? *Die ganze Welt*. Millionen Menschen. Milliarden Menschen.«

»Stimmt schon«, sage ich vorsichtig.

»Die ganze Welt sucht online«, wiederholt Sarika, um es nochmal zu unterstreichen. »Es ist wie eine globale Cocktailparty, auf der alle dastehen und versuchen, deinen Blick aufzufangen. Das wird doch nie was! Man muss die Auswahl eingrenzen. Ergo...« Sie deutet auf den Bildschirm.

»*ASOS online* ist schlimm genug«, wirft Nell ein. »Gestern habe ich ›Weißes Hemd‹ eingegeben. Wisst ihr, wie viele mir angeboten wurden? 1.264. Ich dachte nur: Ich habe keine Zeit für diesen Quatsch. Ich nehme das Erstbeste. Was soll's?«

»Ganz genau«, sagt Sarika. »Und dabei ging es nur um ein Hemd, nicht um einen Lebensgefährten. ›Nicht weiter als zehn Minuten vom nächsten U-Bahnhof entfernt‹«, fügt sie hinzu und tippt forsch vor sich hin. »Ich habe keine Lust mehr, immer raus in die Pampa zu fahren.«

»Du schließt Männer aus, *die weiter als zehn Minuten vom nächsten U-Bahnhof wohnen*?« Mir bleibt der Mund offen stehen. »Ernsthaft?«

»Man kann sich seine eigenen Filter ausdenken, und wenn denen einer gefällt, fügen sie ihn ihrer Website hinzu«, erklärt Sarika. »Mein Filter zur Häufigkeit der Haarwäsche ist schon in der engeren Auswahl.«

»Aber was ist, wenn der perfekte Mann elf Minuten weit weg von der nächsten U-Bahn wohnt?« Ich weiß, ich klinge aufgebracht, aber ich kann nichts dagegen tun. Ich sehe ihn schon vor mir, wie er irgendwo in der Sonne sitzt und seinen Kaffee trinkt, in seinen Fahrradshorts, während er seine Bach-CD hört und sich nach einer Frau wie Sarika sehnt.

»Dann schummelt er eben ein bisschen«, entgegnet Sarika gelassen. »Er wird ›zehn Minuten‹ angeben. Alles gut.«

Sie begreift einfach nicht, worum es geht.

»Sarika, jetzt hör doch mal!«, sage ich frustriert. »Was ist denn, wenn dein Traummann ein eins fünfundneunzig großer Vegetarier ist, der zwanzig Minuten hinter Crouch End wohnt... und du schließt ihn aus? Das ist doch verrückt!«

»Ganz ruhig, Ava«, sagt Sarika beschwichtigend. »*Irgendwelche* K.-o.-Kriterien muss es doch geben.«

»Nein, muss es nicht«, entgegne ich unnachgiebig. »Ich habe keine K.-o.-Kriterien. Ich wünsche mir einen guten Mann, mehr nicht. Ein anständiges, zivilisiertes menschliches Wesen. Es ist mir egal, wie er aussieht, was er arbeitet, wo er wohnt...«

»Was ist, wenn er keine Hunde mag?«, fragt Sarika und zieht die Augenbrauen hoch.

Da weiß ich kurz nicht weiter.

Es wäre einfach undenkbar, dass er keine Hunde mag, denn nur sehr seltsame, armselige Menschen mögen keine Hunde.

»Okay«, räume ich ein. »Das ist mein einziges K.-o.-Kriterium. Er muss Hunde mögen. Aber das ist auch wirklich das einzige. Definitiv.«

»Was ist mit Golf?«, wirft Nell hinterhältigerweise ein.

Verdammt. Golf ist meine Achillesferse. Ich muss zugeben, dass ich eine irrationale Verachtung für dieses Spiel hege. Und die Outfits. Und die Leute, die es spielen.

Zu meiner Entschuldigung muss ich sagen, dass ich früher in der Nähe des hochnäsigsten Golfclubs der Welt gewohnt habe. Es gab da einen öffentlichen Fußweg über das Gelände, aber wenn man nur mal *versucht* hat, dort entlangzuspazieren, kamen von allen Seiten wütende Leute im Partnerlook armwedelnd angerannt und meinten, man sollte leise sein oder weggehen, und wie blöd man eigentlich sein kann.

Ich war nicht die Einzige, die das ein bisschen stressig fand. Die Gemeinde sah sich gezwungen, ein ernstes Wörtchen mit dem Golfclub zu reden. Offenbar haben sie daraufhin ein neues Beschilderungssystem eingeführt, und seitdem ist alles gut. Aber da waren wir schon weggezogen, und mein Entschluss stand fest, dass ich gegen Golf allergisch bin.

Das werde ich jetzt allerdings nicht zugeben, denn

ich sehe mich nicht gern als einen Menschen mit Vorurteilen.

»Ich habe kein Problem mit Golf«, sage ich und hebe mein Kinn. »Und außerdem ist das nicht entscheidend. Entscheidend ist, dass zwei übereinstimmende Listen von Attributen nichts mit *Liebe* zu tun haben. Algorithmen haben nichts mit *Liebe* zu tun.«

»Algorithmen sind die einzige Möglichkeit«, sagt Sarika mit Blick auf den Bildschirm. »Mmh, der gefällt mir…«

»Okay, wo ist der Algorithmus, der mir sagt, wie ein Mann riecht?«, entgegne ich leidenschaftlicher als beabsichtigt. »Wo ist der Algorithmus, der mir sagt, wie er lacht oder wie er einem Hund den Kopf krault? Das ist mir wichtig. Nicht all diese irrelevanten Details. Ich könnte mich in einen Wissenschaftler oder einen Bauern verlieben. Er könnte eins fünfzig oder zwei Meter zehn sein. Solange die Chemie stimmt. Die *Chemie*.«

»Oh, die Chemie«, sagt Sarika und tauscht einen Blick mit Nell.

»Ja, die Chemie!«, erwidere ich trotzig. »Das ist entscheidend! Liebe ist… ist…« Ich suche nach Worten. »Liebe ist die unbeschreibliche, geheimnisvolle Verbindung, die sich zwischen zwei Menschen einstellt, wenn sie sich aufeinander einlassen und es sich richtig anfühlt und… sie es einfach wissen.«

»Ava.« Sarika betrachtet mich wohlwollend. »Du bist echt lieb.«

»Sie übt schon mal für ihren Romantik-Schreibkurs«, meint Nell. »Du bist dir aber schon darüber im Klaren, dass Lizzy Bennett endlos viele K.-o.-Kriterien hatte, oder, Ava? ›Keine arroganten Schnösel. Keine blöden Betbrüder‹.« Nell nickt Sarika zu. »Setz das rein.«

»›Keine blöden Betbrüder‹.« Sarika tut, als würde sie tippen, und grinst mich über ihr Notebook hinweg an. »Soll ich schreiben: ›Nur Besitzer von Herrenhäusern‹?«

»Sehr witzig.« Ich sinke neben ihr auf das Sofa, und Sarika nimmt versöhnlich meine Hand.

»Ava. Schätzchen. Wir sind einfach nur verschieden. Wir wollen nicht dasselbe. Ich möchte meine Zeit nicht verschwenden, wohingegen du ... dir die richtige Chemie wünschst.«

»Ava wünscht sich ein Wunder«, sagt Nell.

»Kein *Wunder*.« Ich verziehe leicht das Gesicht, weil meine Freundinnen immer meinen, ich sei zu romantisch und hätte immer eine rosarote Brille auf, wobei das gar nicht stimmt. »Was ich mir wünsche, ist ...« Ich weiß nicht weiter. Meine Gedanken purzeln durcheinander.

»*Was* wünschst du dir?«, fragt Nell aufrichtig interessiert. Ich hole tief Luft.

»Ich wünsche mir einen Mann, der mich ansieht ... und ich sehe ihn an ... und es ist alles da. Wir müssen gar nichts sagen. Es ist einfach gut.«

Ich schweige vielsagend. Es muss doch möglich sein. Liebe *muss* möglich sein – wozu sind wir denn sonst hier?

»Das wünsche ich mir auch.« Sarika nickt. »Aber im Umkreis von weniger als zehn Minuten zum nächsten U-Bahnhof.«

Nell prustet vor Lachen, und ich lächle widerwillig.

»Ich habe heute Abend ein Date«, verrate ich. »Deshalb kann ich auch nicht bleiben.«

»Ein Date?« Abrupt blickt Sarika auf. »Und das erzählst du uns erst jetzt?«

»Ich dachte, du willst deine Sachen für Italien packen«, sagt Nell fast vorwurfsvoll.

»Will ich ja auch. Nach meinem Date.«

»Spannend!« Sarikas Augen glitzern mich an. »Woher kennst du ihn, von einem Ball?«

»Nein, von einem literarischen Salon«, sagt Nell. »Er hat geholfen, als ihr Wagenrad feststeckte.«

»Er hat ihr mit Tinte und Feder eine Nachricht geschrieben und sie ihr heimlich zugesteckt«, kichert Sarika.

»Haha.« Ich blicke zur Zimmerdecke auf. »Online natürlich. Aber ich habe keine künstlichen K.-o.-Kriterien aufgestellt. Ich bin meinem *Instinkt* gefolgt.«

»Deinem Instinkt?«, sagt Nell. »Soll heißen...?«

»Seine Augen«, sage ich stolz. »Er hat so einen ganz besonderen Ausdruck in den Augen.«

Seit dem katastrophalen Date mit Seth habe ich eine neue Theorie: Es liegt alles in den Augen. Die von Seth mochte ich von Anfang an nicht. Das hätte mir was sagen sollen. Also war ich online und habe nach einem Mann mit hübschen Augen gesucht... und ich habe einen gefunden! Ich bin richtig aufgeregt. Immer wieder betrachte ich sein Foto und spüre eine echte Verbindung zu ihm.

»Aus den Augen kann man viel lesen«, räumt Sarika ein. »Lass mal sehen!«

Ich suche das Foto und betrachte es einen Moment lang liebevoll, bevor ich es erst Sarika und dann Nell zeige. »Er heißt Stuart«, erkläre ich ihnen. »Er macht in IT.«

»Nette Augen«, sagt Nell. »Muss ich schon zugeben.«

Nett? Mehr fällt ihr dazu nicht ein? Diese Augen sind ein Traum! Aus ihnen spricht nicht nur Wärme, sondern auch Intelligenz und Humor, selbst auf so einem kleinen Handyfoto. Noch nie habe ich so ausdrucksvolle Augen gesehen, und ich habe schon viele Dating-Profile durchforstet ...

»Harold!«, kreischt Sarika plötzlich, und ich fahre vor Schreck zusammen. »Das ist *mein* Chicken Wrap! *Böser* Hund!«

Während wir uns unterhalten haben, ist Harold heimlich rüber auf Sarikas Seite vom Sofa geschlichen und hat sich den Wrap aus ihrer Tasche geschnappt, noch im Plastik. Jetzt geht sein Blick zwischen ihr und mir und Nell hin und her, als wollte er sagen: »Und was wollt ihr dagegen unternehmen?«

»Harold!«, schimpfe ich. »Aus!« Ich mache einen Schritt auf ihn zu, aber er weicht einen Schritt zurück. »Aus!«, wiederhole ich ohne große Überzeugungskraft.

Mit klugen Augen sieht Harold sich um, als würde er seine Lage einschätzen.

»Aus.« Ich gebe mir Mühe, bestimmend zu klingen. »*Aus.*«

»*Aus!*«, brüllt Nell mit ihrer tiefen Stimme.

Langsam beuge ich mich zu Harold herab, während er mich im Blick behält, Zentimeter für Zentimeter, bis ich blitzschnell zugreife. Aber ich bin zu langsam. Eigentlich bin ich immer zu langsam für Harold. Er rennt los und schliddert in die Ecke hinterm Fernseher, wo ihn keiner kriegen kann, dann fängt er an, wie wild an dem Wrap herumzukauen, wobei er immer wieder innehält, um uns drei mit triumphierender Miene zu betrachten.

»Blöder Köter«, sagt Nell.

»Ich hätte den Wrap nicht in meiner Tasche lassen sollen«, sagt Sarika kopfschüttelnd. »Harold, hör auf, das Plastik zu fressen, du Dussel!«

»Harold?« Eine vertraute Stimme weht aus dem Flur herein. »Ja, wo ist denn der feine Hund?«

Im nächsten Moment steht Maud in der Tür, mit zwei von ihren Kindern an der Hand, Romy und Arthur. »*Verzeiht*, dass ich zu spät komme«, flötet sie auf ihre theatralische Art. »Ein *Albtraum* vor der Schule! Harold habe ich ja seit einer *Ewigkeit* nicht mehr gesehen«, fügt sie hinzu und strahlt ihn an. »Freut er sich denn schon auf seinen kleinen Urlaub?«

»Er ist kein feiner Hund«, sagt Sarika unheilverkündend. »Er ist ein böser, *böser* Hund.«

»Was hat er gemacht?«, fragt Arthur mit leuchtenden Augen.

Harold genießt in Arthurs Grundschulklasse Legendenstatus. Einmal hat Arthur ihn mit in den Unterricht genommen. Harold hat prompt den Schulteddy geklaut und ist damit raus auf den Pausenhof geflüchtet, wo er von drei Lehrern umzingelt werden musste.

»Er hat meinen Chicken Wrap geklaut«, sagt Sarika, und beide Kinder lachen schallend.

»Harold klaut immer alles«, verkündet Romy, die vier ist. »Harold klaut *alles* Essen. Harold, hier!« Sie hält ihm die Hand hin, und Harold hebt den Kopf, als wollte er sagen: »Später«, dann kaut er weiter.

»Moment mal, wo ist Bertie?«, fragt Maud, als wäre es ihr eben erst aufgefallen. »Arthur, wo ist Bertie?«

Arthur wirkt ratlos, als sei ihm gar nicht klar gewesen, dass er einen Bruder namens Bertie hat, und Maud schnalzt mit der Zunge. »Na, irgendwo wird er schon sein«, sagt sie vage.

Mauds größtes Problem dürfte sein, dass sie drei Kinder hat, aber nur zwei Hände. Ihr Ex – Damon – ist Rechtsanwalt. Er arbeitet wahnsinnig viel und ist ziemlich großzügig, wenn es ums Geld geht, aber nicht, wenn es ums Erscheinen geht. (Sie meint, so laufen die Kinder wenigstens nicht Gefahr, unter Helikoptereltern zu leiden.)

»Sarika«, sagt sie jetzt. »Du kommst nicht zufällig am Donnerstag so gegen fünf durch Muswell Hill, oder? Ich bräuchte dringend jemanden, der Arthur vom Spielen abholt, und da dachte ich, ob du wohl...«

Mit klimpernden Wimpern sieht sie Sarika an, und ich grinse in mich hinein. Maud bittet einen ständig um irgendwelche Gefallen. Können wir auf ihre Kinder aufpassen/ihre Einkäufe mitbringen/den Zugfahrplan raussuchen/ihr sagen, wie hoch der Reifendruck bei ihrem Auto sein sollte? Das ist nicht erst so, seit sie alleinerziehende Mutter ist – es war schon immer so. Ich weiß noch, wie ich Maud beim Chor kennengelernt habe. Dieses traumhaft schöne Mädchen mit den hellbraunen Augen kam zu mir, und ihre ersten Worte an mich waren: »Du könntest mir nicht zufällig einen Liter Milch kaufen, oder?«

Natürlich habe ich Ja gesagt. Es ist fast unmöglich, sich Maud zu widersetzen. Das ist ihre Superheldenkraft. Aber man kann es schaffen, sich ihrer zu erwehren, und es blieb uns auch nichts anderes übrig. Wenn wir Mauds Wünschen immer entsprechen wollten, wären wir ihre Vollzeit-Sklaven. Also haben wir uns auf eine Rate von eins zu zehn geeinigt.

»Nein, Maud«, sagt Sarika wie aus der Pistole geschossen. »Ich kann nicht. Ich muss arbeiten. Du erinnerst dich?«

»Na *klar*«, sagt Maud ohne jeden Groll. »Ich hab nur überlegt, ob du vielleicht den Nachmittag frei hast. Ava ...«

»Italien«, sage ich.

»Na klar.« Maud nickt heftig. »Unmöglich. Das sehe ich ein.«

Sie ist immer so charmant, dass man *Ja* sagen möchte. Im Grunde sollte sie unser Land lenken, denn sie könnte jeden zu allem überreden. Stattdessen lenkt sie das absurd komplizierte Sozialleben ihrer Kinder und betreibt nebenher eine Möbelrestaurationswerkstatt, die – wie sie sagt – in den kommenden Monaten ganz sicher Gewinn machen wird.

»Na gut, egal«, sagt sie. »Soll ich uns Tee kochen?«

»Mich hast du nicht gefragt«, meldet sich Nell leicht gereizt zu Wort. »Lass mich nicht außen vor, Maud!«

Als ich mich umwende, sehe ich Nell lächeln – wenn auch auf ihre nellische Art. Nell hat so ein entschlossenes Lächeln. Ein kraftvolles Lächeln. Es sagt einem: »Vorerst werde ich dir keine reinhauen, aber in den kommenden fünf Minuten kann ich für nichts garantieren.«

»Lass mich nicht außen vor«, wiederholt sie. Und sie meint es irgendwie lustig – aber dann auch wieder nicht. Ich gebe mir Mühe, keinen Blick auf ihren Gehstock in der Ecke zu werfen, weil sie gerade eine gute Phase hat, und nur sie das Thema ansprechen darf. Das haben wir in den letzten Jahren schmerzlich lernen müssen.

»Nell!« Maud macht ein bestürztes Gesicht. »Tut mir leeeeid! Wie konnte ich nur? Wärst du so nett, Arthur für mich abzuholen?«

»Nein!«, fährt Nell sie an. »Vergiss es. Mach deinen Scheiß doch selbst.«

Sarika schnaubt vor Lachen, und ich muss unwillkürlich grinsen.

»Na klar«, entgegnet Maud genauso ernst. »Verstehe ich *total*. Übrigens, Nell, meine Süße, was ich dir noch sagen wollte, da steht ein unangenehmer Mensch bei deinem Auto und schreibt dir gerade einen Zettel. Soll ich mal mit ihm reden?«

Abrupt blickt Sarika auf und sieht mich an. Harold spürt den abrupten Stimmungswechsel und gibt ein unheilvolles Jaulen von sich.

Nell runzelt die Stirn. »Sieht der Mann aus wie ein Miesmacher?«

»Ja. Graue Hose. Schnäuzer. So einer eben.«

»Das ist dieser Vollidiot John Sweetman«, sagt Nell. »Ist vor einem Monat eingezogen. Der hat es auf mich abgesehen. Er will den Parkplatz zum Ausladen seiner Einkäufe. Er weiß, dass ich einen Behindertenausweis habe, aber ...« Sie zuckt mit den Schultern.

»Das kann ja wohl nicht wahr sein!«, sagt Sarika, klappt ihr Notebook zu und steht auf. »Leute gibt's!«

»Du bleibst hier, Nell«, sage ich. »Wir kümmern uns darum.«

»Ihr müsst nicht meine Kämpfe für mich ausfechten«, erwidert Nell mürrisch.

»Nicht *für* dich. *Mit* dir.« Ich klopfe ihr auf die Schulter und folge den anderen raus zu Nells Auto, alle gleichermaßen zielstrebig und entschlossen.

»Hallo, guten Abend! Gibt es ein Problem?«, begrüßt Maud den Mann bereits auf ihre mitunter etwas hochnäsige Art, und ich sehe, wie er sie staunend mustert.

Sie ist aber auch eine echte Erscheinung. Eins achtzig groß auf ihren hohen Absätzen, mit wallend roten Haaren, wehendem Kleid, zwei ebenso hübschen rothaarigen Kindern an ihrer Seite und einem dritten, das vom Dach eines dort geparkten Autos auf ihre Schultern klettert. (*Da* war Bertie also.)

»Spiderman!«, kreischt er und klettert wieder auf das Autodach zurück.

»Gibt es ein Problem?«, wiederholt Maud. »Meiner Ansicht nach parkt meine Freundin hier *absolut* zu Recht, und ihr grundlos einen Zettel ans Auto zu klemmen, grenzt vermutlich schon an ...«

»... Nötigung«, stimmt Sarika streng mit ein. Sie

hat ihr Telefon gezückt und fotografiert den Mann. »Nötigung in mehreren Fällen. Wie viele von diesen Zetteln haben Sie meiner Klientin schon geschrieben?«

Bei dem Wort »Klientin« kriegt der Mann große Augen, aber er lässt sich nicht beirren.

»Das hier ist ein Behindertenparkplatz«, sagt er gereizt. »Nur für Behinderte.«

»Genau.« Nell tritt vor. »Wie Sie sehen können, klemmt hinter der Windschutzscheibe mein Behindertenausweis. Sie hingegen haben *keinen* Behindertenausweis.«

»Entscheidend dürfte sein, dass dieser Parkplatz direkt vor meiner Wohnung liegt«, sagt er gereizt und deutet auf das Fenster hinter Nells Auto. »Wenn keine akut behinderten Menschen diesen Platz beanspruchen, sollte es mir erlaubt sein, darauf zu parken. Das sagt einem doch der gesunde Menschenverstand.«

»Sie hat einen Behindertenausweis!«, ruft Sarika.

»*Sie* wollen behindert sein?« Da lacht er Nell nur höhnisch aus. »Eine junge, kerngesunde Frau wie Sie? Wären Sie denn so freundlich, mir Ihr Gebrechen zu verraten?«

Ich sehe, wie er sie mustert, und für einen Moment betrachte ich sie mit seinen Augen. Ihre kräftige, stämmige Erscheinung, ihr ausgeprägtes Kinn, ihre sechs Ohrringe, ihre pinken Haare, ihre drei Tattoos.

Ich weiß, dass Nell lieber tot umfallen würde, als sich von diesem Mann bemitleiden zu lassen. Einen Moment lang sagt sie gar nichts. Dann – mit abgrundtiefem Widerwillen und einem Gesichtsausdruck wie Blitz und Donner – sagt sie:

»Ich habe ... ein chronisches Leiden. Aber das geht Sie einen feuchten Kehricht an.«

»Meine Freundin ist im Besitz eines behördlich ausgestellten Behindertenausweises«, sagt Maud mit gefährlich blitzenden Augen. »Mehr müssen Sie nicht wissen.«

»Behörden können sich täuschen«, beharrt John Sweetman. »Oder getäuscht werden.«

»Getäuscht?« Vor Zorn wird Mauds Stimme immer lauter. »*Getäuscht*? Wollen Sie ernstlich behaupten ...?«

Doch Nell hebt eine Hand, um sie zu bremsen.

»Spar dir deine Kräfte, Maudie«, sagt sie etwas müde, dann wendet sie sich John Sweetman zu. »Zieh Leine!«

»Antrag einstimmig angenommen«, sagt Maud forsch.

»Zweistimmig«, füge ich hinzu.

»Dreistimmig«, merkt Sarika an, die immer noch eins draufsetzen muss.

»Spiderman!«, kreischt Bertie oben auf dem Geländewagen, springt ab und landet auf John Sweetmans Schultern. Der gibt einen gequälten Schrei von sich, und ich schlage die Hand vor den Mund.

»Bertie!«, schimpft Maud. »Du sollst doch nicht auf den Mann springen und ihn *unverschämt* nennen!«

»Unverschämt!«, kreischt Bertie sofort und trommelt auf John Sweetman ein. »Unverschämt!«

»Diese Kinder heutzutage ...«, sagt Maud und rollt mit den Augen. »Was soll man machen?«

»Nehmen Sie ihn *runter* von mir!« John Sweetman klingt etwas erstickt und ziemlich wütend. »Aua! Mein Bein!«

»Harold!«, quiekt Romy begeistert, und ich merke, dass der Hund rausgekommen ist, um mitzumachen. Er hat John Sweetmans Hosenbein zwischen den Zähnen und knurrt bedrohlich, und wenn es so weitergeht, werden wir wohl eine graue Flanellhose bezahlen müssen.

*»Komm her!«* Ich greife mir Harolds Halsband und reiße ihn zurück, während Maud den kleinen Bertie auf den Arm nimmt. Sobald wir die Wohnungstür hinter uns geschlossen haben, stehen wir da und sehen uns an.

»Penner«, sagt Nell, was sie immer sagt.

»Weiter im Text«, sagt Sarika, denn bei ihr geht es immer nur darum, nach vorn zu blicken und hart zu bleiben.

»Was trinken?«, fragt Maud, was sie immer vorschlägt. Und dann bin ich an der Reihe, alle zum Gruppenkuscheln zu animieren.

»Alles wird gut«, sage ich ins kuschlig warme Dunkel hinein, als sich unsere Köpfe berühren und sich unser Atem mischt. Der Rest der Welt ist ausgeschlossen. Es gibt nur uns vier. Unseren kleinen Trupp.

Schließlich lösen wir uns voneinander, und Nell klopft mir tröstend auf den Rücken.

»Alles wird gut«, sagt sie. »Wie immer. Ava, geh zu deinem heißen Date. Flieg nach Italien. Schreib dein Buch. Du solltest diesem unartigen Hund *keinen einzigen Gedanken* widmen.«

## ZWEI

Heißes Date. Was für ein Witz. Was für ein *Witz*.

Am erniedrigendsten ist, dass ich immer noch daran denken muss. Da sitze ich hier bei meinem teuren Schreibkurs in Italien. Unsere Leiterin Farida erklärt uns gerade, wie die Woche aussehen wird, und ich halte meinen Stift pflichtbewusst in der Hand, habe mein Notizbuch aufgeschlagen. Doch statt richtig zuzuhören, kann ich nicht aufhören, an gestern Abend zu denken.

Ich hatte von Anfang an das Gefühl, dass da irgendwas nicht stimmt. Er war anders als erwartet – was sie, um ehrlich zu sein, immer sind. Alle Online-Dates. Sie gehen anders, als man es sich vorgestellt hat, oder ihre Haare sind länger, oder ihr Akzent klingt nicht so wie gedacht. Oder sie riechen einfach komisch.

Dieser Typ roch komisch *und* trank sein Bier komisch *und* redete komisch. Außerdem hatte er eine Menge über Kryptowährungen zu sagen, was ... nun ja. Nur eine gewisse Zeit lang interessant ist. (Zehn Sekunden.) Und je klarer mir wurde, dass er nicht der Richtige war, desto dümmer kam ich mir vor, denn was sagte das über meine Instinkte aus? Was war mit dem Ausdruck in seinen Augen?

Immer wieder suchte ich in seinen Augen nach der Lebendigkeit, dem Charme und der Intelligenz, die ich auf seinem Profilfoto gesehen hatte. Vergeblich. Es muss ihm wohl aufgefallen sein, denn er lachte verlegen und sagte:

»Habe ich Rasierschaum an der Augenbraue oder was?«

Ich lachte mit und schüttelte den Kopf. Und eigentlich wollte ich das Thema wechseln, dachte dann aber: »Scheiß drauf, warum nicht ehrlich sein?« Also sagte ich:

»Es ist irgendwie merkwürdig. Deine Augen sehen überhaupt nicht so aus wie auf der Website. Wahrscheinlich liegt es am Licht oder so.«

Und da kam die Wahrheit heraus. Leicht verschlagen sagte er:

»Ich hatte in letzter Zeit Probleme mit den Augen. Die waren oft entzündet. So klebrig, weißt du? Das eine war so grünlich gelb.« Er deutete auf sein linkes Auge. »Ganz schlimm. Ich musste andauernd antibiotische Salbe draufschmieren.«

»Aha«, sagte ich und gab mir Mühe, nicht würgen zu müssen. »Du Armer.«

»Okay, ich geb's zu«, fuhr er fort. »Für das Profilbild habe ich nicht meine eigenen Augen genommen.«

»Du hast ... was?«, sagte ich, konnte nicht ganz folgen.

»Ich habe mit Photoshop die Augen von jemand anderem reingesetzt«, sagte er nüchtern.

Fassungslos zückte ich mein Telefon und rief sein

Profilfoto auf – und da war es auch für mich nicht mehr zu übersehen. Die Augen meines Gegenübers waren trüb und blau und ausdruckslos. Die Augen auf dem Bildschirm hatten Lachfältchen und waren charmant und aufmerksam.

»Wessen Augen sind es denn?«, wollte ich wissen und deutete mit dem Finger darauf. Achselzuckend sagte er:

»Brad Pitts.«

*Brad Pitts?*

Er hat mich mit *Brad Pitts* Augen zu einem Date gelockt?

Ich war so wütend und kam mir dermaßen blöd vor, dass ich kaum ein Wort herausbringen konnte. Er schien jedoch gar nicht zu merken, dass irgendwas nicht stimmte. Allen Ernstes schlug er vor, noch irgendwo was zu essen. Wie dreist! Als ich ging, hätte ich ihm fast an den Kopf geknallt: »Meine Brüste sind übrigens die von Lady Gaga!« Aber das wäre vielleicht falsch rübergekommen.

Im Grunde sollte ich mich bei der Website beschweren, habe aber keine Lust. Ich habe überhaupt keine Lust mehr dazu. Ich brauche eine Pause von Männern. Ja. Genau das werde ich mir gönnen. Meine Instinkte brauchen auch mal Urlaub.

»Das Wichtigste wird natürlich sein, dass Sie sich konzentrieren.« Faridas Stimme dringt in meine Gedanken. »Ablenkung ist der Feind der Produktivität, wie Sie sicher alle wissen.«

Ich blicke auf und merke, dass Farida mich forschend betrachtet. Mist! Sie weiß, dass ich nicht zuhöre. Ich fange an zu zittern, als säße ich in der vierten Klasse im Erdkundeunterricht und wäre dabei erwischt worden, wie ich Zettelchen weitergebe. Alle anderen hören zu. Alle anderen sind konzentriert. Komm schon, Ava. Benimm dich wie eine Erwachsene.

Ich sehe mich in dem hohen Raum um, in dem wir sitzen. Das Seminar findet in einem alten Kloster in Apulien statt. Wir sind zu acht und sitzen auf abgenutzten Holzstühlen, alle in den schlichten Leinen-Kurtas, die man uns am Morgen gegeben hat. Das ist eine der Regeln in diesem Kloster: Man darf keine eigene Kleidung tragen. Und auch nicht seinen eigenen Namen benutzen. Und auch kein Handy. Man muss es am Anfang der Woche abgeben und kriegt es nur für eine halbe Stunde am Abend zurück oder für einen Notfall. Aber es gibt ohnehin kein WLAN. Zumindest nicht für Gäste.

Bei unserer Ankunft servierte man das Mittagessen auf den Zimmern, damit wir uns nicht vor dem Nachmittag kennenlernten. Die Zimmer sind alte Mönchszellen mit weiß getünchten Wänden, an denen überall Gemälde der Madonna hängen. (Wenn man mich fragt, wurden die Wände außerdem durchgebrochen. Ich glaube kaum, dass die Mönche damals genug Platz hatten für Doppelbetten, Schreibtische und handbestickte Ottomanen.)

Nach dem Mittagessen saß ich auf meiner schlichten Tagesdecke, versuchte, mich auf meine Geschichte zu konzentrieren, und sah mir nur gelegentlich ein paar Fotos von Harold auf meinem Notebook an.

Dann führte man uns einzeln in diesen Raum und bat uns zu schweigen. So sitze ich nun also in einer Gruppe wildfremder Menschen, mit denen ich noch kein einziges Wort gewechselt habe, nur das eine oder andere scheue Lächeln. Fünf weitere Frauen und zwei Männer. Alle sind älter als ich, bis auf einen dürren Typen, der so Mitte zwanzig sein dürfte, und ein Mädchen, das aussieht, als ginge es noch aufs College.

Es ist alles ziemlich intensiv. Ziemlich seltsam. Obwohl ich der Fairness halber zugeben muss, dass ich das schon vorher wusste. Ich hatte einen ganzen Haufen Erfahrungsberichte im Netz gelesen, bevor ich diesen Kurs gebucht habe, und neunzig Prozent bezeichneten ihn als »intensiv«. Andere Begriffe, die auftauchten, waren »exzentrisch«, »eindringlich«, »herausfordernd« und »haufenweise Spinner«. Aber auch »grandios« und »lebensverändernd«.

Ich möchte glauben, dass »grandios« und »lebensverändernd« zutreffen.

»Lassen Sie mich Ihnen nun die Philosophie dieses Schreibkurses erklären«, sagt Farida und macht eine Pause.

Sie macht oft Pausen, als müsste sie ihre Worte immer noch einmal überdenken. Sie ist Mitte fünfzig, halb Inderin, halb Italienerin. Das weiß ich, weil ich ihr Buch über ihre doppelte Herkunft gelesen habe, mit dem Titel *Ich und ich*. Zumindest habe ich es halb gelesen. (Es ist ziemlich dick.) Sie hat glatte, dunkle Haare und eine ruhige Art und trägt die gleiche Art von Kurta wie wir anderen, nur dass sie ihr erheblich besser steht. Ich wette, ihre hat sie sich maßschneidern lassen.

»In dieser Woche geht es nicht darum, wie Sie aussehen«, fährt sie fort. »Oder wer Sie sind. Oder auch nur, wie Sie heißen. Es geht ausschließlich ums Schreiben. Lösen Sie sich von Ihrem Ich, und Ihre Schriften werden leuchten.«

Ich werfe einen Blick auf die dünne, dunkelhaarige Frau, die neben mir sitzt. Sie schreibt *Lösen Sie sich von Ihrem Ich, und Ihre Schriften werden leuchten* in ihr Notizbuch.

Sollte ich mir das auch notieren? Nein. Das kann ich mir merken.

»Ich leite schon seit vielen Jahren Schreibseminare«, fährt Farida fort. »Anfangs hatte ich keine dieser Regeln. Meine Schüler stellten sich der Runde vor, sagten, wie sie hießen, wer sie waren und welche Erfahrung sie hatten. Aber was passierte dann? Die Gespräche nahmen kein Ende. Man plauderte über Veröffentlichungen, Kinder, Arbeit, Urlaub, Zeitgeschehen... aber keiner schrieb etwas!« Sie klatscht in die Hände. »Keiner schrieb etwas! Sie sind hier, um zu schreiben. Wenn Sie einen Gedanken haben, den Sie mitteilen möchten, *nutzen Sie ihn für Ihren Text*. Wenn Sie einen Witz kennen, den Sie reißen möchten, *nutzen Sie ihn für Ihren Text*.«

Sie ist echt inspirierend. Wenn auch ein bisschen einschüchternd. Der dürre, knochige Junge hat seine Hand gehoben, und ich bewundere ihn für seinen Mut. Ich würde mich jedenfalls jetzt noch nicht melden.

»Wollen Sie damit sagen, dass wir hier auf einem Schweigeseminar sind? Dürfen wir nicht miteinander reden?«

Faridas Gesicht verzieht sich zu einem breiten Lächeln.

»Sie dürfen reden. Wir werden alle reden. Nur werden wir nicht über uns selbst reden. Wir werden uns von der Anstrengung des Smalltalks befreien.« Sie mustert uns streng. »Smalltalk mindert die Kreativität. Soziale Medien ersticken das Denken. Selbst die morgendliche Auswahl der Kleidung ist eine unnötige Ablenkung. Und so werden wir den ganzen Unsinn für eine Woche sein lassen. Stattdessen werden wir *Bigtalk* halten. Charaktere. Plot. Gut und Böse. Die richtige Lebensweise.«

Sie nimmt einen Korb, geht herum und verteilt leere Namensschildchen und Stifte.

»Ihre erste Aufgabe wird darin bestehen, sich einen neuen Namen für diese Woche zu überlegen. Befreien Sie sich von Ihrem alten Ich. Werden Sie ein neues Ich. Ein kreatives Ich.«

Als ich mein Namensschild nehme, kann ich es kaum erwarten, ein neues, kreatives Ich zu werden. Außerdem hat sie recht mit der Kleidung. Ich wusste vorher schon von den langen Leinenhemden, also habe ich nicht viel eingepackt. Ich brauchte nur Sonnencreme, Hut, Bikini und mein Laptop, um an meinem Buch zu schreiben.

Oder mein Buch zumindest durchzuplanen. Es ist eine romantische Geschichte, die im viktorianischen England spielt, und ich stecke ein bisschen fest. Ich bin so weit gekommen, dass mein Held – Chester – auf einem Heuwagen dem güldenen Sonnenschein entgegenfährt und ruft: »Wenn wir uns wiedersehen, Ada, wirst du *wissen*, dass ich ein Mann bin, der zu seinem Wort steht!«, aber ich weiß nicht, was er als Nächstes tut, und er kann ja schlecht zweihundert Seiten auf diesem Heuwagen sitzen bleiben.

Nell findet, er sollte bei einem Arbeitsunfall in einer Fabrik ums Leben kommen und dazu beitragen, die archaischen Arbeitsgesetze der damaligen Zeit zu ändern. Aber das schien mir doch etwas zu düster. Und dann meinte sie: »Könnte er vielleicht verstümmelt werden?«, und ich fragte: »Wie meinst du das?«, was ein Fehler war, denn jetzt googelt sie ständig schreckliche Unfälle und schickt mir Links mit Überschriften wie »Und wenn er einen Fuß verlieren würde?«

Aber ich möchte einfach nicht darüber schreiben, wie Chester von einem Mähdrescher verstümmelt wird. Und ebenso wenig möchte ich den bösen Großgrundbesitzer Mauds altem Chemielehrer nachempfinden. Das Problem mit Freunden ist, dass sie zwar hilfsbereit sind, aber fast schon *zu* hilfsbereit. Alle haben ihre eigenen Ideen und bringen einen nur durcheinander. Deshalb denke ich, dass mir diese Woche eine große Hilfe sein wird.

Ich frage mich, was Harold wohl treiben mag.

Nein. *Lass das.*

Ich blinzle mich ins Jetzt zurück, als ich merke, dass die Frau neben mir sich ihr Namensschildchen ansteckt. Sie nennt sich »Metapher«. O Gott. Schnell, ich muss mir einen Namen überlegen. Ich nenne mich... wie nur? Was Literarisches? So was wie »Sonett«? Oder »Parenthese«? Oder was Dynamisches wie »Hyperbel«?

Komm schon. Ist doch egal, wie ich mich nenne. Eilig schreibe ich »Aria« und stecke mir das Schild an meine Kurta.

Da merke ich, dass Aria fast genau mein richtiger Name ist.

Na, gut. Merkt ja keiner.

»Sehr schön.« Faridas Augen leuchten uns an. »Nun wollen wir einander unser schreibendes Ich vorstellen.«

Wir laufen herum, und jeder spricht seinen »Namen« laut aus. Wir heißen Anfängerin, Austen, Bücherwurm, Metapher, Aria, Schreiberin, Autor-in-spe und Captain James T. Kirk vom Sternenkreuzer Enterprise – der knochige Typ. Er erklärt uns, dass er zwar eine Graphic Novel schreibt, keine Liebesgeschichte, aber sein Drehbuchschreiber-Freund hat ihm erzählt, dass dieser Kurs gut ist, und schließlich kann man überall was lernen, oder? Dann fängt er an, uns einen Vortrag über das Marvel-Universum zu halten, doch Farida bringt ihn sanft zum Schweigen und schlägt vor, dass wir ihn am besten kurz »Kirk« nennen.

Schreiberin mag ich jetzt schon. Sie ist braun gebrannt, mit kurzen, grau melierten Haaren und schelmischem Lächeln. Anfängerin hat seidenweiße Haare und muss mindestens achtzig sein. Autor-in-spe ist der Mann mit den grauen Haaren und dem Bierbauch, und Austen ist die Studentin. Bücherwurm scheint so um die vierzig zu sein und hat mich schon einmal freundlich angelächelt. Da meldet sich Metapher zu Wort.

»Sie meinten, wir sollen nicht von uns selbst erzählen«, sagt sie ein wenig schnippisch. »Aber in unseren Texten geben wir doch so einiges von uns preis.« Sie klingt, als wollte sie Farida bei einem Irrtum erwischen und damit beweisen, wie clever sie ist. Doch Farida lächelt nur freundlich.

»Selbstverständlich werden Sie Ihre Seelen preisgeben«, sagt sie. »Aber wir sind hier bei einem Schreibkurs über Liebesromane. Die Kunst der Fiktion besteht darin, unsere Realität darzustellen, als wäre sie irreal.« Sie spricht zu allen im Raum. »Seien Sie kunstvoll. Verstellen Sie sich.«

Das ist ein guter Tipp. Vielleicht ändere ich den Namen meiner Heldin Ada, damit sie nicht so sehr nach Ava klingt. Victorienne. Gibt es diesen Namen?

Ich schreibe »Victorienne« in mein Notizbuch, als Farida eben weiterspricht.

»Heute wollen wir uns mit den Grundlagen des Erzählens beschäftigen«, sagt sie. »Ich möchte, dass jeder von Ihnen sagt, was für Sie eine Erzählung ist. In nur einem Satz. Austen fängt an.«

»Oh.« Austen wird knallrot. »Das ist... also... wenn man das Ende wissen will.«

»Danke.« Farida lächelt. »Autor-in-spe?«

»Ach, du Schande!«, sagt Autor-in-spe lachend. »Na, da haben Sie mich jetzt aber kalt erwischt! Äh... Anfang, Mitte, Ende.«

»Danke«, sagt Farida wieder und will eben fortfahren, als es an der großen Holztür klopft. Diese öffnet sich, und Nadia, die uns als »Kursplanerin« vorgestellt wurde, winkt Farida zu sich. Die beiden flüstern kurz miteinander, während wir anderen unsichere Blicke tauschen, dann wendet Farida sich uns wieder zu.

»Wie Sie wissen, finden im Kloster diese Woche drei verschiedene Kurse statt«, beginnt sie. »Schreiben, Meditation und Asiatische Kampfkunst. Leider ist der Leiter des Kampfkunstkurses krank geworden, und ein Ersatz war nicht zu finden. Den Teilnehmern wurde angeboten, stattdessen einen der anderen Kurse zu belegen – und drei von ihnen haben sich entschieden, bei unserem Schreibkurs mitzumachen. Heißen wir sie willkommen!«

Gespannt sehen wir die Tür aufgehen. Zwei Männer und eine Frau treten ein – und mir stockt der Atem. Dieser größere, dunkelhaarige Typ. Wow.

Lächelnd blickt er in die Runde, und ich merke, wie mir das Herz aufgeht. Okay. Offenbar wollen meine Instinkte doch keinen Urlaub machen. Sie hüpfen auf und ab und holen noch das Notfall-Instinkte-Team hinzu, und alle rufen: »*Guck mal! Guck mal!*«

Denn er ist hinreißend. Ich habe sechsunddreißig Online-Dates hinter mir – und kein einziges Mal war ich dermaßen elektrisiert.

Er dürfte so etwa Ende dreißig sein. Er ist gut gebaut – man sieht es sogar durch den Stoff seiner Kurta. Gewellte, schwarze Haare, leicht unrasiert, ausgeprägtes Kinn, dunkelbraune Augen und fließende, entspannte Bewegungen, als er sich einen Platz sucht. Etwas unsicher lächelt er seine Nachbarn an, als er sich auf einen Stuhl setzt. Dann nimmt er von Farida

Stift und Namensschild entgegennimmt und betrachtet beides nachdenklich. Er ist der mit Abstand bestaussehende Mensch im Raum, aber er scheint es gar nicht wahrzunehmen.

Ich merke, dass ich ihn unverhohlen mit meinen Blicken verschlinge. Aber das ist okay, denn als Autor darf man ruhig aufmerksam sein. Falls jemand fragt, sage ich, dass ich mir im Stillen Notizen für eine Figur aus meinem Buch mache und nur *deshalb* seine Oberschenkel anstarre.

Wie mir auffällt, scheint Kirk ein Auge auf die Frau geworfen zu haben, die neu hinzugekommen ist, und ich mustere sie kurz. Sie ist auch ganz attraktiv, mit rotblonden Haaren und weißen Zähnen und wunderhübsch gebräunten Armen. Der zweite Mann ist unglaublich aufgepumpt, mit mächtigem Bizeps – tatsächlich ist unsere Gruppe mit einem Mal im Schnitt um fünfzig Prozent ansehnlicher geworden. Was vielleicht etwas über den Unterschied zwischen Kampfkunst und Schreibkunst aussagt.

Die Stimmung im Raum hat sich enorm entspannt, während wir zusehen, wie die Neuen sich ihre Namen überlegen. Das Mädchen entscheidet sich für »Lyrik«, der Supermuskelmann nennt sich »Schwarzgurt« und der Dunkelhaarige »Dutch«.

»So hieß der Hund, den ich als kleiner Junge hatte«, sagt er, als er sich uns vorstellt – und ich schmelze dahin. Seine Stimme klingt *gut*. Sie ist tief und voll und kräftig und aufrichtig, aber auch edel und humorvoll, mit einem leicht traurigen Unterton wegen etwas Vergangenem, doch spricht aus ihr auch die Hoffnung auf künftige Lichtblicke und ein überaus scharfer Verstand. Und okay, ich weiß, ich habe ihn erst zehn Worte sagen hören. Aber das genügt. Ich bin mir sicher. Ich spüre es. Ich weiß einfach, dass er ein großes Herz hat und Integrität und Ehrgefühl besitzt. Er würde seinem Gesicht niemals per Photoshop Brad Pitts Augen verpassen.

Außerdem hatte er als kleiner Junge einen Hund. Einen Hund, einen Hund! Mir wird ganz schwindlig vor Hoffnung. Wenn er Single wäre... wenn er doch nur Single wäre... und hetero... und Single...

»Wir wollen in diesem Kurs möglichst keine Details aus unserem Leben verraten«, sagt Farida mit sanftem Lächeln, und Dutch schnalzt mit der Zunge.

»Stimmt. Das hatten Sie gesagt. Tut mir leid. Schon hab ich's versaut.«

Da kommt mir ein neuer, schrecklicher Gedanke. Wenn wir nicht von uns selbst erzählen dürfen, wie soll ich dann rausfinden, ob er Single ist?

Er muss es sein. Er strahlt es aus. Außerdem: Wenn er vergeben ist, wo steckt dann seine Partnerin?

»Nachdem sich nun alle vorgestellt haben«, sagt Farida gerade, »sollten wir mit unserer Diskussion fortfahren. Vielleicht könnten Sie – Dutch – uns sagen, was für Sie eine ›Geschichte‹ ausmacht.« Dutch verzieht das Gesicht.

»›Eine Geschichte‹«, wiederholt er, ganz offensichtlich, um Zeit zu schinden.

»Eine Geschichte.« Farida nickt. »Wir sind hier, um Geschichten zu erschaffen. Das ist unsere Aufgabe in diesem Kurs.«

»Hm. Okay. Eine Geschichte.« Dutch reibt sich den Nacken. »Okay«, sagt er schließlich. »Allerdings war ich hergekommen, um zu lernen, wie man seinen Gegner mit einem gezielten Tritt zu Fall bringt. Nicht das hier.«

»Natürlich«, sagt Farida verständnisvoll. »Versuchen Sie es trotzdem mal.«

»Ich bin kein Schriftsteller«, sagt Dutch schließlich. »Ich kann keine Geschichten erzählen. Nicht so wie Sie. Ich besitze weder Ihre Fähigkeiten noch Ihr Talent. Auch wenn ich es gern lernen würde.« Als er sich umsieht, treffen sich unsere Blicke, und mein Magen zieht sich zusammen.

»Das kriegst du bestimmt hin«, sage ich heiser, bevor ich es verhindern kann.

Sofort verfluche ich mich dafür, dass ich so uncool und übereifrig rüberkomme, doch Dutch scheint es zu gefallen.

»Danke.« Er kneift die Augen zusammen, um mein Namensschild zu entziffern. »Aria. Hübscher Name. Danke.«

## DREI

Während der Pause spazieren wir im Hof herum und trinken selbst gemachte Limonade. Ich nippe an meinem Glas, dann lasse ich meinen Blick zu Dutch hinüberschweifen, ganz lässig.

Superlässig.

Als wäre ich kein bisschen interessiert.

»Hi!«, sage ich. »Mochtest du die Schreibübung?«

Eben sollten wir uns alle den ersten Satz eines Buches überlegen und ihn für Farida aufschreiben. Am Donnerstag wollen wir darüber reden. Meiner ist ziemlich dramatisch und lautet: *Blut tropfte von Emilys Busen, als sie die Liebe ihres Lebens sah.*

Ich bin eigentlich ganz zufrieden mit mir. Ich finde den Satz ausgesprochen fesselnd. Wieso tropft Blut von Emilys Busen? Das will doch jeder Leser *dringend* wissen. (Das Problem ist nur, dass ich selbst nicht sicher bin. Bis Donnerstag muss ich mir was überlegt haben.)

»Ich bin richtiggehend erstarrt«, sagt Dutch bedrückt. »Hab kein Wort geschrieben. Mein Hirn...« Er schlägt sich mit der Faust an die Stirn. »Will einfach nicht. Ich war bei so was noch nie besonders gut. Gib mir eine praktische Aufgabe. Oder Zahlen. Ich kann gut mit Zahlen. Aber schreiben...« Er bekommt so einen gequälten Ausdruck im Gesicht.

»Macht doch nichts«, sage ich aufmunternd. »Das kommt schon noch.«

»Aber ich finde es interessant«, fährt er fort, als wäre er entschlossen, positiv zu denken. »Mir hat gefallen, was alle anderen geschrieben haben. Interessanter Haufen.« Er breitet die Arme aus, um alle miteinzubeziehen, die auf dem Hof herumspazieren. »Es ist mal was ganz anderes. Hin und wieder tut es gut, aus seiner Komfortzone herauszutreten. Um was Neues zu probieren.«

»Ist dieser Innenhof nicht hübsch?«, höre ich Schreiberin hinter mir sagen.

»Oh, er ist einfach *fabelhaft*«, entgegnet Metapher mit lauter, entschiedener Stimme, als wäre sie die Einzige, die in Worte fassen darf, was fabelhaft ist, und die anderen sollten es lieber gar nicht erst versuchen. »Das alte, zerklüftete Gemäuer, von tausend Schritten abgewetzt«, fährt sie deklamierend fort. »Der hallende Kreuzgang, so voller Geschichte. Wie sich die Düfte der Kräuter mit denen der wallenden Blüten allüberall vermischen, wie die Schwalben über den kobaltblauen Himmel schießen, blitzschnell und taumelnd wie endlose Pfeile von...« Sie zögert nur einen kurzen Augenblick. »Quecksilber.«

»Absolut«, sagt Schreiberin nach einer höflichen Pause. »Das wollte ich auch gerade sagen.«

Eben will ich mich umdrehen und Schreiberin einen freundlichen Blick zuwerfen, doch bevor es mir gelingt, kommt Schwarzgurt auf uns zu.

»Hey.« Er begrüßt Dutch. »Heiß hier draußen.«

Er hat sein Oberteil ausgezogen, und ich gebe

mir Mühe, ihn nicht anzustarren, aber diese *Muskeln*. Noch nie bin ich im wahren Leben jemandem mit einem solchen Waschbrettbauch begegnet. Im Grunde sieht er aus wie der Hulk, nur nicht so grün.

»Ist schräg, oder?« Er spricht Dutch an. »Dieser Quatsch mit den Namen. Hast du was geschrieben?«

»Nein.«

»Ich auch nicht.«

»Hast *du* was geschrieben?«, fragt er Lyrik, die gerade auf uns zukommt, mit einem Glas Limonade in der Hand.

»Ein bisschen.« Sie zuckt mit den Schultern. »Ist nicht wirklich mein Ding. Ich dachte, es wäre interessanter.«

Plötzlich fällt mir auf, wie sie Dutch über ihren Drink hinweg betrachtet. Sie kann sich gar nicht von ihm abwenden. *O Gott*. Mit einem Mal wird mir die grausame Wahrheit bewusst: Ich habe eine Rivalin. Eine Rivalin mit rotblonden Haaren und wohlgeformten Armen und schlankeren Beinen als ich.

Während ich sie sorgenvoll betrachte, wird Lyrik direkt vor meinen Augen immer hübscher. Ihre Haare sind stufig geschnitten und umrahmen ihr Gesicht so schön. Geradezu liebenswert beißt sie sich auf die Lippe. Beim Kickboxen sieht sie bestimmt unsagbar scharf aus. Ohne Zweifel.

»Kannst du damit was anfangen?«, will sie plötzlich von Dutch wissen, fast aggressiv, woraufhin er leicht das Gesicht verzieht.

»Weiß nicht. Könnte sein.«

»Ich nicht«, sagt Schwarzgurt nur. »Ich glaube,

es war ein Fehler. Wollen wir abhauen?« Er spricht Dutch direkt an. »Noch können wir den Kurs erstattet kriegen.«

*Bitte?*

Panik ergreift mich, und doch bringe ich irgendwie ein entspanntes Lächeln zustande. Zumindest einigermaßen entspannt.

»Gebt nicht gleich auf!«, sage ich, wobei ich darauf achte, alle anzusprechen, nicht nur Dutch. »Probiert es nochmal. Kommt zur nächsten Stunde und wartet ab, wie es läuft.«

Farida schlägt einen kleinen Gong, der uns anzeigt, dass wir uns wieder versammeln sollen, und ich sehe Dutch an, dass er hin und her gerissen ist.

»Ich geh nochmal mit rein«, sagt er schließlich zu den anderen. »So schnell gebe ich mich nicht geschlagen. Und wir müssen uns ja auch erst morgen entscheiden.«

Schwarzgurt rollt mit den Augen, trinkt seine Limonade aus und stellt das Glas auf einen kleinen Tisch.

»Wenn du meinst«, sagt Lyrik ohne große Begeisterung. »Aber ich finde es ziemlich scheiße. Ich denke, wir sollten uns das Geld zurückgeben lassen. Dann könnten wir jetzt was trinken gehen im Ort. Uns ein bisschen amüsieren. Und morgen früh den Flieger nehmen.«

»Du musst ja nicht hierbleiben«, sagt Dutch und klingt fast schon trotzig. »Aber *ich* werde es nochmal probieren. Ich höre gern zu, auch wenn ich selbst nicht schreiben kann. Vielleicht schnappe ich ein paar Tipps auf.«

Er wendet sich ab und steuert auf den Durchgang zu, der in unseren Raum führt. Lyrik sieht ihm einen Moment lang hinterher, dann schnalzt sie leicht genervt mit der Zunge und folgt ihm hinein, genau wie Schwarzgurt.

Sie hat es *dermaßen* auf ihn abgesehen.

Als wir uns setzen, sehe ich ein paarmal heimlich zu ihr hinüber. Sie lässt Dutch nicht aus den Augen, himmelt ihn förmlich an. Es ist so offensichtlich. So schamlos. Ich finde es absolut unangemessen. Immerhin sind wir hier bei einem *Schreibkurs*.

»Und nun wird es Zeit für die Improvisationsübung, von der ich vorhin gesprochen habe.« Faridas Stimme dringt in meine Gedanken. »Haben Sie keine Angst! Ich weiß, manche von Ihnen sind da etwas schüchtern…« Sie legt eine kurze Pause ein, und hier und da höre ich nervöses Lachen. »Machen Sie es einfach so gut, wie Sie können. Ich möchte, dass Sie eine Figur in Aufruhr improvisieren und sich deren Antagonisten vorstellen, Ihren Feind. Egal was für eine Figur. Egal was für ein Aufruhr. Horchen Sie tief in sich hinein. Kirk!« Sie lächelt, als er aufspringt. »Sie fangen an!«

Ausgesprochen selbstbewusst tritt Kirk in die Mitte des Raumes und holt tief Luft.

»Wie soll ich beginnen?«, fragt er fordernd. »Hier stehe ich, verstoßen von Zorgon, zu Unrecht verbannt von den Sechzehn Planetennationen, und hüte das Geheimnis des Dritten Steins von Farra. Emril, *dir* gebe ich die Schuld, du widerliches Ungeheuer, du hast mich von jeher gehasst, schon als wir noch Kinder waren…«

Während Kirk mit seiner Tirade fortfährt, merke ich, wie mein Blick zurück zu Lyrik schweift. Noch immer starrt sie Dutch an, mit halb offenem Mund. Sie ist richtiggehend fixiert auf ihn. Das ist doch ungesund! Außerdem ist ihr die Kurta aufreizend von der Schulter gerutscht. Das ist garantiert kein Zufall.

»... Nun denn, Emril, Kaiserin des Nordens, du hast es so gewollt!« Kirk endet bedrohlich, und alle applaudieren.

»Sehr gut!«, sagt Farida. »Ich habe Ihren Zorn gespürt, Kirk. Gut gemacht. Wer möchte jetzt?« Überrascht zieht sie die Augenbrauen hoch, als Dutch sich meldet. »Dutch!« Sie klingt erstaunt und auch erfreut. »Sie haben eine Figur, an der Sie arbeiten möchten?«

»Ja«, sagt Dutch knapp. »Denke schon.«

Etwas ungläubig sehen wir ihn in die Mitte des Raumes treten, stirnrunzelnd, wie gedankenversunken.

»Erzählen Sie uns von Ihrer fiktiven Figur«, sagt Farida aufmunternd.

»Er ist genervt«, sagt Dutch mit lauter, sonorer Stimme. »Jemand will ihn nicht in Ruhe lassen. Und es wird ... unerträglich.«

»Gut!«, sagt Farida. »Okay, Dutch, wir sind ganz Ohr.«

Ich bin wie gebannt, als Dutch Luft holt. Und ich merke, dass es allen anderen genauso geht. Es ist doch ziemlich beeindruckend, dass er sich schon am allerersten Tag eine Improvisation vor dem versammelten Kurs zutraut.

»Mir reicht's«, sagt Dutch mit Blick zur Wand.

»Mir reicht's mit dir.« Dann verfällt er in Schweigen. Irgendwann blinzelt er. »Das war's«, fügt er an Farida gewandt hinzu.

Das ist seine ganze Improvisation?

Ich höre jemanden prusten vor Lachen, und ich beiße mir auf die Lippe, um nicht loszukichern – doch Farida zuckt mit keiner Wimper. »Könnten Sie das noch ausarbeiten?«, schlägt sie vor. »Diese sehr kraftvolle, prägnante Eröffnung in so etwas wie einen Monolog verwandeln?«

»Ich versuch's mal«, sagt Dutch. Er scheint seine Zweifel zu haben, wendet sich aber wieder der Wand zu. »Lass es einfach sein. Ich kann es nicht mehr ertragen. Du bist so was von...«

Vergeblich sucht er nach dem richtigen Wort. Seine Miene verfinstert sich zusehends... bis er unvermittelt mit dem Fuß seitlich austritt. »Du bist so was von...« Zornig zerteilt er mit der flachen Hand die Luft. »Hörst du? Am besten solltest du...« Keuchend sucht er nach Worten, dann springt er vor lauter Frust in die Luft, schreit auf, und sein Fuß schnellt nach vorn.

Erschrocken stöhnen alle auf. Anfängerin entfährt ein kleiner Entsetzensschrei.

»Hammer!«, ruft Schwarzgurt, als Dutch wieder sicher gelandet ist. »Spitzentechnik, Mann!«

»Danke«, schnauft Dutch.

»Dutch!« Farida springt von ihrem Stuhl und legt ihm eine Hand auf die Schulter, bevor er noch weitere Manöver vorführen kann. »Dutch. Das war sehr überzeugend. Allerdings geht es in dieser Gruppe ums Schreiben. Nicht ums Kämpfen.«

»Stimmt schon.« Dutch scheint wieder zu sich zu kommen. »Tut mir leid. Da ist es eben mit mir durchgegangen.«

»Keine Sorge«, versichert ihm Farida. »Sie haben eine Ausdrucksform gefunden, und das ist ja schon mal ein Anfang. Und offenbar waren es starke Emotionen, die rausmussten.«

»Ja«, sagt Dutch nach einer Weile. »Es war frustrierend. Ich habe es *gespürt*.« Er tippt auf sein Herz. »Mir fehlten einfach ... die richtigen Worte.«

»Das kommt vor.« Farida nickt. »Es ist das Los eines Schriftstellers. Aber bitte kein Kickboxen mehr! Auch wenn ich Ihrer lebendigen Darstellung einer tiefen Abneigung nur applaudieren kann. Wir sind hier, um Liebesgeschichten zu schreiben.« Sie wendet sich an die Gruppe. »Und die Liebe steht dem Hass näher als jede andere ...«

»Liebesgeschichten?«, fällt Schwarzgurt ihr ins Wort, und das Entsetzen ist ihm direkt anzusehen. »*Liebesgeschichten?* Ich dachte, hier geht es ums ›Schreiben‹. Von Liebesgeschichten war nie die Rede.«

»Selbstverständlich *müssen* Sie keine Liebesgeschichten schreiben...«, setzt Farida an, doch Schwarzgurt hört gar nicht mehr zu.

»Ich bin hier weg. Sorry.« Er steht auf. »Das ist nicht mein Ding. Echt nicht!«

»Meins auch nicht«, sagt Lyrik, steht ebenfalls auf und blickt funkelnd in die Runde, als wäre alles unsere Schuld. »Das ist mir zu schräg. Ich will mein Geld zurück.«

Sie geht? *Juhuu!*

In meinem Kopf singen die Engel *Halleluja*. Sie geht!

»Schade«, sage ich so bedauernd, wie es mir nur möglich ist.

»Kommst du?«, sagt Schwarzgurt zu Dutch, und auch Lyrik wendet sich ihm erwartungsvoll zu. Die singenden Engel in meinem Kopf verstummen, und vor Angst schnürt sich mir die Kehle zusammen. Er darf nicht weggehen. Das kann er doch nicht machen!

*Geh nicht*, flehe ich ihn im Stillen an. *Bitte geh nicht!*

Mir ist, als würde es mir den ganzen Schreibkurs verderben, wenn er geht. Oder mein ganzes Leben. Was lächerlich ist – ich habe ihn ja eben erst kennengelernt. Aber so empfinde ich nun mal.

»Ich glaube, ich bleibe hier«, sagt Dutch schließlich, und ich atme langsam aus, versuche, mir nicht anmerken zu lassen, wie erleichtert ich bin.

Zum Abendessen sitzen wir an einem langen Holztisch auf einer Terrasse voll massiver Terrakotta-Töpfe mit Liebesblumen und Kräutern und stachligen Kakteen. Überall stehen riesige Kerzen und bemalte Töpferschalen, und die Kellner schenken Wein in kurzstielige Gläser. Offenbar isst die Meditationsgruppe in einem anderen Teil des Gartens. Vermutlich, damit wir sie nicht beim Meditieren stören.

Ich sitze am Ende vom Tisch, zwischen Metapher und Schreiberin. Ich wollte neben Dutch sitzen, aber er ist irgendwie am anderen Ende gelandet, was ich doch ziemlich enttäuschend finde.

»Diese Umgebung ist wirklich inspirierend, nicht?«, sagt Schreiberin und trinkt mir zu. Wir alle haben für den Abend blaue Kurtas angezogen, und ich muss sagen, dass ihre ihr besonders gut steht. »In meinem Kopf *summt* es förmlich vor Ideen für mein Buch. Geht es dir auch so?«

»Äh …« Ich nehme einen Schluck Wein, um Zeit zu schinden. Tatsächlich habe ich meinem Buch noch keinen einzigen Gedanken gewidmet. Ich bin wie besessen von Dutch.

Er sieht so gut aus. Er ist bescheiden und doch selbstbewusst. Und er ist geschickt mit seinen Händen. Vorhin stellte sich raus, dass die große, hölzerne Pfeffermühle nicht funktionierte. Bücherwurm wollte schon einen Kellner rufen, doch Dutch meinte nur: »Gib mal her!« Inzwischen hat er das ganze Ding auseinandergebaut und befasst sich mit dem Mahlwerk. Die Gespräche um ihn herum hat er komplett ausgeblendet.

»In der Pause habe ich meine Geschichte total umgebaut«, erklärt mir Schreiberin. »Und das schon am ersten Tag!«

»Toll!« Ich applaudiere ihr mit schlechtem Gewissen. Ich muss zugeben, dass ich Chester und Clara (ich habe sie umbenannt) vernachlässigt habe. Ich sollte mich auf meine Aufgabe konzentrieren. Bin ich hier, um ein Buch zu schreiben oder um einen Mann zu finden?

*Mann!*, schreit mein Hirn, bevor ich es verhindern kann, und ich huste in meinen Wein.

»Alles hier ist inspirierend!«, verkündet Metapher mit großer Geste. »Seht euch diese Teller an! Seht den Himmel! Seht die Schatten dort im Garten!«

Ein Kellner stellt vor jeden von uns eine Schale mit Bohnensuppe, in der Kräuter schwimmen, und Schreiber ruft begeistert:

»Mmh, lecker!«

»Wie ansehnlich die dicken Bohnen in ihrer Brühe ruhen«, sagt Metapher, »und dort so zufrieden wirken. Als hätten sie nun endlich eine Heimat gefunden. *La casa*. Seelenfrieden.«

Sie haben *was*? Dicke Bohnen haben Seelenfrieden gefunden? Ich fange Schreiberins Blick auf und verkneife mir ein Kichern.

»Das muss ich mir notieren«, fügt Metapher hinzu. »Vielleicht kann ich es verwenden.« Sie wirft uns argwöhnische Blicke zu, als wollten wir ihre Idee klauen.

»Gute Idee«, sagt Schreiberin höflich.

Am anderen Ende des Tisches dreht sich das Gespräch um Liebe und Beziehungen, wo ich *viel* lieber mitreden würde, aber leider verstehe ich kaum, was da gesprochen wird.

»Nimm *Vom Winde verweht*«, sagt Bücherwurm gerade, während sie ihr Brot in den Artischocken-Dip tunkt. »In der Geschichte geht es ja nun wirklich darum, es nochmal zu versuchen ...«

»Aber sie versuchen es ja nicht nochmal!«, fällt Autor-in-spe ihr ins Wort. »Das war's. *Finito*.«

»Ich denke, wir sollen wohl davon ausgehen, dass sie möglicherweise zueinander finden werden«, stimmt Austen scheu mit ein. »Geht es bei der Liebe denn nicht eigentlich darum... verzeihen zu können?«

»Aber alles hat seine Grenzen.« Autor-in-spe wendet sich an Dutch. »Was ist mit dir, Dutch? Bist du ein nachsichtiger Mensch? Glaubst du, dass jeder eine zweite Chance verdient hat?«

Mein Herz hüpft beim Klang seines Namens, und ich gebe mir alle Mühe, zu verstehen, was er sagt, aber leider lässt sich Metapher lauthals über die italienische Landschaft aus.

Dutch blickt von der Pfeffermühle auf und zuckt mit den Schultern.

»Nachsichtig würde ich vielleicht nicht gerade sagen, aber ich gebe mir Mühe, vernünftig zu bleiben«, sagt er. »Ich halte mich an Tatsachen. Es gibt da so ein Zitat, das mir gut gefällt: ›Ändern sich die Fakten, ändere ich meine Meinung.‹«

»›Ich halte mich an Tatsachen!‹« Autor-in-spe lacht kurz auf. »Na, wenn das nicht romantisch ist!«

»So bin ich nun mal ...« Dutch stutzt, und mit einem Mal leuchten seine Augen auf, als hätte er jemanden entdeckt, den er kennt. »Hey, mein Augenstern!«

Die Kehle schnürt sich mir zusammen. Augenstern? Wer ist sein Augenstern? Wer ist da gekommen? Seine Frau? Seine italienische Freundin? Die Kellnerin, mit der er heute Nachmittag schon was angefangen hat, ohne dass ich etwas davon mitbekommen habe?

Da sehe ich zwischen den mächtigen Terrakotta-Töpfen einen großen, weißen Hund stehen. Dutch hält ihm seine Hand hin, und der Hund kommt direkt auf ihn zugelaufen, als wüsste er, dass von uns allen Dutch die richtige Wahl ist.

Schreiberin sagt was zu mir, aber es geht völlig an

mir vorbei. So fasziniert bin ich von Dutch. Er redet mit dem Hund, streichelt ihn, lächelt ihn an, vergisst alles um sich herum. Es ist nicht zu übersehen: Er mag Hunde nicht nur, er *liebt* Hunde. Als ihm das Tier die Pfote hinhält, wirft Dutch seinen Kopf in den Nacken und lacht, auf so natürliche, mitreißende Weise, dass es mir richtig zu Herzen geht.

Jetzt sagt auch Metapher, irgendwas zu mir, aber ich höre und sehe nur noch Dutch. Wenn ich ihn so betrachte... seine muskulösen Arme... wie der Kerzenschein auf seinem Gesicht flackert... sein entspanntes Lächeln... mir ist, als würde ich schweben. Mein Herz platzt beinahe vor Hoffnung und Heiterkeit.

Und als könnte er Gedanken lesen, blickt Dutch auf und sieht mich ein paar Sekunden lang an. Er lächelt, als wollte er mir was sagen, und ich merke, wie ich nicke und zurücklächle, als würde ich verstehen, und mein Herz schlägt Purzelbäume.

Ich fühle mich, als wäre ich sechzehn.

Nein. Jünger. Wann war ich das erste Mal so richtig verliebt?

Da kommt ein Kellner, um Teller abzuräumen, Dutch wendet sich ab, und der Moment ist vorbei. Widerwillig widme ich mich wieder meinen Tischnachbarinnen und zwinge mich, zuzuhören, was Metapher über irgend so einen Booker Prize-Gewinner zu sagen hat. Doch die ganze Zeit über drehen sich meine Gedanken im Kreis.

Was, wenn...? Ich meine, was *wenn*...? Er ist attraktiv. Optimistisch. Aufmerksam. Geschickt mit den Händen. Und – o mein Gott – *er liebt Hunde.*

## VIER

Am nächsten Abend schlägt mein Herz noch immer einen Purzelbaum nach dem anderen. Ich mache mich bereit fürs Abendessen, betrachte mich in dem winzigen, gesprungenen Spiegel in meinem Zimmer (alles hier ist alt und malerisch), unfähig, irgendetwas anderes zu denken als: Wie stehen meine Chancen?

Im Moment wünschte ich, ich würde etwas italienischer aussehen. Die italienischen Angestellten haben alle so schwarz glänzende Haare und glatte, dunkle Haut, während ich in der Sonne nur Sommersprossen kriege. Ich bin das, was man »feingliedrig« nennt, was wie ein Vorteil klingen mag, bis eine üppige Neunzehnjährige mit kurzem Bob, Stupsnase und runden Grübchenschultern vor einem steht …

Nein. Schluss damit. Ungeduldig schüttle ich den Kopf, um das Bild loszuwerden. Nell würde sagen, ich benehme mich wie ein Idiot. Mit so etwas würde sie ihre Zeit nicht vergeuden. Der Gedanke an Nell erinnert mich automatisch an Harold – und schon bin ich wieder an meinem Computer und rufe den »Harold«-Ordner auf.

Mir Fotos von ihm anzusehen beruhigt mein Herz ein wenig. Harold. Geliebter Harold. Allein sein strahlendes, kluges Gesicht zu sehen bringt mich zum

Lächeln, auch wenn das Video, in dem er versucht, in den Wäschekorb zu klettern, nicht meine Probleme lösen kann. Als ich den Ordner schließe, bin ich immer noch ganz wuschig und fahrig. Es war einfach so ein Tag.

An den Morgen kann ich mich kaum noch erinnern. Während alle anderen Kursteilnehmer ihre »Schreibziele« diskutierten und eifrig Notizen machten, war ich auf Dutch konzentriert. Als ich reinkam, saß er schon zwischen Schreiberin und Bücherwurm (Mist), aber ich habe die Gelegenheit genutzt und mich ihm gegenüber hingesetzt.

Unsere Blicke trafen sich ein paarmal. Er lächelte. Ich lächelte zurück. Als Farida über fiktive Konfrontationen sprach, machte ich eine spaßige Kampfkunst-Geste, und er hat gelacht. Das war doch schon mal ein Anfang.

Auf dem Weg zum Mittagessen war ich bester Dinge. Außerdem hatte ich einen Plan: Ich wollte einen Platz an seiner Seite ergattern, ihm schöne Augen machen, und wenn alles andere nichts nützte, unverhohlen fragen: »Was hältst du von einem kleinen Urlaubsflirt?« (Sollte er ein entsetztes Gesicht machen, wollte ich so tun, als wäre das der Plot für meinen nächsten Roman.)

Aber er kam nicht. *Er kam einfach nicht!*

Wie kann man das Mittagessen auslassen? Es gehört doch zum Paket. Es ist kostenlos. Und köstlich. Das war doch irgendwie unsinnig.

Dann wurde es noch schlimmer: Auch zur nachmittäglichen Yoga-Sitzung tauchte er nicht auf. Farida kam sogar zu mir und fragte: »Wissen Sie, wo Dutch ist?«

(Man bemerke, dass sie *mich* fragte. Offenbar ist den Leuten aufgefallen, dass zwischen uns eine Verbindung besteht. Aber was nützt mir die schönste Verbindung, wenn er gar nicht da ist?)

Ich gab es auf. Ich dachte: »Er ist abgereist. Er hat kein Interesse. Weder am Schreiben noch an *mir*.« Dann verfluchte ich mich bitterlich dafür, dass ich am Morgen so abgelenkt gewesen war, denn schließlich hat dieser Kurs viel Geld gekostet. Ich beschloss, mich darauf zu konzentrieren, die Liebe vorerst zu vergessen und zu tun, wofür ich hergekommen war: *zum Schreiben.*

Ich saß auf meinem Bett, starrte eine Weile mein ausgedrucktes Manuskript an und fragte mich, ob Chester vom Heuwagen steigen sollte oder ob der Heuwagen vielleicht in Brand geriet. Dann dachte ich: Was wäre, wenn Clara sich auf dem Heuwagen versteckt hätte und im Feuer zu Tode käme? Aber das wäre ein ziemlich kurzes, trauriges Buch…

Und dann geschah das Wunder. Ich hörte eine Stimme draußen vor meinem Zimmerfenster, das auf den Klosterhof hinausgeht. Ich hörte Bücherwurm rufen:

»Oh, Dutch! Wir dachten schon, du wärst abgereist!«

Dann hörte ich ihn antworten: »Nein, ich habe mir nur den Nachmittag freigenommen. Wie war Yoga?«

Dann kamen sie kurz ins Gespräch. Leider konnte ich davon nicht wirklich was verstehen, bis Bücherwurm sagte: »Wir sehen uns beim Abendessen«, und er antwortete: »Klar.« Da fing mein Herz an zu rasen, woraufhin mein Manuskript zu Boden glitt.

Und nun tanzt die Hoffnung unaufhaltsam durch meinen Körper. Ich klappe mein Laptop zu, gönne mir noch einen letzten Spritzer Parfum, zupfe meine blaue Kurta zurecht, dann mache ich mich auf den Weg durch die kerzenbeschienenen Korridore und Innenhöfe hin zu der Terrasse, auf der das Abendessen serviert wird. Ich kann Dutch schon sehen – und auch den leeren Stuhl an seiner Seite. Dieser Stuhl gehört mir.

Ich lege einen Schritt zu und komme kurz vor Austen an, schnappe mir den Stuhl mit festem Griff.

»Sollte ich mich heute vielleicht mal hierhin setzen?«, frage ich so lässig, wie es mir möglich ist, und nehme Platz, bevor irgendwer eine Bemerkung machen kann. Ich hole tief Luft, um mich zu sortieren, dann wende ich mich Dutch zu.

»Hi.« Ich lächle.

»Hi.« Er lächelt zurück, und ich vergehe fast vor Sehnsucht.

Seine Stimme macht etwas mit mir. An allen möglichen Körperstellen ruft sie Reaktionen hervor. Und nicht nur seine Stimme – seine ganze Ausstrahlung lässt mich in hellen Flammen stehen. Er sieht mich an, als wüsste er längst, was ich will. Seine Körpersprache ist überdeutlich. Sein Lächeln ist unwiderstehlich. Als er nach seiner Serviette greift, streift er meinen Arm, und es kribbelt am ganzen Leib. Nein, das ist mehr als bloßes Kribbeln. Es ist die reine Gier.

»Entschuldige«, murmle ich, als ich mich zu ihm beuge, um ihm Wasser einzuschenken – und zum ersten Mal atme ich seinen Duft. O *Gott*. Ja. Auch davon will ich mehr. Diese Mischung aus Hormonen und Schweiß und Seife und Aftershave verfehlt ihre Wirkung nicht.

Ein Kellner hat uns beiden Wein eingeschenkt, und Dutch hebt sein Glas, wendet sich mir zu. Konzentriert und eindringlich sieht er mich an, als wäre sonst niemand da, als säßen wir ganz allein am Tisch.

»Okay«, sagt er. »Smalltalk ist verboten.«

»Stimmt.«

»Ich darf dich nichts Persönliches fragen.«

»Stimmt auch.«

»Je mehr man mir etwas verbietet, desto dringender möchte ich es tun.« Mit seinen dunklen Augen sieht er mich an, und mir stockt der Atem, denn mit einem Mal stelle ich mir vor, was er sonst noch tun möchte. Und was ich vielleicht sonst noch tun möchte.

In aller Ruhe, ohne sich von mir abzuwenden, trinkt Dutch von seinem Wein.

»Ich wüsste gern mehr über dich.« Er beugt sich vor und flüstert: »Wir könnten die Regeln brechen.«

»Die *Regeln* brechen?«, wiederhole ich schockiert. Ich komme mir vor wie in einem Roman aus dem 19. Jahrhundert, und ein Gentleman fragt mich, ob er mir anzügliche Briefe schreiben darf. Dutch lacht über meine Reaktion.

»Okay. Du möchtest die Regeln nicht brechen. Was würdest du davon halten, wenn wir einander eine einzige persönliche Frage stellen?«

Ich nicke. »Gute Idee. Du fängst an.«

»Okay. Hier kommt meine Frage.« Er macht eine kurze Pause und fährt mit dem Finger am Rand seines Weinglases entlang – dann blickt er auf. »Bist du Single?«

Mir ist, als würde irgendetwas in mir aufblitzen. Etwas, das freudig und stark und dringlich zugleich ist. Er hat tatsächlich Interesse an mir.

»Ja«, sage ich, auch wenn meine Stimme fast ihren Dienst versagt. »Bin ich ... ja.«

»Sehr gut.« Seine Augen lächeln mich an. »Das ist ... Freut mich, das zu hören. Jetzt stell du mir eine Frage!«

»Okay.« Mein Mund verzieht sich zu einem Lächeln, denn wir spielen hier ein Spiel. »Lass mich mal eben überlegen. Bist du denn Single?«

»Und *wie*.« Er betont es so überdeutlich, dass ich unter anderen Umständen sofort darauf eingegangen wäre – aber ich habe keine Frage mehr frei.

»Dann wissen wir ja nun alles voneinander«, sage ich, und Dutch lacht.

»Vorerst zumindest. Vielleicht sollten wir uns jeden Abend eine Frage stellen. Wir könnten sie uns einteilen.«

»Klingt gut.«

Wir werden unterbrochen, als ein Kellner kommt und uns Teller mit Pasta bringt, und ich nutze die Gelegenheit, um mir Dutch nochmal unauffällig anzusehen, seinen kräftigen Unterkiefer und die dunklen Wimpern, die liebenswerten, kleinen Krähenfüße, die mir bisher noch gar nicht aufgefallen waren. Mir wird bewusst, dass ich nicht mal weiß, wie alt er ist. Das könnte ich ihn morgen Abend fragen. Das könnte meine Frage sein.

Aber dann wieder: Muss ich wissen, wie alt er ist? Nein. Nein! Muss ich nicht!

Plötzlich bin ich ganz aufgekratzt. Ich fühle mich richtiggehend befreit! Ich will nichts wissen von Fakten oder Details oder wie sein Profil bei match.com aussieht. Er ist hier, und ich bin hier, und das ist alles, was zählt.

»Moment, eine Frage hätte ich noch«, sage ich, nachdem Dutch das Olivenöl weitergereicht hat. »Ich *glaube*, die ist zulässig... Wo warst du heute Nachmittag?« Ich werfe ihm einen gespielt vorwurfsvollen Blick zu. »Du hast Yoga geschwänzt!«

»Oh. Stimmt.« Schmunzelnd nimmt er eine Gabel voll Pasta. »Offen gesagt, bin ich kein großer Fan von Yoga. Da bin ich eher...«

»Halt!« Ich hebe eine Hand. »Sag es nicht! Zu viel persönliche Informationen!«

»Mann, ey!«, knurrt Dutch und wirkt zum ersten Mal ernstlich frustriert. »Wie soll man sich denn so unterhalten?«

»Sollen wir ja nicht«, erkläre ich. »Wir sollen schreiben.«

»Hm.« Er nickt. »Touché.«

»Oder – wie in deinem Fall – anderen die Seele aus dem Leib prügeln«, füge ich hinzu, und Dutch lacht.

»Nochmal touché.«

Ich nehme einen Mundvoll *Orecchiette*, die typischen Nudeln aus dieser Gegend. Sie werden mit Blattgemüse und Rosmarin serviert und schmecken göttlich. Doch während ich gestern Abend nicht aufhören konnte, mich über das Essen zu freuen, kann ich heute nicht aufhören, mich über dieses spannende Gespräch zu freuen. Oder besser: dieses Nicht-Gespräch.

Schweigend genießt Dutch seine Nudeln, dann sagt er: »Um ehrlich zu sein: Ich habe ein Auto gemietet und mir mal ein bisschen die Küste angesehen. Es gibt hier so kleine Buchten ... hübsche Dörfer ... Hat Spaß gemacht.« Dann blickt er mir tief in die Augen und sagt: »Ich habe überlegt, morgen nochmal hinzufahren. Hättest du nicht Lust mitzukommen?«

Als wir am nächsten Nachmittag die Küste entlangfahren, ist mir schwindlig vor Glück. Wie kann es sein, dass sich in meinem Leben so Erstaunliches ergeben hat? Wie kann es sein, dass ich durch die traumhaft schöne, italienische Landschaft kutschiert werde, im schönsten Sonnenschein, mit Musik aus dem Radio und dem absolut perfekten Mann an meiner Seite?

Ich gebe mir Mühe, aufrichtiges Interesse an der zauberhaften Landschaft zu zeigen, doch meine Aufmerksamkeit wendet sich immer wieder Dutch zu. Weil er einfach immer besser und besser wird.

Er fährt sicher. Er hat kein Problem damit, sich zu verfahren. Vor fünf Minuten hat er einen alten Mann nach dem Weg gefragt, in einem grausamen Mischmasch aus Englisch und schlechtem Italienisch. Aber dabei hat er so charmant gelächelt, dass der Alte schließlich eine Frau aus dem Haus holte, die des Englischen mächtig war und uns eine Karte zeichnete. Und hier sind wir nun, auf einem kleinen Parkplatz ganz oben auf den Klippen, wo es nur Olivenhaine, Felsen und das endlos blaue Mittelmeer zu sehen gibt.

»Wie heißt dieser Ort hier?«, frage ich, nur um etwas Intelligentes zu sagen. (Im Grunde ist es mir egal, wie er heißt.)

»Keine Ahnung«, sagt Dutch fröhlich. »Aber die Frau wusste gleich, was ich meinte. Ich war gestern schon hier. Macht Laune.«

»Eigentlich wollte ich Italienisch lernen, bevor ich herkam«, sage ich. »Aber leider fehlte mir die Zeit dafür ... Sprichst du irgendwelche anderen Sprachen?«

»Ich versuche es zumindest«, sagt Dutch. »Aber so richtig will nichts hängen bleiben.«

Er klingt so aufrichtig, dass ich unwillkürlich lächeln muss. Viele Menschen würden in einem solchen Moment irgendwelchen Quatsch erzählen – er nicht.

Ich folge ihm einen steinigen Pfad hinab zu einer kleinen Felsenbucht mit steinigem Strand und dem klarsten, türkisfarbenen Wasser, das ich je gesehen habe. Hier gibt es keine Sonnenliegen und auch keine Beach Bar. So ein Strand ist das nicht. Ich sehe größtenteils ältere Italienerinnen, die auf ihren Handtüchern sitzen, mit Tüchern um den Kopf, und Grüppchen von kreischenden Jugendlichen.

Die Bucht ist von mächtigen Felsen eingefasst, und überall klettern Teenager herum, liegen in der Sonne, rauchen oder trinken Bier. Ich sehe, wie ein Mädchen im rotem Bikini kreischend von einem Felsvorsprung hüpft und mit der Faust in die Luft schlägt, bevor sie ins Meer abtaucht. Gleich darauf folgt ihr ein Junge strampelnd mit einem mächtigen Klatscher.

Einen Moment lang rangeln sie miteinander, dann hält er triumphierend ihr Bikini-Oberteil aus dem Wasser, während das Mädchen hysterisch lacht. Die Teenager auf den Felsen fangen an zu johlen, und Dutch wirft mir einen vorsichtigen Blick zu.

»Gestern war es hier nicht ganz so wild«, sagt er. »Wir könnten uns auch was Ruhigeres suchen.«

»Nein, es gefällt mir.« Ich lächle ihn an. »Es fühlt sich irgendwie... na ja... *echt* an. Wow!«, füge ich hinzu, als das nächste Mädchen vom Felsen springt. »Das ist echt hoch.«

»Macht aber Spaß.«

»Du bist *auch* gesprungen?«

»Selbstverständlich.« Er lacht, als er meinen Gesichtsausdruck sieht. »Willst du es mal probieren?«

»Äh... klar!«, sage ich, bevor ich darüber nachdenken konnte, ob das eigentlich eine gute Idee ist. »Warum nicht?«

Wir finden einen leeren Platz auf dem steinigen Strand, und ich ziehe meinen Bauch ein, als ich meinen Kaftan ablege. Wenn ich auch bewusst nicht in seine Richtung blicke, spüre ich doch, dass Dutch mich mustert. Mein Badeanzug ist schwarz und tief ausgeschnitten, und ich weiß, dass er sexy ist, weil Russell damals immer meinte...

*Nein.* Abrupt bremse ich meine Gedanken. Ich werde jetzt *nicht* an Russell denken. Warum sollte ich mich in diesem Moment an einen unausstehlichen Ex-Freund erinnern?

Ich falte meinen Kaftan, wende mich sittsam von Dutch ab, als er sich auszieht, schaffe es aber auch, heimlich ein paar kurze Blicke auf ihn zu werfen. Er trägt dunkelblaue Schwimm-Shorts und sieht ziemlich durchtrainiert aus. Seine Oberschenkel sind muskulös, und er hat Haare auf der Brust. Ich mag Haare auf der Brust.

Ich merke, dass mir der Schweiß über die Stirn läuft, und wische ihn weg. Hier unten ist es noch heißer als oben auf den Klippen. Das Plätschern der Wellen klingt ungemein einladend.

»Es ist heiß«, sage ich, und Dutch nickt.

»Wir sollten ins Wasser. Möchtest du …?« Er deutet auf die Felsenspringer, und mir wird ganz flau im Magen. Einfach nur ein bisschen herumpaddeln würde mir auch genügen. Aber das werde ich bestimmt nicht zugeben, also sage ich:

»Na, klar!«, und Dutch grinst.

»Cool. Da drüben geht's nach oben.«

Er führt mich einen steilen Kletterpfad die Klippen hinauf. Wir steigen über zerklüftete Felsen, kommen vorbei an kleinen Höhlen, müssen ein paarmal warten, um Trupps von rüpelhaften Teenagern überholen zu lassen. Als wir endlich oben auf dem Felsvorsprung angekommen sind und weit unter uns das weiß gefleckte Wasser sehen, bin ich himmelhoch jauchzend zu Tode entsetzt – alles gleichzeitig.

»Bereit?« Dutch deutet auf den Rand, und ich lache nervös.

Hinter uns steht ein Junge, der seine Ungeduld nicht verbergen kann, und so trete ich beiseite. Wir sehen, wie er Anlauf nimmt, vom Kliff abspringt und hinab ins Blaue stürzt.

»Langer Weg nach unten«, sage ich und gebe mir Mühe, entspannt zu klingen, nicht starr vor Entsetzen.

»Das ist ja der Spaß dabei«, sagt Dutch begeistert.

»Absolut!« Ich nicke mehrmals, dann füge ich beiläufig hinzu: »Es ist ein schmaler Grat zwischen ›spaßig‹ und ›bedrohlich‹.«

Dutch lacht. »Jep.« Dann starrt er mich mit einem Mal voll Sorge an. »Moment. Haben wir diesen Grat für dich schon überschritten? Das tut mir leid. Ich habe dich hier raufgelockt. Dabei weiß ich gar nicht, wo deine Grenzen sind.«

Mir wird klar, dass er denken muss: *Ich kenne diese Frau gar nicht. Wieso ermutige ich sie, von den Klippen zu springen?*

»Möchtest du lieber von weiter unten springen?«, fügt er hinzu, tritt beiseite, um drei Teenager vorzulassen. »Das könnten wir machen.«

Für einen Moment ist die Versuchung groß. Aber dann fällt mir ein, was er neulich gesagt hat: *Hin und wieder tut es gut, aus seiner Komfortzone herauszutreten.*

»Ich bin unsicher«, sage ich und starre das glitzernde Meer an, bin etwas genervt von mir. »Ich will es nicht *nicht* tun. Vielleicht spüre ich gerade, wo meine Grenzen sind.«

»Okay«, sagt Dutch vorsichtig. »Und wie ist der Stand der Dinge?«

»Ich will es ja tun«, sage ich, womit ich ebenso ihn wie auch mich selbst überzeugen möchte. »Es ist nur... Wie tief geht das hier runter?«

»Damit solltest du gar nicht erst anfangen«, sagt Dutch. »Denk einfach nur an den Spaß. Den Rausch.«

»Mh-hm.« Ich nicke. Was er sagt, hilft mir. Aber an den Rand trete ich immer noch nicht.

»Ich habe mal zwei kleine Jungs auf einem Spielplatz belauscht«, fährt Dutch fort. »Einer traute sich nicht aufs Klettergerüst, und sein Freund wollte ihm helfen. Er meinte: ›Man lernt durch Angstigkeit.‹ Daran muss ich oft denken.«

»Man lernt durch Angstigkeit«, wiederhole ich langsam. »Das gefällt mir. Und was lernt man, wenn man ins Meer springt?«

»Man lernt, dass man es kann.« Er grinst mich an, ein breites, ansteckendes Lächeln. »Wollen wir zusammen springen?«

»Okay.« Ich nicke. »Los! Tun wir's!«

Ich könnte dabei sterben, denke ich ganz ruhig, als wir vortreten. Möglich wäre es. Positiv daran wäre, dass es eine gute Art ist, sein Leben auszuhauchen. *Frau stirbt bei Sprung ins Meer mit Traummann.* Das wäre was.

Dutch nimmt meine Hand, und am liebsten möchte ich sagen: »Halt! Ich habe es mir anders überlegt!«, aber irgendwie will mein Mund sich nicht bewegen. Ich werde doch wohl nicht wirklich springen, denke ich leicht panisch, als er mich fest bei der Hand nimmt. Ich werde doch wohl nicht...

»Eins, zwei, drei...«

Und wir sind unterwegs.

Auf dem Flug nach unten bleibt mir komplett die Luft weg. Ich weiß nicht, was ich fühlen soll. Ich *kann* nichts fühlen. Mein Kopf ist leer. Die einzige Kraft in meinem Leben ist momentan die Erdanziehung. Ich sehe Dutchs lächelndes, aufmunterndes Gesicht, spüre, wie er kurz meine Hand drückt, dann lässt er los, als wir ins Meer eintauchen.

Heftiger als erwartet schlage ich auf. Meine Beine fliegen in alle Richtungen, und ich sinke in die Kälte hinab, kann mich nicht bremsen. Tiefer ... immer tiefer. Ich muss wieder nach oben. Wieso treibe ich nicht nach oben? Mir wird die Luft ausgehen ... Ich sterbe, ich wusste es ... Augenblick mal, ich steige wieder auf ...

Und plötzlich bin ich aufgetaucht, pruste und keuche und spucke Salzwasser. Meine Haare kleben im Gesicht, mein Badeanzug hat sich im Hintern verklemmt, und ich platze fast vor Stolz. Mein Herz rast, mein Blut scheint zu brennen, mein Mund will nicht aufhören zu grinsen ... Das war *irre*!

Dutch ist etwa vier Meter weit weg und kommt schon begeistert auf mich zu.

»Du hast es geschafft!« Er klatscht mich ab, und ich juchze. »Das war toll, oder?«

»Ja! Unglaublich!«

In der Nähe landet der nächste Teenager im Wasser, und die Wellen schwappen auf uns zu. Es ist ganz schön anstrengend, so auf der Stelle zu schwimmen. Nicht, dass ich es zugeben würde, denn ich habe mich immer für ziemlich fit gehalten.

»Ich muss was beichten«, rufe ich gegen das Platschen und Kreischen an. »Ich hätte mir vor Angst fast in die Hose gemacht.«

»Was du nicht sagst«, meint Dutch.

»Ich dachte, dass man es mir nicht anmerkt«, sage ich, als wäre ich gekränkt, und er lacht.

»Keine Chance. Alles okay?«, fügt er hinzu, als mir eine Welle ins Gesicht schlägt.

»Klar«, sage ich und pruste ein bisschen. »Danke.«

Die nächste Welle treibt uns aufeinander zu, und mit einem Mal stoßen wir zusammen. Unter Wasser berühren sich unsere paddelnden Beine. Instinktiv nimmt Dutch mich bei den Hüften – dann lässt er abrupt los, guckt ganz verschreckt und sagt: »Entschuldige. Ich wollte nicht…«

»Nein.«

»Das war nicht…« Er stockt.

»Nein«, sage ich etwas atemlos. »Ich weiß.«

»Nicht, dass ich nicht…« Er bremst sich, und ein undefinierbarer Ausdruck huscht über sein Gesicht.

Einen Moment lang starren wir einander an, schwer atmend, Haare am Kopf festgeklebt, rudern rhythmisch mit den Armen im Wasser.

»Und…«, sagt Dutch schließlich, als wollte er das Thema wechseln. »Möchtest du nochmal?«

»Klar!«, sage ich, obwohl ich mich kaum noch konzentrieren kann. War das eben…? Hätten wir gerade fast…?

Er schwimmt weg, hin zu der kleinen Eisentreppe, und als ich ihm folge, fliegen alle meine Gedanken durcheinander. Ich steige die Stufen hinauf, dann erklimmen wir gemeinsam den Weg zum Felsvorsprung. Der Pfad ist schmal, und an den engen Biegungen streicht seine nasse Haut über meine. Eben laufen wir noch im Schatten, schon brennt die Sonne gnadenlos auf uns herab. Keiner sagt etwas. Beide schnaufen wir. Liegt es an der Hitze oder am Klettern oder...?

O Gott. Ich halte es nicht mehr aus. Ich muss was anschieben. Auf einem breiten, sonnenbeschienenen Stück Felsen bleibe ich stehen. Dutch dreht sich um und sieht mich fragend an, kneift die Augen gegen das grelle Sonnenlicht zusammen. Mein Herz rast wie verrückt, aber was soll's? Ich bin ins Meer gesprungen. Ich kann das.

»Ich darf dir doch eine persönliche Frage stellen, oder?«, sage ich rundheraus.

»Oh.« Er wirkt überrascht. »Jetzt?«

»Ja, jetzt.«

»Na, klar. Schieß los. Was möchtest du wissen?«

»Okay. Gerade eben, im Wasser, es kam mir vor, als...« Ich verstumme. »Es kam mir vor, als würden wir vielleicht... aber...« Wieder bremse ich mich. »Jedenfalls. Das wollte ich nur fragen.«

Dutch wirkt verdutzt.

»Was genau möchtest du wissen?«, sagt er einen Moment später. »Nichts von dem, was du gesagt hast, war eine Frage.«

Oh, stimmt. Da hat er recht.

»Meine Frage ist: Gerade eben, im Wasser, da hat es sich so angefühlt, als würden wir in eine bestimmte... *Richtung* steuern.« Ich zwinge mich, ihm offen ins Gesicht zu sehen. »Und ich würde gerne wissen... *wohin*?«

Seine dunklen Augen blitzen, und mein Magen

krampft sich zusammen. Das ist seine Antwort. Genau das. Dieser Ausdruck. Und das Lächeln, das sich langsam auf seinem Gesicht breitmacht.

»Vielleicht weiß ich nicht, wie ich darauf antworten soll«, sagt Dutch nach einer Weile. »Ich kann nicht so gut mit Worten umgehen wie ihr Schriftsteller.«

Als er einen Schritt auf mich zugeht, streicht sein Blick unverhohlen über meinen Badeanzug. (Okay, nicht über den Badeanzug.) Auch ich gehe einen Schritt auf ihn zu, bis wir ganz nah beieinanderstehen. Ich blicke zu ihm auf.

»Wie sagt man noch...?«, flüstere ich. »Zeigen, nicht beschreiben.«

Ich weiß gar nicht, wozu ich ihn da eigentlich ermuntere. Zu einem keuschen, romantischen Kuss vielleicht. So wie Chester und Clara, bevor er auf den Heuwagen steigt. Doch als Dutchs Lippen meine berühren, sind alle Gedanken an Keuschheit dahin. Ich will nicht keusch sein, ich will *ihn*. Seinen Mund. Diese etwas rauen Bartstoppeln auf meiner Haut. Alles von ihm. Und zwar sofort.

Er küsst mich eindringlicher, erfahren, entschlossen, mit den Händen an den Trägern meines Badeanzugs, als wollte er ihn mir jeden Moment vom Leib reißen. Er schmeckt salzig und männlich. Irgendwie sind unsere Körper miteinander verschmolzen, feuchte Haut auf feuchter Haut, während die Sonne uns auf Kopf und Rücken brennt. Er wird schon hart, ich schmelze schon dahin. Wären wir hier nicht in aller Öffentlichkeit...

In der Nähe höre ich jemanden lachen – über uns?

Aber ich bin zu sehr von Gefühlen übermannt, um meinen Kopf bewegen zu können. Alles gut. Man darf sich in der Öffentlichkeit küssen. Wir sind hier in Italien, dem Land der Leidenschaft. Die haben den Sex *erfunden*. Und außerdem kann ich nicht aufhören. Meine Gier ist grenzenlos.

»Ciao, Bella!« Ein lauter Pfiff lässt mich zusammenfahren, und ich sehe mich um. Es sind die Teenager, die dastehen und uns beobachten, nur wenige Meter entfernt. Mist. Die lachen tatsächlich über uns. Und jetzt fangen sie alle an zu pfeifen. Wir sollten lieber aufhören. Wahrscheinlich verstoßen wir hier gegen irgendeine Gemeindeverordnung oder so was.

Mit übermenschlicher Anstrengung reiße ich mich von Dutch los und blicke schwer atmend zu ihm auf. Ich bin mir sicher, dass ich kein Wort herausbekomme, und auch er wirkt ziemlich benommen.

Die Teenager wollen nicht aufhören zu pfeifen, und ich versuche, sie auszublenden. Vermutlich hätten wir unsere erste sexuelle Begegnung besser nicht an einem öffentlichen Ort vor johlendem Publikum haben sollen. Aber hinterher ist man immer schlauer.

»Tja«, presse ich schließlich hervor.

»Mh-hm.« Dutch lächelt mich an.

Ich weiß, ich sollte mich mit Worten auskennen, aber im Moment kriege ich keinen vernünftigen Satz zusammen. Noch immer bin ich wie gebannt.

»Ich darf auch eine persönliche Frage stellen...« Dutchs tiefe Stimme überrascht mich. »Oder?«

Mit einer Hand streicht er unter dem Träger meines Badeanzugs entlang, während die andere an meinem

Ohr herumspielt. Seine Berührung ist zärtlich und doch zielstrebig. *Er weiß, was er tut,* geht mir durch den Sinn, und für einen Augenblick genieße ich diesen köstlichen Gedanken. Da merke ich, dass er auf Antwort wartet.

»Äh, ja.« Ich komme zu mir. »Ja. Ich glaube schon.« Was will er mich fragen?

Ich warte darauf, dass er etwas sagt, aber er schweigt einen Moment, und seine Augen schimmern wie dunkle Seen, in deren Tiefe ein Geheimnis verborgen liegt. »Gut«, sagt er und tippt mir sanft an die Nase. »Ich glaube, ich spare ich mir meine Frage für später auf.«

An diesem Nachmittag komme ich mir vor, als hätte ich mein furchtloses Selbst entdeckt. Wir springen immer und immer wieder, kreischen und winken uns im Fliegen zu. Wir tauchen ins Meer und schwimmen und küssen uns im Sonnenschein, die Lippen salzig von der See. Als wir irgendwann erschöpft sind, ziehen wir uns etwas vom Strand zurück und breiten unsere Handtücher im Schatten eines Olivenbaumes aus. Die Sonne tanzt durch die Zweige, und ich schließe die Augen, genieße das Gefühl auf meinem Gesicht.

»Ich glaube, die italienische Sonne ist anders«, sage ich verträumt. »In England wird uns die Sonne vorenthalten. Die gute Sonne bleibt im Schrank, um uns nicht zu verwöhnen. Hin und wieder lassen sie die Sonne raus, aber nur für einen Tag. Und nie dann, wenn wir es erwarten.«

Dutch lacht. »Kein Wunder, dass die Briten vom Wetter besessen sind.«

Während wir uns so unterhalten, baut er beiläufig einen kleinen Turm aus den Steinen, die überall herumliegen. Irgendwann setzt er einen etwas zu großen Stein oben drauf, und das ganze Ding fällt in sich zusammen – woraufhin er lacht und von Neuem anfängt. Als er eine Pause macht, setze ich auch einen Stein darauf, und er grinst mich an.

»Was glaubst du, wie viele wir aufeinanderstapeln können? Ich sage acht.«

»Ich sage zehn«, halte ich dagegen und nehme schon den nächsten Stein.

Eine Weile schweigen wir konzentriert. Am Ende haben wir einen wankenden Turm aus zehn Steinen. Dutch hebt die Hand, um mich abzuklatschen, doch ich schüttle entschieden den Kopf.

»Einen noch! Machen wir elf daraus.«

»Elf!« Dutch zieht die Augenbrauen hoch. »Das gefällt mir. Dann mal los!«

Als ich den nächsten Stein nehme, werde ich mit einem Mal seltsam nervös. Ich weiß, dass es nur ein Spiel ist, aber wir haben diesen Steinturm gemeinsam gebaut, und ich möchte das Ding wirklich nicht zum Einsturz bringen, wenn ich mich auch mit zehn Steinen hätte begnügen können. Im Grunde weiß ich gar nicht, wieso ich noch einen hinzufügen möchte. Wahrscheinlich ist es wieder diese Stimme in mir, die ständig fragt: »Was könnte ich *sonst noch* machen?«

Vorsichtig setze ich den elften Stein oben drauf. Ich ziehe meine Hand zurück und ... der Turm hält!

»Super!« Wieder hebt Dutch die Hand, und diesmal klatsche ich ab, fast zu Tränen gerührt angesichts unserer gemeinsamen Leistung.

»Das erinnert mich an meine Kindheit«, sagt Dutch entspannt, als er sich auf sein Handtuch legt. »Ich liebe Architektur, Design, solche Sachen. Wahrscheinlich fing alles damit an, dass ich am Strand Sandburgen gebaut habe.«

»Ich habe am Strand auch immer so gern Burgen gebaut!«, sage ich eifrig. »Und Design interessiert mich auch. Ich sammle interessante Möbel. Es ist so was wie ein Hobby von mir.«

»Möbel?« Neugierig hebt Dutch den Kopf. »Was für Möbel? Denn ich bin...«

»Warte!«, falle ich ihm entsetzt ins Wort. »Entschuldige. Das hätte ich nicht sagen sollen. Wir dürfen unsere Hobbys nicht verraten.«

»Zu spät.« Er grinst.

Außerdem habe ich ihm eben einen Hinweis darauf gegeben, dass ich in England lebe. Ehrlich, ich kann so was einfach nicht.

»Im Übrigen bin ich nicht notwendigerweise aus England«, sage ich eilig. »Möglicherweise bluffe ich nur. Vielleicht habe ich gar keinen permanenten Wohnort.«

»Aria.« Ungläubig schüttelt Dutch den Kopf. »Müssen wir uns denn an diese Regeln halten?«

»Ja! Zumindest müssen wir es versuchen. Für jeden nur eine persönliche Frage pro Tag, und du hast deine immer noch nicht gestellt. Aber ich hab 'ne Idee«, füge ich hinzu, als mir plötzlich etwas einfällt. »Sprechen wir doch über die Zukunft. Wie wird dein Leben aussehen, wenn du neunzig bist? Gib mir eine Momentaufnahme.«

»Okay.« Dutch nickt und muss kurz überlegen. »Ich werde auf ein pralles Leben zurückblicken. Ich hoffe, ich werde zufrieden sein. Irgendwo in der Sonne. Der *richtigen* Sonne«, erklärt er grinsend. »Und ich werde Freunde um mich haben, alte und neue.«

Er klingt so ehrlich, dass mir das Herz aufgeht. Er hätte sonst was sagen können. Er hätte sagen können: »Ich werde auf meiner Jacht sitzen, mit meiner fünften Frau.« Das hätte Russell gesagt. Wenn ich mich recht erinnere, *hat* er es gesagt.

»Klingt perfekt«, sage ich begeistert. »Und ... mir geht's genauso. Sonne, Freunde um mich. Außerdem werde ich Eis essen.«

»Oh, ich auch«, sagt Dutch sofort. »Auf jeden Fall. Im Grunde bin ich nur wegen der Eiscreme nach Italien gefahren.«

»Welche Sorte?«, will ich wissen.

»Ist das die persönliche Frage von morgen?«, kontert Dutch, und ich lache.

»Nein! Dafür vergeude ich keine persönliche Frage. Vergiss es. Das muss ich nicht wissen.«

»Schade.« Er lacht mit seinen Fältchen um die Augen. »Dann wirst du nie erfahren, wie gern ich Haselnuss mag.«

»Das *ist* schade.« Ich nicke. »Und du wirst nie erfahren, wie gern ich Stracciatella mag.«

Ich lege mich auf mein Handtuch. Dutch nimmt vorsichtig meine Hand. Unsere Finger greifen ineinander, und ich spüre, wie er seinen Daumen in meiner Handfläche kreisen lässt. Dann zieht er mich ganz rüber auf sein Handtuch, und seine Lippen suchen meine.

»Du schmeckst noch viel besser als Haselnuss«, raunt er mir ins Ohr.

»Das sagst du doch nur so«, raune ich zurück, und Dutch scheint zu überlegen.

»Okay, genauso gut«, räumt er ein. »Genauso gut wie Haselnuss. Aber Mango Sorbet schlägst du um Längen.«

»Ich schlage Mango Sorbet?« Mit gespieltem Staunen schlage ich die Augen auf. »Wow. Ich weiß gar nicht, was ich sagen soll. Dieses Kompliment werde ich wohl nie vergessen.«

Natürlich albern wir herum ... aber gleichzeitig sage ich auch die Wahrheit. Diesen zauberhaften, sonnigen Tag werde ich ganz sicher nie vergessen.

Als es Abend wird, kommen wir langsam wieder in Bewegung. Den ganzen Nachmittag über haben wir herumgelegen, gedöst, geküsst und geplaudert. Als ich aufstehe, sind meine Glieder richtig steif, und an den Beinen habe ich überall Abdrücke von Zweigen. Trotzdem kann ich gar nicht aufhören, verträumt vor mich hin zu lächeln.

Wir sammeln unsere Sachen zusammen und machen uns auf den Weg zurück zum Wagen. Dabei kommen wir an ein paar Teenagern vorbei, die auf einer struppigen Wiese Fußball spielen. Plötzlich fliegt der Ball in unsere Richtung und trifft Dutch am Kopf. Er fängt ihn, lächelt, dann köpft er ihn zurück ins Spiel.

»Signor!« Mit einem Schwall von Italienisch lädt einer der Jungs ihn ein mitzuspielen. Dutch überlegt kurz, dann sagt er zu mir:

»Zwei Minuten.«

Vom ersten Moment an ist er voll auf das Spiel konzentriert, und ich sehe ihm dabei zu, ganz fasziniert, ihn in einer anderen Umgebung zu erleben.

Er scheint zu verstehen, was die Jungs rufen, obwohl sie Italienisch sprechen und er Englisch. (Ich schätze, sie sprechen wohl alle die internationale Sprache »Fußball«.) Als einer der Spieler ihn allzu aggressiv umrempelt, tut er dessen Entschuldigung lässig nickend ab. Mir fällt auf, dass er außerdem eine natürliche Autorität ausstrahlt. Die Kids lassen ihm den Vortritt, selbst wenn sie ihn herausfordern. Jedes Detail dient mir als Hinweis darauf, wer er ist. Alles bringt neue Erkenntnisse.

In diesem Moment wirft Dutch einen Blick zu mir herüber und ruft: »Jungs, ich muss los! Danke, dass ich mitspielen durfte.«

Die Jungen wollen ihn überreden, noch zu bleiben (das kann selbst ich verstehen), doch Dutch winkt ihnen lächelnd und kommt wieder zu mir herüber. »Gut gespielt!«, sage ich, woraufhin er lacht und mich bei der Hand nimmt, und so laufen wir zum Auto.

Als wir losfahren, scheint mir die Abendsonne ins Gesicht. Ich drehe mich nochmal um, versuche, diesen Ort in meine Erinnerung einzubrennen, und wende mich erst ab, als er hinter einer Kurve verschwindet und wir auf die Hauptstraße einbiegen.

»Ich wünschte, wir hätten den Steinturm mitnehmen können«, sage ich wehmütig. Dutch lacht.

»Es ist mein Ernst!«, sage ich. »Es wäre doch ein tolles Andenken an diesen Urlaub gewesen.«

»Du hättest die elf schweren Steine bis zum Auto geschleppt?«

»Klar.«

»Und den ganzen Weg im Flugzeug nach Hause?«

»Aber sicher!«

»Und wie hättest du dir gemerkt, in welcher Reihenfolge sie gestapelt waren?«

Ich stutze, weil ich das Ganze nicht richtig durchdacht habe. »Ich hätte mir ein System überlegt«, sage ich schließlich würdevoll. »Und jedes Mal, wenn ich die Steine zu Hause sähe, würde ich mich erinnern an...«

Ich halte lieber den Mund, denn wenn ich nicht aufpasse, werde ich noch zu viel preisgeben. Ich werde mein Herz zu weit öffnen und ihn damit vertreiben.

*Ich würde mich erinnern an den tollsten Mann, dem ich je begegnet bin.*

*Ich würde mich erinnern an den perfektesten Tag meines Lebens.*

*Ich würde mich daran erinnern, dass ich im siebten Himmel war.*

»Es wäre hübsch gewesen«, sage ich schließlich etwas fröhlicher. »Mehr nicht.«

Als wir wieder in den Ort kommen, bin ich immer noch leicht umnebelt und fühle ich mich wie in einem Traum. Einem himmelblauen Traum, fast filmreif, getrieben von Adrenalin und Lust und Sonnenschein. Ich räkle mich auf dem heißen Plastiksitz des Wagens und schlürfe eine eiskalte Orangina, die wir unterwegs besorgt haben. Meine Haare sind verwuschelt, meine Haut ist immer noch salzig, und ich spüre noch Dutchs Lippen auf meinen.

Ich weiß, dass uns im Kloster ein köstliches, kostenloses Abendessen erwartet, doch als Dutch sagt: »Wollen wir uns 'ne Pizza holen?«, nicke ich. Ich möchte ihn nicht mit anderen teilen. Ich möchte nichts erklären und auch keinen Smalltalk halten. Farida hat recht. Smalltalk lenkt nur von der Hauptsache ab, und die ist momentan Dutch.

Er parkt den Wagen in einem verlassenen Teil des Ortes, mit schattigen Plätzen und menschenleeren Straßen.

»Hab hier gestern einen kleinen Pizzaladen entdeckt«, erklärt er mir, als er mich dorthin führt. »Es ist kein Restaurant, nur so eine Bude ... Wäre das okay?«

»Super! Perfekt!« Ich drücke seine Hand, und wir biegen um eine Ecke in eine schmalere, noch dunklere Straße.

Wir laufen ein paar Schritte die Gasse entlang. Zehn vielleicht. Und dann, mit einem Mal, ändert sich alles. Wie aus dem Nichts tauchen plötzlich zwei Jugendliche vor uns auf. Schlank und braun gebrannt wie die Typen, mit denen Dutch Fußball gespielt hat, aber diese hier suchen Streit und schubsen Dutch und beschimpfen ihn auf Italienisch. Sind sie betrunken? High? Was *wollen* die?

Ich versuche, mir klarzumachen, was ich da sehe,

und so braucht mein Hirn ewig, um die Lage einzuschätzen – wir sind in Gefahr. In großer Gefahr. Mein Herz rast vor Angst. Dutch versucht, mich an den Jungs vorbeizuschieben, gibt sich Mühe, freundlich zu bleiben, aber sie wollen nicht ... Sie sind wütend ... Wieso? Ich kann nicht mal ... Was ...?

Und dann – nein, nein, *bitte* lieber Gott, nicht! – einer von denen hat in seine Jacke gegriffen. Voller Entsetzen sehe ich ein Messer blitzen.

Die Zeit bleibt stehen. Ein Messer. Ein *Messer*. Die werden uns abstechen, jetzt und hier in dieser kleinen Gasse, und ich kann mich nicht mal von der Stelle rühren. Ich kriege keinen Laut heraus. Vor lauter Panik bin ich wie erstarrt, mumifiziert, versteinert ...

Moment, was ist das? *Was passiert denn jetzt?*

Ich sehe, wie Dutch den Kerl mit dem Messer packt, ihm mit einem geübten Griff den Arm auf den Rücken dreht, und plötzlich hält Dutch das Messer in der Hand. Wie hat er das nur hingekriegt?

Und die ganze Zeit ruft er: »*Lauf, Lauf!*«, und plötzlich wird mir klar, dass er mich meint. Er möchte, dass ich wegrenne.

Aber bevor ich es tun kann, ergreifen die beiden Typen die Flucht. Sie rennen die Straße hinauf, verschwinden um die Ecke. Mit zitternden Knien stehe ich da, halte mich an Dutch fest. Es ist erst eine halbe Minute her, dass wir in diese kleine Gasse eingebogen sind, aber es kommt mir vor, als wäre die Welt für einen Moment stehen geblieben und wieder neu angefahren. Dutch keucht und schnauft, fragt aber besorgt:

»Alles okay?«, dann fügt er hinzu: »Wir sollten lieber wieder zum Wagen. Für den Fall, dass die Typen zurückkommen.«

»Wie ... Wie hast du das *gemacht*?«, stottere ich im Gehen, und Dutch sieht mich überrascht an.

»Was denn?«

»Wie hast du ihm das Messer abgenommen?«

»Gelernt ist gelernt«, sagt Dutch achselzuckend. »Sollte jeder können. Du solltest es auch lernen. Zu deiner eigenen Sicherheit. Ich wohne in einer großen Stadt ...« Er stockt. »Okay. Entschuldige. Keine persönlichen Details.«

»Ich glaube, das ist im Moment egal«, sage ich mit einem Lachen, das einem Schluchzen gefährlich nahekommt.

»Aria!« Betroffen bleibt Dutch stehen, um mich an sich zu ziehen. »Alles gut«, sagt er leise. »Es ist vorbei.«

»Ich weiß«, sage ich an seine breite Brust gelehnt. »Tut mir leid. Ich glaube, ich überreagiere gerade.«

»Ach, was!«, sagt Dutch entschieden. »Das würde doch jedem so gehen. Aber ich denke, wir sollten lieber nicht hierbleiben«, fügt er hinzu und hält mich fester bei der Hand, als wir weitergehen. »Keine Sorge. Ich bin ja bei dir.«

Seine Stimme beruhigt meine angeschlagenen Nerven und zittrigen Beine. Während wir so gehen, liest er mir die Straßenschilder in absichtlich falschem Italienisch vor, um mich zum Lachen zu bringen. Und als wir dann irgendwann wieder im Auto sitzen, an der Küste entlangfahren und dabei Pizza essen, die wir uns woanders geholt haben, kommt es mir vor, als wäre das alles gar nicht passiert. Nur dass ich jedes Mal ein bisschen mehr dahinschmelze, sobald ich ihn nur ansehe.

Er hat mir das Leben gerettet. Er ist sexy, er mag Hunde, wir sind zusammen vom Felsen gesprungen, und er hat mir das Leben gerettet.

Wir geben den Wagen bei der Mietfirma ab, dann laufen wir das kleine Stück zum Kloster zurück. Der Eingangshof hinter der massiven Holztür ist leer, und ich bleibe vor dem stillen, kerzenbeschienenen Klostergang stehen. Es ist eine völlig andere Welt als die, aus der wir gerade kommen. Schwalben fliegen vor dem dunkelblauen Himmel hin und her, und die Luft ist erfüllt vom intensiven Duft der Zitronenverbene.

»Was für ein Tag«, sagt Dutch mit trockenem Lachen. »Da kommst du her, um in Ruhe zu schreiben, und erlebst stattdessen eine emotionale Achterbahnfahrt. Hast du immer noch Herzklopfen?«

»Mh-hm.« Ich lächle und nicke.

Ich habe tatsächlich Herzklopfen. Aber nicht mehr deswegen, sondern weil nun der Abend vor uns liegt.

Den ganzen Nachmittag habe ich voller Vorfreude gedacht: Heute Abend... heute Abend... vielleicht heute Abend... Und da sind wir nun. Allein zu zweit.

Als sich unsere Blicke treffen, kriege ich kaum noch Luft vor übermächtiger Sehnsucht. Meine Lust ist fast schon schmerzhaft. So darf dieser Tag nicht enden. Noch immer spüre ich seine Lippen, seine Hände, seine Haare. Meine Haut sehnt sich nach seiner. *Alles* in mir sehnt sich nach ihm.

»Wäre Quatsch, sich jetzt noch zu den anderen zu gesellen«, sagt Dutch, als könne er meine Gedanken lesen, und er streicht über meine Hand.

»Wohl wahr.«

»Mein Zimmer ist am Ende vom Flur«, fügt er beiläufig hinzu. »Etwas abgelegen.«

»Klingt gut«, sage ich und gebe mir Mühe, das Beben in meiner Stimme zu verbergen. »Darf ich es mal sehen?«

»Klar. Wieso nicht?«

Ohne ein weiteres Wort laufen wir den Flur entlang, im Gleichschritt, Hand in Hand. Mein Atem geht schnell. Ich sterbe fast vor Ungeduld. Irgendwie gelingt es mir, nicht schon mal vorauszulaufen.

Vor einer alten Holztür bleiben wir stehen, und Dutch zückt einen eisernen Schlüssel. Er blickt mir tief in die Augen, bis mir ganz flau wird, dann wendet er sich ab, um die Tür aufzuschließen.

»Deine persönliche Frage«, sage ich, als es mir plötzlich einfällt. »Du hast sie noch nicht gestellt.«

Leicht amüsiert betrachtet er mich einen Moment, dann beugt er sich vor, um mich zu küssen, lang und fest, wobei er mich mit beiden Händen bei den Hüften hält. Dann beugt er sich noch etwas weiter vor, beißt mir sanft in den Hals und flüstert: »Wart's ab ...«

# FÜNF

*O mein Gott.*

Ich kann mich nicht rühren. Ich kann nicht denken. Ich habe kaum geschlafen. Meine Haut kribbelt, sobald ich an diese Nacht denke, die wir gerade miteinander hatten.

Laken rascheln, und Dutch dreht sich um, blinzelt, weil ihm die Sonne ins Gesicht scheint. Unsere Blicke treffen sich. Dann schenkt er mir ein strahlendes Lächeln und murmelt:

»Guten Morgen.« Er zieht mich an sich, um mir einen langen Kuss zu geben, dann steigt er aus dem Bett und tappt ins Badezimmer.

Als ich wieder in die Kissen sinke, fühlt sich mein Kopf an wie ein Marshmallow. Die reine Freude. Zuckersüß. Weich und verträumt. Als Dutch dann frisch geduscht wieder vor mir steht, platzt es aus mir heraus:

»Ich hab dich vermisst!« Es stimmt. Keine Sekunde möchte ich von ihm getrennt sein. Zwischen uns stimmt nicht nur die Chemie – wir wirken aufeinander wie Magneten. Wie eine übermächtige, physikalische Kraft. Unentrinnbar.

Aber empfindet er auch so? Wie stehen wir zueinander? Wie geht es mit uns weiter? Ich setze mich auf und warte, bis Dutch, der gerade sein Hemd anzieht, sich umdreht.

»Und jetzt?«, frage ich bedeutsam – dann fällt mir ein, dass Clara genau dasselbe fragt, als Chester auf den Heuwagen steigt. Einen absurden Augenblick lang erwarte ich schon, dass Dutch sagt: »Wenn wir uns wiedersehen, Aria, wirst du wissen, dass ich ein Mann bin, der zu seinem Wort steht!«

Stattdessen blinzelt er und sagt:

»Frühstück, oder?«

»Okay.« Ich nicke.

Schließlich ist das die naheliegendste Antwort.

Als wir so nebeneinanderher gehen, Schulter an Schulter, tanzt das morgendliche Sonnenlicht auf unseren Köpfen, und ich fühle mich so leicht wie seit Monaten nicht mehr. Seit Jahren. Als wir in den Hof kommen, wird mir plötzlich bewusst, dass wir seit gestern Mittag weg waren. Es könnte vielleicht verdächtig wirken, die Leute könnten Fragen stellen ...

Doch als wir uns am großen Holztisch zu der Gruppe gesellen, zuckt niemand auch nur mit einer Wimper. Wie sich herausstellt, haben gestern Nachmittag ziemlich viele Yoga geschwänzt – und einige waren abends zum Essen in einem Restaurant im Ort. (Urteil: nicht so gut wie das Essen hier, kann man sich sparen.)

Also stellt auch niemand Fragen oder macht irgendwelche Andeutungen. Und ich bin froh darüber. Ich möchte keine forschenden Blicke. Ich möchte Dutch ungestört über meinen Orangensaft hinweg ansehen und hübsche, heimliche Gedanken denken.

Allerdings muss ich die Neuigkeiten unbedingt

mit meinen Mädels teilen. Nach dem Frühstück hole ich mein Handy von der Rezeption, erzähle was von einem Notfall in der Familie und gehe raus an die Straßenecke, wo man angeblich guten Empfang hat. Schon nach fünf Sekunden kommt Leben in mein Handy. Es ist, als würde die Welt wie von Zauberhand endlich wieder mit mir sprechen.

Alle meine WhatsApp-Gruppen quellen über vor Nachrichten, und ich merke, wie sehr mir das fehlt. Kaum zu glauben, wie lange ich schon nicht mehr mit irgendwem gechattet habe. Aber irgendwie zwinge ich mich, die 657 Nachrichten zu ignorieren, die mich locken. Ich habe versprochen, dass ich sie mir nicht ansehe, denn wenn ich damit erst mal angefangen habe, kann ich nicht mehr aufhören. Stattdessen gehe ich zu einer neuen Gruppe mit dem Namen *Avas Notruf-Hotline*, die Nell extra für mich eingerichtet hat.

Hi, tippe ich, und nach nur zehn Sekunden sehe ich, dass Nell anfängt, mir eine Antwort zu schreiben. Fast so, als hätte sie nur darauf gewartet, dass ich mich melde. Im nächsten Moment kommt die Antwort schon:

Es geht ihm gut.

Dann erscheint auf meinem Bildschirm ein Foto von Harold mit den Worten: Siehst du? Er ist froh und glücklich. Hör auf, dich zu stressen. Geh schreiben!!!

Gleich darauf stimmt Maud mit ein:

Ava! Was macht dein Buch?

Dann schreibt auch Sarika:

Wieso hast du dein Handy? Ist das nicht gegen die Regeln?

Ich merke, dass alle online sind. Das nenne ich Timing. Fröhlich tippe ich:

Ach, immer diese Regeln. Ihr glaubt nicht, was mir passiert ist! Ich habe einen Mann gefunden. Meinen Traummann!!!

Ich schicke die Nachricht ab, und als ich die Reaktionen lese, verzieht sich mein Mund zu einem Lächeln.

Was??!?!?!
Wow.
Das ging ja schnell!
Wart ihr schon im Bett?
Los, erzähl!!!!!!

Unwillkürlich muss ich lachen, weil ihre Begeisterung so ansteckend ist.

Ja, wir waren schon im Bett, danke der Nachfrage. Und er ist unglaublich. Er ist wunderbar. Er ist…

Mir gehen die Worte aus, also tippe ich sechzehn Herz-Emojis und schicke sie ab. Augenblicklich bombardieren sie mich mit Antworten.

Alles klar. :))
Gut zu wissen. ☺
Mehr Details!!! Wie heißt er???

Ich tippe meine Antwort – Dutch – und warte auf das Trommelfeuer.

Dutch!
Dutch???
Ist das ein Name?
Heißt das, dass er Holländer ist?

Eben will ich »nein« schreiben, als mir klar wird, dass ich es nicht weiß. Vielleicht ist er Holländer, aber in England aufgewachsen, was seinen britischen Akzent erklären würde. Man weiß es nicht.

Ich bin nicht sicher, wo er herkommt.

???

Aber wo wohnt er denn???

Weiß nicht

Was macht er?

Weiß nicht

Du weißt es nicht????

Ich seufze etwas genervt und fange wieder an zu tippen.

Bei diesem Schreibkurs sind alle anonym. Das ist ja gerade der Spaß daran. Es ist anders. Wir kommunizieren als Menschen. Nicht als Faktenliste. Details sind unwichtig. Herkunft ist unwichtig. Jobs sind unwichtig. Nur das MITEINANDER zählt.

Als ich fertig getippt habe, fühle ich mich direkt inspiriert und frage mich, ob das, was ich geschrieben habe, meine Freundinnen wohl zum Nachdenken bringt. Doch schon im nächsten Augenblick gehen die Reaktionen bei mir ein.

???

Wie hoch ist sein Jahreseinkommen?

Irrelevant, Sarika!!!

Nein, ist es nicht. Tut mir leid, wenn ich so pragmatisch sein muss.

Klingt für mich, als wüsste sie es nicht.

Du kannst es doch bestimmt schätzen, oder?

Ava, Süße, ich will ihn dir ja nicht miesmachen... aber was WEISST du denn eigentlich über ihn?

Während ich die Nachrichten lese, merke ich, dass

ich einer buckligen, alten Frau mit ihrem Einkaufstrolley im Weg stehe und trete eilig beiseite. »*Scusi!*«, sage ich.

Die Frau lächelt, und ich lächle zurück, und als ich ihr runzliges Gesicht sehe, denke ich »Sie wirkt so weise« und im nächsten Moment »Uups, ich hab ganz vergessen, mich einzucremen.« Dann wende ich mich wieder meinem Telefon zu. Mir ist etwas unwirklich zumute, wie ich hier auf dieser kleinen Straße irgendwo in Italien stehe und meinen Freundinnen, die so weit weg sind, von den erstaunlichen Entwicklungen in meinem Leben erzähle. Nach kurzer Überlegung schreibe ich weiter.

Ein paar Sachen weiß ich: Er hat volles, dunkles Haar. Seine Augen strahlen. Wenn er mich nur ansieht, wird mir schon ganz anders. Wenn er lacht, wirft er den Kopf in den Nacken. Er ist selbstbewusst, aber kein Angeber. Er schätzt Freundschaft. Und er liebt Hunde.

Ich füge eine weitere Reihe von Herz-Emojis hinzu, achtzehn diesmal, dann drücke ich auf Senden.

Vom anderen Ende antwortet mir Schweigen. Dann trudeln alle Antworten auf einmal ein.

?????

Mehr nicht?

Wie heißt er mit Nachnamen? Dutch *wie*? Ich würde ihn gern googeln.

Das ist so typisch für Sarika. Eilig tippe ich:
Weiß nicht.

Dann mache ich reinen Tisch.

Eigentlich heißt er gar nicht Dutch. Ich weiß nicht, wie er richtig heißt.

Diesmal kommen die Antworten noch schneller.
Du weißt nicht mal, wie er heißt???
Nur um dich richtig zu verstehen: Du weißt weder, wie er heißt, noch woher er kommt oder wo er lebt.
Dann geht es also nur um Sex.

Ich starre mein Telefon an, ärgere mich über Mauds Kommentar. »Nur Sex?« Was soll *das* denn heißen? Sex mit dem richtigen Menschen ist geradezu übersinnlich. Man wirft einen Blick in die Seele des anderen. Wer im Bett großzügig ist, wird auch im echten Leben großzügig sein.

Und außerdem ist es nicht nur Sex. Ich kenne Dutch. Immerhin habe ich einen Steinturm mit ihm gebaut. Ich habe gesehen, wie er mit Jungs Fußball spielt. Ich bin mit ihm vom Felsen ins Meer gesprungen. Das ist wichtig. Nicht: »Was macht er beruflich?«, sondern »Würdest du mit ihm von einem Felsen springen?«

Leicht gereizt schreibe ich:
Es ist mehr als Sex. Ich kann sein Wesen spüren. Er ist ein guter Mensch. Er ist freundlich. Er ist aufmerksam. Er ist unerschrocken.

Ich warte ein paar Sekunden, dann füge ich meinen Trumpf hinzu:
Er hat mich vor einem Messerstecher beschützt. Er hat mir das Leben gerettet.

Dagegen kann man nichts sagen. Er hat mir das Leben gerettet. *Er hat mir das Leben gerettet!* Doch wenn ich dachte, meine Freundinnen würden auf etwas derart Romantisches positiv reagieren, habe ich mich getäuscht.

Ein Messerstecher???
Was zum TEUFEL geht da drüben vor sich?
Ava, pass auf dich auf!
Ich denke, du solltest lieber nach Hause kommen.
Dieser Typ könnte ein Axtmörder sein!!!

Ich weiß, dass sie mich auf den Arm nehmen, aber ich weiß auch, dass sie es halb ernst meinen, und es verunsichert mich. Eilig tippe ich auf mein Handy ein.

Hört auf. Alles ist gut. Alles bestens. Ich bin glücklich.
Dann füge ich hinzu:
Ich muss los. Ich bin hier bei einem Schreibseminar, falls ihr es schon vergessen haben solltet.

Es entsteht eine kurze Pause, dann trudeln die Abschiedsgrüße bei mir ein.

Okay, wir sprechen bald xxxx
Pass auf dich auf xoxox
Viel Spaß!!! ;) ;)

Und schließlich bekomme ich noch ein anderes Foto von Harold, in das per Photoshop eine Sprechblase eingearbeitet wurde: »FINDE RAUS, WIE ER HEISST!!«

Haha. Witzig.

Als ich zurück ins Kloster gehe, bin ich hin- und hergerissen. *Natürlich* bin ich neugierig. *Natürlich* habe ich auch schon überlegt. Ein Teil von mir möchte unbedingt wissen, wie er heißt. Und wie alt er ist. Und in welcher großen Stadt er lebt (Bitte, *bitte* nicht Sydney!).

Aber ein anderer Teil von mir wagt nicht, diesen Schritt zu tun. Noch nicht. Wir leben in einer magischen Seifenblase, und ich möchte auf gar keinen Fall, dass sie unnötig früh zerplatzt.

Sollte ich vielleicht wenigstens *ein* Detail herausfinden? Seinen richtigen Namen?

Am Eingang zum Kloster bleibe ich stehen und überlege nochmal.

Das Problem ist, sobald ich seinen Namen kenne, werde ich ihn googeln. Ich werde es mir nicht vornehmen ... Ich werde es nicht wollen ... aber tun. Genauso wie ich mir ziemlich oft nicht vornehme, einen Muffin zum Kaffee zu bestellen, und es auch nicht will, aber guck mal: Da liegt er auf meinem Teller. Wie konnte das passieren?

Schon sehe ich mich nach Ausreden suchen, mein Handy zücken und ungeduldig auf die Suchergebnisse warten ...

Und das würde die Seifenblase unnötig gefährden.

Langsam schließe ich die schwere Holztür mit meinem Schlüssel auf und trete hinter die dicke Steinmauer. An der Rezeption gebe ich mein Handy wieder ab, dann gehe ich in den Innenhof. Dort steht Farida mit Guiseppe, dem Kofferträger, Fahrer und Mädchen für alles. Als sie mich sieht, nickt sie ihm zu und kommt zu mir herüber.

»Aria!«, grüßt sie mich. Ihre makellosen Haare wallen über ihren Rücken. Die Bernsteinperlen klicken aneinander. »Ich bin gerade auf dem Weg zu unserer ersten Stunde. Sind Sie bereit?«

»Ja!«, sage ich und schließe mich ihr an, versuche, meine Gedanken wieder auf meine eigentliche Aufgabe zu lenken.

»War Ihnen der Kurs bisher eine Hilfe?«, fragt sie, während wir so gehen.

*Na ja, er hat mir immerhin zu einer heißen Nacht verholfen.*

»Ja«, sage ich ernst. »Ja, sehr sogar!«

Die Morgensitzung nennt sich »Freies Schréiben«. Wir alle sollen an etwas arbeiten, das uns gefällt, und es dann den anderen vorlesen. Manche schreiben auf ihrem Zimmer, andere haben sich ein schattiges Plätzchen im Garten oder Innenhof gesucht.

Dutch erklärt, dass er im Zimmer schreiben will, und ich habe nicht so recht das Gefühl, als dürfte ich mich ihm dort anschließen. Also wandere ich umher, bis ich eine einsame Bank neben einem riesigen Rosmarinbusch gefunden habe. Ich lege die Füße hoch, balanciere mein Laptop auf den Oberschenkeln, reibe gedankenverloren Rosmarinnadeln zwischen meinen Fingern. Ich bin immer noch ganz aufgekratzt. Und verträumt. Ich kann nur noch an Sex denken. Und die letzte Nacht. Und Dutch.

Aber das ist okay. Eigentlich ist es sogar *gut*. Es wird mich in meinem Schreiben stärken. Ja! Ich sprudele nur so über vor Worten und Gefühlen, die ich auf mein Liebespaar Chester und Clara übertragen kann. Ich werde ihrer Affäre auf die Sprünge helfen. Schon sehe ich sie vor mir, wie sie zu Boden sinken, wie Chester an Claras Mieder zieht und zerrt...

Moment mal, müssten sie vorher noch heiraten? Ich bin mir nicht so ganz sicher, wie das zu viktorianischen Zeiten üblich war. Vielleicht könnte der Kutscher rein zufällig auch Pfarrer sein, und sie heiraten kurz mal eben unterwegs?

Wie dem auch sei. Egal. Entscheidend ist, dass sie Sex haben. Bald. Bis jetzt habe ich noch nie über Sex geschrieben, aber irgendwie bricht es heute aus mir hervor.

*Keuchend drang er in sie ein*, tippe ich hastig, dann verziehe ich das Gesicht und lösche den Satz schnell wieder. Vielleicht... *tauchte er in sie ein.*

Nein, das ist zu früh. Das mit dem Eintauchen muss langsam vorbereitet werden.

*Als er Clara das Mieder vom Leib riss, stöhnte er wie ein...*

Wie ein...?

Mein Kopf ist leer. Was stöhnt? Abgesehen von Männern beim Sex?

Okay, darum kümmere ich mich später. Ich gehe nachher kurz raus an die Straßenecke, wo ich Empfang habe, und google »Sachen, die stöhnen«.

*Er verzückte sie. Er berauschte sie. Sie stand in Flammen, wenn er sie berührte. Ihr wurde schwindlig, wenn sie nur seine Stimme hörte. Alles andere im Leben schien ihr unbedeutend. Es war doch egal, was er beruflich machte oder wie er hieß...*

Augenblick mal. Das ist doch nicht Clara, über die ich da schreibe. Das bin ich.

Ich nehme meine Hände vom Notebook, seufze und blicke zum endlos blauen Himmel auf. Er verzückt mich wirklich. Und er berauscht mich. Tatsächlich kann ich an nichts anderes mehr denken als an Dutch.

Als die Gruppe wieder zusammenkommt, habe ich es doch geschafft, eine kurze Passage zu schreiben. Tatsächlich bin ich dermaßen konzentriert, dass ich zu spät komme und Dutch schon zwischen Metapher und Anfängerin sitzt. Das ist mal wieder typisch, aber macht ja nichts.

Als Farida uns auffordert, unsere morgendliche Arbeit vorzustellen, ist mir plötzlich so furchtlos zumute. Wenn ich von Felsen springen kann, werde ich ja wohl meine Szene laut vorlesen können.

»Ich mach das!«, melde ich mich. »Heute morgen habe ich eine …« Ich räuspere mich. »Also, das hier ist die allererste Sexszene, die ich je geschrieben habe.«

Schreiberin juchzt, und ein paar andere applaudieren lachend.

»Schön für dich!«, sagt Autor-in-spe. »Lies vor!«

Ich nehme meinen ausgedruckten Text und räuspere mich gleich nochmal. Ich bin ganz zufrieden mit mir, denn neben dem Aspekt der Liebe habe ich auch so etwas wie einen gesellschaftlich relevanten Kommentar unterbringen können.

»Das hier ist also aus dem Roman, von dem ich am Montag erzählt habe«, beginne ich. »Nur kurz zur Erinnerung: Er spielt im viktorianischen England.« Ich zögere, dann fange ich an, laut vorzulesen.

*»Du bist meine Frau«, knurrte Chester. »Und ich fordere mein Recht der ersten Nacht.«*

*»Das ist eine überholte Praxis«, herrschte Clara ihn an, mit dem Feuer des Feminismus in ihren Augen.*

*»Ich sage voraus, dass Frauen zukünftiger Generationen gleichberechtigt sein werden.«*

*Schamesschweiß rann über Chesters Stirn.*

*»Du hast recht«, sagte er. »Ich werde mich dem Kampf anschließen, Clara. In Zukunft werde ich eine männliche Suffragette werden.«*

*Doch dann konnte Chester seine pulsierende Lust nicht länger beherrschen.*

*Als er Clara das Mieder vom Leib riss, stöhnte er wie ein …«* Ich zögere. *»… ein Heleioporus eyrei.«*

»Ein was?«, fragt Metapher sofort und hebt die Hand.

»Das ist ein Frosch«, sage ich trotzig. »Er stöhnt.«

»Lesen Sie weiter, Aria«, sagt Farida sanft. »Sparen wir uns alle Fragen und Bemerkungen für hinterher auf.«

*»Als die Hose sank, wurde sie seines Gemächtes gewahr.«*

Innerlich winde ich mich, denn ich war nicht gerade scharf auf »Gemächt«, aber was sollte ich sonst sagen? Ich blättere um und spüre, dass ich langsam ins Rollen komme.

*»Er war einfallsreich. Er war aufmerksam. Die ganze Nacht konnten sie nicht voneinander lassen. Im Licht des Mondes saßen sie auf der großen, steinernen Fensterbank, tranken Wein und knabberten Grissini, in der Gewissheit, dass ihre Lust aufeinander bereits*

*wieder wuchs, in der Gewissheit, dass diese befriedigt werden würde. Im Grunde waren sie sich fremd. Sie wussten nur wenig voneinander. Und doch war ihre Verbindung so real. Später, als er schlief, betrachtete sie sein ehrliches, aufrichtiges Gesicht. Sein volles, dunkles Haar. Seine kräftige, muskulöse Statur. Sie war wie gebannt. Fasziniert von dem, was sie von ihm wusste, und dem, was sie nicht wusste. Er kam ihr vor wie ein wundervolles, neues Land, das entdeckt werden wollte.«*

Ich blicke auf, und die anderen applaudieren.

»Bravo«, sagt Farida und lächelt mich aufmunternd an. »Über derart intime Momente zu schreiben ist nicht einfach ... Ja, Metapher? Hätten Sie noch eine andere Frage?«

»Nur ein paar.« Metapher wirft mir einen höhnischen Blick zu. »Grissini? Im viktorianischen England?«

Oh. Uups. Ich hatte Dutch und mich vor Augen. Ich hätte »Konfekt« sagen sollen.

»Nur ein kleiner Patzer«, sage ich lässig. »Wenn das alles ist ...«

»Nein, das ist nicht alles«, sagt Metapher. »Ich dachte, Clara und Chester seien zusammen im Dorf aufgewachsen. Wieso kennen sie sich plötzlich nicht mehr?«

»Das habe ich mich auch gefragt«, stimmt Schreiberin mit ein.

»Ich habe auch eine Frage«, meint Austen auf ihre sanfte Art. »Ich dachte, Chester wäre blond und schlank? Aber jetzt ist er plötzlich dunkel und muskulös?«

Metapher wirft einen vielsagenden Blick zu Dutch hinüber, dann sieht sie Austen mit hochgezogenen Augenbrauen an. Hat sie es erraten? Ich streiche meine Haare zurück, bin leicht verunsichert. Wie konnte ich vergessen, dass Chester blond ist?

»Ich bin... ja noch nicht fertig«, sage ich und weiche den Blicken der Gruppe aus. »Wie dem auch sei. Mal sehen, was andere so vorlesen.« Ich falte meine Zettel zusammen, bevor mir noch jemand auf die Schliche kommt.

»Das war sehr gut, Aria«, fügt Austen eilig hinzu. »So richtig... also... realistisch.«

»Danke.« Ich lächle sie an, als Farida gerade sagt:

»Wer möchte als Nächstes aus seinem Werk vorlesen?«

Augenblicklich hebt Dutch die Hand, und alle starren ihn an.

»Dutch!« Auch Farida klingt ziemlich erstaunt.

»Ich weiß schon...« Er lacht über sich selbst. »Ich bin der Letzte, von dem Sie es erwarten würden. Aber heute habe ich mich inspiriert gefühlt.« Er hält ein Blatt hoch, das mit handschriftlichen Worten übersät ist, und Schreiberin, die neben ihm sitzt, ruft:

»Wow!«

»In meinem ganzen Leben habe ich mich noch nie inspiriert gefühlt, etwas aufzuschreiben. Aber...« Er zuckt mit den Schultern und lächelt ansteckend. »Irgendwie sind die Worte heute aus mir nur so herausgeflossen.«

»Dann ist das jetzt ein ganz besonderer Moment«, sagt Farida erwartungsvoll.

»Bravo, altes Haus!«, ruft Autor-in-spe und klopft Dutch auf den Rücken.

»Sehen Sie? Mit der richtigen Inspiration kann jeder ein Autor werden.« Farida lächelt in die Runde. »Das ist wirklich spannend. Dutch, wir können es kaum erwarten zu hören, was Sie geschrieben haben.«

Dutch wirft einen Blick auf sein Blatt, dann fügt er hinzu:

»Ich habe noch keinen Plot oder irgend so was in der Art. Ich denke, ich habe nach meiner Stimme gesucht. So wie Sie es uns gestern geraten haben.« Er sieht Farida an. »Sie haben doch gesagt, wir sollten kühn und aufrichtig sein. Daran habe ich mich orientiert.«

»Bravo!«, sagt Farida. »Das habe ich allerdings! Dann lassen Sie uns diese kühne, aufrichtige Stimme hören, Dutch.«

Es folgt ein Augenblick der Stille, dann holt er tief Luft und beginnt:

*»Sie vögelten.«*

Als seine Stimme durch den Raum hallt, geht ein Ruck der Überraschung durch die Anwesenden.

»Das *ist* kühn«, murmelt Bücherwurm neben mir, während Dutch fortfährt.

*»Es war unglaublich. Sie war scharf. Und sie war laut. Lauter als er erwartet hatte. Es war intensiv. Hinterher tranken sie Wein und aßen Grissini. Dann…«*

Er macht eine Pause, betrachtet stirnrunzelnd seine Schrift. Alle lauschen aufmerksam, und ich spüre, dass sich mir einige Blicke zuwenden.

»Grissini«, murmelt Metapher. »Wer hätte das gedacht?«

Mir ist hier etwas unwirklich zumute. Irgendwie würde ich Dutch gern ein Zeichen geben, doch er holt schon Luft, um weiterzulesen.

*»Ihre Haut war wunderschön, wie ...«*

Dutch bricht wieder ab und sagt: »Tut mir leid, ich kann meine eigene Schrift nicht... Was soll das heißen?« Er wendet sich um und wirft einen Blick auf mein Bein, als würde er einen Hinweis suchen. Da fällt es ihm ein. »Na klar, jetzt weiß ich wieder: *Milch*.«

»Entschuldige meine Frage, Dutch«, sagt Metapher und hebt höflich eine Hand, »aber da wir ohnehin gerade unterbrochen haben... Ist das fiktiv?«

Dutch sieht aus, als hätte man ihn auf frischer Tat ertappt. »Selbstverständlich«, sagt er nach einem Moment. »Fiktiv. Klar.«

»Wie heißen denn deine Figuren?«, erkundigt sich Metapher mit zuckersüßem Lächeln.

»Wie sie heißen?« Dutch wirkt ratlos. Er sieht zu mir herüber und wendet sich eilig ab. »So weit bin ich noch nicht.«

O Gott. Merkt er denn nicht, wie *offensichtlich* es ist? Ich winde mich auf meinem Stuhl, doch Dutch blättert um und fährt entschlossen fort.

*»Sie hatte einen unfassbar langen Orgasmus, wie ein Klagelied im Abendwind.«*

Nein. Das hat er jetzt nicht gesagt. Meine Wangen werden puterrot. Denken die anderen, dass ich das bin? Bei einem Blick in die Runde merke ich: Sie denken alle, dass ich das bin. Hektisch versuche ich, Dutchs Blick einzufangen, damit er aufhört, aber er liest schon wieder weiter.

*»Und sie war abenteuerlustig. Mehr als er hätte ahnen können. Zum Beispiel ...«*

»Das ist ein kraftvolles Thema, Dutch«, unterbricht Farida ihn eilig. »Ist das alles in ... in diesem Stil?«

»So ziemlich.« Dutch blickt auf, mit glühenden Wangen. »Wie gesagt, ich habe mich inspiriert gefühlt. Jetzt verstehe ich, wieso ihr alle so gern schreibt. Es macht einen richtig an, oder? Als ich das hier aufgeschrieben habe, hatte ich ...«

Er stutzt, als könne er nicht in Worte fassen, was er hatte. Obwohl ich es mir denken kann.

»Nun, ich schlage vor, dass wir es vorerst damit belassen«, sagt Farida freundlich. »Vielen Dank, dass Sie bereit waren, uns Ihre ... Arbeit anzuvertrauen.«

»Warten Sie, jetzt kommt eine gute Stelle«, sagt Dutch und wendet sich wieder seinem Text zu.

*»Sie trieben es auf einem Stuhl mit hoher Rückenlehne. Es war atemberaubend. Sie schlang die Beine um seinen ...«*

»Genug!« Fast verzweifelt fällt Farida ihm ins Wort und legt zur Sicherheit eine Hand auf sein Blatt. »Genug. Gehen wir weiter. Gratulieren wir Dutch, dass er... seine kühne, neue Stimme gefunden hat. Wer würde gern als Nächstes lesen?«

Auffordernd breitet sie die Arme aus, doch keiner reagiert. Alle starren entweder mich oder Dutch an, oder den Stuhl mit der hohen Rückenlehne, auf dem ich sitze.

»Ich weiß ja nicht, wie die anderen dazu stehen«, meint Kirk schließlich mit belegter Stimme. »Aber ich würde gern noch mehr von Dutch hören.«

## SECHS

Als sich die Gruppe schließlich zum Mittagessen auflöst, kann ich niemandem mehr in die Augen blicken. *Niemandem.* Ich warte, bis alle draußen sind, dann schnappe ich mir Dutch und ziehe ihn in eine Nische.

»Was war das denn?«, frage ich. »Alle wussten, dass es um uns ging!«

»Wie jetzt?« Verständnislos sieht Dutch mich an.

»Was du geschrieben hast! Der Sex! Es war doch offensichtlich, dass du über... du weißt schon... *uns* geschrieben hast. Letzte Nacht. *Grissini?*«, füge ich vielsagend hinzu.

»Es war fiktiv«, sagt Dutch leicht gekränkt. »Alle wussten, dass es reine Fiktion war.«

»Nein, wussten sie nicht! Du kannst nicht einfach die Namen ändern und meinen, damit ist schon alles fiktiv. Außerdem hast du dir ja nicht mal die Mühe gemacht, die Namen zu ändern«, füge ich hinzu, als es mir plötzlich einfällt. »Du hast es überhaupt nicht kaschiert! Alle haben uns angestarrt und sich mehr oder weniger vorgestellt, wie wir es auf diesem Stuhl miteinander treiben.«

»Was? Nein, haben sie nicht!« Dutch überlegt einen Moment länger. »Oh. Okay. Einige Leute dachten vielleicht, dass es um uns ging.«

»Alle dachten, dass es um uns ging«, widerspreche ich entschlossen. »*Alle.*«

»Na, dann... Die waren doch nur neidisch.« Da ist so ein freches Blitzen in seinen Augen, dass ich unwillkürlich selbst grinsen muss. Dann zieht er mich an sich heran und fügt hinzu: »Ich wünschte, wir *hätten* uns auf diesem Stuhl geliebt. Du hast mir gefehlt heute morgen.«

»Du mir auch«, murmle ich. Meine ganze Empörung scheint sich in Luft aufgelöst zu haben. Er verzaubert mich einfach. »›Atemberaubend‹, hm?«, füge ich hinzu. »Du gibst mir also fünf Sterne?«

Dutch lacht leise.

»Lass uns schnell was essen«, schlägt er vor. »Und dann Siesta machen.«

»Gute Idee.«

Er steht so nah bei mir, dass ich seinen Atem auf meiner Haut spüren kann. Als wir uns so gegenüberstehen, sehe ich ihm an, was er denkt, und ein Schauer der Vorfreude läuft mir über den Rücken.

»Wollen wir gehen?«, sagt er, als Schreiberin über den Klosterhof läuft, zusammen mit Anfängerin und Bücherwurm.

»Ja. Nein. Eins noch.« Ich warte, bis alle außer Hörweite sind, dann sage ich zögerlich: »Ich wollte dich nach deinem Namen fragen. Als meine persönliche Frage des Tages.«

»Aha.« Ich sehe das Zögern in seinem Blick. »Okay.«

»Das *wollte* ich.« Ich hebe eine Hand, um zu verhindern, dass er damit herausplatzt. »Ich weiß, dass es gegen die Regeln ist, aber ich dachte, wenn wir... du weißt schon, zusammen sind ...« Ich hole Luft. »Aber dann habe ich es mir anders überlegt.«

»Ach, wirklich?« Er mustert mich, als könnte er meinen Gedanken nicht folgen, was vermutlich auch der Fall ist. Niemand kann meinen Gedanken folgen. Nell nennt mich Alice im Wunderland, weil ich immer in so vielen Gedankengängen gleichzeitig unterwegs bin.

Was streng genommen nicht das ist, was Alice im Wunderland tut, aber ...

Oh. Okay. Ich denke schon wieder so viele Sachen gleichzeitig. Konzentrier dich, Ava.

»Wir leben hier in unserer kleinen Welt.« Ich blicke ihm tief in die Augen, um zu untermauern, was ich sage. »Und es ist irgendwie magisch. Zumindest empfinde ich es so.«

Das wäre jetzt sein Stichwort, zu sagen: »Ich auch«, aber Dutch sieht mich nur an, als würde er darauf warten, dass ich weiterspreche.

Jedenfalls hat er nicht gesagt: »Nein, ist es nicht.«

»Dieses Kennenlernen ohne Namen und Anschrift und familiären Hintergrund und den ganzen Quatsch...« Ich seufze. »Es ist ein *Geschenk*. Wir sollten uns darüber freuen. Es genießen.«

»Ja.« Endlich kommt Leben in ihn. »Das finde ich auch. Total.«

»Es ist real. Was wir hier haben, fühlt sich ...« Ich zögere, denn ist es dafür nicht zu früh? Aber ich kann mich nicht bremsen. »Vielleicht meinst du ja, es ist nicht mehr als ein Urlaubsflirt.« Meine Stimme bebt. »Aber für mich... Für mich fühlt es sich jetzt schon an, als wäre es... mehr.«

Unerträgliches Schweigen macht sich breit. Ich höre fernes Gelächter vom Mittagstisch, aber ich bin wie gebannt.

»Ich glaube auch, dass da mehr ist«, sagt Dutch schließlich leise und drückt meine Hand ganz fest.

»Na, dann ist ja gut.« Ein blödsinniges Grinsen breitet sich auf meinem Gesicht aus. »Ich bin... Ich fühle mich so...«

»Ich auch.«

Er lächelt zurück, und für einen Moment sagt keiner von uns etwas. Eigentlich glaube ich ja nicht an solche Sachen wie »Aura«, aber in diesem Augenblick haben wir beide so eine Art Aura um uns. Ich kann sie *fühlen*. Überall um uns herum.

»Jedenfalls...«, sage ich, als ich wieder zu mir komme. »Was ich sagen wollte... Könnten wir vielleicht aufhören, uns persönliche Fragen zu stellen? Könnten wir vielleicht *nicht* mehr versuchen, rauszufinden... ich weiß nicht... wie wir mit zweitem Vornamen heißen und wo wir wohnen? Zumindest nicht bis zu unserer Abreise? Lass uns diese kleine, heile Welt erhalten.«

»Klingt gut.« Dutch nickt. »Ich mag die kleine, heile Welt. Ich mag sie sogar sehr.«

»Ich mag sie auch *sehr* sehr.« Ich spüre, wie ich ruhiger werde, als er sich herabbeugt, um mich zu küssen. »Oh, aber warte mal eben. Eins sollten wir vielleicht voneinander wissen. Hast du... Kinder?«

Der Gedanke kam mir während des Schreibkurses, und seitdem werde ich ihn nicht wieder los. Nicht, dass es ein Problem wäre, natürlich nicht, es ist nur...

»Kinder?« Dutch macht ein verwundertes Gesicht. »Nein. Du denn?«

»Nein.« Mit Nachdruck schüttle ich den Kopf. »Aber ich... Ich habe einen Hund.«

Als ich die Worte ausspreche, merke ich, wie ich mich total verspanne. Denn Harold *ist* mein Kind. Sollte Dutch da irgendwie – ich weiß nicht – Einwände haben... oder ein Problem...

Während ich auf seine Antwort warte, kriege ich solche Angst, dass ich kaum noch atmen kann. Denn es könnte alles aus sein, auf der Stelle. Und dann würde ich sterben. Ich würde einfach sterben.

*Er kann gar kein Problem damit haben*, sagt die optimistische Stimme in meinem Kopf (Alice). *Er liebt Hunde!*

Das weißt du nicht, meldet sich die Herzkönigin zu Wort, die immer Ärger macht und alles besser weiß. Vielleicht mag er nur weiße Schäferhunde.

»Ich liebe Hunde«, sagt Dutch entspannt, und ich breche fast zusammen.

»Wunderbar!«, sage ich, und meine Erleichterung ist mir sicher anzumerken. »Das ist... Er heißt Harold. Er ist...«

Soll ich ihm ein Foto zeigen? Nein. Noch nicht. Ich habe auch so schon genug ausgeplaudert.

»Er ist bestimmt ein toller Hund«, sagt Dutch.

»O ja, das ist er«, sage ich eifrig. »Das ist er.«

Bei der bloßen Vorstellung, dass Dutch und Harold einander kennenlernen, wird mir ganz warm ums Herz. Meine beiden großen Lieben – vereint.

Moment mal. Meine ich »Liebe«? Ich habe Dutch

doch gerade erst kennengelernt. Und schon verwende ich das Wort »Liebe«, wenn auch nur im Stillen?

»Wollen wir gehen?« Dutch zieht an meiner Hand. »Ich habe so einen Appetit auf Grissini.« Er zwinkert mir zu. »Und wollen wir aufhören, uns vor den anderen zu verstecken? Denn wenn du recht hast, ist es ja kein Geheimnis mehr, dass wir zusammen sind. Und ich bin so stolz darauf, dass das hübscheste Mädchen weit und breit zu mir gehört.« Entschlossen hakt er sich bei mir unter. »Wenn ich mich recht erinnere, hattest du auch was von Grissini geschrieben«, fügt er hinzu, als wir den Klosterhof überqueren. »Du brauchst dich also gar nicht so aufzuplustern.« Wieder zwinkert er mir zu, und ich merke, dass eine warme Woge über mich hinweggeht... eine Woge von... wovon?

Komm schon. Sei ehrlich. Es gibt nur ein Wort für das, was ich empfinde.

Liebe. Ich weiß überhaupt nichts über diesen Mann. Weder sein Alter noch seinen Job, nicht mal seinen Namen. Aber ich liebe ihn.

Von diesem Freitag an sind wir ein Paar. Wir sind *das* Paar. Wir laufen Hand in Hand herum und sitzen im Kurs nebeneinander. Die anderen lassen von sich aus beim Essen zwei benachbarte Stühle frei. Sie sprechen von »Aria und Dutch«, wenn Pläne für den Abend geschmiedet werden.

In meinem ganzen Leben war ich noch nie so glücklich und beseelt. Dutchs Gesicht, wenn ich aufwache. Sein Lachen. Seine starke Hand in meiner.

Am Freitagnachmittag fahren wir für ein Picknick raus zu einem Olivenhain auf einem Hügel. Der Schreibkurs ist zu Ende, und Farida hat erklärt, jetzt können wir uns entspannen, die Masken fallen lassen, uns einander vorstellen und gleichzeitig Abschied nehmen.

Als ich aus dem Minibus steige, bin ich richtig traurig, weil ich es hier so schön finde. Die Sonne, das Essen, das Schreiben, die Leute ... selbst Metapher werde ich vermissen. In der Nähe reden Austen, Schreiberin und Autor-in-spe schon davon, dass sie sich für den Kurs im nächsten Jahr anmelden wollen, und ich kann es ihnen nicht verdenken.

Guiseppe, der uns hergefahren hat, hievt einen monströsen Fresskorb aus dem Minibus, und einige andere tragen Decken. Eben will ich mit anfassen, als Autor-in-spe auf mich zukommt und mit einem Zettel wedelt. »Aria! Hast du schon beim Ratespiel mitgemacht?«

»Ein Ratespiel?« Ich blinzle ihn an.

»*Errate den Namen!* Zwei Leute haben dich als ›Clover‹ eingetragen.«

»*Clover?*« Ich nehme ihm den Zettel aus der Hand, werfe einen Blick darauf und muss laut lachen. Da stehen sieben Vermutungen, wie ich vielleicht heißen könnte, und alle sind falsch.

Nach einiger Überlegung trage ich meine eigenen Vermutungen ein. Es ist irgendwie albern, und doch habe ich das unbestimmte Gefühl, Autor-in-spe könnte vielleicht Derek heißen, und Kirk sieht aus, als wäre er ein Sean.

»Bravo.« Autor-in-spe nimmt den Zettel wieder an sich. »Jetzt kriegen alle was zu trinken, und dann kommt die große Auflösung!«

»Eigentlich...« Ich lege eine Hand auf seinen Arm. »Dutch und ich wollen unsere Namen noch nicht verraten. Das machen wir erst, wenn es gar nicht mehr anders geht.«

Es war meine Idee. Wir fahren nicht vor morgen früh ab. Im Moment sind wir hier im Paradies. Sobald wir unsere Namen nennen, wird ein ganzer Sturzbach von Informationen über uns hereinbrechen... und was haben wir dann davon? Warum sollten wir unsere kleine, heile Welt früher als nötig aufgeben?

»Auch gut.« Autor-in-spe zwinkert mir zu. »Ich habe selbst ein Faible für Rollenspiele.«

Empört starre ich ihn an. *Rollenspiele?* Das ist doch kein Rollenspiel! Es ist echte, wahre Liebe! Eben will ich ihm genau das sagen, da ist er schon unterwegs rüber zu den anderen, die auf hübsch bestickten Decken sitzen (im Klosterladen käuflich zu erwerben).

Einen Moment lang genieße ich den Anblick und wünschte, es könnte immer so bleiben. Prosecco und Teller mit Pökelfleisch machen die Runde, und Farida lacht über irgendwas. Die Sonne fällt durch die Zweige der Olivenbäume, und es ist einfach nur idyllisch.

Dutch plaudert mit Guiseppe, während die beiden gemeinsam den letzten Korb aus dem Auto holen. Er zwinkert mir zu, dann kommt er herüber, und wir suchen uns einen Platz auf einer Decke. Ich nippe an meinem Prosecco, als Anfängerin vorschlägt, auf Farida anzustoßen, woraufhin Farida eine hübsche kleine Rede darüber hält, wie besonders nett und talentiert unsere Gruppe doch ist. (Ich bin mir ziemlich sicher, dass sie das jede Woche sagt.)

Dann bringt Autor-in-spe sein Glas mit einer Gabel zum Klingen. »Ich bitte um eure Aufmerksamkeit! Es wird Zeit für die große Identitäts-Enthüllung! Ich werde nun alle Namen vorlesen, die ihr mir angedichtet habt. Derek. Keith. James. Simon. Desmond. Raymond. John. Robert. Aber in Wahrheit heiße ich...« Er macht eine Pause, um der Wirkung willen. »Richard! Ich bin Erdkundelehrer und komme aus Norwich.«

Alles juchzt und applaudiert, während Richard strahlend in die Runde blickt und dann sagt: »Als Nächstes... Schreiberin!« Er reicht den Zettel zu ihr durch, während Kirk ruft: »Warte mal! Schreiberin, kann ich mich umentscheiden? Ich glaube, du heißt Margot.«

Schreiberin heißt nicht Margot, sondern Felicity, und sie ist Hausfrau. Metapher heißt Anna und arbeitet in London in einer Personalabteilung. Kirk heißt Aaron und hat gerade seinen Doktor in Informatik gemacht. Anfängerin heißt Eithne und hat schon elf Enkelkinder! Eigentlich ist es lustig, sich anzuhören, wie einer nach dem anderen seine wahre Identität preisgibt, und für einen flüchtigen Augenblick überlege ich, ob wir doch mitmachen sollten... Aber heißt es nicht: *Alles nimmt ein gutes Ende für den, der warten kann*?

Und außerdem habe ich schon so eine Ahnung, wer Dutch ist. Ich bin da ziemlich intuitiv. Nicht wirklich hellseherisch, aber... ich schnappe manches auf. Ich habe ein feines Radar. Er kann gut mit seinen Händen umgehen und hat gestrahlt, als ich am Strand etwas von Möbeln sagte. Er liebt Design und hat einmal was über eine »Werkstatt« fallen lassen. Und wenn ich alles so zusammenzähle, glaube ich, er ist Tischler. Wahrscheinlich macht er einzigartige Intarsien oder irgend so was in der Art, und ich *glaube*, es könnte sein, dass er mit seinem Vater zusammenarbeitet.

Außerdem hat er einen ausländischen Namen. Das ist ihm vorgestern Abend rausgerutscht. Was natürlich alles bedeuten könnte... und trotzdem kam mir sofort der Name »Jean-Luc« in den Sinn.

Ich habe da so ein *Gefühl*. Jean-Luc. Er sieht aus wie ein Jean-Luc.

*Hi, ich bin Jean-Luc. Ich bin Tischler.*

Ja. Das fühlt sich richtig an. Das fühlt sich an wie Dutch.

Ich weiß nicht, wo er lebt, und das macht mir etwas Angst. Aber es ist eine Stadt, und die liegt weder in Australien noch in Neuseeland. (Ich konnte es nicht mehr aushalten, ohne ihn danach zu fragen.) Wir könnten es also hinkriegen. Sei es nun Manchester oder Paris oder Seattle. Das kriegen wir hin.

»Tja, und Dutch und Aria...« Richard wendet sich uns zu. »Ihr wollt noch nicht verraten, wer ihr wirklich seid.«

»Ihre Namen sind einfach zu peinlich«, sagt Kirk, was brüllendes Gelächter auslöst.

»Ich weiß, es klingt seltsam«, sage ich verlegen lächelnd. »Aber wir möchten den Zauber gern noch etwas verlängern. Es ist einfach etwas ganz Besonderes...«

»Wie es Urlaubsflirts eben so an sich haben«, sagt Anna auf diese zuckersüße, biestige Art, die sie hat, und ich verziehe das Gesicht, denn warum musste sie das jetzt sagen? Es ist *mehr* als nur ein kleiner Urlaubsflirt.

Dutchs Blick geht von ihr zu mir, und offenbar merkt er, wie verletzt ich bin. Denn bevor ich auch nur Luft holen kann, ist er schon aufgestanden. Er gibt mir ein Zeichen, mich ihm anzuschließen, und etwas verwundert stehe auch ich auf. Alle wenden sich uns zu, und Richard lässt nochmal sein Glas klingen.

»Ich bitte um Aufmerksamkeit für Braut und Bräutigam!«, verkündet er scherzend – und ich weiß, er spielt nur herum, aber trotzdem läuft mir ein Schauer über den Rücken. Zögernd sehe ich Dutch an – weil das seine Idee war –, und er holt tief Luft.

»Okay, ihr habt gewonnen«, sagt er auf seine entspannte Art bei einem Blick in die erwartungsvollen Gesichter. »Ihr habt etwas in mir verändert. Bis ich zu diesem Kurs kam, hatte ich für Romantik keinen Sinn. Ich habe nie über ›Liebe‹ nachgedacht. Aber jetzt kann ich an nichts anderes mehr denken ... denn ich liebe diese Frau.« Er wendet sich mir zu. »Nicht nur diese Woche. Nicht nur als Urlaubsflirt. Sondern so richtig.«

Ich starre ihn an, sprachlos. Mir kommen die Tränen. Das hatte ich nicht erwartet. Ich hätte nie gedacht, dass er eine öffentliche Erklärung abgeben würde oder dass er es mit so viel Nachdruck täte oder dass er mich ansehen würde, wie er mich jetzt ansieht, mit seinem warmen, liebevollen Blick.

*So richtig.*

»Dutch...«, stammle ich, dann muss ich schlucken, versuche, meine Gedanken zu sammeln. Ich kriege kaum mit, dass Schreiberin – oder besser Felicity – sich mit einem geflochtenen Blumenkranz anschleicht. Diesen setzt sie mir mit schelmischem Lächeln auf und zieht sich wieder zurück. Und jetzt fühle ich mich tatsächlich wie eine Braut, wie ich hier in meinem weißen Flatterkleid mit einem Blumenkranz auf dem Kopf in diesem Olivenhain stehe. O Gott. Ich bin nicht sicher, ob ich dem gewachsen bin.

»Dutch«, versuche ich es nochmal und gebe mir Mühe, die Träne zu ignorieren, die über meine Wange läuft. »Ich bin zu diesem Kurs gekommen, um zu lernen, wie man über die Liebe schreibt. Fiktive Liebe. Aber was ich gefunden habe, ist die wahre Liebe.« Ich drücke seine Hand ganz fest. »Genau hier. Die wahre Liebe.« Meine Stimme bebt. »Eins will ich dir versprechen, Dutch, nämlich dass, egal wie du heißt... egal, was du machst... egal, wo du auf dieser Welt auch leben magst... Irgendwie kriegen wir das hin.«

Sprachlos betrachtet Dutch mich einen Augenblick lang, dann zieht er mich an sich, um mir einen Kuss zu geben, und alle juchzen, jubeln und klatschen. Richard singt den Hochzeitsmarsch, weil er jemand ist, der jeden Witz überstrapazieren muss, und ich bin mir ziemlich sicher, dass Anna höhnisch grinst, aber ich werde keinen einzigen Blick in ihre Richtung werfen. Ich bin selig. Ich bin so traumhaft selig vor lauter Romantik, und...

»Scusi.« Aus heiterem Himmel ist Guiseppe aufgetaucht, mit einem Haufen Zetteln in der Hand, und widerwillig wende ich ihm meinen Blick zu. »Taxi-Gutscheine.« Er wirft einen Blick auf die Zettel, dann hält er uns je einen davon hin: »British Airways nach Heathrow. Ja? Das Taxi fährt um acht.«

Er nickt kurz, dann macht er sich daran, Gutscheine unter den anderen Gästen zu verteilen, während Dutch und ich einander anstarren und diesen Donnerschlag verarbeiten. Heathrow. Heathrow! Ich bin baff. (Tatsächlich bin ich fast enttäuscht, denn ich hatte mir vorgestellt, wir würden romantischerweise mit den Problemen einer Fernbeziehung ringen müssen.)

»Heathrow«, sagt Dutch. »Na, das macht manches einfacher. Du lebst in London?«

»Schscht!« Ich winke ab. »Das ist ... Noch nicht!«

Die Sterne stehen gut für uns, denke ich außer mir vor Freude. Das muss es sein. Dutch hätte sonstwo auf der Welt wohnen können, aber dann ist es ausgerechnet ... London!

»Ich habe es mir schon gedacht«, fügt er hinzu, was mich staunen lässt.

»Wieso hast du dir das schon gedacht? Ich könnte sonst woher kommen! Ich könnte wohnen in ... Seattle! Montreal! Jaipur!« Ich überlege kurz, ob mir noch irgendwas besonders Fernes einfällt. »Honolulu!«

Dutch sieht mich nur an.

»Du klingst nach London«, sagt er achselzuckend. »Außerdem hat mir Nadia erzählt, dass zwei Drittel des Kurses aus London kommen.«

»Ach.«

»Ihr Marketing konzentriert sich auf London«, fügt er hinzu. »Wir haben uns darüber unterhalten, wie sie ihre Zielgruppe regional ausweiten könnte. Interessantes Gespräch.«

Okay, mir scheint, wir kommen hier irgendwie vom Thema ab. Um die Stimmung wiederherzustellen, gebe ich ihm einen Kuss und drücke meine Wange an seinen ausgeprägten, stoppeligen Unterkiefer.

»Wir sind füreinander bestimmt«, raune ich ihm ins Ohr. »Das muss es sein. Wir sind füreinander bestimmt.«

## SIEBEN

Als wir am nächsten Morgen in unser Flugzeug steigen, platze ich fast vor Freude. Endlich werde ich erfahren, wer Dutch ist! Und Dutch wird erfahren, wer ich bin ... und unser glückliches Leben kann beginnen.

Wir haben beschlossen, uns nicht schon im Flugzeug alles anzuvertrauen. (Ich zumindest habe das beschlossen.) Obwohl ich vor Neugier sterbe, muss es doch der *richtige* Augenblick sein. Wir haben so lange gewartet. Da können wir auch noch etwas länger warten.

Mein Plan ist also: Wir kommen in Heathrow an, suchen uns eine Bar, setzen uns einander gegenüber, holen tief Luft ... und geben alles preis. Bis dahin werden wir aus Spaß im Flieger ein paar Vermutungen aufschreiben. Name, Beruf, Hobbys. Auch das war meine Idee. Ich wollte noch »Alter« hinzufügen, aber dann wurde mir plötzlich klar, dass das keine gute Idee war, und stattdessen habe ich hinzugefügt: »Alles *außer* dem Alter.«

Ein paar andere aus dem Kurs sitzen in derselben Maschine, überall verteilt. Dutch hat einen Platz vier Reihen vor mir, aber das macht nichts. Wir müssen nicht zusammensitzen. Wir haben noch ein ganzes, gemeinsames Leben vor uns.

Mittlerweile haben wir beide wieder unsere eigenen Sachen an. Ich trage ein Flatterkleid, und Dutch trägt Jeans, dazu ein Leinenhemd, das er im Klosterladen gekauft hat. Seine Kleidung verrät nicht viel über ihn, obwohl mir seine hübsche Uhr aufgefallen ist. Er ist braun gebrannt und kräftig, und er trägt bequeme Markenschuhe. Er sieht ganz genauso aus wie ein Tischler.

Ich notiere mir »Tischler« und »Jean-Luc«, und dann lehne ich mich auf meinem Sitz zurück, um mir vorzustellen, wo er wohl wohnen und arbeiten mag. Ich sehe seine Werkstatt deutlich vor mir. Und ihn darin, in einem zerrissenen, grauen Overall. Vielleicht sägt er gerade ein paar Bretter und schwitzt dabei, dann geht er mit einem Becher Kaffee raus vor die Tür, streift seinen Overall ab und trainiert im Sonnenschein seine Kampfkünste. Mmmmh.

Diese Vorstellung gefällt mir so gut, dass ich die Augen schließe, um mich noch etwas darin zu verlieren, und da muss ich wohl eingedöst sein, denn es kommt mir vor, als würden wir schon fünf Minuten später zur Landung ansetzen. Der Londoner Himmel ist bewölkt, was sofort meine Sehnsucht nach Italien weckt, doch die weicht schon bald übermächtiger Vorfreude. Jetzt dauert es nicht mehr lange!

Wir haben uns an der Gepäckausgabe verabredet, und als ich dort ankomme, sehe ich Eithne und Anna. (Es fühlt sich seltsam an, sie nicht Anfängerin und Metapher zu nennen.)

»Es war *wundervoll*, euch kennengelernt zu haben«, sagt Eithne und drückt uns alle, bevor sie geht. Anna drückt uns nicht, sagt aber: »Viel Glück«, mit ihrem abfälligen Lächeln, und ich zwinge mich, freundlich zu sagen: »Danke, gleichfalls!«

Dann endlich kommen unsere Koffer, und schon bald darauf rollen wir damit zum Ausgang.

»Wo wollen wir hin?«, frage ich, als wir durch das Spalier von Chauffeuren gehen, die ihre Schilder hochhalten. »Vielleicht ins eins von den Flughafenhotels? Setzen wir uns in die Bar? Trinken ein Glas Wein?«

»Gute Idee.« Er nickt.

»Und hast du im Flieger ein paar Vermutungen über mich angestellt?«, kann ich mir nicht verkneifen, und Dutch lacht.

»Ich habe mir tatsächlich ein paar Sachen überlegt. Wahrscheinlich liege ich damit total falsch ...«, fügt er gleich hinzu. »Reine Mutmaßung.«

»Ich mag Mutmaßungen«, sage ich. »Raus damit.«

»Okay.« Dutch macht eine kurze Pause, schüttelt grinsend den Kopf, als wäre ihm peinlich, was er denkt, dann platzt er heraus: »Ich glaube, du könntest vielleicht Parfümeurin sein.«

Wow. Parfümeurin! Das ist ziemlich nahe an Aromatherapeutin! Die ich sein werde, sobald ich den Kursus gemacht habe.

»Liege ich damit richtig?«, fügt er hinzu.

»So weit sind wir noch nicht.« Ich lächle ihn an. »Alles zu seiner Zeit. Wie kommst du auf Parfümeurin?«

»Wenn ich an dich denke, dann sehe ich dich von Blumen umgeben«, sagt er nach kurzer Überlegung.

»Wie du dich mit ihrem Duft umgibst. Du bist so ruhig und gelassen. So ... ich weiß nicht. Unaufgeregt.«

Fasziniert starre ich ihn an. Unaufgeregt! Gelassen! Noch nie hat mich jemand als *gelassen* bezeichnet.

»Und du weißt ja, was man über Hunde sagt«, fährt Dutch fort, dem das Thema zu gefallen scheint. »Wie der Herr, so das Geschirr. Also denke ich, du hast einen Windhund. Oder vielleicht einen Afghanen. Einen hübschen, eleganten Hund, der sich hübsch und elegant zu benehmen weiß. Habe ich recht?«

»Äh...« Ich krame in meiner Tasche nach einem Lippenpflegestift, auch um der Frage auszuweichen. Ich meine, für einen Beagle ist Harold hübsch. Und auch sein Benehmen ist hübsch, auf seine Art, man muss ihn nur etwas besser kennenlernen. Was Dutch bestimmt bald tun wird.

»Und was ist mit mir?«, fragt Dutch, als wir hinaus an die kühle, englische Luft treten. »Hast du mich denn durchschaut?«

»Na ja, ich denke, ich habe hier und da einiges aufgeschnappt«, sage ich, und er sieht mich reumütig lächelnd an.

»Ich schätze, ich bin wohl ein offenes Buch, was?«

»Ich bin mir ziemlich sicher, dass ich weiß, wovon du lebst«, sage ich nickend, »und was deinen Namen angeht, habe ich so eine Ahnung...« Ich stutze, als ich höre, dass irgendwo jemand *meinen* Namen ruft.

»Ava! AVA! Hier drüben!«

Hm? Was...?

O mein *Gott*! Das gibt's doch nicht!

Ich kann mein Glück kaum fassen, als ich die vertrauten Gesichter von Nell, Sarika, Maud und den Kindern sehe! Meine Mädels! Und Harold! Sie sind gekommen, um mich abzuholen!

Nur scheint es da irgendwie Unstimmigkeiten zu geben. Harold knurrt einen uniformierten Chauffeur an und schnappt nach dessen Beinen, während Bertie versucht, den Hund zurückhalten. O Gott. Harold hasst Uniformen, und diese da ist ganz besonders lächerlich. Wer braucht denn den ganzen Protz?

»Halt mir den Köter vom Leib!«, bellt der Chauffeur böse.

»Dann nimm deine Mütze ab«, entgegnet Bertie ungerührt. »Harold mag deine Mütze nicht. Dafür kann er ja nichts.«

»Kinder sollte man sehen, aber nicht hören«, fährt der Chauffeur ihn zornig an. »Hältst du jetzt diesen Hund zurück?«

»Man sollte sie sehen, aber nicht hören?« Sofort baut Nell sich vor ihm auf. »Sie wollen Kindern den Mund verbieten? Vielleicht möchten Sie ja auch Frauen den Mund verbieten. Was haben Sie für ein Problem? Ava! Ist das dein Tischler?«, fügt sie fröhlicher hinzu. »Schaff ihn her!«

»Jean-Luc!«, ruft Maud und klatscht begeistert in die Hände. »Er ist ein Traum! Heißt er wirklich Jean-Luc?«

Ich werfe einen Blick zu Dutch hinüber, um nachzusehen, ob er auf den Namen Jean-Luc reagiert, aber er scheint völlig fasziniert von dem, was hier vor sich geht.

»Gehören die ... zu dir?«, fragt er verunsichert.

»Ja«, sage ich fröhlich. »Das sind meine Freundinnen. Komm, ich stell sie dir vor!«

Als ich das eben sage, fängt Harold an, bellend um die Beine des Chauffeurs herumzulaufen und ihn dabei zu fesseln. Es ist nicht zu übersehen, dass Bertie ihm eine zu lange Leine lässt. Aber er ist ja auch noch ein Kind.

»Ich ruf die Polizei!«, brüllt der Chauffeur. »Das ist ja wohl das Allerletzte!«

»Ist das ... *dein* Hund?«, fragt Dutch und klingt leicht erschüttert.

Okay. Möglicherweise macht Harold auf diese Weise keinen sonderlich guten ersten Eindruck. Aber Dutch ist ein Hundemensch. Er wird es schon verstehen.

»Er hasst Uniformen«, erkläre ich und rufe: »Harold! Schätzchen! Ich bin wieder da!«

Als er meine Stimme hört, dreht Harold sich um, und ein Ausdruck überwältigender Freude macht sich auf seinem Gesicht breit. Er versucht, zu mir zu rennen, wobei er fast den Chauffeur umreißt, doch Nell schnappt sich gerade noch rechtzeitig die Leine.

»Mr Warwick!« Verzweifelt blickt der Chauffeur in Dutchs Richtung, und ich kriege den Schreck meines Lebens.

»Moment mal. Gehört der zu dir?«

»Das ist Geoff«, sagt Dutch. »Und ... ja.«

Dutch hat einen *Fahrer*?

Es fühlt sich an, als hätte ich einen Kurzschluss im Kopf. Das kann doch nicht sein! Tischler haben keine Fahrer. Was ist hier los?

Ich laufe hin, nehme Nell die Leine ab und befreie den Chauffeur.

»Verzeihen Sie«, sage ich atemlos. »Ist mit Ihren Beinen alles in Ordnung? Mein Hund ist einfach nur sehr aufgeregt. Man muss ihm gut zureden.«

»Gut zureden!«, schimpft der Chauffeur. »Dem werde ich gleich mal gut zureden!«

Ich bücke mich, um meinen allerliebsten Harold zu drücken und ihm ins Ohr zu flüstern, wie sehr er mir gefehlt hat, und dass ich ihm einen neuen Freund vorstellen möchte. Dann komme ich wieder auf die Beine, drehe mich zu Dutch um und sage mit bebender Stimme:

»Darf ich vorstellen? Harold!«

Ich brauche einen Moment, bis ich merke, dass Dutch Harold nicht mal ansieht. Er hat sich etwas genervt dem Chauffeur zugewandt. Noch nie habe ich ihn so ärgerlich erlebt.

»Geoff, was machen Sie hier?«

»Sie werden auf der Konferenz erwartet«, sagt der Chauffeur. »Und beim Dinner. Mr Warwick Senior sagt, Sie wüssten davon. Er hat mir aufgetragen, Sie hier abzuholen und direkt nach Ascot zu fahren.«

Dutch schließt die Augen, als müsste er sich beherrschen. »Ich habe doch gesagt, ich werde an dieser Konferenz nicht teilnehmen. Das habe ich unmissverständlich klargemacht.«

»Das sagte Ihr Herr Vater wohl«, erwidert Geoff ungerührt. »Dennoch erwartet man Sie.«

»Ich muss telefonieren«, sagt Dutch zu mir, während er auf sein Handy eintippt. »Tut mir leid... Das war *wirklich* nicht der Plan... Dad!« Er geht ein Stück außer Hörweite, und ich starre ihm hinterher, sprachlos.

»Ich dachte, er ist Tischler«, sagt Maud, die wie alle anderen auch mit offenem Mund dasteht.

»Das dachte ich auch«, sage ich verwirrt. »Ich... weiß nicht. Da muss ich wohl was missverstanden haben.«

»Und was *macht* er jetzt?«, fragt Nell.

»Wie heißt er?«, stimmt Sarika mit ein.

»Keine Ahnung«, gebe ich zu.

»Du weißt immer noch nicht mal seinen Namen?« Nell kann es nicht fassen. »Ava, was ist los mit dir? Wie heißt der Mann?«, will sie von Geoff wissen. »Dein Boss da. Wie heißt er?«

»Er heißt Mr Warwick«, sagt Geoff steif. »Nicht, dass es Sie etwas angehen würde.«

»Meine Freundin plant, den Rest ihres Lebens mit ihm zu verbringen und Kinder in die Welt zu setzen«, entgegnet Nell. »Also geht es mich sehr wohl was an.«

Geoff mustert mich mit zutiefst argwöhnischem Blick, antwortet aber nicht. Ich weiß auch nicht, was ich sagen soll, also stehen wir alle sprachlos da und warten darauf, dass Dutch wiederkommt – und als er es tut, macht er ein ausgesprochen düsteres Gesicht.

»Tut mir leid«, sagte er direkt zu mir. »Tut mir schrecklich leid. Ich muss weg. Die Arbeit.«

»An einem Samstag?« Ich kann meine Bestürzung nicht verbergen.

»Eine Wochenendkonferenz. Es ist...« Er seufzt.

»Entschuldige. Aber ich bin bald wieder da. So bald wie möglich. Morgen. Und dann... sehen wir weiter.«

Er macht so ein betrübtes Gesicht, dass mir ganz warm ums Herz wird. Ich weiß ja nicht, was bei diesem Telefonat passiert ist, aber seine Miene hat sich komplett verfinstert, und ich bin mir sicher, dass er wirklich nicht weg möchte.

»Keine Sorge!«, sage ich und gebe mir Mühe, zuversichtlich zu klingen. »Geh und tu... was immer du tun musst. Und das mit Harold tut mir leid«, füge ich an Geoff gewandt hinzu, der zur Antwort nur die Nase rümpft.

»Nett, euch kennengelernt zu haben!« Dutch hebt die Hand, um meine Freundinnen zu begrüßen. »Und auch dich, Harold. Ich hoffe, wir haben beim nächsten Mal mehr Zeit füreinander. Aber jetzt muss ich los.« Dann wendet er sich mir zu, und für einen Augenblick sagen wir beide nichts, sehen uns nur an. »Es war wohl zu erwarten, dass es früher oder später mit unserer kleinen, heilen Welt vorbei sein würde«, sagt Dutch schließlich.

»Vermutlich.«

»Aber das ändert überhaupt nichts. Ich liebe dich.«

»Ich dich auch.« Ich muss schlucken. »*So* sehr.«

»Und wir kriegen das alles hin.«

»Ja.«

»*Ja.*«

»Oh, seht sie euch an!«, höre ich Maud laut zu Nell sagen. »Wie süß die beiden miteinander sind.«

Dutch hat meine Hände genommen, und ich bin

mir nicht sicher, ob ich ihn gehen lassen kann, aber Geoff gibt so ungeduldige Geräusche von sich, dass ich schließlich – großzügig, wie ich bin – loslasse und sage: »Geh nur. Mach dein Ding.«

Ich sehe Dutch hinterher, wie er Geoff zu einem großen, schwarzen Firmenwagen folgt und hinten einsteigt. Das ist so was von überhaupt nicht das Auto, das ich bei ihm erwartet hätte. Und auch nicht dieser Fahrer, der ihm die Tür aufhält. Oder die *Financial Times*, die ihn auf dem Rücksitz erwartet.

»Augenblick!«, rufe ich, als Geoff eben schon die Tür schließen will. »Was *ist* denn dein Ding? Wo arbeitest du?«

»In unserem Familienunternehmen«, sagt Dutch und wirkt noch angespannter als vorher. »Also... egal. So sieht's aus.«

»Aber du hast doch was von einer Werkstatt gesagt«, meine ich verwundert.

»Ja. Wir haben eine Werkstatt in unserem Design Studio.«

»Aber was macht ihr denn?«, frage ich leicht frustriert. »Was macht eure Firma?«

»Wir bauen Puppenstuben.«

»Bitte?« Ich starre ihn an und denke, ich muss mich wohl verhört haben.

»Puppenstuben«, wiederholt er. »Und Puppen. Schon seit ewigen Zeiten. Es gibt Sammler auf der ganzen Welt... Sind voll angesagt.«

Er baut *Puppenstuben*? Das hätte ich nun wirklich nicht erwartet.

»Okay«, sage ich und überlege, was ich zum Thema

Puppenstuben beitragen könnte. »Das ist ja ... cool! Na, dann bis bald.«

»Hoffentlich ganz bald. Es war wunderbar.« Noch einmal blickt er mir tief in die Augen. »Einfach wunderbar!«

»Du wirst mir fehlen!«, sage ich voller Leidenschaft.

»Du mir auch.« Er nickt, dann wendet er sich ab. »Okay, Geoff.«

Geoff schließt die Tür und klemmt sich hinters Steuer. Der Motor brummt, und schon setzt sich der Wagen in Bewegung, da wird mir etwas Furchtbares, etwas geradezu Fatales bewusst. Harold fängt wie verrückt an zu bellen, als ich dem Wagen hinterherrenne und hektisch ans Fenster klopfe, bis er anhält und die Scheibe wieder heruntergleitet.

»Du hast meine Nummer gar nicht!«, platze ich heraus.

»*Verdammt.*«

»Ich weiß!« Wir starren uns an, beide mit großen Augen angesichts dessen, was eben fast passiert wäre – dann zücke ich mein Telefon. »Tipp deine Nummer hier rein«, keuche ich. »Ach, und ein Letztes noch. Wie heißt du? Ich bin Ava. Wer bist du?«

»Ach, ja.« Er sieht aus, als würde ihm ein Licht aufgehen. »Das habe ich dir noch gar nicht gesagt.« Er tippt seine Nummer ein, dann blickt er auf. »Ich bin Matt. Eigentlich Matthias.«

»Matt!« Ich lächle, denn Matt ist ein guter Name, wenn auch nicht ganz so gut wie Jean-Luc. Ich speichere seinen Kontakt unter »Dutch/Matt«, schicke ihm eine Nachricht und seufze vor Erleichterung. »Hi, Matt. Schön, dich kennenzulernen.«

»Hi, Ava.« Seine Augen lächeln. »Danke gleichfalls. Pass auf dich auf.«

Er schließt das Fenster wieder, und ich sehe dem Wagen hinterher, während ich mir diese neue Information durch den Kopf gehen lasse. Matt. Matthias. Puppenstuben. *(Puppenstuben?)* Matt Warwick. Matt. Darf ich dir meinen Freund Matt vorstellen? Hi, das ist Matt. Kennst du Matt schon?

Es fühlt sich richtig an. Es fühlt sich vertraut an. Ich glaube, ich wusste die ganze Zeit schon, dass er Matt heißt.

## ACHT

Als ich am nächsten Nachmittag an der Ecke stehe, fühle ich mich richtig schlapp vom anstrengenden Warten darauf, Matt endlich wiederzusehen. Ich hatte Kopfweh. Ich war rastlos. Alle fünf Sekunden habe ich auf meinem Handy nachgesehen, ob ich eine Nachricht von ihm hatte. Nicht mal vierundzwanzig Stunden sind vergangen, und doch habe ich sie kaum überlebt.

Mein Körper *braucht* ihn regelrecht. Ich möchte nicht übermäßig dramatisch klingen, aber er ist wie Crystal Meth. Im positiven Sinn. Meine ganze Physiognomie hat sich verändert. Ich kann nie wieder nicht mit ihm zusammen sein.

Als ich ihn aus dem U-Bahnhof kommen sehe, bin ich so erleichtert und begeistert, dass ich fast weinen muss … und mit einem Mal ganz schüchtern werde. Denn eins ist seltsam: Dieser Typ mit der schwarzen Jeans und dem grauen T-Shirt ist nicht Dutch. Das ist Matt. Matt mit seinem Fahrer und seinem Beruf und seinem Leben. Im Grunde kenne ich Matt überhaupt nicht, noch nicht.

Er wirkt selbst etwas beklommen, und beide lachen wir verlegen, als er auf mich zukommt.

»Hi! Da bist du ja.«

»Schön, dich zu sehen.«

Er nimmt mich in die Arme, und als wir uns küssen, schließe ich die Augen und erinnere mich, wie Dutch schmeckt, wie er sich anfühlt. Für einen Moment bin ich wieder in Italien, zurück in unserer kleinen, heilen Welt... doch als wir uns voneinander lösen, schlage ich die Augen auf, und schon sind wir in London, und ich weiß nicht mal, ob er einen zweiten Vornamen hat.

»Na, dann will ich dir mal mein... mein Leben vorstellen!«, sage ich und gebe mir Mühe, entspannt zu klingen, als ich ihn die Straße entlangführe. »Ich wohne nicht weit vom Bahnhof.«

Als ich das sage, fallen mir plötzlich wieder Sarikas K.-o.-Kriterien ein, und ich stelle mir vor, wie Matt feierlich antwortet: »Na, solange es nicht mehr als zehn Minuten sind.«

Der bloße Gedanke daran bringt mich fast zum Lachen. Es zeigt mal wieder, wie verrückt die moderne Liebe schon geworden ist! K.-o.-Kriterien sind das Gegenteil von Liebe. Wenn man mich fragt, sind K.-o.-Kriterien ein Werk des Teufels.

Matt hält mich bei der Hand, und wir laufen im Gleichschritt. In diesem Augenblick empfinde ich nur Mitleid für all diese beklagenswerten Menschen, die ein solches Gewicht auf künstliche Faktoren legen, die mit wahrer Liebe nichts zu tun haben. Ich liebe Sarika ja heiß und innig, aber *Keine Tänzer*? Was ist denn das für eine Regel? Was wäre, wenn der – sagen wir – Obertänzer vom Royal Ballet mit ihr ausgehen wollte? Was dann?

»Glaubst du an K.-o.-Kriterien?«, frage ich unwillkürlich, während wir so gehen. »Hast du so was?«

»K.-o.-Kriterien?« Matt wirkt verdutzt. »Was meinst du ...?«

»Muss ich mir Sorgen machen?«, erkläre ich leicht scherzhaft. »Du weißt schon. Manche Männer würden sich nie mit einer Frau treffen, die raucht, oder ...« Ich überlege einen Moment. »Pulverkaffee trinkt.«

Das ist wahr. Vor ein paar Monaten hat Sarika in einem Artikel gelesen, dass 53 Prozent der Bevölkerung niemals Pulverkaffee trinken oder mit jemandem ausgehen würden, der es tut. Woraufhin sie eine WhatsApp-Nachricht herumgeschickt hat: »Dringend!!! Schmeißt euren Instant-Kaffee weg!!!« Ich hatte zwar keinen, aber ich hatte noch Carobpulver, das ich im Schrank ganz nach hinten geschoben habe, für alle Fälle.

Doch die bloße Vorstellung scheint Matt in Erstaunen zu versetzen.

»Ach, du je«, sagt er nach einem Moment. »Nein. Das ist nicht meine Art. Man kann doch nicht ... Ich stehe nicht so aufs Rauchen, aber ... du weißt schon.« Er zuckt mit den Schultern. »Kommt immer ganz darauf an.«

»Das denke ich auch«, sage ich eifrig. »Es geht nicht um K.-o.-Kriterien. Ich habe auch keine. Ich kann mir nicht mal *vorstellen*, welche zu haben.« Wir laufen noch ein Stück, dann füge ich hinzu: »Ich habe im Netz ein bisschen über euer Familienunternehmen nachgelesen. Das klingt ja toll!«

Ich musste nicht lange suchen. Bei Google tauchte

»Matt Warwick« gleich ganz oben auf. Leitender Geschäftsführer bei Warwick Toys Inc. Marken: *Harriet's House, Harriet's World, Harriet's Friends.*

Und sobald ich die Worte *Harriet's House* gelesen hatte, wusste ich Bescheid. Das sind diese Puppenhäuser mit dem Reetdach. Harriet ist die Puppe mit den roten Haaren und dem karierten Schottenrock. Viele meiner Freundinnen hatten so eine, als ich klein war. Ich selbst hatte weder das Haus noch die Puppe, aber ich hatte ein gebrauchtes Pony und ein paar von Harriets Kaninchen.

Laut der Website gibt es sechsundsiebzig verschiedene Häuser, dazu über zweitausend Figuren und Accessoires zum Sammeln. Was ich gerne glauben will, denn ein Mädchen in meiner Schule hatte ein ganzes Zimmer voll mit dem Zeug. Allerdings war mir nicht klar, dass »Harriet's House« – wie es auf der Website heißt – ein »weltweites Phänomen« ist. In Dubai und Singapur gibt es sogar Harriet's House-Themenparks. Wer hätte das gedacht? (Ich jedenfalls nicht.)

Die Firma ist immer noch »stolz darauf, ein familiengeführtes Unternehmen zu sein«, also habe ich mir Matts Vater mal genauer angesehen, der Vorstandsvorsitzender ist und seine eigene Seite auf der Website hat. Er sieht sehr gut aus – ganz ähnlich wie Matt, nur mit grauen Haaren und freundlichem, zerfurchtem Gesicht. Instinktiv würde ich sagen, dass wir uns bestimmt gut verstehen werden.

»Jep«, sagt Matt. »Na ja ... Ist ziemlich angesagt.«

Er klingt nicht gerade so, als wollte er gern über

die Firma reden, und heute ist ja auch Sonntag, also beschließe ich, das Thema vorerst fallen zu lassen. Es ist ja nicht so, als würden uns die Gesprächsthemen ausgehen.

Als wir auf mein Haus zugehen, bin ich richtig aufgeregt. Ich bin so stolz auf meine Wohnung. Ich habe alles mit viel Liebe eingerichtet. Ich war sehr kreativ mit meinen Ideen und habe mir richtig Mühe gegeben. Nichts ist *langweilig*.

»Tja, hier wohne ich!«, sage ich, als ich Matt den Vortritt lasse. »Die Treppe rauf. Ganz oben.«

Ich habe mich damals gleich auf den ersten Blick in meine Dachgeschosswohnung verliebt. Sie ist so originell. So schrullig. Sie hat Stuck und noch die alten Kamine und sogar eine alte, schmiedeeiserne Feuertreppe, die von der Küche aus hinunterführt, was ich genial finde. Auf jeder Stufe stehen Töpfe mit duftenden Kräutern, und manchmal nehme ich mir ein Glas Wein mit raus und setze mich auf die oberste Stufe. Über die Treppe kann Harold auch runter in unseren kleinen Garten.

Als wir die letzten Stufen nehmen, höre ich Harold drinnen jaulen – er weiß, dass ich komme –, und ich strahle Matt an.

»Harold ist schon ganz aufgeregt. Ich kann es kaum erwarten, dass du ihn mal richtig kennenlernst.«

Als ich meine Wohnungstür öffne, springt Harold mich freudig an, bellt und schnüffelt und gibt erwartungsvoll Pfötchen.

»Entschuldige«, sage ich und lächle über seinen Kopf hinweg Matt an. »Das machen wir immer, wenn ich nach Hause komme ... Wie *hab* ich dich vermisst!« Liebevoll spreche ich mit Harold und küsse seinen Kopf. »Wie *hab* ich dich vermisst! Wie *hab* ich dich vermisst!« Ich halte Harolds Pfoten und tanze mit ihm herum, und plötzlich wünschte ich, Matt wäre mit dabei.

»Komm, tanz mit!«, sage ich und reiche ihm eine Hand, doch Matt betrachtet uns nur mit leicht erstarrtem Lächeln.

»Macht ihr nur«, sagt er. »Ich guck lieber zu. Warst du den ganzen Tag weg oder so?«

»Nein«, sage ich über meine Schulter hinweg. »Ich bin nur kurz rüber zur U-Bahn, um dich abzuholen.«

»Aha.« Matt staunt. »Also ... Dann führt ihr diesen Tanz jedes Mal auf, wenn du nach Hause kommst?«

»Das ist unser Ding. Stimmt's nicht, Harold, mein kleiner Liebling?« Ich küsse seinen Kopf ein letztes Mal, dann lasse ich seine Pfoten los, und er trottet in die Küche. »Er ist ein Findelhund«, erkläre ich Matt. »Er wurde als Welpe an der A414 ausgesetzt.« Der bloße Gedanke daran versetzt mir einen Stich ins Herz. Wie kann man einen liebenswerten Hund wie Harold nur aussetzen?

»Das ist hart.« Matt verzieht das Gesicht.

»Aber ich habe ihm ein Zuhause gegeben, und ...« Ich bremse mich, bevor ich allzu emotional werde. »Wie dem auch sei. Jedenfalls ist er jetzt glücklich.«

»Ich freue mich für dich.« Matt geht ein Stück weiter durch den Flur und sieht sich um, mit einem Gesichtsausdruck, den ich nicht so ganz deuten kann. Es ist nicht der breiteste Flur, aber ich habe ihn türkis gestrichen und mit reichlich portugiesischen Perlenvorhängen dekoriert, die ich aus dem Urlaub mitgebracht habe. Außerdem habe ich den Stuck mit Goldfarbe angemalt, wie ich es mal in einer Zeitschrift gesehen habe.

Leider steht da ein großes, hässliches Regal im Weg, was ich aber erklären kann.

»Weißt du noch, dass ich gesagt habe, ich stehe auf Möbel? Na, dieses Teil hier soll aufgehübscht werden.«

»Oh.« Einen Moment lang starrt Matt das Ding schweigend an. »Als du meintest, dass du Möbel sammelst, dachte ich ...« Er scheint sich zu bremsen. »Egal. Nein. Super!«

»Meine Freundin Maud wertet Möbel mit Kreidefarben auf. Sie ist *unglaublich*, hängt aber im Moment zeitlich etwas hinterher ... Vorsicht, hol dir keinen Splitter!«, füge ich hinzu, als er einen Schritt nach vorn tut. »Es muss noch abgeschliffen werden.«

»Verstehe.« Er nickt und schiebt sich vorsichtig daran vorbei. »Hübsche Pflanze«, fügt er bei einem Blick auf meine Yucca-Palme in der Ecke hinzu.

Er sagt *immer* die richtigen Sachen. Ich liebe ihn mehr und mehr.

»Das ist meine Findel-Yucca.« Ich strahle ihn an.

»Findel-Yucca?«

»Ich habe sie in einem Müllcontainer gefunden. Irgendwelche Leute hatten sie einfach weggeworfen!« Ich kann nicht anders als empört zu klingen. »Eine lebendige Pflanze! Solche Menschen sollten gar keine Pflanzen besitzen dürfen! Also dachte ich mir:

›Ich geb dir ein Zuhause, meine Hübsche.‹« Liebevoll streiche ich über die Blätter. »Und jetzt blüht und gedeiht sie. Egal. Komm, trinken wir was!«

Ich führe ihn in meine geräumige Wohnküche. Sie ist traumhaft schön, auch wenn sie ein bisschen aufgeräumter sein könnte, und ich betrachte sie voller Stolz. Sie ist in demselben Türkis gestrichen wie der Flur, mit lila Bücherregalen überall dort, wo ich welche anbringen konnte. Die Wand um den Kamin herum ziert eine bunte, altmodische Blumentapete. Und dann sind da die beiden bemerkenswerten Sechzigerjahre-Kronleuchter aus orangefarbenem Glas, die perfekt zu dem dunkelgrünen Sofa passen.

Einen Moment lang steht Matt in der Tür. Der Anblick scheint ihm die Sprache zu verschlagen.

»Farbenfroh«, sagt er schließlich.

»Ich mag Farben«, sage ich bescheiden. »Steh ich drauf.«

»Das sehe ich.« Matt nickt ein paarmal. »Ja. Das sehe ich.«

»Gläschen Wein? Oder ein Bier?«

»Am liebsten ein Bier.«

Während ich an den Kühlschrank trete, sieht Matt sich das nächstbeste Bücherregal an – und als ich mich zu ihm geselle, blickt er stirnrunzelnd auf.

»*Steinmauern in Schottland. Theorie modularer Elektronik.* Du hast einen breit gefächerten Geschmack.«

»Ach, die ...« Ich reiche ihm sein Bier. »Cheers.«

»Cheers.« Er nimmt einen Schluck von seinem Bier und fügt hinzu: »*Chevrolet: eine Reparaturanleitung.* Veröffentlicht 1942. Im Ernst? Und das hier ist auf ...«

Er zieht ein Hardcover heraus. »Was ist das für eine Sprache? Tschechisch? Sprichst du Tschechisch?«

»Viele von diesen Büchern habe ich nicht unbedingt gekauft, um sie zu *lesen*«, erkläre ich. »Es sind wohl eher so was wie ... Findelbücher.«

»*Findelbücher?*« Matt fehlen die Worte.

»Manchmal sehe ich bei einem Trödler ein altes Buch ... und es spricht zu mir. Ich denke: ›Wenn ich dieses Buch nicht kaufe, wird niemand es tun. Und dann kommt es weg. Dann wird es eingestampft!‹ Und schon fühle ich mich verantwortlich, das Buch zu kaufen.« Ich streiche mit einer Hand über mein Regal. »Die wären alle eingestampft worden, wenn ich sie nicht gerettet hätte!«

»Ach so.« Matt trinkt sein Bier. »Und wäre das denn so schlimm?«

Erschrocken starre ich ihn an. *Wäre das denn schlimm?* Zum allerersten Mal spüre ich so etwas wie eine leise Spannung zwischen uns – denn was muss das für ein Mensch sein, dem das Schicksal von *Büchern* egal ist?

Aber andererseits können wir ruhig unsere kleinen Differenzen haben, sage ich mir. Das ist nicht schlimm.

»Setz dich. Ich sorge noch eben für Musik.« Ich lächle Matt an, suche meine liebste Playlist und verbinde mein Handy mit meinen bunten Lausprechern. Dann setze ich mich neben Matt aufs Sofa und nippe zufrieden an meinem Bier, während die Musik den Raum erfüllt. Dann blinzle ich. Hat Matt eben das Gesicht verzogen?

Nein. Er kann unmöglich das Gesicht verzogen haben. Niemand verzieht das Gesicht wegen Musik. Besonders nicht wegen so entspannender Musik wie dieser.

»Was ist das?«, fragt er nach einer Weile.

»Nennt sich mexikanische ›Spirit Power Music‹«, erkläre ich eifrig. »Sie wird auf speziellen Pfeifen und Flöten gespielt. Sehr beruhigend.«

»Hm«, macht Matt.

»Was für Musik hörst du denn so?«, frage ich beiläufig.

»Ach, alles Mögliche.«

»Ich auch!«, sage ich eilig. Vielleicht mag er lieber Glockenspiel, denke ich. Oder Harfe. Schon rufe ich meine Spotify-Playlisten auf, als er hinzufügt:

»Am liebsten wohl japanischen Punk.«

Verdutzt starre ich ihn an. Japanischen Punk?

»Ach«, sage ich nach längerem Schweigen. »Wow. Äh...« Ich werfe einen Blick auf mein Telefon. »Ich weiß jetzt nicht, ob ich *so* viel japanischen Punk habe...«

Von allem, was ich musikalisch so zu bieten habe, wäre dem am ähnlichsten vielleicht meine »Cardio Energising Music«, aber dabei bin ich mir keineswegs sicher, ob die eigentlich wirklich so ähnlich ist.

»Lass ruhig.« Er lächelt und trinkt von seinem Bier, da fällt sein Blick auf ein Plakat, das ich mir mal in einer Galerie gekauft habe. Der Rahmen ist von seidenen Blütenblättern überzogen und traumhaft schön.

»*Man könnte alle Blumen mähen und doch den Frühling nicht verhindern*«, liest er laut vor.

»Ich liebe diesen Spruch. Du auch?«, sage ich. »Ist das nicht inspirierend?«

Stirnrunzelnd betrachtet Matt das Plakat noch eine Weile. »Na ja, eigentlich doch«, sagt er.

»Was doch?«

»Man könnte verhindern, dass der Frühling kommt. Bestimmt sogar. Wenn man alle Blumen mähen würde, bevor sie sich fortpflanzen könnten. Und was ist mit der Bestäubung? Würde man sämtliche Blumen in dem Moment abschneiden, in dem sie aufblühen, würden die Bienen aussterben. Was hat man, wenn man alle Blumen mäht? Tote Bienen.«

Tote Bienen? Er sieht ein hübsches, inspirierendes Zitat über Blumen und denkt an *tote Bienen*?

»Wobei es wohl davon abhängt, wie man ›Frühling‹ definiert«, fährt er nachdenklich fort. »Alle Blumen abzumähen hätte keinen Einfluss auf die Rotation der Erde. Von daher handelt es sich eher um ein Problem der Biodiversität.«

Ich spüre, dass ein seltsames Gefühl in mir aufsteigt. Ist das... Ärger? Nein. Das kann kein Ärger sein. Selbstverständlich nicht. Das ist *Dutch*. Ich meine *Matt*. Das ist meine große Liebe.

»Ich denke, es geht dabei nicht im *eigentlichen* Sinn des Wortes um Blumen«, sage ich und achte darauf, zu lächeln.

»Okay.« Lässig zuckt er mit den Schultern, und gleich wird mir wieder warm ums Herz, denn es geht ihm ja nicht darum, etwas besser zu wissen, oder? Er ist nur ein logisch denkender Mensch. Superlogisch. (Möglicherweise *über*logisch.)

»Komm her!«, sage ich und ziehe ihn näher an mich heran, um ihn zu küssen, und schon habe ich vergessen, dass ich mich ein ganz kleines bisschen über ihn geärgert habe. Denn *o Gott*, wie liebe ich diesen Mann! Am liebsten würde ich nichts anderes mehr tun als ihn zu küssen. Ich möchte für immer bei ihm sein.

Schließlich löse ich mich etwas widerwillig von ihm und sage: »Ich sollte besser mal nach dem Essen sehen.«

»Cool.« Er streicht mir sanft über die Wange, dann sagt er: »Wo ist die Toilette?«

Als Matt im Bad verschwindet, nutze ich die Gelegenheit, mein Telefon zu zücken, denn ich habe versprochen, dass ich meine Mädels wissen lasse, wie es läuft, und außerdem freue ich mich darauf, ihnen mitzuteilen, dass alles fantastisch läuft.

Sie waren so zynisch. So negativ. Besonders Nell, die immer wieder sagte: »Aber du *kennst* ihn doch gar nicht!« Selbst Maud, die sonst ein sehr positiver Mensch ist, meinte: »Ava, du solltest aufhören, so oft von ›Liebe‹ zu sprechen. Du liebst diesen Mann nicht. Du weißt nicht genug über ihn, um ihn lieben zu können.« Und Sarika hat mir prophezeit, dass er mich sitzen lässt.

Mich sitzen lassen? Ich war so was von gekränkt. Mich sitzen lassen? Wir sprechen hier von *Dutch*. Ich meine *Matt*. Der würde niemals jemanden sitzen lassen!

Und tatsächlich, als ich unsere WhatsApp-Gruppe öffne, erwarten mich schon diverse Nachrichten:

Und? Ava?
Komm schon, raus damit!
Seid ihr inzwischen verheiratet???
Entschlossen tippe ich:
Alles wunderbar!!! Perfektes Date!!! Wir passen hundertprozentig zusammen!!!

Was stimmt. Tun wir. Abgesehen von ein paar klitzekleinen Details wie japanischem Punk. Aber damit sind wir immer noch zu 99,9 Prozent kompatibel, und ich habe sogar aufgerundet.

In der Küche blubbert meine Tajine friedlich vor sich hin, und als ich den Deckel lüfte, ist die Luft sofort von köstlichen, würzigen Düften erfüllt.

»Wow«, sagt Matt anerkennend, als er wiederkommt. »Das riecht ja fantastisch.«

»Danke!« Ich strahle ihn an.

»Der Rahmen von deiner Hintertür ist morsch«, fügt er hinzu und drückt daran herum. »Könnte Braunfäule sein. Wusstest du das?«

»Ach, der war schon immer so.« Ich lächle ihn an. »Das macht nichts.«

»Ist das nicht gefährlich?«, sagt er ungerührt. »Das müsste sich mal jemand ansehen. Oder bei der Gelegenheit gleich eine neue Tür mit Doppelverglasung einsetzen.«

*Doppelverglasung?* Meine hübsche Originaltür durch *eine neue* ersetzen?

»Keine Sorge.« Ich lache. »Wir sind hier in Sicherheit.« Ich rühre meine Tajine ein paarmal um, dann füge ich hinzu: »Könntest du mir mal die Harissa geben?«

»Harissa?« Matt runzelt die Stirn, als würde er die Frage nicht verstehen.

»Harissa-Paste«, erkläre ich.

Vielleicht hat er ein anderes Wort dafür. Ein authentisches, libanesisches Wort. Obwohl... Moment mal, ist »Harissa« eigentlich libanesisch?

»Harissa-Paste?«, wiederholt Matt ausdruckslos, und ich fahre herum, ebenso verwundert.

»*Harissa*«, sage ich und greife nach dem kleinen Glas. »Gewürzpaste. Ottolenghi.«

»Was ist ein Ottolenghi?«, erwidert Matt interessiert, und da fällt mir fast der Löffel aus der Hand. *Was ist ein Ottolenghi?* Ich mustere ihn, um zu sehen, ob er Witze macht, aber ich fürchte nicht.

»Das ist ein Koch«, sage ich leise. »Er ist ziemlich berühmt. Echt berühmt. Superberühmt.«

Ich warte darauf, dass Matt ein Licht aufgeht. Dass er ruft: »*Ach, Ottolenghi!*« Tut er aber nicht.

»Hm.« Nickend sieht er mir dabei zu, wie ich die Harissa unterrühre. »Und... was steckt alles in deinem Eintopf?«

»Mh... mh...« Ich versuche, darüber hinwegzukommen, dass er noch nie von Ottolenghi gehört hat, und konzentriere mich auf mein Gericht. »Aduki-Bohnen, Zwiebeln, Süßkartoffeln...«

»Cool.« Matt nickt, dann meint er: »Was für Fleisch?«

»*Fleisch?*« Ich fahre auf dem Absatz herum und starre ihn an, sprachlos. Er meint es ernst. O mein Gott. Mir wird ganz flau im Magen, denn wie kann er... *Fleisch?*

»Ist das Huhn?«, fragt Matt mit Blick auf die Tajine.

»Ich bin Vegetarierin!«, sage ich schriller als beabsichtigt. »Ich dachte, das wüsstest du! Ich dachte...« Ich schlucke. »Ich dachte, *du* wärst Vegetarier.«

»Ich?« Er wirkt erstaunt. »*Vegetarier?*«

»Es war ein vegetarisches Kloster«, erkläre ich meine Verwunderung und versuche, mich zu beherrschen. »Du hast doch immer nur vegetarisch gegessen!«

»Ich weiß wohl.« Er verzieht das Gesicht. »Ich dachte mir, es ist ja nur für eine Woche. Ich werde es überleben. Aber ich kann dir sagen, gestern Abend habe ich mir gleich erst mal einen *fetten* Burger gegönnt.«

Für einen Augenblick weiß ich gar nicht, wie ich darauf reagieren soll.

»Okay«, sage ich schließlich. »Okay. Na, gut. Ich bin Vegetarierin. Ja. Das ist... Ja.«

Aufgebracht rühre ich meine Tajine. Mein Kopf ist ganz heiß. Wie kann es sein, dass er kein Vegetarier ist? Fast kommt es mir vor, als hätte er mich getäuscht, mich hintergangen.

Verzweifelt sage ich mir, dass es nicht das Ende der Welt ist. Es ist nur... *O Gott*. Bis eben war alles so perfekt!

»Aber da köchelt doch ein Knochen auf deinem Herd«, sagt Matt und deutet verwundert auf den Topf. »Wie kann das vegetarisch sein?«

Ich werfe nochmal einen Blick auf meinen Herd. Oh, stimmt. Deshalb war er durcheinander. Eigentlich ist das ja ganz lustig. Mittlerweile bin ich so gewöhnt an Harolds Futter, dass ich es kaum noch wahrnehme.

»Der Knochen ist für Harold«, erkläre ich. »Er bekommt biodynamisches Hundefutter. Ich weiß, dass manche Hunde Vegetarier sind, aber ich war bei einer Beratung, und Harold hat ganz spezifische Bedürfnisse, was die Ernährung angeht.«

Ich warte darauf, dass Matt sich nach Harolds spezifischen Bedürfnissen erkundigt, doch stattdessen wirft er einen interessierten Blick in den Topf.

»Was ist das? Rind?«

»Das ist ein Lammknochen«, erkläre ich. »Mit der Brühe bereite ich sein Futter für die kommende Woche zu.«

»Wow.« Matt ist ganz fasziniert von der blubbernden Fleischbrühe. »Sieht gut aus. *Richtig* gut. Darf ich probieren?«

Aus heiterem Himmel flammt plötzlich Ärger in mir auf, und bevor ich es verhindern kann, fahre ich ihn an:

»Willst du damit sagen, dass das Hundefutter besser aussieht als das, was ich hier für dich koche?«

Mit einiger Verspätung füge ich ein kleines Lachen hinzu – doch Matt blickt schon auf.

»O Gott! Was? Natürlich nicht! Nein!« Erschrocken sieht er mich an, als ihm sein Fehler bewusst wird. »Das da sieht total lecker aus«, betont er und deutet auf die Tajine. »Ich war nur... Nein. Egal. Kann ich helfen, den Tisch zu decken?«, fügt er eilig hinzu, um das Thema zu wechseln.

Ich zeige Matt, wo er Besteck findet, und während er Messer und Gabeln zusammensucht, atme ich ein paarmal tief durch. Dann frage ich im superbeiläufigsten Ton, den ich zustande bringe:

»Und, Matt ... meinst du denn, du könntest jemals Vegetarier werden?«

Der Magen krampft sich mir zusammen, während ich auf seine Antwort warte. Ich meine, es ist ja kein K.-o.-Kriterium oder so was. Gott, nein. Ich glaube ja nicht mal an K-o.-Kriterien. Wie könnte es also eins sein?

Aber andererseits ... interessiert mich seine Antwort. Nennen wir es so. Sie interessiert mich einfach.

»Ich?« Seine Augen sind ganz groß geworden. »Nein. Ich glaube nicht. Ich weiß, wir sollten alle weniger Fleisch essen, aber es *komplett* aufgeben?« Er sieht meinen Gesichtsausdruck. »Aber ... Wer weiß?«, meint er. »Vielleicht. Man soll ja nie nie sagen.«

Schon hat sich mein Magen wieder beruhigt. Na, also. Es ist alles gut! *Man soll nie nie sagen*. Mehr musste ich nicht wissen. Ich sehe ein, dass ich überreagiert habe. Jetzt habe ich verstanden. Ich werde ihn bekehren! Die Götter des Vegetarismus haben ihn mir genau zu diesem Zweck geschickt!

»Was soll ich damit machen?« Matt deutet auf einen Stapel mit Unterlagen, und ich schnalze mit der Zunge. Die Sachen wollte ich schon längst weggeräumt haben.

»Äh ... Leg es auf die Fensterbank. Das ist alles von meinem Kursus.«

»Ach, ja.« Er nickt. »Die Aromatherapie.«

»Anderer Kursus«, sage ich und hacke dabei frischen Koriander. »Karrierecoaching. Damit will ich anfangen. Nebenbei.«

»Du hast viele Interessen.« Er zieht die Augenbrauen hoch. »Wann bist du denn fertig mit deiner Ausbildung zur Aromatherapeutin?«

»Weiß noch nicht«, sage ich leicht defensiv. Können sich die Leute nicht denken, wie schwer es ist, immer alles unter einen Hut zu bringen? »Ist ja auch egal! Essen ist fast fertig. Nimm dir ein paar Chips!«

Ich gebe ihm eine Schale mit erlesenen Kartoffelchips, die ich extra für heute Abend gekauft habe, und Matt nimmt sich welche. Bevor sie jedoch seinen Mund erreichen, taucht aus heiterem Himmel plötzlich Harold auf und schnappt sie ihm geschickt aus der Hand. Dann rennt er damit weg. Ich gebe mir Mühe, nicht laut loszulachen, während Matt ihm ungläubig hinterherstarrt.

»Hat er mir eben die Chips aus der Hand geschnappt? Ich habe ihn nicht mal *bemerkt*.«

»Er ist ziemlich geschickt.« Ich grinse. »Man muss Essbares auf Brusthöhe halten, sonst geht es schief. Zack, weg ist es.«

Ich rechne damit, dass Matt lachen muss, aber nach wie vor wirkt er eigentlich nur erstaunt. Vielleicht sogar ... missbilligend?

»Das erlaubst du ihm?«

»Also, nein, natürlich *erlaube* ich es ihm nicht«, sage ich und fühle mich ertappt. Ich wende mich Harold zu und sage etwas verlegen: »Harold, Schätzchen, Matt ist unser Freund, und von Freunden stehlen wir kein Essen. Hörst du?« Als Harold seine Schnauze in meinen Händen vergräbt, kraule ich ihm den Kopf. »Kein Essen klauen, okay?«

Ich gebe ihm einen Kuss, dann blicke ich auf und

merke, dass Matt mich mit verblüffter Miene betrachtet.

»Was?«, frage ich.

»Nein. Nichts. Ich...« Er bremst sich. »Nein.«

»Du wolltest irgendwas sagen.« Ich starre ihn an, will nicht lockerlassen. »Was?«

»Nichts!« Er schüttelt den Kopf. »Wirklich. Lass uns... noch was trinken.«

Ich glaube ihm nicht, möchte das Thema aber nicht vertiefen. Also sage ich fröhlich: »Gläschen Wein?« und hole eine Flasche, die ich aus Italien mitgebracht habe.

Allein nur das Gluckern lindert die Spannung, die da eben möglicherweise in der Luft gelegen haben mag. Wir lassen die Gläser klingen und lächeln uns an, und als ich den ersten Schluck nehme, bin ich wie ein pawlowscher Hund. Oder war Proust der mit den Hunden? Auf jeden Fall ist es, als wäre ich wieder dort in Apulien, im Klosterhof mit den Kräuterbüschen und den Liebesblumen und den Silhouetten der Vögel am Himmel.

»Als wir diesen Wein zuletzt getrunken haben, waren wir im Kloster«, sage ich, und seine Stirn glättet sich.

»Kommt mir vor, als wäre es schon eine Ewigkeit her.«

»Mir auch.«

Er steht an die Fensterbank gelehnt, und ich geselle mich zu ihm. Ich schmiege mich an seine breite Brust, atme ihn ein, erinnere mich daran, wie er in Italien war. Dutch. Mein Dutch.

»Schön dich zu sehen«, sage ich sanft. »Hab dich vermisst.«

»Ich dich auch.«

Es folgt ein Moment des Schweigens, dann stellt Matt sein Weinglas weg und ich meins. Und sobald wir uns küssen, weiß ich überhaupt nicht mehr, wieso wir so lange damit gewartet haben. Ich verschlinge ihn, erinnere mich an ihn, will ihn mehr als je zuvor.

»Ich habe an nichts anderes als an dich gedacht«, flüstere ich ihm ins Ohr.

»Ich konnte auch nur an dich denken«, entgegnet Matt, während er seine Bartstoppeln an meinem Hals reibt.

»Ich habe dich noch gar nicht gefragt, wie deine Konferenz war«, sage ich und schäme mich dafür ein wenig.

»Ich möchte nicht an diese Konferenz denken«, knurrt er zurück. »Scheiß drauf.«

Meinen BH hat er schon aufgekriegt, ich knöpfe an seinem Hemd herum... Was da an minimalen Spannungen zwischen uns gewesen sein mag, ist verflogen. Wir sind im Einklang miteinander. Bewegen uns im Einklang. Wir sind wie eins. Ich brauche und will nichts mehr als diesen Mann...

Da plingt plötzlich ein Timer, und beide zucken wir vor Schreck zusammen.

»Oh. Den habe ich vorhin gestellt. Tut mir leid.« Ich verziehe das Gesicht. »Das... na, egal.«

»Wir könnten erst was essen«, schlägt Matt vor. »Und dann...« Er zieht die Augenbrauen hoch, und als ich daran denke, was wir in Italien so alles angestellt haben, kribbelt es am ganzen Körper.

»Okay. Tun wir das.«

Ich gebe meine Tajine in zwei flache Schalen und führe Matt an den Tisch.

»Interessante Stühle«, sagt er mit Blick auf meine antiken Schulstühle. Die habe ich auf einem Flohmarkt gefunden, und sie sind ein bisschen wacklig, aber Maud will sie überarbeiten, sobald sie das Regal fertig hat. »Lass mich raten. Findelstühle?«

»Aber sicher«, sage ich und lache über seinen Gesichtsausdruck. »Alle meine Möbel sind mehr oder weniger Findelmöbel. *Adoptieren statt kaufen.*«

»Aber dein Bett doch wohl nicht«, sagt er mit leicht angewiderter Miene.

»Ganz besonders mein Bett! Das habe ich aus einem Müllcontainer gerettet«, sage ich stolz. »Maud hat es mir angemalt, und jetzt ist es so gut wie neu. Ich mag keine neuen Möbel. Die sind immer so... funktionell. Die haben keinen Charakter.«

»Wenn du es sagst.« Matt setzt sich hin und nimmt seine Gabel. »*Bon appétit.*«

Als wir unseren ersten Bissen nehmen, höre ich ein Geräusch, das ein bisschen klingt, als würde ein Zweig brechen, nur kann ich nicht orten, woher es kommt.

»Was war das?«, frage ich verwundert. »War das...?«

Doch ich bringe meinen Satz gar nicht zu Ende, denn im nächsten Augenblick hört man splitterndes Holz, Matt schreit vor Schreck, und direkt vor meinen Augen bricht der Stuhl unter ihm zusammen, wie im Märchen von Goldlöckchen und den drei Bären.

»O mein *Gott*!«, kreische ich entsetzt.

»Scheiße!« Matt klingt, als hätte er sich richtig wehgetan. »Verdammt!«

»Es tut mir so leid!«, sage ich verzweifelt.

Ich bin schon auf den Beinen und versuche, Matt von den hölzernen Trümmern aufzuhelfen, während Harold wie verrückt bellt und herumspringt und eigentlich nur im Weg ist.

»In diesem Moment ...«, sagt Matt gewichtig, als er schließlich wieder auf den Beinen steht. »In diesem Moment würde ich doch die Funktion dem Charakter vorziehen.«

»Tut mir leid«, sage ich und winde mich vor Verlegenheit. »Es tut mir ja so leid ... Augenblick mal, dein *Arm*!« Als ich seinen Ärmel sehe, wird mir ganz anders. Der ist ganz rot. *Was haben meine Findelmöbel mit dem Mann gemacht, den ich liebe?*

Wortlos rollt Matt seinen Ärmel hoch, was eine klaffende Wunde freilegt.

»Ach, du Schande!« Mir wird ganz flau im Magen. »Oje. Aber wie ... was ...?«

Er deutet auf einen rostigen Nagel an meinem Findelküchenschrank, der ebenfalls auf Mauds Liste steht. »An dem muss ich wohl hängen geblieben sein.«

»Matt, ich weiß nicht, was ich sagen soll!« Meine Stimme bebt. »Es tut mir so *unendlich* leid ...«

»Ava, alles gut! Ist nicht deine Schuld.« Er legt mir seine unverletzte Hand auf den Arm. »Aber vielleicht sollte ich lieber in die Notaufnahme und mir eine Tetanus-Spritze geben lassen.«

»Ja. Stimmt. Ich ruf dir ein Taxi.« Zitternd zücke ich

mein Handy und bestelle ein Uber. Ich kann es gar nicht glauben. Das ist kein bisschen so, wie es hätte sein sollen.

»Mach dir keinen Stress. So was kommt vor.« Noch einmal drückt er meinen Arm. »Und abgesehen davon war es ein toller Abend«, fügt er hinzu. »Wirklich, war es. Ich habe mich gefreut... also...« Er stockt, als wüsste er nicht, wie er den Satz beenden soll. »Ich habe mich gefreut... also...« Wieder hält er inne, und ihm ist anzusehen, wie er um Worte ringt. »Ich habe mich gefreut... dich wiederzusehen«, sagt er schließlich. »Vielen Dank für den schönen Abend.«

»Ich habe mich auch gefreut, dich wiederzusehen. Taxi ist unterwegs.«

Mit einem nassen Küchenhandtuch wasche ich das Blut von seinem Arm, dann greife ich mir ein Päckchen mit Keksen aus dem Schrank.

»Könnte sein, dass wir im Krankenhaus eine Weile warten müssen«, sage ich.

»Ava, du brauchst nicht mitzukommen«, sagt Matt überrascht. »Das ist nicht nötig.«

»Selbstverständlich komme ich mit!« Ich starre ihn an. »Ich werde dich doch nicht *allein* lassen! Aber... möchtest du hinterher wieder mit herkommen?«, frage ich etwas zögerlich. »Mein Findelbett bricht bestimmt nicht zusammen«, füge ich ernst hinzu. »Versprochen. Das ist stabil.«

Bei dem Wort Findelbett bekommt Matts Blick so einen seltsamen Ausdruck, den ich nicht ganz deuten kann.

»Das sehen wir nachher, okay?«, sagt er nach längerem Schweigen. »Wir könnten wieder herkommen, ja, das könnten wir machen.« Sein Blick schweift über den Trümmerhaufen meines zerbrochenen Findelstuhls. »Oder wir könnten hinterher auch zu mir gehen.«

## NEUN

Ich bin bester Dinge, als ich am nächsten Abend an einer mir unbekannten Ecke im Westen Londons stehe und auf Matt warte. Der gestrige Abend mag vielleicht nicht so gut gelaufen sein – aber das macht nichts. Heute wird besser.

Wir kamen erst um ein Uhr nachts aus der Notaufnahme. Bis Matt versorgt war und alle Formulare unterschrieben hatte, war es zu spät, um noch etwas Romantischeres anzufangen als allein nach Hause zu fahren und erschöpft in unsere Betten zu sinken. Wir haben beschlossen, heute nach der Arbeit nochmal neu anzusetzen, und Matt meinte, er würde mich am U-Bahnhof abholen.

Also habe ich einen Strich unter den gestrigen Tag gemacht. Heute fangen wir nochmal neu an. Harold und ich wollen bei Matt übernachten, und endlich werde ich etwas über sein Leben erfahren!

»Bist du schon aufgeregt?«, frage ich Harold, der treu an meiner Seite steht. »Wir besuchen Matt! Unseren neuen Freund! Oh, guck mal, da kommt er ja!«

Er ist aber auch wirklich eine beeindruckende Erscheinung. Jeder würde sagen, dass er toll aussieht. Er schlendert so entspannt die Straße hinunter, seine dunklen Haare schimmern in der Sonne, ich sehe ihn lächeln, seine Muskeln spannen sich mit jeder Bewegung. (Okay, er trägt einen Anzug, aber ich kann mir die Muskeln sehr gut vorstellen.)

Er begrüßt mich mit einem Kuss und nimmt meinen riesigen Koffer.

»Hi!«, sage ich und füge besorgt hinzu: »Wie geht es deinem Arm?«

»Bestens«, sagt Matt gut gelaunt. »Wow«, fügt er hinzu, als er den Koffer anhebt. »Der ist ja ganz schön schwer. Was hast du denn alles dabei?«

»Harolds Sachen«, erkläre ich. »Sein Körbchen und seine Decke ... sein Spielzeug ... Wir sind beide so neugierig auf dein Zuhause!«, füge ich begeistert hinzu. »Und auf deine Mitbewohner!«

Wir laufen los, und ich blicke mich mit leuchtenden Augen um, denn das hier ist Matts Viertel. Es gehört zu ihm. Und es ist eine wirklich schöne Gegend von London. Eine hübsche Straße nach der anderen. Und da – ein kleiner Nachbarschaftspark! Ich drücke die Daumen, dass er an so einem Park wohnt und einen Schlüssel dafür hat. Ich sehe uns schon im Sonnenschein auf dem Rasen liegen, verträumt Harold den Kopf kraulen, Wein trinken und das Leben genießen. Für immer.

»Erzähl mir was von den Menschen in deinem Leben«, sage ich wissbegierig. »Angefangen bei deinen Eltern.«

Ich interessiere mich immer für die Eltern meiner Freunde. Nicht, dass ich auf der Suche nach neuen Eltern wäre, aber ... na ja. Ich höre eben gern von glücklichen Familien.

Als wir gestern Abend auf den Plastikstühlen in der Notaufnahme saßen, habe ich Matt von meinen Eltern erzählt. Von meinem Dad, der noch lebt, sich aber von meiner Mum hat scheiden lassen und nach Hongkong gezogen ist, als ich klein war. Und dass wir uns hin und wieder treffen ... er aber nicht so ein Dad wie der von anderen Leuten ist. Wir haben kein entspanntes, vertrautes Verhältnis. Er ist für mich eher so was wie ein Onkel oder ein Freund der Familie.

Danach habe ich ihm erzählt, dass meine Mum gestorben ist, als ich sechzehn war. Ich habe versucht, sie ihm bis ins Detail zu beschreiben. Ihre blauen Augen und ihren Künstlerkittel (sie war Kunstlehrerin) und dass sie Kettenraucherin war. Ihre liebenswerte Art, Witze immer etwas zu spät zu verstehen und dann zu rufen: »Ich verstehe, oh, ich *verstehe*, oh, das ist *lustig!*«

Dann habe ich ihm Martin beschrieben, der zwölf Jahre lang mein Stiefvater war. Sein freundliches Gesicht, seine Begeisterung für Swingmusik, sein berühmtes Bunte-Bohnen-Curry. Ich habe Matt beschrieben, wie sehr es Martin getroffen hat, als Mum starb, dass er aber inzwischen eine nette Frau namens Fran und zwei weitere Stiefkinder hat, und wie sehr ich mich für ihn freue, natürlich, und wie seltsam es gleichzeitig für mich ist. Jedes Jahr laden sie mich zu Weihnachten ein, und einmal war ich auch da, aber es hat nicht richtig funktioniert. Und da bin ich im nächsten Jahr dann zu Maud, wo es laut und chaotisch war, was mich auf die bestmögliche Art abgelenkt hat.

Schließlich habe ich mich Matt ganz geöffnet. Ich

habe ihm erzählt, dass mir manchmal bewusst wird, wie allein ich auf der Welt bin, mit einem Vater, der weit weg ist, und ohne Geschwister. Und dass es mir manchmal Angst macht. Aber dann fällt mir ein, dass ich ja meine Freundinnen habe und Harold und meine Findelprojekte und meine Arbeit...

Vermutlich habe ich sehr viel geredet. Aber es gab im Wartezimmer dieser Notaufnahme ja auch sonst nichts weiter zu tun. Und ich wollte Matt ja nach seinen Eltern fragen, aber bevor ich Gelegenheit dazu bekam, rief uns die Krankenschwester.

Nun ist es also an der Zeit, dass ich etwas über seinen Hintergrund erfahre. Ich möchte alles über seine Eltern wissen. Ihre liebenswerten Schrullen... ihre herzerwärmenden Familientraditionen... die wichtigen Lektionen, die sie ihm mit auf den Weg gegeben haben... Im Grunde möchte ich wissen, wofür ich sie mögen werde.

Nell hat mal zu mir gesagt: »Ava, du musst nicht alles und jeden lieben, dem du begegnest«, aber da hat sie übertrieben. Das tue ich gar nicht. Und außerdem geht es hier nicht um »alles und jeden«, sondern um Matt! Ich liebe ihn! Und ich bin bereit, auch seine Familie zu lieben.

»Erzähl mir alles von deinen Eltern«, sage ich und drücke seine Hand. »*Alles.* Lass nichts aus.«

»Okay.« Matt nickt. »Also, da wäre erst mal mein Vater.«

Schweigend gehen wir ein Stück, während ich darauf warte, dass Matt fortfährt. Bis ich merke, dass das alles war.

»Wie ist dein Dad denn so?«, frage ich, und Matt runzelt die Stirn, als hätte ich ihm ein unlösbares Problem präsentiert.

»Er ist ... groß«, sagt er schließlich.

»Groß«, sage ich ermutigend. »Wow!«

»Nicht *übermäßig*«, erklärt Matt. »Eins fünfundachtzig. Vielleicht eins sechsundachtzig. Ich könnte es rausfinden, wenn du möchtest.« Er nimmt sein Telefon. »Ich schreibe ihm 'ne Nachricht.«

Er ruft seine Kontakte auf, aber ich sage eilig: »Nein! Nein, ist doch egal, wie groß er ganz genau ist. Er ist also ziemlich groß. Toll!«

Ich gehe davon aus, dass Matt noch mehr Details preisgibt, doch er nickt nur und steckt sein Handy weg. Als wir weiterlaufen, bin ich doch langsam leicht frustriert.

»Noch irgendwas?«, frage ich schließlich.

»Er ist ...« Matt überlegt einen Moment. »Na ja, du weißt schon.«

Ich unterdrücke den Drang zu erwidern: »Nein, weiß ich *nicht*. Deshalb frage ich ja.« Denn das würde die Stimmung kaputtmachen, also sage ich munter:

»Was ist mit deiner Mutter? Wie ist sie so?«

»Oh.« Wieder überlegt Matt eine Weile. »Sie ist ... Du weißt schon. Was soll ich sagen?«

»Irgendwas!«, flehe ich und gebe mir Mühe, nicht verzweifelt zu klingen. »Irgendwas über sie. Irgendein Detail. Groß oder klein. Beschreib sie mir!«

Matt schweigt eine Weile, dann sagt er:

»Ich würde sagen, sie ist auch ziemlich groß.«

Sie ist auch groß? Mehr hat er nicht über sie zu

sagen? Vor meinem inneren Auge sehe ich schon eine Familie von Riesen. Eben will ich ihn fragen, ob er auch Geschwister hat, als Matt erklärt: »Da wären wir!« Überrascht blicke ich auf. Und bin vor Entsetzen wie betäubt.

Ich war so beschäftigt, dass ich gar nicht gemerkt habe, wie sich unsere Umgebung verändert hat, während wir so vor uns hin gelaufen sind. Wir stehen hier keineswegs in einem hübschen Nachbarschaftspark. Nicht mal in einer idyllischen Straße. Wir stehen vor dem hässlichsten Bau, den ich in meinem ganzen Leben je gesehen habe, und Matt deutet voller Stolz darauf. »Hier wohne ich!«, sagt er für den Fall, dass ich irgendwelche Zweifel gehabt haben sollte. »Was sagst du dazu?«

Ehrlich gesagt, kann ich nicht fassen, dass irgendjemand so etwas tatsächlich entworfen hat. Oder gebaut. Es ist aus Beton, mit bedrohlich wirkenden, runden Fenstern und rechteckigen Auswüchsen, die in alle Richtungen abstehen. Insgesamt sind es drei Blöcke, die über Betonbrücken und Treppen und seltsam eckige Dinger miteinander verbunden sind. Hoch oben entdecke ich ein Gesicht, das aus einem gläsernen Treppenhaus hervorblickt wie aus einem Gefängnis.

Doch schon schäme ich mich für meine kritischen Gedanken. In London eine Wohnung zu finden ist ein Albtraum. Matt kann ja nichts dafür, dass er nichts anderes gefunden hat.

»Wow«, sage ich. »Das ist ... ich meine, Londoner Immobilien sind teuer. Ich weiß, wie schwer es ist, also ...« Mitfühlend lächle ich ihn an, und er strahlt.

»Das kannst du laut sagen! Ich hatte Glück, dieses Haus auf dem freien Markt zu finden. Ich musste drei andere Interessenten überbieten.«

Fast komme ich ins Stolpern. *Drei andere Interessenten überbieten?*

»Es ist ein herausragendes Beispiel für den Brutalismus der Sechzigerjahre«, fügt er begeistert hinzu, als er die Tür zum Haupteingang öffnet und mich in eine Eingangshalle aus Beton führt.

»Ah, ja«, entgegne ich kraftlos. »Absolut! Brutalismus.«

Tut mir leid, aber wenn man mich fragt, kann ein Wort, in dem »brutal« vorkommt, kein gutes Wort sein.

Wir fahren rauf in den vierten Stock, mit so einem Fahrstuhl wie aus einem unheimlichen Thriller, und Matt öffnet eine schwarze Tür zu einer Eingangshalle. Sie ist mattgrau gestrichen, und darin befinden sich ein metallenes Pult, ein Lederhocker und an der Wand direkt voraus eine Skulptur, bei deren Anblick ich vor Schreck zusammenzucke.

Es ist ein augenloses Gesicht aus Ton, das sich mit langem Hals hervorreckt, als wollte es schreien oder mich fressen. Etwas Groteskeres, Unheimlicheres habe ich noch nie gesehen. Angewidert wende ich mich ab – und stehe vor einem ähnlichen Kunstwerk an der benachbarten Wand – nur dass diese Skulptur zehn Hände hat, die sich mir allesamt entgegenstrecken wie in einem Albtraum. Wer *macht* so was? Auf der Suche nach Halt beuge ich mich zu Harold hinunter und sage:

»Ist das nicht ... toll, Harold?«

Doch Harold jault dieses Gesicht nur unglücklich an, was ich ihm nicht verdenken kann.

»Hab keine Angst!«, sage ich. »Das ist Kunst.«

Verzweifelt blickt Harold zu mir auf, als wollte er sagen: »*Wohin* hast du mich hier gebracht?«, und ich kraule ihn, um ihn – aber auch mich selbst – zu beruhigen.

»Darf ich dir deine Jacke abnehmen?«, fragt Matt, und ich gebe sie weiter, suche verzweifelt nach etwas Positivem, was ich sagen könnte. Im Augenwinkel sehe ich noch eine weitere Skulptur, die einen Raben darzustellen scheint. Okay, mit einem Raben komme ich zurecht. Ich gehe darauf zu, um etwas Höfliches zu sagen, da merke ich, dass der Rabe menschliche Zähne hat.

Unwillkürlich entfährt mir ein Schrei, und ich halte mir vor Schreck eine Hand vor den Mund.

»Was?« Matt ist gerade dabei, unsere Jacken in einen Schrank zu hängen, der so unauffällig ist, dass ich ihn gar nicht bemerkt habe. Überrascht dreht Matt sich um. »Alles okay?«

»Ja!« Ich versuche, mich zusammenzureißen. »Es war nur eine Reaktion auf ... die Kunst. Wow! Das ist ja wirklich ... Gehört das dir?« Kurz treibt mich die Hoffnung, dass es seinem Mitbewohner gehören könnte, doch Matts Miene leuchtet auf.

»Allerdings! Es ist von Arlo Halsan ...«, sagt er, als könnte ich den Namen vielleicht kennen. »Ich hatte nie wirklich einen Sinn für Kunst, aber als ich seine Sachen in einer Galerie gesehen habe, dachte ich plötzlich: Diesen Künstler *verstehe* ich. Es hat mich umgehauen. Ich habe noch so ein Stück im Schlafzimmer«, fügt er begeistert hinzu, »einen haarlosen Wolf.«

Einen haarlosen Wolf? Ein haarloser Wolf wird uns beim Sex beobachten?

»Super!«, sage ich mit erstickter Stimme. »Ein haarloser Wolf! Wow!«

Matt schließt den Schrank und öffnet eine weitere Tür, die ich noch nicht bemerkt hatte, weil alles so gleichförmig und flächig und einfarbig ist. »Komm, ich stell dir meine Freunde vor«, sagt er und schiebt mich durch die Tür.

Zuallererst fällt mir auf, wie riesig diese Wohnung ist, und dann, dass alles schwarz oder grau zu sein scheint. Betonböden, schwarze Wände, Metalljalousien. Es gibt einen Sitzbereich mit schwarzen Ledersofas, drei Schreibtische mit großen Bildschirmen und einen Boxsack, der von der Decke hängt. Ein untersetzter Mann in Shorts schlägt darauf ein. Er steht mit dem Rücken zu uns.

Auf einem der Sofas lümmelt ein Typ in Jeans und riesigen Turnschuhen. Er trägt Kopfhörer und konzentriert sich auf ein Computerspiel. Ich sehe mich nach dem Bildschirm um... und *meine Güte*, ist der monströs!

»Ava, Nihal. Nihal, Ava«, sagt Matt, um uns einander vorzustellen, und Nihal hebt kurz die Hand.

»Hi«, sagt er freundlich lächelnd, dann wendet er sich wieder der Schießerei auf dem Bildschirm zu.

»Und das ist Topher«, sagt Matt und deutet auf den Mann, der auf den Boxsack einprügelt. »TOPHER!«

Topher hört auf zu boxen und dreht sich zu uns um. Innerlich zucke ich zusammen. Nihal ist schlank und sieht eher normal aus, aber dieser Topher ist speziell. Er ist kräftig gebaut, mit einem Gesicht, das ...

Na ja. Ich möchte nicht gern »hässlich« sagen. Aber er ist hässlich. So hässlich, dass er schon wieder gut aussieht. Er hat tief liegende Augen mit wulstigen Brauen. Und unreine Haut. Trotzdem ist er irgendwie faszinierend. Er strahlt Persönlichkeit aus, selbst wenn er nur so dasteht, ganz verschwitzt in seinen Boxershorts.

»Hi«, sagt er heiser und deutet mit den Handschuhen auf seine Ohren. »Airpods.«

»Nett, dich kennenzulernen!«, presse ich hervor, während er sich wieder daranmacht, auf den Boxsack einzuprügeln. In diesem Moment fällt mir etwas am Boden auf. Fassungslos starre ich es an. Da kommt so etwas wie ein *Roboter* über den Beton auf uns zu. So ein Ding, wie manche Leute es zum Staubsaugen in der Wohnung haben. Nur bringt das hier Dosenbier.

Harold hat es im selben Augenblick entdeckt wie ich und bellt wie verrückt. Ich halte ihn an der kurzen Leine, damit er das Ding nicht angreifen kann, und staunend beobachten wir beide, wie der Roboter auf Nihal zugleitet.

»Harold wird sich bestimmt daran gewöhnen«, sagt Matt.

»Aber was *ist* es?«, frage ich bestürzt.

»Roboter.« Matt zuckt mit den Achseln. »Davon haben wir mehrere. Einen für Bier, einen für Pizza, einen für Chips ...«

»Aber *wozu*?«, frage ich nur noch verwunderter, und Matt mustert mich, als würde er die Frage nicht verstehen.

»Macht das Leben einfacher?« Er zuckt mit den Schultern. »Komm und guck dir mein Zimmer an. Dann besorg ich uns was zu trinken.«

Matts Zimmer hat vier schwarze Wände, einen grauen Betonboden und diese haarlose Wolfsskulptur über dem Bett. Ich gebe mir alle Mühe, nicht hinzusehen, während ich Harolds Sachen auspacke. (Wieso *haarlos*?)

Ich baue Harolds Bettchen auf, breite seine Decke aus und versprühe seine ätherischen Öle. Als Matt mit einem Bier und einem Glas Wein wiederkommt, rufe ich:

»Alles bereit für die Pyjamaparty!«

»In meiner Familie dürfen Hunde nicht ins Schlafzimmer«, antwortet Matt, und ich lache, denn er hat wirklich einen trockenen Humor. Doch als ich seinen Gesichtsausdruck sehe, verlässt mich der Mut. Das war kein Humor. Er meint es ernst. Er meint es *ernst*?

»Harold schläft immer mit mir im selben Raum«, erkläre ich und gebe mir Mühe, meine wachsende Sorge zu verbergen. »Sonst fühlt er sich einsam.«

»Bestimmt fühlt er sich in der Küche auch wohl«, entgegnet Matt, als hätte ich gar nichts gesagt. »Da bauen wir ihm sein Bettchen auf, und er kann es sich gemütlich machen. Stimmt's, Harold?«

In der *Küche*? Wer lässt denn ein geliebtes Familienmitglied in der *Küche* schlafen?

»Ich glaube nicht, dass er das mitmachen würde«,

sage ich und versuche, entspannt zu lächeln, obwohl mir super unentspannt zumute ist. Mein Hund ist kein Haushaltsgerät. Er wird *auf keinen Fall* in der Küche schlafen. »Er würde mich vermissen. Er würde nur jaulen. Das wird nicht funktionieren. Das ist einfach... na ja. So ist es eben. Tut mir leid.«

*Tut es nicht*, fügt mein Blick hinzu.

Matt sieht Harold an, dann das Hundebett, dann wieder mich. Ich lächle immer noch, beiße aber die Zähne zusammen und balle die Fäuste. Mein Standpunkt ist schlicht und ergreifend nicht verhandelbar. Und ich glaube, das wird Matt gerade bewusst.

»Okay«, sagt er schließlich. »Dann...«

»Wird schon gehen«, sage ich eilig. »Es wird schon gehen. Du wirst ihn gar nicht bemerken.«

Ich werde nicht erwähnen, dass Harold anfangs immer in seinem eigenen Bettchen schläft, sich aber irgendwann im Laufe der Nacht zu mir unter meine Decke gesellt. Darum kümmern wir uns, wenn es so weit ist.

»Ich habe ein paar von meinen Sachen in eine der Schubladen im Badezimmer getan«, erkläre ich munter, um das Thema zu wechseln. »In die linke.«

»Cool.« Matt nickt. »Da hat Genevieve auch immer ihre...« Er verkneift sich den Rest seines Satzes, was ein leicht angespanntes Schweigen zur Folge hat. Meine Gedanken rasen.

Es gab eine Genevieve?

Natürlich gab es eine Genevieve. Natürlich hat er eine Vergangenheit. Wir sind erwachsene Leute. Wir haben beide eine Vergangenheit. Die *eigentliche* Frage ist... Was wollen wir über die Vergangenheit des anderen wissen?

Matt sieht mich etwas verunsichert an, und dann holt er tief Luft.

»Gevenieve war meine...«

»Ja!«, falle ich ins Wort. »Hab schon verstanden. Freundin. Du hast eine Vergangenheit. Haben wir beide.«

*Matt und Genevieve*. Nein, das klingt blöd. *Matt und Ava* klingt viel besser.

»Und ich will dir sagen, wie ich darüber denke«, fahre ich fort, bevor Matt irgendwas wenig Hilfreiches ausplappert, zum Beispiel, wie toll sie im Bett war. »Wir hatten Glück. Als wir uns kennengelernt haben, lebten wir in unserer kleinen, heilen Welt. Wir wussten nichts voneinander. Wir hatten keine Altlasten. *Keine Altlasten*«, wiederhole ich, um es zu betonen. »Und in der heutigen Zeit ist das ein kostbares Geschenk. Findest du nicht auch?«

»Ich glaube schon«, sagt Matt.

»Ich muss nichts über Genevieve wissen«, sage ich, um es nochmal zu betonen. »Ich interessiere mich nicht für Genevieve! Die ist mir vollkommen egal! Und du musst auch nichts von Russell wissen.«

»Russell?« Matt erstarrt. »Wer zum Teufel ist Russell?«

Oh, okay. Vielleicht hätte ich Russell nicht namentlich erwähnen sollen.

»Ist doch egal!« Ich mache eine wegwischende Handbewegung. »Schnee von gestern! Altlasten! Wir *wollen* keine Altlasten. Okay? Unsere Beziehung kennt nur

*Neulasten.*« Ich stelle mich direkt vor Matt und blicke in sein hübsches, ehrliches Gesicht. »Wir sind hier«, flüstere ich. »Hier und jetzt. Das ist alles, was zählt.« Ich hauche ihm einen Kuss auf die Lippen. »Abgemacht?«

»Abgemacht.« Matts Augen lächeln freundlich, als er mich ansieht. »Und du hast recht, wir hatten Glück.« Als Harold zu uns herübertappt, krault Matt ihm den Kopf. »Und was dich angeht...«, sagt er mit gespieltem Ernst. »Wehe, du schnarchst!«

»Er schnarcht nicht«, versichere ich Matt ernst. Was stimmt. Schlafwinseln ist nicht Schnarchen. Das ist ein völlig anderes Geräusch.

Eben ziehe ich Matt noch näher an mich heran, als sein Telefon summt und er es aus der Tasche holt. Ärgerlich schnalzt er mit der Zunge und sagt: »Entschuldige. Die Arbeit ruft. Ich hoffe, du hast nichts dagegen. Fühl dich wie zu Hause...«

»Kein Problem!«, sage ich. »Lass dir Zeit!«

Während er ans Telefon geht, mache ich mich auf den Weg in den Wohnbereich und sehe mich erwartungsvoll um.

Langsam gewöhne ich mich schon an das Schwarz. Dennoch sollte ich vielleicht ein paar hellere Accessoires vorschlagen, um alles etwas fröhlicher zu gestalten. Genau! So was wie eine hübsche Decke. Er braucht nur ein paar Decken und Kissen.

Topher hat sich inzwischen einen Kapuzenpulli übergezogen und sitzt in seinen Boxershorts am Schreibtisch vor dem Bildschirm.

»Hi, Topher«, sage ich und gehe lächelnd auf ihn

zu. »Wir haben uns noch gar nicht richtig vorgestellt. Ich bin Ava, und das ist Harold. Wir freuen uns schon darauf, dich näher kennenzulernen.«

»Oh, okay.« Topher blickt kurz auf. »Freut mich. Aber du wirst mich nicht mögen. Nur zur Info.«

»Ich werde dich nicht mögen?« Unwillkürlich muss ich lachen. »Wieso denn nicht?«

»Die meisten mögen mich nicht.«

»Echt?« Ich beschließe dagegenzuhalten. »Warum?«

»Ich neige zu unmodernen Emotionen. Melancholie. Neid. Zorn. *Schadenfreude.*« Wild tippt er auf seine Tastatur ein. »Außerdem bin ich ein Arsch.«

»Das bist du ganz sicher nicht.«

»Bin ich wohl. Ich bin engherzig. Bettler auf der Straße kriegen von mir keinen Cent.«

»Du hast Geld für wohltätige Zwecke gesammelt«, bemerkt Nihal, der auf dem Weg zu seinem Schreibtisch an uns vorbeikommt. »Topher erzählt Unsinn«, fügt er an mich gewandt hinzu. »Hör am besten gar nicht hin.«

»Ich sammle Geld für wohltätige Zwecke, um Frauen kennenzulernen«, sagt Topher, ohne mit der Wimper zu zucken. »Frauen mögen Wohltätigkeit. Du doch bestimmt auch, Ava.« Mit seinen tief liegenden Augen blickt er zu mir auf. »Ganz sicher. Oh, *Wohltätigkeit*. Ich *liebe* Wohltätigkeit. Lass uns Sex haben, weil du einen Arschvoll Kohle für wohltätige Zwecke gespendet hast.«

»Mit wem hattest du Sex?«, fragt Nihal interessiert.

»Du weißt, mit wem ich Sex hatte«, entgegnet Topher nach kurzer Pause. »Und du weißt, dass sie mir das Herz gebrochen hat. Danke, dass du mich daran erinnerst.«

»Ach, die.« Nihal zieht eine Grimasse. »Tut mir leid. Aber das ist schon eine Weile her«, fügt er hinzu, flüstert fast. »Ich dachte, du meintest vielleicht eine andere.«

Topher sieht ihn finster an. »Der Snack-Roboter muss neu bestückt werden.«

»Du bist dran«, kontert Nihal.

»*Dreck!*« Mit geradezu shakespearescher Verzweiflung schlägt Topher mit der flachen Hand auf den Schreibtisch. »Das ist die schlimmste Aufgabe im Haushalt. Die *allerschlimmste*.«

Ich kann nicht sagen, ob er lustig oder irre ist. Oder vielleicht beides.

»Die schlimmste Aufgabe im Haushalt?«, frage ich. »Einen Roboter mit Snacks beladen?«

»Ja, natürlich«, sagt Topher, nimmt sein Telefon und tippt stirnrunzelnd darauf herum. »Je praktischer und hilfreicher eine Maschine ist, desto genervter bin ich, wenn ich etwas dafür *tun* muss. Zum Beispiel die Spülmaschine ausräumen. Ich wasche Teller extra mit der Hand ab, nur um die Maschine nicht ausräumen zu müssen. Du nicht?« Plötzlich entspannt sich seine Miene. »Nihal, du verlogener Arsch. *Du* bist dran!« Er hält Nihal sein Handy hin. »Ich habe es mir notiert. Du. Bist. Dran.«

»Ich besitze gar keine Spülmaschine«, teile ich ihm mit.

»Okay.« Topher nickt. »Na, solltest du mal eine kriegen, wirst du sie eine Woche lang gut finden. Von da an wirst du sie für selbstverständlich nehmen und dich darüber beklagen, wenn du ihr auch nur die geringste Sorgfalt und Aufmerksamkeit widmen musst. Menschen sind undankbare Idioten. In meinem Job dreht sich alles um die menschliche Natur«, fügt er noch hinzu. »Ich weiß Bescheid.«

»Die menschliche Natur?« Neugierig starre ich ihn an. »Was machst du denn?«

»Ich führe Umfragen durch.« Topher deutet auf die drei Computer auf seinem Schreibtisch. »Meinungsumfragen. Ich sammle Blickwinkel, erstelle Statistiken und erkläre Politikern und Firmen, was die Leute denken. Und das ist nicht schön. Menschen sind scheußlich. Aber das wusstest du wahrscheinlich schon.«

»Menschen sind nicht scheußlich!«, erwidere ich empört. Ich weiß, er macht Witze. (Ich glaube, er macht Witze.) Aber trotzdem habe ich das Gefühl, als müsste ich eine positivere Position einnehmen. »Man sollte nicht durchs Leben gehen und erzählen, die Menschen seien scheußlich. Das ist deprimierend! Man muss doch *positiv* denken!«

Topher scheint sich königlich zu amüsieren.

»Wie viele Menschen hast du in deinem Leben bisher denn so befragt, Ava?«

»Ich... Ich meine...«, stottere ich. »Natürlich *rede* ich mit den Menschen...«

»Ich habe die Daten.« Er tippt an einen seiner Bildschirme. »Menschen sind schwach, heuchlerisch, scheinheilig, inkonsequent... Ich *schäme* mich für sie. Wobei ich mich natürlich mit einschließe. Nihal, gehst du jetzt diesen Scheißroboter bestücken, oder was?«

»Ich muss eine E-Mail schreiben«, sagt Nihal mit freundlicher Entschlossenheit. »Einen Moment noch.«

»Was arbeitest du?«, frage ich Nihal.

»Nihal hält Apple am Laufen. Er ist nur zu bescheiden, es zuzugeben«, sagt Topher.

»Sag das nicht immer, Topher«, meint Nihal etwas verlegen. »So weit oben bin ich nicht. Ich bin eher... Es ist nicht...«

»Aber du arbeitest für Apple.«

Nihal nickt, dann sagt er höflich: »Und was machst du so, Ava?«

»Ich schreibe pharmazeutische Texte für eine Firma namens Brakesons«, erkläre ich. »Die stellen Medikamente und medizinischen Bedarf her.«

»Ich kenne Brakesons.« Nihal nickt.

»Aber außerdem will ich als Aromatherapeutin arbeiten und habe einen Roman in Arbeit«, füge ich hinzu. »Also... du weißt schon. Verschiedenes. Ich mag die Herausforderung.«

»Cool«, sagt Nihal scheu, dann setzt er seine Kopfhörer auf und tippt weiter. Beide sind derart in ihre Arbeit vertieft, dass ich nicht weiß, was ich jetzt machen soll. Doch dann schiebt Topher abrupt seinen Stuhl zurück.

»*Na gut*«, sagt er. »Ich gehe den Roboter bestücken. Nihal, du schuldest mir eine Niere.«

Als er in die Küche geht, kommt Matt aus dem Schlafzimmer, mit gesenktem Blick.

»Hi!«, rufe ich erleichterter, als ich zugeben möchte. »Alles okay?«

»Oh.« Offenbar kostet es Matt einige Mühe, sich

auf mich zu konzentrieren. »Ja. Hast du was zu trinken? Bist du versorgt? Haben die Jungs sich um dich gekümmert?«

»Ja!«, sage ich. »Ich amüsiere mich bestens!«

Ich warte darauf, dass Matt reagiert – dann merke ich, dass er mich gar nicht gehört hat. Er wirkt total gestresst. O Gott. Ist bei der Arbeit was Schlimmes passiert?

»Ich möchte alles wissen, was du so machst«, sage ich aufmunternd. »Wollen wir uns irgendwo hinsetzen? Oder ... soll ich dich massieren?«

»Entschuldige.« Matt reibt sich die Stirn. »Nein, alles gut. Aber ... Ich muss mir nur eben ein paar Sachen überlegen. Gibst du mir zehn Minuten?«

»Lass dir Zeit«, sage ich. »Mir geht's hier gut.«

Als ich vage in die Runde blicke, auf der Suche nach etwas, womit ich mich denn beschäftigen könnte, fällt mir ein vollgeschriebenes Whiteboard auf. Ich gehe hinüber, um zu lesen, was da steht, und kann es kurz nicht fassen. Mir fehlen die Worte. Ganz oben steht *IDIOTENLISTE* in Blockbuchstaben. Darunter: *Topher, Nihal, Matt*, jeder mit einer Strichliste. Nihal hat 12, Matt 14 und Topher 31.

Nihal sieht mich starren und nimmt höflicherweise seine Kopfhörer ab.

»Was ist eine Idiotenliste?«, frage ich verdutzt.

»Wenn sich jemand wie ein Idiot benimmt oder nervt, kriegt er einen Strich an der Tafel. Der Verlierer gibt am Ende des Monats einen aus. Das ist immer Topher«, fügt er hinzu. »Aber wenn wir die Tabelle nicht hätten, wäre er noch viel schlimmer.«

»Moment mal, Nihal«, sage ich eilig, bevor er seine Kopfhörer wieder aufsetzt. »Ich kann mir gar nicht vorstellen, dass du tatsächlich auch mal ein Idiot bist.«

»Oh, doch«, sagt er ernst.

»Wie denn?«, will ich wissen. »Gib mir ein Beispiel.«

»Ich habe zu Topher gesagt, dass sein neuer Pulli scheiße aussieht.« Nihals Augen leuchten. »Er war richtig empört. Das Ding hat ihn viel Geld gekostet. Dafür hat er mir sechs Striche gegeben. Aber der Pulli sieht wirklich scheiße aus.«

Er setzt die Kopfhörer wieder auf und tippt weiter. Mittlerweile habe ich mir so ziemlich den ganzen Raum angesehen, also steuere ich auf einen mit schwarzem Leder bezogenen Barhocker zu und werfe einen Blick auf mein Handy. Sarika ist dabei, sich ein Kleid zu kaufen, und hat ungefähr sechzehn Fotos aus Umkleidekabinen geschickt, um Meinungen einzuholen, und so scrolle ich mich durch und schreibe, was ich darüber denke.

Das kleine Schwarze ist ein Traum! Das Blaue ist okay, aber sind die Ärmel nicht komisch? Was für Schuhe dazu?

Und die ganze Zeit über behalte ich Matt im Auge. Stocksteif steht er da, sieht sich mit finsterer Miene irgendwas auf seinem Telefon an. Als schließlich Bewegung in ihn kommt, gehe ich davon aus, dass er sich gleich an seinen Schreibtisch setzen wird. Aber er öffnet einen weiteren versteckten Schrank und was er heraushholt, ist ein ...

Was? Mein Magen krampft sich zusammen. Das wird doch nicht etwa ...

»Hey, Matt!«, sage ich beiläufig. »Was ist das?«

»Putter.« Matt hebt ihn an, damit ich besser sehen kann. »Golf hilft mir beim Denken.«

*Golf?*

Mit offenem Mund stehe ich da und sehe mir an, wie er einen Ball nimmt und ihn auf einen grünen Teppichstreifen legt, der mir vorher noch gar nicht aufgefallen war, weil die Ledersofas ihn verdecken. Er locht den Ball ein und wartet darauf, dass der Mechanismus ihn wieder zu ihm zurückrollt. Dann schlägt er nochmal. Und nochmal.

»Ich dachte, du stehst auf asiatische Kampfkunst, Matt!«, sage ich und gebe mir Mühe, unbeschwert zu klingen. »Nicht auf Golf.«

»Auf beides«, sagt Matt und blickt sich um.

»Beides!« Ich halte mein Glas fester. »Das ist... super! *Echt* super. Ich finde, alle Hobbys sind super!«

»Matts ganze Familie steht auf Golf«, sagt Nihal, der unbemerkt herübergekommen ist, während sein nächstes Computerspiel lädt. »Sie sind alle wie besessen davon, stimmt's nicht, Matt?«

»Nicht besessen«, sagt Matt und lacht kurz auf, während er seinen Schläger auf Linie bringt. »Aber ich denke, wir nehmen das Spiel wohl ziemlich ernst. Meine Großmutter war zu ihrer Zeit österreichische Damenmeisterin, und mein Bruder wurde Profi. Also...«

Ich verschlucke mich an meinem Wein, dann huste ich heftig, um es zu verbergen. Das erfahre ich erst *jetzt?*

»Das hast du nie erwähnt«, sage ich mit gezwungenem Lächeln. »Ist das nicht komisch? So viel Zeit haben wir zusammen verbracht, und nie hast du irgendwas von Golf gesagt! Kein einziges Wort!«

»Hm«, macht Matt achselzuckend. »Tja. Es hat sich wohl nie ergeben.«

»Spielst du denn auch?«, fragt Nihal mich höflich.

»Also ...« Ich schlucke. »Das muss ich wohl verneinen ...«

»*Madame* ...?« Tophers tiefe Stimme unterbricht mich. »Wenn Sie hier mal einen Blick drauf werfen möchten.«

Ich fahre herum und schreie unwillkürlich auf. Er hält mir einen weißen Teller mit vier rohen Steaks unter die Nase. Ich rieche ihren abscheulichen Fleischgeruch. Ich sehe das Blut daraus hervorsickern.

»Steak-Tag«, erklärt Topher. »Such dir eins aus. Ich nehme an, du möchtest dein Steak blutig?«

»Könntest du ... Könntest du das möglicherweise von mir wegnehmen?«, presse ich hervor, muss mich fast übergeben.

»Ach, Ava ist Vegetarierin«, sagt Matt und holt zum Schlag aus. »Das hätte ich vielleicht erwähnen sollen.«

»Vegetarierin!«, ruft Topher. »Okay.« Er sieht sich die Steaks nochmal an. »Dann also ... gut durch?«

Soll das ein Witz sein? Ich hab noch immer diesen ekligen Fleischdunst in der Nase. Diese Steaks waren immerhin mal ein *Lebewesen*!

»Schon gut. Ich esse einfach etwas Gemüse«, sage ich mutlos.

»Gemüse.« Topher ist verblüfft. »Na, dann. Okay. Gemüse.« Er überlegt. »Haben wir denn so was?«

»Wir haben ein paar Erbsen«, sagt Nihal vage mit Blick auf seinen Bildschirm. »Aber die sind schon uralt.«

»Wenn du meinst.« Topher schiebt sich rüber zu Nihal. »Okay, Nihal, welches soll es sein?« Er hält Nihal den Teller hin, damit der die Steaks begutachten kann – und plötzlich ist da so ein braunweißes Etwas, und ich höre das Scharren von Pfoten.

O mein Gott, nein!

»Harold!«, rufe ich bestürzt, aber da ist er schon am anderen Ende vom Raum, mit einem bluttropfenden Steak im Maul.

»Geht's noch?« Topher starrt den Teller an, auf dem jetzt nur noch drei Steaks liegen. »Hat dieser Hund eben eins von meinen Steaks geklaut? Ich hab den nicht mal gesehen!«

»Was?«, ruft Matt empört und stellt seinen Schläger weg.

»Er kam wie aus dem Nichts«, sagt Topher schockiert. »Wie eine Rakete unterm Radar.«

Alle starren Harold an, der uns anzugrinsen scheint, dann macht er sich über das Fleisch her wie der glücklichste Hund der Welt.

»Das ist ein trocken gereiftes Filetsteak vom Weiderind«, sagt Topher mit starrem Blick auf Harold. »Dafür musste ich 'ne Hypothek aufnehmen.«

»Tut mir leid«, sage ich verzweifelt. »Könnte ich dich ... entschädigen?«

»Na ja, es war deins«, sagt Topher. »Also ... einige dich mit Harold.«

Während Harold den Rest vom Steak verputzt,

fängt Nihal an zu lachen, was ein ausgesprochen liebenswerter Anblick ist. Er verzieht das Gesicht wie ein Baby, und seine Brille beschlägt.

»Topher, du sahst so was von entsetzt aus«, sagt er fröhlich. »Topher sieht sonst nie entsetzt aus«, fügt er an mich gewandt hinzu. »Das allein war den Preis eines Steaks wert.«

»Ich war *nicht* entsetzt.« Topher hat seine Fassung wiedergefunden.

»Du warst *so* was von ent...« Nihal stutzt, als ein Summer geht. »Wer ist das?«

»Ich geh schon«, sagt Matt auf dem Weg zur Gegensprechanlage. »Wahrscheinlich ein Paket. Hallo?« Es kommt eine knisternde, unverständliche Antwort, er versucht, auf dem kleinen Bildschirm etwas zu erkennen. »Hi? Hallo? Ich verstehe nichts...« Dann wandelt sich seine Miene. »Oh.« Er schluckt. »Mum. Dad. Hi.«

## ZEHN

O mein Gott, o mein Gott! Ich bin total aufgeregt. Und nervös. Tatsächlich bin ich ein bisschen drüber. Matts Eltern sind auf dem Weg nach oben, und ich möchte die Situation ja nicht überdramatisieren, aber seine Eltern kennenzulernen, ist mehr oder weniger einer der wichtigsten Momente meines Lebens.

Denn mal *angenommen*, Matt und ich bleiben für immer zusammen. Nur mal angenommen. Dann... wird das meine neue Familie! Sie werden für immer Teil meines Lebens sein! Wir werden uns Spitznamen geben und Insider-Witze haben, und vermutlich werde ich kleine Besorgungen für sie erledigen, und wir werden fröhlich über die Possen der Kinder lachen, die Matt und ich eines Tages haben werden...

Mist. Moment mal. Ich stutze, halte mich an meinem Weinglas fest. Will Matt eigentlich Kinder? Ich habe ihn noch gar nicht gefragt.

Diese Erkenntnis raubt mir für einen Moment den Atem. Wie kann es sein, dass die Frage noch nie ein Thema war? Ich habe ihn gefragt, ob er Kinder hat, und er meinte »nein«. Aber das ist eine ganz andere Frage. Vielleicht hat er keine, weil er nicht zur Überbevölkerung der Welt beitragen möchte. Oder er ist unfruchtbar. (Falls ja, wäre er dann bereit für eine

Adoption oder ein Pflegekind? Ich wäre jedenfalls total bereit dafür!)

Ich muss es jetzt sofort wissen. Er steht in der Nähe, liest etwas auf seinem Handy, und ich nehme ihn beim Arm.

»Matt!« Ich ziehe ihn aus dem Wohnraum in den gruseligen Eingangsbereich und flüstere: »Hör mal! Ich muss dich was ganz Wichtiges fragen!«

»Oh.« Er wirkt besorgt. »Was denn?«

»Willst du Kinder?«

Matt starrt mich an. »Will ich *was*?«

»Kinder! Willst du welche?«

»*Kinder?*« Matt wirkt ratlos. Er sieht zum Wohnzimmer hinüber, als hätte er Angst, belauscht zu werden, und geht ein Stück weiter weg. »Müssen wir das jetzt besprechen?«, wispert er. »Es ist ja wohl kaum der richtige Zeitpunkt...«

»Es ist der richtige Zeitpunkt!« Ich widerspreche ihm etwas zu heftig. »Genau der richtige Zeitpunkt! Denn möglicherweise lerne ich gleich die Großeltern meiner zukünftigen Babys kennen!« Ich deute zur Eingangstür. »*Großeltern!* Das ist eine *große* Sache, Matt!«

Sprachlos starrt Matt mich an. Kann er meiner Logik nicht folgen? Ich habe mich doch klar ausgedrückt.

»Denn falls du *keine* Kinder möchtest...« Ich stocke mitten im Satz, weil mir das ungeheure Ausmaß des Dilemmas bewusst wird, das sich mir in diesem Augenblick präsentiert.

Ich liebe Matt. Ich *liebe* Matt. Als ich in sein verwundertes Gesicht blicke, kommt eine überwältigende Woge der Zuneigung über mich. Sollte er keine Kinder haben wollen, nicht mal adoptiert oder in Pflege, dann wird er dafür seine Gründe haben. Die ich respektieren werde. Dann gestalten wir unser Leben eben anders. Vielleicht werden wir reisen... Oder wir machen einen Gnadenhof für alte Esel auf, und die sind dann unsere Kinder...

»Ich möchte Kinder.« Matts Stimme dringt in meine Gedanken. »Später. Du weißt schon.« Betreten zuckt er mit den Schultern. »Theoretisch.«

»Oh!« Mir fällt ein Stein vom Herzen. »Oh, du möchtest welche. Also, ich auch. Eines Tages«, erkläre ich eilig. »Eines fernen Tages. Natürlich nicht *jetzt*.« Ich lache, um zu zeigen, wie absurd diese Vorstellung ist, während ich vor meinem inneren Auge bereits Matt mit unseren Zwillingen sehe, je ein Baby in der Beuge seiner männlichen Arme.

Diesen Gedanken sollte ich vielleicht lieber erst mal für mich behalten.

»Okay.« Etwas verunsichert sieht Matt mir ins Gesicht. »Ist dieses Gespräch damit beendet?«

Glücklich lächle ich ihn an. »Ja! Ich finde es besser, wenn man weiß, woran man ist. Du nicht auch?«

Matt antwortet nicht. Ich nehme das als ein Ja. Da höre ich ein fernes »Ping« und erstarre. Das ist der Aufzug! Sie sind da!

»Wie sind deine Eltern so?«, platze ich heraus. »Du hast mir kaum etwas erzählt! Sag mal schnell!«

»Meine Eltern?« Er wirkt verblüfft. »Die sind... Du wirst es gleich sehen.«

*Du wirst es gleich sehen?* Das ist keine große Hilfe.
»Sollten wir was kochen?«
»Nein, nein.« Er schüttelt den Kopf. »Die sind auf dem Weg ins Theater und bringen mir kurz was vorbei.« Er zögert. »Wenn du ihnen lieber aus dem Weg gehen möchtest, könntest du im Schlafzimmer warten.«
»Du meinst, ich soll mich *verstecken*?« Ich starre ihn an.
»Nur wenn du möchtest.«
»Selbstverständlich möchte ich das *nicht*!«, sage ich empört. »Ich kann gar nicht erwarten, sie kennenzulernen!«
»Na, sie bleiben ja nur kurz... Und da sind sie auch schon«, fügt er hinzu, als ein Glöckchen ertönt.

Er geht zur Wohnungstür. Meine Gedanken rasen. Die ersten fünf Sekunden sind entscheidend. Ich muss einen guten Eindruck hinterlassen. Ich werde seiner Mutter ein Kompliment zu ihrer Handtasche machen. Nein, zu ihren Schuhen. Nein, zu ihrer Tasche.

Die Tür geht auf, und da stehen sie: ein Mann und eine Frau, beide in schicken Mänteln, beide sehr groß. (Matt hatte also nicht unrecht.) Während ich dabei zusehe, wie sie ihren Sohn zur Begrüßung umarmen, verarbeitet mein Hirn in aller Eile die Details. Sein Dad ist ein attraktiver Mann. Seine Mum ist eher reserviert, wenn ich sehe, wie sie Matt – ohne ihre Handschuhe auszuziehen – leicht an sich drückt. Teure Schuhe. Hübsche rotbraune Ledertasche. Und blonde Haare mit Strähnchen. Sollte ich ihr lieber dafür Komplimente machen? Nein, zu persönlich.

Schließlich wendet Matt sich zu mir um und winkt mich herüber.

»Mum, Dad, ich möchte euch Ava vorstellen. Ava, das sind meine Eltern. John und Elsa.«

»Hallo!«, sage ich im Überschwang der Gefühle. »Ich mag Ihre Tasche und Ihre Schuhe!«

Moment. Das kam falsch raus. Man sagt nicht beides. Man entscheidet sich für eins.

Verdutzt wirft Elsa einen Blick auf ihre Schuhe.

»Ich meinte ... Ihre Tasche!«, berichtige ich mich eilig. »Das ist eine tolle Tasche. Allein diese Schnalle!«

Mit leerem Blick betrachtet Elsa den Verschluss ihrer Handtasche, dann wendet sie sich Matt zu und fragt: »Wer ist das?«

»Ava«, sagt Matt und klingt dabei ein wenig angespannt. »Ich habe es dir gerade eben gesagt. Ava.«

»Ava.« Elsa hält mir ihre Hand hin, die ich schüttle, und nach kurzem Zögern tut John es ihr nach.

Ich warte darauf, dass Elsa sagt: »Wie habt ihr zwei Turteltauben euch denn kennengelernt?«, oder vielleicht sogar: »Wie hübsch du bist!«, womit Russells Mutter mich begrüßt hat. (Wie sich herausstellte, war Russells Mum viel netter als Russell.)

Stattdessen mustert Elsa mich schweigend, dann wendet sie sich Matt zu und sagt:

»Genevieve lässt grüßen.«

Kurz bin ich schockiert, was ich mit breitem Lächeln verberge. Genevieve lässt grüßen?

Ich meine, Genevieve darf ihn ja grüßen lassen. Natürlich darf sie das. Aber, also ... Wieso denn?

»Okay.« Matts Stimme klingt etwas gepresst.

»Wir haben uns zum Lunch getroffen«, fügt seine Mutter hinzu, und ich zwinge mein Lächeln noch weiter in die Breite. Es ist *gut*, dass die beiden zusammen essen waren. Ich bin super entspannt damit. Alle Menschen sollten Freunde sein.

»Wie schön!«, rufe ich, um zu beweisen, dass ich mich nicht bedroht fühle. Elsa guckt mich komisch an.

»Wir hatten viel zu besprechen«, fährt sie an Matt gewandt fort, »aber vor allem möchte ich dir das hier zeigen!«

Sie holt ein glänzendes Buch aus ihrer Tasche. Auf dem Umschlag ist ein Puppenhaus abgebildet, mit dem Titel *Harriet's House: Eine persönliche Reise*. Sofort sehe ich eine Gelegenheit, etwas Positives zum Familienunternehmen beizutragen.

»Wow!«, rufe ich. »Ich mochte Harriet's House schon immer gern!«

Elsa betrachtet mich mit einem Anflug von mildem Interesse.

»Hatten Sie ein Harriet's House?«

»Na, ja ... nein«, gebe ich zu. »Aber ein paar von meinen Freundinnen.«

Noch im selben Augenblick erstirbt Elsas Interesse, und sie wendet sich wieder Matt zu.

»Es kommt direkt aus der Druckerei.« Sie tippt auf den glänzenden Umschlag. »Wir fanden, dass du es sehen solltest, Matthias.«

»Es scheint uns sehr gelungen«, wirft John ein. »Wir sind schon mit Harrods im Gespräch, wegen einer exklusiven Sonderausgabe.«

»Okay.« Matt nimmt das Buch. »Es ist gut geworden.«

»Das würde ich gern lesen«, sage ich begeistert. »Ist bestimmt *total* interessant. Wer hat es geschrieben?«

»Genevieve«, sagt Elsa nur, als wäre das doch wohl naheliegend.

*Genevieve?*

Matt dreht das Buch um, und von der Rückseite blickt mich eine atemberaubende Schönheit von etwa dreißig Jahren an. Sie hat lange, blonde Haare, ein sympathisches Blitzen in den blauen Augen und wunderschöne, elegante Hände, auf denen sie ihr Kinn abstützt.

Ich schlucke. Das ist Genevieve? Da fällt mir ein, dass ich schon mal ein Foto von ihr gesehen habe, auf der Website von Harriet's House, nur habe ich mir den Namen nicht gemerkt. Ich weiß aber, dass ich in dem Moment dachte: »Ist die schön!«

»Wow!« Ich versuche, munter und sorglos zu klingen. »Das ist ja toll. Genevieve arbeitet also für Sie?«

»Genevieve ist Markenbotschafterin von Harriet's House«, sagt John feierlich.

»Markenbotschafterin?«, wiederhole ich.

»Sie ist ein Superfan«, raunt Matt mir zu. »Sie hat nie aufgehört zu sammeln. Daher kennen wir uns – von einer *Harriet's House Convention*. Ihr ganzes Leben dreht sich mehr oder weniger nur darum.«

»Ihr Engagement für uns ist fabelhaft. Einfach fabelhaft.« Elsa klingt, als wäre Genevieve bei der NATO-Friedenstruppe.

»Matthias, ich finde, du solltest Genevieve anrufen

und ihr gratulieren«, sagt sein Vater gewichtig. »Sie ist ein solcher Schatz für uns.«

Einen Moment lang reagiert Matt gar nicht. Dann sagt er, ohne aufzublicken:

»Ich denke, das wird nicht nötig sein.«

Sein Vater macht ein strenges Gesicht und sieht mich an.

»Würden Sie uns einen Moment allein lassen, Eva?«

»Oh«, sage ich überrascht. »Klar. Natürlich.«

»Ava«, korrigiert Matt seinen Vater mit ärgerlicher Miene. »Sie heißt Ava.«

Ich ziehe mich in die Wohnung zurück, und die Tür schließt sich fest. Eine gedämpfte Unterhaltung beginnt, und ich wende mich ab, weil ich nicht lauschen möchte. Allerdings kann ich nicht verhindern, dass ich Elsa sagen höre: »Matthias, ich glaube *kaum*...«

Was glaubt sie kaum?

Egal. Geht mich nichts an.

Nach ein, zwei Minuten geht die Tür wieder auf, und die drei kommen in den Wohnbereich. Elsa hält das Buch so, dass uns Genevieves Gesicht anstrahlt, noch leuchtender und schöner als vorher. Matt wirkt gestresst und weicht meinem Blick aus.

»Guten Abend!«, höre ich Tophers Stimme vom Durchgang zur Küche, und er hebt eine Hand zum Gruß.

»'N Abend, Topher«, sagt John und winkt zurück. »Bleiben Sie zum Essen?«

»Nein, bleiben sie *nicht*«, sagt Matt, bevor sein Vater antworten kann. »Ihr müsst doch los, oder? Sonst verpasst ihr noch die Vorstellung.«

»Es ist reichlich Zeit«, sagt Elsa. Sie stellt ihre Tasche auf einen Hocker und fängt an, in dem Buch herumzublättern. »Da gibt es ein bestimmtes Foto, das ich dir gern zeigen wollte«, fügt sie an Matt gewandt hinzu. »Ein süßes Bild von Genevieve als kleines Mädchen.«

Sie blättert vor und zurück, und sagt eben: »Ah, hier ist es ja«, als ich ein energisches Scharren höre. Ich drehe mich um und sehe Harold über den Boden wetzen, direkt auf uns zu, und da wird mir etwas Schreckliches bewusst. Er wird sich ihre Tasche schnappen.

Harold hat ein Problem mit Handtaschen. Er hasst sie. Dafür kann er nichts – ich glaube, er muss wohl als Welpe ein traumatisches Erlebnis mit einer Handtasche gehabt haben und betrachtet sie nun als Feind. Mir bleibt kaum Zeit, um zu reagieren, bevor er sich Elsas Handtasche schnappen und sie zerbeißen wird.

»Verzeihung!«, keuche ich. »Verzeihung, das ist mein Hund! Vielleicht sollten Sie besser Ihre ... Schnell!«

Verzweifelt stürze ich mich auf die Tasche, doch gleichzeitig bewegt sich Elsa schützend darauf zu, und ich kann gar nicht sagen, wie es dazu kommt, aber ich höre etwas reißen und ...

*O mein Gott.*

Irgendwie bin ich bei meinem Sprung am Buch hängen geblieben und habe den Umschlag zerrissen. Einmal mitten durch Genevieves Gesicht.

»Genevieve!«, kreischt Elsa hysterisch und drückt das Buch an sich. »Was haben Sie getan?«

»Tut mir leid.« Ich schlucke. Mir wird ganz kalt vor Entsetzen. Das wollte ich nicht. »Harold, *aus*!«

Ich schnappe mir die Handtasche vom Hocker, kurz bevor Harold seine Zähne hineinschlagen kann. Elsa keucht vor Entsetzen, reißt sie mir aus der Hand und presst Buch und Tasche schützend an ihre Brust.

Einen Moment lang sagt keiner ein Wort. Eins von Genevieves Augen sieht mich direkt an, während das andere auf dem zerrissenen Umschlag herumflattert. Und ich weiß ja, es ist irrational – aber es kommt mir vor, als könnte Genevieve mich durch dieses Buch sehen. Sie weiß, was ich getan habe. Sie *weiß es*.

Ich sehe Matt an, und er kneift den Mund zusammen. Ich kann nicht sehen, ob er wütend ist oder amüsiert oder was.

»Nun«, sagt Elsa schließlich, als sie sich etwas gefangen hat. »Wir müssen los. Ich lasse dir das Buch hier.« Sie legt es hoch oben auf ein Regal.

»Nett, Sie kennenzulernen«, sage ich matt. »Tut mir leid wegen... Tut mir leid.«

Elsa und John nicken mir steif zu, und Matt schiebt sie zur Tür hinaus, während ich bestürzt die Schultern hängen lasse. Das waren wohl die schlimmsten drei Minuten meines Lebens.

»Bravo«, höre ich Topher hinter mir sagen, und ich sehe, dass er mich amüsiert betrachtet. Er nickt zu Genevieves zerrissenem Gesicht. »Vernichte die Ex. Immer ein guter erster Schachzug.«

»Das war Zufall, ein Versehen!«, verteidige ich mich, doch er zieht nur die Augenbrauen hoch.

»Es gibt keine Zufälle«, sagt er mit vielsagendem

Unterton. »Mir gefällt übrigens, wie du mit Harold als Team zusammenarbeitest«, fügt er sachlicher hinzu. »Du sicherst das Areal. Er geht rein. Geschicktes Manöver. Gute Kommunikation.«

Unwillkürlich lächle ich bei dem Gedanken daran, dass Harold und ich ein gutes Team sind. Aber ich werde nicht zulassen, dass Topher das Gerücht in die Welt setzt, ich hätte dieses Buch absichtlich kaputt gemacht. Ich liebe Bücher! Ich nehme sogar Findelbücher bei mir auf!

»Einem Buch würde ich nie im Leben etwas antun«, sage ich steinern. Ich werfe noch einen Blick auf Genevieves zerrissenes Hochglanzgesicht, und es tut mir richtig leid, als hätte ich sie wirklich verletzt.

»Die plastische Chirurgie vollbringt heutzutage wahre Wunder«, sagt Topher, der meinen Blick sieht, und ich kann gar nicht anders, als kurz aufzulachen.

»Es geht ja nicht nur um das kaputte Buch. Es geht ja auch um... na ja... die Tatsache, dass meine erste Begegnung mit Matts Eltern ein solches Ende genommen hat. Man kann die besten Absichten haben, die *allerbesten*, und dann...« Mir entfährt ein hoffnungsloser Seufzer.

»Hör mal, Ava«, sagt Topher ernster, und ich blicke auf, in der Hoffnung auf einen weisen Rat oder ein freundliches Wort. »Folgendes...« Er macht eine Pause, verzieht nachdenklich das Gesicht. »Gelten Nudeln auch als Gemüse?«

## ELF

Zwei Stunden später bin ich wieder besser drauf. Es gab was zu essen (ich hatte Nudeln mit Erbsen, was okay war), und wir haben mit Harold einen kleinen Spaziergang zu einem Park um die Ecke gemacht. Jetzt sitze ich auf dem Bett und lese die Fragen, mit denen mich die Mädels per WhatsApp bombardiert haben:

> Wie läuft's??????
> Wie ist seine Wohnung????
> Details bitte!!!

Ich überlege einen Moment, dann schreibe ich:

> Die Wohnung ist grandios! Ganz toll. Echt cool!

Mein Blick schweift zu dem haarlosen Wolf, und ich schüttle mich. Ich habe etwas über Matts seltsame Kunst nachgedacht und beschlossen, dass meine Strategie folgende sein wird: Ich werde einfach nicht hinsehen. Ich kann ohne Weiteres lernen, mich in seiner Wohnung zu bewegen, ohne dabei einen Blick auf den haarlosen Wolf und den grässlichen Raben und den ganzen Rest zu werfen. Ganz sicher kann ich das.

Es hat keinen Sinn, sich per WhatsApp über die merkwürdige Kunst auszulassen. Es würde nur negativ klingen. Also tippe ich stattdessen:

Industriedesign. Super Mitbewohner. Und ich habe seine Eltern kennengelernt!!!

Augenblicklich summen die Antworten in meinem Telefon.

Seine Eltern???!!!
Wow, das ging ja schnell!!!

Als ich aufblicke, sehe ich Matt ins Schlafzimmer kommen. Ich lege mein Telefon weg und lächle ihn an.
»Alles okay?«, fragt er.
»Ja! Super!«
Ich warte einen Moment darauf, dass er noch was sagt, doch das tut er nicht, und so schweigen wir beide.
Mir ist schon aufgefallen, dass Matt gut mit längeren Phasen des Schweigens zurechtkommt. Ich schweige ja auch gern. Stille ist super. So friedlich. In diesem hektischen modernen Leben können wir alle etwas Stille brauchen.
Aber es ist doch *ziemlich* still.
Um die Lücke zu füllen, gehe ich nochmal zu WhatsApp und lese Nells letzten Kommentar:

Wie sind seine Eltern?

Ich antworte kurz:

Nett!!!

Dann schließe ich WhatsApp, bevor ich weitere Detailfragen beantworten soll, und sehe mir Matt nochmal an. Wörter brodeln in meinem Kopf. Und ich habe da so eine Theorie: Es ist ungesund, Wörter nicht aus dem Kopf rauszulassen. Sie verklumpen nur. Und außerdem – irgendwer muss ja wohl was sagen.

»Also, Genevieve, ja?«, sage ich leichthin. »Gibt's da was zu erzählen?«

»Zu erzählen?« Matt ist augenblicklich auf der Hut. »Da gibt es nichts zu erzählen.«

»Matt, da muss es doch was geben«, sage ich und versuche, meine Ungeduld zu verbergen. »Jedes Paar hat seine Geschichte. Ihr wart zusammen... Was ist passiert?«

»Ach, so. Na ja... Okay. Ja. Wir waren mal zusammen.« Matt macht eine Pause, als würde er überlegen, wie sich seine Beziehung zu Genevieve am besten beschreiben ließe. Schließlich holt er tief Luft und sagt: »Dann haben wir uns getrennt.«

Ich bin doch leicht frustriert. Das *war's*?

»Da muss doch noch mehr sein«, beharre ich. »Wer hat Schluss gemacht?«

»Ich weiß nicht«, sagt Matt, der sich sichtlich unwohl fühlt. »Ehrlich. Ich glaube, es beruhte auf Gegenseitigkeit. Das Ganze ist über zwei Jahre her. Nach ihr hatte ich eine andere Freundin, und sie war auch mit jemand anderem zusammen... Sie ist nur zufällig ein Superfan von Harriet's House, und deshalb ist sie immer noch ... na ja ... da.«

»Okay. Verstehe.« Diese neue Information muss ich erst mal verdauen. Er hat sich vor zwei Jahren von ihr getrennt. Aber danach hatte er noch eine andere Freundin?

»Nur so aus Interesse«, sage ich beiläufig. »Wann hast du dich denn von dieser anderen Freundin getrennt? Von der nach Genevieve? Wie hieß sie eigentlich?«

»Ava ...« Matt seufzt, kommt zu mir herüber und sieht mich an. »Ich dachte, wir wollten das nicht tun. Was ist mit ›nur Neulasten‹ passiert? Was ist mit ›Lass uns in unserer kleinen, heilen Welt bleiben‹ passiert?«

Am liebsten möchte ich erwidern: »Genevieve ist in unsere heile Welt eingebrochen, das ist passiert!« Stattdessen lächle ich und sage:

»Stimmt. Du hast recht. Lass uns gar nicht erst davon anfangen.«

»Wir sind hier«, sagt Matt, nimmt meine Hände und drückt sie. »Das allein ist wichtig.«

»Genau.« Ich nicke. »Wir sind zusammen. Punkt.«

»Mach dir keine Sorgen um Genevieve«, fügt Matt zur Sicherheit hinzu, und augenblicklich spüre ich, wie der Ärger wieder in mir hochkocht. Warum musste er das sagen? Sobald einer sagt, man soll sich keine Sorgen machen, macht man sich erst recht Sorgen. Das ist ein Naturgesetz.

»Ich mache mir keine *Sorgen*«, sage ich und rolle mit den Augen.

Ich wende mich ab und nehme eine ausgeklügelte

Yoga-Pose ein, um meinen Mangel an Bedenken zu demonstrieren, und Matt verlässt das Zimmer. Mit einem Mal höre ich einen lauten Entsetzensschrei. Gleich darauf steht Matt wieder in der Schlafzimmertür und hält einen Fetzen von blauem Popeline in der Hand.

»Ava...«, fängt er an. »Ich sage es nicht gern, aber ich glaube, Harold hat eins von meinen Hemden zu fassen gekriegt und...« Er deutet auf den zerrissenen Stoff. Ich ziehe eine Grimasse.

»O Gott, es tut mir leid. Ich hätte dir sagen sollen, dass Harold ein echtes Problem mit Herrenhemden hat. Die muss man von ihm fernhalten, sonst kaut er sie kaputt.«

»Herrenhemden?« Matt macht ein erstauntes Gesicht.

»Ja. Er ist echt intelligent«, füge ich hinzu, kann meinen Stolz nicht verbergen. »Er kennt den Unterschied zwischen meinen Sachen und einem Herrenhemd. Er denkt, er beschützt mich. Stimmt's nicht, Harold?«, füge ich liebevoll hinzu. »Bist du mein größter Beschützer? Bist du mein kluger Hund?«

»Aber...« Matt runzelt die Stirn. »Entschuldige, ich dachte, Harold hätte was gegen Handtaschen. Jetzt sagst du was von Herrenhemden?«

»Beides«, erkläre ich. »Das ist was anderes. Er *fürchtet* sich vor Handtaschen. Die attackiert er, weil er als Welpe ein traumatisches Erlebnis mit einer Handtasche hatte. Bei Herrenhemden will er sich nur Geltung verschaffen. Er tobt herum. Er will sagen: ›Nimm das, du Hemd! Hier bin ich der Boss!‹«

Ich werfe einen Blick auf Harold, der zustimmend jault, als wollte er sagen: »Du verstehst mich voll und ganz!«

Schweigend betrachtet Matt sein ruiniertes Hemd, dann Harolds keckes Gesicht, dann schließlich mich.

»Ava«, sagt er. »Weißt du genau, dass Harold als Welpe ein traumatisches Erlebnis mit einer Handtasche hatte? Oder sagst du das nur, weil du dir sein Verhalten anders nicht erklären kannst?«

Sofort stellen sich mir in Harolds Namen die Nackenhaare auf. Wo sind wir denn hier – bei der Spanischen Inquisition?

»Nun, natürlich verfüge ich über keine detaillierten Berichte zum grausamen Missbrauch in Harolds Leben, bevor er gerettet wurde«, merke ich ein wenig sarkastisch an. »Selbstverständlich kann ich nicht in der Zeit zurückreisen. Es ist nur eine Mutmaßung. Wenn auch eine offensichtliche.«

Harolds verständiger Blick schweift von mir zu Matt, und ich weiß, dass er dem Gespräch folgt. Im nächsten Moment trottet er zu Matt hinüber und blickt reumütig, wenn auch hoffnungsvoll zu ihm auf, wobei er leicht mit dem Schwanz wedelt. Matts Miene entspannt sich, und er seufzt.

»Okay. Was soll's? Er hat es ja nicht böse gemeint.«

Er beugt sich herab, um Harolds Kopf zu kraulen, und schon schmelze ich gleich wieder dahin. Immer wenn ich denke, die Lage zwischen Matt und mir könnte möglicherweise ein klitzekleines bisschen schwierig werden ... passiert irgendwas, das mich daran erinnert, warum wir füreinander bestimmt sind.

Ich gehe zu ihm hinüber, schlinge meine Arme um seine breite Brust und küsse ihn lang und innig. Bald darauf gibt er der Schlafzimmertür einen Tritt. Und schon liegen unsere Sachen überall auf dem Boden verteilt, und ich erinnere mich wieder ganz genau, wieso wir füreinander bestimmt sind.

Um fünf Uhr morgens muss ich mir eingestehen, dass Matts Bett und ich *nicht* füreinander bestimmt sind. Es ist das schlimmste Bett der Welt. Wie kann Matt darin schlafen? Wie nur?

Ich liege wach seit dem Harold-Drama so gegen vier, bei dem Harold aufs Bett sprang, um zu kuscheln, so wie er es immer tut. Es war keine *so* große Sache. Aber Matt wachte auf und rief: »Was willst du hier?«, und dann hat er Harold runtergeschubst, noch im Halbschlaf. Harold ist sofort wieder raufgesprungen, und Matt meinte ziemlich streng:

»Ab in dein Körbchen, Harold!«

Woraufhin ich herausplatzte: »Aber er schläft doch immer bei mir im Bett!«, und Matt entgeistert meinte:

»Was? *Das* hast du mir aber nicht gesagt!«

Rückblickend betrachtet, war es nicht ideal, mitten in der Nacht über Harold zu streiten, wo wir beide so mürrisch und verschlafen waren.

Wir haben versucht, Harold in sein Körbchen zu locken, aber er hat gewinselt und gejault und ist immer wieder auf das Bett gesprungen, bis Matt ihn am Ende anfuhr: »Na gut! Ausnahmsweise! Können wir jetzt bitte weiterschlafen?«

Aber mittlerweile war Harold ganz unruhig und

verspielt. Wofür er nichts konnte. Er war nur durcheinander, hier in diesem fremden Haus.

Jedenfalls schläft er jetzt endlich. Und auch Matt ist wieder eingeschlafen. Nur ich nicht. Ich starre ins Dunkel und frage mich, wie Matt mit diesem grauenvollen Bett zurechtkommt.

Die Matratze ist steinhart, wobei es mir schwerfällt, dieses Ding überhaupt als Matratze zu bezeichnen. Es ist eher so was wie ein Holzbrett. Auch das Kissen ist hart. Und die Decke ist der fadenscheinigste Hauch von einem Nichts, unter dem ich je zu schlafen versucht habe. Sobald ich mich bewege, raschelt sie.

Ich versuche, sie um mich zu wickeln, schließe die Augen und döse vor mich hin... aber es funktioniert nicht. Das ist keine weiche, kuschlige Decke, die einen wärmt und schützend umfängt. Dafür ist sie viel zu dünn und kalt und ungemütlich.

Harold wärmt mir die Füße, aber alles andere an mir friert. Und es liegt nicht nur an der Bettdecke, es liegt an diesem Zimmer. Es ist einfach zu kalt. Ich zittere richtig. Ich versuche, mich an Matts Körperwärme heranzurollen, aber er wendet sich murmelnd ab, und ich möchte nicht riskieren, ihn wieder aufzuwecken.

Ich höre das ferne Ticken einer Digitaluhr. Immer wieder höre ich Sirenen aus den Londoner Straßen unter uns. Ich höre Matt atmen, ein... aus... ein... aus. Ich wage nicht, nach meinem Telefon zu sehen oder Licht zu machen, um was zu lesen. Ich wage nicht mal, mich zu bewegen. Hellwach neben einem selig schlummernden Menschen zu liegen ist eine *Folter*. Eine Qual. Das hatte ich schon ganz vergessen.

So war es in Italien nie, denke ich finster. Die Matratze im Kloster war die Bequemste, auf der ich je geschlafen habe. Die Decke war ein Traum. Wenn Matt und ich beieinander schliefen, hat es gut funktioniert. Wir waren beide immer sofort weg.

Ich schließe die Augen und versuche es mit einer entspannenden Meditation. *Mein Kopf wird schwer ... Meine Schultern werden schwer ...* In diesem Augenblick murmelt Matt irgendwas im Schlaf und dreht sich um, reißt mir die raschelnde Decke weg und lässt mich frierend daliegen. Fast schreie ich vor Frust. Okay, das war's. Mir reicht's. Ich stehe auf.

Vorsichtig, mit winzig kleinen Bewegungen, schiebe ich mich aus dem Bett. Ich blicke auf Matt herab, um sicherzugehen, dass er noch schläft, dann schleiche ich mich aus dem Zimmer. Zum Glück knarrt der Boden nicht, was der einzige Vorteil dieser Wohnung ist.

Auf Zehenspitzen schleiche ich in die Küche, mache Licht und stelle den Wasserkocher an, um mich mit einem Becher Tee aufzuwärmen. Allerdings kann man unmöglich mitten in der Nacht Tee trinken, ohne dazu einen Keks zu knabbern, doch als ich in den Schränken herumsuche, kann ich nichts zu knabbern finden, nur Nüsse und Chips. Wo sind die Kekse? Jeder hat doch Kekse in der Küche. Niemand hat keine Kekse.

Während ich einen Schrank nach dem anderen durchforste, wird meine Suche immer dringender. Ich gebe nicht auf. Die *müssen* irgendwo Kekse haben! »Ich will doch nur einen kleinen Vollkornkeks«, murmle ich ungeduldig vor mich hin, während ich hinter Ketchupflaschen und Dosen mit gebackenen Bohnen suche. »Oder einen Haferkeks. Oder einen mit Schoko, mit Custard Cream, irgendwas ...«

Und dann, als ich eben in einem Schrank voller Tonicwater suche, stockt mir vor Freude der Atem. Da! Ein kleiner Plastiktopf, auf dem *Schokoladenschnecken* steht! Ist mir egal, wem die gehören. Ist mir egal, welche WG-Regeln hier gelten. Ich werde mich genau hier und jetzt mit einem Becher Tee und zwei Schokoschnecken hinsetzen, und niemand wird mich daran hindern.

Schon läuft mir das Wasser im Mund zusammen, als ich nach dem Eimer greife. Ich *brauch* das jetzt! Ich werde Matt bestimmt noch viel mehr lieben, wenn ich ein, zwei Schokoschnecken haben kann. Das sollte ich ihn vielleicht wissen lassen. Meine Finger zittern vor Aufregung, als ich den Deckel abnehme. Ich erstarre. Was zum ...? Was ist *das*?

Ich kann nicht fassen, was ich da sehe. Dieser kleine Topf ist voller Handyladegeräte, alle miteinander verknotet. Da sind gar keine Schokoschnecken drin. *Keine einzige.*

»Nein!«, heule ich, bevor ich es verhindern kann. »*Neeeeiiiiin!*«

Verzweifelt kippe ich die Ladegräte auf den Tisch, für den Fall, dass sie vielleicht nur die oberste Schicht bilden – doch auch darunter sind keine Schokoschnecken. Nicht mal mehr der kleinste Krümel.

Und plötzlich kocht der Zorn in mir. Was für ein kranker, niederträchtiger Mensch tut Handyladegeräte in einen Topf mit der Aufschrift *Schokoladenschnecken*? Das sind doch Psychospielchen. Das ist fast schon Psycho*terror*.

»Ava.« Matts Stimme lässt mich zusammenzucken, und als ich aufblicke, sehe ich, dass er an der Küchentür steht und mich verschlafen betrachtet. Seine Haare sind total verwuschelt, sein Gesicht ist vom Schlaf verknittert, und er wirkt besorgt. »Was ist passiert?«

»Nichts«, sage ich mit etwas angespannter Stimme. »Tut mir leid, dass ich dich geweckt habe. Es ist nur ... Ich dachte, da wären Schokoschnecken drin.«

»Bitte?«, sagt er verwundert, dann richtet sich sein Blick auf den Topf. »Oh. Darin bewahren wir alte Ladegeräte auf.«

»Ach, wirklich?«, sage ich, aber Matt ist noch ganz verschlafen und scheint meinen Unterton nicht zu bemerken.

»Wieso bist du morgens um fünf Uhr wach?« Mit sorgenvoller Miene kommt er herein.

»Konnte nicht schlafen.«

»Na ja ...« Er wischt sich übers Gesicht. »Wenn man einen Hund in sein Bett lässt ...«

»Es liegt nicht an *Harold*!«, rufe ich empört. »Harold ist nicht das Problem! Es liegt an deinem Zimmer! Es ist arschkalt!«

»*Arschkalt?*« Er klingt erstaunt. »Mein Zimmer?«

»Ja, dein Zimmer! Es ist wie ein Iglu! Und dein Bett ist ...« Ich sehe sein betrübtes Gesicht und bremse mich. »Es ist nur ... du weißt schon. Anders als meins.«

»Okay«, sagt Matt, während er darüber nachdenkt.

»Ich schätze, da wirst du wohl recht haben.« Er kommt zu mir und legt seinen Arm um mich. »Soll ich dir ein heißes Bad einlaufen lassen? Wäre das was?«

»Ja«, antworte ich. »Das klingt wundervoll. Danke.«

Ich nehme meinen Teebecher mit ins Bett und sitze da, streichle Harold, lasse mich von seiner Nähe trösten, lausche dem rauschenden Wasser, das in die Wanne läuft.

»Fertig!«, sagt Matt schließlich, und ich streife meinen Pyjama ab, bin schon besserer Dinge. Matts Badezimmer ist schön groß, und es riecht nach einem süßlich herben Badezusatz. »Ich bin dir ja so dankbar!«, sage ich zu Matt, als ich in das duftende Wasser steige und mich hinsetze. Noch im selben Moment stehe ich schon wieder auf den Beinen, weil ich merke, dass es nur lauwarm ist. Was soll *das* denn?

»Das kann ich nicht!«, rufe ich bestürzt. »Das ist... Das ist nicht...« Wasser läuft an mir herunter. »Das ist doch eiskalt! Darin erfriere ich! Tut mir leid.«

»Eiskalt?« Matt starrt mich an. »Es ist doch ganz warm!« Er taucht eine Hand ins Wasser. »Warm!«

Will er mir sagen, dass ich mich irre? Dass ich nicht weiß, wie ich mich fühle?

»Es ist nicht warm genug für *mich*.« Wieder höre ich diese Anspannung in meiner Stimme. »Ich habe es gern *richtig* warm.«

»Aber...« Matt hält seine Hand noch immer ins Wasser. Fassungslos blickt er zu mir auf.

Wir starren einander an, atmen beide schwer. Fast kommt es mir vor wie eine... Konfrontation. Und als würde er das auch merken, nimmt Matt seine Hand aus der Wanne und trocknet sie an einem Handtuch ab.

»Ist doch nicht so schlimm, Ava«, sagt er vorsichtig. »Lass ein bisschen Wasser raus, und mach es dir so warm, wie du es haben möchtest.«

»Okay«, sage ich ebenso vorsichtig. »Danke.«

Ich lasse die halbe Wanne leerlaufen und fülle heißes Wasser nach. Vom Rauschen abgesehen, herrscht Stille. Anscheinend können wir gut schweigen.

Während ich mit der Hand im Wasser hin- und herfahre, gehen mir ein paar unwillkommene Gedanken durch den Kopf. Ich *weiß*, dass Matt der perfekte Mann für mich ist, ich weiß es *genau*, aber es gibt da einige Aspekte seines Lebens, die sind ... ja, was sind sie? Nicht negativ, bestimmt nicht, aber ... eine *Herausforderung*. Diese schräge Kunst. Das Golfen. Das Fleisch. Die Eltern.

Ich sehe Matt an, und auch er scheint zu grübeln. Ich wette, er denkt etwas ganz Ähnliches. Wahrscheinlich denkt er: ›»Sie hat sich als Vegetarierin entpuppt, deren Hund mein Hemd zerfetzt. Und sie mag keinen japanischen Punk. Wie soll das funktionieren?«

Dieser Gedanke versetzt mir einen unangenehmen Stich. Wir sind erst wenige Tage wieder in England, und schon kommen uns erste Zweifel?

Als ich das Badewasser abstelle, sage ich spontan: »Matt?«

»Ja?« Fragend sieht er mich an, und ich merke, dass er etwas Ähnliches denkt wie ich.

»Hör mal. Wir wollen ehrlich zueinander sein. Abgemacht?«

»Abgemacht.« Er nickt.

»Die Sache ist... Wir hatten ein paar kleine Problemchen. Aber wir können es hinkriegen. Wir können es schaffen. Schließlich haben wir zusammen einen Steinturm gebaut. Weißt du noch? Wir sind zusammen vom Felsen gesprungen. Wir lieben Eiscreme. Wir sind ein tolles Team!«

Ich werfe ihm ein hoffnungsvolles, aufmunterndes Lächeln zu, und mir scheint, dass er sich auch gern an Italien erinnert.

»Ich möchte, dass wir es hinkriegen«, sagt er mit fester Stimme. »Glaub mir, Ava. Ehrlich.«

*Er* will, dass wir es hinkriegen. *Ich* will, dass wir es hinkriegen. Wo ist dann das Problem? Mein Kopf summt vor lauter Frust.

»Obwohl es mir so vorkommt, als wäre mein Leben für dich wie ein fremdes Land«, fügt Matt hinzu – und da klingelt irgendwas in meinem Kopf.

Ein fremdes Land. Das stimmt. Ich weiß noch, wie ich selbst schon dachte, Matt ist wie ein wunderschönes neues Land, das entdeckt werden will. Tja, und jetzt mache ich so meine Entdeckungen. Genau wie er.

»Das ist es doch!«, sage ich aufgeregt. »So sollten wir es sehen!«

»Was sehen?« Matt scheint mir nicht folgen zu können.

»Wir sind wie zwei verschiedene Länder«, erkläre ich. »Nennen wir sie Avaland und Mattland. Und wir müssen uns in der Kultur des jeweils anderen akklimatisieren. Zum Beispiel ist es in Mattland völlig in Ordnung, Handyladegeräte in einem Topf aufzubewahren, auf dem *Schokoladenschnecken* steht. Wohingegen das in Avaland ein Schwerverbrechen ist. Wir müssen uns einfach *kennenlernen*«, betone ich. »Uns kennenlernen und aneinander gewöhnen. Weißt du?«

»Hm.« Matt schweigt einen Moment, als müsste er das sacken lassen. »In Mattland«, meint er dann, »schlafen Hunde auf dem Boden.«

»Okay.« Ich räuspere mich. »Na ja... Wir werden entscheiden müssen, wie und wo wir die Sitten und Gebräuche des anderen annehmen. Das müssen wir... aushandeln.« Ich schäle mich ein zweites Mal aus meinem Pyjama, in der Hoffnung, ihn damit vom Thema »Hunde« abzulenken. »Aber fürs Erste möchte ich dich mit einer meiner liebsten Traditionen vertraut machen. In Avaland sollte ein Bad *so* sein.«

Ich steige in die volle Wanne und seufze vor Behagen, als das Wasser mich umfängt. Es ist heiß. Es ist erholsam. Es ist ein richtiges *Bad*.

Matt kommt herüber und fühlt die Wassertemperatur. Seine Augen werden groß.

»Ist das dein Ernst? Das ist kein Bad, das ist ein *Fondue*!«

»Komm rein, wenn du möchtest.« Ich grinse ihn an, und nach kurzem Zögern zieht er T-Shirt und Boxershorts aus. Als er vorsichtig ins Wasser steigt, scheint er echte Schmerzen zu haben.

»Ich begreife es nicht«, sagt er. »Ich begreife es einfach nicht... Autsch!«, ruft er, als er sich hinsetzt. »Das ist *kochend heiß*!«

»Wenn du mich liebst, liebst du auch mein Badewasser«, sage ich neckisch und kitzle ihn mit den Zehen an der Brust. »Du bist jetzt in Avaland. Genieß es.«

## ZWÖLF

Es ist fast drei Wochen später, und ich stehe in Matts Badezimmer unter der Dusche, grübelnd. Nicht im *negativen* Sinn. O Gott, nein. Natürlich nicht. Nur so im nachdenklichen Sinn.

Ständig kreisen meine Gedanken um Matt – und es ist, als wären da zwei verschiedene Männer in meinem Kopf. Zum einen ist da Dutch, in den ich mich in Italien verliebt habe. Dutch mit seiner Kurta und den glühenden Augen und der Aura eines attraktiven Kunsttischlers. Und dann ist da Matt, der jeden Morgen aufsteht, sich einen Anzug anzieht, um Harriet's-House-Puppen zu verkaufen, und dann nach Hause kommt und Golfbälle einlocht.

Und doch sind die beiden ein und derselbe Mann. Das ist alles nicht so leicht unter einen Hut zu bringen.

Immer wieder scheint Dutch durch. Er ist noch *da*. Wir haben angefangen, zusammen Tai Chi zu machen, meist abends vor dem Schlafengehen, was meine Idee war. Ich habe Matt gesagt, dass ich gern mehr über die alte Tradition asiatischer Kampfkünste lernen würde, ohne mit jemandem kämpfen zu müssen. Von daher war Tai Chi die perfekte Lösung – und wir tragen dabei unsere Kloster-Kurtas. (Auch meine

Idee.) Wir lassen dieses großartige Youtube-Video laufen, und manchmal macht Harold mit – zumindest versucht er es –, und das ist immer so ein schöner Moment! Volle zehn Minuten lächeln wir uns an und müssen lachen, wenn wir etwas falsch machen. Das ist lustig. Und es hilft Matt zu entspannen. Es bringt uns wieder in Einklang miteinander. Genau so sollten wir sein.

Das ist also gut. Und auch der Sex ist immer noch supertoll. Und als Matt mir neulich Abend diese lange Geschichte erzählt hat, wie sein Freund Skifahren lernen wollte, war er dermaßen zum Schreien komisch, dass ich dachte, ich muss sterben. Wenn er sich entspannt, ist er manchmal *richtig* lustig.

Aber wir können ja nicht die ganze Zeit Tai Chi machen. Oder Sex haben oder lustige Geschichten erzählen und auch nicht romantisch durch die Straßen schlendern, Hand in Hand, als wären wir gänzlich sorgenfrei. (Das haben wir zweimal gemacht.) Problematisch ist, dass wir ja auch noch ein Leben haben. Ein echtes Leben.

Positiv bleibt zu vermerken, dass ich mich immer mehr ans Mattland gewöhne. Ich kann mich diesem abgrundtief hässlichen Gebäude nähern, ohne davor zurückzuschrecken, was ich als großen Fortschritt erachte.

Wie dem auch sei. Obwohl ich ein gerechtigkeitsliebender und unvoreingenommener Mensch bin – was ich definitiv bin –, würde ich doch sagen, dass mein Leben ziemlich geradeaus und leicht zu lernen sein dürfte, wohingegen sein Leben einem verzwickten Labyrinth gleicht. Immer wenn man denkt, dass man irgendwie weiterkommt, steht man wieder vor so einer blöden, hohen Hecke, gewöhnlich in Form seiner Firma. Mein Gott, kann ein Familienunternehmen *übergriffig* sein! Muss denn eine internationale Spielzeugfirma mit Vertretungen in mehr als 143 Ländern wirklich dermaßen übergriffig sein?

Okay, das ist vielleicht nicht genau das, was ich meine. Was ich meine, ist: Warum muss Matt so hart arbeiten?

Je mehr ich über Harriet's House erfahre, desto mehr schwanke ich zwischen Ehrfurcht vor dem großen Namen und Frust angesichts der Art und Weise, wie Matts Eltern die Firma zu führen scheinen. Offenbar sind sie von dem krankhaften Drang getrieben, Matt zu jeder Tag- und Nachtzeit anzurufen. Selbst die kleinsten Entscheidungen soll er mittragen. Sie zwingen ihn, ihre E-Mails zu lesen. Sie zwingen ihn, mit irgendwelchen Leuten essen zu gehen. Sie zwingen ihn, steife Anzüge zu tragen, weil es »Tradition« ist.

Sie sind sehr »old-school«, das ist kein Geheimnis. Ich habe mich ein bisschen auf der Website von Harriet's House umgesehen, und es scheint Vorschrift zu sein, dass in jedem Satz das Wort »Tradition« auftaucht, bis auf jene Sätze, in denen das Wort »Vermächtnis« vorkommt. Außerdem steht da eine ganze Menge darüber, mit welcher Hingabe die Familie Warwick »unermüdlich darum bemüht ist, im Sinne der weltweiten Fangemeinde von Harriet's House zu wirken«.

Ich meine, ich bewundere diese Hingabe. Ich bewundere Matts Arbeitseifer. Ich bewundere seine Loyalität zur Familie. Ich bewundere sogar die neue »Ökokrieger-Harriet«-Puppe, von der ich neulich ein Muster gesehen habe. Ich bin voll der Bewunderung!

Ich schätze, was ich bei Matt vermisse, ist die *Begeisterung*. Immer wenn ich versuche, mit ihm über Harriet's House zu sprechen, gibt er mir nur knappe Antworten. Was ich verstehen kann: Er ist müde und hat den ganzen Tag von nichts anderem geredet. Aber trotzdem. Ich lese ja auch seine Körpersprache. Ich sehe das ganze Bild. Sagen wir, ich habe gemischte Gefühle.

Das ist für mich also eine Herausforderung. Ebenso die ganze Zeit, die Matt mit seiner Golfmaschine verbringt. (Ziemlich viel.) Und dann ist da noch der Umstand, dass er keinerlei Interesse daran zeigt, Vegetarier zu werden, trotz aller Anleitung und Ermutigung. Wenn ich ihn frage: »Was hattest zu Mittag?«, in der Hoffnung, dass er vielleicht sagt: »Tofu – und es war lecker!«, antwortet er oft genug: »Einen Burger«, als läge das doch nahe.

Außerdem ist er neuerdings etwas launisch. Aber wenn ich ihn frage, was los ist, antwortet er nicht. Er schweigt nur. Dann ist es fast, als würde er sich in einen Stein verwandeln.

Ich dagegen bin niemals ein Stein. Mein Job ist nicht übergriffig. Und weder besitze ich schräge Kunst, noch herrschen in meiner Wohnung ungesellige Temperaturen. (Ich *weiß*, dass er den Thermostat runterdreht, wenn er auch glauben mag, ich kriege es nicht mit.)

Nun will ich nicht so tun, als wäre ich perfekt oder so. Bestimmt findet er es im Avaland auch manchmal schwierig. Zum Beispiel... Matt ist ziemlich ordentlich. Das wird mir jetzt erst so richtig klar. Er ist ziemlich ordentlich, und ich bin ziemlich unordentlich. Und so gab es eine klitzekleine Spannung zwischen uns, als ich sein Telefon unter einem Haufen von meinen Batik-Sachen begraben hatte.

(Ich habe gerade das Batiken für mich entdeckt. Das macht ja richtig Spaß! Ich will gebatikte Kissen machen und bei Etsy verkaufen.)

Aber ehrlich, so sehr ich mir das Hirn zermartere, will mir doch nichts anderes einfallen. Es gibt sonst einfach nichts Negatives über mein Leben zu sagen. Ich habe ein wunderbares Leben! Ich lebe in einer zauberhaft gemütlichen Wohnung. Ich koche mit fantasievollen Zutaten wie Harissa und Okra. Und wenn Matt mich besuchen kommt, muss ich nie wegen der Arbeit telefonieren oder Golfbälle einlochen, ich bin *plauderig*. Ich bin *fürsorglich*. Neulich Abend habe ich beschlossen, ihm ein personalisiertes Aromatherapie-Öl zu mischen. Ich habe ihn an verschiedenen Essenzen riechen lassen und seine Reaktionen notiert, und ich habe ihm erklärt, wofür die einzelnen Öle da sind, wovon er *noch nie* was gehört hatte. Entspannende Musik lief, Duftkerzen brannten, und Harold hat bei der Musik mitgesungen. Es war einfach... heiter. Es war wunderschön.

Im Gegensatz dazu war Matt gestern Abend noch lange am Telefon. Ich habe mich immer noch nicht an das harte, raschelige Bett gewöhnt und entsprechend kaum ein Auge zugekriegt. Und dann hatte er am Morgen ein frühes Boxtraining, sodass er schon um halb sieben aus dem Haus musste. Das ist doch unmenschlich. Nichts im Leben sollte einen dazu zwingen, dass man morgens um halb sieben aus dem Haus hetzt.

Während ich fertigdusche und mich anziehe, liegt mir noch etwas anderes auf der Seele. Genevieve. Ich kann nicht aufhören, sie zu googeln, was ich lieber nicht tun sollte, aber sie ist so leicht googlebar. Ständig postet sie irgendwas Hübsches auf Instagram oder kündigt in ihrem Youtube-Kanal ein neues Sammlerstück aus dem Harriet's-House-Sortiment an. Außerdem habe ich gehört, wie Matt sie am Telefon seinen Eltern gegenüber erwähnt hat. Er meinte mit einigem Nachdruck: »Dad, du musst auf *Genevieve* hören. Sie weiß, wie es geht.« Woraufhin ich irgendwie blinzeln musste.

Ich wollte ihn später danach fragen. Ich wollte fragen: »Was weiß Genevieve denn so genau?«, mit einem beiläufigen, kleinen Lachen. Aber dann kam ich zu dem Schluss, dass es doch leicht paranoid klingen würde. (Selbst mit dem beiläufigen, kleinen Lachen.) Also habe ich es lieber gelassen.

Doch dann bin ich gestern Abend auf ein altes Video gestoßen, in dem Genevieve und Matt auf einer Spielzeugmesse vor drei Jahren gemeinsam etwas präsentiert haben. Und ich wurde doch etwas unruhig, weil die Chemie zwischen den beiden einfach zu stimmen schien. Sie waren entspannt und souverän miteinander, beendeten gegenseitig ihre Sätze, und immer wieder tätschelte Genevieve seine Knie. Die beiden sahen aus wie eins von diesen übermenschlichen, funkensprühenden *Super*pärchen.

Ich musste mir das Video zweimal ansehen, dann habe ich es abgestellt und mir selbst die Ohren langgezogen. Ich habe mir gesagt, dass sie nicht mehr zusammen sind. Was nützt irgend so ein alter Funke, wenn die Flamme erloschen ist?

Doch dann fiel mir ein, dass diese schrecklichen Waldbrände oft anfangen, weil jemand *dachte*, er hätte das Lagerfeuer gelöscht, und dann ist er weggegangen, ohne sich weiter darum zu kümmern... *Dabei war es gar nicht gelöscht! In dem Funken war noch Leben!*

Und irgendwie will es mir nicht gelingen, diese nagende Sorge abzuschütteln. Matt kann ich davon natürlich nichts sagen. Wenn ich das Thema überhaupt ansprechen will, dann muss ich ganz subtil vorgehen.

Vielleicht sollte ich am besten gleich jetzt subtil sein.

»Matt«, sage ich, als er ins Schlafzimmer spaziert kommt, noch in seinen Trainingssachen. »Ich würde gern mit dir reden.«

»Gut. Okay.« Er fängt mit seinen Dehnübungen an, die er jeden Morgen macht. »Was ist?«

»Okay«, sage ich. »Wir haben zwar beschlossen, nicht über romantische Altlasten zu sprechen, und ich finde, das war die richtige Entscheidung. Ich habe wirklich absolut keinerlei Interesse daran, irgendetwas über deine Ex-Freundinnen zu erfahren, Matt. Nicht das *Geringste*!« Ich winke ab, um ihm zu zeigen, wie wenig ich darüber wissen möchte. »Es ist das *Allerletzte*, woran ich denken möchte, glaub mir!«

»Gut«, sagt Matt wieder, diesmal etwas verwundert. »Dann lass uns nicht darüber reden. Schön. Wäre das auch geklärt.«

»Aber so einfach ist es dann doch nicht, oder?«, fahre ich eilig fort. »Wenn wir wirklich ein ganzheitliches Bild voneinander bekommen wollen, dann brauchen wir *Kontext*.«

»Ach so?«

»Finde ich«, sage ich entschlossen. »Wir brauchen ein wenig romantischen Kontext. Nur zur Information. Für ein vollständigeres Bild.«

»Mh-hm«, macht Matt. Er wirkt nicht sonderlich begeistert.

»Ich habe da so eine Idee«, fahre ich fort.

»Das hatte ich befürchtet«, murmelt Matt so leise, dass ich ihn kaum hören kann.

»Was?« Ich runzle die Stirn.

»Nichts«, sagt er eilig. »Nichts. Was hattest du denn für eine Idee?«

»Wir machen es so wie im Kloster. Jeder darf dem anderen eine Frage über seine Ex-Partner stellen. Ich meinte: fünf Fragen«, verbessere ich mich eilig. »Fünf.«

»*Fünf?*« Entsetzt sieht er mich an.

Am liebsten würde ich entgegnen: »Fünf ist doch gar nichts. Ich hätte fünfzig Fragen!« Stattdessen aber sage ich:

»Ich finde das angemessen. Ich fange an!«, füge ich hinzu, bevor er protestieren kann.

»Erste Frage: Wie ernst war das mit Genevieve?«

Matt sieht aus, als fehlten ihm die Worte, als hätte ich ihn gebeten, mir die String-Theorie in einem Satz zu erklären.

»Kommt darauf an, was du unter ›ernst‹ verstehst«, antwortet er schließlich.

»Na ja ... Hat sie hier übernachtet?«

»Manchmal.«

Plötzlich fällt mir ein, dass ich das schon wusste, und verfluche mich dafür, eine Frage vergeudet zu haben.

»Wie oft?«

»Zwei-, dreimal in der Woche vielleicht.«

»Und hast du ...« Ich zögere. »Hast du ihr gesagt, dass du sie liebst?«

»Das weiß ich nicht mehr«, sagt Matt nach einiger Überlegung.

»Du weißt es nicht mehr?«, frage ich fassungslos. »Du kannst dich nicht daran *erinnern*, ob du ihr gesagt hast, dass du sie liebst?«

»Ja.«

»Na gut, okay. Hat sie ...«

»Du hast keine Fragen mehr«, unterbricht mich Matt, und verdutzt starre ich ihn an.

»Was meinst du?«

»Du hast fünf Fragen gestellt. Das Gespräch ist beendet.«

Hektisch zähle ich im Kopf zusammen. Eins ... zwei ... verdammt, das ist nicht *fair*. Das waren *keine* fünf richtigen Fragen. Aber ich kenne Matt. Er nimmt so was ernst. Ich muss das Spiel richtig spielen, sonst spielt er es nie wieder.

»Okay.« Ich hebe beide Hände. »Jetzt du. Frag mich, was du willst.«

»Also gut.« Matt überlegt. »Wie ernst war es mit Russell?«

»O *Gott*.« Ich seufze schwer, während ich über diese Frage nachdenke. »Wo soll ich da anfangen? Habe ich ihn geliebt? Das habe ich zu ihm gesagt, aber wusste ich da denn überhaupt, was Liebe ist? Es war eine merkwürdige Beziehung. Es fing so schön an, so freundlich, so – ich weiß nicht – *aufmerksam*. Er mochte Harold... Er mochte meine Wohnung... Er hat mir all diese süßen, langen E-Mails geschrieben... Fünf Monate lang war es wundervoll. Aber dann, am Ende...«

Da breche ich lieber ab, denn ich möchte nicht unbedingt näher darauf eingehen, wie er mich sitzen gelassen hat, ganz zu schweigen davon, wie lange es gedauert hat, bis ich es wahrhaben wollte. Ständig habe ich versucht, sein Verhalten zu rechtfertigen. Aber ich verstehe *immer* noch nicht, wie er sich so verändern konnte, von jemandem, der meinte: »Du bist meine Seelenverwandte, Ava, alles an dir ist so perfekt, dass ich weinen möchte...«, zu jemandem, der mit einem Mal nichts mehr mit mir zu tun haben wollte. (Und ebenso wenig möchte ich mich daran erinnern, wie ich in meiner Verzweiflung bei seiner Mum angerufen habe und sie sich als die polnische Putzfrau ausgab, als sie merkte, dass ich am Apparat war.)

»Hm.« Matt schweigt einen Moment, um das zu verdauen. »Hat *er* bei dir übernachtet?«

»Nein«, sage ich nach kurzer Überlegung. »Das

hat er nie getan. Er wollte gern, aber sein Job hat ihn ziemlich gefordert, also... Ich meine, es wäre der nächste Schritt gewesen.«

»Hm«, macht Matt wieder. Wortlos zieht er seine Trainingssachen aus, und während ich ihn so beobachte, werde ich doch neugierig. Seine Miene ist nachdenklich und etwas angespannt. Worüber denkt er nach? Was wird er mich fragen? Da nimmt er sich ein Handtuch.

»Okay, ich geh duschen. Wann wollen wir los zu diesem Picknick?«

»*Bitte?*« Ich starre ihn an. »Was ist mit deinen anderen drei Fragen?«

»Ach, ja«, sagt Matt, als hätte er sie vergessen. »Die stelle ich dir ein andermal.«

Er verschwindet im Bad, und ich sehe ihm hinterher, entgeistert und ein bisschen verletzt. Er hatte noch drei Fragen! Wie kann es sein, dass er nicht darauf brennt, mehr zu erfahren? Ich habe immer noch endlos viele Fragen zu Genevieve.

Bestürzt gehe ich raus in den Wohnbereich. So was hätte heute doch nicht passieren sollen. Ich werde Matt mit zu Mauds Geburtstagspicknick nehmen, wo er meine Freundinnen kennenlernt, und dafür hätte doch alles wundervoll und glücklich und perfekt sein sollen.

Ich meine, es *ist* wundervoll und glücklich und perfekt, sage ich mir eilig. Ich wünschte nur, Genevieve wäre mir nicht so unter die Haut gegangen.

Da merke ich, dass Nihal und Topher in der Küche frühstücken, und mir kommt eine Idee. Eilig steuere ich auf die beiden zu, werfe zur Sicherheit noch einen Blick über meine Schulter.

»Guten Morgen, Ava«, sagt Nihal höflich, während er sich Müsli in eine Schale schüttet.

»Guten Morgen.« Ich schenke ihm ein superfreundliches Lächeln. »Morgen, Topher. Hört mal ...« Ich spreche leiser. »Könnte ich euch mal ganz schnell was fragen, ohne dass ihr Matt was davon erzählt?«

»Nein«, sagt Topher knapp. »Nächste Frage.«

»Oh, bitte«, flehe ich. »Es ist nichts Schlimmes. Ich möchte nur etwas mehr wissen über ...« Ich flüstere. »Genevieve. Aber wir haben abgemacht, dass wir nicht über Verflossene reden wollen. Also, überhaupt nicht.«

»Na, wenn das keine dämliche Idee ist ...«, sagt Topher und rollt mit den Augen. Ich seufze.

»Kann ja sein, aber so haben wir es abgemacht. Also darf ich Matt nicht fragen. Aber ich muss wissen ...« Ich wische mir übers Gesicht.

»Was denn?«, fragt Topher mit mildem Interesse, und Nihal hält inne, mit der Hand an der Milchtüte.

Innerlich winde ich mich, denn ich komme mir jetzt schon paranoid und albern vor, aber andererseits *muss* ich mit jemandem darüber sprechen.

»Zwischen Matt und Genevieve ... War das Liebe?«, flüstere ich.

Diese Angst sitzt tief in mir, seit ich das Video gesehen habe. Die Angst, dass sie rettungslos ineinander verliebt waren, auf eine Art und Weise, die ich nicht verstehen kann und gegen die ich keine Chance habe. Und dass sie zurückkommt und ihn irgendwie verzaubert.

»Liebe?«, wiederholt Topher ausdruckslos.

»Liebe?« Nihal verzieht das Gesicht. Im nächsten Moment gießt er sich weiter Milch ein, und ich bin doch kurz ein wenig frustriert. Beide sind meiner Frage ausgewichen.

»Also?«, frage ich ungeduldig.

»Na ja, *Liebe*...« Topher wirkt irritiert, dann entspannt sich seine Miene. »Das halte ich für irrelevant. Wenn du dich unbedingt näher mit Matts Ex-Freundinnen befassen möchtest, dann solltest du dir viel eher Sorgen um Sarah machen.«

»Bitte?« Ich blinzle ihn an. »Wer ist Sarah?«

»Die Freundin, die Matt nach Genevieve hatte. Unberechenbar. Ist dauernd ohne Vorwarnung in seinem Büro aufgetaucht. *Sie* ist dein Problem.«

»Problem?«, wiederhole ich pikiert. »Ich habe kein Problem!«

»Doch, hast du, sonst würdest du uns hier nicht solche Fragen stellen«, sagt Topher mit unerbittlicher Logik.

»Aber ist Sarah nicht nach Antwerpen gezogen?«, meint Nihal. »Und hat schon einen Neuen?«

»Das muss nichts heißen«, entgegnet Topher. »Einmal hat sie mich angerufen und gemeint, ich soll in Matts Telefon nachsehen, ob er ihre Nachrichten gekriegt hat. Total durchgeknallt.«

»Was ist mit Liz?«, fragt Nihal. »Weißt du, wen ich meine?«

»Hat nur ein, zwei Wochen gehalten.« Topher zuckt mit den Schultern. »Wenn auch sehr intensive ein, zwei Wochen...« Die Erinnerung lässt ihn kurz auflachen.

*Liz?* Verdammt, wie viele Freundinnen hat Matt denn gehabt?

»Ich muss nicht über jede einzelne von Matts Ex-Freundinnen Bescheid wissen!«, sage ich und gebe mir Mühe, unbeschwerter zu klingen, als mir zumute ist. »Ich habe mich einfach nur gefragt, ob Genevieve...«

»Eine Bedrohung für dich ist?«, schlägt Nihal vor.

»Ja.«

»Alles ist möglich.« Nihal macht ein betrübtes Gesicht. »Ich hätte kein gutes Gefühl dabei, wenn ich das zu hundert Prozent verneinen sollte.«

»Nihal, du bist ein Idiot«, sagt Topher herablassend. »Genevieve ist doch keine Gefahr für Ava.«

»Sie ist eher eine Gefahr als Sarah«, entgegnet Nihal auf seine sanfte, beharrliche Art.

Okay, auf die Formulierung *Gefahr für Ava* könnte ich nun wirklich verzichten.

»Genevieve ist vor Ort«, beharrt Nihal und zählt die Punkte an den Fingern ab. »Alle lieben sie. Die Fanbase von Harriet's House ist gewaltig«, fügt er an mich gewandt hinzu. »Das Ganze ist ein bisschen gaga.«

»Ja, das stimmt«, räumt Topher ein und wendet sich an mich. »Es gibt da einen ganzen Haufen überspannter Harriet's-House-Fans, die dich vermutlich lynchen würden, wenn sie wüssten, dass du Genevieves Gesicht auf diesem Buchumschlag zerrissen hast.«

»Tatsächlich?«, frage ich ängstlich.

Plötzlich sehe ich vor meinem inneren Auge, wie

mir ein Mob von Harriet's-House-Fans mit Heugabeln entgegenkommt.

»Außerdem lieben Matts Eltern Genevieve«, fügt Topher hinzu. »Aber das wusstest du ja schon.«

»O ja«, stimmt Nihal feierlich zu. »Du solltest unbedingt versuchen, Matts Eltern zu beeindrucken, Ava. Matt schätzt ihre Meinung.«

»Das Bild zu zerreißen war ... nun ja.« Topher prustet kurz vor Lachen. »Unglücklich.«

Dieses Gespräch macht mich fertig.

»Ehrlich, euch so zuzuhören, bringt mich auch nicht gerade besser drauf!«, sage ich etwas zu schrill, sodass die beiden Männer mich perplex anstarren.

»Entschuldige«, sagt Topher und wirft Nihal einen »Oh-oh«-Blick zu. »Da haben wir dich wohl missverstanden. Du bist hergekommen, weil du dich besser fühlen wolltest?«

»Uns war nicht klar, dass es dir darum ging«, sagt Nihal höflich. »Wir dachten, du wolltest Informationen.«

Ich geb auf. Wieso kann Matt keine weiblichen Mitbewohner haben?

»Na gut, trotzdem danke. Und bitte erzählt Matt nichts davon, dass ich nach seinen Ex-Freundinnen gefragt habe«, füge ich mit besorgtem Blick zur Tür hinzu. »Wir versuchen, eine Beziehung ohne Altlasten zu führen.«

»Vergiss es«, sagt Topher sofort. »So was gibt es nicht.«

»Ausschließlich Neulasten«, erkläre ich, und Topher bellt ein spöttisches Lachen heraus.

»Unmöglich. Niemand in seinen Dreißigern kann eine Beziehung ohne Altlasten führen. Dazu müsste man erst mal die Müllhalde wieder freilegen und alle schädlichen Stoffe fachgerecht entsorgen.«

»Tja, das ist deine Meinung«, sage ich etwas angeschlagen.

»Alle sind dieser Meinung«, versichert er. »Nihal, hast du die Shreddies leer gemacht? Denn wenn ja, kriegst du zehn Idiotenstriche, du verfressener Blödmann.«

Du meine Güte, ist der anstrengend. So gnadenlos. Wie kann Matt mit so jemandem zusammenleben?

Als ich mich wieder auf den Weg ins Schlafzimmer mache, will mir nicht aus dem Kopf gehen, was Topher darüber gesagt hat, dass ich dieses Buch kaputt gerissen habe. Es steht drüben auf dem Regal. Der Riss ist nicht zu sehen, aber ich weiß, dass er da ist, und ich erinnere mich noch gut an Elsas gequälten Aufschrei.

Wie kann ich meinen schlechten Einstand bei Matts Eltern wieder wettmachen? Immer, wenn ich das Thema anspreche, meint er nur: »Ach, das macht doch nichts. Das haben sie längst vergessen.« Ich hingegen neige eher dazu, Topher zu glauben. Elsa scheint mir keine Frau zu sein, die so etwas vergisst. Vermutlich sticht sie in diesem Moment gerade Nadeln in eine »Ava«-Puppe.

Ich beschließe, meine Nerven zu beruhigen, indem ich mir bei YouTube ein Lidschatten-Tutorial ansehe. Als ich drei Versuche (katastrophal) hinter mir habe und meine Haare fertig sind, wird es fast Zeit, sich auf den Weg zum Picknick zu machen, und ich bin schon fast wieder guter Dinge. Ein Blick aus dem Fenster zeigt mir, dass die Sonne scheint, was mich gleich noch besser draufbringt.

Ist doch egal, das mit den Altlasten. Ist doch egal, das mit Genevieve oder Sarah oder wie die andere heißen mag. Ich werde mich auf das *Jetzt* konzentrieren. Auf *uns*.

»Harold, wo ist Matt?«, frage ich, und Harold kommt unter dem Bett hervor, mit einem Wurstbrötchen im Maul. Verdammt. Wo hat er das denn her?

Ich will es lieber gar nicht wissen.

»Iss schnell auf!«, flüstere ich. »Lass die Beweise verschwinden! Matt, bist du so weit?«, rufe ich etwas lauter.

Ich nehme meine Handtasche und gehe rüber in den Wohnbereich. Dort sehe ich Matt stehen, der konzentriert auf Tophers Bildschirm starrt.

»42 Prozent«, sagt Matt. »Scheiße. Unglaublich.«

»Ich hab's kommen sehen«, sagt Topher ganz ruhig und nimmt einen Schluck von seiner Cola. »Von Anfang an habe ich es kommen sehen.«

»Nihal, 42 Prozent!«, ruft Matt durch den Raum.

»Wow«, ruft Nihal höflich zurück. Er macht sich gerade am Snack-Roboter zu schaffen. »Was denn?«

»Neue Umfrage zum Wahlverhalten«, sagt Matt, dessen Blick immer noch über Tophers Schulter hinweg starr auf dessen Bildschirm gerichtet ist.

Matt redet furchtbar gern mit Topher über dessen Arbeit. Oft genug drängeln sich die beiden vor einem der Bildschirme, verstrickt in eine angeregte

Diskussion über Prozentpunkte, als ginge es um die *Kardashians*, während Nihal schweigend an seinem Roboter bastelt. Wie ich erfahren habe, hat Nihal die beiden Snack-Roboter gekauft, um sie für seine Bedürfnisse umzubauen. Doch mittlerweile hat ihn der Ehrgeiz gepackt, und er baut sich selbst einen.

»Wie läuft's?«, frage ich höflich, als sich unsere Blicke treffen.

»Oh, sehr gut«, sagt Nihal, erfreut über mein Interesse. »Er wird einen beweglichen Arm haben. Volle Rotation.«

»Super!«, sage ich. »Was kann er denn?«

»Was *sollte* er denn können?«, entgegnet Nihal und blickt auf. »Wenn du einen Roboter kaufen wolltest, Ava, an welcher Anwendungsmöglichkeit wäre dir gelegen?«

Ich kann ihm die Wahrheit nicht sagen – nie im Leben würde ich mir einen Roboter kaufen – also sage ich vage: »Weiß nicht! Müsste ich erst mal drüber nachdenken.«

Wenn ich ehrlich sein soll, ist mir dieses Roboterdings etwas fremd. Es ist ein bisschen, als hätte man ein Haustier. Aber wenn man ein Haustier möchte, sollte man doch einen Hund nehmen. Einen *Hund*.

»Diesen Vorsprung können sie nicht halten«, sagt Matt mit Blick auf ein Tortendiagramm. »Was sagen die anderen Umfragen?«

»Andere Umfragen?« Topher klingt beleidigt. »Geht's noch? Was für andere Umfragen? Nur unsere Umfragen zählen.« Er wirft einen Blick auf sein Telefon. »Siehst du? Die *Times* hat es schon gebracht.«

Tophers Firma wird ständig in den Zeitungen zitiert. Er ist tatsächlich eine ziemlich große Nummer, wie ich feststellen musste. Er hat ein großes Team und Einfluss auf wichtige Leute. Auch wenn man es ihm nicht ansehen würde in seinem verschlissenen T-Shirt.

»Hast du schon mal daran gedacht, in die Politik zu gehen, Topher?«, frage ich, weil mir das neulich mal in den Sinn kam. »Wenn du dich so sehr dafür interessierst.«

Augenblicklich prustet Matt vor Lachen laut heraus, und ich höre, dass auch Nihal spöttisch schnaubt.

»Topher hat sich bei der letzten Wahl um einen Sitz im Parlament bemüht«, erklärt mir Matt. »Als unabhängiger Kandidat.« Er sucht ein Foto auf seinem Handy und prustet gleich nochmal. »Hier, guck mal!«

Er reicht mir das Handy, und ich sehe ein Wahlplakat vor mir. Es zeigt ein Foto von Topher (ziemlich unvorteilhaft) mit finsterem Blick, als würden ihm alle auf den Keks gehen. Darunter der Slogan: *Für ein besseres und sexieres Britannien.*

Ich kann mir ein Kichern nicht verkneifen.

»Für ein besseres und sexyeres Britannien?« Ich wende mich Topher zu. »Das war dein Wahlkampfslogan?«

»Wer wünscht sich denn nicht, dass alles besser und sexyer wird?«, erwidert Topher trotzig. »Nenn mir einen einzigen!«

»Wie viele Stimmen hast du bekommen?«, frage ich, woraufhin Topher ein finsteres Gesicht zieht, sich wortlos abwendet und wie wild lostippt.

»Schschscht! Frag lieber nicht nach den Stimmen«, sagt Matt mit gespieltem Flüstern, streicht mit dem Finger über seine Kehle und zieht eine komische Grimasse.

»Entschuldige! Also... was waren deine politischen Ziele?«

»Die waren vielfältig und komplex«, sagt Topher, ohne sein Tippen zu unterbrechen. »Ich habe mich von verschiedenen Ideologien aus dem politischen Spektrum inspirieren lassen.«

»Manche davon waren eine echte Herausforderung«, sagt Matt und zwinkert mir zu.

»Man braucht eine Vision«, erwidert Topher steinern. »Das Wahlvolk war dafür noch nicht bereit.«

»Na, viel Glück beim nächsten Mal«, sage ich diplomatisch. »Dummes Wahlvolk. Matt, wir müssen echt los. Harold, komm mit!«

Matt greift sich seine Jacke und sagt:

»Bis später«, zu Topher und Nihal – und eben gehen wir zur Tür hinaus, als Nihal plötzlich ruft:

»Hey, Leute! Der Zähler!«

Und als würde Matt auf einen militärischen Einsatzbefehl reagieren, macht er auf dem Absatz kehrt und geht wieder zu Tophers Schreibtisch.

»Lädt noch«, sagt Topher ungeduldig. »Komm schon, du blöde Kiste... *da!*«

Keiner sagt ein Wort, während Matt und er den Bildschirm anstarren und Nihal fasziniert auf sein Handy blickt. Ich gucke gar nicht hin. Ich weigere mich. Das ist der dämlichste Spleen, der mir je untergekommen ist. Sie sind allesamt besessen von der

Anzahl der weltweiten Internet-User. Es gibt da einen Live-Zähler, den man sich ansehen kann, und davor stehen sie nun und beobachten, wie die Zahl steigt.

Ich war dabei, als die Zählung 4.684 Milliarden erreichte, und ließ mir das Ganze erklären. Sprachlos stand ich daneben, als der Zähler von 4.683.999.999 auf 4.684.000.000 umsprang. Alle drei klatschten sich ab. Nihal hat richtiggehend gejubelt.

Und jetzt starren sie schon wieder wie gebannt darauf. Die Zahl der Internet-User. Ich frage mich, wieso. Das ist so schräg. Ist doch total *egal*.

»Ja!«, ruft Topher, als sich die Zahl zu einer Reihe von Nullen aufrundet. Er klatscht Matt ab, dann Nihal, der schon bei Instagram ist und ein Foto vom Bildschirm postet.

»Yay!«, sage ich höflich. »Was für ein Spaß. Okay, können wir jetzt gehen?«

»Klar«, sagt Matt. Da scheint er mich überhaupt erst zu bemerken. »Wow, Ava! Toll siehst du aus!«

»Danke«, sage ich und blühe auf, als er mich so mustert. »Du aber auch.«

Im Gegensatz zu anderen Männern, mit denen ich zusammen war, hat Matt so eine Art, mich anzusehen, als würde er mich *wirklich* wahrnehmen – er tut nicht nur so, als ob. Er nimmt mich richtiggehend in Augenschein. Mit seinen Blicken sendet er mir kleine Botschaften, und ich sende ihm welche zurück. Es ist wie eine hübsche, lautlose Konversation.

Und während ich mich in seinem klaren, liebevollen Blick verliere, komme ich mir mit einem Mal richtig albern vor. Alle meine Bedenken wegen Genevieve scheinen sich in Luft aufzulösen. Diese Sorgen sind alle nur in meinem *Kopf*, sage ich mir. Dieser Mann dagegen ist *hier*. Bei mir. Und das ist alles, was zählt.

## DREIZEHN

Wir treffen uns zum Picknick in einem Park bei Maud um die Ecke, und auf dem Weg dorthin nutze ich die Gelegenheit, Matt auf meine Freundinnen vorzubereiten.

»An Maud gewöhnt man sich«, sage ich aufmunternd. »Entscheidend ist, dass man zu ihr auf keinen Fall Ja sagen darf.«

»Auf keinen Fall Ja sagen?« Verwundert runzelt Matt die Stirn. »Was soll das heißen?«

»Sie wird dich um den einen oder anderen Gefallen bitten«, erkläre ich. »Sie wird ungemein charmant sein. Und du wirst zu allem Ja sagen wollen, aber du *musst* Nein sagen. Verstanden? Sag *Nein!* Sonst bist du ganz schnell ihre Sklavin.«

»Aha.« Matt scheint mir doch ein wenig beunruhigt angesichts der Aussicht auf Maud, also rede ich schnell weiter.

»Nell kann manchmal... Sie ist eine echte Type. Sie hat so ihre Ansichten. Und Sarika ist eine ziemliche Perfektionistin. Aber ich liebe sie alle, und das musst du auch. Sie gehören zu mir.«

»Keine Sorge, das ist ja nichts Neues«, sagt Matt seltsam ausdruckslos, sodass ich ihn etwas verdutzt mustere.

»Wie meinst du das?«

»Na ja, du schickst deinen Freundinnen zu jeder Tages- und Nachtzeit Nachrichten über WhatsApp, Ava.« Er zieht die Augenbrauen hoch. »Niemandem dürfte der Umstand entgehen, dass sie zu dir gehören.«

Schweigend gehen wir ein Stück, während ich versuche, seinen Kommentar zu verdauen. Das scheint mir doch etwas übertrieben. Zu jeder Tages- und Nachtzeit? Tatsächlich?

»Hast du ein Problem damit, dass ich mir mit meinen Freundinnen schreibe?«, frage ich schließlich.

Ich möchte keine Unstimmigkeiten. Aber andererseits ist das etwas, bei dem wir ganz klar miteinander sein sollten, vorzugsweise noch bevor wir beim Picknick ankommen. Denn meine Freundinnen sind meine Freundinnen, und wer mich liebt, muss auch sie lieben.

»Nein, natürlich nicht«, sagt Matt, und es folgt leicht angespanntes Schweigen. »Aber...«, fügt er hinzu, und ich atme scharf ein. Ich wusste, dass es ein »aber« gibt. Ich *wusste* es.

»Ja?«, sage ich knapp, bereit, ihm einen sechsseitigen Vortrag über meine Freundinnen und unsere Verbindung und die gegenseitige Unterstützung zu halten und darüber, dass ich dachte, Freundschaft würde ihm etwas bedeuten. Meine Freundinnen sind meine Tigerjungen, und ich bin bereit, ein gewaltiges Gebrüll anzustimmen, sollte er auch nur im Entferntesten...

»Vielleicht nicht gerade dann, wenn wir Sex miteinander haben?«, sagt Matt, und ich starre ihn an. Sex?

Wovon redet er? Ich schreibe doch beim Sex keine Nachrichten!

»Tu ich nicht«, erwidere ich.

»Tust du wohl.«

»Ich würde *nie* Nachrichten beim Sex schreiben! So ein Mensch bin ich nicht!«

»Beim letzten Mal, als wir Sex hatten«, sagt Matt ganz ruhig, »hast du mittendrin aufgehört und eine WhatsApp-Nachricht verschickt.«

*Was?* Ich martere mein Hirn, versuche, mich zu erinnern – da kriege ich mit einem Mal ganz heiße Wangen. Mist. Das stimmt. Es war aber nur ganz kurz. Ich musste Sarika doch viel Glück für ihre Prüfung wünschen. Ich dachte, es würde ihm kaum auffallen.

»Okay«, sage ich nach längerer Pause. »Das hatte ich ganz vergessen. Tut mir leid.«

»Macht ja nichts.« Matt zuckt mit den Schultern. »Es ist nur ... Alles hat seine Grenzen.«

Soll das ein Witz sein?

»Na, klar«, kann ich mir nicht verkneifen. »Deshalb telefonierst du ja auch abends um elf wegen der Arbeit. Weil für dich alles seine Grenzen hat.«

Das scheint Matt zu treffen, und er runzelt die Stirn. Schweigend gehen wir weiter, während ich tief durchatme und versuche, einen klaren Kopf zu kriegen.

»Okay«, sagt Matt schließlich. »Touché. Ich werde in Zukunft versuchen, der Arbeit engere Grenzen zu setzen.«

»Na, und ich werde in Zukunft mein Telefon abstellen, wenn wir Sex haben«, sage ich, als wäre das ein großes Zugeständnis.

Wenn ich mich so reden höre, fällt mir auf, wie schrecklich das klingt. Plötzlich sehe ich vor meinem inneren Auge, wie ich mich mitten beim Sex durch Twitter scrolle, was doch ziemlich abscheulich ist. (Besonders da ich ein Buch mit dem Titel *Achtsamer Sex* besitze, das ich unbedingt bald lesen sollte.)

»Ich werde mein Handy abstellen«, wiederhole ich. »Es *sei* denn natürlich, irgendein Promi postet was Interessantes.« Ich grinse Matt kurz an, um ihm zu zeigen, dass ich scherze. »So leid es mir tut, aber da werde ich dann wohl multitasken müssen. Aber ich habe ja immer noch eine Hand frei...« Matt betrachtet mich unsicher, als könnte er nicht einschätzen, ob ich ihn tatsächlich nur ärgern will – da entspannt sich seine Miene, und er lacht.

»Soll mir recht sein«, sagt er. »Dann hast du also auch nichts dagegen, wenn ich mir die Cricket-Ergebnisse ansehe?«

»Natürlich nicht.«

»Oder mir den *Paten II* ansehe?«

Jetzt bin ich an der Reihe zu lachen. Ich drücke Matts Hand, und er drückt zurück, und plötzlich merke ich, wie erleichtert ich bin, denn siehe da! Wir klären unsere Differenzen mit Empathie und Humor. Schließlich ist doch alles okay.

»Ava, ich will nicht mit dir streiten«, sagt Matt, als könnte er meine Gedanken lesen. »Und ich möchte mich mit deinen Freundinnen gut verstehen. Ich weiß, wie wichtig sie dir sind.«

»Das sind sie.« Ich nicke. »Wir haben im Laufe der Jahre viel durchgemacht. Sarika hatte Probleme mit ihrer Mutter, und was Nell angeht...« Ich stocke kurz. »Da gab es auch... so einiges.«

Ich wage nicht, jetzt schon weitere Details preiszugeben. Ich liebe Nell über alles, aber sie kann einem echt Angst machen, wenn sie sauer wird, selbst nach so vielen Jahren unserer Freundschaft noch. Vor allem, wenn sie meint, man würde ihre Privatsphäre missachten. Oder wenn sie sich verletzlich fühlt. Außerdem ist sie nicht immer konsequent. (Was ich ihr *nicht* zum Vorwurf mache, aber es stimmt.)

Jedenfalls geht man am besten auf Nummer sicher. Nell wird Matt erzählen, was sie ihm erzählen will, sobald sie so weit ist.

Inzwischen sind wir fast beim Park angekommen, und plötzlich merke ich, wie viel es mir bedeutet, dass zwischen Matt und mir alles okay ist, bevor wir auf die anderen treffen. Ich habe das Gefühl, als müsste ich etwas beweisen. Es ist mir ein Bedürfnis – nein, es ist für mich von *allergrößter Bedeutung*, dass wir als glückliches Paar bei den anderen eintreffen. Als seliges Pärchen. Als glückliches, seliges, perfekt kompatibles Pärchen.

»Matt«, sage ich eilig. »Da gibt es nicht noch anderes, was dich stört, oder? An uns. Kleine Problemchen, die wir klären sollten oder so was in der Art?«

Matt schweigt – dann sagt er: »Nein, natürlich nicht.« Ich kann sein Gesicht nicht sehen, weil wir gerade eine Straße überqueren und er nach Autos Ausschau hält, aber er klingt aufrichtig. Glaube ich. »Und du?«, fragt er noch immer von mir abgewandt.

»Irgendwelche Probleme, die du ... äh ... diskutieren möchtest?«

Er klingt nicht gerade begeistert. Und obwohl mir sofort *Dein eiskaltes Schlafzimmer* in den Sinn kommt, will ich davon jetzt nicht anfangen.

»Nein!«, sage ich fröhlich. »Ich meine ... du weißt schon. Klitzekleine, alberne Sachen. Nichts, was es wert wäre ... Nein. Nichts.« Ich gebe ihm ein Küsschen auf die Wange. »Wirklich, nichts.«

Überall im Park wird gepicknickt, und Familien spielen Frisbee. Es dauert eine Weile, bis wir die anderen finden, aber plötzlich sehe ich Nells pinkfarbene Haare und rufe:

»Da hinten sind Sarika und Nell!«

Sie sind zu weit weg, um mich zu hören, und doch wenden sie sich just in diesem Moment winkend um. Dann starren sie Matt mit unverhohlener Neugier an.

»Wieso fühle ich mich, als würde ich hier auf die Probe gestellt?«, sagt Matt mit nervösem Lachen.

»Du wirst doch nicht auf die Probe gestellt!«, entgegne ich. (Wird er in Wahrheit irgendwie doch.)

»Du passt auf mich auf, Harold, oder?«, sagt Matt, und ich lache.

»Keine Sorge! Außerdem hast du meine Freundinnen doch schon getroffen, und alle sind *begeistert* von dir.«

Matts Telefon summt, und als er sieht, wer es ist, versteinert sich seine Miene augenblicklich, was bedeutet, dass es um die Arbeit geht. Ich möchte sagen: »Geh nicht ran«, aber das lasse ich lieber, denn deswegen gab es schon mal Streit.

»Entschuldige«, sagt er. »Entschuldige. Es ist mein Dad. Da *muss* ich ran. Es geht um... Tut mir leid. Ich beeile mich.«

»Keine Sorge«, sage ich großzügig, denn eigentlich finde ich es ganz gut, einen kurzen Moment mit Sarika und Nell allein zu haben. Während Matt telefonierend zurückbleibt, eile ich über den Rasen. Mir ist richtig euphorisch zumute. Mein wundervoller neuer Mann und meine allerbesten Freundinnen, allesamt vereint im Sonnenschein. Kann es etwas Schöneres geben?

»Hi!« Ich drücke erst Sarika fest an mich, dann Nell.

»Wo will er hin?«, fragt Nell sofort. »Was hat er vor?«

»Muss telefonieren. Wie geht es dir?« Instinktiv suche ich in ihrem Gesicht nach Anzeichen von Schmerz oder Erschöpfung, aber sie lächelt mich nur entspannt an.

»Es geht mir blendend! Wirklich.« Sie zögert, dann fügt sie hinzu: »Gerade eben habe ich zu Sarika gesagt, dass es schon drei Monate her ist, seit... Na ja, seit den letzten Symptomen. Drei *Monate*, Ava. Also... wer weiß? Vielleicht kann ich meinen Behindertenparkplatz doch diesem Schwachkopf Sweetman überlassen.«

Hoffnung spricht aus ihr – was sie so verletzlich aussehen lässt, dass sich mir die Kehle zusammenschnürt. Mit Hoffnung hat Nell normalerweise nicht viel im Sinn. Nicht mehr seit sie krank geworden ist. Ihre Lebensphilosophie beschreibt sie als »gelenkten

Pessimismus«. Wenn sie so aussieht, scheint sie wohl davon auszugehen, dass sich das Blatt endgültig zum Besseren gewendet hat.

»Nell, das ist ja toll!« Ich hebe eine Hand und klatsche sie ab.

»Ich weiß. Ziemlich cool. Aber egal. Genug von mir und meinem langweiligen Gesundheitszustand«, fügt sie eilig hinzu. »Frag doch die hier mal nach ihrem Liebesleben!« Sie deutet auf Sarika, die einen rundum zufriedenen Eindruck macht.

»Ich habe eine Shortlist mit drei geeigneten Kandidaten«, erklärt sie mir. »Zwei machen in IT, einer ist Buchhalter – alle in der richtigen Einkommensklasse.«

»Drei geeignete Kandidaten!«, rufe ich begeistert. »Das ist ja wundervoll! Und keiner wohnt weiter als zehn Minuten von einem U-Bahnhof entfernt?«, füge ich hinzu und fange Nells Blick auf.

»Selbstverständlich«, sagt Sarika überrascht, und ich beiße mir auf die Lippe.

»Wunderbar! Und willst du dich mit allen treffen?«

»Vorher möchte ich noch ein paar Filter anwenden«, sagt Sarika nachdenklich. »Um alle Möglichkeiten des Programms auszureizen. Um zu sehen, wer am Ende übrig bleibt. Vielleicht sticht ja einer deutlich heraus.«

»Wie bei *Die Tribute von Panem*«, sage ich, und sie mustert mich streng, als wäre sie unsicher, ob das lustig gemeint ist oder nicht. Ehrlich gesagt, bin ich mir selbst nicht sicher, wie ernst ich es meine. Mit einem Mal sehe ich diese drei armen Kerle vor mir, wie sie auf Podesten stehen und auf Sarikas Urteil warten. Ich merke, dass ich lachen muss.

Aber das darf nicht sein. Ich sollte nicht lachen. So ist Sarika nun mal. Es passt zu ihr.

»Ich freue mich für dich«, sage ich. »Am Ende findest du bestimmt den perfekten Mann.«

»Apropos...« Sarika zieht die Augenbrauen hoch. »Wie ist denn *dein* perfekter Mann?«

»Perfekt«, antworte ich selig lächelnd. »Also... mehr oder weniger.«

»Da ist er ja!«, sagt Nell, als Matt über den Rasen auf uns zukommt. Er hat sein Telefon weggesteckt und blickt offen und freundlich herüber. Ich bin richtig stolz! Meinetwegen könnte er zehn Stunden weit vom nächsten U-Bahnhof wohnen und wäre immer noch der Richtige für mich.

»Hi«, sagt er zu Nell und Sarika. »Schön, euch wiederzusehen!«

Er schüttelt Sarika die Hand. Nell zieht ihn an sich, um ihn zu umarmen, und dann – da sie sich nicht übertrumpfen lassen möchte – gibt Sarika ihm noch ein Küsschen hinterher.

»Seid ihr zwei euch eigentlich darüber im Klaren, wie inspirierend ihr für uns seid?«, fragt sie. »Ihr lernt euch im Urlaub kennen, ihr wisst rein gar nichts voneinander, im Grunde seid ihr euch fremd... Und doch seid ihr das perfekte Paar!«

»Ich weiß!«, sage ich mit liebevollem Blick auf Matt. »Ist es nicht unglaublich?«

»Manche Leute investieren Zeit und Geld in die logische, wissenschaftliche Methode, um den Richtigen kennenzulernen«, fährt Sarika fort. »Aber ihr beide stolpert einfach übereinander. Ihr seid ein Kennenlernwunder!«

Sie mustert Matt eingehend, wartet auf seine Reaktion ... und plötzlich begreife ich. Sarika ist ein lieber, großzügiger Mensch – aber trotzdem möchte sie *unbedingt* einen Fehler finden. Denn unsere Liebesgeschichte widerlegt alle ihre Theorien zur Partnersuche, und Sarika ist daran gewöhnt, immer die Klügste von uns zu sein.

»Ja, es ist wirklich ein Wunder«, sage ich, ziehe Matt näher an mich heran und lege meinen Arm um ihn. »Sarika steht auf Onlinedating«, füge ich an Matt gewandt hinzu. »Sie glaubt an die Macht der Algorithmen. Ich aber nicht. Mal ehrlich, hättest du dich für mich entschieden, wenn du mein Profil auf einer Dating-Seite gesehen hättest?« Und noch während ich es sage, wird mir klar, dass ich Matts Antwort gar nicht hören möchte. »Ist ja auch egal!«, rufe ich eilig, als er schon Luft holt. »Vielleicht ja, vielleicht auch nicht, ist ja irrelevant. Denn hier sind wir! Und was uns zusammengebracht hat, war kein *Computer*.« Ich gestatte mir mein klitzekleines abschätziges Lächeln. »Ich lasse mich nicht von einem Programm lenken, das irgendein wildfremder Mensch geschrieben hat. Ich lasse mich von meinem eigenen, inneren, natürlichen Programm leiten. Meinem *Instinkt*.« Ich schlage mir ans Herz. »Mein Instinkt hat mir gesagt, dass wir zusammenpassen, und er hatte recht!«

»Also ... kein Haar in der Suppe?« Sarika klingt, als wollte sie mich nur ärgern, aber ich merke, dass sie es wirklich wissen möchte. »Keine Wolken am Horizont?«

»Keine einzige«, sage ich und gebe mir Mühe, nicht allzu selbstgefällig zu klingen. »Nur strahlend blauer Himmel.«

»Erstaunlich«, sagt Sarika, wirkt aber nicht sonderlich überzeugt. »Würdest du das auch sagen, Matt?«

»Hundertprozentig«, antwortet Matt sofort, und ich spüre, wie eine Woge der Zuneigung über mich hinweggeht. »Wir haben so vieles gemein, Ava und ich. Wir lieben beide ...« Er stutzt, als fehlten ihm die Worte. »Wir mögen beide gern ...« Wieder stutzt er, verblüfft, wie es scheint.

Da merke ich doch, dass ich leicht genervt bin, denn fällt ihm denn wirklich gar nichts ein, was wir beide mögen? Da gibt es doch so vieles! Zum Beispiel Sex ... und dann zum Beispiel ...

»Tai Chi!«, fällt mir plötzlich ein. »Wir machen zusammen Tai Chi, jeden Tag.«

»Ja.« Matts Miene entspannt sich. »Tai Chi. Das war Avas Idee«, fügt er hinzu. »Sie hat tolle Ideen. Ständig neue Pläne.«

»Du hast aber auch tolle Ideen«, entgegne ich sofort, doch er schüttelt den Kopf.

»Ich bin längst nicht so kreativ wie du. Ich hatte Glück, Ava kennenzulernen«, sagt er mit fester Stimme. »Der beste Tag meines Lebens.« Bei diesen Worten schmilzt Sarikas Miene zu einem verträumten Lächeln. (Bei allem, was sie so redet, ist sie insgeheim doch romantisch angehaucht.)

»Das ist wirklich süß. Was hast du denn eigentlich

mit deinem Kopf gemacht?«, fügt sie hinzu und deutet auf Matts Stirn.

»Oh.« Matt lächelt etwas verkniffen und fasst sich an die Stelle. »Mir ist in Avas Wohnung ein Haufen Zeugs auf den Kopf gefallen. Es ist ja ziemlich eng, und alles steht voll. Ich bin gegen einen Schrank gestoßen, und da kam eine Kiste mit Farbpaletten und Pinseln ins Rutschen.«

»Es war nur ein ganz kleiner Schnitt«, sage ich zu meiner Verteidigung, und Matt nickt.

»Wenigstens bin ich diesmal nicht in der Notaufnahme gelandet«, sagt er, und Sarika und Nell starren ihn mit offenen Mündern an.

»*Notaufnahme?*«, wiederholt Nell.

»Ach, hatte ich es nicht erwähnt?«, sage ich ausweichend. »Matt hatte einen kleinen Unfall, als er das erste Mal bei mir war.«

»Ich habe mich auf Avas ›Findelstuhl‹ gesetzt, und der ist zusammengebrochen«, erklärt Matt, woraufhin Nell losprustet, nur um sich dann schnell eine Hand vor den Mund zu halten.

»Entschuldige«, sagt sie. »Matt, trink doch erst mal was! Also, die entscheidende Frage…«, fügt sie hinzu, während sie ihm einen Cava einschenkt. »Verstehst du dich mit Harold?«

Es folgt eine lange Pause. Gespannt warten Sarika und Nell auf Matts Antwort.

»Harold ist 'ne echte Type«, sagt Matt. »Definitiv 'ne echte Type.«

»Hast du einen Hund?«, fragt Sarika.

»Nein, aber meine Familie hält Hunde.« Wieder

macht er eine Pause. »Wobei ... Wir erziehen sie ziemlich streng. Von daher ... ist alles ein bisschen anders.«

Ich sehe, dass Nells und Sarikas Augen immer größer werden.

»Harold ist auch wohlerzogen!«, sage ich trotzig. »Er macht Sitz, er bleibt stehen ... manchmal zumindest ...«

»Harold ist *wohlerzogen*?« Matt antwortet mit einem Lachen. »Soll das ein Witz sein? Ich spreche von einer richtigen Ausbildung. Wenn du die Hunde meiner Familie sehen würdest, wüsstest du, was ich meine.«

»Wofür wurden sie denn ausgebildet?«, fragt Nell etwas misstrauisch, und am liebsten würde ich sie umarmen, weil sie auf meiner Seite ist. »Dafür, durch Reifen zu springen?«

»Dafür, ihren Besitzern zivilisierte Begleiter zu sein«, sagt Matt entspannt, und mich sticht leiser Ärger, denn er *weiß*, dass ich das Wort »Besitzer« nicht mag.

»Ich glaube, es ist viel mehr eine Frage der Kommunikation, nicht der Erziehung«, sage ich und versuche, unbeschwert zu bleiben. »Außerdem besitze ich Harold nicht, ich bin mit ihm *befreundet*.« Ich will ihm den Kopf kraulen, aber ärgerlicherweise ist er zu Matt gelaufen.

»Er könnte etwas Erziehung brauchen«, meint Matt, als hätte ich gar nichts gesagt. »Aber er ist ein guter Kerl, der Harold. Stimmt's nicht, Kleiner?« Liebevoll spricht er Harold an. »Ich kann nicht glauben, dass ich dich ins Bett gelassen habe. Hunde sollten nicht in Betten schlafen.« Er blickt zu Sarika und Nell auf. »Jedenfalls: ja. Harold und ich, wir mögen uns. Vor allem weil wir die beiden Fleischfresser im Haus sind«, fügt er fröhlich hinzu, woraufhin Sarika ihn mit offenem Mund anstarrt.

»Du isst *Fleisch*?« Sie fährt zu mir herum. »Ava, du hast doch gesagt, du hättest einen vegetarischen Kunsttischler kennengelernt!«

»Namens Jean-Luc«, fügt Nell mit bösem Grinsen hinzu.

»Das mit Jean-Luc war ein Missverständnis«, sage ich betreten. »Man kann ja wohl mal was missverstehen.«

»Und ich bin ein fleischfressender Kapitalist«, sagt Matt trocken. »Tut mir ja leid«, fügt er hinzu und klingt kein bisschen so, als würde es ihm leidtun.

»Aber du bist auf dem *besten* Weg, Vegetarier zu werden«, sage ich und gebe mir noch immer Mühe, fröhlich zu klingen. »Zumindest ziehst du es in Erwägung.«

»Nö.« Matt schüttelt den Kopf, und ich spüre die aufkommende Empörung in mir, versuche, sie zu ersticken. Wie kann er so engstirnig sein? Hat er denn *gar nichts* von dem begriffen, was ich ihm über den Planeten erzählt habe?

Plötzlich merke ich, dass Nell und Sarika mich mustern, und eilig setze ich wieder mein verliebtes, euphorisches Lächeln auf.

»Wie dem auch sei«, sage ich eilig. »Ist keine große Sache.«

»Keine große Sache?« Perplex starrt Nell mich an. »Fleisch ist für dich *keine große Sache*?«

»Nein«, sage ich trotzig. »Ist es nicht. Wir sind *verliebt*.« Ich drücke Matt an mich. »Details sind nur Details.«

»Okay«, sagt Nell mit skeptischer Miene. »Darauf trinken wir einen!« Wir stoßen an, dann sage ich:

»Maud müsste jeden Moment hier sein. Ich will nur eben meine Mini-Gemüse-Wraps vorbereiten.«

»Brauchst du meine Hilfe?«, fragt Matt sofort, und ich kann es mir nicht verkneifen, den anderen einen triumphierenden Blick zuzuwerfen, als wollte ich sagen: *Seht ihr, wie hilfsbereit er ist?*

»Keine Sorge«, antworte ich liebevoll. »Unterhaltet euch ruhig weiter. Ich brauch nicht lange.«

Ich breite meine Picknickdecke neben Nells aus, nehme meine Tupperdosen hervor und mache mich daran, meine kleinen Wraps mit Gemüsestreifen und scharfer Soße zusammenzustellen. Ich höre Matt und die beiden anderen plaudern, muss mich aber so konzentrieren, dass ich kaum etwas mitbekomme, bis Sarika ausruft:

»*Golf?*«, mit so hoher, fassungsloser Stimme, dass der halbe Park sie gehört haben dürfte.

Ach, du je! Wie sind sie denn *darauf* gekommen? Jetzt wird Sarika sagen, sie kann nicht fassen, dass ich mit jemandem zusammen bin, der auf Golf steht, und sie wird ein *Riesending* daraus machen. Ich hätte Matt raten sollen, das mit dem Golf lieber für sich zu behalten. Ich hätte besonders beiläufig sagen können: »Ach, übrigens, lass uns lieber nicht erwähnen, dass du Golf spielst.«

Da bremse ich mich. Nein. Sei nicht albern. Ich

möchte meine Freundinnen nicht belügen. Natürlich nicht. Aber es ist doch ziemlich nervig, dass sie dermaßen neugierig sind und so viel über mich wissen.

Als ich mit den Wraps fertig bin und aufstehe, um meine Beine auszuschütteln, schallt Nells Stimme durch den Park:

»Nein, von Kunst hat Ava nie etwas erwähnt!«

»Sie hat uns deine Wohnung beschrieben«, stimmt Sarika mit ein. »Klingt ja beeindruckend. Aber von Kunstwerken hat sie nichts gesagt.«

»Im Ernst?«, entgegnet Matt erstaunt. »Ich habe eine richtige Sammlung. Vor allem von einem ganz bestimmten Künstler. Der Mann ist ein Genie. Seine Werke hängen überall bei mir.«

»Wie heißt er denn?«, will Nell wissen, und Matt sagt:

»Arlo Halsan.«

Sofort zücken Nell und Sarika ihre Handys. Ich weiß, dass sie jetzt Arlo Halsan googeln, und kriege es plötzlich mit der Angst zu tun. Wieso mussten sie nur von Kunst anfangen?

»Ava!«, ruft Nell tadelnd, als sie sieht, dass ich aufstehe. »Du hast uns nie was von Matts Kunstsammlung erzählt! Ist sie sehenswert?«

»Und wie!« Ich zwinge mich, begeistert zu klingen, während ich zu ihnen hinübergehe. »Die Sachen sind unglaublich.«

»Welches Werk magst du eigentlich am liebsten, Ava?« Interessiert wendet sich Matt zu mir um. »Das habe ich dich noch nie gefragt.«

Reglos starre ich ihn an.

»Das ist ... schwer zu sagen«, antworte ich schließlich. »Die sind alle so ...«

»O mein *Gott*!«, sagt Sarika und blinzelt schockiert, als auf ihrem Handy plötzlich Bilder von dem haarlosen Wolf und verstörenden Skulpturen mit augenlosen Gesichtern erscheinen. »*Wow.*« Sie blickt zu mir auf, scheint sich ein Grinsen zu verkneifen, und ich starre sie verzweifelt an. »›Unglaublich‹ ist genau das richtige Wort.«

»Du meine Güte!« Nell schreckt vor ihrem Telefon zurück, als darauf dieselben Bilder erscheinen. »Ausgesprochen ...« Sie sucht nach dem richtigen Wort. »Markant.«

»Gebt mal ›Raven 3‹ ein«, schlägt Matt vor. »Das Stück hängt in meinem Flur. Ich habe es bei einer Auktion ersteigert. Hat mich einen Haufen Geld gekostet, aber ... wartet, bis ihr es selbst seht.«

Alles ist still, während Sarika und Nell es beide auf ihrem Handy suchen, dann gibt Sarika so einen erstickten, explosiven Laut von sich, den sie hastig hinter einem Husten verbirgt. Nell starrt den kleinen Bildschirm an, offensichtlich sprachlos, dann blickt sie auf und sagt mit aufrichtiger Stimme:

»Man weiß gar nicht, wie man darauf reagieren soll.«

»Ja, nicht?«, sagt Matt, und seine Augen leuchten vor Begeisterung.

»Sind das da *menschliche* Zähne in diesem Schnabel?« Sarika sieht richtig verängstigt aus.

»Wie findest *du* es denn, Ava?«, fragt Nell fröhlich, und im Stillen verfluche ich sie.

»Na ja.« Ich kratze mich an der Nase, schinde Zeit. »Ich habe ein Faible für Kunst. Also...«

Wieder entfährt Sarika so ein unterdrücktes Prusten, und Nell beißt sich auf die Lippe. Da scheint sie plötzlich eine Idee zu haben.

»Hey, Matt, ich wollte eigentlich Chips für die Kinder mitbringen, hab's aber vergessen. Wärst du vielleicht so nett, welche zu besorgen? Vorn beim Eingang gibt es einen Kiosk.«

»Klar«, sagt Matt freundlich und winkt ab, als sie ihm einen Fünfer hinhält. »Bin gleich wieder da.«

Er schlendert davon, und die anderen sehen ihm eine Weile hinterher, bevor sie sich auf mich stürzen.

»Golf?«, fragt Sarika mit leicht hysterischem Unterton. »*Golf?* Weiß Matt, wie du übers Golfspielen denkst, Ava?«

»Offensichtlich hat er keine Ahnung, was deinen Kunstgeschmack angeht«, sagt Nell glucksend. »Oder willst du mir erzählen, dir gefällt dieses krasse Zeugs?«

»Hört schon auf!«, sage ich ärgerlich. »Das ist doch gar nicht wichtig.«

»Meinst du nicht, du solltest ihm gegenüber ein kleines bisschen aufrichtig sein?« Mit einem Mal sieht Sarika so ernst aus. Und ich weiß, sie meint es gut, aber mir ist nicht nach einem Vortrag über Beziehungen zumute.

»Nein!«, sage ich. »Außerdem bin ich doch aufrichtig!« Und bevor ich es mir verkneifen kann, entfährt mir ein mächtiges Gähnen. Nell mustert mich.

»Ava, Süße, du siehst echt scheiße aus, wenn ich mal so sagen darf. Hast du dir was eingefangen?«

»Nein.« Ich zögere. »Es ist nur ...«

»Was?«, will Nell wissen.

»Ich kriege bei Matt kein Auge zu«, gestehe ich. »In seinem Schlafzimmer ist es eiskalt. Und sein Bett ist hart wie ein Brett.«

»Hast du ihm denn gesagt, dass sein Bett hart wie ein Brett ist?«, erkundigt sich Nell.

»Ja. Aber er findet es echt bequem und versteht gar nicht, was ich meine.« Als ich die beiden so ansehe, spüre ich, wie meine Fassade ein wenig bröckelt. »Hört zu. Matt und ich *passen* gut zusammen. Tun wir wirklich! Es gibt da nur ein paar winzig kleine Bereiche, wo wir noch einen Mittelweg finden müssen.«

»Oh, Ava.« Lachend schlingt Sarika ihre Arme um mich. »Du bist ein Schatz. Ich bin mir sicher, dass du es hinkriegst, aber nicht, wenn du vor so vielem die Augen verschließt.«

»Wenn das Schlimmste seine Kunstsammlung ist, finde ich es gar nicht schlimm.« Nell zuckt mit den Schultern.

Beide sind so lieb und loyal, dass mich der plötzliche Drang treibt, ihnen alles anzuvertrauen.

»Das ist nicht das Schlimmste«, gestehe ich. »Das Schlimmste ist, dass ich seine Eltern kennengelernt habe und sie mich hassen.«

(Ich kann unmöglich zugeben, dass es noch was Schlimmeres gibt. Ich bin wie besessen davon, seine Ex zu googeln. Das fänden sie bestimmt nicht so gut.)

»Wie können sie dich denn jetzt schon hassen?« Verwundert sieht Sarika mich an, also erzähle ich ihr und Nell von dem Buch und dass ich Genevieves

Gesicht zerrissen habe, und schon wieder kringeln sich die beiden vor Lachen.

»Wie schön, dass ihr es so lustig findet«, knurre ich trübsinnig.

»Entschuldige«, sagt Sarika, als sie sich wieder etwas beruhigt hat. »Aber mal ehrlich, Ava, du bringst dich aber auch immer in Situationen!«

»Was ist mit seiner Ex-Freundin?«, fragt Nell mit strengem Blick. »Ist die ein Problem?«

»Weiß nicht. Außerdem sind es zwei Ex-Freundinnen. Oder vielleicht drei. Aber entscheidend ist Genevieve, die für das Familienunternehmen der Warwicks arbeitet. Und seine Eltern lieben sie.«

»Ach, scheiß auf die Eltern!«, sagt Nell entschieden. »Ignorier sie! Weigere dich, mit ihnen zu tun zu haben, wenn sie nicht freundlicher sein können!«

Doch Sarika schüttelt schon den Kopf.

»Keine gute Strategie. Ava, es ist nicht in deinem Sinne, wenn sie sich bei Matt über dich beklagen und damit einen Keil zwischen euch treiben. Ich würde sagen, geh den anderen Weg. Versuch, seine Eltern für dich zu gewinnen. Starte eine Charmeoffensive!«

»Warum zum Teufel muss Ava eine Charmeoffensive starten?«, fragt Nell kämpferisch, und Sarika seufzt.

»Muss sie ja nicht. Ich bin nur pragmatisch.«

Nell rollt mit den Augen. »Du bist so eine gottverdammte *Anwältin*!«, sagt sie, und Sarika grinst, denn mindestens dreimal im Jahr führen die beiden dieses Streitgespräch in der einen oder anderen Form. (Normalerweise immer dann, wenn Nell Sarika erklärt, dass sie ihren Job kündigen und ihren blöden Chefs sagen soll, was sie sie mal können. Woraufhin Sarika Nells Rat ignoriert, ihren Job behält und eine Lohnerhöhung kriegt.)

»Ava, Matts Eltern *werden* dich lieben«, betont Sarika und legt mir ihre Hand auf den Arm. »Sie kennen dich nur noch nicht. Du musst Zeit mit ihnen verbringen! Wenn Matt das nächste Mal zu seinen Eltern fährt, begleite ihn! Freunde dich mit ihnen an. Aber nimm *nicht* Harold mit!«

»Sarika hat recht«, stimmt Nell mit ein. »Harold solltest du lieber nicht mitnehmen. Ich pass solange auf ihn auf.«

»Aber ...«

»Wenn du Harold mitnimmst, ist es vorbei«, fährt Sarika mir barsch über den Mund. »Du denkst, der Ex das Gesicht zu zerreißen war schlimm? Warte, bis Harold sich den Sonntagsbraten schnappt!«

»Oder sämtliche Schuhe«, sagt Nell.

»Oder das unbezahlbare Gänsedaunenkissen.«

Unnachgiebig mustern mich die beiden, und ich verschränke meine Arme, will nicht zugeben, dass sie da recht haben könnten.

»Warten wir, bis ich eingeladen werde, okay?«

»Jedenfalls finde ich Matt sehr nett«, sagt Sarika vermittelnd. »Wie denkt er denn so über *uns*?«

»Oh, er findet euch super«, sage ich automatisch, während mein Blick auf Matt fällt, der über den Rasen auf uns zugelaufen kommt, mit ungefähr zehn Chipstüten im Arm. Neben ihm läuft Maud und redet eindringlich auf ihn ein, auf eine Art und Weise, die mir sehr vertraut ist.

»O *Gott*«, sage ich. »Maud hat ihn sich geschnappt.«
»Mist«, sagt Nell.
»Oh-oh«, macht Sarika bestürzt.
»Ich habe ihm eingebläut, dass er Nein sagen soll«, sage ich. »Ich habe ihn gewarnt! Und jetzt? Seht ihn euch an! Er kann gar nicht aufhören zu nicken!«
»Der arme Kerl«, lacht Sarika. »Er hatte keine Chance.«
Matt ist offensichtlich eingenommen von Maud. Kein Wunder. Jeder ist eingenommen von Maud, mit ihren wallenden, roten Haaren und den strahlenden Augen und dieser Art, einem sofort das Gefühl zu geben, dass man etwas ganz Besonderes ist. Er nickt immer noch. Sie hält seinen Arm, und als die beiden näher kommen, höre ich sie sagen:
»Ich bin dir ja *so* dankbar«, mit dieser selbstbewussten, durchdringenden Stimme. »Du bist *so* ein Schatz, Matt! Dann würdest du also für mich bei dieser Lagerfirma anrufen?«
»Äh ... kein Problem«, antwortet Matt und klingt dabei etwas benommen.
»Du bist ein Engel.« Maud klimpert mit den Wimpern. »Aber sag mal, du kennst nicht zufällig irgendwelche Parlamentsabgeordneten, oder? Denn ...«
»Maud!«, falle ich ihr fröhlich ins Wort. »Alles Gute zum Geburtstag!«
»Oh, vielen Dank!«, sagt Maud und blinzelt mich an, als käme diese Begrüßung komplett überraschend. »Was für ein schöner Tag!«
»Wo sind die Kinder?«, fragt Nell, und Maud blickt sich etwas unsicher um.

»Eben waren sie noch hier ... Oh, Matt, da fällt mir ein: Du bist nicht rein zufällig im Besitz eines elektrischen Rasenmähers, oder?«

»Nein, ist er nicht«, sage ich eilig. »Matt, kann ich dich kurz sprechen?«

Ich ziehe ihn ein Stück beiseite und sage ernst:

»Du musst *Nein* zu Maud sagen! Erinnerst du dich? Wir haben doch darüber gesprochen.«

»Ich kann doch nicht einfach rundweg ›Nein‹ sagen, wenn mich jemand um einen Gefallen bittet«, sagt Matt stirnrunzelnd. »Ich bin ein freundlicher Mensch.«

»So kriegt sie dich!«, erwidere ich. »Sie gibt dir das Gefühl, ein freundlicher Mensch zu sein, klimpert dankbar mit den Wimpern ... und *zack*! Schon hat sie dich. Ich liebe Maud, aber so ist es nun mal.«

Matt lacht und beugt sich herab, um mir einen Kuss zu geben.

»Danke für deine Anteilnahme«, sagt er. »Aber ich kann gut auf mich selbst aufpassen.«

## VIERZEHN

Berühmte letzte Worte. Tatsächlich wirkt Matt zwei Stunden später, als ginge ihm bald die Luft aus. Gott weiß, was er Maud schon alles zugesagt hat, und immer noch redet sie auf ihn ein, sagt Sachen wie: »Ich schick dir die Details.« Sie hat ihm sogar Abholscheine für ihre Päckchen zugesteckt. Außerdem bin ich mir sicher, dass ich vorhin Formulierungen wie »Reisepass verlängern« und »von der Schule abholen« und »*sooo* nett« gehört habe.

Na, er wird es schon noch lernen.

Mittlerweile lümmeln wir alle auf den Picknickdecken herum und trinken Cava. Mauds Kinder haben wir dabei erwischt, wie sie sich bei fremden Leuten was von deren Picknick erbetteln wollten. Seit sie wissen, dass Matt Kampfsport treibt, attackieren sie ihn mit »Kung Fu«-Schlägen.

»Ich verprügel dich!«, kreischt Bertie bestimmt schon zum hundertsten Mal.

»Lass das sein, Bertie, Schätzchen«, sagt Maud, als sie kurz aufblickt. »Tut mir leid, Matt, aber er liebt asiatischen Kampfsport.«

»Macht doch nichts«, sagt Matt gutmütig, obwohl ich sehe, wie er zurückschreckt, als Bertie anfängt, auf ihn einzutreten.

»Ich hab's gefunden!«, sagt Nell eben zu Matt und blickt von ihrem Telefon auf »*Grundsätzliche Probleme mit Harriet's House: ein feministischer Standpunkt*«. Es ist ein Blog. »Ich wusste doch, dass ich den Artikel irgendwo gesehen hatte. Hast du ihn gelesen?«

»Nicht, dass ich wüsste«, sagt Matt und wirkt immer bedrängter. Den ganzen Nachmittag über diskutieren Nell und er schon über Harriet's House – oder besser gesagt: Nell erklärt ihm, wie patriarchalisch und frauenfeindlich das ganze Konzept ist, und er entgegnet hin und wieder Sachen wie: »Mittlerweile haben wir sogar ein feministisches Sortiment von Charakterpuppen«, was sie in ihrem Brass kaum mitbekommt.

»Wer glaubt denn noch an diese kapitalistische, ausbeuterische Vorstellung von Kindheit?«, liest Nell mit finsterer Miene laut vor. »›Was für elende Augenwischer kommen auf die Idee, eine derart irreführende Fantasiewelt zu erschaffen?‹ Das solltest du mal lesen, Matt«, fügt sie hinzu und hält ihm ihr Telefon hin. »Das ist gut.«

»Aha«, sagt Matt, macht aber keine Anstalten, das Telefon zu nehmen. »Ja. Vielleicht später ... Uff!«

Bertie hat ihm einen bösen Schlag vor die Brust versetzt, und endlich wird Maud laut.

»Bertie! Hör endlich auf, Matt zu verprügeln! Hör einfach ... Du *kannst doch nicht einfach* ...« Sie nimmt noch einen Schluck Cava, dann seufzt sie schwer. »O *Gott*. Und heute ist mein *Geburtstag*.«

Ich werfe Nell und Sarika einen Blick zu, denn so läuft es an Mauds Geburtstagen eigentlich immer.

Am Ende ist sie betrunken und deprimiert, findet sich alt und landet normalerweise irgendwann weinend in einem Taxi.

»Ich bin so alt«, sagte sie wie aufs Stichwort. »So *alt*. Gibt's noch was zu trinken?«

Als sie hochkommt, wankt sie gefährlich auf ihren Keilabsätzen, und ich merke, dass sie still und heimlich mehr getrunken hat, als mir bewusst war.

»Maud, du bist doch nicht alt«, sage ich beschwichtigend, wie immer. Aber sie ignoriert mich, wie immer.

»Wie sind wir nur so alt geworden?«, klagt sie mit dramatischer Geste, greift sich den letzten Sekt und nimmt einen Schluck direkt aus der Flasche. »Wie nur? Seid ihr euch darüber im Klaren, dass wir verschwinden werden?« Sie schiebt die Augenbrauen zusammen. »Wir werden als Frauen unsichtbar sein, wir alle. Ignoriert und missachtet.« Sie nimmt noch einen Schluck Cava und macht eine große Geste, die uns alle mit einschließt. »Das ist doch eine verlogene Gesellschaft, in der wir hier leben! Aber ich werde *nicht* unsichtbar werden, verstanden?«, schreit sie mit einem Mal leidenschaftlich und fuchtelt mit der Flasche herum. »Ich weigere mich zu verschwinden! *Ich werde nicht unsichtbar werden!*«

Unwillkürlich muss ich leise lachen, denn Maud könnte nicht weniger unsichtbar sein, mit ihren wallenden Haaren und ihrem blumengemusterten Maxi-Kleid in Pink und Lila. Ganz zu schweigen von der Flasche in ihrer hoch erhobenen Hand. Die Leute auf den benachbarten Picknickdecken gucken schon herüber.

»Ich existiere!«, verkündet sie noch leidenschaftlicher. »Ich existiere. Okay? Ich *existiere*.«

Ich sehe Matt an, der entsetzt zu Maud aufblickt.

»Tut mir leid«, raune ich ihm eilig zu. »Ich hätte dich warnen sollen. Maud betrinkt sich an ihrem Geburtstag immer und hält dann einen Vortrag. Das ist bei ihr normal. Keine Sorge.«

»Ich existiere!« Mittlerweile ist Mauds Stimme *fortissimo*. »ICH EXISTIERE!«

»Könnten Sie wohl bitte aufhören, so zu schreien?«, kommt eine Stimme von der benachbarten Picknickdecke, und als ich herumfahre, sehe ich eine Frau im gestreiften Top, die Maud missbilligend betrachtet.

»Meine Freundin kann so viel schreien, wie sie will«, hält Nell sofort dagegen. »Immerhin hat sie heute Geburtstag.«

»Sie jagen unseren Kleinen Angst ein«, beharrt die Frau und deutet auf zwei Kinder, die Maud mit großen Augen beobachten. »Und ist Alkohol hier im Park überhaupt erlaubt?«

»Sie jagt Ihren Kindern Angst ein?«, entgegnet Nell erbost. »Wie kann es jemandem Angst machen, eine starke, wunderbare Frau sagen zu hören, dass sie existiert? Soll ich Ihnen mal sagen, was *mir* Angst macht? Die Ungleichheit in unserer Gesellschaft. *Das* macht mir Angst. Und unsere Politiker. *Die* machen mir Angst. Wenn Ihre Kinder vor irgendwas Angst haben sollten, dann vor *denen*.«

Nell funkelt das kleine Mädchen an, das ihrem Blick einen Moment lang standhält und dann in Tränen ausbricht.

Inzwischen ist Maud zu den Leuten hinübergestakst und beugt sich so weit zu der Frau hinunter, dass sich ihre Nasen fast berühren.

»Ich habe Geburtstag«, sagt sie langsam und überdeutlich. »Und das ist verdammt nochmal ... *furchterregend*.«

»Sie sind betrunken!«, ruft die Frau angewidert und hält ihrem Kind die Ohren zu.

»Oh, bitte ...«, sagt Maud, während sie schon wieder zu uns zurückwankt. »Waren Sie denn noch nie betrunken? Da fällt mir was ein ... Matt, ich würde dich gern um einen kliiiitzekleinen Gefallen bitten ...«

Instinktiv schreckt Matt zurück und steht auf. »Ich glaube, ich geh mal ein Stück mit Harold spazieren«, sagt er, wobei er Mauds Blicken ausweicht. »Ich brauch frische Luft.«

»Kung Fu!« Bertie versetzt ihm einen Tritt, und Matt zieht kurz eine Grimasse, dann nimmt er Harolds Leine.

»Wissen Sie, was einem noch Angst machen sollte?« Nell ist nach wie vor voll in Fahrt. »Das weltweite Verdrängen von Fakten. *Das* macht mir Angst!« Sie wendet sich Matt zu. »Und auch dir möchte ich noch was sagen, Matt ...«

»Ich gehe jetzt mit Harold spazieren«, fällt er Nell ins Wort. »Bin gleich wieder da«, fügt er an mich gewandt hinzu. »Ich brauch nur kurz ... 'ne Pause. Komm mit, Harold!«

Er marschiert so schnell über den Rasen, dass Harold ihm kaum folgen kann. Nach etwa hundert

Metern sieht Matt sich nach uns um, dann wendet er sich wieder ab und läuft noch schneller weiter.

»Alles okay mit Matt?«, fragt Sarika, die ihm – so wie ich – hinterhersieht.

»Ich *glaube* schon«, sage ich nachdenklich. »Ich schätze, manchmal können wir wohl ein *bisschen* anstrengend sein. Wenn wir alle so beisammen sind.«

»Ich bin eine Frau, verstanden?« Wieder richtet sich Maud an die Allgemeinheit im Park und wedelt dabei dramatisch mit den Armen. »Ich habe eine Seele. Und ein Herz. Und eine Libido. Eine Mordslibido.«

»Was ist eine Lippitu?«, fragt Bertie interessiert, und ich wechsle einen Blick mit Sarika.

»Ooookay«, sagt sie. »Genug der Worte. Wer hat Kaffee mitgebracht?«

Einige Überzeugungskraft ist nötig, um Maud zwei Tassen Espresso einzuflößen, gefolgt von einer Flasche Wasser. Es gelingt uns mit einem Wechselspiel von Drohungen und Überredungskunst – das haben wir schon öfter so gemacht –, und bald darauf wirkt Maud gleich mal um einiges fitter. Sie packt ihre Geschenke aus, vergießt bei jedem Einzelnen ausgiebig Tränen und schließt uns alle in die Arme. Wir sammeln das Papier ein, um es später in den Container zu werfen, dann zaubert Sarika einen Geburtstagskuchen hervor, den sie aus dieser fantastischen, unverschämt teuren Patisserie bei ihr um die Ecke hat.

»Aber wir sollten doch auf Matt warten«, meint sie und blickt sich um. »Meinst du, er ist weit gelaufen?«

»Er ist schon eine ganze Weile unterwegs«, antworte ich und merke, wie viel Zeit mittlerweile vergangen ist. Mein Blick schweift durch den Park, und ich merke, dass ich mir doch langsam Sorgen mache. Weil Matt Harold mitgenommen hat. Was ist, wenn er sich verspätet, weil mit Harold irgendwas passiert ist?

Irgendwas Schlimmes. O Gott. Bitte nicht.

Schon bin ich aufgestanden, sehe mich um, tue alles, um zu verhindern, dass sich in meinem Kopf beängstigende Bilder drängen. Ich hätte Matt eine Nachricht schreiben sollen. Ich hätte mitgehen sollen. Ich hätte …

»Matt!« Sarikas Stimme dringt in meine panischen Gedanken, und als ich herumfahre, stöhne ich auf … und stöhne gleich noch einmal angesichts dessen, was ich da sehe. Matt kommt auf uns zu, mit schmutzigem Gesicht und verdrecktem Hemd. Harold läuft neben ihm, noch an der Leine, ist aber genauso verdreckt.

»Was ist *passiert*?« Ich laufe auf die beiden zu. »Ist mit Harold alles okay?«

»Harold geht es gut«, sagt Matt mit etwas seltsamer Stimme.

»*Gott* sei Dank!« Ich sinke zu Boden und übersäe meinen geliebten Harold mit Küssen. Da kommt mir etwas verspätet ein Gedanke. Ich blicke zu Matt auf und sage: »Moment mal. Ist mit *dir* denn alles okay?« Ich stehe auf und betrachte ihn eingehender. Er hat einen neuen Kratzer an der Wange, aus seinem Kragen ragt ein Zweig, und er wirkt insgesamt ein wenig mitgenommen. »Was ist bloß passiert?«, frage ich nochmal.

»Es gab da einen kleinen Zwischenfall«, sagt Matt knapp. »Mit einer Dänischen Dogge.«

»O mein *Gott*!«, sage ich entsetzt. Schon jetzt merke ich, wie Zorn auf diese Dogge in mir hochkocht. Ich kann sie mir richtig vorstellen, mit ihrem riesigen Sabbermaul und dem Killerinstinkt. »Hat sie Harold angefallen? Erzähl mir genau, was …«

»Die Dogge konnte nichts dafür«, fällt Matt mir ins Wort. »Harold war … Harold.«

Ach, so.

Für einen kurzen Moment bin ich sprachlos. Vielleicht möchte ich doch lieber gar nicht so genau wissen, was passiert ist. Ich sehe Harold an, der wie üblich keck zu mir aufblickt.

»Harold!« Ich versuche, tadelnd zu klingen. »Hast du Matt schmutzig gemacht? Warst du ungezogen?«

»Ungezogen ist eine Untertreibung«, sagt Matt und holt tief Luft, als wollte er noch mehr sagen, da summt sein Telefon.

»Entschuldige«, sagt er bei einem Blick darauf. »Ich geh kurz ran. Dauert nicht lange.«

»Seht euch nur mal diesen Hund an!«, sagt Nell, während Matt sich kurz zurückzieht. »Ohne jede Reue.« Sie klingt wie die Unschuld in Person. »*Das war ich nicht, Herr Wachtmeister. Ich war das nicht. Der andere hat angefangen.*«

»Hör auf!«, sage ich leicht empört. »So ist Harold nicht!«

»Und *wie* Harold so ist!«, sagt Sarika kichernd.

»*Gesetzestreuer Bürger, der ich bin, Herr Wachtmeister?*« Jetzt kommt Nell erst richtig in Fahrt. »*Ein Auf-*

*ruhr in aller Öffentlichkeit? Ich, der immer nur in Frieden leben möchte? Ich sage Ihnen, es war der andere da!«*

Sie zieht ihre Augenbrauen hoch, und ich muss zugeben, dass sie mich tatsächlich ein bisschen an Harold erinnert, wenn er sich besonders naiv und unschuldig gibt. »Oh, hi, Matt!«, fügt sie hinzu, und als ich aufblicke, sehe ich ihn nach seinem Telefonat zu uns zurückkommen. Etwas schwerfällig sinkt er auf den Boden. Für einen Moment sitzt er nur da und starrt vor sich hin.

»Das mit deinem Hemd tut mir leid«, sage ich betreten, und da kommt er wieder zu sich.

»Ach. Macht ja nichts.« Er zieht den Zweig aus seinem Kragen und betrachtet ihn eine Weile, dann lässt er ihn fallen. »Hör zu, Ava. Ich weiß, wir haben für den 10. einen Tisch zum Brunch reserviert, aber das eben am Telefon waren mal wieder meine Eltern. Genau für diesen Tag haben sie bei sich zu Hause ein firmeninternes Arbeitsessen anberaumt. Ich habe versucht, es zu verschieben, aber ...«

»Am Wochenende?«, fragt Nell bemüht ausdruckslos.

»Viele unserer Meetings finden am Wochenende statt«, sagt Matt. »Ganz bewusst nicht im Büro. Ist irgendwie privater.«

»Keine Sorge«, sage ich beruhigend. »Das mit dem Brunch war nur so eine Idee. Geh du nur zu deinen Eltern, das ist okay ...« Ich stutze, als ich sehe, dass Sarika und Nell hinter Matts Rücken komische Gesichter ziehen.

Sie wollen mir damit doch wohl nicht sagen ...

Ich kann mich doch nicht einfach *selbst einladen*. Oder kann ich? Sollte ich?

Schon fuchtelt Sarika wild mit den Armen und deutet energisch auf Matt. Jeden Moment wird sie ihn versehentlich am Kopf treffen.

»Und... also... Vielleicht könnte ich ja mitkommen!«, füge ich in einem Anfall von übersteigertem Selbstbewusstsein hinzu. »Um deine Eltern mal richtig kennenzulernen!«

»Bitte *was*?«

Matt mustert mich offensichtlich erstaunt. Er scheint nicht gerade begeistert. Aber nachdem ich es nun vorgeschlagen habe, werde ich nicht nachgeben.

»Ich könnte doch mitkommen!«, wiederhole ich und gebe mir Mühe, zuversichtlich zu klingen. »Natürlich nicht zum Meeting, aber zum Kaffee oder so. Um deine Familie näher kennenzulernen. Du weißt schon... eine Beziehung aufbauen.«

»Eine *Beziehung* aufbauen?«, wiederholt Matt mit schallendem Gelächter, was etwas seltsam ist, aber darauf werde ich jetzt nicht näher eingehen.

Plötzlich wird meine Aufmerksamkeit auf Nell gelenkt, die heftig auf Harold deutet und dann mit dem Finger über ihre Kehle streicht. Ach, ja.

»Und Harold bringe ich nicht mit«, füge ich hastig hinzu. »Der kann zu Hause bleiben.«

»Ach, echt?« Matt wirkt erstaunt. »Die Fahrt zu meinen Eltern dauert aber ziemlich lange, Ava. Würdest du ihn denn den ganzen Tag allein lassen?«

»Er kann bei Nell bleiben. Du hättest doch nichts dagegen, Harold zu nehmen, oder, Nell?«

»Natürlich nicht«, sagt Nell. »Gute Idee, Ava.«

Matt sagt gar nichts. Gedankenverloren nippt er an seinem Kaffee, während wir drei ihn neugierig betrachten. Und dann – als würde er zu sich kommen – atmet er schwer aus.

»Na, wenn du möchtest«, sagt er schließlich.

Er wirkt noch immer etwas überrumpelt. Mal ehrlich, was ist denn schon dabei? Es sind doch nur seine Eltern und sein Elternhaus und sein Familienunternehmen und so. Das wird lustig! Ich meine, es könnte lustig werden.

Wäre doch möglich.

## FÜNFZEHN

Positiv! Positiv! Positiv!

Als wir zwei Wochen später die M4 entlangfahren, bin ich wild entschlossen, bester Dinge zu sein. Die Sonne scheint, ich sehe hübsch aus, und ich habe einen köstlichen Kuchen aus Sarikas Patisserie dabei, mit Mandeln bestreut. Er ist hinten im Kofferraum in einer hübschen Pappschachtel, und wenn ich nur daran denke, läuft mir schon das Wasser im Mund zusammen. Matts Eltern werden bestimmt begeistert sein.

*Befreunden und befrieden*, ist mein Mantra für den heutigen Tag. *Befreunden und befrieden*. Alles wird gut.

Und was das Negative angeht... Wieso negativ? Da gibt es nichts!

Na gut, okay, ein paar Kleinigkeiten vielleicht. Winzige Unstimmigkeiten. Schlaf zum Beispiel ist ein Problem. Ich schlafe nicht genug. Ich brauche *dringend* mehr Schlaf! Bald bin ich so weit, mir die ganze Sache mit dem Kinderkriegen nochmal zu überlegen. Wie halten die Menschen es nur aus, wenn sie keine Nacht mehr richtig schlafen, weil ihr Baby ständig schreit? Ich würde *sterben*!

Langsam entwickle ich fast so etwas wie eine Phobie gegen Matts Bett. Ich könnte schwören, dass es von Mal zu Mal härter wird. Ich liege da, starre an die Decke, höre ihm beim Einschlafen zu, dann döse ich ein bisschen vor mich hin, wache aber unweigerlich mitten in der Nacht so gegen drei Uhr unglücklich auf. Nicht einmal Harold kann mir helfen, mich in diesem Bett wohlzufühlen.

Zum Teil, weil er sich angewöhnt hat, auf Matts Füßen zu schlafen, wenn wir dort übernachten.

Und das ist... Was soll ich sagen? Es ist wundervoll. Klar.

Ich muss zugeben, dass ich ein wenig verwundert war, als ich das erste Mal aufwachte und Harold auf der anderen Seite vom Bett schlief, an Matt gekuschelt statt an mich. Aber ich fühle mich *absolut* nicht zurückgewiesen oder so was in der Art. Mein liebster Harold darf schlafen, wo er möchte.

Allerdings hilft es mir nicht gegen meinen Schlafmangel. Im Moment übernachten wir abwechselnd bei Matt und bei mir, und hin und wieder verbringen wir die Nacht auch mal getrennt voneinander. Gestern habe ich versucht, Matt vorzuschlagen, dass wir vielleicht immer drüben in meiner Wohnung schlafen. Ich meinte damit nicht, dass er bei mir einziehen sollte, nicht wirklich, ich meinte nur... Ach, egal. Hat nicht geklappt. Matt wirkte eher entsetzt und meinte, das momentane Arrangement würde doch ganz gut funktionieren.

Schlaf ist also ein Problem. Und ich denke, es gibt da noch das eine oder andere Thema, das sich in letzter Zeit ergeben hat. Geringfügige Unstimmigkeiten, mit denen ich nicht gerechnet hätte. Zum Beispiel kann Matt sich in meiner Wohnung nicht entspannen. Ständig findet er etwas daran auszusetzen. Kümmert sich um Sachen, die mir gar nicht auffallen. Die Leitungen sind heikel. (Sagt er.) Einen der Heizkörper müsste sich mal der Klempner ansehen. (Sagt er.)

Und dass er dermaßen besessen ist von Sicherheit, treibt mich in den Wahnsinn. Immer wieder fängt er von meiner hübschen, malerischen Hintertür an, die auf die Feuertreppe hinausführt, nur weil der Holzrahmen etwas morsch geworden ist. Er meint, es sei geradezu eine Einladung für Diebe. Neulich hat er allen Ernstes die lokale Einbruchsstatistik zitiert. Er möchte, dass ich entweder die Tür ersetze oder sechs Millionen Ketten und Vorhängeschlösser kaufe, was den Charme *total* kaputtmachen würde.

Ich wurde richtig ungeduldig mit ihm. Ich meinte: »Hör mal, Matt, du verstehst das nicht. Der ganze Sinn und Zweck dieser Tür besteht darin, jederzeit hinaustreten zu können. Man kann auf der Feuertreppe sitzen und sich den Sonnenuntergang ansehen und dabei Saxofon spielen, ohne vorher zwölf Vorhängeschlösser auffummeln zu müssen.«

Woraufhin er mich gefragt hat, ob ich denn Saxofon spiele, was gar nicht der Punkt war. Natürlich spiele ich nicht Saxofon, es war ja nur ein *Beispiel*.

Wie dem auch sei. Dann waren wir zusammen einkaufen, und das lief auch nicht so toll. Ich dachte, es wäre keine große Sache. Kurz mal eben zusammen zum Supermarkt. Vorräte auffüllen. Nichts leichter als das! Ich habe schon andere Paare beim Einkaufen erlebt. Entspannt legen sie ihre Waren in den Wagen.

Sie plaudern freundlich. Sie sagen Sachen wie: »Soll ich schon mal die Eier holen?«

Sie mustern nicht fassungslos, was der andere kaufen möchte, als wären sie in einer TV-Show namens *Englands schlimmste Einkaufslisten*.

Würde man ein Mengendiagramm für »Was ich gern kaufe« und »Was Matt gern kauft« anlegen, gäbe es für uns wohl nur Überschneidungen bei recyceltem Klopapier und Eiscreme. Das war's.

Er kauft den letzten Mist. Tut er wirklich. Grässliches Fabrikmüsli. Äpfel aus nichtbiologischem Anbau. Saft im Tetrapack. *(Saft im Tetrapack!)* Ich musste alles wieder aus dem Wagen nehmen. Und ich dachte nur: »Wie tragisch, dass es ihm so egal ist, was er seinem Körper zuführt...«, als er mit einem Mal in der Weinabteilung auflebte. Ich hatte meine übliche Flasche Weißwein in den Wagen gelegt. Die mit der Frau vorne drauf (ich kann mir nie merken, wie der Wein heißt). Woraufhin Matt aschfahl wurde.

»Nein!«, sagte er und nahm die Flasche wieder aus dem Wagen. »Nein. Einfach nein.«

»Was ist denn damit?«, fragte ich empört.

»Bei Wein darf man nicht geizig sein. Man sollte lieber gar nichts trinken als diesen Scheiß!«

»Ich bin nicht geizig!«, entgegnete ich. »Der Wein ist okay.«

*»Der Wein ist okay?«* Er wurde richtig ärgerlich. *»Der Wein ist okay?«*

Jedenfalls hatten wir eine kleine Auseinandersetzung. Schrägstrich erhitzte Diskussion. Wie sich herausstellte, sind wir nicht derselben Ansicht darüber, wann ein Wein »okay« ist. Was als »essenziell« gilt. Was die Grundlagen der Ernährung sind. Und da stellte sich heraus, dass Matt noch nie etwas von Kefir gehört hatte. Wer weiß denn nicht, was *Kefir* ist?

Danach kamen wir am Fleischtresen vorbei, und an dieser Stelle möchte ich den Schleier des Vergessens über das ausbreiten, was dort vorgefallen ist. Es war einfach nur bedauerlich. Und dieser Schlachter hätte sich nicht vor Lachen derart kringeln müssen. Es war überhaupt nicht witzig.

Ich meine, irgendwie ging es dann. Wir kriegten den Einkauf nach Hause. Wir haben uns was gekocht. Aber es war nicht... Ich schätze, es war wohl nicht das, was ich mir vorgestellt hatte, als ich Dutch in Italien schöne Augen gemacht habe. Ich war von einer rosa Wolke umgeben. Ich sah uns bei Sonnenuntergang romantisch küssen. Ich sah uns nicht im Supermarkt über biodynamischen Joghurt streiten.

Aber andererseits streiten ja wohl alle Paare hin und wieder über irgendwas, oder?, sage ich mir entschlossen, um den reißenden Strom meiner Gedanken einzudämmen. Es sind nur Anlaufschwierigkeiten. Wir sind noch auf der Suche.

Und es gab auch viele schöne, zärtliche Momente. Als Matt neulich Abend Pfirsichsaft mitbrachte, damit wir uns Bellinis mixen konnten, so welche, wie wir sie in Italien getrunken haben. Das war zauberhaft. Oder wie wir gestern Morgen Tai Chi gemacht haben, er mit Harold auf seinen Schultern, nur um mich zum Lachen zu bringen. Oder wie Matt neulich, als Nihal wegen der Arbeit schlecht drauf war, zu ihm sagte:

»Ava wird dich aufheitern, sie ist besser als Champagner«, so liebevoll, dass ich richtig gerührt war.

Bei der Erinnerung daran, werfe ich ihm einen verliebten Blick zu, und Matt zwinkert zurück, dann widmet er sich wieder der Straße. Es gefällt mir, dass er so ein verantwortungsvoller Fahrer ist, nicht so wie Russell, der mir manchmal richtig Angst gemacht hat, weil er so unberechenbar war.

Und genau deshalb passen wir zusammen, sage ich mir eindringlich. Weil wir gemeinsame Werte haben. Wir sorgen uns beide um die Sicherheit des anderen. Er fährt vorsichtig, und ich gebe ihm jeden Tag eine hochdosierte Kurkuma-Kapsel. (Anfangs war er skeptisch, aber ich habe ihn überzeugt.)

Also ist alles gut. Wir fahren über Land durchs wunderschöne Berkshire. Ich liebe Matt, und er liebt mich, und das ist alles, was wir brauchen: Liebe.

An einem kleinen Kreisel fällt mir ein Werbeplakat für das neue Mac-Book auf.

»Sollte ich meinen Computer aufrüsten?«, überlege ich laut. »Gott, sind diese Bäume *schön*!«, füge ich hinzu, als wir auf ein Wäldchen zufahren. »Was sind das für Bäume?« Als Matt eben Luft holt, um mir zu antworten, merke ich, dass ich mir einen Fingernagel abgebrochen habe. »Mist!«, rufe ich. »Mein Nagel. Oh, da fällt mir ein: Was sagst du denn nun zu meiner Idee von vorhin?«

»Idee?« Matt klingt verdutzt.

»Du weißt schon!«, sage ich etwas ungeduldig. »Meine Geschäftsidee. Verkauf von Schönheitskonzepten.«

»Ava ...« Matt lenkt den Wagen zu einer Tankstelle und sieht mich an. »Ich kann dir ehrlich nicht mehr folgen. Reden wir über deinen Computer oder über die Bäume oder deinen Fingernagel oder über deine neue Geschäftsidee?«

»Na, über alles natürlich«, sage ich überrascht.

Ehrlich, wo ist denn das Problem? Es ist ja nicht so, als würde ich mich unklar ausdrücken oder so.

»Aha«, sagt Matt und wirkt etwas gestresst. »Über alles natürlich. Verstehe.« Er wischt sich übers Gesicht, dann sagt er: »Ich muss tanken.«

»Warte.« Ich ziehe ihn zu mir, um ihn zu umarmen, schließe die Augen, vergrabe mein Gesicht an seinem Hals und spüre, wie ich mich entspanne. Da. *Da ist es.* Manchmal muss ich ihn nur einmal kurz riechen. Ihn anfassen. Brauche seine breite Brust und seinen Herzschlag und seine Hand an meinem Rücken. All die Dinge, in die ich mich in Italien verliebt habe. Als wir uns voneinander lösen, betrachtet Matt mich einen Moment lang schweigend, und ich frage mich, was er wohl denken mag. Ich hoffe, es ist etwas Romantisches, aber schließlich holt er Luft und sagt:

»Du könntest auch immer noch in den Pub gehen.«

Ständig fing Matt in den letzten Tagen davon an, dass ich es mir vielleicht anders überlegen und kneifen könnte. Er hat sogar einen Pub in der Nähe gefunden, mit WLAN und einem Fernsehzimmer, wo ich den Nachmittag verbringen könnte. Er tut, als wäre es lustig gemeint, aber ich glaube, es ist ihm doch halbwegs ernst. Als würde ich den ganzen weiten

Weg fahren, nur um seine Eltern dann doch nicht zu besuchen!

»Keine Chance!«, sage ich entschlossen. »Ich mach es. Und ich kann es kaum erwarten!«

Okay. Wow. Dieses Haus ist groß. Also, *richtig* groß.

Und hässlich. Nicht so wie Matts Wohnung hässlich ist, eine andere Art von hässlich. Als ich durch das gigantische, schmiedeeiserne Tor spähe, kann ich Türmchen und Giebel und merkwürdiges Mauerwerk mit furchteinflößenden Fenstern erkennen. Alles in allem scheint es sich um ein Haus zu handeln, das mit seiner Größe beeindrucken möchte und ebenso gut eine viktorianische Besserungsanstalt für Straftäter sein könnte.

»Entschuldige«, sagt Matt, während sich das Tor ganz langsam öffnet. »Es dauert ewig.«

»Macht doch nichts«, sage ich und sinke in meinen Sitz. Albernerweise möchte ich mit einem Mal am liebsten wegrennen. Nichts an diesem Gebäude wirkt freundlich. Stattdessen beiße ich die Zähne zusammen und sage mit Nachdruck: »Beeindruckendes Haus!«

»Na ja«, sagt Matt, als hätte er diesem Bau bisher keinen weiteren Gedanken gewidmet. »Da sind auch Büros drin«, fügt er nach einer Weile hinzu. »Von daher...«

»Aha.« Ich nicke.

Matt parkt den Wagen ordentlich hinter dem Haus, neben einem Mercedes, und wir knirschen über den Kies bis vor die Küchentür. Fast rechne ich damit, dass jeden Moment irgend so ein steinalter Butler erscheint und ruft: »*Master Matt!*« Doch stattdessen führt Matt mich durch eine riesige, blitzsaubere Küche. Dort stelle ich den Kuchen auf einem Tresen ab, und wir gehen weiter in eine riesige Halle mit gefliestem Boden. Hoch über uns ragt eine Kuppel voller Buntglasfenster auf. Überall stehen glänzende Glasvitrinen.

»Wow!«, rufe ich. »Hier sieht's ja aus wie in einem...« Ich bremse mich, weil ich nicht unhöflich klingen möchte.

»Museum«, beendet Matt meinen Satz. »Jep. Mach nur, schau dich um, wenn du möchtest!« Er deutet auf die Vitrinen.

Ich gehe zu dem größten Glaskasten hinüber, in dem ein altes Harriet's House mit diversen Harriet-Puppen ausgestellt ist, allesamt versehen mit kleinen Schildchen, auf denen Sachen stehen wie *1970 Harriet, die Stewardess* und *1971 Harriet, die Turnerin*.

In den meisten Vitrinen stehen Puppenstuben von Harriet's House, aber in einer entdecke ich feines Porzellan. Ich möchte es mir genauer ansehen, und Matt kommt hinterher.

»Die Firma gehört der Familie meiner Mutter«, erklärt er. »Sie ist halb Österreicherin.«

»Aber sie hat gar keinen Akzent!«, sage ich überrascht.

»Nein, sie ist in England aufgewachsen. Aber wir haben österreichische Cousins und Cousinen. Die leiten die Porzellanfabrik. Mum sitzt im Vorstand«, fügt er hinzu. »Früher war sie verantwortlich für den Vertrieb in Großbritannien.«

»Ich glaube, ich habe dieses Geschirr schon mal irgendwo gesehen.« Stirnrunzelnd starre ich die gemusterten, mit Gold verzierten Teller an. »Bei Harrods oder so?«

»Ja.« Matt zuckt mit den Schultern. »Kann sein. Die sind... du weißt schon. Schwer angesagt. Darüber hat sie meinen Dad kennengelernt, auf einer Exportmesse. Sie hat mit Porzellan gehandelt, er mit Puppenhäusern.«

»Die Sachen sind... spektakulär!«, sage ich. Was stimmt. Sie sind spektakulär zart und filigran. Und haben *reichlich* Goldverzierungen.

Matt sagt kein Wort. Er scheint nicht sonderlich begeistert von dem Porzellan zu sein. Tatsächlich scheint es, als würde ihn hier gar nichts sonderlich begeistern. Seit wir in diesem Haus sind, lässt er die Schultern hängen, und seine Miene ist wie versteinert.

»Du musst wirklich stolz sein!«, sage ich, um ihn aufzuheitern. »All diese Puppen... das berühmte Porzellan... was für ein Erbe! Was ist das hier...« Ich sehe genauer hin und lese ein bedrucktes Schildchen: »Lachsteller, benutzt von Prinzessin Margaret im Jahr 1982. Wow! Das ist...«

Ich habe keine Ahnung, was ich über einen Lachsteller sagen soll, von dem Prinzessin Margaret 1982 gegessen hat. Ich wusste nicht mal, dass es so etwas wie Lachsteller überhaupt gibt.

»Hm«, macht Matt mit wenig begeistertem Blick auf die Porzellanvitrine.

»Und was ist das?«, frage ich fröhlich und trete vor

den einzigen Glaskasten, der nichts Pinkes zu enthalten scheint. »Siegestrophäen?« Ich mustere die Reihen von Silberpokalen, Medaillen und gerahmten Fotos.

»Ja.« Matt wirkt immer bedrückter. »Wie gesagt, meine Großmutter war österreichische Damenmeisterin, damals. Und mein Bruder ist Profi geworden. Ich schätze, wir sind wohl eine sportliche Familie.«

Schweigend lasse ich meinen Blick über die Fotos schweifen. Auf mehreren ist eine golfschlägerschwingende Dame mit Sechzigerjahre-Frisur abgebildet. Dann gibt es da diverse Gruppenfotos von so etwas wie einem Skiteam, daneben das Schwarzweißbild eines Mannes in einem Segelboot. Außerdem stehen da ein paar neuere Bilder von einem jungen Mann, auf denen er entweder einen Golfschläger schwingt oder einen Pokal entgegennimmt. Er ist attraktiv, ein bisschen wie Matt, aber schlanker und nicht so einnehmend. Für meinen Geschmack ist sein Lächeln etwas zu aufgesetzt. Ich finde, er sieht aus wie *Matt light*.

»Ist das dein Bruder?« Ich deute auf eines der Fotos.

»Ja, das ist Rob. Er lebt inzwischen in den Staaten. Ihm gehört eine Kette von Golfclubs. Robert Warwick Golf & Leisure. Sehr erfolgreich«, fügt er nach einer Pause hinzu. »Also…«

»Toll«, sage ich höflich. Ich suche zwischen all den Silberrahmen nach einem Bild von Matt, finde aber keins. Das gibt's doch nicht! Da muss doch eins sein! Aber wo?

»Matthias!« Hinter uns wird eine spröde Stimme laut, und als ich mich umwende, sehe ich Elsa. Sie trägt ein Kleid mit Laubmuster, dazu Pumps und rosa Lippenstift.

Ihre Haare sind hübsch, denke ich, als ich sehe, wie sie Matt zur Begrüßung küsst. Das muss man ihr lassen. Umwerfende Frisur. Sie ist rank und schlank und schön. Eigentlich ist alles an ihr schön. Nur nicht die Art und Weise, wie sie mich ansieht.

»Hallo, Ava«, sagt sie ausdruckslos. »Wir freuen uns, dass Sie mitkommen konnten. Heute ganz ohne Hund?«

Sarkastisch zieht sie die Augenbrauen hoch, und ich zwinge mich zu lächeln.

»Ja, den habe ich zu Hause gelassen.«

»Dann müssten unsere Bücher ja in Sicherheit sein!« Sie stößt ein glöckchenhelles Lachen aus, und ich gebe mir Mühe mit einzustimmen, obwohl meine Wangen ganz heiß werden.

»Ich hoffe es. Tut mir wirklich schrecklich leid, was mir da mit dem Buch passiert ist ...«

»Keine Sorge.« Sie hebt eine elegante Hand. »Es war ja nur eine unersetzliche Erstausgabe.«

»Mum«, sagt Matt, und wieder lacht Elsa glöckchenhell.

»Kleiner Scherz meinerseits! Wie ich sehe, führt Matthias Sie bereits herum?«

*Befreunden und befrieden*, denke ich. Schnell! Sag was Schmeichelhaftes!

»Matt zeigt mir gerade Ihre beeindruckende Ausstellung«, sage ich überschwänglich. »Wirklich wunderschön. Diese Puppenhäuser sind was ganz Besonderes!«

»Wenn ich mich recht erinnere, sagten Sie, Sie hätten als Kind *kein* Harriet's House gehabt.« Mit kühlem Blick nimmt Elsa mich in Augenschein.

Das wird sie mir wohl bis an mein Lebensende vorhalten, oder?

»Ich hätte zu gern eins gehabt«, sage ich ernst. »Leider konnten wir es uns nicht leisten.«

Ihre Miene friert ein wenig ein, und sofort wird mir mein Fauxpax bewusst. Jetzt hört es sich an, als wollte ich sagen, ihre Firma sei böse und elitär und bereichere sich mithilfe einer ausbeuterischen Preisgestaltung.

(Was im Übrigen stimmt. Die Preise von Harriet's House sind schockierend. Neulich habe ich mal nachgesehen. Fünfzehn Pfund für das Harriet-Set »Handtasche & Schal«. *Fünfzehn Pfund.*)

»Ihr Porzellan ist *sooo* hübsch!« Eilig suche ich ein anderes Thema. »Diese Details! Der Pinselstrich!«

»Sie interessieren sich für Porzellan?«, fragt Elsa. »Sammeln Sie?« Sie neigt ihren Kopf und mustert mich mit durchdringendem Blick.

Sammeln? Ich schätze, sie meint wohl kaum die Sammelpunkte vom Supermarkt.

»Na ja... Ich habe ein paar Teller«, stammle ich. »Und Untertassen... Wow, diese *Fotos*!« Eilig trete ich an die Sportvitrine und deute bewundernd auf die Pokale und Medaillen. »So viele Meister in der Familie!«

»Ja, wir sind stolz auf unsere Leistungen«, sagt Elsa, während ihr Blick über die Sammlung schweift.

»Aber ich sehe hier gar kein Foto von Matt«, füge ich beiläufig hinzu.

»Ach, ich war nie eine große Sportskanone«, sagt Matt wie aus der Pistole geschossen. »Nicht so wie Rob.«

»Matthias ist nie Profi geworden«, fügt Elsa scharf hinzu. »Er hatte nie den entsprechenden Kampfgeist. Wohingegen Robert schon als Dreizehnjähriger ein erstklassiger Golfer war. Wir wussten alle damals schon, dass aus ihm einmal etwas ganz Besonderes werden würde, nicht wahr, Matthias?«

»Natürlich«, sagt Matt mit starrem Blick ins Leere.

»Aber Matt spielt doch auch Golf, oder?«, frage ich fröhlich. »Haben Sie denn gar keine Fotos von ihm? Auch keine beim Kung Fu! Davon könnten Sie doch eins dazustellen.« Hilfsbereit deute ich auf eine leere Stelle im gläsernen Regal, und Elsas Nasenflügel beben.

»Ich glaube, Sie verstehen nicht recht«, sagt sie mit starrem Lächeln. »Hier geht es um professionellen Sport. Es handelt sich um *Turniererinnerungen*. Auf diesem Level ist Matt nie angetreten.«

*Turniererinnerungen?* Ich gebe ihr gleich was, woran sie sich erinnern kann.

Plötzlich merke ich, dass ich innerlich koche. Was nicht gerade ideal ist, wenn man sich mit jemandem *befreunden* und ihn *befrieden* möchte.

»Ich habe Ihnen einen Kuchen mitgebracht«, sage ich und wende mich von den Vitrinen ab. »Er steht in der Küche, in einer Box. Ist aus dieser feinen Patisserie...«

»Zauberhaft«, sagt Elsa mit abwesendem Lächeln.

Wie schafft sie es nur, dass bei ihr alles so klingt wie das Gegenteil von dem, was es eigentlich bedeutet?

»Matthias, ich habe eben mit Genevieve gesprochen«, fährt sie fort, »und sie wird heute Nachmittag per Skype am Meeting teilnehmen. Ausgesprochen großzügig von ihr, dass sie bereit ist, ihr Wochenende dafür zu opfern. Findest du nicht auch?« Abrupt wendet Elsa mir ihren schneidenden Blick zu, als würde sie eine Reaktion erwarten.

»Ja!«, sage ich vor Schreck. »Wirklich großzügig.«

Matt sieht mich staunend an, und ich versuche zurückzulächeln. Aber mit einem Mal komme ich mir vor wie eine blöde Gans. Warum habe ich das gesagt? Warum lobe ich Matts Ex-Freundin, obwohl ich sie nicht mal *kenne*? Es liegt an Elsa. Sie hat mich mit einem bösen Bann belegt.

Da merke ich entsetzt, was ich gerade denke. Nein! Schluss damit! Elsa ist meine zukünftige Schwiegermutter, und wir werden einander lieben. Wir müssen nur erst eine Gemeinsamkeit finden. Es muss doch *haufenweise* Sachen geben, die uns verbinden. Zum Beispiel...

Guck mal! Sie trägt Ohrringe, genau wie ich. Das ist doch schon mal was.

»Na gut«, sagt Matt. »Okay. Wollen wir was trinken?«

»*Ja!*«, platze ich etwas zu verzweifelt heraus. »Also, ich meine... Warum nicht?«

## SECHZEHN

Jetzt komm schon. Du wirst doch wohl was finden können, das dich mit Elsa verbindet. Und mit dem Rest von Matts Familie. Du *kannst* das!

Eine Stunde ist vergangen, und mir tun die Wangen weh vom ständigen Lächeln. Ich habe Elsa angelächelt. Ich habe John angelächelt. Ich habe Walter angelächelt, der mir als der Chefbuchhalter von Harriet's House vorgestellt wurde und links von mir sitzt. Ich habe Matts Opa Ronald angelächelt. Ich habe sogar ins Leere gelächelt, damit mich niemand zufällig ansieht und für launisch hält.

Wir sitzen um einen sehr glänzenden Esstisch herum, vor noch mehr feinem Porzellan und Kristallgläsern, in eher schweigsamer Atmosphäre. Sie reden echt nicht viel, diese Leute.

Ich habe getan, was ich konnte. Ich habe alles gelobt, von den Löffeln bis zu den Brötchen. Doch meine sämtlichen Bemühungen, Konversation zu treiben, sind entweder verebbt oder Elsa, die offenbar das Sagen hat, was die Gespräche bei Tisch angeht, hat das Thema abgewürgt. Das tut sie auf zweierlei Weise. Sie hat so ein seltsames, schmallippiges Kopfschütteln, das augenblicklich die ganze Runde zum Schweigen bringt. Oder sie sagt: »Ich glaube *kaum*...«, was – wie mir klar wurde – im Grunde »Halt die Klappe!« bedeutet.

Ich habe John gefragt, wie die Geschäfte laufen, aber Elsa ging sofort dazwischen: »Ich glaube *kaum*...«

Woraufhin John seine Serviette ausschüttelte und mit irgendwie so einem gequältem Lachen meinte: »Am Esstisch nichts Geschäftliches!«

Dann sagte Matt zu seinem Vater: »Weißt du, Dad, diese US-Zahlen können nicht stimmen...«, woraufhin Elsa ihm einen bösen Blick zuwarf und wieder mit verkniffenem Mund kurz den Kopf schüttelte.

Auch gut. Nichts Geschäftliches in meiner Gegenwart. Versteh schon. Aber was glaubt sie denn? Dass ich alles, was ich hier höre, sofort der Puppenhaus-Redaktion bei der *Financial Times* maile?

Wenigstens schmeckt das Essen. Besser gesagt: das Gemüse. Alle anderen essen Huhn, aber Elsa hat vergessen, dass ich Vegetarierin bin, und so futtere ich mich durch einen Riesenberg Karotten.

»Köstlich!«, sage ich zum fünfundneunzigsten Mal, und Elsa widmet mir ein frostiges Lächeln.

»Nehmen Sie auch an dem Meeting teil?«, frage ich höflich Ronald, als dieser sich gerade von John abwendet, mit dem er über den Direktor der Bank of England gesprochen hat. Ronald schüttelt den Kopf.

»Ich bin im Ruhestand, meine Liebe«, sagt er.

»Ach, so«, sage ich und durchforste mein Hirn nach irgendetwas, das man zum Thema Ruhestand anmerken könnte. »Das ist doch bestimmt... lustig.«

»Nicht so lustig«, sagt er. »In letzter Zeit nicht besonders.«

Er klingt so niedergeschlagen, dass es mir richtig zu Herzen geht. Er ist der Erste aus Matts Familie, der seine menschliche Seite gezeigt hat.

»Warum denn nicht?«, frage ich leise. »Haben Sie keine Hobbys? Golf?«

»Ach...« Er stößt einen langen Seufzer aus, sodass er wie ein Ballon klingt, dem die Luft ausgeht. »Ja, Golf...« Seine blauen Augen blicken ins Leere, als hätte Golf keinerlei Bedeutung in seinem Leben. »Um die Wahrheit zu sagen, meine Liebe, bin ich da vor Kurzem in eine sehr unangenehme Situation geraten.«

»Eine unangenehme Situation?« Ich starre ihn an.

»Sehr schlimm. Sehr peinlich... Wenn man bedenkt, dass ein Mann mit meiner Bildung... ein ehemaliger *Chefbuchhalter*...« Sein Satz verklingt, seine Augen verschleiern. »Wissen Sie, es ist dieses Gefühl, dumm zu sein. Ein alter Dummkopf. Ein wirrer, alter Dummkopf.«

»Ganz sicher sind Sie kein wirrer, alter Dummkopf!«, sage ich bestürzt. »Was war denn der...« Verlegen halte ich an mich, weil ich nicht zu neugierig sein möchte. »Ist die Situation denn geklärt?«

»Ja, aber ich kann sie einfach nicht abschütteln«, sagt er mit bebender Stimme. »Sie bleibt mir erhalten. Wenn ich am Morgen aufwache, denke ich... ›Ronald, du alter Dummkopf‹.« Als er mir in die Augen blickt, sehe ich, dass ihm bald die Tränen kommen. Noch nie habe ich ein traurigeres Gesicht gesehen. Ich kann es kaum ertragen.

»Ich weiß ja nicht, was passiert ist«, sage ich und merke, dass mir vor lauter Mitgefühl selbst die Tränen kommen. »Aber wenn ich etwas weiß, dann, dass Sie *kein* Dummkopf sind.«

»Ich will Ihnen verraten, was passiert ist«, meint Ronald. »Ich werde es Ihnen anvertrauen.« Zu meinem Entsetzen fällt eine Träne aus seinem Auge auf das Tischtuch. »Wissen Sie, es war eine Falle...«

»Wirklich, Ronald!«, unterbricht ihn Elsas Stimme, hell und ein wenig zittrig, was uns beide zusammenzucken lässt. »Ich glaube *kaum*...«

»Oh.« Ronald wirft ihr einen betretenen Blick zu. »Ich habe nur gerade Emma hier... erzählt von...«

»Ich glaube *kaum*...«, wiederholt Elsa mit einiger Bestimmtheit, »... dass Ava Interesse daran hat. *Ava*«, wiederholt sie deutlich.

»Ava.« Ronald wirkt untröstlich. »*Ava*, nicht Emma. Tut mir leid.«

»Keine Sorge!«, sage ich. »Und ich habe *sehr wohl* Interesse daran. Ich weiß ja nicht, was passiert ist, aber...«

»Es war ein unglücklicher Vorfall.« Elsa verkneift ihren Mund noch fester, fast so als hätte sie ihn zugeklebt.

»Dad, es ist passiert, es ist vorbei, du musst es hinter dir lassen«, sagt John leicht mechanisch, als hätte er das schon sehr oft gesagt.

»Aber es sollte nicht möglich sein«, sagt Ronald empört. »Sie sollten nicht in der Lage sein, so etwas zu tun!«

Elsa tauscht einen Blick mit John.

»Ronald«, sagt sie. »Es hat doch keinen Sinn, sich damit aufzuhalten. Wie John sehr richtig meinte: Am besten vergisst man es.« Sie steht auf, um die Teller abzuräumen, und ich beeile mich, ihr zur Hand zu gehen. Als ich ein paar Gemüseschüsseln in die Küche trage, fällt mir die Schachtel aus der Patisserie auf, die noch auf dem Tresen steht, und ich sage hilfsbereit:

»Soll ich den Kuchen schon mal auspacken?«

»Oh, ich glaube nicht«, sagt Elsa mit leerem Blick zu der Schachtel. »Ich werde uns Kaffee zubereiten. Treiben Sie Sport, Ava?«, fügt sie hinzu, während sie Wasser in den Kessel laufen lässt, und ich huste, schinde Zeit. Ich bin so was von *unsportlich*. Aber dieses Haus ist eine wahre Hochburg des Sports.

»Ich mag Yoga«, antworte ich schließlich. »Und mit Matt habe ich Tai Chi angefangen.«

»Von Yoga verstehe ich nicht viel«, sagt Elsa nachdenklich. »Aber ich glaube, es ist ein herausfordernder Sport.«

»Ja«, sage ich unsicher. »Obwohl ich es nicht wirklich als *Sport* bezeichnen würde, so wie...«

»Nehmen Sie an Turnieren teil?«, fällt sie mir ins Wort, und ich starre sie perplex an. *Yoga*-Turniere?

»Yoga ist doch eigentlich kein...«, setze ich an. »Gibt es so etwas überhaupt?«

»Da haben wir's schon.« Elsa blickt von ihrem Telefon auf, nachdem sie eifrig darauf herumgetippt hat. »In London werden Yoga-Meisterschaften abgehalten. Sie sollten üben und sich mit anderen messen. Ich werde Matthias den Link schicken.« Sie mustert mich mit stählernem Blick. »Gewiss möchten Sie doch auf höchstmöglicher Ebene trainieren.«

»Mh...« Ich schlucke. »Das ist eigentlich nicht der Grund, wieso ich Yoga mache, aber... vielleicht!«, füge ich hinzu, als ich ihr Stirnrunzeln sehe. »Ja! Gute Idee!«

Während ich Elsa beim Kaffeekochen zusehe, füge ich etwas ängstlich hinzu: »Entschuldigen Sie die Frage, aber was ist Ronald denn zugestoßen?«

Es folgt eine Pause, dann sagt Elsa:

»Nur ein unglücklicher Vorfall.« Sie wirft mir ein abschreckendes Lächeln zu. »Wir sprechen nicht darüber. Wären Sie wohl so nett, das Tablett mit den Tassen zu nehmen?«

Gehorsam folge ich ihr, und als ich mich wieder an den Tisch setze, taucht im Flur ein gertenschlanker Doberman auf. O mein Gott! Was für ein hübscher Hund!

»Mauser!«, begrüßt Matt ihn lächelnd. »Einer der Hunde von meinem Vater«, erklärt er mir, und ich strahle ihn erleichtert an. Endlich jemand, mit dem ich was anfangen kann! Zu gern möchte ich Mauser kennenlernen und streicheln – leider scheint er seltsam am Boden festgewachsen zu sein.

»Warum kommt er denn nicht näher?«, frage ich verwundert.

»Er darf hier nicht rein«, sagt Matt.

»Er darf nicht ins Esszimmer?«, frage ich baff.

»Er hat seine Bereiche«, erklärt Matt, und ich gebe mir Mühe, mein Entsetzen zu verbergen. *Bereiche?* Wenn man mich fragt, klingt das finster. Es klingt nach einem Raumschiff aus einem dystopischen Science-Fiction-Film. Mitfühlend lächle ich Mauser an, der nach wie vor auf der Schwelle verharrt. Mauser gibt ein einzelnes Bellen von sich, und sofort runzelt John die Stirn.

»Mauser«, sagt er. »Aus! Mach Platz!«

Staunend sehe ich, wie Mauser sich augenblicklich platt auf den Boden legt. So einen Hund habe ich noch nie erlebt. Er ist wie ein Roboter.

»Warum heißt er Mauser?«, frage ich. »Weil er Mäuse fängt?«

»Nein. Er heißt *Mauser*, wie das Gewehr«, sagt Matt, und da fällt mir vor Entsetzen fast die Tasse aus der Hand. Ein *Gewehr*? Sie haben ihren Hund nach einer *Waffe* benannt?

»Mauser folgt aufs Wort«, sagt Walter, der bisher während des gesamten Essens kaum gesprochen hat.

»Ava hat auch einen Hund«, erklärt Matt, woraufhin Walter aufblickt und mich mit denkbar geringfügigem Interesse betrachtet.

»Ach, wirklich?«

»Ich habe einen Beagle«, erkläre ich eifrig. »Einen Findel-Beagle. Er wurde auf der A414 am Straßenrand gefunden.« Und wie immer, wenn ich von Harold erzähle, quillt meine Stimme über vor lauter Liebe. »Er ist... Möchten Sie vielleicht ein Foto sehen?«

»Nein, danke«, sagt Walter knapp, als John eben seinen Stuhl zurückschiebt.

»Matthias, Walter. Ich denke, wir sollten langsam mal anfangen.«

»Na gut«, sagt Matt und trinkt seinen Kaffee aus. »Kommst du zurecht, Ava?«

»Ich weiß schon, was Ava machen könnte«, wirft seine Mutter ein, bevor ich antworten kann. »Geh du nur, Matthias.«

»Nett, Sie kennengelernt zu haben«, sagt Walter zu mir, und ich ringe mir ein Lächeln ab.

»Danke gleichfalls!«

John geht mit Walter und Matt zur Tür hinaus. Mauser folgt den Männern im Gleichschritt, und während ich ihnen hinterhersehe, merke ich, dass ich leise den Darth-Vader-Marsch vor mich hinsumme. O Gott, hoffentlich hört mich keiner.

»Ronald, dein Physiotherapeut wird bald hier sein«, sagt Elsa, und Ronald kommt auf die Beine.

»Hat mich sehr gefreut, Sie kennenzulernen, Ava«, sagt er und drückt kurz meinen Arm, bevor er zur Tür hinausgeht.

Als auch Elsa aufsteht, merke ich, wie erleichtert ich bin, weil sie vermutlich auch an diesem Meeting teilnimmt. Sie werden alle eine Weile beschäftigt sein, sodass ich einfach irgendwo in Frieden sitzen und mich mit Instagram beschäftigen kann.

»Ava«, sagt Elsa mit frostigem Lächeln. »Ich fürchte, unser Meeting wird etwas dauern. Aber Sie dürfen gern den Pool benutzen. Er ist überdacht«, fügt sie hinzu. »Sie finden das Badehaus im Garten.«

Überrascht starre ich sie an. Der *Pool*? Mit einem Pool hatte ich nicht gerechnet.

»Super!«, sage ich. »Leider ... habe ich gar keinen Badeanzug dabei.«

»Drüben im Badehaus haben wir Badekleidung für Gäste«, sagt sie. »Da dürfen Sie sich gern bedienen.«

»Danke!«

Ich strahle Elsa an. All meine Antipathie ist verflogen. Ich *wusste* es! *Das* ist doch eine Gemeinsamkeit! Schwimmen! Ich mag ja nicht besonders sportlich sein, aber kaum jemand kann so gut im Pool herumdümpeln wie ich. Ich werde mich den ganzen Nachmittag im Wasser treiben lassen und ein bisschen entspannen, und dann nehmen wir den Kuchen aus der Patisserie eben zum Tee zu uns, da wir ihn ja nicht nach dem Lunch gegessen haben.

»Oh, ich sollte Sie vielleicht warnen«, fügt Elsa hinzu, als sie schon in der Tür steht. »Meine Cousine Greta aus Österreich ist zu Besuch und hat ein paar Freunde mitgebracht. Möglicherweise werden sie Ihnen über den Weg laufen. Aber keine Sorge, die sind sehr charmant.«

»Wundervoll!«, sage ich glücklich. »Aber vielleicht spaziere ich erst mal ein Stück durch den Garten.«

»Ganz wie Sie mögen«, sagt Elsa mit vager Geste auf die Terrassentüren. Fast klingt sie schon freundlich. Ich kann es gar nicht fassen. Dieser Besuch nimmt eine völlig unerwartete Wendung!

Der Garten ist ziemlich groß und verwinkelt, mit ummauerten Bereichen und Obstgärten und Rasenstücken, die sich alle ziemlich ähnlich sehen. Während ich versuche, den Weg zurück zum Haus zu finden, werde ich in eine WhatsApp-Debatte zwischen Sarika und Maud zum Thema Vitamin-C-Serum hineingezogen und suche mir eine Bank, um mich an der Diskussion zu beteiligen. Daher dauert es ziemlich lange, bis ich beim Badehaus ankomme, bei dem es sich um einen hölzernen Bau mit gläserner Front handelt.

Der Pool ist ein Traum, ganz blau und glitzernd, wie in einem schicken Hotel. Ich sehe mehrere Sonnenliegen und sogar eine Dampfkabine und eine Sauna. Unwillkürlich juchze ich vor Freude, als ich mich umblicke. Warum hat Matt mir gar nichts davon erzählt? Das ist mal wieder *typisch*.

Da höre ich Stimmen. Ich trete durch einen Vorhang und finde eine Gruppe von Frauen vor, die sich gerade umziehen und dabei laut auf Deutsch plappern. Drei davon scheinen so zwischen vierzig und fünfzig zu sein, aber eine ist älter. Überrascht blicken alle auf, als ich eintrete, und ich hebe eine Hand zum Gruß.

»Hi«, sage ich. »Ich bin eine Freundin von Matt. Ava.«

»Hallo!« Eine athletisch wirkende Frau mit kurzen Locken strahlt mich an. »Ich bin Greta, Elsas Cousine. Das sind Heike, Inge und Sigrid.« Sie deutet auf die ältere Frau. »Meine Mutter. Wir sind hier zu Besuch mit unseren Ehegatten, die sich in Kürze zu uns gesellen werden. Gemeinsam reisen wir durchs Vereinte Königreich. Ein kleiner *Road Trip*.«

»In ein paar Tagen fahren wir nach Stratford«, stimmt Heike mit ein. »Ich war noch nie in Stratford.« Sie setzt eine Badekappe auf und lässt sie schnalzen. »Bereit zum Schwimmen!«, fügt sie fröhlich hinzu. »Auf geht's!«

»Sie sprechen alle wirklich gut Englisch«, sage ich voller Bewunderung.

»Nein, nein«, meint Heike bescheiden. »Wir geben uns Mühe, doch ist es noch ein weiter Weg bis zur Perfektion.«

Soll das ein Witz ein?

»Nichts könnte weniger perfekt sein als meine Deutschkenntnisse«, entgegne ich. »Da sind Sie also schon mal deutlich im Vorteil.«

Alle Frauen lachen, tauschen zufriedene Blicke, und ich merke, wie mir warm ums Herz wird. Die sind ja richtig *nett*!

»Der Pool ist traumhaft«, sage ich und fange an, mich auszuziehen.

»Ja!«, ruft Greta begeistert. »Wir freuen uns schon aufs Schwimmen. Bis gleich da draußen!«

Alle vier verschwinden raus zum Pool, und ich nehme mir einen Badeanzug aus einem Korb mit der Aufschrift »Gäste«. Während ich ihn anziehe, lächle ich vor mich hin, denn das hatte ich von diesem Tag nicht erwartet. Ein hübscher, fauler Nachmittag im Pool mit Matts entfernter Verwandtschaft! Sechs Sonnenliegen habe ich gesehen. Es sind also genug für alle da. Oder vielleicht sitzen wir auch auf dem Beckenrand, lassen die Füße im Wasser baumeln und plaudern über irgendwas. Vielleicht können sie mir verraten, was Ronald zugestoßen ist.

Doch als ich rausgehe, sind die Liegen unbesetzt, und niemand lässt die Beine baumeln. Alle Frauen schwimmen konzentriert. So richtig. Kraulen vorwärts. Kraulen rückwärts. Ich komme mir vor wie bei einer olympischen Trainingseinheit. Selbst Sigrid sieht beim Brustschwimmen aus wie ein Profi, und dabei müsste sie mindestens siebzig sein. Wer *sind* diese Leute? Während ich sprachlos dastehe, erreicht Greta das Ende vom Pool und blickt lächelnd zu mir auf.

»Es ist so erfrischend!«, sagt sie. »Kommen Sie!«

»Okay.« Ich zögere. »Sie sind alle... wirklich gute Schwimmer.«

»Wir kennen uns aus dem Schwimmteam«, sagt Greta munter. »Leider ist unsere Technik nicht mehr das, was sie mal war!«

Während sie spricht, erreicht Heike den Rand des Pools, wendet mit einer Unterwasserrolle und schießt in die andere Richtung los.

»Schwimmen Sie auch?«, fügt Greta höflich hinzu.

»Na ja.« Ich schlucke. »Ich kann mich über Wasser halten...«

»Viel Spaß!«, sagt sie, dann stößt sie sich ab und krault los.

Zögerlich steige ich die Stufen ins erschreckend kalte Wasser hinab und mache ein paar vorsichtige Schwimmzüge. Schon muss ich hastig Inge ausweichen, deren Arme wie Kolben durchs Wasser stampfen. O Gott, hier kann ich mich nicht treiben lassen, wenn diese Leute so hin und her rasen. Es ist ja wie auf der M1. Ich beschließe, das Schwimmen vorerst aufzugeben. Vielleicht versuche ich es mal mit der Dampfkabine oder der Sauna. Zum Entspannen.

»Ich gehe erst mal ins Dampfbad!«, sage ich zu Greta, als sie am Beckenrand kurz Pause macht, und sie nickt freundlich. Ich schnappe mir ein Handtuch und tappe über den gefliesten Boden zur Dampfkabine, und schon beim Eintreten spüre ich, wie sich alle meine Muskeln entspannen. Das ist es doch schon viel eher. *So* habe ich mir das vorgestellt!

Ich schließe die Augen und lasse mich vom Dampf umfangen. Mir schwirrt der Kopf von all den seltsamen Situationen des heutigen Tages, angefangen bei diesem Lachsteller, von dem Prinzessin Margaret 1982 gegessen hat, bis hin zum traurigen Ronald. Nach einer Weile merke ich, dass ich fast schon eingenickt bin. Doch schrecke ich auf, als ich wieder Stimmen höre. Es sind Greta und die anderen Frauen. Offenbar sind sie raus aus dem Pool, und ich höre auch tiefe Stimmen, wohl von den Ehemännern. Ich sollte hingehen und hallo sagen.

Es könnte von Vorteil sein, mich mit Greta gutzustellen. Am besten mit der ganzen Gruppe. Die scheinen mir richtig nett zu sein (viel netter als Elsa), und das ist doch eine gute Möglichkeit, mich in die Familie einzubringen. Doch als ich aus der Dampfkabine trete, ist der Poolbereich menschenleer. Wo sind denn alle hin? Ich sehe mich um – da fallen mir zwei Paar Flipflops auf, draußen vor der Saunatür.

Na klar! Noch viel besser! Was könnte verbindender sein als ein gemeinsamer Saunagang?

Ich wickle mich in ein Handtuch und öffne vorsichtig die Tür, spüre die Hitze, die mir entgegenwallt. Ich trete ein – und erstarre.

Sie sind alle hier. Zumindest alle Frauen. Sie sitzen auf Handtüchern und blicken freundlich lächelnd auf – und sie sind alle nackt. Splitternackt. Splitter-

*faser*nackt. Ich sehe nur noch Brüste und Bäuche und ... o mein *Gott!*

Was mache ich jetzt? Was nur? Muss ich mich denn auch ganz ausziehen?

»Tür zu!«, sagt Greta gestikulierend, und bevor ich meine Gedanken sortieren kann, habe ich die Tür schon hinter mir geschlossen.

»Setzen Sie sich!«, fügt Heike hinzu und rutscht ein Stück auf der Bank, was ihre aderigen Brüste wippen lässt.

Nein! Guck ihre Brüste nicht an! Und auch nicht ihre ...

O Gott, stopp! *Nicht* hinsehen! Eilig wende ich mich von Heike ab und bin plötzlich auf Augenhöhe mit Inges blassen Nippeln. Entsetzt senke ich den Blick, nur um einen Wust von buschigen Schamhaaren anzustarren.

Nein. Neeeeiiin.

Okay. Ganz ruhig. Im Grunde ist hier keine Blickrichtung sicher. Also werde ich die Tür anstarren. Genau. Schon läuft mir der Schweiß übers Gesicht, was nichts mit der Hitze in der Sauna zu tun hat. Es ist der reine Stress.

Sollte ich rausgehen? Aber was ist, wenn das unhöflich wirkt?

»Setzen Sie sich auf Ihr Handtuch, Ava«, sagt Greta aufmunternd, und ich breite es ordentlich auf der Holzbank aus. Als ich mich setze, merke ich, dass Sigrid mich mit distanziertem Interesse betrachtet.

»Warum sind Sie denn verhüllt?«, erkundigt sie sich höflich. »Schämen Sie sich Ihrer Scham?«

Ob ich...?
*Bitte?*

»Nein!«, sage ich mit schriller Stimme. »Ich meine... Ich glaube nicht... Na ja. Ich habe noch nie wirklich... Ganz schön heiß hier drinnen...«

Mein Stammeln endet, als die Tür zur Sauna aufgeht. Drei Männer kommen hereinmarschiert, alle in Handtücher gewickelt und freundlich lächelnd.

»Henrik!«, sagt Greta. »Das hier ist eine Freundin von Matt. Ava.«

»Hallo, Ava!«, sagt Henrik gut gelaunt. Und ich weiß, das wäre mein Stichwort, etwas zu entgegnen, aber ich kriege kein Wort heraus. Vor Angst bin ich wie gelähmt. Alle drei Männer sind eilig damit beschäftigt, ihre Handtücher abzulegen, was ihre behaarte Brust freilegt, ihre Oberschenkel und... Sie werden ja wohl nicht... Sie werden doch... Das können sie doch nicht...

O mein Gott. Sie tun es. Alle drei.

Guck zur Tür, Ava. Guck zur *Tür*.

Mein Kopf ist stur geradeaus gerichtet. Ich starre die hölzernen Planken an. Ich versuche zu vergessen, was ich da eben bei einem Blick auf Henrik ganz kurz gesehen habe...

Also, nur mal so nebenbei: Kein Wunder, dass Greta so gut drauf ist...

Nein. *Nein*. Hör auf, daran zu denken, Ava. Hör auf hinzugucken. Hör einfach... auf.

Ich merke, dass ich mich dermaßen in mein Handtuch kralle, dass meine Knöchel schon ganz weiß sind, was auch Greta zu bemerken scheint.

»Ava, geht es Ihnen gut?«, fragt sie besorgt. »Wird Ihnen die Hitze zu viel? Wenn Sie das Saunen nicht gewöhnt sind, sollten Sie es lieber nicht übertreiben.«

»Geht schon!«, sage ich. »Ich hab nur... Ich denke, ich bin einfach nicht gewöhnt, dass...« Ich hole tief Luft. Vielleicht sollte ich einfach sagen, wie es ist. »In England gehen wir meist nicht... wir tragen Badeanzüge.«

Noch im selben Moment sehe ich Greta an, dass sie begreift.

»Aber natürlich!«, ruft sie. »*Natürlich!*« Sie sagt etwas Schnelles auf Deutsch zu den anderen, und dann reden plötzlich alle durcheinander, einschließlich der Männer.

»Wir bitten um Verzeihung!«, sagt Greta amüsiert. »Arme Ava. Gewiss finden Sie uns sonderbar! Sehen Sie, für uns ist es normal. Denk nur, Henrik! Sie ging in die Sauna und erwartete Bekleidung. Doch stattdessen stieß sie dort auf nackte Leiber!«

Mit langem Arm deutet sie in die Runde, und bevor ich es verhindern kann, folge ich ihr mit meinem Blick und...

Okaaaay. Jetzt habe ich alles gesehen. Das kann man nicht ungesehen machen.

»Welch Missverständnis«, sagt Henrik jovial. »Sehr zum Totlachen.«

»Davon werden wir noch lange zählen!« Nickend wendet Greta sich zu mir um, sodass ihre Brüste heftig wippen. »Ist das die korrekte Redewendung: ›noch lange zählen‹?«

»Ich... denke schon«, sage ich und gebe mir alle

Mühe, ihre Nippel nicht zu sehen, »oder vielleicht wäre ›noch lange zehren‹ doch eher... oh!«, stöhne ich, als Henrik aufsteht und alles baumeln lässt.

»Elsa und John wollen übrigens auch noch rüberkommen«, sagt er beiläufig zu Greta. »Da wird es wohl eng werden in der Sauna!«

Als seine Worte bis zu mir durchgedrungen sind, halte ich abrupt inne. Elsa und John wollen...

*Was?*

Ich brauche einen Moment, um den ganzen Schrecken dieser Möglichkeit zu begreifen. Meine zukünftigen Schwiegereltern? In der Sauna? *Nackt?*

Schon bin ich aufgesprungen, klammere mich an mein Handtuch. Mein Herz rast, und der Schweiß läuft mir in Strömen übers Gesicht.

»Es war zauberhaft, Sie alle hier zu sehen«, plappere ich. »Ich meine, Sie alle hier zu *treffen*. Aber... ich glaube, ich habe ausgesaunt. Also... äh... viel Spaß noch!«

Mit zitternden Beinen schiebe ich mich hinaus. Ich möchte mir ganz, ganz schnell was anziehen. Auf keinen Fall möchte ich Elsa oder John nackt sehen. Das hat absolute Priorität.

Ich werfe den Badeanzug in so eine Art Wäschekorb und springe kurz unter die Dusche. Dann steige ich – egal wie – in meine Klamotten und eile in einem Zustand leiser Panik aus dem Badehaus. Draußen auf dem Weg kommt mir Matt entgegen, und ich haste auf ihn zu.

»Hast du dich gut amüsiert?«, fragt er. »Wir waren früher fertig, als wir...«

»O mein Gott!«, falle ich ihm ins Wort. »O mein *Gott*, Matt! Du hättest mich warnen sollen!«

»Bitte?« Matt versteht nicht.

»Die Sauna!«, quieke ich beim Versuch zu flüstern. »Deine Familie war da drinnen! Nackt!«

»Oh, stimmt.« Sein Gesicht entspannt sich, als er versteht. »Ja.«

Ich warte darauf, dass er mehr sagt ... doch das scheint es gewesen zu sein. Ist das wirklich alles, was er dazu zu sagen hat?

Okay, ich verlange *wirklich* nicht viel, aber meiner Ansicht nach kann »Oh, stimmt. Ja« in diesem Fall nicht genügen.

»Nackt«, wiederhole ich, um es nochmal hervorzuheben. »Sie waren alle *nackt*. Du weißt doch, wenn man eine Rede halten muss, sagen sie Leute immer: ›Stell dir die anderen einfach alle nackt vor, das nimmt dir die Unsicherheit.‹ Das ist glatt gelogen! Tut es nämlich überhaupt nicht!«

»In Österreich hat das Nacktsaunen Tradition.« Matt zuckt mit den Schultern.

»Aber es ist nicht *meine* Tradition! Ich wollte vor Scham im Boden versinken! Ich war so: ›O mein Gott, ich sehe alles ...‹ Du möchtest gar nicht wissen, *was* ich alles gesehen habe«, ende ich vielsagend. »Das möchtest du echt nicht wissen.«

Matt lacht, und ich funkle ihn an. Hält er das für komisch?

»Hast du mich etwa absichtlich in diese Situation gebracht?«, frage ich vorwurfsvoll.

»Nein!« Er wirkt erstaunt. »Ava, ich wusste ja gar

nicht, dass noch jemand da sein würde. Außerdem ist mir gar nicht in den Sinn gekommen, dass du vielleicht in die Sauna gehen könntest ... Ich habe einfach nicht daran gedacht. Ich bin so daran gewöhnt, dass ich es glatt vergessen habe. Und mal ehrlich ...«, fügt er hinzu und spricht etwas leiser, als seine Eltern auf uns zukommen. »Ist das denn so schlimm?«

»*Was?*«, setze ich an ... und bremse mich. Schon sind Elsa und John in Hörweite, und Elsa spricht mich an:

»Hallo, Ava. Hat Ihnen das Schwimmen gutgetan?«

»Sehr gut, danke«, antworte ich mit höflichem Lächeln. »Was für ein traumhafter Pool!«

Doch als sie dann anfängt, mir vom Garten zu erzählen, schwirrt mir der Kopf. Überall in mir blitzt Empörung auf. Wäre ich nicht pazifistisch eingestellt und gegen jede Art von häuslicher Gewalt, würde ich Matt in diesem Moment eine reinhauen. »*Ist das denn so schlimm?*« Weiß er eigentlich, was er da redet?

## SIEBZEHN

Als wir eine Stunde später in den Wagen steigen, bin ich kurz vorm Platzen. Ganz kurz davor. Argumente kreisen in meinem Kopf wie Flugzeuge, die auf ihre Landeerlaubnis warten. Erst vergisst Matt, mich vor der Nacktsauna zu warnen. Dann tut er, als würde ich überreagieren. Und zu guter Letzt erzählt er seinen Eltern beim Tee, Harold müsste besser erzogen werden, obwohl er weiß, dass ich es nicht mag, wenn er so redet.

Und zu allem Überfluss setzten seine Eltern dann noch zu einem halbstündigen Vortrag über das Achte Weltwunder namens Genevieve an. Ich habe erfahren, dass Genevieve schon auf dem Cover von drei Zeitschriften abgebildet war. Und sie wird eine Fernsehdoku drehen. Und sie braucht zwei Assistenten, die sich allein um ihre Fanpost kümmern.

Ja, okay, Matt hat versucht, das Gespräch davon abzulenken, aber vielleicht *hätte er sich ja etwas mehr Mühe geben können.*

Und – o mein Gott – was sollte mir das mit dem Kuchen sagen?

Schnaufend steige ich in den Wagen und winke Matts Eltern zu.

»Vielen Dank nochmal!«, rufe ich zum Fenster hinaus. »Was für ein schöner Tag! Es war wirklich *wundervoll*!«

»Und...«, sagt Matt, als er den Rückwärtsgang einlegt, um zu wenden. »Wie war es nun für dich?«

Die bloße Frage ist doch eine Provokation. Was meint er wohl, wie es für mich war?

»Oh, ich bin superbegeistert, dass ich eine Eins plus für meinen Test zum Thema ›Genevieve, das Superweib‹ kriege«, sage ich, während ich seine Eltern noch durchs Fenster freundlich anlächle, und Matt seufzt.

»Ich weiß. Tut mir leid. Meine Eltern sind... Sie können einfach nicht aufhören.«

Er fährt los, und wir schießen ein Stückchen vorwärts, werfen Kiesel auf. Als wir das Tor passieren, entfährt uns beiden ein schwerer Seufzer.

»Aber war es denn ansonsten okay?«, fragt Matt nach einer Weile. Ich weiß, wie sehr er sich wünscht, dass ich es schön fand. Und ich weiß, das sollte ich auch sagen. Aber ich kann nicht. Mir ist mürrisch und patzig zumute.

»Abgesehen von Genevieve und den Nackten in der Sauna und der Tatsache, dass du Harold beleidigt hast, war alles super«, sage ich, kann mir den Sarkasmus nicht verkneifen.

»Ich habe Harold beleidigt?« Matt klingt baff. »Womit habe ich Harold beleidigt?«

»Du hast gesagt, er müsste besser erzogen werden.«

»Er müsste ja auch besser erzogen werden«, erwidert Matt, und in mir brodelt es.

»Müsste er *nicht*! Und warum haben sie meinen Kuchen nicht mal ausgepackt?«

»Was?« Matt ist perplex. »Welchen Kuchen?«
*Welchen Kuchen?*

»Ich habe ein Vermögen ausgegeben für einen Kuchen aus einer feinen Patisserie, aber sie haben ihn einfach in der Küche stehen lassen!«

»Oh.«

»Und dann haben sie zum Tee nur Kekse serviert, und ich dachte die ganze Zeit: ›Aber was ist denn mit dem *Kuchen*? Wieso essen wir nicht den *Kuchen*?‹«

Matt wirft mir einen vorsichtigen Blick zu. »Wahrscheinlich sparen sie ihn sich auf. Ich glaube, du überreagierst.«

»Möglich«, sage ich finster. »Aber das ist ja auch kein Wunder!« Mit einem Mal spüre ich, wie mich die Müdigkeit überkommt, und ich massiere mir die Schläfen. »Hör mal, Matt. Du *musst* zu mir ziehen. Ich finde bei dir einfach keinen Schlaf.«

»Zu dir ziehen?« Matt klingt entgeistert. »Was? ... Nein. Tut mir leid, aber nein.«

»Aber meine Wohnung ist gemütlicher. Sie ist praktischer. Sie ist wohnlicher.«

»*Wohnlicher?*«, wiederholt Matt fassungslos. »Ava, deine Wohnung ist gefährlich! Überall ragen rostige Nägel raus, und irgendwelches Zeug fällt einem auf den Kopf. Außerdem drehst du keinen Deckel wieder ordentlich auf die Gläser ...«

Sprachlos starre ich ihn an. *Gläser?* Wo kommt das denn jetzt her? *Gläser?* Ich mache den Mund auf, um mich zu verteidigen, doch Matt redet weiter, als würden alle Dämme brechen.

»Überall stehen gottverdammte ›Findelpflanzen‹ ...

in deinem ›Findelbett‹ kann man unmöglich schlafen...«

»Wenigstens hat meine Wohnung Charakter!«, fahre ich ihn an. »Wenigstens ist sie kein monolithischer Betonklotz.«

»Charakter?« Matt stößt ein kurzes, ungläubiges Lachen aus. »Sie ist erdrückend! Das ist ihr Charakter! *Findelbücher*? So was wie Findelbücher gibt es gar nicht, Ava. Es ist keine noble Geste, Müll zu retten.«

»Müll?« Wütend starre ich ihn an.

»Ja, Müll! Und weißt du was? Wenn keiner mehr *Das Bunte Buch vom Blumenkohl* aus dem Jahr 1963 kaufen will, dann liegt es nicht daran, dass es sich dabei um eine vergessene Perle handelt, die gerettet werden muss. Es liegt daran, dass es Schrott ist.«

Für einen kurzen Moment verschlägt es mir vor Schreck die Sprache. Ich weiß gar nicht, wo ich anfangen soll. Und außerdem besitze ich überhaupt kein Buch über Blumenkohl.

»Okay ... Du findest meine Wohnung also grässlich.« Ich gebe mir Mühe, die Ruhe zu bewahren.

»Ich finde sie nicht grässlich.« Matt blinkt links und wechselt die Spur. »Ich finde sie gefährlich.«

»Nicht das schon wieder! Du bist besessen!«

»Ich würde gern einigermaßen unversehrt durchs Leben gehen!«, sagt Matt plötzlich erhitzt. »Mehr verlange ich nicht. Jedes Mal, wenn ich einen Fuß in deine Wohnung setze, ziehe ich mir irgendeine Verletzung zu, fällt mir eine von deinen geretteten Yucca-Palmen auf den Kopf, oder mein Hemd wird von Harold zerfetzt. Seit wir zusammen sind, musste ich mir sechs neue Hemden kaufen. Wusstest du das?«

»*Sechs?*« Ich stutze. Das war mir nicht bewusst. Ich hätte gedacht vielleicht ... drei.

»Ich liebe dich.« Plötzlich klingt Matt richtig erschöpft. »Aber manchmal habe ich das Gefühl, dein Leben hasst mich. Ich fühle mich attackiert. Deine Freundinnen ... Mannomann ... Weißt du, dass Nell mir jeden Tag irgendeinen Text schickt, in dem Harriet's House niedergemacht wird? ›Warum Harriet's House frauenfeindlich ist.‹ ›Warum Feministinnen Harriet's House boykottieren sollten.‹ Wir verkaufen Puppenhäuser, verdammt nochmal. Mag ja sein, dass wir nicht perfekt sind, aber wir sind auch nicht *das Böse*.«

Da kriege ich doch ein etwas schlechtes Gewissen, denn auch das war mir nicht bewusst – aber so ist Nell nun mal.

»Es zeigt nur, dass sie dich respektiert«, sage ich trotzig. »Nell streitet nur mit Leuten, die sie mag und respektiert. Es ist ein Kompliment. Und immerhin nimmt sie dich wahr! Immerhin ignoriert sie dich nicht! Dein Vater hat während des ganzen Mittagessens nicht mit mir gesprochen! Kein Wort!« Ich weiß, dass meine Stimme schrill wird, aber ich kann nicht aufhören. »Und meine Wohnung mag ja nicht perfekt sein, aber wenigstens ist sie geschmackvoll! Wenigstens wieselt da nicht überall ein Roboter rum!«

»Was hast du denn gegen unseren Roboter?«, erwidert Matt.

»Er ist lächerlich! Er ist pubertär! Wer lässt sich

denn seinen Knabberkram von einem *Roboter* bringen? Und was deine *Kunstwerke* angeht ...«

Ich bremse mich, weil ich die Kunstsammlung eigentlich nicht erwähnen wollte. Mittlerweile hat es angefangen zu regnen. Die Tropfen prasseln auf den Wagen ein, und eine Weile fahren wir schweigend.

»Was ist mit meinen Kunstwerken?«, fragt Matt tonlos, und ich überlege einen Moment. Was soll ich dazu sagen? Sollte ich lieber einen Rückzieher machen?

Nein. Nell und Sarika haben recht. Ich muss ehrlich bleiben. Kein Verdrängen mehr.

»Tut mir leid, Matt«, sage ich mit starrem Blick aus dem Fenster. »Aber ich finde deine Kunstsammlung beklemmend und ... abartig.«

»›Abartig‹«, wiederholt Matt offenbar gekränkt. »Einer der größten, gefeiertsten Künstler unserer Zeit – ›abartig‹.«

»Er mag ja groß sein. Aber seine Kunst ist trotzdem abartig.«

»Genevieve fand das nicht«, sagt Matt schneidend. Mir stockt der Atem. O mein Gott. So weit ist es mit uns gekommen.

»Also, Russell mochte mein Findelbett«, sage ich ebenso scharf, »und er mochte meine klapprigen Fenster, *und* er fand Harold süß, so wie er ist.«

Matt hält an einer roten Ampel. Schweigend stehen wir da, und es kommt mir vor, als würden sich die Fronten verhärten.

»Hast du nicht gesagt, Russell hätte nie bei dir übernachtet?«, fragt er schließlich, ohne seinen Kopf zu bewegen.

»Nein. Hat er auch nicht.«

»Wenn er nie in deinem Findelbett geschlafen hat, wie konnte er es dann mögen?«

»Er hat darauf gedöst«, sage ich würdevoll. »Und er fand es sehr bequem.«

»Komisch irgendwie, dass er nie bei dir übernachtet hat«, entgegnet Matt.

»Er konnte nicht, wegen seiner Arbeit…«

»Unsinn. Niemand kann in einer fünfmonatigen Beziehung kein einziges Mal ›über Nacht bleiben‹. Ich kenne ihn ja nicht, aber ich vermute mal, dass er zu nichts in deinem Leben eine Meinung hatte, weil es ihm schlicht egal war. Er hatte kein echtes Interesse daran, also hat er nur gesagt, was du hören wolltest. Er hat dir was vorgemacht, Ava. Im Gegensatz dazu mache ich dir nichts vor. Ich interessiere mich *ernsthaft* für dich. Und ich bin ehrlich.«

Verletzt starre ich ihn an. Ich hätte Matt niemals etwas von Russell erzählen sollen.

»Ach, ja?« Endlich fallen mir ein paar Worte ein, die ich entgegnen könnte. »Das denkst du also?«

»Genau das.«

»Dann werde ich *dir* mal eine Frage stellen! Woher willst du eigentlich wissen, dass Genevieve deine Kunst leiden mochte?«

»Sie hat es mir gesagt…« Matt stockt, als er merkt, dass ich ihm eine Falle gestellt habe. »Sie hat sich dafür interessiert«, fügt er steinern hinzu. »Wir haben uns zusammen Ausstellungen angesehen. Sie hatte wirklich Sinn dafür.«

»Sie hat *dir* was vorgemacht, Matt!« Ich lache spöttisch. »Ich war auf Genevieves Instagram-Seite. Ich habe ihren Stil gesehen, und glaub mir: Sie mochte deine Kunst nicht *wirklich* leiden. Niemand mag sie! Meine Freundinnen ...«

»Oh, jetzt sind wir also wieder bei deinen Freundinnen«, knurrt Matt verletzt. »Wie zu erwarten. Der griechische Chor. Gibt es auch mal fünf Minuten in deinem Leben, in denen du sie nicht konsultierst?«

»Fünf Minuten?« Ich schüttle den Kopf. »Bei *allem* musst du übertreiben.«

»Du bist WhatsApp-süchtig«, sagt Matt. »Das ist keine Übertreibung.«

»Lieber bin ich süchtig nach WhatsApp als nach irgend so einem blöden ... Onlinezähler!«, sage ich schrill. »Die Zahl aller Internet-User weltweit? Im Ernst?«

»Was ist damit?«

»Das ist doch irgendwie abartig!«

»Dann ist also alles in meinem Leben ›abartig‹«, sagt Matt und greift das Lenkrad fester. »Und auch *das* fand Genevieve nicht.«

»Tja, und Russell mochte meine Freundinnen!«, keife ich zurück. »Und weißt du, was noch? Er war Vegetarier. Wohingegen du nicht mal *versuchst*, dich vegetarisch zu ernähren ...«

»Ich habe nie behauptet, Vegetarier zu sein«, unterbricht mich Matt.

»Das sage ich ja auch nicht, aber du könntest dich bemühen ...«

»Warum?«, fragt Matt, und fast kreische ich vor Frust. Wie kann er das nur fragen?

»Weil du es tun *solltest*! Weil du gesagt hast, dass du es tun *würdest*! Weil alle wissenschaftlichen Erkenntnisse zeigen...«

»Ava, ich sage es dir hier und jetzt«, erklärt Matt ausdruckslos. »Aus mir wird nie ein Vegetarier werden. Fleisch einschränken, ja, verantwortungsvoll einkaufen, ja, es komplett aufgeben, niemals. *Niemals*«, wiederholt er, während ich die Luft anhalte. »Ich *mag* Fleisch.«

Mir ist, als hätte er mich geohrfeigt. Einen Moment lang stockt mir der Atem.

»Okay«, sage ich schließlich. »Dann... Dann war's das jetzt?«

»Ich weiß nicht.« Matt verzieht das Gesicht. »War's das? Ist das für dich so was wie ein K.-o.-Kriterium?«

»Nein!«, sage ich empört. »Ich habe keine K.-o.-Kriterien.«

»Denn das hättest du mir auch in Italien schon sagen können«, fährt Matt unerbittlich fort. »Finde ich jedenfalls. Du hättest mir sagen können, dass es für dich ein K.-o.-Kriterium ist, ob ich Vegetarier bin oder nicht.«

»Na, dasselbe gilt doch auch für dich!«, entgegne ich. »Ist der Umstand, dass ich Vegetarierin bin, für dich ein K.-o.-Kriterium? Denn das hättest du *mir* genauso sagen können.«

»Sei nicht albern«, knurrt Matt ärgerlich. »Du weißt, dass es nicht so ist.«

Ein paar Minuten lang schweigen wir beide, während der Regen unablässig aufs Autodach trommelt. Wir sind beide so sehr gekränkt, dass die Atmosphäre im Wagen knistert wie bei einem Gewitter. Ich kann es nicht ertragen. Wie ist es möglich, dass wir so sind? *Warum* sind wir so?

In Apulien waren wir so glücklich. Wenn ich die Augen schließe, bin ich wieder da, umgeben von Olivenbäumen, mit einem Blumenkranz im Haar, erfüllt von Liebe und Optimismus.

Dann schlage ich die Augen auf und sitze wieder unglücklich im Regen.

»Dann bereust du also, was du in Italien gesagt hast?«, frage ich bedrückt.

»Was habe ich denn in Italien gesagt?« Matt versucht, einen elektronischen Staumelder am Straßenrand zu entziffern, und mein Kopf wird ganz heiß. Wie kann es sein, dass er sich nicht daran erinnert? Hat es ihm denn *gar nichts* bedeutet?

»Ach, Verzeihung, du hast es vergessen!« Es ist nicht zu überhören, wie verletzt ich bin. »Offenbar war es dir gar nicht so wichtig. Und *ich* dachte, du hättest gesagt: ›Ich liebe diese Frau so richtig‹, aber vielleicht war es auch nur: ›Reich mir doch mal das Olivenöl rüber‹.«

»Selbstverständlich bereue ich es nicht«, sagt Matt gereizt. »Und selbstverständlich war es mir wichtig. Ich wusste eben nur nicht, was du meintest. Ich habe in Italien viel gesagt. Immer erwartest du von mir, dass ich deine Gedanken lesen kann ...«

»Tu ich nicht!«

Wieder schweigen wir, dann seufzt Matt.

»Hör mal, Ava. Wir müssen reden. So richtig. Es ist ... Wollen wir vielleicht was trinken gehen?«

Bevor ich antworten kann, summt eine neue Whats-

App-Nachricht in meinem Telefon, und schon aus Gewohnheit werfe ich einen Blick darauf, was ein bitteres, etwas ungläubiges Lächeln auf Matts Gesicht hervorruft.

»Da wären wir wieder. Plaudere du nur mit deinen Freundinnen. Jeder hat so seine eigenen Prioritäten. Keine Sorge, Ava, hab schon verstanden.«

Wieder laufe ich rot an, denn es war ein reiner Reflex. Und hätte ich etwas länger nachgedacht, hätte ich auch nicht nachgesehen. Aber jetzt steht die Nachricht ja schon auf meinem Bildschirm, und ...

O Gott.

Mir bleibt das Herz stehen, als ich Sarikas Worte lese. Einen Moment lang kann ich gar nicht reagieren. Schließlich blicke ich auf und sage:

»Ich muss dringend zu Nell. Könntest du mich bitte hinfahren?«

»*Wie bitte?*« Matt lacht fassungslos. »Das ist deine Antwort? Ich frage dich, ob du mit mir was trinken gehst, ich versuche, Brücken zu bauen, ich versuche, die Situation zum Besseren zu wenden ... und du sagst, du willst zu Nell? Ava, du wirfst *mir* vor, es wäre mir egal ...«

Ich höre kaum zu. Ich bin hin- und hergerissen. Ich darf es ihm nicht sagen. Ohne Nells Erlaubnis erzähle ich niemandem, was mit ihr los ist, aber das hier ist anders. Er sollte es wissen, er *muss* es wissen ...

»Nell ist krank«, falle ich ihm ins Wort.

»*Krank?*« Plötzlich klingt er gar nicht mehr so kämpferisch und wirft mir einen unsicheren Blick zu. »Was meinst du? Ist irgendwas passiert?«

»Ich wollte es dir eigentlich noch nicht... Ich meine, sie erzählt es anderen lieber selbst, aber... Jedenfalls...« Ich hole tief Luft. »Nell hat Lupus. So. Darum... Darum geht es. Deshalb muss ich zu ihr.«

»*Lupus?*« Matt sieht mich kurz an. »Das ist ja... Mist, das habe ich nicht geahnt. Sie sieht gar nicht aus, als hätte sie... Darauf wäre ich nie gekommen.«

»Ich weiß. Das macht alles so schwierig. Die Krankheit kommt und geht. Nell hatte gerade eine gute Phase, also...«

»Lupus.« Matt wirkt immer noch etwas erschüttert. »Ich hab noch nie... Ich meine, ist das nicht was Ernstes?«

»Ja. Schon. Kommt drauf an«, knurre ich frustriert.

Ich weiß, ich klinge schroff. Wütend sogar, aber ich bin nicht wütend auf Matt. Ich bin wütend auf diesen Lupus. Auf diese verdammte Krankheit. Auf die ganze *Scheiße*.

»Okay«, sagt Matt nach längerer Pause. »Verstanden.«

Er nimmt meine Hand und drückt sie ganz fest. Ich drücke zurück, fester als ich wollte, und ich merke, dass ich nicht mehr loslassen möchte. So bleiben wir sitzen und halten einander bei der Hand, bis er schalten muss und mich loslässt.

»Was kann ich tun?«

»Sarika meint, sie hat einen schlimmen Schub. Wir versuchen dann immer, bei ihr zu bleiben, und jetzt bin ich an der Reihe. Setz mich einfach bei ihr ab. Das wäre nett.«

Wahrend der nächsten paar Minuten schweigen wir beide, dann sagt Matt:

»Erzähl mir davon. Moment, nein, spar dir den Atem«, meint er eilig. »Ich werde es googeln. Oder irgendwas.«

»Schon okay«, sage ich knapp. »Die Krankheit hat Millionen Symptome. Es verwirrt nur, sie zu googeln. Es ist eine Autoimmunkrankheit mit unterschiedlichen Verläufen. Nell hat mit diversen Auswirkungen zu kämpfen. Ihre Gelenke... Herzprobleme. Vor ein paar Jahren hatte sie eine Unterleibsoperation. Das war nicht witzig.«

»Sollte sie denn nicht im Krankenhaus sein?« Matt klingt beunruhigt.

»Dazu könnte es kommen. Aber alles in ihr sträubt sich dagegen. Sie will auf jeden Fall versuchen, zu Hause zu bleiben. Immer wenn sie diese Schübe hat, versuchen wir, für sie da zu sein. Du weißt schon – sie ablenken, ihr Gesellschaft leisten, Besorgungen machen, solche Sachen.«

Wir schweigen, und ich spüre, dass Matt versucht, das alles irgendwie einzuordnen. Schließlich meint er:

»Klingt echt bedrückend.«

»Ja.« Dankbar sehe ich ihn an, weil er das richtige Wort gefunden hat. »Es ist auch bedrückend. Und dabei schien es ihr schon so viel besser zu gehen.« Ich kann nicht verhindern, dass mein Frust durchklingt. »Weißt du? Sie hatte schon seit Monaten keinen Schub mehr. Wir dachten alle... Wir hatten gehofft... Es ist so ungerecht...« Meine Stimme bricht, als ich daran denken muss, wie überraschend optimistisch Nell im Park wirkte. »*Scheiße.*«

»Ava, du hast alles Recht der Welt, traurig zu sein«, sagt Matt sanft.

»Nein.« Ich schüttle den Kopf. »Ich darf nicht die Fassung verlieren. Nell will es so.«

Meine Stimme ist schon sanfter geworden. Wenn ich ihn so ansehe, empfinde ich nichts als Zuneigung. Alle unsere kleinen Ärgernisse scheinen verflogen zu sein. Als wir uns vor zwei Minuten so gestritten haben, kam mir das alles unendlich bedeutend vor – aber jetzt kann ich mich nicht mal mehr erinnern, worüber ich mich dermaßen aufgeregt habe. Im Grunde schäme ich mich. Matt und ich haben keine Schmerzen, wir sind nicht krank, wir haben nicht zu kämpfen. Wir haben Glück. Wir können alles klären.

Als ich Nells Postleitzahl in Matts Navi eingebe, fragt er leise:

»Wie lange ist sie denn schon krank?«

»Die Diagnose hat sie vor fünf Jahren bekommen. Sie war schon vorher krank, aber keiner wusste, was mit ihr los war.«

Einen Moment schweige ich, denke an diese schrecklichen, schwierigen Jahre, in denen Nell immer wieder überraschend krank wurde und keiner sagen konnte, wieso. Erschöpft zu sein passte so überhaupt nicht zu der energiegeladenen Nell. Tagelang lag sie im Bett, konnte sich nicht rühren, hatte Schmerzen. Ihr Arzt meinte was von Ängsten und Viren und chronischem Erschöpfungszuständen. Sie schwankte zwischen Zorn und Verzweiflung. Wie wir alle.

Dann bekam sie die Diagnose, und es war fast eine Erleichterung zu erfahren, was mit ihr nicht stimmte, aber es wurde auch bedrohlich. Denn jetzt war es real. Es *ist* real.

»Und ihr sorgt gemeinsam für sie?« Matt gibt sich alle Mühe zu verstehen, wie es läuft.

»Na ja, das wäre jetzt übertrieben. Wir sind vor allem für sie da. Aber nicht nur wir«, füge ich eilig hinzu. »Ihre Mum ist oft bei ihr, obwohl die beiden eine ziemlich schwierige Beziehung zueinander haben. Und dann ist da noch ihr Bruder mit seiner Frau, aber die wohnen unten in Hastings...«

»Okay. Und hat sie denn auch einen Partner? Oder eine Partnerin?«, fügt er eilig hinzu.

»Seit der Diagnose gab es da wohl den einen oder anderen Kerl. Aber keiner ist geblieben. Denen wurde langweilig, wenn Nell immer und immer wieder absagen musste.« Ich zucke mit den Schultern. »Es ist schwierig.«

»Bestimmt.«

»Ich habe es dir nicht schon früher anvertraut, weil sie...« Ich zögere. »Sie mag es nicht, wenn Leute unnötigerweise davon erfahren. Aber ich musste es dir jetzt erzählen. Irgendwann hättest du es ja sowieso rausgefunden.« Einen Moment starre ich die Scheibenwischer an, dann füge ich hinzu: »Es gehört zu meinem Leben genauso wie zu Nells.«

»Das verstehe ich.« Er nickt, und für den Rest der Fahrt sitzen wir schweigend beieinander. Nicht so ein drückendes Schweigen, eher friedlich. Ich bin mir nicht sicher, ob alles wieder gut ist, aber wenigstens herrscht vorübergehend Waffenstillstand.

Als wir vor Nells Wohnblock halten, sagt Matt: »Soll ich mit reinkommen?«, aber ich schüttle den Kopf.

»Besser nicht. Nell bleibt lieber für sich.«

»Aber ich würde gern was tun.« Bedrückt sieht er mich an. »Ava, ich möchte helfen ...«

»Das hast du schon getan. Du hast mich hergefahren. Glaub mir.« Ich nicke bekräftigend. »Von hier an kann ich allein.«

»Okay.« Er stellt den Motor aus, wischt sich übers Gesicht, dann wendet er sich mir zu. »Hör mal. Bevor du gehst ... Darf ich dich bald mal auf einen Drink ausführen? Oder zum Essen? Lass uns was essen gehen. Auf ein *Date*«, fügt er hinzu, als hätte er endlich das richtige Wort gefunden. »Wir hatten noch nie ein richtiges Date. Das ist doch absurd.«

»Stimmt schon.« Ich lächle. »Es sei denn, man würde das Felsenspringen mitrechnen.«

Während ich das sage, tanzen Bilder von diesem Tag vor meinem inneren Auge, und plötzlich packt mich eine unbändige Sehnsucht. Alles schien so einfach, dort an diesem Strand. Sonnenschein, Meersalz in den Haaren und ein toller Typ an meiner Seite. Nichts anderes zu tun als in der Sonne zu liegen und zu küssen. Nichts zu bedenken. Kein chaotisches *Leben*, das einem Steine in den Weg legt.

Ich weiß, dass es nicht real war. Das weiß ich.

Aber real ist manchmal schwer. Real ist *echt* schwer.

»Apropos Felsenspringen...«, sagt Matt. Ich blicke auf, frage mich, worauf er hinauswill. Dann steigt er zu meiner Überraschung aus. »Warte kurz«, fügt er hinzu.

Ich höre, dass er den Kofferraum aufmacht und darin herumwühlt. Dann klappt der Deckel zu, und schon sitzt Matt wieder auf dem Fahrersitz, mit einem klobigen Paket auf den Knien.

»Für dich«, sagt er und stellt es auf meinen Schoß. »Es ist ein Geschenk. Ich war mir nicht sicher, wann ich es dir geben sollte, also... Jedenfalls... Vorsicht, es ist schwer.«

Er hat recht. Was es auch sein mag, es wiegt mindestens eine Tonne.

»Was ist das?«, frage ich erstaunt.

»Mach es auf. Du wirst schon sehen.«

Mit verwunderten Blicken in seine Richtung schäle ich Schicht für Schicht von braunem Papier ab, dann Blisterfolie und schließlich Seidenpapier, und was ich schließlich in Händen halte...

»O mein Gott«, hauche ich. Mir schnürt sich die Kehle zusammen. Ich kann es nicht glauben.

Ich halte den Steinturm in Händen. Den wir am Strand in Italien gebaut haben. Irgendwie hält er zusammen und steht auf einem schlichten Holzsockel. Das ist das Schönste, was ich je gesehen habe. Für einen Moment sitze ich wieder dort im getupften Schatten des Olivenbaums, ganz schwindlig vor Sonnenschein und Verliebtheit.

»Ich bin mir darüber im Klaren, dass wir nicht ganz denselben Kunstgeschmack haben«, sagt Matt trocken. »Also weiß ich nicht, ob es dir gefällt. *Mir* gefällt es...«

»Ich mag es sehr.« Ich schlucke. »Ich mag es *so, so* sehr, Matt. Es ist perfekt. Das sind wir. Es ist ein Andenken an uns... Wie hast du das *gemacht*?« Staunend fahre ich herum. »Wie kommt es hierher?«

»Ich war heimlich nochmal da«, sagt Matt stolz. »Am nächsten Morgen, während dieser Schreibsession. Hab mir ein Auto gemietet und bin rüber zum Strand gefahren.«

»Du hast gesagt, du wolltest in deinem Zimmer schreiben!«

»Jep.« Er grinst. »Das war eine Notlüge. Als ich ankam, stand der kleine Turm noch da. Ich habe die Steine durchnummeriert und eingepackt, dann habe ich im Netz nach einem Bildhauer gesucht... War keine große Sache.«

»Und ob das eine große Sache ist«, sage ich und streiche über die glatten Steine. »Das ist ganz groß! Ich danke dir *sehr* dafür...« Mit einem Mal wird meine Stimme so wimmerig. »Matt, ich weiß gar nicht, was ich sagen soll.«

Es ist surreal. Eben haben wir uns noch angeschrien – und jetzt kommen mir fast die Tränen, weil noch nie jemand etwas so Besonderes für mich gemacht hat.

»Na ja, ich wollte mich auch bei dir bedanken«, sagt Matt etwas betreten. »Als du mir neulich Abend diese Aromatherapie-Öle unter die Nase gehalten hast... Ich muss zugeben, dass ich skeptisch war. Ich dachte, das ist Quatsch. Aber dieses Öl, das du mir fürs Büro zusammengemischt hast...«

»Magst du es?« Eifrig blicke ich auf.

»Ich habe es mir bei der Arbeit auf die Schläfen getupft, genau wie du gesagt hast. Hab es einmassiert. Und es tut richtig gut. Macht einen echten Unterschied.« Er zuckt mit den Schultern. »Ich fühle mich viel entspannter.«

»Das freut mich *sehr*!«

Wieder streiche ich über den steinernen Turm, und auch Matt streckt seine Hand aus, um ihn zu berühren. Unsere Finger streifen einander, und etwas unsicher lächeln wir uns an.

»Ich hätte nie gedacht, dass ich mal Duftöle verwenden würde«, sagt Matt und klingt dabei, als fiele ihm das Sprechen schwer. »Oder dass ich mal einen Haufen Steine aus Italien mit nach Hause schleppen würde. Es wäre mir nie in den Sinn gekommen, wenn du dir nicht gewünscht hättest, den Turm mitnehmen zu können. Und nun bin ich froh, dass ich beides getan habe. Also...« Er zögert, als müsste er nach Worten suchen. »Danke, dass du meinen Horizont erweitert hast.«

»Na, und ich danke dir, dass du mir meinen Wunsch erfüllt hast«, sage ich und drücke den Steinturm an mich. »Du besitzt ziemlich beeindruckende Superkräfte.«

»Ich besitze keine Superkräfte«, sagt Matt nach kurzer Pause. »Bestimmt nicht. Allerdings... würde ich mich gern mal mit dir zu einem Date verabreden.«

Er sieht mir offen ins Gesicht, mit dunklem, ernstem Blick. Dieser liebenswürdige, komplizierte Mann mag ja weder perfekt noch Vegetarier sein und auch nicht mit allem in meinem Leben zurechtkommen, aber er legt eine Aufmerksamkeit an den Tag, die ich niemals erwartet hätte. Und noch immer ist er ein toller Typ. Er kann ja nichts dafür, dass er abartige Kunst mag.

»Ich würde mich auch gern mal mit dir verabreden«, sage ich und streiche sanft über seine Hand. »Liebend gern.«

Als ich leise in Nells Zimmer trete, liegt sie zusammengekauert da, wie ich es schon so oft erlebt habe, und ich beiße mir auf die Lippe.

Nell meinte mal zu mir: »Schmerz ist der unromantischste Partner, mit dem man im Bett liegen kann. Der Scheißkerl.« Ein paar Minuten später hatte sie mit gepresster Stimme gesagt: »Es ist, als würde irgendein Arschloch mit einem Holzhammer auf meine Gelenke einprügeln«, und seitdem habe ich es mir immer genau so vorgestellt. Ich habe gesehen, wie der Schmerz ihr alle Farbe aus dem Gesicht gesogen hat. Ich habe gesehen, wie er sie schrumpfen ließ, wie er dafür sorgte, dass sie sich in sich zurückzog, ganz allein mit ihrem Peiniger, bis die Wirkung der Drogen einsetzte. Wenn sie es denn tat.

»Hey«, sage ich leise, und sie dreht kurz ihren Kopf. »Was macht der Scheißkerl? Hast du deine Tabletten genommen?«

»Jep. Wird schon«, sagt Nell. Das Sprechen fällt ihr schwer.

Dass es ihr schlecht geht, merke ich daran, dass sie nicht mal zu lesen versucht. Mir fällt auf, dass ihre

Hände mal wieder geschwollen sind. Ihre Haut wird fleckig, ihre Finger werden taub. Oft kann sie kein iPad benutzen und selbst die Fernbedienung ist ein Kampf.

Nichts davon erwähne ich. Wir haben eine stillschweigende Vereinbarung, wir alle miteinander, basierend auf Nells grundsätzlicher Abneigung, über ihre Krankheit zu sprechen, selbst wenn sie sich kaum noch rühren kann. Die Mediziner sind davon nicht gerade begeistert, aber wir vier haben uns daran gewöhnt. Und ich weiß, dass »Wird schon« bedeutet, dass sie nicht darüber reden möchte.

»Super.« Ich setze mich neben ihr Bett und klappe mein Telefon auf. »Ich habe nämlich was Neues für dich.« Mit hochdramatischer Stimme verkünde ich: *»Zombieküsse schmecken besser.«*

Um Nell abzulenken, lese ich ihr Bücher laut vor, und vor Kurzem haben wir das Genre der Horrorliebesromane entdeckt. Manche davon sind ziemlich grausig – *Die blutige Braut* war ein traumatisches Erlebnis –, aber Nell meint, genau das gefällt ihr.

»Sehr gut.« Nells Stimme wird von der Bettdecke gedämpft. »Moment, warte mal. Wie waren Matts Eltern?«

»Oh.« Ich denke an Matts Elternhaus. »Prima. Bisschen seltsam. Du weißt schon.«

»Aber war es okay?«

»Es war okay, bis auf die Nacktsauna. Okay. Erstes Kapitel.« Ich hole Luft, doch dann sehe ich plötzlich, dass die Bettdecke zittert.

»Nell, o Gott ...«

Mir wird ganz flau, als ich das Handy weglege und aufstehe. Bitte mach, dass sie nicht weint! Ich kann es nicht ertragen, mit ansehen zu müssen, wie die wundervolle, starke Nell zusammenbricht. Und wenn sie weint, muss ich auch weinen... und dann schreit sie mich wieder an...

Doch als ich ängstlich über die Decke hinwegspähe, merke ich, dass sie gar nicht weint. Sie lacht.

»Warte mal eben mit den Zombieküssen«, presst sie unter Schmerzen hervor und sieht mich an. »Ava, das kannst du doch nicht einfach so stehen lassen! Was für eine gottverdammte Nacktsauna denn?«

## ACHTZEHN

Vier Abende später findet mein Date mit Matt statt. Wir haben uns ein vegetarisches Restaurant in Covent Garden ausgesucht und beschlossen, getrennt dort einzutreffen, so als wäre es tatsächlich unser erstes Date. Ich bin pünktlich da, aber Matt sitzt schon am Tisch, und ich bin richtig verliebt, als ich ihn dort sehe. Es sieht ihm ähnlich, vor der Zeit da zu sein.

Er steht auf, um mich zu begrüßen, und küsst mich auf die Wange. Der Kellner zieht meinen Stuhl unterm Tisch hervor, und ich lächle Matt an, fast schon nervös vor lauter Vorfreude.

»Toll siehst du aus«, sagt er und deutet auf mein Kleid.

»Du aber auch.« Ich nicke zu seinem hellblauen Hemd.

»Oh, danke. Hab ich neu.« Er scheint etwas hinzufügen zu wollen, dann stutzt er.

»Was?«

»Ach, nichts.« Hastig schüttelt er den Kopf. »Was möchtest du trinken?«

Warum wechselt er das Thema?

»O mein *Gott*«, sage ich, als es mir plötzlich klar wird. »Du musstest dir ein neues Hemd kaufen, weil

Harold dein altes zerfetzt hat. Tut mir leid.« Ich beiße mir auf die Lippe, aber Matt schüttelt eilig den Kopf.

»Nein! Das wollte ich damit gar nicht... Ich brauchte sowieso ein paar neue Hemden. Wie geht es Nell?«

»Ganz gut.« Ich lächle ihn an. »Also, nicht *gut*, aber na ja. Besser.«

»Sehr schön. Die Speisekarte macht übrigens einen guten Eindruck«, fügt er mit entschlossenem Enthusiasmus hinzu, und wieder spüre ich so eine Woge der Zuneigung. Er beschwert sich nicht, weil Harold sein Hemd zerrissen hat, *und* er ist vegetarischen Speisen gegenüber aufgeschlossen. Er gibt sich richtig Mühe. Das sollte ich auch tun.

»Willst du mir nicht das Golfen beibringen?«, frage ich, einer spontanen Eingebung folgend, und Matt sieht mich leicht verwundert an.

»Du möchtest Golf lernen?«

»Äh...« Ich streiche meine Haare zurück, um Zeit zu schinden. Dass ich es »möchte«, wäre vielleicht zu viel gesagt. Aber ich möchte unbedingt etwas tun, was mich mit Matt verbindet, und außerdem sollte ich versuchen, meine Vorurteile zu überwinden. Und es könnte ja auch sein, dass ich superbegabt bin. Wer weiß?

»Ja!«, sage ich entschlossen. »Es könnte unser neues, gemeinsames Hobby werden! Ich würde mir sogar karierte Strümpfe kaufen.«

»Karierte Strümpfe sind nicht nötig.« Er grinst. »Aber klar, wenn du möchtest, kann ich es dir beibringen.« Während er spricht, geht sein Telefon, und er verzieht leicht das Gesicht, als er die Nummer sieht. »Entschuldige. Mein Dad. Ich habe ihm *gesagt*, dass ich zum Essen verabredet bin, aber ...« Er seufzt. »Ich schicke ihm nur kurz eine Nachricht, um ihn daran zu erinnern, dass ich beschäftigt bin.«

Während Matt schreibt, kommt der Kellner an unseren Tisch, und wir bestellen unsere Getränke. Als wir dann wieder allein sind, hole ich tief Luft, denn ich habe etwas Wichtiges zu sagen.

»Matt ...«, setze ich an. »Ich muss dir was sagen. Kann ich offen sprechen?«

»Offen?« Matt sieht mich besorgt an.

»Ehrlich«, erkläre ich. »Aufrichtig. Geradeheraus. Vielleicht sogar unverblümt.« Ich denke kurz nach, dann mache ich einen Rückzieher. »Nein, nicht unverblümt. Aber alles andere.«

Matt wirkt immer besorgter.

»Ich denke schon«, sagt er schließlich.

»Okay. Also, folgendes. Es sind jetzt sechs Wochen, mehr oder weniger.«

»Was denn?« Ratlos sieht Matt mich an, und ich merke einen leisen Anflug von Ungeduld, den ich zu unterdrücken versuche. Aber mal ehrlich. Was meint er denn, wovon ich rede?

»Wir«, sage ich geduldig. »Wir.«

»Ach, so.« Matt überlegt einen Moment, dann meint er: »Ich hätte gedacht, es wäre schon länger.«

»Nun, es sind sechs Wochen. Wir hatten bis jetzt sechs Wochen Zeit, in denen ich mich im Mattland und du dich im Avaland eingewöhnen konntest. Und ich denke, du wirst mir darin zustimmen, dass unsere

Fortschritte...«, ich suche nach dem richtigen Wort, »... *wechselhaft* waren.«

Matt atmet aus, als hätte er etwas weit Schlimmeres als »wechselhaft« erwartet.

»Stimmt wohl.« Er nickt.

»Meistens ist zwischen uns alles wunderbar. Manchmal allerdings...« Ich stutze, will jetzt keine alten Geschichten ausgraben. »Aber weißt du, was? Das kann ja auch nicht überraschen, denn sechs Wochen sind doch gar nichts! Inzwischen kenne ich mich aus! Ich habe da dieses fabelhafte Buch gelesen.«

Mit diesen Worten hole ich den dicken Wälzer hervor, den ich während der letzten paar Tage gelesen habe. Ich hatte ihn mir nach kurzem Googeln bestellt, und ehrlich: Jetzt ist mir alles klar! Ich habe ganz viel farbig markiert und überall Post-its reingeklebt, wo nützliche Tipps stehen, und ich kann es kaum erwarten, dass Matt dieses Buch auch liest.

»*In fremden Landen*«, liest Matt auf dem Umschlag. »*Wie man sich in neuer Umgebung einlebt.*«

»Guck mal!«, sage ich, blättere begeistert darin herum und deute auf Kapitelüberschriften. »*Kapitel 1: Sie haben sich also in ein neues Land verliebt! Kapitel 2: Der Schock der ersten paar Tage. Kapitel 3: Wie man sich an seltsame Bräuche gewöhnt.* Siehst du? Da könnte glatt die Rede von uns sein!«

»Okay.« Matt staunt. »Aber es ist doch kein Buch über Beziehungen.«

»Es geht ums Auswandern in ein fremdes Land«, erkläre ich. »Na, und wir *sind* doch wie Auswanderer. Ich in Mattland und du in Avaland! Ist doch genauso!«

Beim Weiterblättern komme ich zu »*Kapitel 7: Wenn der erste Charme verflogen ist.*« Aber da blättere ich weiter, denn das trifft ja auf uns nicht zu.

»Jedenfalls«, fahre ich entschlossen fort, »hat alles in diesem Buch zu mir gesprochen. Und was wir momentan durchleben, nennt sich *Kulturschock*. Wir müssen uns aneinander gewöhnen. Und vielleicht unterschätzen wir, wie schwierig das sein kann. Hör mal hier...« Ich blättere, bis ich den richtigen Zettel finde, dann lese ich laut: »*Selbst geringfügige Unterschiede zwischen den Kulturen können beunruhigend sein, von der Körpersprache bis hin zu Ernährungsfragen. Möglicherweise denken Sie oft: ›Warum nur?‹*«

»Ein Bier...« Der Kellner unterbricht uns. »Und ein Kombucha-Cocktail mit einem Schuss Weizengras?«

»Super!« Lächelnd blicke ich zu ihm auf. »Danke schön!«

Matts Blick geht von seiner Flasche Budweiser zu meinem grünen, schaumigen Drink, der mit einer Sojasprosse verziert ist.

»Ja«, sagt er schließlich. »Ich glaube, das kann ich nachvollziehen.«

»In dem Buch steht auch, dass man keine schnellen Resultate erwarten darf. Man braucht sechs Monate, um sich einzugewöhnen, Minimum. Cheers.« Ich stoße mit ihm an.

»Cheers. Sechs *Monate*?«, fügt er hinzu, nachdem er getrunken hat.

»Minimum.« Ich nicke. »Außerdem steht da, dass man offenen Geistes und neugierig sein muss, um die Schrullen der neuen Heimat anzunehmen... Was noch?...« Ich schlage das Buch wieder auf und blättere darin herum. »*Erkundigen Sie sich im Vorfeld sorgsam über Ihr neues Land ... Nein, das war es nicht...*«

»Dafür dürfte es wohl zu spät sein!«, sagt Matt und lacht kurz auf.

»Da haben wir es ja.« Ich lese wieder laut: »*Je mehr Sie erkunden und sich auf Ihre neue Kultur einlassen, desto schneller werden Sie sich einleben.* Siehst du?« Aufgeregt beuge ich mich vor. »›*Erkunden und einlassen.*‹«

»Okay.« Wieder sieht Matt mich so argwöhnisch an. »Was genau bedeutet das?«

»Du weißt schon! Das Leben des anderen erkunden. Ich erkunde dein Viertel in London... Du erkundest meins. Ich erkunde das Golfspiel... Du erkundest... äh... Astrologie zum Beispiel.«

Ein merkwürdiger Schatten huscht über Matts Gesicht.

»Okay!«, sagt er und nimmt noch einen Schluck von seinem Bud.

»Aber entscheidend ist, dass wir unvoreingenommen sein müssen«, füge ich ernst hinzu. »Hier: ›*Möglicherweise finden Sie gewisse Elemente Ihrer neuen Kultur schwer nachzuvollziehen. Möglicherweise sogar unverträglich. Aber versuchen Sie, sich nicht an Ihre Vorurteile zu klammern. Stärken Sie Ihre Bereitschaft für Einfühlungsvermögen und Mitgefühl.*‹« Bewegt blicke ich auf. »Ist das nicht inspirierend? *Einfühlungsvermögen und Mitgefühl.*«

»Mr Warwick?« Zögernd tritt der Kellner an unseren Tisch. »Tut mir leid, Sie stören zu müssen, aber Sie haben einen Anruf auf unserem Festnetzanschluss.«

»Einen Anruf?« Matt wirkt verdutzt.

»Ein Mr Warwick Senior.«

»Mein Dad?« Matt staunt. »Offenbar hat er bei meinem Assistenten nachgefragt, wo ich zum Essen bin, und dann hat er sich die Nummer besorgt.«

»Vielleicht gibt es einen Notfall«, sage ich erschrocken. »Vielleicht ist irgendwas mit deinem Opa passiert.«

»Okay. Das sollte ich mal eben rausfinden. Entschuldige.« Matt schiebt seinen Stuhl zurück und wirft die Serviette auf den Tisch. Als er geht, nutze ich die Gelegenheit, mich an einer WhatsApp-Diskussion darüber zu beteiligen, ob Maud ihre Haare färben sollte oder nicht, stecke mein Telefon aber schnell wieder weg, als Matt zurückkommt. Er wirkt verärgert.

»Was ist?«

»Nichts. Mein Dad wollte meine Meinung zu irgendwas.« Er setzt sich und trinkt von seinem Bier.

»Aber er wusste doch, dass du beschäftigt bist.«

»Tja«, sagt Matt knapp und klappt seine Speisekarte auf, als wollte er das Gespräch damit beenden.

Er klingt genervt, aber auch, als wollte er nicht darüber reden, was die denkbar schlimmste Kombination ist. Als ich meine eigene Karte aufschlage, schäume ich. Mir ist ja bewusst, dass sie ein großes Familienunternehmen haben, eine weltweit bekannte Marke, blablabla, was weiß ich, aber Matts Eltern behandeln ihn, als wäre er ihr Eigentum. Zweimal haben sie in dieser Woche Geoff geschickt, damit er Matt unangekündigt abholt, genau wie neulich am

Flughafen. Geoff ist nicht Matts persönlicher Chauffeur, wie ich anfangs dachte. Er arbeitet für Matts Eltern und ist ihnen stets zu Diensten.

Als Matt seine Eltern auf Geoffs unerwartetes Erscheinen ansprach, war seine Mutter richtig empört und meinte, sie wollten ihm doch nur »das Leben leichter machen«. (Ich konnte sie aus seinem Handy hören.) Aber für mich fühlt es sich doch an, als wollten sie ihn kontrollieren. Diese ewigen Anrufe und das unerwartete Auftauchen. Wo sind da die Grenzen?

»Das ist doch etwas seltsam«, versuche ich es nochmal. »Dich in einem Restaurant anzurufen, nur um dich nach deiner Meinung zu fragen.«

»Tja«, wiederholt Matt, ohne aufzublicken. »So sind sie nun mal.«

Eine Weile schweigen wir, während mein Hirn rattert. Da haben wir es schon. Das ist ein Kulturschock. Hier bin ich, sehe mich einem unverträglichen Aspekt von Mattland ausgesetzt und denke »*Warum nur?*«. Matt dagegen scheint es hinzunehmen. Ist es einfach deren Art, diese Welt zu nehmen? Habe ich Vorurteile? Sollte ich versuchen zu verstehen, statt zu kritisieren?

Ich komme zu dem Schluss, dass *ja*. Ich sollte mich einlassen und lernen – mit Einfühlungsvermögen und Mitgefühl.

»Matt«, verkünde ich mit fester Stimme. »Ich möchte dich in deinem Büro besuchen.«

»In meinem Büro?« Matt weiß gar nicht, was er dazu sagen soll.

»Natürlich! Ich liebe dich und weiß doch eigentlich gar nicht, was du machst! Ich möchte deine Arbeit sehen, dich in Aktion erleben, diese Seite von dir kennenlernen. Dich *verstehen*.«

»Dann komm doch lieber mit zu unserer Messe«, sagt Matt zögerlich. »Die ist bestimmt interessanter als unser Büro. Sie findet in drei Wochen statt. Wir mieten einen Saal, es kommen Fans aus aller Herren Länder, es gibt Veranstaltungen ... Macht Spaß.«

Sein »Macht Spaß« klingt dermaßen freudlos, dass ich fast lachen möchte. Aber das wäre weder besonders einfühlsam noch mitfühlend.

»Wunderbar!«, sage ich. »Ich komme mit zu eurer Messe. Und dafür darfst du mich alles fragen, was du über meine Arbeit wissen möchtest.« Ich mache eine großzügige Geste. »*Was du willst*. Du hast doch bestimmt hunderttausend Fragen!«

»Äh ... klar«, sagt Matt. »Im Moment will mir gerade nicht so richtig was einfallen«, fügt er eilig hinzu, als er mich warten sieht. »Aber ich komm gern darauf zurück.«

»Okay, na gut. Ich hatte da noch eine andere Idee«, presche ich voran. »Bringen wir doch unsere Freunde zusammen! Wir sollten eine Party geben, damit sich alle mal kennenlernen!«

»Ja, vielleicht.« Matt scheint seine Zweifel zu haben. Ehrlich. Er könnte ruhig versuchen, sich ein bisschen mit einzubringen.

»Und du?«, sage ich aufmunternd. »Hast du denn irgendwelche Ideen, wie wir uns im Land des anderen besser akklimatisieren können?«

»Ava ...« Matt nimmt einen großen Schluck von seinem Bier, steht offenbar unter Druck. (Woran sein *Vater* schuld ist, nicht ich.) »Ich weiß nicht. Das scheint mir doch alles etwas zu gewollt. Könnten wir nicht einfach... du weißt schon. Mal sehen, wie es sich entwickelt?«

»Nein! Wir müssen proaktiv handeln!« Ich schlage das Buch auf und finde ein passendes Zitat. »*Schrecken Sie vor dem Kulturschock nicht zurück, sondern lassen Sie sich mutig darauf ein. Nur so haben Sie eine Chance auf Erfolg.*«

Ich deute mit dem Finger auf den Satz, dann klappe ich das Buch zu und nehme einen großen Schluck von meinem Cocktail. Allein diese Worte auszusprechen hat mich gestärkt. Ich werde mich tapfer auf Matts Arbeit einlassen. Und auf das Golfen. Und auf seine Eltern. Ich hoffe nur, dass sie bereit sind.

Wir wollen beide kein Dessert, und so lassen wir uns die Rechnung bringen. Es ist ein milder Abend. Die Luft ist fast so warm wie in Italien, und viele Leute stehen noch draußen vor den Pubs oder drängen sich auf der großen Piazza um einen Straßenkünstler. Auf dem Weg dorthin, angelockt vom Kreischen und Juchzen der Zuschauer, höre ich, dass Matts Telefon in seiner Tasche summt. Seine Miene versteinert sich.

»Vergiss doch dein Telefon«, sage ich so sanft wie möglich. »Wir sind in Covent Garden, und es ist ein lauschiger Abend. Lass uns ein bisschen Spaß haben. *Spaß*. Du erinnerst dich?«

Meine Worte scheinen Matt zu treffen, denn trotzig sagt er: »Man kann mit mir Spaß haben!«

»Natürlich kann man das«, räume ich eilig ein. »Ich meinte nur... Lass uns einfach nur relaxen. Ein bisschen amüsieren.«

»Freiwillige vor!« Die laute Stimme des Straßenkünstlers setzt sich über die Menge hinweg. »Ich brauche einen mutigen, vielleicht sogar *tollkühnen* Freiwilligen... Traut sich etwa keiner?«, fügt er hinzu, und im Publikum wird unruhiges Kichern laut. »Seid ihr alle zu feige?«

»Ich!«, ruft Matt plötzlich und hebt die Hand. »Ich mach das!«

»*Was?*«, keuche ich.

»Dem Mutigen gehört die Welt«, sagt er und zwinkert mir noch zu, bevor er zu dem Mann rübergeht. Staunend sehe ich ihm hinterher. Sich bei so was freiwillig zu melden ist für mich das *Gegenteil* von Spaß.

»Hochverehrtes Publikum, unser tapferer Freiwilliger... Matt!«, bellt der Straßenkünstler in sein Headset, und das Publikum jubelt. Als Matt mich angrinst, muss ich unwillkürlich lachen. Es mag ja sein, dass es für mich nichts wäre – aber er sieht doch bemerkenswert fröhlich aus, wie er da neben diesem Mann in neonpinken Shorts steht, der das Publikum zum Mitklatschen auffordert und sich über etwaige Gefahren und Matts körperliche Unversehrtheit lustig macht.

Da wir eben erst dazugestoßen sind, weiß ich gar nicht, worum es hier geht. Ist er ein Akrobat? Oder ein Komiker? Ich erwarte etwas zum Fremdschämen, vielleicht mit Hütchen. Doch als er Matt dann Anweisungen gibt und seine Gerätschaften hervorholt, wird mir klar, womit er auftritt – und mir gefriert das Lächeln im Gesicht. Ist das sein Ernst? Will dieser Typ allen Ernstes mit brennenden Fackeln jonglieren? Und Matt *lässt sich darauf ein*?

Er lässt sich nicht nur darauf ein, er lacht sogar mit. Der Mann fragt ihn allen Ernstes, ob er schon sein Testament gemacht und Vorbereitungen für seine Beerdigung getroffen hat. Matt liegt auf dem Pflaster und winkt in die Runde. Das Publikum klatscht und johlt.

Wie angewurzelt stehe ich da, während der Straßenkünstler seine Fackeln anzündet. Er meint es ernst: Das ist echtes Feuer. Der Magen will sich mir umdrehen. Ich kann gar nicht hinsehen. Aber ich kann auch unmöglich *nicht* hinsehen. Am Ende finde ich einen Kompromiss, indem ich die Luft anhalte und durch meine Finger spähe. O mein Gott...

Der Spannungsaufbau scheint mir ewig zu dauern. Aber schließlich, nach schier endlosem Gefasel, folgt der eigentliche Auftritt – fliegende Fackeln und donnernder Applaus. Und als es dann vorbei ist, weiß ich gar nicht, wovor ich eigentlich Angst hatte: *Selbstverständlich* hätte der Jongleur nie im Leben eine brennende Fackel auf Matt fallen lassen und ihn damit in Brand gesetzt. Und doch bin ich ganz erschöpft vor lauter Erleichterung.

»Hochverehrtes Publikum, ein Riesenapplaus für Matt!«, brüllt der Jongleur, und als ich endlich meine Stimme wiederfinde, juchze und kreische ich, so laut ich kann.

Als Matt wieder zu mir ins Publikum kommt, ist

er ganz rot im Gesicht und grinst so breit wie seit Wochen nicht mehr.

»Wahnsinn!«, sage ich und umarme ihn. Mein Herz rast vor lauter Adrenalin. »Das war toll!«

»Ich konnte nicht widerstehen.« Er grinst mich an. »Jetzt du.«

»Nein!« Entsetzt schrecke ich zurück. »Nie im Leben!«

»Als Nächstes jongliert er mit einer Kettensäge, falls dir das lieber ist«, meint Matt trocken, dann lacht er über meinen Gesichtsausdruck.

Irgendwie wirkt er wie ausgewechselt, allein durch dieses eine Erlebnis. Er hat so ein Leuchten in den Augen, so einen Singsang in der Stimme. Er klingt heiter, gar nicht mehr versteinert. Da wird mir klar, dass ich meinen verspielten, sorgenfreien Dutch wiederhabe. Mir war überhaupt nicht bewusst, wie sehr ich ihn vermisst hatte.

»Hey, guck mal! *Gelato*!«, rufe ich, als mir eine kleine Bude am Rand der Piazza auffällt. »Echte italienische Eiscreme. Wir holen dir zur Belohnung eine große Kugel Haselnuss.«

»Und für dich einmal Stracciatella«, stimmt Matt gut gelaunt mit ein – und Arm in Arm steuern wir darauf zu.

Während wir so gehen, rattert es in meinem Kopf. Weiß Matt eigentlich, wie sehr sich seine Persönlichkeit verändert? Weiß er, wie viel weniger sorgenfrei er in London ist, verglichen mit Italien? Ich möchte das Thema ansprechen... aber wie soll ich mich ausdrücken? Ich kann ja schlecht sagen: »Manchmal verwandelst du dich in einen Stein.« Ich muss es *positiv* formulieren.

»Es ist wirklich schön, wenn du dich entspannst und nicht ständig an die Arbeit denken musst«, sage ich, als wir uns in die Schlange vor der Eisbude einreihen.

»Jep.« Matt nickt achselzuckend.

»Darf ich dir mal was sagen?«, frage ich. »Ich glaube, du solltest versuchen, öfter mal abzuschalten. Deine Sorgen vergessen.«

»Ich denke, die Arbeit liegt wohl jedem hin und wieder auf der Seele«, sagt Matt nach einer Weile. »Tut mir leid, wenn ich manchmal ungesellig bin.«

Da bin ich doch ein ganz kleines bisschen frustriert. Am liebsten möchte ich entgegnen: »Du bist nicht nur ungesellig. Es ist viel mehr als das«, aber gleichzeitig möchte ich die Stimmung nicht verderben. Es ist ein traumhaft milder Abend, und wir waren schön essen, und jetzt gibt es ein Eis. Matt strahlt vor lauter Glück. Das möchte ich ihm nicht verderben.

Als er mir die Waffel mit meiner Kugel Stracciatella reicht, seufze ich zufrieden.

»Nur damit du Bescheid weißt: Eiscreme ist in Avaland von extrem großer Bedeutung.«

»In Mattland auch«, entgegnet er grinsend. »Bei uns gibt es sogar einen nationalen Eisfeiertag. Dreimal im Jahr.«

»Genial!«, sage ich bewundernd. »Diese Tradition müssen wir auch in Avaland einführen. Warte, lass mich das bezahlen«, füge ich ernster hinzu, als er nach seiner Brieftasche greift. »Du hast schon das Essen übernommen.«

Ich zahle für das Eis, dann schlendern wir zu einer Mauer in der Nähe und setzen uns darauf, schlecken unser Eis und lassen die Leute an uns vorbeiflanieren. Von irgendwo weht Musik herüber, und wir hören das Publikum des Straßenkünstlers lachen. Der Himmel über unseren Köpfen ist von dunkelstem Blau, und überall flackern Lichter auf der Piazza. Der Anblick ist wirklich bezaubernd.

»Apropos Geld«, sagt Matt gerade. »Ich wollte dich schon länger mal was fragen, Ava. Hast du eigentlich dein Honorar für diesen Auftragsjob bekommen?«

Ich brauche einen Moment, bis mir klar wird, was er meint, aber dann fällt es mir wieder ein. Vor ein paar Monaten habe ich eine Broschüre für eine kleine Apotheke ganz in der Nähe geschrieben, und Wochen später fiel mir ein, dass die gar keine Rechnung von mir bekommen hatten. Matt war dabei, als ich die Rechnung eingesteckt habe, und offenbar hat er es nicht vergessen.

»Nein«, sage ich vage. »Aber das macht nichts. Ist ja noch nicht so lange her.«

»Weit über einen Monat«, widerspricht er mir. »Und dabei war es ohnehin schon lange überfällig. Du solltest ihnen Druck machen.«

»Mach ich.« Ich zucke mit den Schultern. »Die haben es bestimmt schon angeschoben.«

»Droh ihnen, wenn nötig«, fügt Matt hinzu.

»Ihnen *drohen*?« Schockiert lache ich auf. »Nicht alle sind Karatekämpfer so wie du!«

»Du musst ja nicht gleich zuschlagen, aber du hast gute Arbeit abgeliefert, und da ist es nur recht und billig, dass sie dich auch dafür entlohnen. Ich finde, du bist manchmal zu ...« Matt bremst sich und schüttelt den Kopf. »Nein. Entschuldige. Falscher Zeitpunkt, falscher Ort. Vergiss es.«

»Was soll ich vergessen?«, frage ich, denn meine Neugier ist geweckt. »*Was* findest du? Sag schon!«

»Ist nicht wichtig. Wir sollten einfach diesen Abend genießen.« Er breitet die Arme aus. »Es ist so hübsch hier. Wir hatten es so nett beim Essen.«

Glaubt er denn, dass ich hier jetzt einfach so sitzen kann, *ohne* zu erfahren, was er eben sagen wollte?

»Matt, zu spät!«, entgegne ich. »Ich will es wissen! Was auch immer du gerade sagen wolltest – raus damit! Ich lass nicht locker!«

Was folgt, ist Schweigen. Dann werden auf der Piazza Stimmen laut. Ich sehe, dass der Jongleur irgendwie Ärger mit einem Polizisten hat, was auch sein Publikum aufregt. Oha. Was da wohl passiert sein mag ...

Da seufzt Matt und lenkt meine Aufmerksamkeit wieder auf sich.

»Du warst vorhin ehrlich zu mir, Ava. Darf ich dir jetzt auch etwas sagen?« Er nimmt meine Hand, wie um seine Worte abzumildern. »Manchmal – nur manchmal – bist du ein bisschen zu überoptimistisch, was Menschen angeht. Und Situationen.«

Ich starre ihn an. Überoptimistisch? Gibt es so was denn überhaupt?

»Optimistisch sein ist *gut*«, entgegne ich. »Das weiß doch jeder!«

»Extreme sind nie gut«, erwidert Matt. »Ich finde

es total schön, dass du in allem das Beste siehst, Ava. Finde ich wirklich. Es gehört zu deinen liebenswertesten Qualitäten. Aber jeder muss sich hin und wieder der Realität stellen. Ansonsten... riskiert er, verletzt zu werden.«

Da bin ich doch leicht empört. Ich habe schon mal mit der Realität zu tun gehabt, danke der Nachfrage. Und, okay, ja, manchmal ziehe ich es vor, nicht allzu genau in diese Richtung zu blicken. Aber manchmal liegt es eben auch daran, dass die Realität nicht so gut ist, wie sie sein sollte.

Im Augenwinkel sehe ich, dass der Jongleur mit steifen, wütenden Bewegungen seine Sachen zusammenpackt. Da. *Das* ist die Realität, in ihrer ganzen Mistigkeit. Nicht der berauschende Moment von Ruhm und Applaus, sondern ein Polizist, der einen wieder auf den Boden der Tatsachen zurückholt.

Ich knabbere an meiner Waffel und sehe Matt darüber hinweg an.

»Die Realität ist *hart*«, sage ich, als könnte er was dafür.

»Jep.« Matt nickt.

Er zieht es nicht ins Lächerliche, wie Russell es getan hätte. Und er erklärt mich auch nicht für dumm. Oder versucht, mich abzulenken. Er ist bereit, geduldig bei mir zu sitzen und sich anzuhören, was ich so denke. Es ist mir öfter schon aufgefallen, dass er das gut kann.

»Ich werde sie an meine Rechnung erinnern«, sage ich nach einer Weile.

Ohne etwas zu sagen, hält Matt meine Hand noch

fester, und ich merke, wie mir innerlich ganz warm wird. Nicht der glühend heiße Rausch der ersten Verliebtheit, aber vielleicht die zweite Verliebtheit. Die wahre Liebe. Die Liebe, die daraus entsteht, dass man das Innere eines Menschen genauso gut kennt wie das Äußere.

Ich liebe diesen Mann, weil er so ist, wie er ist, aber auch obwohl er so ist, wie er ist. Gleichzeitig. Und ich hoffe, er liebt mich genauso.

## NEUNZEHN

Eine Woche später wollen wir unsere Party feiern. Mittlerweile bin ich allerdings gar nicht mehr ganz so begeistert davon, Mattland näher zu erkunden.

Ich habe mich tapfer auf das Golfen gestürzt. Leider lief das nicht so besonders. Dabei war ich im Vorfeld bester Dinge gewesen. Ich hatte mich darauf eingestellt, unangenehmen Menschen zu begegnen. Ich war bereit, mich an die Regeln zu halten. Ich war sogar so weit, am Tresen des Golfclubs zu stehen und lässig über »par 4« und »Birdies« zu plaudern.

Doch nichts von alledem passierte, weil wir nicht mal in die Nähe eines Golfclubs kamen. Meine größte Herausforderung an diesem Tag waren nicht die Leute, nicht die Regeln und auch nicht mein Outfit, sondern die Bälle zu treffen. Was sich als *unmöglich* herausstellte.

Matt nahm mich mit auf eine Driving Range, gab mir einen Eimer mit Bällen, einen Golfschläger und eine kurze Einführung. Er meinte, vermutlich würde ich bei meinen ersten Versuchen ein paarmal danebenschlagen, aber danach würde ich mich bestimmt gut zurechtfinden.

Ich fand mich nicht zurecht. Jeden einzelnen dieser blöden Bälle habe ich sorgsam anvisiert und doch jedes Mal vorbeigetroffen. Jedes einzelne Mal! Muss ich meine Augen untersuchen lassen? Oder meine *Arme*?

Es war so was von peinlich. Besonders weil einigen anderen Golfern mein Scheitern auffiel und sie mich daraufhin beobachteten. Dann kriegte einer von denen mit, dass Matt der Bruder von Rob Warwick ist, und sie holten noch einen weiteren Freund hinzu. Sie haben sich auf meine Kosten köstlich amüsiert. Als ich den letzten Ball aus dem Eimer nahm, konnte ich hören, dass sie Wetten abschlossen. Inzwischen war mein Gesicht puterrot, und ich keuchte und war so entschlossen, diesen letzten Ball zu treffen, dass ich extra weit ausholte. Was es mit sich brachte, dass ich ihn nicht nur verfehlte, sondern den Golfschläger voll in die Erde rammte und mir dabei mehr oder weniger die Schulter auskugelte.

Ich muss sagen, dass ich seitdem doch einigen Respekt vor Golfspielern habe. Denn was sie da treiben – den Ball um den ganzen Kurs schlagen, ohne ihn ein einziges Mal zu verfehlen –, kommt mir inzwischen wie eine übermenschliche Fähigkeit vor.

Auf dem Heimweg fragte Matt, ob ich es nochmal probieren wollte, worauf ich antwortete, dass wir vielleicht vorerst beim Tai Chi bleiben sollten. Und dabei haben wir es seither belassen.

Golf war also eher ein Reinfall. Und dann kriegten wir noch am selben Abend Streit, weil Matt angefangen hatte, meine Wohnung »aufzuräumen«, wobei er ein paar wichtige Notizen für mein Buch weggeworfen hat. *Entscheidend* wichtige Notizen.

»Es waren schmuddelige Post-Its«, sagte er, als ich ihn damit konfrontierte. »Die hattest du dir seit Wochen nicht mehr angesehen.«

»Aber ich hatte es vor!«, rief ich wütend. »Die waren *total wichtig* für meinen Roman!«

Ich muss zugeben, dass ich ziemlich sauer war. Die Notizen bezogen sich alle auf Claras Kindheit in Lancashire, und ich hatte mir eine hübsche Anekdote über eine Wäschemangel überlegt, die mir bestimmt *nie wieder* einfällt.

»Ehrlich gesagt, dachte ich, du hättest den Roman aufgegeben«, sagte er achselzuckend, und ich habe ihn nur schockiert angestarrt.

»Aufgegeben? Matt, ich bin *mittendrin*!«

»Aha.« Er musterte mich skeptisch. »Aber du schreibst doch nie was.«

»Wie du vielleicht weißt, habe ich nebenbei auch noch einen Job, Matt«, entgegnete ich genervt.

»Stimmt schon.« Er nickte. »Aber die ganze Woche über hast du von diesem *anderen* Buch gesprochen, das du schreiben willst. Wahrscheinlich bin ich da durcheinandergekommen. Entschuldige.«

Zuerst wusste ich gar nicht, was er meinte. Welches andere Buch denn? Da ging mir ein Licht auf. Es ist nicht seine Schuld, dass er mir angesichts meiner vielseitigen Interessen nicht immer folgen kann.

»Das wird kein Buch, das wird ein *Podcast*«, erklärte ich freundlich. »Was völlig anderes.«

Ich bin richtig begeistert von meiner Podcast-Idee. Ich möchte eine kunsthandwerkliche Diskussion ins Leben rufen, inspiriert von meiner Etsy-Batik. Ich möchte andere Kunsthandwerker interviewen, und dann unterhalten wir uns darüber, inwiefern unsere Projekte das Leben bereichern. Ich muss mir nur noch die Gerätschaften besorgen und mich für einen Namen entscheiden.

»Apropos«, fügte ich hinzu und sah mich dabei um. »Wo *sind* denn eigentlich meine Batiksachen?«

»Meinst du den zerkauten Lumpen unterm Sofa?«, fragte Matt, und schon wieder stellten sich mir die Nackenhaare auf, denn was soll diese abschätzige Sprache?

(Die Sachen lagen unterm Sofa. Und zugegebenermaßen hatte Harold ein bisschen darauf herumgebissen, aber das ist doch nicht so schlimm.)

(Außerdem: Ich muss mehr Zeit für meine Batik finden, denn das Material ist ziemlich teuer, und ich hatte mir vorgenommen, fünf Kissen zu verkaufen, habe aber noch kein einziges fertig.)

Wie dem auch sei. Ist ja egal. Das mit dem Golfen hat nichts zu bedeuten. Und jeder streitet mal. Es gab auch wirklich schöne Momente. Heute morgen zum Beispiel haben wir eine der fortgeschritteneren Tai-Chi-Übungen gemacht und richtig gut hinbekommen. Dann kriegten wir ein Video von Topher, der uns mehrmals heimlich beim Tai Chi gefilmt und die Bilder mit »Eye of the Tiger« unterlegt hat. Ist echt lustig. Ich kann gar nicht aufhören, es mir anzusehen.

Das Positivste von allem ist jedoch, dass heute Abend unsere kleine Party stattfindet! Wir haben beschlossen, sie in Matts Wohnung abzuhalten, und während ich mich noch nützlich mache und Kartoffelchips in Schalen schütte, bin ich ziemlich aufgeregt.

»Nihal«, sage ich, als ich sehe, dass er sich an seinem Arbeitsplatz niederlässt und die Kopfhörer aufsetzt. »Du weißt aber schon, dass wir hier gleiche eine Party schmeißen, oder? In ungefähr fünf Minuten?«

»Klar.« Er nickt mit sturem Blick auf den Bildschirm. »Bin dabei. Auf jeden Fall.«

Als er anfängt zu tippen, hänge ich schnell ein Bild auf, das ich gekauft habe, um Matts Wohnung etwas aufzuheitern. Es ist dasselbe Motiv, das auch in meiner Wohnung hängt, in dem Rahmen mit den seidenen Blütenblättern und dem Spruch: *Man könnte alle Blumen mähen und doch den Frühling nicht verhindern.*

Ich habe es gleich neben die Idiotenliste gehängt, die ich echt furchtbar finde. Besonders seit irgendjemand *Leck mich, Topher* mit grünem Filzer unten drunter geschrieben hat. Als ich einen Schritt zurücktrete, um mein Werk zu bewundern, merke ich, dass Nihal den Spruch liest.

»Na, wie findest du es?«, frage ich. »Ist das nicht ein zauberhaftes Bild? Diese Blütenblätter auf dem Rahmen sind aus reiner Seide.«

»Ich verstehe nicht«, sagt er mit starrem Blick darauf. »Definierst du ›Frühling‹ als die Jahreszeit, in der die Vegetation erscheint?«

Ich merke, wie mich der Frust packt. Nicht schon wieder.

»Na ja«, sage ich mit entspanntem Lächeln. »Ich glaube nicht, dass es wirklich...«

»Denn was die Flora angeht – würde man das gesamte Biosystem der Erde tatsächlich...«

»Ich weiß!«, falle ich ihm ins Wort, bevor er von toten Bienen anfangen kann. »Ich weiß das mit der Bestäubung. Es ist ja nicht *wortwörtlich* gemeint. Es ist nur ein hübscher, inspirierender Spruch, den man sich an die Wand hängt. Besser als die Idiotenliste. Das musst du zugeben«, kann ich mir nicht verkneifen.

»Ich mag die Idiotenliste«, entgegnet Nihal.

»Du kannst sie dir doch unmöglich gern ansehen«, widerspreche ich. »Der Anblick kann dir doch nicht ernsthaft *gefallen*.«

»Doch«, sagt Nihal. »Sie strahlt so was Friedliches aus.«

Wohlmeinend sieht er mich an, und mit einer Mischung aus Frust und Zuneigung blicke ich in sein kluges Gesicht. Ich mag Nihal mittlerweile richtig gern, obwohl er sogar noch prosaischer ist als Matt.

»Okay, also, die Party fängt bald an«, sage ich. »Meine Freundinnen werden jeden Moment da sein.«

»Ich bin hier«, sagt Nihal und widmet sich wieder seiner Arbeit. »Kann es kaum erwarten, sie kennenzulernen«, fügt er höflich hinzu.

Ich mache mich wieder auf den Weg in die Küche und sehe mich um. Wo ist Matt geblieben? Ist ihm nicht bewusst, dass wir gleich Gäste haben? Ich weiß ja, ich bin etwas aufgedreht, aber ich kann nicht anders als nervös zu sein, was diese kleine Zusammenkunft angeht. Hier mischen sich unsere beiden Welten – und was, wenn sie wie Öl und Wasser sind? Was, wenn sie Streit miteinander kriegen?

Schließlich finde ich Matt in seinem Bad. Er lehnt am Rand des Waschbeckens, presst sein Handy ans Ohr und wirkt gestresst. Ich muss gar nicht fragen, wer dran ist. Oder worum es geht. Ich fange seinen Blick auf und deute auf meine Uhr. Er zieht eine Grimasse.

»Okay, Dad, pass auf ... Jep. Ich weiß. Ich muss los. Lass uns später weiterreden. Dad, ich muss jetzt los. Ja. Ja, ich weiß. Wir sprechen später. Bye.« Endlich stellt er sein Telefon ab.

»Entschuldige«, sagt er düster. »Ich wollte nur ...« Er schnauft und schließt die Augen. O Gott. Ich kann nur dabei zusehen, wie er einmal mehr versteinert.

»Was ist denn los?«, frage ich mitfühlend, weil ich ja versuche, Matts Beruf so gut wie möglich zu verstehen. »Geht es wieder um diesen japanischen Themenpark?«

Harriet's House baut einen neuen Themenpark in Japan, und offenbar geht jeden Tag irgendwas anders albtraummäßig schief. Allein von dem, was ich bei Matts Telefonaten mit anhören musste, habe ich mehr über japanische Arbeitsgesetze gelernt, als ich mir je erträumt hätte. Von den üblichen Problemen auf einer Baustelle will ich gar nicht erst anfangen. (Ich habe daraufhin beschlossen, nie im Leben irgendwas zu bauen.) Kurz ging es mal darum, Wasser von einem bestimmten Gelände abzupumpen, und ich hatte ein paar hilfreiche Ideen dazu, aber das scheint mittlerweile geklärt zu sein.

»Meine Eltern wollen, dass ich hinfliege«, sagt Matt nur, und für einen irren Augenblick denke ich:

»Wieso sollten seine Eltern wollen, dass er hinfällt?«, bis mir klar wird, was er meint.

»Na ja, vielleicht wäre es tatsächlich sinnvoll«, sage ich nach einer Pause. »Ich denke, du solltest tatsächlich hinfliegen und denen einen kleinen Besuch abstatten.«

Doch Matt schüttelt den Kopf. »Für die gesamte Bauzeit. Sechs Monate, bis alle Baumaßnahmen abgeschlossen sind. Wobei es vermutlich eher auf ein Jahr hinauslaufen dürfte, wenn nicht sogar noch länger.«

»Ein *Jahr*?« Ich starre ihn an. »Ein Jahr in Japan?«

»Sie haben ja nicht unrecht.« Müde kratzt Matt sich am Kopf. »Wir brauchen jemanden vor Ort. Der Typ, den sie dafür angeheuert haben, ist total überfordert.«

»Aber wieso musst ausgerechnet *du* das machen?«, frage ich bestürzt. »Und was ist mit deinem eigentlichen Job?«

»Sie wollen, dass ich alles von Japan aus steuere. Sie fürchten, dass das Projekt den Bach runtergeht, deshalb wollen sie da drüben jemanden aus der Familie haben.«

»Was hast du geantwortet?« Entsetzt starre ich ihn an.

»Ich habe ihnen gesagt, dass ich das nicht mache. Wir werden jemand anderen finden müssen.«

»*Gibt* es denn jemand anderen?«

Matt antwortet nicht, und ich spüre, wie sich mein Magen zusammenkrampft. Ich weiß ja, dass ich mich in Matts Welt einfühlen wollte, aber langsam geht mir das Einfühlungsvermögen verloren.

»Matt, sag mal ehrlich«, platze ich heraus. »Bist du eigentlich glücklich mit dem, was du machst?«

»Na klar«, sagt Matt sofort. Er sieht auf seine Uhr. »Wir sollten lieber mal losmachen.«

»Nein, warte.« Ich lege eine Hand auf seinen Arm. »Ich meine es ernst. Es kommt mir vor, als hättest du zwei verschiedene Persönlichkeiten. Manchmal bist du lustig und lebendig. Zum Beispiel letzte Woche in Covent Garden, das war wunderbar! Aber manchmal... im Grunde eigentlich immer...« Ich beiße mir auf die Lippe. »Da kommst du mir vor wie ein völlig anderer Mensch.«

»Ava, was redest du?«, entgegnet Matt genervt. »Ich bin immer derselbe.«

»Bist du nicht! Der Mann, den ich in Italien kennengelernt habe, war unbeschwert. Entspannt. Aber seit wir zurück sind, bist du...«

»Ein Miesepeter«, meint Matt.

»Nein!«, antworte ich eilig. »Kein Miesepeter, aber...«

»Schon gut.« Er zieht die Schultern hoch. »Ich weiß, dass ich ein Miesepeter bin. Tut mir leid, wenn ich dich enttäuscht habe, Ava. Der Urlaub war eine Ausnahme. Dutch war nicht echt. Wenn die Sonne scheint, kann jeder ein netter Mensch sein.« Er deutet auf sich. »Aber so bin ich in Wirklichkeit.«

Er sieht so niedergeschlagen aus. Ich kann es kaum ertragen.

»Bist du nicht!«, erwidere ich leidenschaftlich. »Das weiß ich genau. Und falls du doch manchmal ein Miesepeter sein solltest, dann nur, weil du unglücklich bist. Vielleicht müsstest du das eine oder andere in deinem Leben ändern.«

»Ich weiß, dass dir mein Leben nicht gefällt, Ava«, sagt Matt mit verkniffenem Gesicht. »Das hast du ausgiebig deutlich gemacht.«

»Ich hätte kein Problem mit deinem Leben, wenn es dich glücklich machen würde!«, platze ich gefrustet heraus. »Aber wenn du so verschlossen bist, so starr... Die Tatsachen sprechen für sich, Matt«, füge ich hinzu, als mir einfällt, was er in Italien gesagt hat. »Ich halte mich nur an das, was ich vor mir sehe.«

Matt antwortet nicht, also lege ich ihm vorsichtig eine Hand auf die Schulter.

»Ich möchte, dass du das Beste aus deinem Leben machst«, sage ich liebevoll. Aber wenn ich dachte, das würde ihn erreichen, habe ich mich getäuscht. Er zieht sich von mir zurück.

»›Das Beste aus meinem Leben machen‹«, wiederholt er bissig. »Das ist mir zu anstrengend. Weißt du, Ava, ich bin eigentlich ganz zufrieden mit meinem mittelmäßigen bis enttäuschenden Leben. So leid es mir tut.«

Ich sollte das Gespräch an dieser Stelle abbrechen. Aber ich kann nicht widerstehen, noch einen letzten Versuch zu starten, in der Hoffnung, dass ich irgendwie die Zauberformel finde, die es mir ermöglicht, zu ihm durchzudringen.

»Matt, *warum* arbeitest du bei Harriet's House?«, frage ich sanft. »Weil du die Arbeit liebst?«

Stirnrunzelnd blickt er auf, als würde er die Frage nicht so ganz verstehen.

»Irgendwer muss es machen«, sagt er. »Seit ich dabei bin, konnten wir die Gewinne von Jahr zu Jahr steigern. Wir sind in zehn neue Märkte expandiert. Die Kommunikation wurde verbessert. In der Firma lief so einiges sehr ineffektiv. Das habe ich komplett ausgebügelt.« Er sieht mich an, als wäre damit alles gesagt.

»Okay.« Ich nicke. »Das ist super. Aber es hat alles nichts mit dir zu tun, oder? Nichts davon hat damit zu tun, ob du glücklich bist. Ob du *zufrieden* bist.«

»Verdammt, Ava!« Matt scheint am Ende seiner Fahnenstange angekommen zu sein. »Es ist Arbeit! *Geschäft*!«

»Es ist dein Leben!«

»Ganz genau, Ava. *Mein* Leben.«

Er knurrt es wie eine Warnung, sodass ich richtiggehend erschrecke. Wenn ich ihn noch weiter bedränge, kriegen wir am Ende einen Riesenstreit, wo doch gleich die anderen kommen.

»Okay.« Ich lächle ihn an und gebe mir Mühe zu verbergen, wie verletzt ich bin. »Also, ich geh dann mal und halte mich für unsere Gäste bereit.«

Auf dem Weg hinaus ist mir ganz komisch, und ich mache mich auf die Suche nach Topher. (Was nur zeigt, wie verzweifelt ich sein muss.) Ich finde ihn in seinem Schlafzimmer, wo er auf einer Yoga-Matte Rumpfbeugen macht, wie üblich in seiner schwarzen Sporthose und einem auf links gedrehten T-Shirt.

Ich werde nicht mal erwähnen, dass er in zwei Minuten zur Party erwartet wird. Ich werde direkt zum Punkt kommen.

»Matts Eltern wollen ihn für ein Jahr nach Japan schicken«, sage ich und setze mich auf Tophers Bett.

»Liegt nahe«, sagt Topher zwischen zwei Rumpfbeugen.

»Er will da nicht hin, aber anscheinend haben sie keinen anderen.«

»Das liegt nur daran, dass sie so geizig sind«, sagt Topher ächzend. »Selbstverständlich haben sie keinen anderen, zumindest niemanden von Matts Kaliber. Er tut viel zu viel für diese Firma. Die brauchen jemanden, der ihr Bauprojekt in Japan überwacht? Tja, dann sollten sie wohl mehr Leute einstellen. Endlich mal die *geeigneten* Leute!«

Ich höre den Ärger in Tophers Stimme und starre ihn überrascht an.

»Meinst du, Matt hat Spaß an dem Job?«, frage ich.

»Natürlich nicht«, antwortet Topher so schroff, dass ich blinzle.

»Überhaupt *gar* nicht?«

»Ach, er hat seine kleinen Erfolge wie jeder. Er ist stolz auf das Familienunternehmen. Aber umfassende, tiefer gehende Zufriedenheit? Glück? Nein.«

»Er sagt, die Gewinne sind gestiegen, seit er dabei ist.«

»Ja, kann sein.« Topher setzt sich auf und mustert mich fragend. »Du musst verstehen, dass es für Matt kein Job ist. Es ist eine *Antwort*.«

»Eine Antwort worauf?«, frage ich verwundert.

»Auf den Albtraum, Rob Warwicks Bruder zu sein.« Topher rollt herum und fängt an, Liegestütze zu machen. »Sein Leben lang musste Matt der ältere Bruder des großen Golfmeisters sein. Er hatte immer das Gefühl, nicht genügen zu können.«

Ich muss an die Vitrinen mit den Trophäen und Pokalen denken. Bisher habe ich noch nie gewagt, Matt mal darauf anzusprechen. Es scheint mir ein wunder Punkt zu sein. Zu wund, um daran zu rühren.

»Wie ist Rob denn so?«, frage ich neugierig. »Hast du ihn schon mal getroffen?«

»Ein paarmal«, keucht Topher. »Er ist schwer zu greifen. So wieselig. Kann super Golf spielen, das muss man ihm lassen.« Er setzt sich auf und nimmt ein Handtuch, um seinen Nacken abzutrocknen. »Als Matt damals bei Harriet's House eingestiegen ist, wurde er zum Retter der Familie. Er bekam Anerkennung. Er kriegt immer noch Anerkennung, sogar Lob, mehr noch als Rob... Und das möchte er nicht verlieren, auch wenn es ihm vielleicht nicht bewusst ist. Wusstest du, dass er ursprünglich nur zwei Jahre bei Harriet's House bleiben wollte?«, fügt Topher hinzu und blickt auf. »Er wollte die Probleme aus der Welt schaffen und dann aussteigen, um sein eigenes Ding zu machen.«

»Tatsächlich?« Ich starre Topher an.

»Das war vor sechs Jahren.« Topher zuckt mit den Schultern. »Jetzt steckt er fest. Die Anerkennung wird mit jedem Jahr weniger, seine Eltern nehmen ihn für selbstverständlich... aber er bleibt. Ich habe ihm selbst schon einen Job angeboten«, fügt Topher hinzu. »Aber da kann ich nicht mithalten.«

»*Du* hast ihm einen Job angeboten?« Ich starre ihn an.

»Sogar eine Partnerschaft. Mehrmals. Ich könnte sein geschäftliches Talent gut brauchen. Er hat eine echte Gabe, interessiert sich für das, was wir machen, also...«

Während Topher spricht, sehe ich die beiden vor meinem inneren Auge schon an seinem Computer sitzen, in ein angeregtes, leidenschaftliches Gespräch verstrickt. Matt sitzt zu gern bei Topher, bis spät in die Nacht, um mit ihm über die neuesten Daten zu sprechen. *Natürlich* sollten sie zusammenarbeiten.

»Selbstverständlich hat er jedes Mal abgelehnt«, fügt Topher hinzu, und er klingt wohl lässig, aber ich höre doch aus seiner Stimme, dass er gekränkt ist.

Mein Gott, Matts Eltern haben eine ganze Menge zu verantworten. Ich habe so viele Fragen an Topher, aber in diesem Augenblick klingelt es an der Tür, und mich packt die Begeisterung-Querstrich-Panik. Sie kommen!

»Ich geh schon!«, ruft Matt von draußen, und ich wende mich nochmal Topher zu.

»Kommst du zur Party?«

Topher seufzt wenig begeistert. »*Echt jetzt?*«

»Ja! Echt jetzt!«

»Ich bin zutiefst ungesellig«, sagt Topher entmutigenderweise. »Wie bereits erwähnt, mögen mich die Menschen nicht.«

»Ich mag dich.«

»Du bist mit Matt zusammen. Du hast keinen Geschmack.«

»Kommst du trotzdem?«, frage ich geduldig, und Topher rollt mit den Augen.

»Na gut. Töte mich nur mit weiblicher List und Tücke.«

»Aber weibliche List und Tücke habe ich doch noch gar nicht zum Einsatz gebracht!«

»In mein Zimmer zu kommen und mich persönlich zu fragen, ist ein Einsatz weiblicher List und Tücke«, sagt Topher, als verstünde es sich von selbst. »Matt und Nihal hätten mir eine Nachricht geschickt. Abgesehen davon, dass sie mich gar nicht erst fragen würden, weil sie wissen, dass ich ein Einsiedler bin.«

»Bis gleich«, sage ich mit fester Stimme und eile hinaus. Ich finde Matt an der Wohnungstür, und im nächsten Augenblick drängeln Nell, Maud und Sarika aus dem Fahrstuhl, allesamt in Party-Outfits auf hohen Absätzen, und sie begrüßen mich lauthals:

»Da sind wir!«

»Ihr habt es gefunden!«

»Matt! Was für eine Wohnung!«

Als wir uns zur Begrüßung alle küssen und umarmen, wittere ich Alkohol, und besonders Maud ist doch reichlich kicherig. Offenbar haben die drei schon ein bisschen vorgeglüht. (Ich wünschte, ich wäre dabei gewesen.)

»Wisst ihr was?«, ruft Maud ganz aufgekratzt. »Sarikas Neuer ist auf dem Weg hierher! Die beiden haben ihr allererstes Date auf *eurer Party*!«

»Im Ernst?« Ich starre Sarika an.

Gestern gab es bei WhatsApp einige Aufregung, als Sarika verkündete, sie hätte ihre Shortlist bis auf einen Mann zusammengestrichen, der alle ihre Kriterien erfüllt, und sie meinte, sie wollte sich so bald wie möglich mit ihm verabreden. Allerdings hätte ich nicht damit gerechnet, ihn so bald schon kennenzulernen.

»Das ist doch okay, oder, Ava?«, fügt Sarika hinzu. »Die anderen haben mich eben im Pub gedrängt, ihn einzuladen. Aber ich hätte nie gedacht, dass er tatsächlich zusagt.«

»Natürlich ist es okay!«, sage ich. »Ist doch super! Wie heißt er noch gleich?«

»Sam«, sagt Sarika schwärmerisch und zeigt mir auf ihrem Handy ein Foto von einem asiatisch aussehenden Mann. »Er ist in Hongkong aufgewachsen, war dann aber auf der Harvard Business School und ist jetzt nach London gezogen. Er fährt Fahrrad und spielt Percussion, und *jede einzelne* seiner Lieblingsspeisen findet sich auch auf meiner Liste wieder. Jede einzelne!« Sie macht große Augen. »Wir passen in jeder Hinsicht zusammen!«

»Und wo wohnt er?«, frage ich verschmitzt. Nell prustet vor Lachen.

»Fünf Minuten von der U-Bahn Golders Green«, sagt Sarika mit erhobenem Kinn. »Macht euch ruhig lustig über mich, aber ich kenne diesen Mann. Ich weiß, welche Podcasts er hört, und ich weiß, was er in eine Zeitkapsel legen und auf den Mond schießen würde. Und ich stimme mit jeder einzelnen seiner Entscheidungen überein.«

»Das ist schön.« Ich umarme sie. »Kann es kaum erwarten, ihn kennenzulernen.«

Ich werfe alle Jacken und Taschen einfach auf den Lederhocker, woraufhin Matt leise den Schrank öffnet und alles ordentlich aufhängt.

Ach, ja. Stimmt. Irgendwie habe ich diesen Garderobenschrank gar nicht auf dem Schirm. Den hatte ich tatsächlich ganz vergessen.

»*Wow*«, sagt Sarika, als sie die Skulptur mit den ausgestreckten Händen näher betrachtet. »Das ist... In echt ist es sogar eine... noch größere Herausforderung.« Ich sehe ihr an, dass sie sich bemüht, ihren Widerwillen zu überwinden, und ich lächle dankbar.

Gestern habe ich per WhatsApp nochmal darauf hingewiesen, wie empfindlich Matt ist, was seine Kunstsammlung angeht. Alle Mädels äußerten Verständnis und haben fest versprochen, positiv darauf zu reagieren. Aber da sie nun hier sind, merke ich ihnen an, wie schwer es ihnen fällt. Maud musste gleich zweimal hinsehen, als sie hereinkam, und Nell hat auch schon ein, zwei Mal leise abfällig geschnaubt.

»Es ist definitiv eine Herausforderung«, sagt Maud. »Aber Kunst *soll* einen ja auch herausfordern«, fügt sie eilig hinzu.

»Ist es wirklich«, sagt Nell und tritt an das augenlose Gesicht heran, dann wendet sie sich abrupt ab. »Also, der Rabe ist...« Es scheint, als fehlten ihr die Worte. »Aber wie viel Platz ihr hier habt!«

Augenblicklich stürzen sich alle auf das Thema Geräumigkeit.

»Wirklich geräumig!« Maud nickt begeistert. »Seht euch nur mal an, wie viel Platz hier ist!«

»Tolle Wohnung!«, stimmt Sarika mit ein.

»Na, kommt doch rein!«, sage ich und geleite alle in den Wohnbereich, wo ich jedem ein Gläschen Sekt einschenke. Eben sind wir dabei, unsere Gläser zu erheben, als Nihal sich schüchtern nähert. Er hat seine Haare glatt gestrichen und eine Krawatte umgebunden. Er sieht aus wie zwölf.

»Guten Tag«, begrüßt er alle und gibt einer nach der anderen förmlich die Hand. »Ich bin Nihal.«

»Nihal!« Maud stürzt sich gleich auf ihn, mit blitzenden Augen. »Du bist der Computer-Experte!«

»Ja«, sagt Nihal. Dann scheint er seine Antwort zu überdenken. »›Experte‹ ist doch ein eher vager Begriff. Da hängt es ganz und gar ab von der eigenen Definition...«

»Wie *klug* du bist«, haucht Maud und klimpert mit den Wimpern.

Nihal wirkt verblüfft. »Computerkenntnisse an sich zeugen nicht von Klugheit«, sagt er höflich. »Es handelt sich ja nur um eine Anwendung von...«

»Also, ich finde das enorm«, fällt Maud ihm ins Wort. »Einfach enorm. Ich bewundere deine Fähigkeit. So nützlich.«

»Ava«, raunt Sarika mir zu. »Hast du Nihal vor Maud gewarnt?«

»O mein Gott.« Konsterniert starre ich sie an. »Nein.«

»Na, dann erklär es ihm! Schnell!«, sagt sie dringlich.

»Wie denn?«, raune ich zurück. »Es würde nur die Stimmung verderben!«

»Du musst! Der arme Kerl ist wehrlos!« Sie stößt mich an – aber es ist zu spät.

»Nihal«, sagt Maud gerade auf ihre supercharmante Art. »Du könntest nicht zufällig mal bei mir reinschauen und dir mein Notebook ansehen, oder? Ich habe keine Ahnung, was damit los ist, und du bist so klug, dass du es bestimmt rausfinden könntest.«

Sie schenkt ihm ihr strahlendstes Lächeln, und Nihal blinzelt ein paarmal.

»Maud«, sagt er sanft. »Du bist eine Freundin von Ava und scheinst mir eine sehr nette Person zu sein, sodass ich dir natürlich gern helfen würde. Aber ich finde, es war doch eine eher unangemessene Frage, angesichts der Tatsache, dass wir uns erst vor wenigen Minuten zum ersten Mal begegnet sind. Und so fürchte ich, dass ich dich diesmal enttäuschen muss. So leid es mir tut.« Er betrachtet sie mit süßem, unerbittlichem Lächeln.

Mauds Kinn ist langsam herabgesunken, und ihre Wangen sind ganz rosig.

»Oh«, sagt sie schließlich. »Oh. Natürlich. Es ... Es tut mir leid!« Sie nimmt einen großen Schluck Sekt, und ich merke, dass Sarika neben mir vor lauter Kichern kaum noch an sich halten kann.

»Ich nehme alles zurück. Er ist ein Genie«, murmelt sie. »Was hast du gesagt, was er ist? Der Chef von Apple?«

»Ich bitte, meine Unpünktlichkeit zu entschuldigen.« Eine vertraute, heisere Stimme unterbricht unser Gespräch, und alle Köpfe wenden sich um.

Ich habe mich an Tophers massige, klobige, unansehnliche Erscheinung gewöhnt. Doch als ich ihn nun mit den Augen meiner Freundinnen ganz neu betrachte, fällt mir auf, wie ungewöhnlich er aussieht, mit seinem fleischigen, narbigen Gesicht und den wulstigen Augenbrauen. Offensichtlich hat er sein T-Shirt ausgezogen und richtig herumgedreht, als Zugeständnis an diese Party, aber immer noch trägt er seine kurze, schwarze Sporthose und Turnschuhe. Als er auf uns zukommt, mustert er Maud, Nell und Sarika unverhohlen.

»Hallo, Avas Freundinnen!«, sagt er.

»Das sind Nell, Maud, Sarika«, sage ich und deute dabei auf eine nach der anderen. »Topher.«

»Seid ihr auch alle Vegetarier?«, fragt Topher, und sofort blitzen Nells Augen gefährlich auf.

»Und was würdest du sagen, wenn wir mit ›Ja‹ antworten?«, schießt sie kampfbereit zurück.

Topher zieht eine dunkle Augenbraue hoch. »Willst du die Wahrheit hören?«

»Klar will ich die Wahrheit hören.« Nell macht sich bereit, baut sich förmlich vor ihm auf. Sie wirkt so aufmüpfig wie selten, und ich bin doch leicht besorgt. Wollen die beiden sich etwa *jetzt schon* streiten?«

»Ist das denn so wichtig?«, stimme ich fröhlich mit ein. »Also... Habt ihr in den Nachrichten das mit dem Shetland-Pony gehört?«

Nell und Topher ignorieren mich. Im Grunde ignorieren mich alle.

»Klar will ich die Wahrheit hören«, wiederholt Nell, und ich sehe Topher an, dass er sich amüsiert.

»Okay.« Er zuckt mit den Achseln. »Ich will dir die Wahrheit sagen. Egal, wie deine Antwort ausgefallen wäre, hätte ich gedacht: ›Wieder nur ein weiterer belangloser Beitrag zu diesem Gespräch. Was könnte ich sonst noch fragen?‹ Ich bin nun mal nicht gesellschaftsfähig«, fügt er hinzu und nimmt von Matt ein Glas Sekt entgegen. »Nichts für ungut.«

Langsam breitet sich auf Nells Gesicht ein Ausdruck der Anerkennung aus. Ich sehe ihr an, dass sie damit nicht gerechnet hat.

»Ich bin auch nicht gesellschaftsfähig«, entgegnet sie mit dem klitzekleinen Anflug eines Lächelns. »Nichts für ungut.«

»Hmm.« Topher wirkt skeptisch. »Wenn ich ›nicht gesellschaftsfähig‹ sage, meine ich damit, dass es mir nichts ausmacht, eine ganze Woche lang niemand anderen als diese beiden Typen hier zu sehen.« Er deutet auf Matt und Nihal.

»Manchmal vergeht ein ganzer Monat, ohne dass ich einen Schritt vor die Tür setze«, antwortet Nell, und Topher mustert sie mit neuerlichem Interesse.

»Du hast was gegen Menschen?«

»Ich habe tatsächlich was gegen eine ganze Reihe von Menschen.« Nell nickt. »Menschen sind scheiße.«

»Ganz meine Meinung.« Topher hebt sein Glas, um ihr zuzutrinken.

»Außerdem habe ich Lupus«, fügt sie wie beiläufig hinzu.

»Oh.« Während Topher das verdaut, bleibt seine Miene ausdruckslos, aber ich sehe doch, dass er Nell mit seinen tiefliegenden Augen aufmerksam betrachtet. »Krass.«

»Ja.«

Ich staune und merke, dass es den anderen genauso geht. Nell erzählt Leuten *nie* schon bei der ersten Begegnung, dass sie Lupus hat. Was geht hier vor?

»Ich weiß nicht viel über Lupus«, sagte Topher schließlich. »Aber ich könnte mir vorstellen, dass es ziemlich unangenehm ist.«

»Kann man wohl sagen.« Nell nickt.

»Nihal, warum *zum Teufel* hast du noch kein Heilmittel gegen Lupus entdeckt?« Topher dreht sich um und fährt Nihal vorwurfsvoll an.

»Unter anderem, weil ich nicht in der medizinischen Forschung arbeite«, sagt Nihal geduldig.

»Das ist keine Entschuldigung.« Topher wendet sich wieder Nell zu. »Tut mir leid. Das ist alles nur die Schuld von meinem Mitbewohner. Er ist ein fauler Sack.« Er macht eine Pause, dann fügt er hinzu: »Okay, hier kommt eine sachdienliche Frage: Ist es dir gestattet, deine Sorgen in Tequila zu ertränken?«

## ZWANZIG

Alle sind ziemlich schnell betrunken, was nicht nur am Tequila liegt, sondern auch an der etwas seltsamen Konstellation der Geschlechter: Matts und meine Freunde nehmen einander in Augenschein. Fast komme ich mir vor wie in der Schuldisco.

Nach vierzig Minuten steigt Maud auf einen Stuhl und verkündet wie üblich, dass sie sich weigert, als Frau unsichtbar zu werden. Topher und Nell sind in irgendeine erhitzte Diskussion verstrickt, und Nihal führt Sarika seinen Roboter vor, während Matt und ich versuchen, Matts neuen Schal aus Harolds Zähnen zu befreien.

»Da liegst du *so was* von daneben«, höre ich Nell vehement zu Topher sagen. »Das ist die denkbar schlechteste Theorie.«

»Von wie vielen Theorien?«, will Topher wissen.

»Von allen Theorien!«, gibt sie zurück. »Von *allen* Theorien!«

»Worüber reden die beiden denn jetzt schon wieder?«, raunt Matt mir zu.

»Keine Ahnung«, raune ich zurück. »Erderwärmung? Wirtschaft? Wie man Biskuitrollen macht?«

»Harold, du verdammter *Idiot*!«, ruft Matt in seiner Verzweiflung, als Harold triumphierend wegläuft, mit dem Schal im Maul. »Okay, es reicht. Jetzt kommt er auf die Liste!«

»Was?« Ich starre ihn an, halb bestürzt, halb möchte ich lachen. »Nein!«

»Oh, doch!« Matt bleibt unnachgiebig. Er tritt an die Tafel und schreibt »Harold« auf die Liste, dann macht er einen dicken Strich daneben.

»Das ist total unfair!« Ich versuche, ihm den Stift aus der Hand zu reißen. »Harold ist kein Idiot.«

»Er ist der größte Idiot von allen!«, stimmt Topher mit ein. »Gib es zu, Ava. Er hat nichts anderes im Sinn, als uns das Leben schwer zu machen. Er ist der Bond-Schurke unter den Hunden.«

»Und es tut ihm nicht mal leid«, meint Nihal.

»So ist es!«, sagt Topher wie ein Staatsanwalt vor Gericht. »Er zeigt nullkommanull Reue. Er ist *erheblich* schlauer, als gut für ihn ist...« Als Harold ohne den Schal zurückkommt, ganz fröhlich und verspielt und unschuldig, nimmt Topher ihn ins Visier. »Was ist dein diabolischer Plan für die Weltherrschaft, Hundchen? Und tu bloß nicht so, als hättest du keinen!«

»Okay, Leute!«, ruft Sarika plötzlich und blickt von ihrem Telefon auf. »Sam ist hier.«

»Sam!«, ruft Maud und wirft ihre Arme in die Luft, als wäre Sam eine Boyband und sie wäre wieder vierzehn Jahre alt. »Sam ist hier! Yeah!«

»O mein Gott«, sagt Sarika und starrt sie an, als sähen sich die beiden zum ersten Mal. »Maud, wie viel hast du getrunken?«

»Nicht viel«, sagt Maud sofort. »Weniger als... er.« Sie deutet auf Topher.

Sarika ist die Nüchternste unter den Anwesenden, und als sie in die Runde blickt, sehe ich ihr an, dass ihr erste Bedenken kommen. Es *ist* aber auch ein bisschen gewagt, das erste Date so einzurichten, dass wir anderen alle mit dabei sind.

»Ist Sam Feminist?«, will Maud wissen, noch immer auf ihrem Stuhl stehend. »Denn wenn nicht, wenn *nicht*, dann ...«

»Ja, natürlich ist er Feminist«, sagt Sarika ungeduldig. »Maud, komm runter von diesem Stuhl! Und bitte Sam bloß nicht gleich um irgendeinen Gefallen. *Benehmt* euch!«, fügt sie mit einem Blick in die Runde hinzu. »Das gilt für jeden von euch. Seid nett. Seid ... ihr wisst schon. Normal.«

»Normal!« Nell lacht schallend.

»Okay, dann *tut* so, als wärt ihr normal. Ich gehe jetzt runter. Bin gleich wieder da.« Sie wirft uns allen einen letzten, vielsagenden Blick zu. »Ich klopf dann an die Tür.«

Als Sarika draußen ist, sehen wir anderen uns an wie Kinder, die ein schlechtes Gewissen haben.

»Wir brauchen Nachschub«, sagt Topher schließlich. »Und dann müsst ihr uns erzählen, was das für ein Typ ist.« Er geht in die Küche und kommt mit einer neuen Flasche Tequila wieder. »Okay, raus damit!«, sagt er und schenkt mir nach. »Wer ist Sam?«

»Wir wissen nur, dass er der perfekte Mann für Sarika ist«, erkläre ich. »Sie hat ihn aus dem Internet.«

»Nach langwierigem Auswahlverfahren«, wirft Nell ein.

»O Gott, ja.« Ich nicke. »Schrecklich! So wie ...« Ich

überlege kurz. »Schlimmer als der Fragenkatalog für Einwanderer.«

»Man kriegt eher einen Job bei der NASA als ein Date mit Sarika«, bestätigt Maud.

»Aber Sam hat es geschafft«, sage ich. »Er hat alle anderen aus dem Feld geschlagen. Er entspricht sämtlichen Anforderungen. Jeder einzelnen!«

Fast kommt es mir vor, als sollten wir dem Mann Applaus spenden und ihm eine Trophäe überreichen, sobald er die Wohnung betritt, allein nur dafür, dass er den ganzen Auswahlvorgang durchgestanden hat.

»Was für Anforderungen hatte sie denn?«, fragt Topher.

»Ach, endlos viele«, sage ich. »Sie hat immer mehr hinzugefügt. Er durfte nicht übermäßig groß sein, weder professioneller Tänzer noch Arbeiter auf einer Ölbohrinsel ... oder Vegetarier ... Was noch?« Ich sehe die anderen an.

»Er musste hundertprozentig mit ihren Ansichten über Umwelt und soziale Medien und Ed Sheeran und Marmite übereinstimmen«, sagt Nell und runzelt die Stirn. »Ach, und dann gab es eine Frage zum Thema Haarwäsche. Sie ist besessen von gepflegten Haaren.«

»Und er durfte nicht weiter als zehn Minuten vom nächsten U-Bahnhof entfernt wohnen«, wirft Maud prustend ein.

»Ja!«, rufe ich. »Das ist für sie von entscheidender Bedeutung. Sie hat genug von Typen, die irgendwo in der Pampa wohnen.«

»Wow«, sagt Nihal und lässt das wirken. »Zehn

Minuten von der U-Bahn. Ed Sheeran. Marmite. Sie ist ziemlich... wählerisch.«

»Nicht wählerisch«, sage ich, um meiner Freundin beizustehen. »Nur realistisch. Sie glaubt, je besser man vorbereitet ist, desto größer sind die Chancen auf Erfolg.«

»Meinst du, sie hat recht?«, fragt Topher, als es an der Wohnungstür klopft.

»Keine Ahnung«, antworte ich und muss mit einem Mal kichern. »Ich schätze, wir werden es wohl gleich herausfinden.«

Als Matt die Tür aufmacht, stehen wir anderen erwartungsvoll da, wie ein Empfangskomitee. Harold kommt angerannt und bellt zweimal, als wollte er darauf hinweisen, dass auch seine Meinung zählt.

»Okay, Leute... Das ist Sam!«, sagt Sarika und schiebt einen jungen Mann herein, der die saubersten, glänzendsten Haare hat, die ich je gesehen habe. Er hat ein freundliches Gesicht und ist viel hübscher als auf dem Foto, das sie uns gezeigt hat – und er lächelt mit entwaffnendem Charme in die Runde.

»Hey«, sagt er und hebt eine Hand, um uns zu begrüßen. »Ich bin Sam.«

»Matt«, sagt Matt und schüttelt ihm die Hand.

»Ich bin Maud«, sagt Maud, wirft ihre Haare zurück und strahlt ihn an. »Du bist doch Buchhalter, oder, Sam? Das ist ja *wirklich* ein Zufall, denn...«

»Was für ein Zufall, dass wir gar nichts zu buchhalten haben«, fällt Nell ihr entschlossen ins Wort. »Rein gar nichts. Hab ich recht, Maud? Hi, ich bin Nell.«

»Nihal«, sagt Nihal scheu.

»Hi, Sam«, sagt Topher. »Nett, dich kennenzulernen. Wir haben gerade über Marmite gesprochen. Ein Werk des Teufels, stimmt's?«

»Kein Stück!«, sagt Sam, und seine Augen leuchten gutmütig. »Ich liebe Marmite.«

»Ihr mögt *Marmite*?« Topher betrachtet ihn und Sarika ungnädig. »Na, kein Wunder, dass ihr euch gefunden habt. Von euch gibt es nur zwei. Ist ja eklig.«

»Hier, nimm einen Tequila!«, sage ich eilig zu Sam, dem es ein wenig die Sprache verschlagen hat, was man ihm wohl nicht verdenken kann. »Ich bin übrigens Ava.«

»Danke«, sagt er und sieht sich in der Wohnung um. »Interessante Skulpturen übrigens. Oh, toller Roboter«, fügt er hinzu, als sein Blick auf Nihals Kreation fällt. »Und ich muss schon sagen... was für ein *liebenswerter* Hund!«

Eine halbe Stunde später lässt es sich nicht mehr leugnen: Sam ist perfekt. Er ist absolut perfekt. Sarika ist die Königin des Datings, und wir anderen sollten einfach alle aufgeben.

Er ist intelligent, geistreich, steht ganz offensichtlich auf Sarika und hat interessante, nachvollziehbare Ansichten. Er ist liebenswert enthusiastisch, was seine Trommelei angeht, und körperlich fit ist er auch, denn er hat den Mount Everest erklommen. (Oder vielleicht auch nur einen Teil vom Everest. Egal.)

Wir haben die Phase der Party erreicht, bei der man entspannt herumsitzt. Jeden Moment wird jemand vorschlagen, dass wir uns was zu essen bestellen, vielleicht eine Pizza. Maud fragt Matt über Harriet's House aus, denn sie hat – was Maud mal wieder ähnlich sieht – gerade erst mitbekommen, was Harriet's House eigentlich ist, nachdem sie vor fünf Minuten zufällig Genevieves Buch aufgeschlagen hat.

»Ach, *die* Häuser!«, ruft sie erstaunt. »*Diese* Puppen! Die kenn ich! Die sind echt berühmt!«

»Maudie, was *dachtest* du denn, worüber wir die ganze Zeit reden?«, fragt Nell in liebevoller Verzweiflung, und Maud erwidert vage:

»Oh, ich hatte keine Ahnung. Ich weiß doch nie, wie irgendwelche Sachen heißen.«

Jetzt sitzt sie neben Matt und sagt Sachen wie: »Und wer sucht die Vorhänge aus?« und »Und wie wählt man die Haarfarbe der Puppen?«, was Matt alles geduldig beantwortet.

»Hey, Ava.« Nells Stimme flüstert mir ins Ohr. »Sam ist echt ein Hauptgewinn, oder?«

Ich habe gar nicht gemerkt, dass sie zu mir herübergekommen ist. Sie nickt zu Sam und Sarika, die eng nebeneinander auf dem Sofa sitzen und sich leise unterhalten.

»Er ist ein *Traum*«, sage ich leise. »Ich wette, er kann kochen.«

»Selbstverständlich kann er kochen!«, sagt Nell und rollt mit den Augen. »Soll das ein Witz sein? Sarika hat mindestens zehn Bedingungen gestellt, was das Kochen angeht. Wenn einer kein Risotto machen konnte...« Sie streicht mit dem Finger über ihre Kehle. »K.-o.-Kriterium.«

»Risotto!«, sage ich mit großen Augen. »Das ist heftig.«

»So ist Sarika«, entgegnet Nell. »Sie weiß, was sie will. Einen Mann, der Risotto kochen kann.«

Beide wenden wir uns wieder dem glücklichen Paar zu, und mir fällt auf, dass Sam noch näher an Sarika herangerückt ist. *Ich wette, er weiß, wer Ottolenghi ist*, denke ich – dann verdränge ich den Gedanken eilig aus meinem Kopf. Das ist irrelevant. Matt und ich haben eine andere Art von Beziehung. Nicht so passig. Mehr so...

Na ja. Un-passig.

»Na ja, wir waren verlobt, wenn auch nur kurz...« Matts Stimme dringt an mein Ohr, und ich erstarre. Wie bitte? Verlobt? *Was* sagt er da?

»Verlobt!«, ruft Maud interessiert. »Ava hat uns nie erzählt, dass du mal verlobt warst.«

»Tja«, sagt Matt und rutscht verlegen auf seinem Platz herum. »Es war auch nur... ›Verlobt‹ ist vielleicht etwas übertrieben...«

Ich blinzle und versuche, diesen Schlag ins Kontor zu verarbeiten. Verlobt? Er war *verlobt*? Plötzlich fällt mir ein, dass ich Matt gefragt habe, wie ernst es zwischen ihm und Genevieve war, und er geantwortet hat: »Kommt darauf an, was du unter *ernst* verstehst.«

Wie konnte er das sagen? Verlobt *ist* ernst!

Okay, ich muss mit ihm reden. Jetzt gleich.

»Ach, Matt!«, sage ich, bin schon aufgestanden. »Ich habe dir noch gar nicht erzählt von... diesem Dingsda, was du wissen wolltest. Dieser echt wichtigen Privatsache, die wir dringend besprechen müssen.«

Als Matt sich zu mir umwendet, werfe ich ihm meinen furchterregendsten Blick zu, und er wird bleich.

»Okay.« Er schluckt. »Das Dingsda.«

»Wollen wir vielleicht jetzt darüber reden?« Hintergründig lächle ich ihn an. »Um es aus dem Weg zu schaffen?« Schon zupfe ich an seinem Arm, ziemlich fest. Widerwillig steht er auf. »Wir sind gleich wieder da«, füge ich noch an Maud gewandt hinzu. »Es ist nur ein kleines, privates...«

»Dingsda«, meint sie. »Jep. Verstehe.«

Ich warte, bis wir beide im Schlafzimmer sind und die Tür zu ist. Dann drehe ich mich zu Matt um.

»*Verlobt?*«

»Nur vierundzwanzig Stunden«, sagt er hastig. »*Nicht mal* vierundzwanzig Stunden.«

»Mit Genevieve?«

»Ja.«

»Und das hast du mir nicht *erzählt*?«

Verwundert starrt Matt mich an. »Nein! Warum sollte ich? Wir wollen keine Altlasten, schon vergessen?«

»Das hängt davon ab!« Fast explodiere ich. »Vor allem wollen wir Kontext! Du hättest es mir sagen sollen, als wir das mit den fünf Fragen gemacht haben!«

»Aber du hast nicht gefragt: ›Warst du mal verlobt?‹«, sagt Matt baff, und ich unterdrücke den Drang, laut aufzuschreien.

»Okay.« Ich gebe mir Mühe, ruhig zu sprechen.

»Nochmal von vorn: Du warst also mit Genevieve verlobt.«

»Nein!« Matt presst eine Faust an seine Stirn. »Ich meine, ja, streng genommen ja. Sie hat um meine Hand angehalten, und ich habe es nicht über mich gebracht, gleich Nein zu sagen. Und deshalb waren wir für ein paar Stunden... ja, wir waren verlobt. Bis ich mich von ihr getrennt habe. Das war's dann. Ich meine, das war es dann *wirklich*. Die Beziehung war beendet.«

»Okay.« Noch immer schäume ich, bin kampfbereit, weiß aber nicht, was ich als Nächstes tun soll. Denn es klingt eigentlich gar nicht so abscheulich, wie ich es mir vorgestellt hatte. (Genevieve vor dem Altar, und Matt macht einen Rückzieher, mit seinem Zylinder in der Hand.)

»Ich habe ihr nie einen Ring gekauft, wir haben nie eine Hochzeit geplant...« Er schüttelt den Kopf. »Es ist so gut wie gar nicht passiert.«

»Wusste irgendwer davon?«

»Ein paar Leute«, räumt Matt ein. »Meine Eltern. Ihre Eltern. Ihre Follower in den sozialen Medien.«

»Ein paar?« Ich starre ihn an. »Sie hat *Tausende* Follower!«

»Aber die haben das inzwischen alle längst vergessen«, fügt er wenig überzeugend hinzu. »Es war wie ein... Strohfeuer.«

Er wirkt so bedrückt, dass ich mich langsam etwas beruhige. Jeder kann mal aus Versehen vierundzwanzig Stunden verlobt sein.

»Okay, tut mir leid, dass ich überreagiert habe.

Es ist nur ...« Ich zögere, seufze. »Es ist ganz schön schwer, weißt du? Genevieve ist nicht wie eine normale Ex, die von der Bildfläche verschwindet. Sie ist immer noch da ... Deine Eltern lieben sie ... Zwischen euch beiden hat es ganz offensichtlich heftig geknistert ...«

»Wie kommst du darauf?« Matt starrt mich an, und ich werde rot. Das ist mir irgendwie so rausgerutscht.

»Ich habe euch in diesem Video im Internet gesehen«, gebe ich zu, und merke, wie es mir schon wieder auf den Magen schlägt, wenn ich nur daran denke. »Als du mit Genevieve irgend so eine neue, maritime Linie präsentiert hast ... Und ihr wart *beeindruckend*. Ein eingespieltes Team. Ich schätze, da habe ich mich gefühlt, als ob ...« Ich weiß nicht, wie ich es sagen soll. Matt mustert mich verblüfft. Dann entspannt sich seine Miene.

»Die Präsentation in Manchester.«

»Ja. Auf der ihr gegenseitig eure Sätze beendet habt und richtig glücklich aussaht«, füge ich zur Sicherheit hinzu.

»Ich war glücklich«, sagt Matt langsam. »Du hast recht. Aber ich war *beruflich* glücklich. Du kennst die Vorgeschichte nicht. Da gab es viel böses Blut in der Firma. Wir hatten einen wichtigen Mitarbeiter verloren. Es gab viele Diskussionen darüber, in welche Richtung wir weitergehen sollten. Da erschien Genevieve auf der Bildfläche, sie kannte die Fans, sie verstand die Marke – und wir waren uns in vielen Fragen sofort einig. *Geschäftlichen* Fragen«, erklärt er eilig. »Sie war eine echte Bereicherung, und das hat mir manches leichter gemacht. Ich denke, deshalb sah ich so glücklich aus. Es kommt mir vor, als wäre das alles schon sehr lange her«, fügt er mit leicht verkniffenem Mund hinzu.

Ich muss an mein Gespräch mit Topher denken, als er meinte, Matt würde in seinem Job »feststecken«. Aber zu diesem Thema habe ich für heute schon genug gesagt.

»Es kann nicht allein berufliches Einverständnis gewesen sein«, sage ich stattdessen. »Du warst scharf auf sie. Und sie auf dich.«

»Na ja«, sagt Matt etwas betreten. »Kann schon sein. Aber bei diesem Video waren wir noch nicht mal zusammen. Wir waren nur zwei Kollegen, die sich gut verstanden haben.«

»Und wie wurde aus dem Geschäftlichen eine Romanze?«, beharre ich. »Hast du sie fragt, ob sie mal mit dir ausgehen möchte? Oder sie dich? Oder was?«

»Ava.« Matt betrachtet mich ernst. »Muss das jetzt sein?«

Schon mache ich den Mund auf, um »Ja!« zu sagen, doch dann klappe ich ihn wieder zu, weil ich nicht sicher bin, ob es die richtige Antwort ist.

»Ich bin mit *dir* zusammen«, fährt er fort. »Ich liebe *dich*. Und wir geben gerade eine Party.« Er deutet mit beiden Händen Richtung Wohnzimmer. »Wir sollten nicht hier drinnen rumstehen und alte Geschichten ausgraben. Wir sollten uns da draußen amüsieren. Es ist doch alles super. Genevieve ist nur noch ein Schatten aus der Vergangenheit. Wer ist *Genevieve*?«

Er zieht mich an sich, um mir einen langen, warmen Kuss zu geben, und ich merke, wie der Matt-Zauber wieder zu wirken beginnt. Er hat recht. Ich sollte meine Prioritäten überdenken. Fast hätte ich doch tatsächlich für einen kurzen Moment vergessen, dass wir eine Party geben.

»Okay«, sage ich schließlich und lächle ihn an. »Du hast recht. Wer ist *Genevieve*?«

»Genau.« Matt drückt mich fest an sich, dann lässt er mich los. »Wollen wir zurückgehen?«

Als wir uns wieder unter die anderen mischen, flüstere ich Matt zu: »Sam ist perfekt für Sarika, nicht?«

»Scheint so.« Matt nickt. »Ich freue mich für sie.«

Als wir uns wieder hinsetzen, wirft Maud mir einen kurzen »Alles okay?«-Blick zu. Ich nicke verstohlen, dann widme ich mich wieder dem allgemeinen Gespräch.

»Ich will sie morgen mal besuchen«, sagt Sam eben. »Ich erzähle gerade von meiner Kollegin«, fügt er erklärend an mich gewandt hinzu. »Sie hat vor zwei Wochen einen kleinen Jungen bekommen. Er heißt Stanley.«

»Stanley!«, ruft Nell.

»Ich weiß.« Sam grinst. »Toller Name, oder? Ich möchte ihn mir unbedingt ansehen. Kann es kaum erwarten. Mindestens eine *Stunde* lang habe ich versucht, mich für ein Geschenk zu entscheiden.« Er rollt mit den Augen. »Ich dachte mir: ›Ich will was Originelles. Ich will nicht einfach nur einen riesengroßen, flauschigen Teddybären kaufen.‹ Und was habe ich am Ende gekauft? Einen riesengroßen, flauschigen Teddybären.«

»Möchtest du mal Kinder haben, Sam?«, fragt Nell unvermittelt. Eine kurze, angespannte Pause entsteht – dann lacht Sam, sieht Sarika an und sagt:

»Eines Tages. Mit der richtigen Frau.«

O mein Gott. Vorhin dachte ich noch: »Perfekter kann er nicht mehr werden« – da wird er es doch!

»Wollen wir vielleicht was essen? So was wie... Pizza?«, fragt Maud mit vagem Blick in die Runde, als hoffte sie, jemand könnte zaubern. Sam wendet sich Sarika zu und berührt sanft ihren Arm.

»Möchtest du...? Wir könnten irgendwohin gehen.«

»Gern.« Selig lächelt sie ihn an. »Ich mach mich nur kurz frisch.«

Als sie sich auf den Weg ins Bad macht, sagt Nell zu Sam:

»Das ist wirklich sehr nett von dir, deine Kollegin zu besuchen.«

»Na ja, sie ist auch gleichzeitig meine Nachbarin«, erklärt Sam. »Wir wohnen direkt am Queenwell Park. Kennst du den?«

»Ich dachte, du wohnst fünf Minuten von Golders Green«, sagt Nell stirnrunzelnd.

»Da habe ich gewohnt.« Sam nickt. »Bin aber gerade umgezogen. Letzte Woche.«

»Wie weit hast du es zum nächsten U-Bahnhof?«, erkundigt sich Nihal, der dieses Gespräch mit Interesse verfolgt hat.

»Weiß nicht genau«, sagt Sam entspannt. »Halbe Stunde vielleicht? Aber das ist es mir wert. Ich hab mehr Platz und bin draußen im Grünen.«

Neben mir verschluckt sich Nell an ihrem Drink, und Maud reißt den Kopf herum. *Er wohnt eine halbe Stunde vom nächsten U-Bahnhof entfernt?*

»Weiß Sarika, dass du umgezogen bist?«, fragt Nihal mit leicht erstickter Stimme.

»Keine Ahnung«, sagt Sam. »Ich bin mir nicht sicher, ob ich es ihr gegenüber schon erwähnt habe.«

Bei einem Blick in die Runde sehe ich identische Mienen von hysterischer Bestürzung. Sam darf nicht eine halbe Stunde von der U-Bahn entfernt wohnen. Er darf jetzt nicht aus dem Rennen fliegen.

»Sam, ich glaube, du solltest unbedingt den Zeitaufwand für deinen Arbeitsweg verkürzen«, sagt Maud ernst. »In deinem eigenen Interesse. Es sollte höchste Priorität haben.«

»Der Meinung bin ich auch«, stimmt Nell mit ein.

»Ich habe nichts gegen einen kleinen Spaziergang«, sagt Sam achselzuckend. »Das ist kein Problem.«

»Es *ist* ein Problem!«, widerspricht Nell ihm energisch, und er blinzelt überrascht. »Es ist ein größeres Problem, als du glaubst.«

»Könntest du eventuell schneller laufen?«, schlage ich vor. »In welcher Straße wohnst du?«

»Fenland Street«, sagt Sam ein wenig verdutzt, und sofort zücken Topher, Nihal und Maud ihre Handys.

»In der Gegend kenne ich mich aus«, sagt Nell mit Blick auf die Karte. »Welche Route nimmst du?«

»Den Hügel runter«, antwortet Sam. »Das ist der direkte Weg. Mehr oder weniger.«

»Nein«, sagt sie streng. »Geh die Launceton Road runter. Das spart dir fünf Minuten.«

»Nimmst du die Abkürzung durchs Einkaufszentrum?«, stimmt Topher mit ein. »Denn das könnte dir auch Zeit sparen. Joggst du?«

»Joggen?« Sam ist perplex.

»Du solltest joggen.« Topher schlägt sich an die Brust. »Ist gesund.«

»Was ist mit einem Skateboard?«, schlägt Nihal vor.

»Ja!«, ruft Topher. »Genial, Nihal. Nimm ein Skateboard!«, weist er Sam an. »Damit bist du in Nullkommanichts da.«

»Ein *Skateboard*?«, wiederholt Sam und blickt verwundert in die Runde. »Hört mal, Leute, ich weiß eure Vorschläge ja zu schätzen, aber ...«

»Wenn du ein Skateboard nimmst und die Launceton Road runterfährst, müsstest du die Strecke in zehn Minuten schaffen«, sagt Nell entschlossen.

»Ich würde sagen, mit 'nem Skateboard sind es nur noch acht Minuten«, stimmt Matt mit ein. »Auf den Dingern ist man ganz schön schnell unterwegs.«

»Noch besser«, sagt Nell. »Alles klar?« Sie wendet sich zu Sam um, der kein Wort versteht. »Du wohnst acht Minuten vom nächsten U-Bahnhof.« »Merk dir das, Sam. *Acht Minuten.*« Sie sieht meinen Blick und verkneift sich ein Grinsen. Ich habe das schreckliche Gefühl, dass ich jeden Moment in schallendes Gelächter ausbreche, als Sarika erscheint und fröhlich sagt:

»Ich bin so weit, Sam ... *Aaaaaaargh*!« Entsetzt schreit sie auf. »Harold! Was *machst* du da?«

»Was ist denn?« Voll Sorge springe ich auf. »Oh, nein!«

Als ich Harold entdecke, wird mir ganz flau im Magen. Aus seinem Maul ragt eine abgerissene Pelztatze, die verdächtig nach der Tatze eines riesengroßen, flauschigen Teddybären aussieht. Hinter Harold sehe ich einen pelzigen Kopf auf dem Boden liegen, mit zwei glasigen Augen, die mich vorwurfsvoll anstarren. *Verdammt.*

»O mein Gott.« Ich schlage die Hände über dem Kopf zusammen. »Sam, es tut mir ja so leid. Offenbar hat er deinen Teddy zu fassen gekriegt...«

»Schon wieder dieser verfluchte Hund!«, ruft Sarika und greift nach Harold, der ihr munter entwischt.

»Harold!«, sage ich. »Aus! Aus!«

»Ach, ist nicht so schlimm«, sagt Sam mit einer Stimme, die ahnen lässt, dass es sehr wohl schlimm ist.

»Willkommen in meiner Welt«, sagt Sarika trocken.

»Gibst du *jetzt* zu, dass er ein Idiot ist?«, fragt mich Topher, aber ich ignoriere ihn.

»Komm her, du böser Hund!« Nell steht auf.

»*Wer* hat ein Leckerli?«, lockt Maud hilfsbereit.

Schon bald jagen wir alle Harold hinterher, während er durch die Wohnung tänzelt, immer wieder ein Teil vom verstümmelten Teddy fallen lässt, nur um zu bellen und sich triumphierend ein anderes zu schnappen.

»Wir brauchen eine *Strategie*«, sagt Matt schon zum dritten Mal. »Wir müssen ihn umzingeln... Bleib *stehen*, Harold!« Als das Festnetztelefon klingelt, sieht er kurz dorthin und sagt: »Könnte da bitte mal jemand rangehen?«

Wir kreisen Harold ein, der den Teddykopf im Maul hält und uns schelmisch mustert.

»Wir müssen ganz langsam auf ihn zugehen...«, sagt Matt leise. »Und wenn ich ›jetzt‹ sage, greifen wir alle zu... Jetzt!«

Alle greifen nach dem Teddykopf, Maud kriegt ihn zu fassen und fängt an, mit Harold zu ringen.

»Aus!«, keucht sie. »Aus!«

»Aus!«, stimme ich mit ein.

»Idiotenhund!«, sagt Topher, und Harold lässt den Teddy los, um ihn anzubellen.

»Hab ihn!«, ruft Maud und hält den abgerissenen, zerbissenen Kopf hoch, während Harold wie verrückt kläfft.

»Matt, es ist für dich.« Sam versucht, sich bei dem ganzen Lärm Gehör zu verschaffen. »Eine gewisse Genevieve.«

## EINUNDZWANZIG

Ach, na ja. Macht ja nichts. Genevieve darf Matt anrufen. Genevieve *muss* ihn sogar anrufen, gelegentlich. Schließlich arbeiten sie beide für dasselbe Unternehmen und sollten von daher Kontakt halten. Das verstehe ich. Was ich nicht verstehe, ist, wieso Genevieve eigentlich *so oft* anrufen muss.

Für einen »Schatten aus der Vergangenheit« ist sie doch ziemlich präsent. Seit der Party vor zwei Wochen war sie jeden Abend am Telefon. Matt bleibt ihr gegenüber eher einsilbig, aber trotzdem können diese Anrufe ewig dauern. Immer wenn ich mich danach erkundige (auf unbeschwerte Weise), sagt Matt: »Wir werden auf der Messe eine gemeinsame Präsentation halten. Darüber müssen wir reden.«

Und dann guckt er, als würde ich ihn unter Druck setzen. Und er locht stundenlang Golfbälle ein – was, wie mir inzwischen klar wurde, absolut gar nichts mit Vergnügen zu tun hat. Es ist der reine Stressabbau.

Ich muss mir immer wieder sagen, dass im Grunde alles gut ist. Die Party war ein voller Erfolg und ging bis um zwei Uhr morgens. Es endete damit, dass sich alle – betrunken wie sie waren – lebenslange Freundschaft geschworen haben. Und doch bin ich leicht gereizt. Je länger ich Matt beobachte, desto deutlicher sehe ich, dass Topher recht hat: Er steckt fest. Aber ich merke ihm auch an, wie hin und her gerissen er ist. Selbst ich bin hin und her gerissen, und dabei ist es nicht mal mein Familienunternehmen.

Ich meine, das Unternehmen blickt ja auf eine lange Tradition zurück. Wenn im Fernsehen Werbung für Harriet's House läuft, bin ich direkt ein bisschen stolz. Gleichzeitig aber kann ich nicht anders, als mich daran zu stoßen. Am Tag nach unserer Party hat Matt mit seinen Eltern telefoniert und ihnen erklärt, dass er nicht nach Japan geht. Seitdem ist er noch unkommunikativer als sonst.

Ich habe lieber nichts dazu gesagt, weil Matt so mit der bevorstehenden Messe beschäftigt ist. Aber zum Glück ist es heute endlich so weit. Matts Präsentation für *Harriet's World* findet um die Mittagszeit statt, und wir sitzen in einem Taxi auf dem Weg zum Veranstaltungsort. Danach ist alles vorbei. Genevieve wird keinen Grund mehr haben, jeden Abend anzurufen, und vielleicht setzen Matt und ich uns mal wieder zusammen und reden miteinander. Bis dahin gebe ich mir alle Mühe, offenen Geistes zu bleiben. Als das Taxi uns vor dem Konferenzzentrum absetzt, bemerke ich ein paar Mädchen, die auf dem Bürgersteig in unsere Richtung laufen, und kann nicht anders als sie entgeistert anzustarren.

»Guck mal!« Ich stoße Matt an. »Die haben sich als Harriet verkleidet.«

»Mh-hm.« Eher desinteressiert blickt er auf, als sie auf uns zukommen. »Die machen so was.«

Beide Mädchen tragen rotbraune Perücken. Und

dazu türkise Schuhe und Kleider, offenbar selbst genäht. Wie viele Stunden mögen sie ihrem Kostüm wohl gewidmet haben?

»Hier ist dein VIP-Pass.« Matt reicht mir einen Ausweis an einem langen Bändel, und ich starre das Ding leicht staunend an. In meinem ganzen Leben hatte ich noch nie einen VIP-Pass.

»VIP, hm?«, sage ich. »Du sorgst gut für mich.«

Matt lacht und gibt mir einen Kuss, der unterbrochen wird von einer Stimme, die sagt:

»Matt?« Eines der Mädchen ist bei uns stehen geblieben und starrt Matt mit großen Augen an. »Sind Sie Matt Warwick?«

»Ja, der bin ich.« Matt lächelt sie an, wirkt verlegen. »Willkommen bei Harriet's World. Viel Spaß euch beiden.«

»Ist das Genevieve?«, fragt das andere Mädchen aufgeregt und deutet auf mich.

»Nein«, sagt das Mädchen. »Die haben sich getrennt. Außerdem ist Genevieve blond. Weißt du denn *gar nichts*?«

»Und wer ist *das* dann?«

»Keine Ahnung.« Eher unfreundlich spricht mich das erste Mädchen an. »Wer sind Sie?«

»Ich bin Ava«, sage ich verblüfft.

»Wir müssen leider los«, sagt Matt eilig. »Viel Spaß bei Harriet's World. Bis später.«

»Moment, kann ich ein Selfie machen?«, fragt das erste Mädchen, und mein Mund bleibt offen stehen. Ein Selfie? Mit *Matt*?

Ich sehe mir an, wie er peinlich berührt erst mit

dem einen, dann mit dem anderen Mädchen posiert, anschließend schiebt er mich durch einen Nebeneingang in den Konferenzsaal. Schon hole ich Luft, um Matt mit Fragen zu bombardieren, doch als wir in die gigantische Halle treten, lösen sich alle meine Fragen in Luft auf. Denn ... O mein *Gott*!

Ich hatte mir die Ausstellung wohl vorgestellt, klar hatte ich das. Allerdings hatte ich mir nicht ausgemalt, in welchem Maßstab das alles stattfinden würde. Lebensgroße Zimmer von Puppenhäusern so weit das Auge reicht (wie in einem Möbelhaus). Und Verkaufsstände, in denen sich die Ware stapelt. Und überall spazieren lebendige Harriets herum. Wenn man mich fragt, ist das alles fast ein bisschen unheimlich.

»Hier entlang«, sagt Matt und führt mich zielstrebig an den Ständen vorbei. Aber ich kann gar nicht anders, als mich nach all den Attraktionen umzusehen: kleine Bühnen, auf denen Entertainer schon voll im Gang sind, und Stände mit Zuckerwatte und lebensgroße Spielzeugponys in einem lebensgroßen Spielzeugstall.

»Ihr produziert *Spielzeugponys in Lebensgröße*?«, frage ich ungläubig, und Matt betrachtet sie, als wären sie ihm bisher noch nie aufgefallen.

»Hm. Ja. Na ja, wir veranstalten diese Messe weltweit, sodass es kosteneffektiv ist, sie herzustellen. Ich denke, sie sind wohl ziemlich beliebt ...«

Er klingt so leidenschaftslos, dass ich fast lachen möchte. Wohin ich auch blicke, sehe ich strahlende, begeisterte Mienen – nur nicht bei ihm.

Bei einem Blick in die Runde fällt mir auf, dass

einige Besucher Genevieves Buch in Händen halten. O Gott, wahrscheinlich ist sie schon da, oder? Bestimmt treffen wir sie gleich.

»Matt.« Ich zupfe an seinem Arm, damit er stehen bleibt. »Ich hab da ein paar Fragen. Was war das gerade eben da draußen? Diese Mädchen?«

»Ach«, sagt Matt nach kurzer Überlegung. »Das.«

»Ja, das! Wieso haben die davon gesprochen, dass du und Genevieve... dass ihr euch getrennt habt? Woher wussten die überhaupt davon?«

»Okay«, sagt Matt widerwillig. »Na ja, ein paar Superfans interessieren sich auch für die Firma. Die Geschichte. Die Familie. Das alles. Sie kriegen einfach nicht genug davon. Und es hat ihnen etwas... also...«, er zögert, »...bedeutet. Dass wir ein Paar waren. Genevieve und ich.«

»Wieso hat es ihnen was *bedeutet*? Weil sie euch in den sozialen Medien gesehen haben?«

»Wahrscheinlich«, sagt er mit gequältem Gesicht. »Sie sind uns in den Medien gefolgt, sie haben in den Foren gechattet... Für manche Leute ist es ihr größtes Hobby. Sie wollen alles wissen. Es war eher Genevieves Ding als meins«, fügt er hinzu, als sein Telefon geht. »Hey, Dad. Ja, bin eben angekommen.«

Während Matt mit seinem Vater plaudert, zücke ich mein Handy und gebe eilig ein: *Matt Genevieve Klatsch Tratsch Trennung Harriet's House.*

Ich habe Matt schon früher gegoogelt (mehrmals). Aber offenbar nicht mit den richtigen Suchbegriffen, denn auf diese Zusammenhänge bin ich nie gestoßen. Es gibt sogar ein eigenes Forum namens »Harriet's

House Klatsch & Tratsch«. Fassungslos stehe ich da, dann klicke ich einen alten Thread an, der den Titel trägt: Genevieve und Matt... wie steht es um die beiden?

Augenblicklich springt mich verzweifeltes Online-Geheul an.

> WARUM HABEN SIE SICH GETRENNT?????? ☹ ☹
> Ich weiß. Die waren so süß!!!
> Das süßeste Pärchen ÜBERHAUPT.
> Wer hat sich getrennt, Matt oder Genevieve?
> Matt ist schwul, was sie vertuschen wollen. Mein BF arbeitet da und hat es mir erzählt.
> Wer geht zu dem neuen Harriet Event in Manchester? Am liebsten würde ich es boykottieren. Ist doch traurig.
> Ist ja wohl deren Sache, oder?
> Es ist auch unsere Sache. Ich *folge* Genevieve.

Blinzelnd betrachte ich all die Klagen, dann klicke ich sie eilig weg. In meinem Kopf rotiert es. Ich weiß gar nicht, wie ich das alles verarbeiten soll. Matt beendet sein Telefonat und sagt zu mir:

»Okay, gehen wir in den Green Room.« Dann sieht er mich nochmal an. »Ava? Was ist?«

»Ach, nichts«, erwidere ich und gebe mir alle Mühe, die Ruhe zu bewahren. »Ich frage mich nur, Matt, wieso du mir nichts davon erzählt hast, wie viele Leute offensichtlich am Boden zerstört waren, als du dich von Genevieve getrennt hast.«

»Ava.« Matt sieht aus, als wollte er mir ausweichen.

»Offenbar wart ihr das ›süßeste Pärchen überhaupt‹.«

»Ava, lies doch nicht diesen Blödsinn!«, seufzt Matt. »Das ist doch nur Online-Quatsch in einer winzig kleinen Nischenwelt. Ein paar besessene Fans dachten, wir gehören ihnen... Oh, hey, Genevieve.« Sein Gesicht verzieht sich zu einem furchtbar aufgesetzten Lächeln. »Schön, dich zu sehen.«

Verdammt. Da ist sie schon?

Ich fahre herum und sehe eine Erscheinung in Pink, mit einem Wust von frisch geföhnten blonden Haaren, begleitet von zwei Typen mit Jeans und Headsets. Ich erkenne die Frau von dem Buch wieder, aber in echt ist sie sogar noch hübscher. Sie sieht einfach phänomenal aus, das muss ich ihr lassen, so zierlich in ihrem perfekt sitzenden, rosafarbenen Hosenanzug und ultrahohen, fuchsiafarbenen Pumps.

»Du musst Ava sein!«, ruft sie, als wäre es der Höhepunkt ihres Lebens, mir zu begegnen. »Wie schön, dass du kommen konntest!«

»Danke gleichfalls!«, sage ich etwas matt, als wir uns die Hand geben, und ihr Gesicht verknautscht sich vor Vergnügen, als hätte ich etwas besonders Lustiges gesagt.

»Man konnte dieses Event ja schlecht *ohne* mich ausrichten, nicht wahr? Aber *gern doch*...!«, sagt sie charmant zu einem kleinen Mädchen im Harriet's-House-Hoodie. »Nur ein Autogramm, oder hättest du gern ein Selfie?« Lächelnd posiert sie mit dem sprachlosen Kind, dann wendet sie sich Matt zu und sagt: »Stürmen wir den Green Room!«

»Genevieve!«, ruft ein Mädchen in der Nähe. »Darf ich ein Selfie machen?«

»Tut mir leid, Kinder!«, sagt Genevieve bedauernd. »Bin bald wieder da!«

Als uns die beiden Typen in Jeans schweigend durch die Menge begleiten, merke ich, dass sie so was wie Security-Leute sind. Da fällt mir auf, dass Genevieve ein Headset trägt, und sie geht leicht geduckt wie ein Super-Promi. Alle paar Sekunden ruft ein Fan irgendwo in der Nähe »Genevieve!« oder versucht, sie anzufassen. Sie ist so was wie die Beyoncé von Harriet's House. Ich weiß gar nicht, ob ich lachen oder staunen soll.

Der Green Room ist ein abgetrennter Bereich des Konferenzsaales, mit Sofas und einem Tisch voller Snacks. Menschen in Anzügen stehen dicht gedrängt. Ich erkenne Matts Eltern, die sich am anderen Ende des Raumes angeregt mit Walter unterhalten, aber alle anderen sind mir unbekannt. Ich schätze, es sind wohl alles Mitarbeiter von Harriet's House. Matt wird augenblicklich in ein Gespräch verwickelt, und Genevieve wird von allen überschwänglich begrüßt, aber anscheinend möchte sie lieber bei mir bleiben.

»Lass mich dir einen Kaffee holen, Ava«, sagt sie freundlich und schiebt mich durchs Gedränge. »Sicher bist du überwältigt! Ich erinnere mich noch an meine erste *Harriet's World*-Messe. Ich dachte, ich wäre im siebten Himmel. Ich war gerade mal sechs Jahre alt«, fügt sie lachend hinzu. »Ein echter Hardcore-Fan.«

»Wie lange bist du schon Markenbotschafterin?«,

frage ich in dem Versuch, höfliche Konversation zu treiben.

»Mit dem YouTube-Channel habe ich vor fünf Jahren angefangen.« Der Gedanken daran lässt sie lächeln. »Aber Vollzeit-Markenbotschafterin bin ich erst seit drei Jahren. Die Verkäufe sind explodiert«, fügt sie zufrieden hinzu. »Matt hat dir sicher alles erzählt.«

»Eigentlich nicht«, sage ich, und kurz blitzt leiser Ärger in Genevieves Augen auf.

»Na ja, sind sie jedenfalls. Eins kann ich dir sagen...« Sie beugt sich vor, als wollte sie mir ein süßes Geheimnis anvertrauen. »Meine Provision ist durch die *Decke* gegangen. Es gibt da ein paar sehr große, prominente Sammlerinnen. Und ich meine sehr, *sehr* groß.« Sie reicht mir eine Tasse Kaffee. »Du würdest *staunen*, wenn ich es dir anvertrauen könnte. Was ich natürlich nicht darf, aber zumindest so viel: Die Namen sind jedem ein Begriff. Ich sage nur: Privatjets.« Sie schüttelt ihre Haare und prüft ihr Spiegelbild in der Rückseite eines Teelöffels. »Es gibt da eine Prominente, der ich bei ihrer Sammlung assistiere... Du würdest *sterben*, wenn du wüsstest, wer das ist.«

»Wow«, sage ich und versuche, angemessen beeindruckt zu klingen. Sofort nimmt Genevieve mich ins Visier, als wäre es möglich, dass ich ihr vielleicht nicht glaube.

»Ich kann dir zeigen, was sie mir geschrieben hat«, sagt sie. »Ihren Namen darf ich dir nicht verraten, aber ich kann dir zeigen, wie wir zueinander stehen. Ich bin nicht nur ihre Harriet's-House-Beraterin. Wir sind *befreundet*.«

Sie zückt ihr Telefon und sucht eine Seite, die sie mir dann zeigt, wobei sie mit manikürtem Daumen den Namen verdeckt. Die Nachricht lautet *Danke Süße.*

»Siehst du?«, sagt Genevieve triumphierend. »Ich darf dir den Namen nicht nennen, aber sie ist *sehr* prominent.«

Offensichtlich wartet sie auf eine Reaktion. Was soll ich tun? Auf die Knie fallen und das Telefon küssen?

»Toll«, sage ich höflich. »Schön für dich, dass du so viele Promis kennst.«

»Na ja.« Genevieve lacht bescheiden. »In gewisser Weise bin ich ja *selbst* prominent. Ein klitzekleines bisschen.« Wieder lacht sie und streicht dabei ihre Haare glatt. Offensichtlich meint sie eigentlich »ein *riesengroßes* bisschen«.

Mir reicht's mit diesem Gespräch, und so sehe ich mich um, ob Matt irgendwo in der Nähe ist. Doch zu meinem Entsetzen hakt sich Genevieve ein wenig distanzlos bei mir unter.

»Du bist doch die mit dem Hund, stimmt's?«, haucht sie, als hätte Matt zehn Freundinnen, alle mit unterschiedlichen Haustieren. »Ich habe gehört, dass du mein Foto zerrissen hast.« Sie lacht wie ein Glöckchen. »*So* lustig.«

»Es war ein Versehen«, sage ich, und Genevieve lächelt mich freundlich an.

»Bitte, Ava. Du musst dich nicht bedroht fühlen. Du *darfst* dich nicht bedroht fühlen! Das habe ich dem letzten Mädchen auch gesagt. Ich habe ihr gesagt: ›Hör mal, ich bin eng mit der Familie verbunden, ich *verstehe* diese Familie, ich war mit Matt länger zusammen als irgendeine andere...‹ Aber was bedeutet das am Ende des Tages? Dass ich immer noch im Rennen bin? Nein! Es ist sein Leben. Er genießt es und amüsiert sich, bevor er irgendwann...« Sie zuckt mit den Achseln. »Du weißt schon.«

Ihre Worte flimmern in meinem Kopf, und ich gebe mir alle Mühe, sie zu entwirren, aber diese Frau ist eine derart giftige, pinkfarbene Erscheinung, dass es mir schwerfällt.

»Nein, weiß ich nicht«, sage ich schließlich.

»O mein Gott!« Genevieve stellt ihren Kaffee weg und klimpert unschuldig mit den Wimpern. »Ich will damit nicht sagen, dass er am Ende bei *mir* landet. Das wollte ich damit nicht sagen. Wer bin ich schon? Ich spiele doch gar keine Rolle mehr. Biscuit?«

»Nein, danke«, sage ich und sehe mich verzweifelt nach Matt um.

»Aber seine Eltern halten immer noch Kontakt. Ist das nicht lieb?«, fährt Genevieve sinnierend fort. »Sie halten mich sogar über sein Liebesleben auf dem Laufenden, was doch wirklich zum *Schreien* komisch ist. Das Mädchen, mit dem er direkt nach mir zusammen war? Die er beim Sport kennengelernt hat? Die war ein bisschen gaga.« Sie schenkt mir ein verschwörerisches Lächeln. »Elsa hat mich sofort angerufen. ›Genevieve, was soll ich tun?‹ Und ich habe gesagt: ›Elsa, meine Liebe, entspann dich, es ist nur ein Techtelmechtel...‹ Er wird sie ja nicht gleich *heiraten*.« Und natürlich endete es dann so bitterböse.« Sie lächelt zuckersüß. »Gewiss hat Matt dir davon erzählt.«

Sie mustert mich, als suchte sie nach einer Schwäche. Als ginge sie davon aus, dass ich weniger über Matts Vergangenheit wüsste als sie. Die kann mich mal, denn wer hatte schließlich letzte Nacht Sex mit ihm?

»Wir blicken eigentlich nie zurück«, entgegne ich freundlich. »Weil wir uns auf so viel Schönes in unserer gemeinsamen Zukunft freuen können. Im Grunde hat Matt so wenig Interesse an seinen Ex-Freundinnen, dass das Thema gar nicht aufkommt. Die ganze Zeit versuche ich schon, mich zu erinnern, wie oft er dich erwähnt haben mag, Genevieve.« Nachdenklich lege ich meine Stirn in Falten. »Ach, ja. Nie.«

»Nun.« Genevieves Lächeln gefriert. »Wenn ich irgendwie helfen kann, lass es mich bitte wissen. Ach, Matt, da bist du ja!«

»Hi.« Als Matt sich zu uns gesellt, geht sein Blick ängstlich zwischen uns hin und her. »Ihr zwei habt euch also ... unterhalten. Super.«

»Ja, ist das nicht super?«, sage ich. »*So* super. Aber am besten bereitet ihr zwei jetzt euren Auftritt vor«, füge ich hinzu und nutze die Gelegenheit, mich zu verkrümeln. »Viel Spaß dabei!«

Schnaufend stolziere ich aus dem Green Room. Was war das denn? Diese Frau ist die selbstverliebteste Ziege, der ich je begegnet bin.

»Warte! Ava!« Matt erscheint an meiner Seite und weicht zwei stark geschminkten, jungen Männern aus, die Harriet-Perücken und paillettenbesetzte Abendkleider tragen. »Entschuldige. Entschuldige bitte! Ich weiß, sie ist ...«

»Matt!« Ein junger Mann im maßgeschneiderten Anzug unterbricht uns und schüttelt Matt fröhlich die Hand. »Schön, dich zu sehen!«

»Hi, Mike«, sagt Matt lächelnd. »Ich wusste gar nicht, dass du rüberkommst. Das ist Mike«, fügt er an mich gewandt hinzu. »Leitet das US-Marketing. Mike, Ava.«

»Hi«, sage ich höflich.

»Ich hatte ohnehin ein paar Meetings in London«, sagt Mike. »Da dachte ich mir, ich schiebe die Messe dazwischen...« Er sieht sich im Gedränge um. »Besucherzahlen sehen gut aus. Irgendwas Neues zum Kinostart vom Harriet-Film?«

Ein Kinofilm? Matt erzählt mir aber auch rein *gar* nichts.

»In letzter Zeit nicht«, sagt Matt. »Aber du wirst der Erste sein, der es erfährt.«

»Klar.« Mike nickt, dann fügt er leiser hinzu: »Wie ich höre, gehst du eine Weile rüber nach Japan, Matt. Ich glaube, die brauchen dich da drüben. Es ist ziemlich chaotisch. Alle waren sichtlich erleichtert, als sie die Neuigkeit erfahren haben.«

Ich sehe Matt an und warte auf seine Erklärung, dass er nicht nach Japan gehen wird, doch er wird ganz starr.

»Na ja«, sagt er schließlich und weicht meinem Blick aus. »Die Situation ist komplex.«

Komplex? Was ist daran komplex?

»Allerdings.« Mike wirft einen Blick auf seine Armbanduhr. »Oh, ich muss los. Schön, dass ich dich noch getroffen habe! Und dich auch, Ava.«

Freundlich winkend macht er sich auf den Weg, und ich wende mich Matt zu, entschlossen, nicht überzureagieren.

»Da muss er wohl irgendwie was falsch verstanden haben!«, sage ich lachend.

»Hm«, macht Matt.

Ich warte auf mehr, aber da kommt nichts, und ich stutze. Was ist hier los?

»Matt, ich dachte, du hast mit deinen Eltern gesprochen«, sage ich so ruhig, wie es mir möglich ist. »Ich dachte, du sagtest, du würdest *nicht* nach Japan gehen.«

»Habe ich auch«, sagt Matt und weicht meinem Blick aus. »Ich habe es ihnen gesagt... Ich habe gesagt, es ist suboptimal.«

»*Suboptimal?*«, wiederhole ich bestürzt. »Aber hast du ihnen auch gesagt, dass du es *nicht* machst? Dass du dich weigerst?«

»Ich habe meine Ansichten unmissverständlich klargemacht«, sagt Matt nach kurzer Pause. »Aber es ist nicht so einfach, es ist verzwickt, wir haben noch keine Lösung gefunden...« Er verzieht das Gesicht und reibt kurz mit der Faust über seine Stirn. »Hör mal, Ava, lass uns das nicht jetzt besprechen.«

»*Willst* du denn dahin?«, sage ich und merke, wie traurig es mich macht.

»Nein, natürlich nicht«, entgegnet Matt genervt. »Das weißt du doch.«

»Na, dann musst du es absagen!«, rufe ich fast. »Je länger du sie in dem Glauben lässt, dass du nach Japan gehst, desto schwerer wird es, einen Rückzieher zu machen. Das muss dir doch klar sein.«

»Ich weiß.« Matt wirkt niedergeschlagen. »Ich mach es ja. Aber es geht nicht so einfach. In meiner Familie… ist das Reden… Es ist schwierig. Es kann schnell mal schiefgehen.«

Er sieht mich an, als würde er erwarten, dass ich ihn verstehe. Und ich möchte es auch, aber ich kann nicht. Und einmal mehr kommt es mir vor, als werde ich wohl nie begreifen, was Matt umtreibt.

»Was soll schiefgehen, wenn man miteinander redet?«, frage ich hilflos. »Was soll schiefgehen, wenn man aufrichtig ist?« Matt seufzt.

»Komm mal her.« Er greift nach mir und zieht mich fest in seine Arme. Und doch lässt es mich nicht darüber hinwegsehen, dass er weder auf die eine noch auf die andere Frage geantwortet hat.

## ZWEIUNDZWANZIG

Wie sich herausstellt, sind die Harriet's-House-Fruchtgummis ziemlich gut. Eine halbe Stunde später habe ich drei Tüten davon gekauft und stressmäßig in mich hineingefuttert, während ich zwischen den Ständen herumschlenderte, mir all die Puppen und Häuser und Kleider und Schminksachen ansah.

Nell hat recht: Harriet's House ist eine abgrundtief frauenfeindliche, rückwärtsgewandte Marke und für Feministinnen in unserer heutigen Zeit gänzlich ungeeignet. Andererseits kann ich verstehen, wieso man danach süchtig werden kann. Es gibt so viele Accessoires. So viele Welten. Allein die vielen *Kleider*.

Als ich in den Bereich mit Harriets Haustieren komme, bleibe ich fasziniert vor den ausgestellten Spielzeughunden stehen, die Harriet und ihre diversen Freundinnen im Laufe der Jahre hatten. Denn Spielzeughunde sind was völlig anderes als Puppen. Sie sind edel. Sie sind schön. So ein Spielzeughund könnte jedem gefallen. Und eben erkundige ich mich nach dem Preis für den Beagle, als flotte Musik aus den Lautsprechern tönt, gefolgt von einer munteren Frauenstimme:

»Unser großes Event beginnt in drei Minuten! Mitglieder der Familie Warwick und die Harriet's-

House-Markenbotschafterin Genevieve Hammond werden in drei Minuten auf der Hauptbühne stehen! Kommen Sie ins Auditorium für die heutige große Neuvorstellung, weitere Ankündigungen und eine Podiumsdiskussion mit Genevieve!«

Überall um mich herum drängen die Menschen zum hinteren Teil des Konferenzsaales. Fast hätte ich das große Event vergessen.

»Ich komme später wieder«, sage ich eilig zu dem Budenbesitzer und haste zum Auditorium, so wie alle anderen auch.

Am Eingang zeige ich meinen VIP-Pass und werde in einen speziellen Bereich weiter vorn geleitet. Es ist ziemlich voll, aber ich finde einen freien Platz am Ende der dritten Reihe, setze mich und gebe mir alle Mühe, unverdächtig zu wirken, da wird es dunkel, und wummernde Musik setzt ein.

»Meine sehr verehrten Damen und Herren«, sagt eine einschmeichelnde Stimme. »Willkommen zur diesjährigen Harriet's-House-Messe in London!«

Alles jubelt und applaudiert. Etwas zögerlich klatsche ich mit.

»Und nun begrüßen Sie mit mir auf dieser Bühne... unsere Gastgeberin... Genevieve Hammond!«

Man hört ein paar Mädchen kreischen. Die Musik wird ohrenbetäubend laut, Lichter tanzen übers Publikum, und wie ein Rockstar betritt Genevieve die Bühne.

»Hallo, London!«, schreit sie ins Publikum, ihre Haare schimmern im Licht der Scheinwerfer. Unwillkürlich muss ich prusten. Hallo, London? Im Ernst?

Aber das Publikum liebt sie. Alle jubeln und haben ihre Handys gezückt, und manche versuchen Selfies zu machen, mit Genevieve im Hintergrund.

»Ich habe euch heute so viel zu erzählen«, sagt sie strahlend. »Neuigkeiten, Anekdoten, die große Neuvorstellung, auf die ihr alle gewartet habt...« Sie wackelt schelmisch mit den Augenbrauen, und wieder kreischen ein paar Mädchen. »Aber zuvor möchte ich die Menschen, denen wir das alles zu verdanken haben, auf dieser Bühne begrüßen... die Familie, die wir so sehr lieben... unsere ganz besonderen Gäste... John, Elsa und Matt Warwick!«

Wieder geht die Musik los, und im nächsten Moment kommen Matt und seine Eltern auf die Bühne. Elsa trägt ein violettes Kostüm mit Rüschenbluse und sieht aus, als wäre sie absolut begeistert, da zu sein. John wirkt gleichgültig, und Matt steht mit hängenden Schultern da, als könnte er es kaum erwarten, dass die Qual ein Ende hat.

»Mr und Mrs Warwick, Matthias...«, beginnt Genevieve überschwänglich. »Was für eine Ehre, Sie hier bei uns zu haben! Bei der Arbeit an meinem Buch – *Harriet's House und ich* –, das ich später signieren werde, zum herabgesetzten Messepreis, kein Umtausch, bitte bewerten Sie es online mit fünf Sternen...«, sie holt Luft und zwinkert charmant ins Publikum, »... als ich es geschrieben habe, genoss ich das Privileg, Zeit mit der Familie Warwick verbringen zu dürfen. Dadurch habe ich vieles über ihre Geschichte erfahren.« Ernst blickt sie ins Publikum. »Alles begann 1927, als Gertrude Warwick ein hölzernes Puppenhaus für ihre Tochter entwarf. Mittlerweile hat sich der Zauber von Harriet's House bis in die hintersten Ecken unseres Planeten verbreitet. Sie müssen unglaublich stolz auf Ihre Familientradition sein.«

Sie reicht John ein Mikrofon und wartet lächelnd.

»Wir sind sehr stolz, ja«, sagt John steif.

»Ungeheuer stolz!«, wirft Elsa ein und reißt ihm das Mikrofon weg. »Und natürlich sind wir auch sehr stolz auf *dich*, Genevieve, weil du dieses wundervolle Buch geschrieben hast.«

Sie animiert das Publikum zu einem Applaus, während Genevieve dasteht und gekünstelt lächelt.

»Na ja, ihr habt mir doch sehr geholfen«, sagt Genevieve mit aufgesetzter Bescheidenheit. »Vor allem natürlich Matt. Meine Damen und Herren, dieser Mann ist ein Held!«

»Bestimmt nicht«, sagt Matt verkniffen lächelnd.

»Oh, doch!« Genevieve macht riesengroße Augen. »Er hat mir so viel bei meinen Recherchen geholfen. Und... es ist ja kein Geheimnis...« Sie spricht leiser, emotionaler, und blickt in die Gesichter, als suchte sie so viel Blickkontakt wie möglich. »Er hat mir sehr geholfen... *als Mensch*. Bei Harriet's House dreht sich alles um Liebe und Herzlichkeit.« Ernst blickt sie ins Publikum. »Und dieser Mann ist *so* voller Liebe und Herzlichkeit.«

*Bitte?* Wütend starre ich sie an. Es steht ihr nicht zu, über Matt zu sagen, dass er voller Liebe und Herzlichkeit ist. Das steht nur *mir* zu.

Genieve nimmt Matts Hand und hält sie hoch. Die Menge jubelt.

»Ihr gehört zusammen!«, ruft eine Stimme weiter hinten, und Genevieve verzieht das Gesicht, als hätte sie den Zwischenruf nicht verstanden.

»Wie bitte? Was sagt sie?«, fügt sie lachend an Matt gewandt hinzu.

»Ihr gehört zusammen!« Die Stimme wird lauter.

»Wir lieben dich, Matt!«, kreischt ein Mädchen kaum einen Meter neben mir.

»Ihr seid so toll zusammen!«, kreischt ein anderes Mädchen hysterisch durch den Saal. »Genieve und Matt für immer!«

»Also, das ist ja nun wirklich nicht ...«, setzt Matt an, doch Genevieve fährt ihm einfach über den Mund. (Ich könnte schwören, dass ihr Mikro lauter gestellt ist als alle anderen.)

»Es wäre in so vielerlei Hinsicht wundervoll ...« Sie macht ein trauriges Gesicht. »Denn uns verband tatsächlich eine ganz besondere Magie. Und dennoch sollte es nicht sein. Nicht wahr, Matt? Ganz gleich, was Harriets Fans denken?« Betrübt lächelnd deutet sie ins Publikum. Mir wird ganz heiß. Was redet sie da? Wie kann sie so was sagen? Und wieso höre ich mir das hier eigentlich an? Abrupt stehe ich auf, nehme meine Tasche und schiebe mich am Rand des Auditoriums entlang zum Ausgang.

»Oh, nein!«, flötet Genevieve plötzlich allerliebst. »Es tut mir ja so leid! Meine Damen und Herren, ich glaube, wir haben eben Matts neue Freundin vor den Kopf gestoßen. Ava, nicht so schüchtern, du gehörst doch jetzt auch zur großen Harriet's-House-Familie!«

Sie deutet in meine Richtung. Zu meinem Entsetzen findet mich sofort ein Scheinwerfer, und das gesamte Publikum fährt herum. Und Matt mag ja recht haben, dass das alles »Online- Quatsch« ist, aber diese Leute sind nicht online. Sie sind hier, starren mich an und machen sogar Fotos.

»Die ist nicht annähernd so hübsch, oder?«, sagt neben mir ein Mädchen zu ihrer Freundin, und ich werfe ihr einen bösen Blick zu.

»Hallo!«, sage ich knapp. »Tut mir leid, aber ich muss los. Viel Spaß noch!«

Auf dem Weg zur Tür rasen mörderische Gedanken durch meinen Kopf. Ich kann nur hoffen, dass es eine Harriet's-House-Bar gibt und dass sie da Harriet's-House-Wodka haben, und ich kann ihnen nur wünschen, dass sie Doppelte ausschenken.

Wie sich herausstellt, gibt es eine Harriet's Bar, und sie ist halb leer, was vermutlich daran liegt, dass so viele Leute im Auditorium sind. Es gibt keinen Wodka, dafür aber »Bubblegum Bellinis«, und so setze ich mich auf einen Hocker am Tresen und bestelle mir gleich zwei Stück kurz nacheinander. Ich weiß, ich sollte Genevieve nicht so nah an mich heranlassen. Und auch nicht die Superfans. Oder diese Sache mit Japan. Aber ich kann nicht anders: Ich koche vor Wut.

Jede neue Ebene, die ich in Matts Leben entdecke, ist abschreckend und kompliziert. Aber er kriegt davon gar nichts mit.. Er scheint überhaupt nichts zu merken. Er läuft wie mit Scheuklappen herum, wie eins von diesen Pferden, die einen schweren Karren ziehen, und dieser Karren ist sein Job... Nein, dieser Karren ist seine *Familie*...

Da merke ich, dass ich laut vor mich hin rede, als wäre ich leicht gestört. Ich blicke auf, hoffe, dass mich niemand beobachtet, und sehe ein bekanntes Gesicht. Matts Opa. Wie heißt er noch? Ach ja, Ronald. Er sitzt am anderen Ende vom Tresen, im Nadelstreifenanzug. Vor ihm steht ein Glas Wein, und er könnte auf diesem pinkfarbenen Plüschhocker kaum deplatzierter wirken, sodass ich unwillkürlich grinsen muss. Unsere Blicke treffen sich, und ganz offenbar überlegt er, woher er mich kennen könnte.

»Ich bin Ava«, sage ich, rutsche ein Stück in seine Richtung und reiche ihm die Hand. »Matts Freundin? Wir haben uns bei Matts Eltern kennengelernt...«

»Ava!« Seine Augen leuchten auf. »Ja, ich erinnere mich. Amüsieren Sie sich auf der Messe, meine Liebe?«

»Geht so«, sage ich. »Sind Sie denn gar nicht bei der Präsentation? Alle sind auf der Bühne. Matt, seine Eltern, Genevieve...«

»Ich weiß.« Er schüttelt leicht den Kopf. »Bestimmt sehr unterhaltsam. Schwierig finde ich nur das Publikum. Dieses Gekreische.«

»Ja«, sage ich. »Das stimmt. Sie kommen doch sicher schon seit Ewigkeiten zu dieser Messe«, füge ich hinzu, als mir bewusst wird, dass Harriet's House ja auch zu seinem Leben gehört.

»Nun ja.« Ronald scheint darüber nachzudenken. »Zu meiner Zeit hatten wir keine Messe. Alles war anders. Nicht so... *überdreht*. Ich komme nur mit, um zu sehen, wie es so läuft.« Vage deutet er auf die

Leute. »Aber ich ziehe es vor, hier draußen zu bleiben.« Er hebt sein Glas, trinkt mir zu, und ich tue es ihm nach. »Und Sie?«, erkundigt er sich höflich. »Wollen Sie denn nicht Matthias auf der Bühne sehen?«

»Ich habe den Anfang mitbekommen. Aber...« Mein Satz verklingt, und ich sinke in mich zusammen. Ich bin nicht besonders scharf darauf, über Genevieve und ihre Superfans zu reden.

»Noch was zu trinken?«, fragt er, als ihm mein leeres Glas auffällt, und er nickt dem Barkeeper zu.

»Ertränken wir unsere Sorgen«, sage ich, und es sollte ein Scherz sein, kommt aber ernster heraus, als es gemeint war.

»Unbedingt.« Ronald lächelt, doch auch das klingt ernst, und seine Hand zittert leicht, als er sein Glas nimmt.

Hinter seiner höflichen Fassade scheint mir der alte Herr doch ein wenig zerbrechlich. Ich erinnere mich, dass Elsa ihm beim Essen mehrfach über den Mund gefahren ist. Und schließlich hat mir Matt ja auch erzählt, dass es in seiner Familie »schwierig« ist, zu reden.

Und plötzlich werde ich richtig ungeduldig. Was ist *los* mit diesen Warwicks? Man *sollte* doch miteinander reden. Man sollte alles aussprechen, nicht alles für sich behalten und dann gären lassen.

»Darf ich Sie mal was fragen?«, sage ich und wende mich Ronald zu. »Als wir uns das erste Mal begegnet sind, hatten Sie angefangen, mir eine Geschichte zu erzählen. Ihnen war etwas Schlimmes passiert. Aber wir wurden unterbrochen, bevor Sie fertig waren. Na ja, jetzt haben wir reichlich Zeit. Und ich habe mich gefragt – aber nur, wenn Ihnen danach zumute ist ... Wollen Sie mir die Geschichte vielleicht jetzt erzählen?«

Zu sagen, dass Ronald verwundert wirkt, wäre untertrieben.

»Ich glaube nicht, dass Sie etwas von meinen Problemen wissen möchten«, sagt er sofort und wendet sich ab.

»Doch, möchte ich«, beharre ich. »Wirklich. Wir haben doch gerade nichts anderes vor, oder? Und neulich im Haus hatte ich das Gefühl, Sie wollten sich gern jemandem anvertrauen. Tja, und da bin ich. Bereit, Ihnen zuzuhören.«

Er braucht eine gute halbe Stunde, mit allen Wiederholungen und Erläuterungen, aber schließlich ist die ganze Geschichte raus. Und es ist eine wirklich traurige Geschichte. Eine verzweifelte Geschichte. Es ist so eine Art von Geschichte, nach der man jemandem eine reinhauen möchte, und zwar kräftig.

Er wurde von ein paar Leuten reingelegt, die taten, als riefen sie im Auftrag seines Urologen an, weil dieser angeblich intime Fotos »für seine Akten« brauchte. Nach anfänglicher Verwunderung kam er der Aufforderung nach – ohne mit jemandem aus der Familie Rücksprache zu halten. Vielmehr war er stolz, dass er es allein geschafft hatte, sein iPhone zu benutzen.

Als er mir erzählt, wie die Erpresser dann fünfzigtausend Pfund verlangt haben, brenne ich vor Zorn. Solche Menschen sind böse. Wie kommt man nur auf so eine Idee? Die Polizei musste eingeschaltet werden, und er musste die Fotos seinen eigenen Kindern zeigen, und ich kann gut verstehen, dass er sich geschämt hat. Er schämt sich noch immer.

»Wissen Sie, es ist diese *Erniedrigung*.« Er lächelt, doch seine blassblauen Augen glänzen. »Alle sagen mir, ich soll es vergessen. Aber jeden Morgen sehe ich mich im Spiegel und denke: ›Du dämlicher, alter Idiot.‹«

»Wie lange ist das her?«, frage ich.

»Ein Jahr ungefähr«, entgegnet er, was mich direkt ins Herz trifft. Es geht ihm schon seit einem Jahr so schlecht?

»Haben Sie mal mit einem Therapeuten darüber gesprochen?«

»Mit einem Therapeuten?« Er staunt. »Oh, nein.«

»Haben Sie denn überhaupt mit jemandem darüber gesprochen? Zum Beispiel mit ... John?«

»Nun, wir ...« Er hält inne, dann setzt er nochmal neu an, mit starrem Blick auf den Tresen. »Mein Sohn schämt sich, dass ich so dumm sein konnte. Zu recht.«

»Bestimmt nicht!«, sage ich eilig, obwohl ich mir da keineswegs sicher bin. Das peinliche Schweigen neulich am Mittagstisch bei Matts Eltern sprach für sich. Ronalds Familie wollte nicht, dass er mir die Geschichte erzählt. Sie fanden es unangebracht. Noch immer höre ich Elsas scharfe Stimme: »Ich glaube *kaum* ...«

Aber wieso hat niemand Mitgefühl gezeigt? Wieso *zeigt* niemand Mitgefühl?

»Ronald, wenn Sie mal jemanden zum Reden brauchen, rufen Sie mich an!«, sage ich spontan. »Ich rede gern. Je mehr, desto besser. Soll ich meine Nummer in Ihr Telefon eintragen?«

»Das ist sehr freundlich von Ihnen«, sagt Ronald und sieht mir dabei zu, wie ich die Nummer eintippe. »Sie sind sehr aufmerksam, junges Fräulein.«

»Ach, was«, erwidere ich und überlege, ob ich ihn darauf hinweisen sollte, dass man heutzutage nicht mehr »Fräulein« sagt, doch dann entscheide ich mich dagegen. »Ich schätze, dass die da drinnen inzwischen fertig sind«, füge ich mit einem Blick auf meine Armbanduhr hinzu. »Ich sollte mal nachsehen, ob ich Matt irgendwo finde. Gehen Sie auch zu diesem Essen?«

»Etwas später«, sagt er. »Ich glaube, ich bleibe noch ein paar Minuten hier sitzen.« Ich gebe ihm sein Telefon zurück, und er tätschelt es. »Danke. Und Sie sind *doch* ein aufmerksames, junges Fräulein. Matthias wird Sie bestimmt vermissen, wenn er nach Japan geht.«

Japan. Schon *wieder*?

Ich lächle noch immer, doch mein Magen krampft sich zusammen. Ich hatte recht. Er verliert die Kontrolle. Matt muss das alles absagen, und zwar sofort.

»Falls er denn hingeht«, sage ich beiläufig.

»Er zieht doch hin, oder nicht?«, fragt Ronald überrascht. »Man braucht ihn dort. Ich habe von den Plänen gehört.«

»Ich glaube, es gibt da noch die eine oder andere Unsicherheit. Das Ganze ist noch nicht spruchreif.«

»Ah.« Ronald nickt höflich, als wollte er mir nicht widersprechen. »Verstehe. Nun, ich wünsche guten Appetit.«

Das Essen findet in einem Raum im Obergeschoss statt. Er ist lichtdurchflutet, und alles steht voller Blumen. Auf jedem der weiß gedeckten Tische sehe ich ein kleines Modell von Harriet's House, und es gibt Platzkarten mit Namen darauf. Eine Kellnerin hält ein Tablett mit Getränken in der Hand, und als ich eintrete, nehme ich mir ein Glas Wein, trinke aber nichts davon. Ich bin viel zu sehr damit beschäftigt, mich nach Matt umzusehen.

»Ava!« Eine helle Stimme grüßt mich von hinten, und als ich herumfahre, sehe ich Genevieve auf mich zukommen, mit rosigen Wangen und funkelnden Augen. Sie wirkt etwas überdreht, was wohl nicht verwundern kann. »*Entschuldige*, dass ich dich so bloßgestellt habe!« Sie wirft ihre Haare zurück. »Musste improvisieren! Die Show muss ja weitergehen!«

»Kein Problem.« Ich lächle verspannt. »Bravo. Es war eine gute Veranstaltung. Glückwunsch.«

»Nun, es ist leicht, wenn ich mit Matt arbeite«, flötet Genevieve bescheiden. »Wir haben eine gute Ausstrahlung auf der Bühne. Wir sind wie füreinander gemacht. Alle sagen das.« Sie seufzt selig und blickt sich im Raum um. Langsam füllt er sich mit Menschen. »Sind sie nicht wundervoll?«

Ich weiß gar nicht, wovon sie redet. Die Blumenarrangements? Die Stühle?

»Matts Familie«, erklärt sie und deutet auf Elsa und John, die wenige Meter entfernt stehen, und ich blinzle entsetzt. Matts Familie? Wundervoll?

»Hm«, mache ich und nehme einen großen Schluck Wein.

»Matt ist natürlich ein wahrer Schatz, aber seine Familie ist sogar noch liebenswerter. Elsa und John sind für mich wie zweite Eltern«, fügt sie hinzu. »Sie sind so weise. Und so lustig!«

Ich weiß, dass sie vermutlich übertreibt, um mich auf die Palme zu bringen. Aber trotzdem kann ich gar nicht anders, als etwas traurig zu werden. Denn genau das hatte ich mir von meinem Verhältnis zu Matts Eltern erhofft. Ich wollte sie *gern haben*. Ich wollte ihnen nahestehen und kleine Insider-Jokes mit ihnen teilen. Ich war so optimistisch. Aber in Wahrheit kann ich mir nicht mal vorstellen, dass mit Elsa überhaupt so etwas wie ein Insider-Joke möglich ist.

»Ich kenne sie nicht so gut wie du«, entgegne ich. »Noch nicht.«

»Nun, sie sind wirklich furchtbar nett. Guck mal, das hat Elsa mir gerade geschenkt!«

Sie zeigt mir eine brandneue Uhr an ihrem Handgelenk. Das Armband ist aus pinkem Leder, verziert mit einem Blumenmuster. Mauds vierjährige Tochter, die kleine Romy, wäre begeistert. Als ich mir die Uhr so ansehe, kommt mir plötzlich ein Gedanke, und ich blicke auf.

»Matt hat mir übrigens erzählt, wie gut dir seine Kunstsammlung gefällt…«, sage ich beiläufig. »Diese Arlo-Halsan-Stücke«, füge ich hinzu, um es ganz klar zu machen. »Die in seiner Wohnung.«

»Oh, ja.« Genevieve nickt mit Nachdruck. »Ich liebe sein Werk!«

Ha. Ha! Erwischt! Tut sie *nicht*. Unmöglich kann sie eine pinke Armbanduhr mit Gänseblümchen und gleichzeitig die groteske Skulptur eines haarlosen Wolfes mögen. Das kann nicht sein.

»Was genau gefällt dir daran?«, dränge ich sie, wobei ich mir keine Mühe gebe, meine Skepsis zu verbergen, auch wenn Genevieve es gar nicht zu merken scheint. Sie nippt an ihrem Drink und überlegt.

»Mir gefällt, dass es mich erschreckt und zum Nachdenken anregt«, sagt sie schließlich. »Ich mag, dass es grotesk und gleichzeitig schön ist. Ich mag die Idee hinter jedem einzelnen Werk. Wobei ich glaube, dass man Halsans Autobiografie gelesen haben muss, um *wirklich* zu verstehen, worum er sich bemüht«, fügt sie hinzu. »*Monsterträume*. Hast du es gelesen?«

Als sie so redet, kommt mir eine schreckliche, eine grauenvolle Erkenntnis. Ihr gefällt diese Kunst wirklich. Sie mag sie! Während ich in ihr hübsches Gesicht blicke, verliere ich fast den Mut. Ich möchte mich nicht mit Genevieve vergleichen. Aber, o mein Gott. Da steht sie vor mir und strahlt mit jeder Faser ihres Körpers aus, dass sie perfekt nach Mattland passt. Sie liebt Matts Kunst und seine Eltern und sein Familienunternehmen. Wahrscheinlich liebt sie auch wohlerzogene Hund und jeden Abend ein blutiges Steak. Ich dagegen mag nichts von alledem.

»Was ist mit Nacktsaunen?«, frage ich herausfordernder als beabsichtigt. »Konntest du dich je daran gewöhnen?«

»Oh, ich liebe es, in der Sauna nackt zu sein!«, sagt Genevieve ernst. »So befreind. Ich finde, das ist eine wunderbare Tradition. Ich bin so dankbar, dass Elsa und John sie mir vorgelebt haben!«

Was hatte ich erwartet? Selbstverständlich mag sie nackt in der Sauna sitzen. Ich gehe davon aus, dass sie gravitationssichere Brüste hat und superstolz auf ihre Scham ist. Die haben vermutlich sogar ihre eigene Instagram-Seite.

»Und kommst du denn auch mit Matt nach Japan?« Genevieves zwitschernde Stimme dringt in meine Gedanken. »Ich bin schon dabei, nach Wohnungen zu suchen, die man mieten könnte, aber man weiß ja gar nicht, wo man da *anfangen* soll.«

»Du ziehst auch nach Japan?« Sprachlos starre ich sie an.

»Hat Matt nichts erzählt?« Sie klimpert mit den Wimpern. »Ich schreibe ein Buch über das dortige Harriet's-House-Phänomen. Und für meine Recherchen werde ich in Tokio sein. Ich darf ein Büro im Harriet's-House-Gebäude benutzen. Oh!« Sie strahlt, als käme ihr gerade ein neuer Gedanke. »Wir könnten uns doch alle mal treffen! Falls du mitkommst. Aber vielleicht kannst du hier ja gar nicht weg, wegen deiner Arbeit. Oder deinem Hund.«

Mitfühlend neigt sie den Kopf, mit so einem verschlagenen Blick, und da wird mir alles klar. Wütend starre ich sie an und versuche, ihr die Worte zu übermitteln, die sich in meinem Kopf herausbilden. *Ich durchschaue dich. Du planst die große Wiedervereinigung von Matt und Genevieve in Japan, stimmt's?*

»Jep«, sagt Genevieve zuckersüß, als hätte sie jedes Wort gehört.

Meine Hand krampft sich um mein Weinglas. Wie konnte Matt mir das verschweigen?

»Matt!«, ruft Genevieve, und als ich herumfahre, sehe ich ihn auf uns zukommen.

»Matt!«, rufe ich noch etwas lauter und nehme ihn beim Arm. »Gelungene Show... sehr gut... können wir kurz sprechen?«

Ohne Genevieve eines weiteren Blickes zu würdigen, schiebe ich ihn vor mir her in ein stilleres Eckchen des Raumes.

»Ava, es tut mir leid«, sagt er sofort. »Genevieve hätte dich nicht erwähnen sollen. Und man hätte auch nicht diesen Scheinwerfer auf dich richten dürfen...«

»Alles gut.« Ich wische seine Entschuldigung beiseite. »Aber hör mal, Matt. Alle denken, du gehst nach Japan. Du musst ihnen die Wahrheit sagen.«

»Ich weiß«, sagt er nach kurzer Pause. »Das werde ich auch.«

»Aber solltest du es nicht so bald wie möglich tun?«

»Alles gut«, sagt er, und ich merke, wie mich der Frust packt.

»Wer sagt, dass alles gut ist? Wusstest du, dass Genevieve in Japan mit dir abhängen möchte? Selbst dein Opa glaubt, dass du hinziehst!«

»Na, da täuschen sie sich«, sagt Matt.

»Dann sag es ihnen!«

»Kanapee?« Eine Kellnerin unterbricht uns, hält uns ein Tablett hin. »Wir haben Mini-Yorkshire-Puddings oder scharfe Fischröllchen.«

»Nein danke«, sage ich, während Matt ein Fischröllchen nimmt. »Ich bin Vegetarierin.«

»*Vegetarierin?*« Erschrocken sieht die Kellnerin mich an. »*Voll*vegetarierin?«

»Äh ... ja«, sage ich leicht verdutzt. »Vollvegetarierin.«

»Denn man hat uns nicht gesagt, dass unter den Gästen auch Vegetarier sind.«

Matt seufzt. »Tut mir leid, Ava. Ich werde mit meiner Mutter sprechen.«

»Nein, nein«, sage ich eilig. »Alles gut. Ich werde einfach etwas Gemüse essen.«

»Okay.« Die Kellnerin macht immer noch ein besorgtes Gesicht. »Aber das Gemüse wurde in Hühnerbrühe pochiert und nach dem Glasieren mit einer Kalbsbouillon abgeschmeckt.«

Was zu erwarten war. Vermutlich sind die Windbeutel mit Leberwurst gefüllt.

»Bitte machen Sie sich keine Gedanken«, sage ich. »Ich nehme mir etwas... Gibt es Petersiliendeko? Dann esse ich die.«

Die Kellnerin geht weiter, noch immer leicht bedrückt, und Matt sagt:

»Entschuldige. Es ist meine Schuld. Ich hätte meine Eltern daran erinnern sollen, dass du Vegetarierin bist.«

»Schon okay«, sage ich automatisch. Aber im Grunde meines Herzens fühle ich mich, als wäre gar nichts okay. Ich fühle mich... ja, wie eigentlich?

*Verletzt*, merke ich plötzlich. Verletzt, weil Genevieve nicht aufhören will zu sticheln und Matts Eltern mir gegenüber so gleichgültig sind und Matt sich diesem Japan-Problem nicht stellen will. Selbst in Ronalds Namen bin ich verletzt.

Während ich diese Gefühle näher betrachte, kommen Matts Eltern auf uns zu, beide mit geröteten Wangen.

»Wundervolle Show!«, sagt Elsa zu Matt und ignoriert mich komplett. »Sie haben dich geliebt, Matthias! Und Genevieve war ein Star! Ihr neues Projekt wird fabelhaft. Die japanischen Fans sind *dermaßen* leidenschaftlich...« Versonnen schüttelt sie den Kopf. »Nun, du wirst es selbst feststellen, wenn du drüben bist...«

»Matt geht nicht nach Japan.« Meine Zunge formt die Worte, bevor ich es verhindern kann.

Eine Sekunde lang rührt sich keiner. Elsa sieht aus wie vom Blitz getroffen, und mein erster Schreck mischt sich mit diebischer Freude.

»Ja!«, fahre ich fort und gebe mir Mühe, so zu klingen, als wollte ich nur plaudern und keineswegs eine Bombe platzen lassen. »Wir haben darüber gesprochen, und Matt meinte, er will nicht nach Japan. Stimmt's nicht, Matt?«

Matt schweigt, und mir wird ganz flau im Magen.

»Zumindest war das der Eindruck, den ich hatte...« Verzweifelt werfe ich Matt einen Blick zu, aber er sieht mich nicht mal an.

»Ja, nun«, sagt Elsa ungerührt. »Darüber sprechen wir ein andermal. Ich wünsche guten Appetit.« Sie lächelt mich steinern an und geht, gefolgt von John, und ich wende mich verzweifelt zu Matt um.

»Wieso hast du mir nicht beigestanden?«

»Wieso hast du nicht einfach den Mund gehalten?«, entgegnet er verärgert. »Ava, wir sind hier zum Lunch! Ich muss diplomatisch vorgehen! Das ist immerhin ein Familienunternehmen!«

»Wohl eher ein Familiengefängnis!«, fahre ich ihn an. Und ich weiß, ich wollte damit warten, aber ich kann nicht verhindern, dass die Worte aus mir herausplatzen. »Matt, du nimmst so große Rücksicht auf die Gefühle deiner Eltern, aber die nehmen überhaupt keine Rücksicht auf *deine* Gefühle! Für sie ist deine Arbeit selbstverständlich! Ich weiß, du hast diesen Job aus allen möglichen guten Gründen angenommen: eure Familientradition... dein Bruder...«

»Mein Bruder?« Matt zuckt förmlich zusammen, und ich sehe den verletzten Blick in seinen Augen. O Gott. Ich hatte recht. Das ist sein wunder Punkt. »Was hat mein *Bruder* damit zu tun?«

»Weiß nicht.« Eilig weiche ich zurück. »Nein. Nichts. Ich wollte nicht...« Ich räuspere mich, versuche, mich zu sammeln. »Hör zu, Matt«, sage ich ruhiger. »Es tut mir leid, dass ich was von Japan gesagt habe. Aber *irgendjemand* musste es doch mal sagen, oder?«

Verzweifelt starre ich ihn an, wünsche mir so sehr, dass er reagiert, dass er einlenkt. Dass wir wieder *wir* sind. Aber Matt sieht mich nicht mal an. Er wirkt... gequält. Und als ich ihn so betrachte, überkommt mich eine schreckliche Ahnung. Eine grauenvolle Erkenntnis. O Gott, was war ich dumm...

»Matt...« Ich schlucke, bringe die Worte kaum heraus. »*Gehst* du nach Japan?«

»Nein!«, sagt er sofort, doch sein Gesichtsausdruck sagt nicht dasselbe wie seine Stimme.

»Gehst du?«

»Ich bin... Das ist nicht der Plan.«

»*Gehst* du?« Mit einem Mal bebt meine Stimme. »Matt?«

Meine Gedanken rasen in Panik herum, denn wie konnte ich nur so blind sein? Wieso trifft er wichtige Entscheidungen, ohne sich mit mir zu besprechen? Sind wir denn kein Team? Sind wir kein Paar?

Ich mache den Mund auf, um etwas zu sagen – merke aber, dass mir die Worte ausgegangen sind. Ich kann das nicht mehr. Ich möchte nur noch nach Hause und meinen Hund umarmen.

»Ich habe keinen Hunger«, sage ich. »Bitte entschuldige mich bei deiner Mutter. Ich glaube, ich möchte jetzt lieber gehen.«

»Ava...« Er sieht verzweifelt aus. »Bitte geh nicht...«

In diesem Moment klirrt eine Gabel in einem Glas, und Matt fährt automatisch herum, um nachzusehen, was passiert, und ich laufe los, renne fast hinaus. Dreißig Sekunden später bin ich auf der Treppe hinunter in den großen Saal und erwarte gar nicht, dass er mir hinterherkommt. Ich hoffe es nicht mal.

## DREIUNDZWANZIG

Okay, ich hoffe es doch. Weil ich immer hoffe. Da spricht meine innere Alice im Wunderland aus mir.

Aber gleichzeitig flüstert die Herzkönigin böse: »Er kommt dir nicht hinterher. Sei nicht albern.« Und natürlich hat sie recht. Ich laufe die Treppe hinunter, ohne dass eine Hand meine Schulter berührt. Ich bahne mir einen Weg durch die Besuchermassen im großen Saal, ohne dass mich eine aufgeregte Stimme ruft. Ich laufe die Straße entlang, ohne dass ich hektische Schritte und Matts Stimme höre, die fleht: »Warte! Ava!«

Erst als ich im Bus nach Hause sitze, zusammengesunken auf meinem Sitz, und todtraurig aus dem Fenster starre, kommen die ersten Textnachrichten.

> Es tut mir leid.
> Ich verschwinde hier, sobald ich kann.
> Wir müssen reden.
> Bist du da? Wo bist du?

Als ich seine Nachrichten so lese, eine nach der anderen, spüre ich seine Not. Ich glaube, so viele Nachrichten hat er mir noch nie auf einmal geschrieben. Und ich kann nicht anders. Ich merke, wie ich weich werde. Nach kurzer Überlegung tippe ich eine Antwort:

Okay, wir treffen uns bei dir. Da können wir reden.

Ich fahre zu seiner Wohnung, schließe mit meinem Schlüssel auf und schmiere mir dort eine Scheibe Toast, weil das Essen für mich ja ausgefallen ist. Ich höre Musik aus Tophers Zimmer, aber die Tür ist zu, wofür ich dankbar bin. Also wandere ich herum, die Fäuste geballt, den Kopf voll aufgewühlter, düsterer Gedanken.

Ich habe geschrieben: »Da können wir reden«, aber was meinte ich damit eigentlich? Wo fangen wir an? Wenn Matt mir nicht mal so etwas Wichtiges wie seinen Umzug nach Japan anvertraut, was haben wir dann überhaupt für eine Chance? Will er denn keine gemeinsame Zukunft mit mir? Was glaubt er denn eigentlich?

Ich könnte darüber hinwegkommen, dass er Fleisch isst, denke ich in meinem wirren Kopf. Ich könnte versuchen, ordentlicher zu sein. Ich könnte uns ein anderes gemeinsames Hobby suchen, mich bei seinen Eltern einschmeicheln, das Golfspiel meistern... All diese Hindernisse könnten wir überwinden. *Aber dass er nach Japan zieht? Ohne was zu sagen?*

Noch immer kommen neue Nachrichten von ihm, aber langsam wird es mir zu viel, also stelle ich mein Telefon aus. Je mehr die Gedanken in mir rotieren, desto gestresster bin ich. Im Moment fühlt es sich an, als lägen Mattland und Avaland auf gegenüberliegenden Seiten des Erdballs. Sie sind einander völlig fremd. Und Matt hat gerade eine Rakete in meinen Luftraum geschossen.

*Stimmt.* Mit einem Mal kommt die Erkenntnis über mich. Genau das ist passiert. Er hat eine dicke, fette Cruise Missile auf mich abgefeuert. Und jetzt tut er so, als wäre alles kein Problem. Für mich stellt sich allerdings nun die Frage: Hole ich meine Atomrakete raus? Führen wir Krieg gegeneinander?

Moment mal. Besitze ich überhaupt Atomraketen?

In dieser Frage bin ich etwas unentschlossen, denn von Natur aus bin ich doch eher pazifistisch eingestellt, aber andererseits muss ich etwas unternehmen. *Irgendwie* muss ich zurückschlagen...

Es klingelt an der Tür. Trotzig blicke ich auf. Warum klingelt er? Will er mir damit was sagen? Ich gehe zur Tür und reiße sie auf, will schon eine bissige Bemerkung machen – da welken die Worte auf meinen Lippen. Staunend blinzle ich.

Da steht eine junge Frau schweigend im Flur und mustert mich mit fragend hochgezogenen Augenbrauen. Und ich kenne diese Frau. Oder? Sie hat dunkelblondes, stufig geschnittenes Haar und sehr weiße Zähne, und sie sieht so vertraut aus, und doch kann ich sie irgendwie nicht zuordnen...

»Jemand hat mich unten reingelassen«, sagt sie, und der Klang ihrer Stimme weckt augenblicklich zahllose Erinnerungen. Vor mir steht *Lyrik*. Aus dem Schreibkurs.

Lyrik? *Hier?*

»Hi, Aria«, sagt sie auf diese leicht aggressive Art,

die ich auch aus Italien noch in Erinnerung habe.
»Hab schon gehört, dass ihr zwei zusammen seid. Hätte allerdings nicht gedacht, dass es hält.«

Mein Mund bleibt offen stehen. In meinem Kopf fliegt alles durcheinander. Was wird das hier für ein Gespräch? Lyrik scheint es genau zu wissen, während ich total im Trüben fische.

»Wie heißt du noch richtig?«, fügt sie hinzu. »Hat mir jemand gesagt, hab's aber vergessen.«

Was passiert hier? Liege ich im Sterben, und mir erscheinen alle möglichen Menschen aus meinem Leben, angefangen mit irgendwelchen Zufallsbekanntschaften? Denn mir will kein anderer Grund einfallen, wieso Lyrik hier vor der Tür stehen sollte. Sie war nur einen Nachmittag lang beim Schreibkurs. Ich hatte sie schon völlig vergessen.

»Ich war in London«, sagt sie, als würde sie merken, dass ich eine Erklärung brauche. »Dachte mir, ich schau mal rein.«

»Kennst du …?« Ich schlucke. »Kennst du Matt?«

»Ob ich Matt kenne?« Fassungslos starrt sie mich an. »*Ob ich Matt kenne?* O mein Gott.« Sie scheint den Moment zu genießen. »Er hat es dir nicht mal *erzählt*? Das ist ja zum Schreien. Wir waren zu-sam-men. Wir waren ein Pär-chen.«

Sie sagt die Worte ganz langsam und deutlich, als wäre ich ein bisschen dumm, und ich weiche vor ihr zurück, während mein Hirn noch nach Antworten sucht.

»Heißt du Sarah?«, frage ich, als es mir plötzlich wieder einfällt.

»Ob ich Sarah heiße?« Sie stößt ein kehliges Lachen aus. »Ja, *Blitzmerker*. Ich bin Sarah. Matt und ich waren zusammen. Ein Lie-bes-paar«, fügt sie hinzu, lässt sich das Wort auf der Zunge zergehen.

Plötzlich sehe ich sie vor mir, wie sie sich sich nackt an Matt schmiegt, und ich schließe die Augen, um das Bild abzuschütteln. Denn auch so war alles schon schwierig genug.

»Wir wollten uns in diesem Kloster nochmal eine Chance geben«, fährt Sarah fort, scheint ihre Geschichte zu genießen. »Aber wir konnten nicht aufhören zu streiten, also meinte ich: ›Vergiss es einfach…‹«

Mir wird etwas schwindlig. Die beiden waren zusammen? Die ganze Zeit, als wir in unseren Kurtas im Kloster saßen und dachten, wir wären uns alle fremd… waren die beiden *ein Paar*? Und Matt hat *nichts* davon gesagt?

»Also, *das* wusste ich«, sage ich und gebe mir größte Mühe, wieder etwas Oberwasser zu gewinnen. »Das wusste ich.«

»Nein, wusstest du nicht.« Mitleidig sieht sie mich an. »Jedenfalls bin ich in London und wollte nur mal kurz reinschauen. Sag Matt, dass ich verlobt bin.«

Sie hält mir einen Ring hin, und ihre Augen blitzen triumphierend. Wie umnebelt registriere ich, dass es ein Ring mit gelben Steinen ist, den ich geschmacklos finde. (Was nicht entscheidend ist, aber man kann sich ja nicht aussuchen, was das Hirn denkt.)

»Glückwunsch«, sage ich benommen.

»Ja, danke. Hab ihn in Antwerpen kennengelernt.

Er ist Holländer. *Echter* Holländer. Nicht so ein ›Nenn mich Dutch‹.« Sie lacht mit scharfem Unterton. »Da wir gerade von ihm reden... Wann kommt Matt denn wieder?«

»Keine Ahnung. Erst mal nicht. Zumindest nicht in den nächsten Stunden.« Ich trete einen Schritt vor, um Lyrik raus in den Flur zu drängen, nachdem mir klar geworden ist, wie sehr ich möchte, dass sie verschwindet. »Ich denke, du solltest besser gehen«, füge ich zur Sicherheit hinzu. »Ich bin beschäftigt. Also. Auf Wiedersehen.«

Sie tritt einen Schritt zurück, doch dann hält sie inne und mustert mich, als hätte sie ihren Spaß.

»Gut. Ich gehe.« Sie zuckt mit den Achseln. »Du sagst Matt, dass ich hier war?«

»Na, klar«, sage ich mit leicht manischem Lächeln. »Ich sag es ihm.«

Als die Tür ins Schloss fällt, habe ich so ein Summen in meinen Ohren, das immer lauter wird. Ich glaube, ich werde gerade ein bisschen verrückt. Ich wusste ja, dass Lyrik im Kloster ein Auge auf Matt geworfen hatte. Ich habe es daran gemerkt, wie sie ihn immer so angestarrt hat. Aber woher hätte ich wissen sollen, dass sie ihn im Auge hatte, *weil sie seine Freundin war?*

Wohin ich mich auch drehe und wende, liege ich daneben. Gerade denke ich, dass ich langsam begreife, wer Matt ist, gerade denke ich, dass ich ihn und sein Leben verstehe... da taucht schon wieder irgendwas Schräges auf. Heimliche Absprachen. Einsame Entscheidungen. Freundinnen, die er nie erwähnt hat. Warum hat er mir nichts erzählt? Am liebsten möchte ich schreien: Wieso zum Teufel hat er mir *nichts davon erzählt*?

Ich weiß kaum, was ich tue, als ich seinen Golfschläger nehme, der dort an die Wand gelehnt steht. Seinen verdammten Golfschläger, Symbol seines Unglücks. Ich nehme ihn und prügle auf den Lederhocker ein. Das fühlt sich dermaßen gut an, dass ich es wieder und wieder tue, um meinen Frust rauszulassen, meine Fassungslosigkeit, meinen Zorn, bis meine Muskeln schmerzen, bis ich keuche, bis...

*SCHEPPER!!!!*

Ich weiß gar nicht, was ich zuerst wahrnehme: Dieses laute Krachen oder die Erkenntnis, dass mir der Schläger beim Ausholen aus der Hand gerutscht ist. Einen Moment lang bin ich so erschrocken, dass ich mir nicht mal vorstellen kann, was hinter mir kaputtgegangen sein mag. Habe ich eine Vase zerschlagen? Aber im Eingangsflur stehen gar keine Vasen. Da ist eigentlich nur...

Da ist nur...

O Gott.

Nein.

Hyperventilierend stehe ich da, wage kaum, mich zu rühren, bis ich mich langsam umdrehe, um nachzusehen, was ich angerichtet habe... und das ist so schrecklich, dass ich ganz weiche Knie bekomme.

Das darf nicht wahr sein.

Bitte, *bitte* sag, dass es nicht wahr ist...

Ist es aber. Es ist ein Albtraum, direkt vor meinen Augen. Ich habe den Raben zertrümmert. Matts kostbares, heiß geliebtes Kunstwerk. Nur ein letztes Bruchstück hängt noch an der Wand. Der Rest ist in tausend Stücke zersprungen. Ein Stück vom Flügel und ein menschlicher Zahn liegen direkt neben meinem Fuß, und ich weiche kreischend davor zurück, teils angewidert, teils bestürzt über mich selbst, teils aus reinem Entsetzen.

Könnte ich das Ding wieder zusammenkleben? Doch schon während mir der Gedanke durch den Kopf geht, weiß ich, wie albern er ist. Als ich den Golfschläger aufhebe und die schwarzen Splitter über den Boden verstreut liegen sehe, wird mir richtig übel. Das wollte ich nicht, das wollte ich wirklich nicht...

Mir rutscht das Herz in die Hose, als ich in diesem Moment einen Schlüssel im Schloss höre. Die Wohnungstür geht auf, aber ich kann mich nicht rühren. Ich bin wie gelähmt, halte den Schläger fest wie ein Mörder, der auf frischer Tat ertappt wird.

»Ava...«, grüßt Matt mich – und bleibt abrupt stehen. Seine Augen werden erst groß, dann düster, während er das Schlachtfeld betrachtet. Dann gibt er einen leisen Laut der Bestürzung von sich, fast so etwas wie ein Wimmern.

»Es tut mir leid.« Ich schlucke. »Matt, es tut mir ja so leid.«

Da fällt sein Blick auf den Golfschläger in meiner Hand.

»Ich glaub es nicht!« Er wischt sich übers Gesicht. »Du... *Du* warst das?«

»Ja«, gebe ich kleinlaut zu.

»Aber wie? Was hast du *getan*?«

»Ich war so... wütend«, stottere ich. »Matt, es tut mir schrecklich leid...«

»Du warst wütend?« Matt klingt entsetzt. »Und deshalb zerstörst du ein Kunstwerk?«

»O Gott, nein!«, sage ich ebenso entsetzt, als mir klar wird, dass ich alles immer nur noch schlimmer mache. »Ich habe doch nicht auf den Raben gezielt, ich habe auf den *Hocker* eingeschlagen! Ich hab nur... Ich weiß nicht, wie das passieren konnte...« Ich bin am Boden zerstört, aber Matt antwortet nicht. Ich glaube, er hört mir nicht mal zu.

»Ich weiß ja, dass du ihn nicht leiden mochtest«, sagt er wie zu sich selbst. »Aber...«

»Nein!«, rufe ich betroffen. »Bitte hör mich an! Es war ein Versehen! Ich war außer mir! Ich kam gerade von der Messe zurück, da hat es an der Tür geklingelt, und weißt du, wer es war? Deine Ex. Sarah. Oder sollte ich besser sagen: *Lyrik*? Ich habe sie erst gar nicht erkannt und kam mir vor wie der letzte Idiot...«

»*Sarah?*«, fragt Matt bestürzt. »Sarah war *hier*?«

»Bist du ihr nicht begegnet? Sie ist gerade erst gegangen.«

»Nein. Bin ich nicht.« Erschüttert sinkt er auf denselben Lederhocker, auf den ich vor fünf Minuten noch eingeprügelt habe. »Sarah.« Er schließt die Augen. »Ich dachte, sie wäre weg. Nach Antwerpen gezogen.«

»Sie ist verlobt. Eigentlich war sie nur hier, um damit anzugeben.«

Mit einem Mal werden meine Augen ganz heiß, und ich muss ein paarmal blinzeln. Ich weiß ja, dass er moralisch im Moment die Oberhand hat. Aber steht mir das nicht auch irgendwie zu? Wenigstens ein kleines bisschen?

»Verlobt.« Er hebt den Kopf. »Na, das ist ja was.«

»Du warst also mit ihr in Italien.« Ich ziehe die Schultern hoch. »Warst du mit ihr im Bett, kurz bevor wir miteinander geschlafen haben?«

»Nein!« Angewidert blickt er auf. »O Gott, nein! Hat sie das behauptet? Da waren wir gar nicht mehr zusammen. Sie hat mich verfolgt! Sie ist einfach in dem Kurs aufgetaucht. Ich hatte ihr nicht mal erzählt, dass ich daran teilnehmen wollte. Ich weiß *immer* noch nicht, wie sie es rausgefunden hat. Sie wollte, dass wir wieder zusammenkommen, aber ich habe ihr immer wieder gesagt, dass es aus ist...« Da blitzt eine Erinnerung in seinen Augen. »Weißt du noch, wie ich erzählt habe, dass ich jemandem entkommen wollte? Dass es da einen Menschen gibt, der mich nicht in Ruhe lässt? Damit war *sie* gemeint! Das galt *ihr*!«

Ich erinnere mich daran, wie wütend Matt war, unfähig, seinem Frust Ausdruck zu verleihen. Irgendwie ergibt seine Erklärung schon Sinn.

»Aber warum hast du es mir nicht erzählt?«, frage ich und komme mir vor, als hätte meine Platte einen Sprung. »Warum hast du mir nichts davon *gesagt*?«

»Weil unsere Verflossenen kein Thema waren!«, entgegnet Matt aufgebracht. »Weißt du nicht mehr? Und dann kamen wir wieder nach England zurück und ich habe nichts mehr von ihr gehört... und dann hast du so empfindlich auf Genevieve reagiert...«

Matt wischt über sein Gesicht. »Sarah war weg. Zumindest dachte ich das.«

»Aber sie war nicht weg, was?«, sage ich langsam. »Weil Altlasten nie weg sind. Und man kann auch nicht einfach so tun, als ob. Sie holen einen ein.«

Es fühlt sich an, als würde etwas in mir zerreißen. Als würden sich alle meine Gedanken voneinander lösen und preisgeben, wie oberflächlich sie von Anfang an zusammengefügt waren. Ich habe mich geirrt. In allem.

»O Gott, bin ich blöd«, sage ich verzweifelt.

»Nein, bist du nicht«, sagt Matt, klingt aber nicht sonderlich überzeugend.

»Doch, bin ich. Ich dachte, wir könnten eine Beziehung ohne Altlasten führen. Ich dachte, alles wäre leicht und frei und wundervoll. Aber Topher hat recht. Das ist unmöglich. Wenn ich dich so betrachte, Matt, sehe ich, wie überall um dich herum deine Altlasten zum Vorschein kommen.« Ich warte darauf, dass er mich ansieht, dann fange ich an zu gestikulieren. »Nach und nach sprießen sie wie verseuchte Pilze aus dem Boden. Japan... Genevieve... deine Eltern... Lyrik... Aber du nimmst dich ihrer nicht an«, füge ich immer aufgebrachter hinzu. »Du ignorierst sie einfach. Du lochst Golfbälle ein und hoffst, dass sich alles von selbst regelt. Tut es aber nicht! Du musst dein Leben neu sortieren, Matt. Du musst Ordnung in dein Leben bringen.«

Ein paar Sekunden lang schweigen wir. Matt sieht mich an, mit starrem Blick, schwer atmend, seine Miene undurchschaubar.

»Ist das so?«, fragt er schließlich mit unheilvoller Stimme. »Ist das so? Du meinst, nur ich müsste mein Leben sortieren? Soll ich dir mal von *deinen* Altlasten erzählen, Ava?«

»Was meinst du?«, frage ich verwundert.

»Deine Altlasten ufern dermaßen aus, dass ich gar nicht weiß, wo ich anfangen soll.« Er zählt es an seinen Fingern ab. »Roman. Aromatherapie. Sperrmüllmöbel. Ausgerechnet... *Batik*. Ein Hund, der nicht tut, was man ihm sagt. Ungesicherte Fenster. Unbezahlte Rechnungen unter einem Stapel von... ich weiß nicht... Horoskopen. Dein Leben ist das reinste Chaos! Ein gottverdammtes Chaos!«

Mein Leben ist *was*? Irgendwie bringt mein Hirn es fertig, eine Antwort zusammenzuzimmern.

»Ich bin eben vielseitig interessiert«, sage ich mit meinem bissigsten Unterton. »Was für dich vielleicht schwer zu verstehen sein mag, Matt. Aber ich erwarte von dir auch nicht, dass du verstehst, wie ich lebe, so engstirnig, wie du bist.«

»Na, wenn du mich fragst, Ava, gehst du mit deinen Ressourcen viel zu freizügig um!«, bricht es aus Matt hervor. »Dein Leben quillt über von all dem Ballast und Treibgut, das du dir auflädst! Jede Woche hast du einen neuen Plan. Aber willst du wirklich irgendeins von deinen angeblichen Zielen erreichen? Dann *konzentrier* dich! Konzentrier dich auf eine Sache. Schließ deinen Aromatherapiekurs ab, such dir ein paar Kunden und *sei* Aromatherapeutin. Du wärst bestimmt richtig gut. Oder mach einen Podcast. Oder schreib deinen Roman. Entscheide dich für irgendwas und setz es um. Hör auf zu erklären, wie unmöglich es ist, hör auf mit deinen endlosen Ausflüchten, hör auf rumzuhühnern ... Mach es einfach!«

Das Blut pocht in meinen Wangen, während ich seinem Blick standhalte. Ich mache keine endlosen Ausflüchte. Oder?

Oder doch?

»Das hast du noch nie...« Ich gebe mir Mühe, mit ruhiger Stimme zu sprechen. »Das hast du noch nie zu mir gesagt.«

»Nein. Stimmt. Tut mir leid.«

Er klingt nicht so, als würde es ihm auch nur im Entferntesten leidtun. Er klingt ganz sachlich. Als würde er endlich die Wahrheit sagen. Als würde er endlich sagen, was er denkt, und nicht nur das, von dem er glaubt, dass ich es hören möchte.

»Das denkst du über mich, die ganze Zeit schon?«, frage ich. Mein Kopf fühlt sich richtig heiß an. »Dass ich unzuverlässig bin?«

»Ich denke nicht, dass du unzuverlässig bist«, sagt Matt. »Ich finde es nur so schade. Du könntest richtig was erreichen, weißt du?«

Das letzte Stück der Skulptur fällt von der Wand und kracht auf den Boden, was uns beide zusammenfahren lässt. Dann starren wir es an, wie es da so liegt.

»Es war ein Versehen, ein unglücklicher Zufall«, sage ich nochmal, aber ich klinge hoffnungslos und bin nicht sicher, ob ich mir eigentlich selbst glaube.

»Es gibt keine Zufälle«, sagt Topher, der auf einem Roller in den Eingangsflur gefahren kommt und abrupt stehen bleibt, als er den Schaden bemerkt. Sein

Blick zuckt von mir zu Matt, und man sieht ihm an, dass er die Situation einschätzt. »Also, manchmal doch«, räumt er ein. »Es gibt auch Zufälle, die reiner Zufall sind. Die haben dann keine tiefere Bedeutung.«

»Hm«, knurrt Matt. Ich bringe kein Wort heraus. Topher sieht erst mich an, dann Matt, dann wieder mich, wirkt mit einem Mal bestürzt.

»Trennt euch bloß nicht, Kinder!«, sagt er leise und klingt herzlicher, als ich ihn je erlebt habe. »Wegen so was muss man sich nicht trennen. Gibt Schlimmeres.«

Ich mache keinerlei Anstalten, darauf einzugehen, und auch Matt nicht. Ich halte seinem Blick stand und er meinem. Es ist, als stünden wir einander im Ring gegenüber.

Wortlos rollert Topher rückwärts aus dem Flur, und kurz darauf hören wir die Tür zu seinem Schlafzimmer. Noch immer starren wir uns an.

»Ist das ein Trennungsgrund?«, fragt Matt schließlich mit ausdrucksloser Stimme. »Denn ich weiß nicht, wie da die Regeln sind.«

»Ich *habe* keine Regeln«, sage ich gereizt.

»Du hast keine Regeln?« Höhnisch sieht er mich an. »Ava, du hast *unendlich* viele Regeln. Mann, ey! ›Wir erzählen einander nichts. Dann nur *eine* Sache. Dann fünf Fragen.‹ Ich komm nicht mehr hinterher. Ich weiß nicht mehr, woran ich bei dir bin.«

»*Du* weißt nicht, woran du bei *mir* bist?« Mir wird ganz heiß vor Zorn. »*Du* weißt es nicht?«

Ich ringe mit zwei starken Impulsen. Einerseits möchte ich mich wieder mit ihm vertragen, aber andererseits möchte ich ihm wehtun, so wie er mir wehgetan hat. Ich schätze, der Drang, ihm wehzutun, ist wohl einfach stärker.

»Ich dachte, ich hätte keine K.-o.-Kriterien.« Im Schwall platzen die Worte aus mir hervor, so verletzt bin ich. »Ich dachte es wirklich. Aber weißt du, was? Wenn ich mir ein Online-Profil ansehen würde und da stünde: ›Ach, übrigens werde ich lügen, was meine Ex-Freundin angeht und nach Japan ziehen, ohne was davon zu sagen‹, dann wäre das ein K.-o.-Kriterium. Tut mir leid, wenn ich es so unverblümt sage«, füge ich scharf hinzu. »Aber so ist es nun mal.«

Langsam schweift Matts Blick durch den Flur, über seinen zertrümmerten Raben und wieder zu mir zurück.

»Na ja«, entgegnet er tonlos. »Wenn ich lesen würde: ›Ich werde deine Kunstsammlung mit einem Golfschläger zertrümmern‹, dann wäre das für *mich* ein K.-o.-Kriterium. Ich würde zur Nächsten weiterklicken, und zwar ganz schnell.«

Er schnippt mit den Fingern, was ein derart herablassendes Geräusch ist, dass sich mir das Herz zusammenzieht. Und doch schaffe ich es, mir nichts anmerken zu lassen.

»Okay.« Irgendwie bringe ich ein Achselzucken zustande. »Na, ich denke, dann wissen wir ja jetzt, woran wir sind. Wir passen einfach nicht zusammen.«

»Scheint so.«

Ich könnte heulen. Mir schnürt sich dermaßen die Kehle zusammen, dass es schon wehtut. Aber eher sterbe ich, als dass ich hier in Tränen ausbreche. Vorsichtig lege ich den Golfschläger auf den Lederhocker.

»Das mit deinem Raben tut mir leid«, sage ich, meine Stimme kaum mehr als ein Hauchen.

»Kein Problem«, sagt Matt fast förmlich.

»Ich hol nur meine Sachen.« Ich starre den Boden an. »Und natürlich räume ich hier noch auf.«

»Das musst du nicht.«

»Doch. Ich bestehe darauf.«

Für einen Moment herrscht Schweigen, und ich betrachte die abgewetzten Spitzen meiner Stiefel wie in einem seltsam surrealen Nebel. Mein Leben liegt in Scherben, aber irgendwie stehe ich immer noch aufrecht. Ein kleiner Silberstreif am Horizont.

»Also, was? Trennen wir uns?«, fragt Matt trübsinnig. »Oder geben wir uns mehr ›Freiraum‹? Oder wie?«

»Du hast vor, nach Japan zu gehen, Matt«, sage ich, und mit einem Mal ist mir todmüde zumute. »Du wirst für ein Jahr auf der anderen Seite des Planeten leben. Ist es da nicht egal, wie wir es nennen?«

Matt holt Luft, um etwas zu entgegnen, scheint es sich dann jedoch anders zu überlegen. In diesem Moment meldet sich sein Telefon, und er wirft einen genervten Blick darauf – dann runzelt er die Stirn.

»Hi«, antwortet er verwundert. »Hier ist Matt.« Er hört einen Moment lang zu, dann verzieht er das Gesicht. »Verdammt. *Verdammt*. Das ist... Okay. Sie ist hier.« Er reicht mir das Telefon mit ernstem Blick. »Sie konnten dich nicht erreichen. Es ist Maud. Nell wurde mit Schmerzen in der Brust eingeliefert. Sie meinen, du sollst hinfahren. Jetzt gleich.«

»O Gott. O *Gott*...« Mein Herz rast in Panik, als

ich nach dem Handy greife, aber Matt nimmt meinen Arm.

»Ich fahre dich hin!«, sagt er. »Bitte. Ich komme mit. Auch wenn wir nicht mehr zusammen sind...« Er stockt. »Ich kann doch trotzdem...«

Sein Gesicht ist so ernst, so aufrichtig, so genau das Gesicht, das ich lieben wollte, dass ich es nicht ertragen kann. Ich kann ihn nicht um mich haben. Ich kann ihn nicht mal ansehen. Es tut zu sehr weh. Ich muss hier weg. Sofort.

»Die Mühe kannst du dir sparen, Matt«, sage ich und wende mich ab, jedes Wort wie eine Nadel in meiner Kehle. »Das ist jetzt nicht mehr dein Problem.« An der Tür werfe ich ihm noch einen letzten Blick zu. Ich merke, wie mein Herz vor Trauer platzen will. »Nicht mehr dein Leben.«

## VIERUNDZWANZIG

### Sechs Monate später

Ein Balken von nachmittäglichem Sonnenlicht fällt auf meinen Tisch, während ich die letzten Worte tippe. Die Tage werden länger, es wird wieder wärmer, und überall blühen Blumen in den Olivenhainen. Der Frühling in Apulien ist zauberhaft. Oder besser: Jede Jahreszeit ist hier zauberhaft.

Allerdings muss ich zugeben, dass der Winter bitterkalt war. Und feucht. Draußen regnete es Bindfäden, während ich mich drinnen in Decken wickeln musste. Ich habe in meinen Schaffellstiefeln gelebt und mich jeden Abend vor dem Kamin eingekuschelt. Aber trotzdem war es zauberhaft. Und es war die Sache wert. Es war das alles wert – für diesen einen Moment.

Sorgfältig schreibe ich *Ende* und spüre, wie sich ein Knoten in mir löst, ganz tief in mir. Ich reibe meine Augen und lehne mich auf meinem Stuhl zurück, fühle mich fast taub. 84.000 Worte. Fünf Monate. Viele, viele Stunden. Aber ich habe es geschafft. Ich habe einen ersten Entwurf fertig. Einen groben, bruchstückhaften, lückenhaften ersten Entwurf… aber immerhin.

»Fertig, Harold!«, sage ich, und er bellt feierlich.

Ich sehe mich in meinem Zimmer um – der Mönchszelle, um genau zu sein –, die mein Zuhause ist, seit ich hergekommen bin, im letzten Oktober. Farida hatte mich schon am Eingang zum Kloster erwartet und mit einer festen Umarmung und aufmunternden Worten begrüßt. Seitdem hat sie mich durchgehend mit Verpflegung, Herzlichkeit und Inspiration versorgt, ganz zu schweigen von aufmunternden Worten, wenn mir mal die Motivation verloren ging.

Ich bin nicht die Erste, die wiederkommt zu einer – wie Farida es nennt – »längeren, selbst geführten Schreibwerkstatt«. Vor Weihnachten war einer hier, der sein Anthropologie-Lehrbuch überarbeitet hat, in einem Zimmer gegenüber vom Hof. Aber wir haben so gut wie nie geplaudert. Oder zusammen gegessen. Oder überhaupt kommuniziert. Wir haben beide einfach unser Ding gemacht.

Noch nie habe ich mich in irgendetwas so sehr vertieft. Sieben Tage die Woche habe ich ausschließlich nachgedacht, geschrieben, Spaziergänge gemacht und einfach in den Himmel gestarrt. Wobei ich festgestellt habe, dass man endlos lange in den Himmel starren kann. Ich bin die Erste, die Weihnachten im Kloster verbracht hat, und ich glaube, meine Frage, hierbleiben zu dürfen, hat Farida doch überrascht.

»Hast du denn keine…?«, fragte sie vorsichtig, aber ich habe nur den Kopf geschüttelt.

»Im Grunde habe ich keine Familie. Ja, meine Freundinnen würden sich bestimmt freuen, mich zu sehen, aber ich glaube, sie freuen sich noch mehr, wenn ich hierbleibe, um das zu schaffen, was ich mir vorgenommen habe.« Woraufhin sie meine Hand nahm und meinte, ich sei ihr herzlich willkommen. Es würde ein stilles Weihnachten werden, aber sicher ein erfüllendes.

Nach Nells Entlassung aus dem Krankenhaus hatte ich endlich Gelegenheit, mich mit der Frage auseinanderzusetzen, die mir auf der Seele lag. Nell war noch etwas wacklig auf den Beinen und ziemlich störrisch, wenn es um die Einhaltung ihrer Ruhephasen ging, aber wir anderen konnten mit ihren Wutausbrüchen ganz gut leben. Wir waren so erleichtert, dass ihr Anfall *nicht* als lebensbedrohlicher Herzstillstand diagnostiziert wurde (okay, vielleicht war das nur meine Panik), sondern als Herzmuskelentzündung mit ellenlangem Namen und aussichtsreicher Therapie.

Es waren lange sieben Tage. In dieser Zeit hatte ich nicht nur mit Nells Problemen zu kämpfen, sondern auch mit der ganzen Matt-Geschichte. Mit der Vorstellung, dass mein Leben vorbei war. Dass ich vor Verzweiflung in ein tiefes Loch fallen und nie wieder herauskommen würde. Zum Glück ist man in einem Krankenhaus gut aufgehoben, wenn man ständig in Tränen ausbricht. Die Leute lassen einen in Ruhe oder lenken einen sanft zu einem Stuhl.

(Bis auf diesen Krankenhauspfarrer, der freundlich plaudern wollte, mich aber irgendwie falsch verstand und dachte, ich würde um einen toten Ehemann namens Matt trauern, woraufhin er anfing, für dessen Seele zu beten. Das war doch alles etwas peinlich, aber Gott sei Dank kam Maud im richtigen Moment und fragte ihn, ob er vielleicht irgendwen im Vatikan kannte, weil sie ihn um einen klitzekleinen Gefallen bitten wollte.)

Jedenfalls kam Nell wieder nach Hause, und eines Abends war ich an der Reihe, bei ihr zu übernachten. Wir saßen mit Harold auf dem Sofa vor dem Fernseher, da habe ich tief Luft geholt und gesagt:

»Nell, findest du mich eigentlich unzuverlässig?«

»Unzuverlässig? Nein«, sagte Nell freimütig. »Du bist die zuverlässigste Freundin auf der ganzen Welt.«

»Nein, das meinte ich nicht. Findest du, dass ich unzuverlässig bin, was meinen beruflichen Werdegang angeht? Oder mit dem, was ich sonst so vorhabe?«

Diesmal schwieg Nell, während sie Harold nachdenklich die Ohren kraulte.

»Zugegebenermaßen bist du etwas schusselig«, sagte sie schließlich. »Du bist sprunghaft. Wandelbar. Aber dafür lieben wir dich ja. Du hast ständig neue Ideen und bist bei allem immer so leidenschaftlich.«

»Aber nichts davon ziehe ich durch«, sagte ich, und Nell stützte sich auf ihren Ellenbogen, um mich anzusehen.

»Was soll das? Ava, mach dich nicht fertig! So bist du nun mal. Und das ist toll! Das bist *du*!«

»Aber so will ich nicht sein!«, erwiderte ich mit einer Empörung, die mich selbst überraschte. »Ich will was zu Ende bringen, Nell. Es richtig zu Ende bringen. Ich habe einen Roman angefangen, ich bin nach Italien gefahren, ich hatte einen Plan. Aber ich habe mich ablenken lassen. So wie es mir immer geht.«

Daraufhin schwieg sie wieder, weil wir beide wussten, was mich in Italien abgelenkt hatte, und davon wollten wir nicht schon wieder anfangen.

»Ich will was zu Ende bringen«, wiederholte ich mit starrem Blick und zusammengebissenen Zähnen. »Ich will was schaffen. Wenigstens einmal.«

»Okay«, sagte Nell langsam. »Na, das ist doch wunderbar. Und wie willst du das anstellen?«

»Weiß ich noch nicht.«

Und doch nahm die Idee in meinem Kopf bereits Gestalt an.

Nachdem ich am nächsten Tag zu Abend gegessen hatte, saß ich an meinem Küchentisch. Ich habe ein bisschen gerechnet. Ich habe Reisepässe für Haustiere gegoogelt. Und ich habe überlegt. Ungefähr drei Stunden habe ich überlegt, bis mir die Beine wehtaten und meine Schultern ganz starr waren. Mein Kamillentee war kalt geworden, und Harold jaulte, weil er vor die Tür wollte. Doch da wusste ich es dann. Als ich so gegen Mitternacht mit ihm draußen durch die Kälte lief, lächelte ich und war bester Dinge, fast aufgekratzt, denn ich hatte einen Plan. Keinen kleinen Plan, einen riesengroßen, ehrgeizigen, drastischen, aufregenden Plan.

Und als ich den anderen davon erzählte, stiegen sie noch begeisterter darauf ein als ich. Nach Mauds Reaktion zu urteilen, hätte man fast glauben können, es sei überhaupt erst ihre Idee gewesen.

»Ava, Schätzchen, selbstverständlich musst du das

machen!«, rief sie. »*Selbstverständlich*. Und du musst dir überhaupt gar keine Sorgen machen. Im Laufe der Zeit hast du mir *so* viele Gefallen getan, dass ich jetzt alles wiedergutmachen kann. Ich kümmere mich um deine Wohnung, gieße deine Pflanzen, restauriere die Möbel, die ich mir schon lange vornehmen wollte, putz ein bisschen, so was in der Art. Ich hüte zu gern anderer Leute Wohnungen«, fügte sie selig lächelnd hinzu.

»Maud!«, habe ich gesagt, staunend angesichts ihrer Selbstlosigkeit. »Das musst du nicht.«

»*Süße.*« Liebevoll nahm sie mich in die Arme. »›Jeder nach seinen Fähigkeiten, jedem nach seinen Bedürfnissen.‹ Das habe ich neulich gehört. Ist das nicht super?«

»Das stammt von Karl Marx«, sagte Sarika leise.

»Maud, du *bist* keine Kommunistin«, rief Nell empört. »Tu jetzt bloß nicht so, als wärst du Kommunistin!«

»Ich bin überhaupt nichts!« Maud blinzelte sie an. »Das weißt du doch, Nell, meine Liebste. Außer vielleicht ein Gründungsmitglied der Unterstützergruppe ›Ava schreibt ihr Buch‹.«

»Das Wichtigste ist, dass wir dich nicht stören, Ava«, sagte Sarika und lenkte das Gespräch wieder zurück in die richtige Bahn. »Wir sind hier, wenn du uns brauchst, aber wenn du uns ignorieren musst, dann ist das auch okay.«

»Mach so lange, wie es dauert.« Maud nickte. »Konzentrier dich auf das, was du vorhast. Um alles andere mach dir keine Sorgen. Das wird großartig! Nur darfst du keinen Mann kennenlernen«, fügte sie ernst hinzu. »Sonst wirst du nie fertig.«

»Tu ich nicht.« Ich rollte mit den Augen. »Keine Chance.«

Motiviert vom allgemeinen Zuspruch, habe ich dann mit Brakesons ein unbezahltes Sabbatjahr vereinbart. Eigentlich hatte ich meine Kündigung einreichen wollen. Es war der Abteilungsleiter höchstpersönlich, der mir ein Sabbatjahr anbot und meinte, es würde sich gut machen im Rahmen seiner neuen Personal-Initiative für mehr Flexibilität und Fürsorge, und ob ich darüber vielleicht einen kurzen Text für die Stellenausschreibung auf der firmeneigenen Webseite verfassen könnte.

Und schon war es abgemacht. Ich hätte es mir gar nicht anders überlegen können, selbst wenn ich gewollt hätte. Aber ehrlich gesagt, wollte ich es auch nie. Manchmal muss das Leben einfach eine neue Richtung nehmen.

Mein Blick fällt auf den Bildschirm, auf die Geschichte, die ich in den letzten paar Monaten erzählt habe. Darin geht es nicht um Clare oder Chester. Von denen hatte ich genug. Was wissen die schon vom Leben, mit ihren Korsetts und ihren Heuwagen?

Es geht um Harold und mich. Es ist die Geschichte unserer Beziehung von dem Moment an, in dem ich ihn zum allerersten Mal sah und noch im selben Augenblick von Liebe überwältigt war. Ich wusste gar nicht, wie viel ich über Harold zu sagen hatte, bis ich anfing zu schreiben, aber dann konnte ich nicht mehr aufhören. Ich könnte sechs Bücher über ihn schreiben. Teilweise ist es lustig, denn Harold hat ein paar wirklich hanebüchene Sachen angestellt (die mir ziemlich peinlich sind), aber es ist auch schmerzhaft. Denn so ist das Leben nun mal. Und man kann nicht von Hunden erzählen, ohne vom Leben zu erzählen. Ich habe über meine Eltern geschrieben. Und meine Kindheit. Und ... so Sachen.

Matt ist auch drin, allerdings habe ich seinen Namen in Tom geändert. Und was ich über ihn geschrieben habe, ist auch schmerzhaft, zum Teil jedenfalls. Aber andererseits ist es real.

Die Realität ist hart. Und man kann ihr nicht entkommen. Wie ich schmerzlich feststellen musste.

Als Harold merkt, dass meine Gedanken abschweifen, bellt er kurz auf, und ich sehe meinen hübschen, kleinen Kerl an. Ungetrübt, unerschrocken, typisch Harold, blickt er zu mir auf, als wollte er sagen: »Und was kommt jetzt?«

»Ava?«, sagt eine leise Stimme von meiner offenen Zimmertür her.

»Hi!« Ich drehe mich auf meinem Stuhl. »Komm rein!«

Im nächsten Moment steht Farida im Raum, in einem eleganten Ensemble aus weiter, schwarzer Hose und bestickter Tunika.

»Wie kommst du voran?«, fragt sie mit aufrichtigem Interesse.

»Bin fertig!«, verkünde ich aufgeregt.

»Oh, meine liebste Ava!« Ein freudiges Lächeln breitet sich auf ihrem Gesicht aus.

»Nur ein erster Entwurf«, räume ich ein. »Aber ich habe ›Ende‹ geschrieben. Das ist doch was.«

»›Ende‹ zu schreiben, ist alles«, korrigiert mich Farida. »Besonders beim ersten Mal. Es beantwortet eine Frage, die du dir vermutlich schon dein Leben lang gestellt hast, wenn auch nur unbewusst.«

»Ja.« Ich nicke, wische mir übers Gesicht, bin plötzlich ganz erschöpft. »Ich kann es nicht glauben. Ich hätte nie gedacht...«

»Ich aber.« Farida schenkt mir ein weises Lächeln. »Darauf müssen wir anstoßen. Lass uns feiern! Felicity wird begeistert sein! Wir sitzen unten im Kaminzimmer.«

»Ich bin gleich da«, sage ich und sehe ihr hinterher, als sie in ihren Lederslippern lautlos über den Steinfußboden zu schweben scheint. Sie hat mich so unterstützt. Alle beide, Farida und auch Felicity, ihre Lebensgefährtin.

Zum tausendsten Mal lässt mich der Gedanke an Felicity lächeln. Ich erinnere mich noch an diesen außergewöhnlichen Moment, als ich im Oktober herkam, noch unsicher, ob ich das Richtige tat. Zur Begrüßung bekam ich erst mal einen Becher Fencheltee. Wir saßen im Speiseraum, als Farida beiläufig sagte: »Ich würde dir gern Felicity vorstellen, meine Partnerin.« Dann spazierte eine Frau mit melierten Haaren herein, und ich fiel fast hintenüber.

Denn es war Schreiberin! Farida ist mit Schreiberin zusammen! Oder Felicity, wie ich sie inzwischen nenne. Während sich die allgemeine Aufmerksamkeit beim Schreibkurs auf Dutch und mich richtete, erblühte die *eigentliche* Romanze zwischen Farida und Felicity. Und die hat gehalten. Felicity verbringt zwei Wochen im Monat hier, und die beiden sind ganz offensichtlich vernarrt ineinander, auf unauffällige, elegante Art.

Natürlich stellte ich den beiden Millionen Fragen – und da fiel mir das Kinn noch weiter runter.

»Ich bin eigentlich gar nicht Hausfrau und Mutter«, gestand Felicity noch am selben Abend, während wir Wein tranken und Cracker in vegane Bohnencreme dippten. »In Wahrheit bin ich Literaturagentin. Aber das konnte ich der Gruppe nicht verraten. Ich wäre mit Manuskripten bombardiert worden. Und es hätte die ganze Dynamik zerstört.« Sie schüttelte den Kopf. »Also musste ich eine kleine Notlüge erfinden.«

»Literaturagentin?« Ich starrte sie an. »Dann warst du auf der Suche nach Autoren? Es war alles gelogen?«

»Nein!«, sagte sie und wurde ein bisschen rot. »Ich versuche, selbst zu schreiben, in meiner Freizeit. Mehr schlecht als recht. Aber ich denke, in *Wahrheit* bin ich hierher ins Kloster gekommen, weil ich Farida bei einem Literaturfest in Mailand kennengelernt hatte. Ich musste einfach immer wieder an sie denken.« Liebevoll sah sie Farida an. »Also habe ich eine Woche Schreibkurs gebucht. Einfach um zu sehen ... Einfach um ... uns eine Chance zu geben.«

»Zum Glück«, sagte Farida leidenschaftlich. Sie nahm Felicitys Hand, und mir kamen fast die Tränen. Denn da sieht man es mal wieder – es kann alles gut werden. *Kann* es.

Ich bürste mir die Haare und die Zähne, trage Lipgloss und Duft auf und werfe mir ein besticktes Tuch um. (Faridas Stil ist irgendwie ansteckend). Dann laufe ich mit Harold über den Hof zum Kaminzimmer, einem kleinen Raum voller Bücher, großer Kissen und dicker Kerzen, die Farida jeden Abend anzündet.

Felicity sitzt auf einer niedrigen Ottomane und blickt in die Flammen, springt aber auf, als sie mich kommen hört.

»Ava! Farida hat schon erzählt, dass du fertig bist! Herzlichen Glückwunsch!« Sie drückt mich an sich, und Harold bellt vor Freude.

»Ich weiß nicht, ob es was taugt«, sage ich, als sie mich loslässt. »Aber ich habe es zu Ende gebracht. Und genau das wollte ich: etwas zu Ende bringen.«

Als ich die Worte ausspreche, spüre ich mit einem Mal den schmerzlichen Drang, es Matt zu erzählen. *Siehst du? Ich habe es gemacht! Ich habe etwas zu Ende gebracht!*

Aber Matt ist schon lange her. Und ich versuche, nicht an ihn zu denken.

»Ich kann es kaum erwarten, mehr von Harolds Geschichte zu lesen!« Felicitys Augen leuchten, als sie mich ansieht. »Ava, du weißt, wie gut mir die ersten zehn Kapitel gefallen haben. Darf ich auch den Rest lesen?«

»Na, schon wieder auf Kundenfang, Liebste?«, fragt Farida forsch, als sie mit einer Terrakottaschale voller Oliven hereinkommt, doch fügt sie liebevoll hinzu: »Felicity *ist* die beste Agentin.«

»Ich bin eine von vielen«, korrigiert Felicity. »Ich bemühe mich nur darum, in Erwägung gezogen zu werden. Ava muss ihre Karriere so managen, wie sie es für richtig hält.«

»Ich *habe* keine Karriere!«, entgegne ich und lächle die beiden an. Ich stehe noch etwas neben mir. Gerade eben erst habe ich *Ende* geschrieben, meine Augen sind immer noch ganz rot vom Starren auf den Bildschirm, und schon möchte eine Agentin lesen, was ich geschrieben habe?

»Wer weiß, wer weiß?«, sagt Felicity und tätschelt meinen Arm. »Aber heute Abend freu dich einfach über das, was du geschafft hast! Entspann dich!«

Farida schenkt mir ein Glas Rotwein ein, und wir stoßen an, während Harold sich auf seinem Lieblingsplatz vor dem Kamin niederlässt. Die beiden Frauen sind mir richtig ans Herz gewachsen, nachdem wir so viele Monate zusammen verbracht haben. Sie waren meine ganze Welt, während mein altes Leben undeutlich in weiter Ferne lag. Ich habe mir mit Nell, Maud und Sarika per WhatsApp geschrieben, aber nicht mehr so zwanghaft wie früher. Nicht täglich. Nicht minütlich.

Es ist nicht so, als hätte ich in den letzten sechs Monaten nur eines im Sinn gehabt. Natürlich sind mir auch andere Ideen gekommen. (Italienische Töpferwaren importieren! Mehr über Fresken lernen!) Aber ich habe mir gesagt: *Jetzt nicht!*, was ich bis dahin noch nie getan hatte. Und statt den ganzen Tag zu chatten, habe ich mir für soziale Medien strenge Regeln auferlegt. Ich denke, man könnte diese Regeln wohl als meine ganz persönlichen K.-o.-Kriterien bezeichnen.

Ich fühle mich wie ein neuer Mensch. Ein stärkerer Mensch. Ein Mensch, der sich und sein Leben im Griff hat.

»Oh!«, höre ich Felicity sagen, und sie blickt von ihrem Telefon auf. »Das ist ja fabelhaft! Ava, hast du schon gesehen?«

»Was?«

»Ich habe gerade eine Nachricht von Kirk bekommen. Du erinnerst dich an Kirk? Ich glaube, du müsstest die Mail auch bekommen haben. Du bist doch auch mit auf der Liste.«

Ich zücke mein Telefon, um nachzusehen. Hier habe ich auch Empfang (dieser Raum ist einer der wenigen WLAN-Hotspots), und tatsächlich ist da eine neue E-Mail. Es ist eine Einladung von Aaron Chambers zur Veröffentlichung seiner selbst verlegten Graphic Novel *Emrils Verkündigung*. Die Feier findet in einem Pub am Leicester Square statt, und er hat eine Nachricht angehängt:

*Hoffe, Ihr vom Schreibkurs kommt alle! Ohne Euch hätte ich es nie geschafft!!!*

»Wie schön für Kirk!«, sagt Farida. »Ihr wart wirklich eine meiner vielversprechenden Gruppen.«

»Gehst du hin?«, fragt mich Felicity, und ich blinzle sie über mein Weinglas hinweg an. Hingehen? Wie könnte ich da hingehen? Ich bin in Italien. Ich schreibe an einem Buch. Ich gehe nicht mehr irgendwo hin.

Doch dann fällt es mir wieder ein. Ich habe ja erreicht, wofür ich hergekommen bin. Ich habe *Ende* geschrieben. Das war mein Ziel, und ich habe es geschafft. Aber was mache ich jetzt? So weit habe ich noch gar nicht gedacht. Ich habe keine Pläne geschmiedet. Ich war viel zu konzentriert auf meine anstehende Aufgabe. Leise Panik steigt in mir auf, und ich versuche, sie mit einem Schluck Wein zu ertränken.

»Ava, Schätzchen, du darfst hierbleiben, so lange du möchtest«, sagt Farida, als könnte sie meine Gedanken lesen. »Es ist wundervoll, dich hier zu haben. Du musst keine übereilten Entscheidungen treffen.«

»Danke, Farida«, sage ich erleichtert, und einen Moment lang stelle ich mir ein sonniges Leben vor, bei dem ich diese vier Wände nie verlassen muss, sondern nur Oliven essen und Wein trinken und mit Harold spielen kann, bis ich neunzig bin und fließend Italienisch spreche.

Aber ich weiß schon, dass es für mich nicht das Richtige wäre. Es wäre, als wollte ich weglaufen. So viele Monate habe ich mich jetzt zurückgezogen. Ich hatte ein einziges Ziel. Ich habe alle Schwierigkeiten und Probleme des realen, echten Lebens ausgeblendet. Jetzt muss ich wieder zurück. Muss wieder meinen Platz im Leben finden. Mich den Menschen stellen, den Herausforderungen, der Arbeit, dem Einkauf und den Bussen und dem Abwasch.

Und offen gesagt, kann ich es mir auch nicht leisten, ewig hierzubleiben. Farida nimmt über den Winter keine Höchstpreise, aber sie nimmt auch nicht nichts. Selbst mit meinem Rabatt als ehemalige Kursteilnehmerin haben diese sechs Monate ein tiefes Loch in meine Ersparnisse gerissen. Es wird Zeit, nach Hause zu fahren.

Aber wenn ich zu Kirks Veröffentlichungsparty gehe, ist Matt möglicherweise auch da.

Als ich unvorsichtigerweise einen Matt-Gedanken

zulasse, krampft sich automatisch mein Magen zusammen, und ich hole tief Luft, um die Fassung zu bewahren. Ich warte auf den Moment, in dem sich mir *nicht* mehr der Magen zusammenkrampft, sobald ich mal an Matt denke. Bis jetzt ist das noch nicht passiert. Aber andererseits schaffe ich es immerhin, mehrere Stunden nicht mehr an ihn zu denken. Immerhin.

Anfangs war mir das natürlich unmöglich, und ich dachte immer wieder: Was habe ich *getan*? Wieso musste ich ausgerechnet *hierher* kommen?

Verzweifelt bin ich im Kloster umhergewandert, auf der Suche nach einem sicheren, Matt-freien Raum, aber alles erinnerte mich an ihn. In jedem Hof, jeder Ecke, jedem Eingang sah ich Schatten von Dutch. Schatten von Aria. Schatten von uns, lachend, Arm in Arm. Ein völlig unbelastetes Pärchen in schlichten Gewändern, mit einer gewissen Glückseligkeit im Herzen.

Am zweiten Abend habe ich Farida und Felicity die ganze Geschichte unserer Trennung erzählt, weil ich dachte, es würde mir helfen. Es war ein Abend, der uns einander nähergebracht hat, und ich bin froh, es getan zu haben, aber es hat mein Problem nicht gelöst.

Am Ende war es wie ein Exorzismus. Ich bin durchs ganze Kloster gestreift, trotzig und entschlossen. Habe die schmerzhaften Bilder immerzu wachgerufen. Und es hat funktioniert, gewissermaßen. Je mehr ich mich gezwungen habe, darüber nachzudenken, desto weniger hat es wehgetan. Mit der Zeit konnte ich wieder lachen und einfach nur einen Klosterhof sehen, keine Szene unserer Romanze.

Doch Matts Schatten hat mich nie ganz losgelassen. Abends ging ich dann doch traurig ins Bett und dachte: Was ist passiert? *Musste* es denn scheitern? Hätten wir es nicht *doch* hinkriegen können? Ich habe versucht, die Schritte nachzuvollziehen, die zu unserer Trennung geführt haben. Ich habe versucht, alle unsere Gespräche noch einmal durchzuspielen, mit unterschiedlichem Ausgang. Ich habe mich fast in den Wahnsinn getrieben. Denn wie man es auch dreht und wendet: Wir haben uns getrennt. Und Matt ist nicht aufgetaucht, hat nicht an die Tür des Klosters geklopft. Oder mir wenigstens eine Nachricht geschickt.

Tatsächlich habe ich zuletzt einem der Warwicks gegenübergestanden, als ich kurz bei Matts Eltern in Berkshire war, um dort etwas abzugeben, bevor ich nach Italien gegangen bin. Ich habe geklingelt und konnte mein Glück kaum fassen, als Elsa höchstpersönlich vor mir stand.

»Oh, hallo!«, sagte ich forsch, bevor sie zu Wort kam. »Ich habe Ihnen was mitgebracht.« Ich griff in meine Einkaufstüte und holte ein gerahmtes Foto von Matt beim Golfen hervor, das ich mir von Facebook heruntergeladen hatte. »Das ist für Sie...« Dann holte ich noch ein Foto von ihm hervor, dieses bei einem Kampfsport-Turnier. »Und das ist auch für Sie...«

Ein Foto nach dem anderen holte ich hervor, bis sich acht gerahmte Bilder von Matt auf ihren Armen stapelten und Elsa mich sprachlos darüber hinweg anstarrte.

»Mir ist aufgefallen, dass Sie gar keine Bilder von

Matt haben«, sagte ich höflich. »Ich nehme an, Ihrem Sohn dürfte es auch schon aufgefallen sein.« Dann machte ich auf dem Absatz kehrt und ging.

Ich dachte mir, es wäre ein hübscher, sauberer Abschluss. Und das war es anfangs auch. In den ersten paar Wochen im Kloster habe ich es noch geschafft, Matt nicht zu googeln. Doch dann bin ich eingeknickt. Ich konnte nicht anders. Also habe ich kurz mal nachgesehen, habe Fotos von ihm in Japan mit Genevieve erwartet. Aber zu meiner Überraschung fand ich einen Artikel aus einem Branchenmagazin: *Matthias Warwick verlässt Harriet's House*. Da stand, er würde »neue Herausforderungen« suchen, und dann noch viel Blabla über seine Verdienste und die Familienhistorie, was ich übersprang. Ich war doch sehr verwundert. Nicht nur hatte er sich geweigert, nach Japan zu gehen – er hatte gekündigt! Er hatte bei Harriet's House gekündigt!

Natürlich wollte ich unbedingt alles darüber wissen. Ich wollte wissen, wie er zu seiner Entscheidung gekommen war und wie seine Eltern darauf reagiert hatten und wie es ihm damit ging und ob er jetzt für Topher arbeiten wollte oder was er vorhatte... Aber ich bin nicht Sarah. Ich bin keine Stalkerin. Außerdem wäre mein Buch *nie* fertig geworden, wenn ich damit erst mal angefangen hätte.

Also habe ich es irgendwie fertiggebracht, stark zu sein. Weder bin ich auf Internetsuche gegangen, noch habe ich versucht, Kontakt zu ihm aufzunehmen oder Topher unter irgendeinem Vorwand zu schreiben. Ich ging davon aus, dass ich Matt nie wiedersehen würde. Dass ich es nie erfahren würde. Dieses Kapitel war beendet.

Aber jetzt geht es möglicherweise doch noch weiter. Wenn ich in diesen Pub am Leicester Square gehe, wird Matt vielleicht dort sein. Bei der Vorstellung, ihn wiederzusehen, wird mir halb übel vor Aufregung, halb schwindlig vor Begeisterung.

Was ist, wenn er inzwischen eine andere hat?, fragt sofort die garstige Herzkönigin in meinem Kopf. Denn so wird es sicher sein. Du glaubst doch nicht ernsthaft, dass er noch Single ist? Ein Mann wie er bleibt nicht lange allein. Irgendeine hat ihn sich garantiert geschnappt. Und zwar sofort.

Aber wer?

Genevieve?

Nein, nicht Genevieve, aber irgendeine Schönheit, die japanischen Punk mag und seine Hand hielt, als er bei Harriet's House gekündigt hat, und die schon von ihm schwanger ist.

(Ich spüre den plötzlichen Drang, ihr eine reinzuhauen.)

(Nein. Nimm das zurück. Das wäre kriminell, und ich bin kein gewalttätiger Mensch. Außerdem gibt es sie ja gar nicht.)

Und selbst wenn. Was soll sein, wenn er *doch* eine andere hat?, entgegnet die optimistische Alice in meinem Kopf. Dann kann ich damit abschließen. Genau. Wenn ich es also recht bedenke, wäre es ein großer Fehler, *nicht* hinzugehen. Ja. Ich sollte hingehen.

Da merke ich, dass Farida und Felicity mir beide

auf ihre geduldige Art schweigend dabei zusehen, wie ich meine Gedanken ordne.

»Ich glaube, ich werde hingehen«, sage ich möglichst beiläufig. »Zu Kirks Feier. Ich muss sowieso zurück nach England, um mein Leben wieder in Angriff zu nehmen. Außerdem wäre es eine nette Geste. Und schön, die Gruppe wiederzusehen. Und ...« Ich räuspere mich. »Egal. Ich glaube, ich gehe hin.«

»Das ist bestimmt eine gute Idee«, sagt Farida, und Felicity nickt eindringlich. Und auch wenn die beiden nichts weiter dazu sagen, weiß ich doch, dass sie denken, was ich selbst nicht auszusprechen wage. Matt könnte dort sein. Er könnte tatsächlich dort sein.

## FÜNFUNDZWANZIG

Er ist nicht da.

Während ich hier so im Bierdunst an den Tresen gelehnt stehe, mit einem ungenießbaren Wein in der Hand, und Aarons langatmiger Ansprache über seine Graphic Novel lausche, ist mir der allerletzte Rest von meinem Lächeln verloren gegangen. Meine Mundwinkel hängen. Ich habe aufgehört, ständig zur Tür zu blicken wie ein hoffnungsvoller Hund. Wenn er vorgehabt hätte zu kommen, wäre er längst da. Es ist aus.

Natürlich haben alle erwartet, dass wir Hand in Hand eintreffen oder sogar verheiratet sind. Alle wollten wissen, was passiert ist. Ich habe sämtliche Fragen mit sorgsam einstudierten, positiven Formulierungen abgewehrt:

*Alles gut! Wirklich gut! Echt gut!*

*Ja, Dutch und ich, wir haben uns getrennt. Es sollte wohl nicht sein. Ja, ich weiß, es ist schade. Aber so was passiert.*

*Du wirst es kaum glauben, aber ich komme gerade aus dem Kloster. Bin erst seit gestern wieder da. Ja, es war bezaubernd im Winter. Farida lässt grüßen...*

*Nein, ich habe Dutch schon eine ganze Weile nicht gesehen.*

*Nein, es gab da niemand anderen, es war einfach nur ... Egal! Genug von mir.*

Aber die ganze Zeit kämpfe ich mit meiner Enttäuschung. Ich hatte es gehofft. Ich hatte es so gehofft! Dabei weiß ich nicht mal, was eigentlich? Nur ... dass etwas Gutes passiert. Ja, was Gutes.

Denn es ist doch so: Man könnte alle Blumen mähen und doch den Frühling nicht verhindern. Ist mir egal, was andere meinen: Man *kann* es nicht. Der Frühling kommt wieder. Er lässt sich nicht ersticken. Er ist immer da, unter der Erde, schläft und wartet. In dem Moment, in dem ich die E-Mail von Kirk gelesen habe, ist in mir ein Gänseblümchen aufgeblüht und hat mit seinem Kopf genickt, als wollte es sagen: »Man weiß ja nie ...«

Es war kein übertriebener Optimismus. Es war kein reines Wunschdenken. Es war nur ... ein *Vielleicht*. Gegen so ein kleines Vielleicht ist doch eigentlich nichts einzuwenden. Und dieses *Vielleicht*-Gefühl hat mich die ganze Zeit über angetrieben, beim Packen, bei meinem Abschied von Farida und Felicity, auf meinem Heimflug und natürlich auch zu Hause, als ich mich für heute Abend hübsch gemacht habe. Hoffnung. Nur ein kleines Gänseblümchen der Hoffnung.

Doch nun weht ein scharfer Wind, und das Gänseblümchen fühlt sich ziemlich durchgeschüttelt. Im Grunde könnte ich jetzt gehen. Ich habe allen aus der Gruppe Hallo gesagt, und wir haben abgemacht, dass es ein weiteres Treffen geben soll, und irgendwie war es auch nett, sie alle wieder zu sehen. Obwohl es nicht dasselbe ist. Wie könnte es auch? In Apulien waren wir eine Gruppe unbeschwerter Gleichgesinnter in Kurtas. In diesem Londoner Pub hat sich Richard in einen Langweiler im Anorak verwandelt, und Eithne kann nur über ihre Enkelkinder reden. Anna hat mir endlos von ihrer grandiosen Karriere erzählt und wirkte regelrecht schadenfroh, als ich erwähnt habe, dass Matt und ich nicht mehr zusammen sind. Alle sind etwas blasser und stirnrunzliger als sie es in Italien waren. Ich eingeschlossen.

Nachdem ich zum Abschied einmal in die Runde gewunken habe, trete ich aus dem Pub hinaus in den Londoner Nieselregen, dann atme ich tief durch, um all diese Gefühle abzuschütteln, die sich in den letzten Tagen bei mir angestaut haben. Und eben betrachte ich einen vorüberfahrenden Bus, als mein Telefon mir bimmelnd eine FaceTime-Anfrage meldet. Es ist Ronald, der plaudern möchte, und ich lächle etwas verkniffen. Ausgerechnet jetzt.

Ronald ist der Einzige aus der Familie Warwick, zu dem ich noch Kontakt habe. Wir sprechen vielleicht zweimal im Monat miteinander, manchmal öfter. Er hat mich angerufen, kurz nachdem ich in Apulien angekommen war, und wir haben sehr nett geplaudert. Er interessierte sich für Italien und hatte einiges über die Weltlage zu sagen. Dann fing er wieder an, mir von dieser unsäglichen Erpressung zu erzählen, und obwohl er nur wiederholte, was ich bereits wusste, habe ich voller Mitgefühl zugehört. Ich spürte, dass er es loswerden musste, und zu Hause bekam er dazu keine Gelegenheit. Über Matt haben wir nicht gesprochen. Als das Gespräch in diese Richtung steuerte, habe ich gleich gesagt: »Könnten wir vielleicht lieber *nicht* über Matt sprechen?« Und seitdem haben wir ihn nicht mehr erwähnt. Und auch niemanden sonst aus der Familie. Aber wir haben geplaudert. Und das war nett.

Nur nicht jetzt. Es ist nicht der richtige Moment. Ich lehne seine Anfrage ab und schicke ihm eine kurze Nachricht, in der ich vorschlage, ein andermal zu plaudern. Dann mache ich mich eilig auf den Weg, um den Pub möglichst schnell hinter mir zu lassen. Ich muss das *alles* hinter mir lassen, sowohl physisch als auch mental. Es reicht. Sammle dich. Weiter im Text.

Als mir die Worte »weiter im Text« in den Sinn kommen, denke ich an Sarika, und mit einem Mal krampft sich mein Herz zusammen. Denn *da* sollte ich sein. Bei meinen Freundinnen. Bei meinen Mädels. Ich habe ihnen noch nicht mal erzählt, dass ich wieder da bin. Weiß gar nicht genau, wieso nicht. Ich schätze, ich hatte wohl gehofft...

Blödes Gänseblümchen.

Entschlossen wende ich meine Schritte der U-Bahn zu. Ich werde mal bei Nell reinschauen und sie überraschen. Daran hätte ich schon früher denken sollen.

Ich brauche fast eine halbe Stunde bis zu Nells Straße. Unterwegs habe ich ihr ein paar Blumen gekauft. Als ihr Haus in Sichtweite kommt, wird mir erst richtig bewusst, was ich gerade tue, und mit einem Mal bin ich total gespannt. Aufgeregt sogar. Schließlich ist es Monate her! Und ich habe mein Buch fertig! Und ich habe meine Freundinnen sehr vermisst. *So* sehr. Und sie haben keine Ahnung, dass ich wieder da bin!

Ich muss mich vor allem bei Maud bedanken, denn meine Wohnung sieht fantastisch aus. So ordentlich! Sie hat nicht nur das große Regal überarbeitet, sondern auch die Küchenstühle *und* die Kommode, die jetzt blau ist. Die Fächer sind mit buntem Papier ausgeschlagen. Ganz zauberhaft. Alles ist zauberhaft. Es hat sich definitiv ausgezahlt, darauf zu warten.

Die Bäume vor Nells Haus sind voller Blüten, die im Licht der Straßenlaterne leuchten, und ihr Anblick entlockt mir unwillkürlich ein schiefes Lächeln. Sag ich doch. Der Frühling. Nicht aufzuhalten.

Erst als ich schon vor ihrem Haus stehe, werde ich mit einem Mal richtig nervös. Nein, nicht *nervös*, aber ... Sollte ich ihr wenigstens kurz schreiben, statt einfach bei ihr vor der Tür zu stehen?

Ich suche mir ein diskretes Plätzchen auf einem Poller zwischen zwei geparkten Autos, lege den Blumenstrauß auf die Erde und nehme mein Telefon hervor. Aber mir will nichts einfallen, was ich schreiben könnte, ohne dass es total kitschig klingt. Außerdem: Sollte ich auch den anderen sagen, dass ich zurück bin? Hätte ich mir das Ganze vielleicht vorher überlegen sollen?

Eben will ich WhatsApp aufrufen, als ein Auto vor dem Haus hält. Ich erkenne den dunkelblauen Fiat von Nells Nachbarn wieder, diesem John Sweetman. Und er stellt sich auf den Behindertenparkplatz. Schon wieder. Als ich sein ungerührtes Brillengesicht hinter der Windschutzscheibe sehe, während er zurücksetzt, als wäre nichts dabei, kocht der blanke Zorn in mir hoch. Echt jetzt? Ich meine, *echt* jetzt?

Da geht man für sechs lebensverändernde Monate weg und kommt zurück, voll positiver Energie ... und dann das. Manches ändert sich nie. Müde stecke ich mein Telefon wieder ein und will eben aufstehen, um ihn anzusprechen, als ich eine laute Stimme höre:

»Hey!«

Es ist eine tiefe, zornige, männliche Stimme. Eine Stimme, die ... mir bekannt vorkommt.

Ich muss wohl träumen. Ich habe Halluzinationen. Oder ... doch nicht. Und im nächsten Augenblick kommt er ins Bild, stürmt wie ein wütender Bulle auf John Sweetman zu, und mir stockt der Atem.

*Matt?*

»Nimm deine Scheißkarre hier weg!«, sagt er und klopft an John Sweetmans Scheibe. »Glaub ja nicht, dass du hier parken kannst. *Vergiss* es! Meine Freundin braucht den Platz. Hau ab!«

Ich kann nicht hören, was John Sweetman darauf entgegnet, wenn er denn überhaupt etwas sagt. Ich weiß gar nicht, ob ich noch richtig funktioniere. Ich wage kaum zu atmen. Sehe ich da wirklich ... *Matt?*

»Hau ab!« Matt klingt, als würde er gleich explodieren. Er wirkt aber auch ziemlich bedrohlich, groß und kräftig, wie er ist. Er sieht aus, als wollte er jeden Moment einen Gegner im Ring auseinandernehmen. An John Sweetmans Stelle würde ich vor Angst das Weite suchen.

Und tatsächlich springt der Motor wieder an. Matt

tritt zurück, macht dem Mann Platz, wartet, dass er ausparkt. Dann wendet er sich um und winkt, und ein anderes Auto nähert sich. Nells Auto. Was... Was geht hier vor sich?

Nells Auto hält auf dem Behindertenparkplatz, und im nächsten Augenblick geht die Tür auf, und Topher steigt aus, dann beugt er sich wieder hinein.

»Okay... vorsichtig... schön langsam...«, höre ich ihn sagen.

Ein Arm legt sich um seine Schulter, und Matt kommt heran, um ihm zu helfen, sodass ich einen Moment lang nur die beiden Männer von hinten sehe, doch dann richtet Topher sich auf. Er hält Nell in seinen Armen.

*Nell?*

Ein kalter Schauer läuft mir über den Rücken, als ich ihr Gesicht sehe. Sie ist so blass. Was ist passiert? Aber sie lächelt Topher an, und er legt seinen Arm um sie, als hätte er das schon tausendmal getan. Währenddessen hat Matt eine Reisetasche aus dem Kofferraum geholt. Und ich sollte mich bemerkbar machen, ich sollte mich bewegen, ich sollte ihnen sagen, dass ich da bin... aber ich kann nicht. Ich bin wie erstarrt und habe einen Schleier vor den Augen, sodass ich alles nur verschwommen sehe.

Mittlerweile hat John Sweetman sein Auto woanders geparkt und nähert sich dem Gebäude mit zögerlichen Schritten. Matt fährt zu ihm herum.

»Da ist ja wohl eine Entschuldigung fällig«, sagt er schroff. John Sweetman schluckt. Er sieht Nell in Tophers Armen, dann Matt mit der Reisetasche und dem Gehstock, und seine unangemessene Dreistigkeit kommt ins Wanken.

»Ich hatte ja keine Ahnung«, sagt er. »Ich hatte keine Ahnung, dass die junge Dame... Es war mir nicht bewusst. Es... tut mir leid.«

»Das sollte es auch«, sagt Topher verächtlich. »Wenn Sie uns jetzt entschuldigen würden.«

Matt hat schon die Haustür aufgeschlossen – er hat einen Schlüssel? – und hält Topher und Nell die Tür auf. Im nächsten Augenblick sind die drei verschwunden.

Ich seufze und wische mir über die Augen. Dieser Poller, auf dem ich sitze, ist sehr hart, und langsam tun mir die Beine weh. Ich sollte aufstehen, aber ich kann nicht, solange meine Gedanken derart ziellos herumfliegen.

Da höre ich noch etwas, das mich erneut staunen lässt.

»Wir sind jetzt da!« Es ist Mauds unverkennbare, durchdringende Stimme. »Jep, hab alles dabei. Ja, Nihal hat den Holundersirup gefunden. *So* clever. Bis gleich!«

Verwundert sehe ich sie heranstolzieren, während sie auf Nihal einredet, der neben ihr läuft. Beide schleppen übervolle Einkaufstüten und sehen aus wie alte Freunde.

»Ich weiß, dass ihr alle daran glaubt. Und ich respektiere deine Ansichten absolut, Nihal, aber ich denke, es klingt total unlogisch«, sagt Maud gerade zu ihm. »Wie kann sich etwas verändern, sobald man es misst? Und was bedeutet ›Quanten‹ eigentlich?«

»Ich will versuchen, es zu erklären«, sagt Nihal auf seine sanfte Art. »Weißt du, was ein Elektron ist, Maud?«

»Nein«, sagt Maud mit Nachdruck. »Ist das wichtig?«

Während sie spricht, verschafft sie sich Einlass in das Gebäude, und die beiden verschwinden. Langsam atme ich aus. Meine Gedanken sind wirrer als je zuvor. Es ist unmöglich. Es ist surreal. Was passiert hier?

Und plötzlich kann ich nicht mehr stillsitzen, als wäre ich eine Zuschauerin in meinem eigenen Leben. Mit weichen Knien stehe ich auf und steuere auf Nells Tür zu. Ihre Schlüssel sind in meiner Tasche, wie immer. Ich trete in den Hausflur, dann gehe ich zu Nells Wohnung. Ich habe richtig Bauchweh. Noch nie hatte ich solche Bedenken, meine Freundinnen wiederzusehen.

Meine Hand zittert richtig, als ich den Schlüssel ins Schloss stecke, und doch schließe ich auf. Ich trete ein und höre lautes Lachen aus dem Wohnzimmer.

»Gibt's ja nicht!«, höre ich Sarika rufen und zucke richtig zusammen. Sind denn *alle* hier? »Okay, Sam meint, er müsste in einer halben Stunde da sein. Ich gehe uns nochmal eine Flasche Wein holen...«

Sie kommt in den Flur, und als sie mich sieht, fürchte ich einen Moment, sie könnte gleich in Ohnmacht fallen.

»Ava?«, flüstert sie. »Ava? Ava!« Plötzlich wird ihre Stimme zu einem Schrei. »Ava ist wieder da!«

Und dann geht alles drunter und drüber. Nells Flur

ist nicht besonders groß, aber Sekunden später ist er voller Menschen. Sarika ist die Erste, die mich in die Arme schließt, dann drückt Maud mich an sich. Nell steht auf ihren Stock gestützt. Noch nie habe ich sie so glücklich gesehen, und wir fallen einander in die Arme, während Nihal scheu sagt: »Willkommen zurück«, und Topher hinzufügt: »Gelungener Auftritt, Ava. Sehr gelungen.«

Und dann ist da nur noch Matt. Er hält sich aus dem Gedränge fern, bleibt etwas abseits. Sein Blick ist finster und fragend. Nur weiß ich nicht, was die Frage ist. Ich weiß es wirklich nicht.

Die Kehle schnürt sich mir zusammen, und ich kann ihm kaum in die Augen sehen, sage aber: »Hi.«

»Hi.«

Er tritt vor und berührt kurz meine Hand. »Hi.«

»Ich...« Ich wende mich den anderen zu. »Ich verstehe es nicht. Ich *verstehe* es einfach nicht.«

»Arme Ava.« Sarika lacht. »Komm, meine Süße. Trink erst mal was. Wir erklären es dir.«

Natürlich ist alles ganz einfach. Matt und ich sind getrennter Wege gegangen, aber unsere Freunde nicht. Unsere *Leben* nicht.

Alle versammeln sich mit Drinks und Snacks in Nells Wohnzimmer. Dort nippe ich an meinem Wein und versuche, allen gleichzeitig zuzuhören, um mir die Zusammenhänge zu erklären.

»Also, als ihr euch getrennt habt«, beginnt Sarika, »dachten wir anderen: ›Oh, nein!‹, denn wir *mochten* einander. Aber wir haben uns nicht gleich getroffen.

Nur Nell und Topher. Die standen die ganze Zeit in Kontakt.«

»Wir hatten noch das eine oder andere auszudiskutieren«, sagt Nell mit freundlich-bösem Blick zu Topher.

»Haben wir immer noch«, sagt Topher nickend.

»Aber *alle* getroffen haben wir uns dann erst, als ...« Maud zögert, wirft Nell einen kurzen Blick zu. »Das war, als Nell ins Krankenhaus musste.«

»Krankenhaus?«, werfe ich besorgt ein. »Was ist denn passiert? Mir hat ja keiner was gesagt.«

»Wir durften nicht«, meint Maud hastig. »Ava, ich wollte ja. Wirklich ehrlich! Aber Nell meinte, dann würdest du bestimmt nach Hause fliegen. Also mussten wir es für uns behalten.«

»Wenn dir was rausgerutscht wäre, hätte ich dich ermorden lassen«, knurrt Nell.

»Ich weiß«, sagt Maud bedauernd. »Das hättest du bestimmt getan. Meine Kinder wären mutterlos gewesen. Also haben wir es dir lieber nicht erzählt.«

»Mir *was* erzählt?« Ich blicke in ein Gesicht nach dem anderen. »Was?«

»Nur eine weitere Operation. Diesmal der Darm. Kein großes Ding. *Kein* großes Ding«, wiederholt Nell mit einiger Entschiedenheit, als ich schon Luft hole, um weitere Details einzufordern.

»Jedenfalls waren die Jungs ganz toll. Topher ist die ganze Nacht wach geblieben ...«, erklärt Maud.

»Konnte ihn nicht mehr loswerden«, sagt Nell und rollt mit den Augen. »Hat die ganze Zeit in diesem Krankenhaus rumgehangen.«

»Ich habe Online-Poker gespielt, also war ich sowieso wach«, meint Topher achselzuckend. »Und wem würde es keinen Spaß machen, mit anzuhören, wie Nell die Krankenschwestern zusammenscheißt?« Er nimmt ihre Hand und sieht sie auf eine Art und Weise an, die mich blinzeln lässt. Ist er ...? Sind sie ...?

»Und als Nell dann aus dem Krankenhaus kam, war Nihal absolut *genial*«, erzählt Maud und schenkt ihm ihr strahlendstes Lächeln. »Er sollte den Nobelpreis kriegen. Er meinte: ›Nell, meine Liebe, was du am dringendsten brauchst, sind Roboter!‹«

»*Roboter?*«, wiederhole ich verdutzt.

»Ich habe die Möglichkeit für einen sinnvollen Einsatz gesehen«, erklärt Nihal auf seine gewohnt zurückhaltende Art. »Ich hatte ein paar Vorschläge zu machen, wie sich Nells Alltag vielleicht leichter bewerkstelligen ließe.«

»Guck mal!« Maud rutscht ein Stück zur Seite und deutet auf etwas hinter sich – und zum ersten Mal fällt mir der Roboterarm an Nells Seite auf. Er ist an einem Ständer befestigt und hält ein iPad, an dem ein superlanger Stift steckt.

»Das hat mein Leben verändert«, sagt Nell, woraufhin Nihal richtig verlegen wird.

»Das ganze Haus ist voll davon«, sagt Maud so stolz, als hätte sie die Roboter selbst gebaut. »Einer steht in Nells Schlafzimmer und einer in der Küche ... Oh, guck mal! Da drüben!«

Ein Roboter kommt über den Holzfußboden auf uns zu. Er sieht aus wie der Snack-Roboter, aber der hier bringt Nells Medikamente. Es ist so simpel und genial, dass es mir die Sprache verschlägt. Weil ich daran denken muss, was ich damals zu Matt über Nihals verschrobenes Hobby gesagt habe. Jetzt schäme ich mich. Er ist ein Genie.

»Am *liebsten* würde ich ein okulares Motorkontrollsystem entwickeln«, sagt Nihal versonnen, während er Nell über sein Bierglas hinweg betrachtet.

»Was ist das?«, fragt Maud begeistert. »Ist das ein Roboterarm?«

»Du wirst keinen gottverdammten Cyborg aus mir machen«, knurrt Nell.

»Ach, lass dir doch einen Roboterarm bauen!«, sagt Maud. »Kann man doch mal machen, Nell!«

»Ja, mach schon, Nell!«, sagt Sarika. »Sei kein Spielverderber!« Sie zwinkert mir zu, und mit einem Mal ist mir so glücklich zumute. Was habe ich sie alle vermisst!

»Dann kann ich also davon ausgehen, dass du noch mit Sam zusammen bist?«, frage ich sie.

»Nächste Woche ziehe ich bei ihm ein«, sagt Sarika, und ein Lächeln breitet sich auf ihrem Gesicht aus.

»Das ist ja toll! Und wo wohnt er gleich nochmal?«, kann ich mir nicht verkneifen. »Irgendwo nah an der U-Bahn, oder?«

»Ziemlich nah«, sagt Sarika und weicht meinem Blick aus. »Es ist ... Ich meine, ich gehe ja eher schnell. Und manchmal fahre ich auch mit dem Rad. Also. Zehn Minuten maximal.«

»Zehn Minuten mit einem *Motorrad*«, meint Nell trocken, und Maud platzt vor Lachen heraus.

»Okay, es ist endlos weit weg«, gibt Sarika plötzlich

nach. »Verdammt, er wohnt meilenweit vom nächsten U-Bahnhof entfernt. Aber das ist mir egal. Ich möchte einfach nur bei ihm sein!«

Sie sieht so glücklich aus, dass mich kurz die Wehmut sticht. Da hätten wir es wieder. Es kann klappen. Man muss nur darauf vertrauen.

»Aber jetzt müssen wir auch mal was von dir wissen, Ava«, sagt Nell. »Es ist mir echt schwergefallen, dich nicht danach zu fragen, aber ... dein Buch?«

Ich lasse einen kurzen Augenblick verstreichen, dann sage ich triumphierend:

»Ich habe es fertig!« Allgemeiner Jubel bricht aus, und Maud klatscht mich ab. Sie strahlt vor Freude. »Und es gefällt einer Agentin«, füge ich hinzu. Ich kann es immer noch nicht fassen. »Sie ... Sie möchte mich vertreten.«

Felicity hat die letzten Kapitel gelesen, während ich schon dabei war, meine Sachen zu packen, um Italien hinter mir zu lassen. Sie meinte, sie kann mir nichts versprechen, glaubt aber, Harolds Geschichte wird es in die Buchläden schaffen. Mein geliebter Harold, in einem richtigen Buch!

Nell beugt sich vor, um ihre gerötete Hand auf meine zu legen, mit Tränen in den Augen.

»Na, also«, sagt sie mit leicht erstickter Stimme. »*Na, also.* Ich wusste, dass du es schaffst.« Sie grinst, und ich grinse zurück, und ich weiß, dass wir beide an das Gespräch denken, das wir hier in diesem Haus hatten, vor sechs Monaten.

Und während wir dort sitzen und uns bei den Händen halten, suche ich in Nells Gesicht nach Hinweisen. Denn ich muss es wissen. Diese knisternde Spannung zwischen Nell und Topher... Die ist doch echt, oder?

»Nell«, sage ich mit fester Stimme. »Sag mal. Du und Topher... seid ihr zusammen?«

»Nein«, sagt Nell sofort und zieht ihre Hand zurück, wie unter Protest. »Großer Gott! Nein.«

»Doch, sind wir«, meint Topher, der unserem Gespräch gelauscht hat.

»Nein, sind wir nicht.«

»Nun, ich glaube doch. Sarika, sind wir ein Paar?«

»Frag mich nicht«, sagt Sarika mit erhobenen Händen.

»Aber sicher seid ihr eins!«, sagt Maud voller Überzeugung. »Ihr seid so ein süßes Paar!«

»Maud, du hast sie doch nicht mehr alle«, sagt Nell, aber sie wird ein bisschen rosig und wirft Topher einen kurzen Blick zu.

»Danke für deine Unterstützung, Maud«, sagt Topher feierlich. »Man wird es dir nicht vergessen.« Dann wendet er sich amüsiert zu mir um. »Um deine Frage zu beantworten: Ich denke, wir befinden uns nach wie vor in Verhandlungen. Noch Wein?«

Ich schüttle den Kopf und nehme einen Schluck, lächle die beiden an, freue mich an der Atmosphäre. An dem Gefühl, wieder zu Hause zu sein, bei meinen Freunden. Alles hat sich verändert, aber zum Positiven.

»Wie geht es Harold?«, höre ich eine tiefe Stimme hinter mir. Ich fahre herum und sehe Matt, der etwas abseits sitzt, mit einem Glas Wein in der Hand. Er hat sich an der lautstarken Unterhaltung nicht beteiligt und insgesamt nicht viel gesagt, seit ich hier bin.

Ich meine, ich verstehe ja. Es ist unangenehm. Und etwas schmerzhaft. Aber hier sind wir nun und können einander nicht ignorieren.

»Es geht ihm wunderbar, danke«, sage ich.

»Gut.« Matt nickt. »Grüß ihn von mir. Und Glückwunsch zu deinem Buch.«

»Ich habe es fertig«, sage ich, weil ich die Worte nochmal laut hören möchte, in seiner Gegenwart. »Ich habe etwas zu Ende gebracht.« Ich schlucke. »Nämlich.«

»Ja.« Sein Blick ist so warm. »Das ist super.«

»Und du bist nicht mehr bei Harriet's House?«, füge ich hinzu, um etwas zu sagen. Sofort wird seine Miene wieder undurchschaubar.

»Ah«, sagt er nach einer Pause. »Du weißt es.«

»Ich habe es im Netz gelesen. Aber was machst du denn jetzt?«

»Ich arbeite mit Topher zusammen.« Ein Lächeln macht sich breit. »Wir sind Partner, um genau zu sein.«

»Oh, *Matt!*«

»Ich weiß. Es läuft ziemlich gut.«

Er sieht so froh und glücklich aus. Unwillkürlich beuge ich mich vor und drücke ihn an mich – dann weiche ich abrupt zurück, peinlich berührt.

»O Gott. Entschuldige. Ich wollte nicht... O *Gott*...« Meine Wangen brennen, und ich nehme mein Glas, um kurz was zu trinken. »Egal. Geht es dir denn gut? Du siehst aus, als würde es dir gut gehen...«

»Ava.« Matt fällt mir ins Wort und wartet, bis ich aufblicke. »Ava. Könnten wir ... ich weiß nicht ... mal was essen gehen?«

Sein Gesichtsausdruck ist ernst, aber hoffnungsvoll, und ich erwidere seinen Blick, während eine Flut von Gedanken durch meinen Kopf strömt. Er hat auch Hoffnung gehabt? Die ganze Zeit?

»Das würde mir gefallen«, sage ich schließlich. »Ja. Das würde mir gefallen.«

## SECHSUNDZWANZIG

Wir sind beide wachsam. Wir sind so wachsam, dass ich anfangs gar nicht weiß, wie wir ein richtiges Gespräch führen wollen. Wir können uns ja kaum in die Augen sehen.

Matt hat uns einen Tisch bei einem vegetarischen Italiener reserviert, und wir fangen damit an, dass wir uns etwas steif über die Speisekarte unterhalten. Dann allgemeiner über italienische Gerichte. Schließlich erinnern wir uns an Sachen, die es im Kloster zu essen gab.

»Diese Pasta mit den Kräutern. Die war gut.«
»Die Dicken Bohnen in der Brühe.«
»Und das Brot jeden Morgen. So frisch.«
»Ja! Das *Brot*.«

Aber man kann sich nicht endlos über Erinnerungen an irgendwelche Mahlzeiten unterhalten. Schließlich versandet unser Gespräch. Wir nehmen beide einen Schluck Wein und lächeln einander höflich an, wie man es tut, wenn man nicht weiß, was man sagen soll.

Ich atme tief ein, dann halte ich inne, weil mein Hirn wie eingefroren ist. Mir wollen nur Sachen einfallen, über die wir lieber nicht reden sollten.

»Ich weiß jetzt, wer Ottolenghi ist«, sagt Matt in die

Stille hinein, und ich gebe ihm zehn Punkte für seinen Mumm, weil er gleich in die Vollen geht.

»Erstaunlich.« Ich lächle ihn an. »Du bist ein ganz neuer Mensch.«

»Ich habe mir sogar Harissa gekauft«, fügt er hinzu, und ich lache.

»Und magst du es?«

»Nicht wirklich«, räumt er ein, und ich lache wieder, diesmal richtig. »Aber du hast recht. Ich habe mich verändert«, sagt er ernster. »Manchmal esse ich sogar Tofu.«

»Gibt's ja nicht.« Ich starre ihn an. »*Tofu?*«

»Doch. Ich habe es probiert, und es schmeckt ganz okay. Es sind ja Proteine. Find ich gut. Ich glaube, ich könnte vielleicht... Semitarier werden. Ein halber Vegetarier. So was gibt es...«, fügt er etwas unsicher hinzu.

»Wow.« Ich wische mir übers Gesicht und versuche, diesen neuen, ungewohnten Matt zu verdauen. *Tofu? Semitarier?* Woher kennt er überhaupt dieses Wort? »Das ist... echt neu.«

»Na ja, es hat sich viel verändert, seit wir uns zuletzt gesehen haben.« Er zuckt mit den Schultern. »Sehr viel.«

»Neuer Job«, sage ich und trinke ihm zu. »Glückwunsch nochmal.«

»Ja. Neuer Job. Wirklich toller neuer Job«, betont er. »Es klappt besser, als wir uns erhofft hatten.«

Matts Arbeit war einer der Themenbereiche, die ich definitiv meiden wollte. Aber da wir schon mal dabei sind, kann ich nicht widerstehen, ihn zu fragen, was ich schon die ganze Zeit unbedingt wissen möchte.

»Aber die Entscheidung ist dir bestimmt nicht leichtgefallen«, sage ich. »Wie haben deine Eltern reagiert, als du es ihnen erzählt hast?«

»Mein Vater konnte mich verstehen«, sagt Matt nach kurzer Überlegung. »Meine Mutter nicht so. Inzwischen kann sie wohl damit leben, aber damals...« Er verzieht das Gesicht. »Sie hatte ja keine Ahnung, dass es da überhaupt ein Problem gab. Sie war fest davon ausgegangen, dass ich nach Japan ziehen würde, nicht, dass ich meine Kündigung einreiche. Da hat sie irgendwie die Fassung verloren. Sie hat mir einen langen, bösen Brief zu meinem ›Verrat‹ geschrieben. Das war bitter.«

»Wow.« Ein langer, böser Brief von Elsa. »Aber dein Dad fand es nicht so schlimm?«

»Er *fand* es schlimm«, sagt Matt. »Aber gleichzeitig konnte er es verstehen. Er hat sein ganzes Leben mit Harriet's House verbracht. Hat in der Firma gelebt, schon als kleiner Junge. Er hat nie versucht auszubrechen, aber ich glaube, er konnte nachvollziehen, warum ich es wollte. Wohingegen meine Mum...« Matt seufzt. »Was Harriet's House angeht, ist sie seltsamerweise leidenschaftlicher als mein Dad. Ich glaube, es liegt daran, dass sie nicht damit aufgewachsen ist. Wie eine religiöse Konvertitin. Sie ist päpstlicher als der Papst. Aber ich glaube, inzwischen hat sie ihren Frieden damit geschlossen.«

»Und wer hat deinen Job übernommen?«

»Oh, eine ganz tolle Frau namens Cathy«, sagt

Matt, und seine Miene hellt sich auf. »Sie wurde innerhalb der Firma befördert. Ist erst seit drei Jahren bei uns. Davor war sie bei Mattel. Sie ist klug. Sie ist hungrig. Sie ist so viel besser für den Job geeignet, als ich es war. Momentan ist sie drüben in Japan, mit...« Er stutzt, und ich gehe jede Wette ein, dass er »Genevieve« sagen wollte, es aber gerade noch verhindern konnte. »Sie sind alle da drüben«, sagt er und nimmt einen Schluck von seinem Wein. »Also... alles gut.«

»Mir fällt auf, dass du immer noch von ›uns‹ sprichst, wenn du Harriet's House meinst«, sage ich mit hochgezogenen Augenbrauen, und Matt nickt.

»Touché. Na ja, es ist unser Familienunternehmen. Ich sitze noch im Vorstand. Es liegt mir nach wie vor am Herzen... Ich möchte es nur nicht zu meinem Leben machen. Mir ist klar geworden, dass ich gefangen war in... ich weiß nicht...« Er schüttelt den Kopf. »Einer Komfortzone. Einer bedrückenden, ungesunden Komfortzone. Das sind die schlimmsten.«

»Jedenfalls freue ich mich, dass du ausgestiegen bist«, sage ich sanft. »Ich freue mich.«

»Ich mich auch.« Er seufzt, als wäre es ein Kampf gewesen. Und doch wirkt er gestärkt durch diesen Kampf. Er wirkt aufrechter, glücklicher, stolzer auf sich selbst. Sein Gesicht leuchtet. Er sieht ganz und gar nicht mehr aus wie ein Stein. »Und das habe ich dir zu verdanken«, fügt er hinzu.

»Oh.« Verlegen schüttle ich den Kopf. »Nein. Wirklich. Nein.«

»*Doch*«, widerspricht er mir. »Früher dachte ich immer, ich hätte keine Wahl. Irgendwie hast du es geschafft, dass ich manches anders sehe. Hier bin ich nun also. Ein ganz neuer Mensch. Mache das Beste aus meinem Leben«, fügt er hinzu, wobei er sich ein Grinsen verkneifen muss, und schon werde ich rot. Ich weiß, dass er es nett gemeint hat. Aber allein diesen Spruch zu hören, tut mir weh. Es erinnert mich daran, wie oft wir damals gestritten haben und wie wir miteinander waren. Matt launisch und verstockt. Ich schrill und herrisch. (Wie mir inzwischen klar ist.)

Wir haben uns nicht gerade von unserer besten Seite gezeigt.

»Matt, ich habe damals ein paar Sachen gesagt...«, platze ich reumütig heraus. »Und manches davon war...« Ich blicke zu ihm auf. »Es tut mir leid. Außerdem muss ich mich auch bei dir bedanken, denn du hast dafür gesorgt, dass auch *ich* das Leben anders betrachte. Ich hätte mein Buch niemals geschrieben, wenn du nicht gesagt hättest, dass ich nie was zu Ende bringe.«

»O Gott.« Matt verzieht das Gesicht. »Ava, das war unverzeihlich. Ich hätte so was nicht sagen dürfen...«

»Doch!«, falle ich ihm ins Wort. »Es stimmte ja! Aber jetzt nicht mehr. Ich habe mein Ziel erreicht, und das war ziemlich... Ich weiß nicht.« Ich zucke mit den Schultern. »Es hat mich verändert. Ich fühle mich *auch*, als wäre ich ein neuer Mensch. Es gilt für uns beide. Du siehst sogar anders aus. Glücklicher.«

»In mancher Hinsicht *bin* ich auch glücklicher«, stimmt Matt zu, dann schiebt er etwas leiser hinterher: »Wenn auch nicht in jeder Hinsicht. Nicht in jeder.« Sein trauriger Blick streift meinen, und mir wird ganz flau.

»Ja.« Ich schlucke. »Geht mir ... genauso.«

»Ich habe mich nicht bei dir gemeldet, als du in Italien warst«, sagt er mit gesenktem Blick und faltet an seiner Serviette herum. »Wir hatten uns alle darauf geeinigt, dich in Ruhe schreiben zu lassen. Es hätte dich nur abgelenkt. Aber ... ich *wollte* mich gern bei dir melden. Ich habe an dich gedacht.«

»Ich habe auch an dich gedacht«, sage ich mit bebender Stimme. »Die ganze Zeit.«

Er hebt den Kopf und blickt mir tief in die Augen, diesmal mit unverkennbarer Absicht, und mein Herz fängt an zu rasen. Ist er ...? Sind wir ...? Könnten wir ...?

Dann wendet Matt sich ab, als wollte er nichts übereilen.

»Ich hab was für dich ...«, sagt er und greift nach einer Plastiktüte, die mir vorhin schon aufgefallen ist.

»Und ich habe was für *dich*!«, entgegne ich eifrig und greife in meine große Tasche. Ich lege einen Stein auf den Tisch, groß und glatt – und komme mir noch im selben Moment blöd vor, denn wer bringt schon einen Stein mit zum Essen? Aber Matt betrachtet ihn mit sanftem Blick.

»Ist der von ...?«

Ich nicke.

»Wow.« Er schließt seine Hand darum. »Den ganzen weiten Weg aus Italien.«

»Ich war nochmal an diesem Strand. Bei demselben Olivenbaum. Ich habe dagesessen und nachgedacht über ... so manches. Da habe ich diesen Stein gefunden und beschlossen: Sollte ich dich jemals wiedersehen ...« Ich stocke und werde ein bisschen rot. »Na ja. Hier ist er also. Ein Andenken.«

»Vielen Dank. Darüber freue ich mich sehr. Meins ist nicht ganz so besonders, aber hier kommt es ...« Matt zögert, dann holt er ein ramponiertes Buch aus der Plastiktüte.

»*Buchbinden für Amateure, 1903*«, lese ich laut.

»Es hat zu mir gesprochen, als ich daran vorbeikam«, sagt Matt schüchtern. »Ich dachte ... Das muss ich retten. Für Ava.«

Er hat ein Findelbuch gerettet. Für mich. Ich bin so gerührt, dass ich gar nicht weiß, was ich sagen soll. Sprachlos blättere ich darin herum und merke, wie mir die Tränen kommen.

»Es war nicht das Erste«, gesteht er, während er mir beim Blättern zusieht. »Ich habe schon mehrere. Ich sehe eins und denke: ›Also, wenn *ich* es nicht kaufe ...‹«

»Dann kauft es niemand«, beende ich seinen Satz, als ich die Sprache wiederfinde.

»Genau.«

Wieder sehen wir uns an, und mir ist ganz atemlos zumute. Alles in mir fühlt sich zu ihm hingezogen, fast schluchzend vor Erleichterung, dass wir vielleicht noch eine Chance bekommen könnten. Aber gleichzeitig bin ich doch vorsichtig. Ich möchte ihn nicht verletzen. Und ich möchte auch nicht, dass er mich verletzt. Können wir es schaffen, zusammen zu sein, ohne uns gegenseitig zu verletzen?

»Verzeihung?« Ein Kellner tritt an unseren Tisch, mit einem seltsamen Grinsen im Gesicht und zwei großen, wattierten Umschlägen in der Hand. »Ich habe etwas für Sie.«

»*Für uns?*«, fragt Matt überrascht.

»Es wurde heute beim Chef abgegeben.«

»Von wem?«, frage ich erstaunt, und der Kellner hält die Umschläge so, dass wir die Vorderseite sehen können. Auf dem einen steht: *Für Ava, von deinen Freunden*, und auf dem anderen steht: *Für Matt, von deinen Freunden*.

»Wow«, sage ich und nehme meinen Umschlag vom Kellner entgegen. »Tja, also ... Danke.«

Wir warten, bis er weg ist, dann sehen wir uns an.

»Wusstest du was davon?«, fragt Matt.

»Nein! Ich hatte keine Ahnung. Wollen wir nachsehen, was drin ist?«

Beide reißen wir unsere Umschläge auf, und ich hole einen roten Hefter hervor. Mit Filzer hat jemand in ordentlichen Blockbuchstaben darauf geschrieben:

MATTLAND
EIN REISEFÜHRER

Ich sehe mir Matts Hefter an – und der ist genauso, nur blau, und der Titel lautet:

AVALAND
EIN REISEFÜHRER

»Ist nicht wahr«, sagt Matt und schüttelt ungläubig grinsend den Kopf. Er schlägt seinen Ordner auf und liest die erste Seite. »Gibt's ja nicht.«

»Was?«

»Das ist unbezahlbar.« Er liest laut vor: »*In Avaland kann es widersprüchlich und unberechenbar zugehen. Und doch ist es immer voller Freude, Hoffnung und bunten Farben. Siehe Seite 7 für ›Avas Sinn für Farbe‹.*«

»Wer hat das geschrieben?«, will ich wissen, halb empört, halb amüsiert.

»Ich weiß nicht. Maud? Nell?« Er dreht den Ordner um, damit ich die Seite sehen kann, aber der Text ist gedruckt.

»Na, dann hör mal das hier.« Ich lese meine erste Seite vor, die überschrieben ist mit »Einführung ins Mattland«. ›*Nähert man sich Matt zum ersten Mal, mag man glauben, er kann nicht hören, was man zu ihm sagt. Er wirkt ungerührt. Doch hat man sich erst an seine Art gewöhnt, wird einem bewusst, dass er sehr wohl hören kann und seinem eigenen Zeitplan entsprechend reagiert. Siehe Seite 4: ›Wie Matt kommuniziert‹.*« Lachend tippe ich auf die Seite. »Wer das hier auch geschrieben haben mag, kennt dich durch und durch.«

»Das ist unglaublich.« Fassungslos blättert Matt weiter. »Guck mal, ein Inhaltsverzeichnis. *Speisen... Traditionen... Flora und Fauna... Nationaltracht...*«

»Du hast auch ein Inhaltsverzeichnis«, sage ich lachend. ·»*Kultur... Technologie... Lebensraum... Geschichte...*«

»Ha!« Matt bellt vor Lachen. »*Die Nationaltracht von Avaland mag anfangs beunruhigend wirken. Doch machen*

*Sie sich keine Sorgen. Nach einer Weile werden sich Ihre Augen an die unzähligen Farben und Stile gewöhnen.«*

»Was?«, sage ich gespielt empört. »Okay, jetzt du.« Ich blättere zur entsprechenden Seite und lese laut: *»Nationaltracht von Mattland. Diese besteht aus einer Hose mit blauem Hemd. Keine andere Farbe ist zulässig. Alle Bemühungen, die Bandbreite der Nationaltracht zu erweitern, sind bisher fehlgeschlagen.«* Da muss ich doch lachen. »Das ist so wahr. Das ist so, *so* wahr!«

»Ist es nicht!« Matt betrachtet sein blaues Hemd. »Blau ist eine gute Farbe«, sagt er etwas trotzig.

*»Die Temperaturen in Mattland liegen meist im Minusbereich«*, lese ich laut. *»Reisenden wird geraten, sich entsprechend zu kleiden.«*

*»Reisende im Avaland sollten bereit sein für die befremdlich anmutenden musikalischen Sitten dieser Nation«*, stimmt er mit ein. *»Halten Sie Ohrstöpsel bereit.«*

»Frechheit!«, sage ich empört. »Oh, hier geht es um Sprachen. ›*Zu den in Mattland weithin gesprochenen Sprachen gehören Englisch, ›Fußball‹ und ›Logik‹.«*

*»Zu den in Avaland weithin gesprochenen Sprachen gehören Englisch, ›Aromatherapie‹ und ›Harold‹«*, erwidert Matt. »Hey, ich spreche auch ›Harold‹.«

»›*Man wird Mattland nicht bereisen können, ohne Eiscreme zu probieren.‹«*

»Dito!«, sagt Matt und nickt mit Blick in seinen Ordner. »›*Man wird Avaland nicht bereisen können, ohne Eiscreme zu probieren.‹«*

Wir lächeln uns an, dann blättere ich wahllos weiter.

*»Natürliche Weisheit prägt das Landschaftsbild von Mattland, ebenso das reiche Vorkommen der Fähigkeit,*

*zuhören zu können.* Ja.« Ich nicke, und mir wird ganz warm ums Herz. »Das stimmt. Zuhören tust du.«

»›*Avaland ist eine Labsal für die Seelenmüden*‹«, liest Matt vor. »›*Das frische, optimistische Klima ist für seine heilenden Kräfte berühmt, kann jedoch eine leise Benommenheit nach sich ziehen, wenn man an die Stärke nicht gewöhnt ist.*‹« Matt grinst mich an. »Mir wurde immer ganz schwindlig von dir. Auch heute noch.«

»*Seltene vulkanartige Ausbrüche von Spontaneität und Verspieltheit verleihen Mattland eine aufregende Ausstrahlung, die seine stille Oberfläche Lügen straft*«, lese ich. »Wie *wahr*!«

»*Die Höhenlage und Extreme von Avaland können zur Herausforderung werden, aber Reisende werden feststellen, dass die Ausblicke und Freuden alle Mühen sehr wohl wert sind.*« Matt blickt mir tief in die Augen. »Ausblicke«, wiederholt er langsam. »Und Freuden. Das trifft es sehr gut.«

Ich habe das Gefühl, ich weiß, was er mit Ausblicken meint. Und Freuden. Sein Blick ist derart eindringlich, dass ich direkt ein bisschen verlegen werde und ihm ausweiche.

»Oh, guck mal, hier gibt es ein Fazit«, sage ich, als ich zur letzten Seite blättere. »*Mattland liegt auf einem festen Sockel aus Wahrheit, Glaubwürdigkeit und Ehrgefühl. Mattland ist ein wahres Juwel...*« Ich komme ins Stocken, und mir schnürt sich die Kehle zu, weil es wirklich stimmt. »*Mattland ist ein wahres Juwel für den anspruchsvollen Reisenden, der von anderem, seichterem Terrain enttäuscht ist, und eine gewisse Ausdauer wird gewiss reichlich belohnt.*«

»Wow«, sagt Matt und wirkt direkt ein wenig gerührt. »Na, und das hier steht in deinem ...« Er blättert zum Ende des Hefters und fängt an zu lesen.

»*Avaland ist wie Shangri-La. Ein Reich der Magie, der Hoffnung, der Fantasie und vor allem der Liebe. Es ist ein Ort ...*« Er zögert mit heiserer Stimme. »*Es ist ein Ort, den nur wenige wieder verlassen wollen.*«

Plötzlich werden meine Augen ganz heiß, denn wer hat das geschrieben? Voller Liebe blickt Matt zu mir auf.

»Das hätte ich nicht besser sagen können«, flüstert er.

»Ebenso«, sage ich kleinlaut. »Ich meine ... was in deinem über dich steht. Ebenso.«

»Nirgendwo eine Autorenangabe.« Matt deutet auf seinen Hefter.

»Das waren bestimmt alle gemeinsam.«

»Schweinebacken.« Er grinst. »Die kommen alle auf die Liste.«

»Meinst du, sie wollen uns damit was sagen?«, frage ich und versuche, humorvoll zu klingen, aber mit einem Mal kriege ich schon wieder feuchte Augen. Denn ... Ist das hier wahr? Wirklich wahr?

»Ja«, sagt Matt, als könnte er meine Gedanken lesen, und er greift über den Tisch hinweg nach meiner Hand.

Ich spüre, wie die Spannung in meinem Körper langsam etwas nachlässt. Aber dann mache ich mich los. Denn wenn das hier *überhaupt* eine Chance haben soll, muss ich aufrichtig sein. Wir beide müssen es sein.

»Matt ... Ich habe ein bisschen Angst«, sage ich mit

starrem Blick auf die Tischplatte. »Das will ich eigentlich nicht. Und doch ist es so.«

»Natürlich«, sagt Matt feierlich. »Ich doch auch. Aber wir gehen es langsam an.«

»Vorsichtig.« Ich nicke. »Keine Eile.«

»Nicht so impulsiv«, sagt Matt.

»Wir werden feststellen, dass wir Differenzen haben. Und wir werden sie aus dem Weg schaffen.« Ich sehe ihn ernst an. »Wir *respektieren* einander. Ich kann nicht alles an deinem Leben mögen, und du kannst nicht alles an meinem Leben mögen. Und ... weißt du ... Das ist auch okay so.«

»Ganz meine Meinung.« Matt nickt. »Das ist okay so.«

Auf dem Weg zurück zu meiner Wohnung achten wir darauf, über nichts Verfängliches zu sprechen. Ich weiß nicht, wie es Matt geht, aber mein Herz rast vor Aufregung. Es fühlt sich an wie ein erstes Date, nur eben beim zweiten Mal. Was das Ganze noch umso schwieriger macht.

Beim ersten Mal hatte ich keine Bedenken. Ich konnte nur die grandiose, einladende Landschaft sehen und konnte es kaum erwarten, sie zu erkunden. Jetzt bewege ich mich durch dieselbe Landschaft – bin mir diesmal aber ihrer gefährlichen Klippen und verborgenen Abgründe bewusst. Ich hüpfe nicht unbedarft voran, ich laufe auf Zehenspitzen. Bereit, mich jeden Moment zurückzuziehen.

»Ich habe Arlo Halsans Biografie gelesen«, sage ich, als ich plötzlich daran denken muss.

»Hast du?« Matt kann es nicht fassen.

»Es wurde mir empfohlen von ... jemandem«, sage ich, weil ich das G-Wort nicht aussprechen möchte. »Und dieses Buch ist was ganz Besonderes. O mein Gott, seine Kindheit. So *traurig*.«

Ich gebe nicht gern zu, dass Genevieve mit irgendetwas recht haben könnte, aber man betrachtet Kunst doch anders, wenn man weiß, was dahintersteht. Besonders dieser haarlose Wolf. Es wäre mir nie in den Sinn gekommen, dass er ein Fantasiehund sein könnte, den Arlo Halsan als Kind erfunden hat, weil er dermaßen traumatisiert war.

»Aber ich dachte, du würdest ihn nicht...«, setzt Matt an. Dann stockt er, und ich merke, dass auch er das vor uns liegende Terrain vorsichtig sondiert.

Eine Weile laufen wir schweigend. Als wir bei meiner Wohnung ankommen, sagt er plötzlich:

»Ich habe meinen Großvater noch gar nicht erwähnt. Er hat mir erzählt, dass du manchmal mit ihm telefonierst. Du bist wirklich ein guter Mensch, Ava.«

»Es ist mir ein Vergnügen.« Ich lächle ihn an. »Ich mag deinen Opa. Von allen aus deiner Familie...« Ich beiße mir auf die Zunge, weil ich merke, dass ich auf eine Klippe zusteuere. »Jedenfalls... Er ist ein netter Mann.«

»Er mag dich auch.« Wortlos betrachtet Matt das Außenlicht, in dem noch *immer* eine Glühbirne fehlt, und ich weiß, was er denkt.

»Ich dreh da demnächst eine Birne rein!«, sage ich eilig. »Ich war ja weg.«

»Ich sag doch gar nichts!« Matt hebt beide Hände.

Ich bin ein wenig bestürzt, als ich die Haustür öffne, denn nach wie vor reagieren wir empfindlich. Nach wie vor sind wir nicht ganz normal miteinander. Aber vielleicht kommt das ja noch. Wir müssen einfach weiterreden.

»Und soll ich dir was sagen? Maud hat endlich meine Findelmöbel aufgearbeitet!«, erzähle ich Matt, während wir die Treppe zu meiner Wohnung raufgehen. »Warte, bis du den Küchenschrank siehst. Der ist jetzt blau. Sieht *fantastisch* aus. Und es ragen auch keine Nägel mehr raus.«

»Gut zu wissen. Den muss ich mir unbedingt ansehen. Außerdem kann ich es kaum erwarten, *Harold* wiederzusehen«, fügt er noch an, und schon fliegt ihm mein Herz wieder zu.

»Warum jault er nicht?«, frage ich verwundert, als wir auf meine Wohnungstür zusteuern. Ich schließe auf und warte, dass Harold uns wie üblich überschwänglich begrüßt – aber da ist kein Hund. Kein freudiges Bellen. Es ist unheimlich, nach Hause zu kommen, ohne dass Harold mich in Empfang nimmt.

»Wo ist er?«, frage ich besorgt. »Irgendwas stimmt hier nicht. Harold?« Ich rufe lauter. »Wo bist du?«

Da höre ich fernes Knurren und starre Matt an.

»Was zum... *Harold*?«, ruft er laut.

Im nächsten Augenblick höre ich Glas klirren, und Harold bellt wütender, als ich es je von ihm gehört habe. Matt holt tief Luft.

»Verdammter... *Verdammt!*«

»Was?«, frage ich entsetzt.

»Einbrecher«, zischt Matt über seine Schulter hinweg, und ich erstarre förmlich vor Angst.

Schon rennt Matt quer durch die Wohnung in die Küche, und ich renne ihm hinterher. Die Hintertür steht offen, überall liegen Scherben. Als wir bei Harold auf der Feuertreppe ankommen, bellt der sich immer noch die Seele aus dem Leib.

»Harold!« Ich greife nach ihm, aber er reißt sich von mir los, wetzt laut bellend an Matt vorbei die Feuertreppe hinunter. »Harold!«, schreie ich entsetzt. »Halt! Komm zurück!« Ich will hinterher, aber Matt packt mich fest beim Arm.

»Bleib hier!«, sagt er. »Ich gehe.«

Er poltert die Feuertreppe runter, und ich stehe da, mit pochendem Herzen, kann weder Matt noch Harold hören und denke: *Was soll ich tun? Die Polizei rufen? Kommen die denn überhaupt?* Eben will ich mein Handy zücken – da ist Matt schon wieder da, kommt schnaufend durch die Hintertür herein.

»Konnte den Kerl nicht fangen«, keucht er. »Weiß der Henker, wo er geblieben ist. Harold ist ihm hinterher. Ich habe ihn gerufen, aber ... Na, du siehst ja, wie gut er auf mich hört. Ava, was ist mit dir? Alles okay?«

Er mustert mich mit dunklem, sorgenvollem Blick, und mir ist, als bäumte sich eine übermächtige Woge in mir auf.

»Matt, es tut mir leid!« Vor lauter Verzweiflung sprudeln die Worte nur so aus mir hervor. »Es tut mir so, so leid! Du hattest recht, von Anfang an! Ich hätte die Tür sichern sollen. Ich hätte Vorhängeschlösser kaufen sollen. Ich hätte auf dich hören sollen, was die Verbrechensstatistik angeht. Bei allem hätte ich auf dich hören sollen...«

»Nein!« Matt hält mich bei den Schultern. Auch seine Augen glänzen. »*Du* hattest recht, von Anfang an. Harold ist ein Held. Er ist der Beste. An diesem Hund gibt es nichts auszusetzen, rein gar nichts. Er hat dich heute beschützt. Er hat dich besser beschützt, als ich es konnte. Ich liebe deinen Hund. Ich *liebe* deinen Hund«, sagt er und klingt geradezu beschwörend.

»Wirklich?« Ich stutze.

»Machst du Witze?« Er starrt mich an, fast verzweifelt. »Ava, ich liebe dein Leben. Ich liebe deine Wohnung. Ich liebe deine Findelbücher. Und deine dummen, heißen Bäder. Und dein vegetarisches Essen. Und dein... ich weiß nicht, dein Zeug, das überall rumliegt. Und deine Freundinnen. Und...«

»Na, und ich liebe *deine* Freunde«, werfe ich ein, mit zitternder Stimme. »Und dein hässliches Haus. Und deinen Internet-Countdown. Und ich liebe deine Kunstsammlung«, sage ich voller Leidenschaft. »Ich liebe den haarlosen Wolf und die gruseligen Hände und alles... denn das bist du. Das bist du, Matt. Und ich liebe dich.«

»Selbst als du meinen Raben zertrümmert hast, habe ich dich noch geliebt«, sagt Matt mit entschlossenem Blick. »Da habe ich dich sogar noch *mehr* geliebt.«

»Hast du nicht.«

»Doch.«

In Strömen laufen mir die Tränen übers Gesicht, und ich schlinge meine Arme um Matt, um ihn nicht mehr loszulassen.

»Wir dürfen uns nie wieder trennen«, sage ich an seine Brust gelehnt, mit leicht bebender Stimme.

»Niemals.«

»Nie wieder.«

»Sag mal ... Liebst du Harold *wirklich*?«, kann ich mir nicht verkneifen, als wir endlich voneinander ablassen, und Matt grinst mich schief an.

»Ich liebe Harold wirklich. Frag mich nicht, wieso, aber es stimmt. Ich liebe es, wie er mir mein Essen klaut. Ich liebe es, wie er meine Hemden zerfetzt ...«

»Nein, tust du nicht«, sage ich glucksend.

»Doch, tu ich«, beharrt Matt. »Ich liebe diesen Hund mehr als ich je gedacht hätte, dass ich einen Hund lieben könnte. Apropos. Wo *bleibt* er denn?« Matt sieht sich um. »Wir müssen ihn suchen. Eigentlich war ich davon ausgegangen, dass er von allein nach Hause kommen würde.«

»Und wenn der Räuber ihn entführt hat?«, frage ich plötzlich erschrocken, und Matt wirft mir so einen Blick zu.

»Unwahrscheinlich«, sagt er. »Kaum vorstellbar, dass jemand Harold entführen könnte. Aber wir sollten nach ihm suchen.«

Wir gehen runter in den Garten und sehen uns nach ihm um, aber da ist er nicht. Dann gehen wir raus auf die Straße, halten uns bei den Händen und rufen immer wieder in die dunkle Nacht hinaus.

»Harold? *Harold*!«

»Wo bist du, dummer Hund? HAROLD!«

»Was ist, wenn er sich verirrt hat?«, frage ich ängstlich, als wir an eine Kreuzung kommen.

»Der verirrt sich nicht. Wahrscheinlich prahlt er vor irgendwelchen Straßenkötern. Vermutlich hat er längst eine Bande gegründet. Harold!« Matt ruft ins Dunkel. »Harold, du Idiot! Komm nach HAUSE!« Dann erstarrt er. »Warte. Hörst du das?«

Reglos stehen wir da, und da höre ich es auch: vertrautes Bellen in der Ferne.

»Harold!«, sage ich erleichtert. »Da ist er! Aber... wo?« Ratlos drehe ich mich auf der Stelle und versuche herauszufinden, aus welcher Richtung das Bellen kommt. Wir stehen in einem Labyrinth aus kleinen Wohnstraßen. Pfade und Tore und Gärten, so weit das Auge reicht. Er könnte sonstwo sein.

»Da!« Matt deutet mit dem Finger. »Nein, warte. Da! Harold. HA-ROLD!«

Das Bellen wird lauter, und jetzt ist auch klar, woher es kommt. Ich renne die Straße hinunter und rufe so laut, dass meine Lunge brennt.

»Harold? HAROLD?«

An der nächsten Ecke komme ich schlidddernd zum Stehen, keuchend, immer noch leicht orientierungslos. Mittlerweile scheint das Bellen von woanders herzukommen. Wo zum Teufel *ist* er? Bei jemandem im Garten?

»Er kommt auf uns zu«, sagt Matt, als er mich eingeholt hat. »Hör mal!«

Und tatsächlich ist das Bellen jetzt richtig laut. Er *muss* ganz in der Nähe sein...

»Ist er vielleicht hinter uns?«, frage ich verwundert und sehe mich um. Und da höre ich es. Das Quietschen von Reifen. Ein furchtbares Jaulen.

Harold.

Oh, nein! *Harold*.

»Scheiße«, murmelt Matt und rennt los. Ich renne hinterher, halte mit ihm Schritt, mein Kopf ganz hohl vor Angst, und als wir um die nächste Ecke kommen, sehen wir Harold auf der Straße liegen. Im Licht einer Straßenlaterne ist er kaum auszumachen, aber ich kann eine schimmernde Blutlache erkennen.

Ich kann nicht ... Ich kann gar nicht ...

Ich laufe schneller als je zuvor in meinem Leben, und doch ist Matt vor mir da und hält Harold in den Armen, leichenblass.

Harold atmet heiser. Alles ist voller Blut. Ich sehe eine klaffende Wunde im Fell ... Ich sehe Knochen ... *Oh, Harold, Harold, mein Ein und Alles ...* Ich falle auf die Knie, direkt neben Matt, der Harolds Kopf sanft auf meinen Schoß legt und sein Telefon hervorholt.

»Fahrerflucht«, knurrt er wütend, während er wählt. »So ein mieses Schwein.«

Harold winselt leise. Blut sickert aus seinem Maul. Ich sehe Matt an und er mich. Und alles ist klar. Wir müssen nichts sagen. Alles ist klar.

## SIEBENUNDZWANZIG

### Sechs Monate später

Nihal möchte Harold ein neues Roboterbein bauen. Oft genug habe ich ihm schon gesagt, dass Harold kein Roboterbein braucht. Er hat bereits eine hochmoderne Prothese, die tadellos funktioniert. Aber jedes Mal, wenn Nihal Harold sieht, mustert er diese Prothese, und dann kriegt er so einen nachdenklichen Ausdruck im Gesicht, und ich weiß genau, dass er Harold am liebsten in einen Cyber-Hund verwandeln möchte.

Ich selbst bin einfach nur dankbar. Noch immer wache ich jeden Morgen auf, und mir wird ganz schlecht, wenn es mir wieder einfällt, und ich zittere vor Angst angesichts dessen, was hätte passieren können.

Nachdem klar war, dass Harold überleben würde (ich bin vor Erleichterung fast in Ohnmacht gefallen – nicht mein bester Auftritt), war meine größte Sorge, dass sein Lebensmut nicht überleben würde. Dass die Wochen der Behandlung, der Operation und der nötigen Reha ihn irgendwie zerstören würden. Aber ich hätte es besser wissen sollen. Immerhin reden wir hier von Harold.

Er wetzt herum, als wollte er sagen: »Fangt mich

doch mit meinem coolen Metallbein!« Die Physiotherapeutin meinte, sie hätte noch nie einen dermaßen selbstbewussten Hund erlebt. Dann bekam sie so einen fragenden Ausdruck und fügte hinzu, manchmal schiene es ihr, als würde *er* die Übungen anleiten. Woraufhin Matt und ich uns ansahen und Matt sagte: »Jep. Das passt.« Dann fügte er hinzu: »Warte, bis er berühmt wird! Er wird *unerträglich* sein.«

Etwa einen Monat nach dem Unfall rief Felicity mich an, um mir zu sagen, dass eine Verlegerin namens Sasha aus meiner Geschichte von Harold ein Buch machen möchte. Ein richtiges Buch!

Sasha kam zum Essen und lernte Harold kennen, und ich habe ihr die Geschichte von seinem Unfall erzählt. (Am Ende wurde es für mich so etwas wie eine Gesprächstherapie.) Und dann sagte ich, es sei doch sicher sinnvoll, diesen Vorfall mit ins Buch aufzunehmen, oder? Denn das gehöre doch schließlich auch zu Harold, oder nicht?

Woraufhin Sasha ganz nachdenklich wurde und meinte, diese Geschichte sollte man vielleicht für eine Fortsetzung vormerken. Und dann rief Felicity mich eines Tages an und meinte, der Verlag hätte es sich anders überlegt: Jetzt wollten sie zwei Bücher! *Zwei* Bücher über Harold! Es ist unglaublich. Die ganze Sache ist unglaublich. Sie haben mir so unfassbar viel Geld geboten, und ich habe nur »Wow, danke!« gesagt, woraufhin Felicity eilig dazwischenging und meinte, meine Antwort impliziere keineswegs, dass ich dieses Angebot annehmen würde. Und dann hat sie die Leute irgendwie dazu gebracht, mir sogar *noch* mehr

Geld zu geben. Keine Ahnung, wie sie das gemacht hat. Aber so konnte ich meinen Job mit den Beipackzetteln aufgeben. Ich konzentriere mich *voll und ganz* darauf, ein weiteres Buch über Harold zu schreiben. (Obwohl ich immer noch mit der Aromatherapie liebäugle, aber das wird definitiv nur ein Nebenjob.)

Matt und ich haben es inzwischen so eingerichtet, dass ich in seiner Wohnung übernachte – tatsächlich wohne ich eigentlich bei ihm –, aber in meiner Wohnung arbeite. So habe ich nach wie vor mein eigenes Arbeitszimmer. Vielleicht kaufen wir uns zusammen eine größere Wohnung, irgendwann später. Aber immerhin haben wir... Trommelwirbel... ein neues Bett gekauft! Es dauerte eine Weile, aber jetzt haben wir das *beste Bett aller Zeiten*. Zwei unterschiedliche Matratzen, mit einem Reißverschluss verbunden. Genial!

Aber den haarlosen Wolf haben wir umgehängt. Nachdem ich nun die unerträglich ergreifende Vorgeschichte kenne, kann ich mir den Wolf nicht mal mehr ansehen, ohne dass mir die Tränen kommen. Also haben wir das Schlafzimmer zur Arlo-freien Zone erklärt.

Jetzt sehe ich mich in Nells Wohnzimmer um, auf der Suche nach Harold – und wie nicht anders zu erwarten – hat Nell ihn auf dem Schoß, um mit ihm zu kuscheln. Sie hatte schon immer eine Schwäche für Harold – aber noch viel mehr seit seinem Unfall. In den letzten Monaten fiel ihr das Laufen schwer, und sie hat mir gesagt, immer wenn sie damit zu kämpfen hat, denkt sie an Harold.

»Ava!«, ruft sie jetzt, als sie merkt, dass ich sie betrachte. »Du hast noch gar nichts erzählt! Wie war es eigentlich in der Nacktsauna?«

»Ach, ja!« Maud, die auf dem Boden sitzt, richtet sich auf. »Stimmt! Das würde uns alle interessieren!«

»Wir sind nicht hier, um über mich zu reden«, wende ich ein. »Wir sind hier wegen der Bekanntmachung.«

Es hat sich nämlich etwas völlig Neues ergeben: Nell und Topher haben eine Partei gegründet! Der Arbeitstitel ist *Die Partei des Echten Lebens*. Bisher hat sie acht Mitglieder, weil wir alle sofort eingetreten sind, so wie auch Tophers Assistent und Nells Mum. Aber unsere kleine Partei wird schon bald wachsen, sobald wir eine Website und das alles haben.

Nell und Topher wollen sich beide bei der nächsten Wahl um einen Sitz im Parlament bewerben, blieben bisher aber doch eher ausweichend, was nähere Details anging ... bis heute! Sie haben ein Wahlplakat vorbereitet und brauchen etwas Feedback, und genau deshalb haben wir uns alle hier in Nells Wohnung versammelt. Das Plakat steht auf einer Staffelei am Fenster, zugedeckt mit einem Tuch, und sie wollen es jeden Moment enthüllen. Gestern haben wir dieses Treffen entsprechend noch als »Enthüllung« bezeichnet, aber dann meinte Topher: »Scheiß drauf. Im Grunde ist es ja doch unsere offizielle Parteigründung.« Dafür hat er extra Champagner gekauft, weshalb alle dermaßen guter Dinge sind.

(Außerdem: Die beiden sind so was von ein Paar. Obwohl Nell immer noch das Gegenteil behauptet.)

»Die offizielle Gründung können wir auch gleich

noch machen.« Nell wehrt meinen Einwand ab. »Erst die Nacktsauna-Geschichte!«

»Nacktsauna-Geschichte!«, ruft Sarika und stupst Sam an, der daraufhin pflichtschuldig wiederholt:

»Nacktsauna-Geschichte!«

»Na *gut*.« Ich werfe einen Blick zu Matt hinüber, der in seinen Drink gluckst. »Na ja, wie ihr wisst, waren wir gestern bei Matts Eltern...«

»Wie geht es dir mit ihnen?«, wirft Nell ein.

»Ganz gut eigentlich«, sage ich nach kurzer Überlegung. »Sie sind erheblich netter als früher. Mittlerweile bedenken sie bei den Mahlzeiten, dass ich mich vegetarisch ernähre. Und sie haben Matt verziehen, mehr oder weniger. Und Genevieve erwähnen sie natürlich mit keinem Wort mehr.«

Ich sehe Matt an, der zustimmend nickt, mit schiefem Grinsen.

Ich füge nicht hinzu: *Und Genevieve erwähnen sie natürlich mit keinem Wort mehr, weil sie dabei erwischt wurde, wie sie mit Drogen zu tun hatte*, denn das muss ich nicht. Es stand lang und breit in der *Daily Mail*, vor zwei Monaten: *Bekannte Kinder-Influencerin bot einem Journalisten Kokain an, der sich bei Undercover-Recherche als Hollywood-Agent ausgab.*

Elsa hatte beinahe einen Nervenzusammenbruch. Es war die totale Krise. Jeder aus dem Vorstand musste auf einer finsteren Pressekonferenz beteuern, dass er mit Drogen nichts zu tun hat, auch Matt. Und plötzlich explodierten die Verkäufe von Harriet's House aufgrund der ganzen Publicity. Tja... ihr wisst schon. Des einen Leid, des anderen Freud.

»Na, das ist doch gut«, sagt Maud aufmunternd, und ich nicke.

»Ja, das ist es.«

Was ich auch für mich behalte, ist: *Ich fühle mich Elsa verbundener, seit sie die Bilderrahmen mit den Fotos von Matt in die Vitrine gestellt hat.* Denn das bleibt ein Geheimnis zwischen Elsa und mir. Als Matt sie zum ersten Mal sah, blieb er abrupt stehen. Dann meinte er:

»Wow. Mum. Die sind neu.«

Er sah so gerührt aus, dass ich es kaum ertragen konnte. Elsa sah mich an, und ich habe nur an die Decke gestarrt. Schließlich sagte sie:

»Oh, ja. Ja. Ich dachte...« Sie räusperte sich. »Ich dachte mir, es wäre Zeit für eine Veränderung. Wir sollten hier doch alle vertreten sein. Die ganze Familie.«

Das war der einzige Moment, in dem je davon gesprochen wurde. Aber immer wenn wir mal wieder in seinem Elternhaus sind, bleibt Matt in der Eingangshalle stehen und wirft einen Blick auf die Vitrine, und ich bin... zufrieden. Das ist das Wort. Zufrieden.

»Genug davon!«, sagt Sarika ungeduldig. »*Nacktsauna-Geschichte!*«

»Okay!« Ich nehme einen Schluck Champagner. »Okay! Also: Wie ihr wisst, war ich wild entschlossen, was diese Nacktsauna anging. Ich wollte es wagen. Ich wollte stolz auf meinen Körper sein.«

»Hattest du dich gewachst?«, wirft Sarika ein.

»Selbstverständlich hatte ich mich gewachst! Ich hatte einen richtigen Plan. Ich wollte da reinmarschieren, splitterfasernackt und stolz darauf. *Stolz* auf meinen Körper. *Stolz* darauf, eine Frau zu sein. *Stolz* auf meine komischen Adern.«

»Du hast keine komischen Adern!«, protestiert Maud sofort.

»Oh doch.« Ich wende mich ihr zu. »Hast du die noch nie gesehen? Die sind an meinen...«

»Schluss jetzt!«, platzt Nell heraus. »Erzähl uns endlich, was passiert ist!«

»Hast du den Schniedel von Matts Dad gesehen?«, fragt Maud kichernd.

»Warst du dabei, Matt?« Sarika fährt zu ihm herum.

»Nein«, sagt Matt. »Ich war am Telefon, also habe ich es verpasst.« Er grinst. »Leider.«

»Okay.« Ich nehme meine Geschichte wieder auf. »Ich habe also gewartet, dass Matt aufhört zu telefonieren, aber irgendwann meinte er, ich sollte ruhig ohne ihn losgehen. Als ich unten ankam, saßen alle anderen schon in der Sauna.«

»Wer genau?«, will Nell wissen.

»Elsa, John und zwei Freunde von ihnen. Also habe ich mich im Umkleideraum ausgezogen.«

»Ganz und gar?«, fragt Sarika, um sicherzugehen.

»Ganz und gar.« Ich nicke. »Da war ich inzwischen ziemlich überdreht.«

»Das kann ich mir vorstellen!«, sagt Maud mit großen Augen.

»Ich habe sogar vor dem Spiegel gestanden und mir Mut gemacht. Ich so: ›Ava, du *kannst* das. Du *kannst* zusammen mit den Eltern von deinem Freund nackt sein. Sei *stolz* auf deinen Körper!‹ Ich hatte ein

Handtuch, hab es mir aber nicht umgewickelt. So bin ich also zur Sauna und reiße mit Schwung die Tür auf, um irgendwie lässig rüberzukommen, auch wenn ich total nackt war ...«

Ich schließe die Augen, weil die Erinnerung doch *zu peinlich* ist.

»Und was dann?«, meint Maud.

»Sie hatten alle was an.«

»Neeein!«, platzt Sarika heraus, und ich sehe, dass Sam sich an seinem Drink verschluckt. Maud wirkt sprachlos, und Nell muss so heftig lachen, dass sie rot anläuft.

»Es war das Grauen!«, sage ich. »Alle haben mich angestarrt, und Elsa meinte nur: ›Weißt du, Ava, wir haben auch Badekleidung für Gäste.‹«

»Aber warum hatten sie ihre Sachen an?« Nell wirft Matt einen fast schon vorwurfsvollen Blick zu.

»Das habe ich auch gefragt! *Warum?* Und Matt hat mir dann erzählt, sie hätten sich extra etwas angezogen, um mich nicht in Verlegenheit zu bringen.«

»Ich glaube, meine Mutter hatte mir sogar gesagt, dass sie einen Badeanzug tragen wollte«, meint Matt mit offenbar etwas schlechtem Gewissen. »Aber ich hatte völlig vergessen, die Information weiterzureichen. Ich dachte aber auch nicht, dass es so eine große Sache wäre.«

»Und was hast du dann gemacht?«, fragt Sarika mit großen Augen. »Hast du dich hingesetzt? Nackt?«

»Ja, allerdings«, sage ich und hebe mein Kinn.

»Bravo!« Nell applaudiert.

»Ich habe es mit Würde ertragen«, sage ich. »Achtzehn Sekunden lang. Und dann bin ich aufgesprungen und rausgerannt.« Ich leere mein Champagnerglas. »Und nachdem ich mich nun *endgültig* unmöglich gemacht habe, brauche ich – glaube ich – mehr davon. Ich hol uns noch eine Flasche.«

Meine Wangen glühen immer noch vor Lachen und Verlegenheit, als ich in die Küche gehe und die nächste Flasche Champagner aus dem Kühlschrank hole, während ich gleichzeitig auf das Bikini-Emoji antworte, das Sarika mir per WhatsApp geschickt hat. Ha, ha. Sehr witzig.

Wenn ich ehrlich sein soll, bin ich nach wie vor ziemlich WhatsApp-süchtig. Aber Matt muss sich gerade melden! Er ist zusammen mit uns in der großen WhatsApp-Gruppe, und er chattet so viel wie alle anderen auch.

Wobei ich zugeben muss, dass er es sich etwas besser *einteilen* kann als ich. Er kann sein Telefon abstellen und sich anderem widmen. Neulich Abend war Matt eben dabei, meine Bluse aufzuknöpfen, während ich noch schnell was mit Nell klären musste. (Wir waren uneins in der Frage, ob Maud dieses hässliche Auto kaufen sollte, das sie sich angesehen hatte.) Ich war eben noch auf der Suche nach einem »Motor«-Emoji, da ist er kurz mal ausgeflippt. Bevor ich es verhindern konnte, hat er sich mein Telefon geschnappt und geschrieben:

> Hier ist Matt. Ich möchte mit Ava gerne Sex haben. Könnte die WhatsApp-Gruppe bitte eine Weile auf sie verzichten?

Und wie zu erwarten, trudelten schon im nächsten Moment die Antworten ein.

> Na klar!
> Viel Spaß, ihr zwei!
> Wie lange braucht ihr? Nur 'ne schnelle Nummer?
> Nell, das kannst du sie nicht fragen!!!
> Hab ich doch gerade.

Gefolgt von einer Million Auberginen-Emojis.

Eigentlich war es ganz lustig. Und sogar ein bisschen sexy, wenn auch auf schräge Weise.

»Ava.« Nihal unterbricht mich in meinen Gedanken, als er in die Küche kommt, mit versonnener Miene. »Ich habe über Harold nachgedacht. Wenn schon kein Roboterbein, wie wäre es dann mit einer neuen Art der Kommunikation? Er ist *sehr* klug. Wenn wir irgendwie seine Hirnmuster nutzen könnten...«

»Möglich«, sage ich zweifelnd. »Obwohl ich finde, dass er jetzt schon ganz gut kommunizieren kann, oder nicht?«

Eben will ich hinzufügen, dass Harold für Nihals Science-Fiction-Experimente nicht zur Verfügung steht, da piept der Wecker in meinem Telefon. Ich habe ihn so eingestellt, dass er sich den ganzen Tag über immer wieder meldet, für alle Fälle. Eilig gehe ich ins Netz, suche die entsprechende Website... und o mein Gott! Es ist so weit!

»Nihal!«, rufe ich. »Komm mal her! Schnell!«

»Was denn?« Nihal macht ein besorgtes Gesicht,

folgt mir aber zurück ins Wohnzimmer, wo ich in die Hände klatsche.

»Hochverehrte Damen und Herren! Ich bringe bedeutende Neuigkeiten! Die Zahl der Internetnutzer auf der Welt nähert sich der Zahl... fünf Milliarden!«

»Was?« Matt stellt seinen Drink weg. »Woher weißt du das?«

»Weil ich ganz genau aufgepasst habe«, antworte ich stolz. »Immer wenn ich hundert Wörter geschrieben habe, werfe ich einen Blick auf den Zähler. Als kleine Belohnung. Und hier, guckt mal! Fast hättet ihr es verpasst! Wir stehen bei 4.999.999.992!«

Ich halte mein Telefon hoch, damit alle sehen können, wie die ellenlange Zahl wächst. Atemloses Schweigen macht sich breit, während die letzte Ziffer unaufhaltsam steigt. Es ist richtig spannend. Es macht süchtig. Ich kann es jetzt *total* verstehen.

4.999.999.997 ... 4.999.999.998 ... 4.999.999.999 ...

»O mein Gott!«, quiekt Maud begeistert, und dann springt die Zahl noch einmal um:

5.000.000.000.

Augenblicklich jubeln alle wie verrückt. Matt und Nihal klatschen sich ab, und Topher küsst Nell. Das Ganze ist so doof, *so* sinnlos... aber irgendwie auch besonders.

»Du bist die Größte!« Matt ist zu mir herübergekommen und strahlt mich an. »Ich hatte ja keine Ahnung! Du bist immer für eine Überraschung gut, Ava.«

»Oh, ich habe gerade erst angefangen.« Ich zwinkere ihm zu.

»Wirklich?« Er zieht die Augenbrauen hoch. »Was heißt *das* denn?«

»Ich sage nur: Pass einfach gut auf! Aber *jetzt*...« Ich wende mich Topher und Nell zu. »Kommt schon, ihr zwei! Wir haben lange genug gewartet. Zeigt uns euer Plakat!«

»Okay.« Topher sieht Nell an und stellt seinen Champagner weg, dann hilft er ihr vom Stuhl hoch und begleitet sie zum Fenster.

Wenn Topher Nell beim Gehen stützt, sieht es nie so aus, als würde er sie stützen. Von außen betrachtet wirkt er wie ein Mann, der lässig Arm in Arm mit seiner Liebsten spazieren geht. Das ist einer der Gründe, weshalb ich ihn so gern mag.

»Okay, Herrschaften! Willkommen zu unserer offiziellen Parteigründung.« Topher wendet sich an die Anwesenden. »Wie ihr alle wisst, befindet sich die Partei des Echten Lebens noch in einem sehr frühen Entwicklungsstadium.« Er wirft Nell einen Blick zu.

»Aber wir wollten euch gern dieses Motiv und unseren Wahlslogan vorstellen«, übernimmt sie. »Wir haben uns alle Mühe gegeben, damit dieses Plakat aussagt, was wir zu sagen haben.«

»Genau.« Topher nickt. »Wir glauben, es verbindet die sittlich-moralische Grundhaltung, für die wir einstehen wollen, mit der *Zukunft*, die dieses Land unserer Meinung nach braucht. Also, ohne viel Trara...«

Er greift nach dem Laken und zieht es von der Staffelei, sodass ein gewaltig großes Plakat sichtbar wird. Alle starren es an. Oben drüber steht in klobiger, schwarzer Schrift:

**Das Leben?**
**Ist 'ne echte Shitshow.**
**Aber wir sind für euch da.**

Das Foto unter dem Slogan zeigt Nell mit ihrem Stock. Die pinken Haare stehen ihr zu Berge, und sie guckt finster vor sich hin. Neben ihr starrt Topher düster in die Kamera, die Stirn gerunzelter und die Haut narbiger als je zuvor.

Also, ich liebe Nell. Ich liebe Topher. Aber die beiden sehen *furchterregend* aus.

Ich schlucke mehrmals, überlege, was ich sagen soll, und merke, dass bisher auch keiner von den anderen was gesagt hat.

»Es hat *Ausdruck*«, sagt Maud schließlich.

»Es ist ein bisschen unheimlich«, meint Nihal.

»Gute Schrifttype«, sagt Matt. »Sehr solide. Sehr stark.«

»Ja«, sage ich und stürze mich dankbar auf diese Idee. »Die Schrift ist perfekt! Könnte nicht besser sein.«

»Kann man auf einem Wahlplakat ›Shitshow‹ schreiben?«, erkundigt sich Sam.

»Nein«, sagt Sarika entschlossen. »Du wolltest ein Feedback, Nell? Also, Sam hat recht. ›Shitshow‹ kann man nicht schreiben.«

»Was sollen wir denn sonst schreiben? Das Leben ist eine Kokosmakrone?«, entgegnet Nell kampfbereit. »Das Leben ist ein Federkissen? Das Leben ist ein Semmelknödel? Nein! Falsch! Das Leben *ist* eine Shitshow. Es ist das reine Chaos! Ein Misthaufen!

Und wenn ihr nicht dieser Ansicht seid, dann wählt uns eben nicht.«

Blicke gehen hin und her, und ich denke, wir sind vermutlich am Ende des allgemeinen »Feedbacks« angekommen.

»Okay!«, sagt Maud fröhlich. »Das ist ein fabelhaftes Plakat, und ich bin mir sicher, ihr beide werdet bestimmt Premierminister.« Sie klatscht in die Hände, wir anderen machen begeistert mit. »Wollen wir jetzt Pizza bestellen?«, fügt sie hoffnungsvoll hinzu.

Sarika sucht online schon den günstigsten Pizza-Lieferdienst, auf ihre typisch penible Art und Weise. Allerdings hat sie Konkurrenz bekommen, denn auch Sam hat bereits sein Handy gezückt und kommt diesmal schneller zu einem Ergebnis. (Die beiden sind wirklich füreinander geschaffen.)

Topher hilft Nell zum Sofa, und die beiden beteiligen sich an der erhitzten Pizzadiskussion. Während alle versuchen, sich irgendwie einig zu werden, schlendere ich hinüber zu Matt, der vor dem großen Plakat steht. Er hat die Haare wachsen lassen, seit er mit Topher arbeitet, und er trägt auch nicht mehr so förmliche Anzüge. Das steht ihm. Ich finde, ihm steht das ganze Arrangement. Es ist, als würden die beiden schon ewig zusammenarbeiten.

»Sie hat ja recht«, sagt er und blickt auf, als ich zu ihm komme. »Das Leben ist eine Shitshow. Aber ich möchte es trotzdem nicht anders haben.«

»Meinst du dein Leben? Oder meins?« Flachsend hebe ich mein Kinn. »Denn mein Leben ist keine Shitshow. Ich habe mein Leben wunderbar im Griff.«

»Ich meinte beides«, sagt er lächelnd.

»Unsere beiden Leben sind eine Shitshow?«

»Nicht *unsere* Leben. *Unser* Leben.« Er zögert mit fragendem Blick. »Unser ... gemeinsames Leben.«

*Unser gemeinsames Leben.* Als die Worte in der Luft hängen, spüre ich so ein Kribbeln, denn das klingt ja fast wie ... fast wie ...

»Unser *gemeinsames* Leben ist eine Shitshow.« Ich rolle mit den Augen. »Klingt super. Wo kann ich unterschreiben?«

Matt grinst bis über beide Ohren.

»Entschuldige, ich hätte mich klarer ausdrücken sollen. Ich meinte ...« Er überlegt einen Moment. »Ich meinte unser gemeinsames, hoffnungsloses, hoffnungs*volles*, chaotisches, aufregendes Leben. Mit Eiscreme in der Pause.«

»Okay«, sage ich. »*Jetzt* verstehe ich. Klingt gut. Auf jeden Fall das mit dem Eis.«

»Dachte ich mir.«

Er nimmt meine Hand und streichelt sie sanft mit seinem Daumen. Weil Harold nicht außen vor bleiben möchte, kommt er zu uns herüber und reibt sich an unseren Beinen. Beide bücken wir uns instinktiv, um ihn zu kraulen.

»Aber der hier ist *zwanzig* Prozent billiger!«, sagt Sarika derart empört zu Sam, dass ich unwillkürlich lachen muss. Nell und Topher streiten sich über die prekäre Situation der freiberuflichen Essenskuriere, und Nihal skizziert etwas und nickt höflich, während Maud ihm dazu Vorschläge macht. Harold sitzt zu meinen Füßen. Und Matt ist an meiner Seite. So fühlt es sich also an, wenn man wunschlos glücklich ist.

Ich drücke seine Hand und atme tief, lausche den Stimmen, betrachte die Gesichter. Möchte diesen kostbaren Augenblick für immer in mir bewahren.

Ich weiß nicht, wohin die Reise geht, aber im Moment ist es mir auch egal. Denn hier habe ich alles, was zählt. Unsere Freunde. Unsere Liebe. Unser Leben.

ENDE

## DANKSAGUNGEN

Eine Buchveröffentlichung ist immer eine gemeinschaftliche Leistung. Dieses Mal habe ich den Teamgeist umso mehr gespürt, da wir alle während des Lockdowns und darüber hinaus über verschiedenste Hilfsmittel kommuniziert haben.

Ich möchte mich bei Frank Gray und Kara Cesare für ihre wunderbare, verständnisvolle Redaktion bedanken, die mir eine große Hilfe war.

Bei Araminta Whitley, meiner fantastischen Agentin, und der unfassbar großartigen Marina de Pass.

Ich danke allen meinen Freunden bei Transworld, besonders Julia Teece, Becky Short, Sophie Bruce, Richard Ogle, Kate Samano, Josh Benn, Imogen Nelson, Deirdre O'Connell, Emily Harvey, Tom Chicken, Gary Harley, Hannah Welsh, Natasha Photiou, Laura Ricchetti und Phil Evans.

Mein Dank gilt auch dem Team der ILA: Nicky Kennedy, Sam Edenborough, Jenny Robson, Katherine West und May Wall.

Außerdem möchte ich mich bei meiner lieben Freundin Athena McAlpine bedanken, weil sie mir Apulien gezeigt hat, als ich in ihrem zauberhaften Convento di Santa Maria di Constantinopoli, das mir eine lose Vorlage für mein Kloster bot, Urlaub machen durfte.

Ein Hoch auf den charmanten, charismatischen Henry, der mich zu Harold inspiriert hat.

Besonderer Dank geht an die Bewohner von Windsor Close für die »Idiotenliste«.

Ich habe dieses Buch während des Lockdowns überarbeitet und möchte mich bei meinem gesamten Haushalt dafür bedanken, dass alle so wunderbar waren.

*Autorin*

Sophie Kinsella ist Schriftstellerin und ehemalige Wirtschaftsjournalistin. Ihre Schnäppchenjägerin-Romane um die liebenswerte Chaotin Rebecca Bloomwood werden von einem Millionenpublikum verschlungen. Sophie Kinsella eroberte die Bestsellerlisten aber auch mit Romanen wie »Sag's nicht weiter, Liebling«, »Frag nicht nach Sonnenschein«, »Dich schickt der Himmel« oder mit ihren unter dem Namen Madeleine Wickham verfassten Romanen »Im Sturm«.
Die Autorin lebt mit ihrer Familie in London.

Mehr Informationen zu Sophie Kinsella und ihren Romanen finden Sie unter: www.sophie-kinsella.de

*Die Romane mit Shopaholic Rebecca Bloomwood in chronologischer Reihenfolge:*

Shopaholic. Die Schnäppchenjägerin. Roman
Shopaholic in New York. Roman · Wedding Shopaholic. Roman
Vom Umtausch ausgeschlossen. Roman
Prada, Pumps und Babypuder. Roman
Mini Shopaholic. Roman · Shopaholic in Hollywood. Roman
Shopaholic & Family. Roman
Christmas Shopaholic. Roman

*Außerdem lieferbar:*

Sag's nicht weiter Liebling. Roman
Göttin in Gummistiefeln. Roman · Kennen wir uns nicht? Roman
Charleston Girl. Roman · Die Heiratsschwindlerin. Roman
Reizende Gäste. Roman · Kein Kuss unter dieser Nummer. Roman
Das Hochzeitsversprechen. Roman
Schau mir in die Augen, Audrey. Roman
Frag nicht nach Sonnenschein. Roman
Muss es denn gleich für immer sein? Roman
Dich schickt der Himmel. Roman · Erobere mich im Sturm. Roman

(alle auch als E-Book erhältlich.)

# Unsere Leseempfehlung

450 Seiten
Auch als E-Book
erhältlich

Sylvie und Dan haben gerade ihren zehnten Hochzeitstag gefeiert. Sie führen eine glückliche Ehe, haben zwei Kinder, ein hübsches Zuhause und wissen stets, was der andere denkt. Beim jährlichen Check-up-Termin prognostiziert ihr Hausarzt außerdem hocherfreut: Beide sind so kerngesund, dass sie sich bestimmt noch auf 68 gemeinsame Jahre freuen können. Erfreulich? Sylvie und Dan packt die blanke Panik. Wie zum Kuckuck sollen sie diese Ewigkeit überstehen, ohne einander zu langweilen? Sie beschließen, sich gegenseitig im Alltag zu überraschen. Doch das ist leichter gesagt als getan ...

www.goldmann-verlag.de
www.facebook.com/goldmannverlag

# Unsere Leseempfehlung

528 Seiten
Auch als E-Book
erhältlich

Fixie führt den Tante-Emma-Laden ihrer chaotischen Familie in London. Für mehr hat sie eigentlich keine Zeit – außer für Ryan, den besten Freund ihres Bruders, zu schwärmen. Als sie den Laptop eines Fremden vor einer einstürzenden Decke rettet, ist das ihre Chance, Ryan nahezukommen. Denn der Jungunternehmer Sebastian besteht darauf, Fixie einen Gefallen für ihre gute Tat zu schulden. Und so bittet sie ihn kurzerhand, den arbeitslosen Ryan einzustellen. Doch in Sebs Unternehmen zeigt Ryan sein wahres Gesicht. Und plötzlich schuldet Fixie dem charismatischen Sebastian einen Gefallen ...

www.goldmann-verlag.de
www.facebook.com/goldmannverlag

# Unsere Leseempfehlung

544 Seiten
Auch als E-Book
erhältlich

Katie Brenner aus dem ländlichen Somerset hat einen Job in ihrer Traumstadt ergattert: London! Die Lockenmähne wird gebändigt, der unfeine Dialekt abgelegt – und das Großstadtleben kann beginnen. Doch Katies Chefin Demeter entpuppt sich als Tyrannin, die sie aus heiterem Himmel wieder feuert. Warum musste Katie sich auch in Demeters Affäre Alex verlieben? Zum Glück braucht Katies Vater just in diesem Moment ihre Hilfe: Die heimische Somerset-Farm soll zum Glampingplatz werden. Und als der tatsächlich zum begehrten Reiseziel wird, tauchen dort plötzlich Demeter und Alex auf ...

www.goldmann-verlag.de
www.facebook.com/goldmannverlag